Vertiges

Du même auteur

Romans

L'hiver des hommes, Éditions Julliard, 2012 ; J'ai lu, 2013
Colères, Éditions Julliard, 2011
Le Chagrin, Éditions Julliard, 2010 ; J'ai lu, 2011
Écrire, Éditions Julliard, 2005
Le Cahier de Turin, Éditions Julliard, 2003 ; J'ai lu, 2012
Méfiez-vous des écrivains, Éditions Julliard, 2002 ; J'ai lu, 2011
Trois couples en quête d'orage, Éditions Julliard, 2000 ; J'ai lu, 2011
Un jour, je te tuerai, Éditions Julliard, 1999 ; J'ai lu, 2011
Des hommes éblouissants, Éditions Julliard, 1997
Mon premier jour de bonheur, Éditions Julliard, 1996
Comme des héros, Fayard, coll. « Libres », 1996
Je voudrais descendre, Éditions du Seuil, coll. « Cadre rouge », 1993
Priez pour nous, Bernard Barrault, 1990 ; J'ai lu, 2011

Documents

Survivre avec les loups. La véritable histoire de Misha Defonseca, XO Éditions, 2011
L'Affaire de Poitiers, Bernard Barrault, 1988
Hienghène, le désespoir calédonien, Bernard Barrault, 1988

Récit

Il ne m'est rien arrivé, Mercure de France, coll. « Bleue », 1994

Lionel
DUROY

Vertiges

ROMAN

J'AI LU

Dans sa chute il comprit qu'il était plus lourd que son rêve et il aima, depuis, le poids qui l'avait fait tomber.

Pierre Reverdy,
Poèmes en prose

1

Et maintenant je me demande ce qu'Esther pouvait bien penser tandis que je courais dans tous les sens à la recherche d'une cabine téléphonique, ce soir d'octobre 1990, et qu'elle me suivait, silencieuse et désolée. Oui, tant d'années après, c'est ainsi que je me souviens d'elle et ce sont les mots qui me viennent, silencieuse et désolée. Elle aurait pu ne pas être là, je ne lui prêtais plus aucune attention, soudain je m'élançais, croyant avoir aperçu une cabine, puis je revenais sur mes pas, je n'avais plus de souffle, par moments j'enfouissais mon visage dans mes mains puis je me tirais les cheveux en arrière, je m'entendais murmurer oh non, par pitié, non, non, j'étais en train de me consumer, de sombrer dans la folie, de mourir, et je savais Esther incapable de me réconforter. Mais non, c'est absolument faux, Esther aurait parfaitement su me réconforter, trouver les gestes, trouver les mots. La vérité, me dis-je, tandis que je me remémore cette soirée, tant d'années après, dans cet appartement du petit Trocadéro où je viens d'emménager, c'est que je n'avais pas voulu rapporter à Esther ce que j'avais vu l'après-midi même. Cela m'avait semblé impossible. Augustin, aurait-elle dit, mais pourquoi es-tu allé ouvrir ce lit ? Pourquoi es-tu monté dans leur chambre ? Dans *ma* chambre, Esther, aurais-je aussitôt rétorqué, hors de moi, tu as l'air d'oublier que c'est encore *ma* chambre, que c'est encore *mon* lit. J'avais rencontré Esther un mois plus tôt peut-être, on se voyait l'après-midi chez elle, mais je dormais encore là-bas, à Veyrière, dans cette maison que j'avais partagée avec Cécile et nos deux enfants. Je dormais encore là-bas, avec Cécile si elle était présente, et bien que sachant qu'elle avait un autre homme dans sa vie depuis des mois et des mois. Elle s'emboîtait dans mon dos, comme elle l'avait toujours fait, un bras sous son oreiller, l'autre m'enlaçant la poitrine, et elle disait bonne nuit, Augustin. Je répondais oui, dors bien toi aussi, et si par hasard l'idée me traversait qu'elle avait passé l'après-midi à l'hôtel avec Markus, je m'efforçais de penser à une chose susceptible de me distraire, le gazon que j'avais planté au printemps, par exemple, arrosé copieusement tout l'été, et que j'allais tondre pour la troisième fois, ou le nouveau livre que je démarrais, ou encore le plaisir que j'avais à rouler sur mon vieux Singer, le plus beau de mes vélos, depuis qu'il avait été entièrement révisé chez Alex Singer, son constructeur. Je m'efforçais de ne jamais songer à Cécile dans une chambre d'hôtel avec cet homme qui avait été mon ami. Ou même simplement à Cécile donnant la main à cet homme. Jamais, je me l'interdisais absolument. Mais cet après-midi-là, rentrant plus tôt que prévu d'un voyage à Lyon, il m'avait soudain semblé que notre maison de Veyrière tremblait de leur présence à tous les deux. Je ne saurais pas dire ce qui avait éveillé ma conscience aussitôt la porte ouverte, la table encombrée des restes d'un repas pris à la va-vite, peut-être, du pain, des croûtes de fromage, des épluchures de pommes, au milieu desquels émergeaient la cafetière et deux tasses, dont l'une n'avait pas été bue, ou l'air, l'air ambiant, qu'on aurait dit chargé d'une excitation qui avait touché mes sens, et j'allais écrire ma sensualité, au point qu'encore sur le seuil de notre grande pièce en rez-de-jardin je m'étais annoncé, saisi d'un pressentiment – Cécile ! Tu es là, Cécile ? avais-je crié. C'est moi, on m'a annulé une rencontre, j'ai pris le premier train pour Villedieu. Comme personne ne me répondait, je m'étais avancé dans notre maison, mais à pas feutrés, comme un voleur. J'avais atteint la cuisine, traversé la lingerie et, parvenu au seuil des chambres de nos enfants dont les portes étaient mitoyennes, j'avais tendu le cou dans l'une, puis dans l'autre, pour constater qu'elles étaient vides, des jouets et des petits vêtements traînant sur le plancher. Alors j'avais pris l'escalier vers notre chambre et mon bureau, et tout en grimpant je m'étais remis à appeler Cécile ! Tu es là, Cécile ? bien que n'entendant aucun bruit, n'est-ce pas, mais frappé de frayeur, le souffle court, tant le sentiment de leur présence était intense. Personne dans mon bureau, personne non plus dans notre chambre. Cependant, le lit avait retenu mon attention. Il n'était pas dans le désordre où nous le laissions habituellement, Cécile et moi, nos oreillers enfoncés côte à côte, la couette rejetée en boule vers le pied, non, quelqu'un avait pris soin de le recouvrir à la hâte, sans se préoccuper pour autant de ramasser l'oreiller de Cécile qui gisait au sol. Je m'étais approché, je pouvais entendre mon cœur cogner, et aussi une voix minuscule me souffler de partir, de ne rien entreprendre, preuve que je savais, déjà, mais au lieu de ça j'avais soulevé la couette et alors j'étais demeuré un instant sidéré, ne respirant plus : notre drap était maculé de sang. Il m'avait fallu quelques secondes pour accepter l'idée qu'ils avaient fait l'amour dans notre lit tandis que Cécile avait ses règles. J'aurais pu laisser retomber la couette, m'en aller comme j'étais venu, puis me convaincre que je n'avais rien vu, mais on aurait dit que je voulais savoir, au contraire, car mon cerveau, comme pris de frénésie, s'était mis à tenter de reconstituer la scène en fonction de l'abondance des taches et de leur disposition à un certain endroit du lit. Je pouvais facilement deviner la place qu'avait occupée Cécile tandis que cet homme qui avait été mon ami la pénétrait, allait et venait en elle, et ensuite de quel côté il était retombé après avoir joui, laissant sur le drap la trace de son sexe trempé de sang qui m'avait semblé d'une longueur exceptionnelle.

Après ça, j'avais quitté précipitamment notre maison, et plutôt que de prendre le tramway, j'avais continué de courir jusqu'à Villedieu, le visage en feu et les yeux brûlants, comme si on m'avait battu. Parvenu rue Pavée, j'avais bu d'un trait un diabolo menthe au zinc d'un café et demandé une cigarette à mon voisin. Alors, petit à petit, j'avais recouvré mes esprits. Esther, m'étais-je dit, je vais appeler Esther. Le cafetier m'avait désigné le téléphone mural et presque aussitôt Esther avait décroché.

— Oh, c'est toi.

— Esther…

— Tu sais, juste reconnaître ta voix, avait-elle dit plus bas, c'est déjà du plaisir.

Je pouvais l'imaginer assise devant un dossier, dans la grande salle de conférences où travaillaient les stagiaires, entourée d'une ruche d'autres avocats, et murmurant dans le combiné à l'abri de ses mains pour qu'on ne l'entende pas.

— Tu ne veux pas qu'on dîne ensemble, ce soir ? avais-je proposé.

— Si, bien sûr.

— Ça ne sera pas trop tôt si je passe te prendre vers sept heures ?

— Non, comme ça on aura le temps de se promener. Mais ça va, Augustin ? Tu as la voix éteinte, on dirait.

— Ça va.

— Alors à tout à l'heure, prends bien soin de toi.

Après quelques jours seulement elle avait eu cette expression, prends bien soin de toi. Elle n'ajoutait pas encore mon chéri. Prends bien soin de toi, mon chéri. Elle le dirait bientôt.

Les deux heures qu'il me restait avant notre rendez-vous, je les avais passées à descendre à pied vers la rue Léon-Blum où se trouvait son bureau, puis à arpenter le quartier. Dans mon souvenir, je m'étais livré durant toute cette marche à un vif débat intérieur, songeant intensément à Esther que je n'aimais pas encore, à sa beauté qui me troublait, me flattait aussi, tentant de me convaincre que la blessure que venait de me porter Cécile (par ma faute, c'était entendu, elle n'avait rien fait pour que je tombe sur leur drap de lit et sans doute escomptait-elle le changer avant mon retour), que la blessure que venait de me porter Cécile sans le vouloir ne pesait pas grand-chose au regard de l'aventure que nous entreprenions, Esther et moi. Et j'y étais parvenu, m'avait-il semblé, tandis qu'adossé à un lampadaire j'attendais calmement Esther au pied de son immeuble.

Elle avait surgi dans le soir doux et cendré de cet automne 1990, son chignon de Gitane à moitié défait, avançant vers moi le rouge au front, me regardant de biais comme si c'était trop d'émotion pour elle de me découvrir là, habillée d'un petit haut flottant et d'un jean trop grand, la taille prise dans un ceinturon d'homme, néanmoins chaussée de talons hauts, et dans la seconde où je l'avais vue j'avais su qu'elle ne serait pas de taille à effacer la blessure de Cécile. Qu'elle ne serait pas de taille, non, en dépit de sa beauté et de toute l'attente qui émanait d'elle. Bien sûr, je le sais aujourd'hui, il aurait fallu que ce soit Cécile elle-même qui apparaisse, Cécile redevenue celle qui m'avait aimé bien des années plus tôt et qui, au contraire d'Esther, se serait jetée à mon cou sans façon pour me coller sa langue entre les lèvres. Cécile n'était pas pudique, ça ne la dérangeait pas qu'on s'embrasse et qu'on se caresse sur un trottoir, en plein passage. Oui, seule Cécile elle-même aurait eu le pouvoir d'éteindre la chose, par sa présence, par ses baisers, tais-toi, tais-toi, embrasse-moi, aurait-elle dit, c'est toi que j'aime. Et je l'aurais crue.

Esther ne m'avait pas embrassé, juste effleuré la joue du bout des doigts, comme par inadvertance, et aussitôt nous avions quitté ce quartier où trop de gens la connaissaient, disait-elle, pour monter vers les petites rues derrière le palais de justice. Là, seulement, elle avait pris ma main.

— Tout à l'heure, quand il fera nuit, tu voudras bien m'embrasser ? avait-elle chuchoté sans me regarder.

J'avais acquiescé distraitement, peut-être même n'avais-je pas compris ce qu'elle me demandait, j'étais ailleurs, très loin d'elle, de nouveau dans notre chambre de Veyrière en train de me figurer Markus allant et venant dans le ventre de Cécile, puis jouissant en elle, avant de retomber sur le côté et de laisser traîner sa queue, sa queue trempée de sang qui m'avait paru d'une longueur exceptionnelle.

— Esther, avais-je dit sourdement, je dois téléphoner.

— Oh, bien sûr ! On va trouver une cabine…

— Tout de suite, c'est très urgent.

Nous nous étions lâché la main, mais la première cabine vers laquelle je m'étais dirigé était occupée et une personne attendait son tour. Je me souviens que la souffrance était déjà si incandescente en moi à ce moment-là que le désir de me fracasser le front contre l'angle de la cabine m'avait effleuré, pour que ça passe, pour ne plus penser à la scène et que le choc me précipite dans l'évanouissement et le repos.

— Oh merde, merde ! avais-je marmonné, cherchant fébrilement des yeux une autre cabine.

Et c'est alors que je m'étais mis à courir dans tous les sens, ne me préoccupant plus du tout d'Esther mais croisant par instants son regard désolé.

Aujourd'hui seulement je me demande ce qu'elle a bien pu penser ce soir-là. Aujourd'hui que plus de vingt années se sont écoulées depuis cette soirée et que nous venons de nous séparer, Esther et moi, elle restée là-bas, dans notre maison du quartier de l'ancienne briqueterie avec notre plus jeune fille, moi dans cet appartement du petit Trocadéro, le quartier chic de Villedieu, où je viens d'emménager et me mets aussitôt à écrire. Pourquoi était-elle demeurée obstinément silencieuse, ne me posant aucune question ? Pourquoi ne s'était-elle pas mise en colère, constatant qu'elle ne comptait plus à mes yeux, que je ne lui expliquais rien, que je l'avais *oubliée* pour ainsi dire ? Quelques mois plus tard, susceptible comme je la connais, elle m'aurait planté là et serait partie dîner avec une amie. Mais ce soir-là, elle m'avait observé courir dans tous les sens, m'arracher les cheveux, devenir fou, sans rien tenter. Avait-elle deviné que notre aventure, encore si fragile, se serait arrêtée net si je m'étais mis à parler ? C'est l'explication qui me vient à l'instant. Deviné qu'elle devait se tenir à l'écart, qu'elle ne devait rien savoir de la chose qui m'avait précipité dans cet état parce qu'alors elle ne pourrait plus m'aimer comme elle l'entendait, ou plutôt me convoiter, oui, c'est exactement le mot, me convoiter avec cet appétit qu'elle avait exprimé dès notre rencontre. Comment aurait-elle pu continuer de vouloir un tel homme ? me dis-je, me remémorant ce qui était survenu ensuite.

J'avais enfin découvert une cabine inoccupée, et quand Violetta avait décroché je m'étais aussitôt mis à la supplier :

— Oh ! Violetta, il faut que tu trouves des mots pour me sauver... j'ai tellement mal, je t'en supplie...

— Augustin ! Tu devais me rappeler la semaine dernière, et puis quand j'ai vu que tu n'appelais pas, j'ai pensé...

Avec cet accent espagnol qui d'ordinaire me réconfortait.

— Je ne peux pas, Violetta, je vais mourir, je ne peux pas supporter...

Alors je m'étais surpris à sangloter dans l'appareil sans même me demander si Esther ne m'épiait pas depuis le trottoir d'en face (mais non, elle ne m'avait pas suivi, elle m'attendait plus loin devant la vitrine d'un marchand de vin, j'en avais eu la preuve en sortant).

— Ce sont des moments, Augustin, tu le sais, avait repris doucement Violetta. Ce sont des moments. Quelque temps plus tard, on s'aperçoit qu'ils ne provoquent plus en nous la même douleur.

— Oui, mais là je vais en mourir...

— Veux-tu passer au cabinet ? J'allais partir, mais je t'attends...

— Non, je ne peux pas, je ne suis pas seul... J'ai besoin que tu me dises... que tu me dises comment faire avec cette chose que j'ai vue et qui est en train de tout emporter.

Et là je lui avais raconté le sang de Cécile, en hurlant dans le combiné et tout en sanglotant par moments, Cécile qui avait laissé Markus lui faire l'amour dans notre lit alors qu'elle avait ses règles, un truc que nous faisions parfois, mais parce que c'était moi, Violetta, tu comprends ? tu comprends, n'est-ce pas ? seulement parce que c'était moi, Cécile disait comment peux-tu avoir envie de faire l'amour quand j'ai mes règles, Augustin, alors que tu tournes de l'œil quand tu vois une goutte de sang ? mais Cécile, je disais, ton sang ne me dégoûte pas, tu es la seule personne au monde dont le sang ne me dégoûte pas, rappelle-toi les premières années, tu saignais tout le temps du nez et jamais je ne suis tombé dans les pommes, jamais, je te préparais des mèches de coton hémostatique, un sucre imbibé de menthe, et puis j'allais te chercher un verre d'eau rappelle-toi, et rappelle-toi combien j'ai été présent quand tu as accouché de nos enfants, j'étais là, j'ai vu le sang qui s'échappait de ton ventre et je me retenais de pleurer d'émotion, d'amour, ton sang ne me dégoûte pas, Cécile, rien ne me dégoûte en toi, je me demande même si te faire l'amour quand tu as tes règles ne me bouleverse pas encore plus parce que c'est comme si on mélangeait ce qui coule en nous dans le secret de nos corps, comme si je touchais ton âme, mon amour, mon trésor, et tu sais, Violetta, je l'entendais rire tout bas dans la nuit, tu as toujours de ces idées, Augustin, disait-elle, tu as toujours de ces idées, mais bon, viens si tu veux, viens si tu as tellement envie, mais faisons au moins attention de ne pas tacher les draps et le matelas, et je disais oui, on va faire attention, et tiens, je vais même aller chercher une serviette-éponge et comme ça on sera tranquilles, et je courais à la salle de bains attraper une serviette que je glissais sous Cécile, et on faisait l'amour plus tendrement et plus longuement que d'habitude, elle était un peu tendue au début mais ensuite elle oubliait et se laissait aller, et quand je me retirais je faisais encore attention à ne pas tacher, oh ! Violetta, pourquoi a-t-elle laissé Markus ?... pendant ses règles, je veux dire...

son sang, son sang, il n'y avait que moi, il était à moi.

— Je t'aime tendrement, Augustin, avait dit Violetta quand je m'étais enfin tu.

Et puis elle s'était mise à parler, parler, parler. Je suis incapable de me rappeler ce qu'elle m'avait expliqué à propos du sang de Cécile, de Cécile elle-même, de Markus aussi, mais comme chaque fois avec Violetta j'avais eu le sentiment d'être un homme exceptionnel injustement frappé par le destin. Et, bien sûr, c'était cela que j'avais envie d'entendre. Je n'y étais pour rien si Markus couchait avec Cécile, si Cécile, dans un moment d'abandon, avait fait l'amour dans notre lit, plutôt qu'à l'hôtel, et au moment de ses règles, n'est-ce pas. C'était leur affaire à tous les deux, leur besoin peut-être de se prouver combien leur passion était irrépressible. Je n'y étais pour rien, ça ne me regardait pas. Tu m'écoutes, Augustin ? Oui, Violetta, je t'écoute, merci de me parler, ça me fait du bien de t'entendre. On ne savait pas comment la situation allait tourner, mais en attendant je devais vivre, ne plus me préoccuper de ces deux-là qui couraient à leur perte, avais-je cru deviner (dans un élan de ravissement que j'aurais aimé pouvoir prolonger). Beau comme je l'étais – tu es si beau, Augustin, me répétait Violetta quand nous déjeunions ensemble, si je n'avais pas déjà un homme à la maison, je crois bien que je me laisserais tenter, hou là là, quand tu souris comme ça… mais regarde-toi ! –, beau comme je l'étais, donc, ça ne devait pas être bien difficile de me consoler dans les bras d'une jeune femme, non ?

— D'ailleurs, avait-elle repris, comme je ne répondais rien, est-ce que j'ai mal entendu ou tu m'as dit tout à l'heure que tu n'étais pas seul ?

— Je suis avec une amie, oui.

— Et c'est cet homme-là qui prétendait vouloir mourir il y a dix minutes ! Mais tu es fou ! Tu es vraiment fou ! Où est-elle cette amie pendant que tu me parles ?

— Je ne sais pas, dans la rue, là-bas.

— Augustin, fais-moi plaisir, oublie ces deux-là de Veyrière et cours vite la rejoindre. Je suis sûre que tu l'as bien choisie...

J'avais entendu son rire.

— Elle est très jolie, étais-je convenu.

— Comment s'appelle-t-elle ?

— Esther.

— Oh, que j'aime ce prénom ! Ne la laisse pas attendre, Augustin, je t'en supplie. Va, cours la rejoindre. Je ne la connais pas encore mais dis-lui que je l'aime déjà.

Je crois qu'Esther avait passé tout ce temps-là devant la vitrine du marchand de vin.

— Je vais t'emmener dans un restaurant où l'on sert le vin de l'endroit où je suis née, avait-elle dit en constatant que j'étais de retour et sans cesser d'observer les bouteilles.

Puis elle avait cherché ma main à tâtons, et quand elle l'avait trouvée (continuant de fixer les bouteilles) :

— Ça va ? Tu n'es plus triste ?

— Ça va. C'est où l'endroit où tu es née ?

— Tu sais bien, en Alsace. Viens !

Nous avions marché silencieusement à travers les petites rues, rue des Ursulines, rue Sainte-Catherine, puis retour par la rue Neuve, elle ne retrouvait pas le restaurant. C'est aujourd'hui, tandis que j'écris et qu'Esther me manque au point qu'il m'arrive de songer que je vais en mourir (oui, comme j'avais cru mourir de la perte de Cécile il y a tout juste vingt et un ans à la même époque, me dis-je), c'est aujourd'hui que je prends soudain conscience qu'Esther ne m'avait plus demandé de l'embrasser ce soir-là, alors qu'il faisait nuit et que nous aurions pu nous étreindre dans le renfoncement d'une porte cochère, comme si elle avait compris, après l'épisode de la cabine téléphonique, qu'elle ne comptait pas encore pour grand-chose dans ma vie, n'est-ce pas, mais sans perdre pour autant confiance en moi, en nous, en notre avenir. Comment était-ce possible, me dis-je, ayant appris à connaître au fil des années l'importance qu'elle revêt à ses propres yeux ? Comment avait-elle pu accepter ce rôle de subalterne, de consolatrice, que je lui avais dévolu ?

Elle avait tout de même fini par retrouver le restaurant, une ancienne boucherie trop vivement éclairée où je n'avais pu me défaire durant tout le dîner de la sensation d'avoir été frappé au visage, le front et les joues brûlants de fièvre, les paupières gonflées, m'avait-il semblé, tandis qu'Esther, consciente que je ne l'écoutais pas, me racontait des choses anodines tout en me caressant la main de temps en temps.

2

Je me souviens précisément du jour, du moment, où j'ai pris la décision de lier Esther à mon destin, de *tenter* de lier Esther à mon destin, devrais-je plutôt écrire, car cela m'avait paru dans le même instant hautement aléatoire.

C'était un mercredi, jour de congé des enfants, je venais de laisser les deux miens à la garde d'une jeune fille, Esther se tenait debout, à quelques pas d'une fenêtre ouverte, dans la lumière étincelante d'un matin de septembre. J'étais entré dans la salle de conférences un peu par hasard, cherchant l'ami avec lequel j'avais rendez-vous pour déjeuner, et soudain je l'avais vue, elle, Esther. Ça n'était pas la première fois que je la croisais, et il me revient, là, tout de suite, tandis que j'essaie de reconstituer la scène de ce mercredi de septembre, qu'au printemps précédent elle m'avait sollicité pour que je rencontre l'homme qui partageait alors sa vie, et que nous avions déjeuné tous les trois dans un restaurant italien de la rue des Ormes. Comment avais-je pu oublier ce déjeuner ? Il me semble que cet homme, dont je n'ai retenu ni le nom ni le visage (et qui plus tard s'acharna à crever les pneus de mon vélo), écrivait, ou voulait écrire, et qu'Esther avait songé que je pourrais l'aider, à moins que ce soit lui, apprenant qu'elle me connaissait, qui lui ait demandé d'organiser cette rencontre... Je ne sais pas, je n'ai rien retenu de ce que nous nous sommes dit, lui et moi, et d'Esther j'ai seulement gardé le souvenir d'avoir pensé pendant tout le repas que le rouge à lèvres ne lui allait pas, soulignant un imperceptible défaut de sa lèvre supérieure ou de son nez. L'idée qu'elle était extrêmement jolie, que j'aurais pu la désirer, ne m'avait pas traversé, sinon je n'aurais sûrement pas effacé ce déjeuner de ma mémoire. Alors pourquoi l'apercevant, ce mercredi de septembre, tandis qu'elle se tenait immobile dans la lumière du matin, étais-je demeuré en arrêt, et comme stupéfait ? Elle portait une robe d'été noire qui laissait deviner son corps, je me rappelle avoir constaté qu'elle avait de longues jambes et les reins cambrés, mais ça n'était pas une affaire de désir, pas encore, puisque c'est à l'instant où j'avais aperçu dans le contre-jour l'attache fine de son cou sous le lourd chignon que m'était venue cette émotion indéfinissable. Sur le moment, je n'avais pas songé au *Guerre et paix* de King Vidor, c'est seulement quelques années plus tard, revoyant le film et me remémorant combien j'avais été touché, l'année de mes huit ans, par la grâce d'Audrey Hepburn dans les bras de Mel Ferrer, que j'avais pu soudain mettre un nom, ou plutôt un visage, sur mon émotion de ce mercredi.

Puis j'avais poursuivi mon chemin, retrouvé mon ami avocat, mais j'étais retourné au cabinet l'après-midi sous un prétexte quelconque. La vision d'Esther dans le contre-jour venait d'éveiller en moi un espoir insensé. J'aimerais pouvoir exprimer toutes les qualités que j'ai immédiatement prêtées à Esther (dont je ne savais rien, et dont j'avais même oublié qu'elle avait un homme dans sa vie, qu'elle avait *déjà* un homme dans sa vie, devrais-je écrire) durant cet après-midi où j'ai erré nerveusement dans les bureaux, la bouche sèche, me demandant comment l'aborder, oubliant de répondre aux gens qui me saluaient, mais je crois qu'en vérité cela se résumait à une intuition, celle qu'avec ce cou et ce chignon Esther ne pouvait être que grâce et bonté. Je subissais alors l'un des plus violents séismes de ma vie, un effondrement qui n'en finissait plus entre les courriers de haine, d'insultes et de menaces que suscitait chaque jour chez mes neuf frères et sœurs la sortie en librairie de mon dernier livre (mon autobiographie, la première d'« une œuvre obstinément répétitive », comme me l'a fait remarquer récemment Curtis, mon éditeur) et le supplice que m'infligeait Cécile depuis des mois et des mois en entretenant une liaison avec Markus, cet homme qui avait été mon ami, de sorte que, sans en avoir clairement conscience, je crois, j'espérais de toutes mes forces rencontrer quelque part un être capable de me réconforter.

À la fin, j'étais retourné comme par accident dans la grande salle de conférences et la chance m'avait souri puisqu'Esther s'y trouvait en conversation avec trois ou quatre jeunes avocats qui s'apprêtaient visiblement à sortir. Je m'étais approché, l'air de vouloir lui demander quelque chose tout en lui signifiant d'un geste que j'avais tout mon temps. Elle était encore assise, eux debout, et elle leur montrait des photos qu'elle avait tirées de son portefeuille, dont celle d'un très vieil homme au regard lumineux, à la barbe de rabbin.

— C'est ton grand-père ? s'était enquise une fille.

— Non, avait-elle rétorqué, c'est mon père.

— Il est vieux, dis donc ! s'était exclamée l'idiote.

— Il est mort, avait dit Esther en lui reprenant sa photo.

L'autre s'était excusée, puis ils étaient tous partis et je m'étais retrouvé seul avec Esther, elle toujours assise, moi me tenant en retrait au-dessus de son épaule.

— Tu voulais me voir ? m'avait-elle souri en levant le nez.

— Je t'ai aperçue ce matin...

— Et tu n'es pas venu me dire bonjour ?

— Je n'ai pas osé.

— Toi, tu n'as pas osé !

Elle avait ri en secouant la tête, comme si elle ne pouvait pas croire une telle bêtise, tout en finissant de ranger ses photos dans un long portefeuille rouge déjà bien bourré.

— J'ai pensé qu'on aurait pu déjeuner ensemble un de ces jours, avais-je soudain lâché.

Alors elle, sans l'ombre d'une hésitation.

— Oh oui ! Vendredi, tu veux ?

— Oui, vendredi, c'est parfait.

Je l'avais vue griffonner mon prénom sur son agenda.

— J'ai lu ton livre, tu sais...

— Ah bon, vraiment ?

J'avais dû avoir un léger mouvement de recul parce qu'elle avait semblé perdre le fil de ce qu'elle voulait me dire.

— Ben oui, vraiment ! Pourquoi... pourquoi je te dirais...

— Non, bien sûr, excuse-moi.

— Moi aussi, avait-elle repris, j'ai beaucoup de frères et sœurs.

— Ah, je ne savais pas !

— On est douze. On était même treize...

Elle m'avait regardé avec un peu d'émotion, toujours assise, le menton levé vers moi.

— Je dois partir, maintenant, l'avais-je interrompue. Mes enfants m'attendent. À vendredi.

— Oui, à vendredi.

Elle avait eu ce sourire qui allait me devenir familier au fil du temps, un sourire trop léger, trop plein de charme pour la sombre gravité de son visage, comme si elle avait un secret à cacher, quelque chose qui aurait pu faire qu'on ne l'aime pas.

J'étais arrivé en avance au restaurant, et je m'étais assis de façon à la voir entrer. Elle était apparue coiffée d'une casquette noire à la gavroche, habillée d'une veste saumon que je n'avais pas aimée, et son visage s'était éclairé en m'apercevant.

— Ça va ? J'ai couru...

— Elle te va bien, cette casquette.

Je l'avais regardée l'enlever, arranger vaguement son chignon, se défaire de sa veste et de son sac. Elle avait transpiré, et tandis qu'elle s'asseyait j'avais respiré pour la première fois l'odeur de son corps sous l'eau de toilette.

— Cette nuit, j'ai relu ton livre, avait-elle dit, encore légèrement essoufflée. C'est drôle de te retrouver là...

— Je n'étais pas sûr que tu veuilles bien déjeuner avec moi.

— Ah bon... J'aime bien quand je te croise au cabinet, mais tu ne passes pas souvent.

Peut-être avait-elle commencé par m'expliquer ce qu'elle avait fait ce matin-là, d'où elle arrivait, pourquoi elle avait dû courir, je ne suis pas certain de reconstituer fidèlement notre dialogue, mais je n'ai aucun doute sur le fait que nous avons très vite évoqué l'existence de mes deux enfants, Louis, qui avait alors six ans et demi, et Laetitia, qui allait fêter ses trois ans, car j'entends encore les mots d'Esther, au début de ce déjeuner :

— Un jour, tu m'as raconté que tu avais peur qu'on te vole Laetitia dans votre nouvelle maison de Veyrière, et depuis je repense à cette histoire chaque fois que je te vois.

— Je t'ai raconté ça ?

— Oui. Tu m'as expliqué que les chambres de tes enfants sont au rez-de-chaussée et que dans les premiers jours de votre installation un homme est entré par la fenêtre de Laetitia et vous a cambriolés. Que depuis tu descends la nuit pour t'assurer que Laetitia est toujours dans son lit.

Je n'avais aucun souvenir d'avoir eu cette conversation avec Esther, mais dans l'abattement et le chaos où je survivais depuis des mois il m'arrivait d'oublier des rendez-vous, d'être subitement incapable de mettre un nom sur un visage, ou encore de perdre mes affaires (j'avais laissé la veille mon agenda dans une cabine téléphonique et l'avais retrouvé par bonheur posé en évidence sur le couvercle d'une poubelle). Je sais cependant aujourd'hui que si Esther ne m'avait pas parlé de Laetitia dans les premiers instants de notre déjeuner, réveillant subitement en moi un sentiment d'extrême fragilité, d'extrême incertitude, jamais je n'aurais eu l'audace de formuler cette phrase qui allait faire basculer nos vies :

— Esther, comment te dire... je crois que je suis amoureux de toi.

Elle m'était venue d'un coup, sans que j'y songe un instant plus tôt, et comme le vertige m'avait surpris j'avais dû fermer les yeux un centième de seconde en l'achevant. C'était un mirage, une illusion passagère, je n'étais pas amoureux d'Esther, je ne pensais jour et nuit qu'à Cécile, j'aurais tout donné pour que Cécile me revienne, mais la grâce d'Esther, entraperçue le mercredi dans le contre-jour, n'avait plus cessé de m'habiter, comme une promesse de consolation, et je venais simplement de l'appeler au secours. Les mots étaient immenses, extravagants, sûrement choisis pour provoquer une sorte de sidération qui allait arrêter la rotation de la terre, suspendre la marche du temps, et peut-être ainsi inverser la course catastrophique des événements de ma vie.

Il aurait suffi qu'Esther réplique : « Augustin, tu ne me connais pas, comment peux-tu dire une chose pareille ? Je ne sais pas de quoi tu me parles », pour que rien n'arrive et que nos chemins, après s'être croisés, se perdent sans doute pour toujours.

Mais Esther s'était figée et pendant un long moment j'avais pu observer une sorte de tremblement gagner son beau visage de vierge espagnole, le front haut s'était imperceptiblement froissé, le regard sombre soudain noyé de trouble tandis que les ailes de son nez s'étaient brusquement déliées comme si l'air était en train de lui manquer.

— C'est le plus beau cadeau que la vie m'ait jamais fait, avait-elle finalement dit tout bas.

Puis elle avait pris ma main, et plus que ses lèvres qui y déposaient des baisers, c'était son souffle sur mes doigts qui m'avait éveillé à elle, à son corps, à sa chaleur, au désir. Son souffle tiède sur mes doigts.

Ensuite, nous avions déjeuné lentement, sans appétit, nous perdant rarement des yeux.

— J'avais peur, je n'osais pas espérer, avais-je murmuré à un moment.

— Je ne savais pas, c'est un cadeau, avait-elle répété.

Puis, après un silence :

— Tu sais, la première fois que je t'ai vu, au printemps dernier, j'ai pensé…

— Qu'est-ce que tu as pensé ?

— Que tu aurais pu être l'homme de ma vie.

— Vraiment ? Mais pourquoi ?

— Je ne sais pas, ta façon d'être, de te tenir…

— Tu as pensé ça.

— Oh oui ! Et puis tu m'as parlé un jour de tes enfants, de ta maison... Il n'y avait pas de place pour moi. Tu n'aimes plus ta femme, Augustin ?

— Si. C'est elle qui ne m'aime plus.

— Excuse-moi, je n'ai pas envie de parler de ça, je n'ai pas envie d'abîmer ce que tu viens de me donner.

— N'en parlons pas alors.

— Au printemps, je ne te connaissais pas, je n'avais lu aucun de tes livres. Maintenant, c'est différent... je sais ce qui nous rapproche.

À ce moment-là, j'avais tendu le bras par-dessus la table et caressé pour la première fois son visage, suivant du doigt le galbe de son front, l'arête de son nez, puis sa narine, puis ses lèvres, et j'avais vu combien elle était troublée de nouveau.

— Tu voudras bien qu'on se promène un peu ensemble en sortant ? s'était-elle enquise.

Nous avions marché vers les berges du fleuve, silencieusement, sans nous toucher.

— Viens, entrons dans ce café, avait-elle dit.

Nous nous étions attablés l'un en face de l'autre, elle s'était penchée pour embrasser mes mains, me donnant à voir la masse sombre de ses cheveux bouclés, puis elle était restée un moment immobile, ne m'embrassant plus, son visage simplement posé sur mes mains, de profil, comme si elle récupérait d'une fatigue intense.

C'est dans ce café, si mon souvenir est exact, qu'elle avait évoqué pour la première fois l'existence de sa sœur Mathilde qui l'avait recueillie et élevée à la mort de leur mère. Esther avait dix ans cette année-là, et Mathilde peut-être dix-huit. Elle vouait à cette sœur un culte particulier, et elle allait d'ailleurs passer le week-end chez elle.

— Où habite-t-elle ?

— En Alsace, je suis la marraine de son fils. Je vais beaucoup t'écrire pendant ces deux jours, avait-elle ajouté plus bas, j'ai tellement de choses à te dire.

Cela m'avait paru à la fois doux et étrange, comme si je me réveillais brusquement au milieu d'un film dont j'aurais raté le début. Certes, c'était moi qui avais initié notre histoire, mais comme on se jette à l'eau du haut d'une falaise, bravant le vertige, ne sachant rien de ce qui va advenir. Quelles choses Esther pouvait-elle avoir à m'écrire alors que le matin même nous étions encore des inconnus l'un pour l'autre ? Je savais ce qui m'avait poussé vers elle, mais elle, quel était donc le secret qui la conduisait à moi ? Un homme en pleine possession de ses moyens se serait posé la question, la lui aurait posée aussi, sûrement, mais je n'avais rien fait de tout ça, furtivement transporté par un sentiment d'enchantement : une femme dont je ne savais rien, mais dont la beauté ne me laissait pas indifférent, venait de me prendre par la main (je n'avais eu qu'à demander) tandis qu'autour de moi le monde entier s'effondrait.

Je ne parviens pas à me rappeler lequel d'entre nous a posé la question du premier baiser. Esther allait bientôt partir pour la gare, moi rentrer à Veyrière, nous allions nous séparer, allions-nous nous embrasser sur le trottoir ?

— Pour la première fois, avait-elle dit (ou avais-je dit), ça serait bien qu'on s'embrasse dans un bel endroit.

— Oh oui ! avait abondé l'autre.

Alors c'est moi qui avais proposé Luc-sur-Mer. Depuis que Cécile avait un amant et passait la plupart de ses week-ends à l'hôtel, j'avais retrouvé le chemin de Luc-sur-Mer. C'était là qu'enfants nous passions nos vacances d'été, dans une villa de location.

Je n'avais que de bons souvenirs à Luc-sur-Mer, tous étroitement associés aux dernières années de bonheur de nos parents, et de notre mère en particulier. Ils avaient découvert cette petite station balnéaire en rentrant de Tunisie, et comparant aujourd'hui leurs photos de famille de Bizerte à celles de Luc-sur-Mer, je vois combien ils sont encore dans le plaisir d'être ensemble et de s'enlacer, en dépit des cinq ou six enfants qu'ils ont déjà conçus. D'ailleurs, je n'ai pas besoin de photos pour me remémorer l'impatience de notre mère lorsque arrive le week-end à Luc-sur-Mer et qu'elle attend notre père qui travaille dur toute la semaine à Villedieu. Tu as l'air épuisé, viens vite, le repas est servi, lâche-t-elle un peu confuse, plantée devant la 4CV qui exhale la chaleur de la route en juillet et tandis que notre père l'embrasse dans le cou et lui caresse déjà subrepticement les fesses à travers sa robe légère. – Mon Minou, souffle-t-il, mon Minou… – Toto, les enfants nous regardent… Oui, vraiment, je n'avais que de bons souvenirs à Luc-sur-Mer, et quand Cécile avait commencé à me quitter j'avais ressenti le besoin soudain et irrépressible d'y revenir. Comme si j'allais pouvoir respirer là-bas, parmi les dernières images lumineuses de notre enfance, des bribes d'amour, de consolation. Mais quelle étrange idée d'avoir proposé à Esther Luc-sur-Mer pour ce qui devait être notre nuit de noces ? Comme si je me prenais pour Toto, n'est-ce pas, Toto fonçant au volant de sa 4CV au-devant de l'ardent désir de notre mère. Comme si je me prenais pour Toto.

Cependant, Esther avait immédiatement aimé l'idée d'aller à la mer pour notre premier baiser. Nous partirions le lundi en début d'après-midi, je la prendrais derrière le palais de justice au volant de ma vieille Renault 14, et nous serions de retour à Villedieu le lendemain vers seize heures pour que je puisse récupérer mes enfants à la sortie de l'école.

— Tu ne veux pas qu'on essaie de peindre le mur, ce week-end ? avait proposé Cécile.

C'était le samedi matin, lendemain de ma *déclaration* à Esther, nous prenions notre petit déjeuner et nos enfants regardaient des dessins animés à la télévision, en pyjama sur le canapé.

— Pourquoi pas ?

Je me souviens qu'en se relevant pour aller chercher ses toasts Cécile avait alors passé une main distraite dans mes cheveux.

— Oui, avais-je repris, soudain confiant, et même un peu exalté, faisons-le ce week-end tant qu'il fait encore beau.

Ce mur, on l'évoquait régulièrement depuis la fin des travaux. Il donnait sur la ruelle, derrière la maison. Markus nous avait vivement conseillé de le recouvrir d'une peinture hydrofuge si nous ne voulions pas nous retrouver au milieu de l'hiver avec des taches d'humidité dans notre grande pièce. Markus avait été l'architecte de notre nouvelle maison, son maître d'œuvre, et c'était pendant le chantier que Cécile et lui avaient entamé une liaison. Je ne sais pas ce qui m'a pris, j'en ai eu envie, mais je ne le trouve même pas beau, m'avait dit Cécile en riant, et au plaisir manifeste qu'elle prenait à me mettre dans la confidence j'avais deviné qu'elle n'était pas mécontente de me faire payer mes infidélités, mes innombrables infidélités. J'étais allé acheter la peinture, puis constatant qu'au contraire de ce que m'assurait Cécile (et de ce qu'elle semblait croire sincèrement) Markus demeurait dans sa vie, je n'avais pas cessé de repousser le moment de peindre ce mur, bien plus intéressé par l'arrosage de notre gazon.

Aussitôt après le petit déjeuner, Cécile était allée enfiler une salopette et nous avions installé notre chantier dans la ruelle, sous ce haut mur. Nous avions chacun un rouleau, Cécile avait choisi de se percher sur l'escabeau pendant que moi je couvrais la partie basse.

Je l'entendais haleter, accompagnant son effort de réflexions qui ne m'étaient pas forcément destinées – Bon sang, c'est infernal tous ces trous ! C'est dingue, ce ciment, il absorbe la peinture comme une éponge.

— Ça te dirait un café ? avais-je proposé au bout d'un moment.

— Si c'est toi qui le prépares, je veux bien.

Elle avait eu ce rire que je connaissais bien, quand elle cherchait à se défausser d'une corvée.

— D'accord, et tu voudras des gâteaux avec ?

— Pourquoi pas ?

J'étais revenu avec un plateau bien chargé qu'on avait disposé sur le pot de peinture et pendant qu'on trempait nos gâteaux dans nos tasses de café la voisine était passée, tirant son caddie. C'était une femme d'une soixantaine d'années qui était venue nous dire les premiers temps combien elle était satisfaite de voir enfin une famille s'installer dans ce « no man's land ». On a tout eu, ici, des drogués, des squatters, des clochards… Je vous assure qu'on n'a pas rigolé tous les jours. La maison que nous avions achetée et restaurée était une ancienne ferronnerie laissée à l'abandon depuis la mort de son propriétaire, une quinzaine d'années plus tôt.

— Eh bien, avait remarqué la dame, marquant le pas et levant le nez sur le mur, vous êtes courageux ! Remarquez, vous êtes jeunes…

— Voulez-vous une tasse de café ?

— Oh non, non, merci… Ce que votre petite peut être mignonne ! Je la regardais l'autre jour depuis ma fenêtre, elle était assise dans l'herbe et il devait y avoir une fourmi ou une coccinelle sur son doudou qui la contrariait parce qu'elle le secouait sans parvenir à faire tomber la petite bête… Elle s'est mise à pleurer, j'étais prête à descendre quand je vous ai vus sortir, avait-elle ajouté en me souriant.

— Ah oui !

— Si vous êtes embêtés, un jour, vous pouvez me la confier, son frère aussi du reste. Je serais ravie de vous les garder.

— C'est très gentil, avions-nous dit en même temps (ce qui nous avait fait rire).

— Non, c'est normal. Quand on voit des jeunes s'installer, on a envie d'aider.

— Merci beaucoup, avais-je repris, nous n'hésiterons pas à vous solliciter.

Après son départ, nous avions plaisanté en songeant qu'elle nous prenait pour plus jeunes que nous n'étions.

— *Quand on voit des jeunes s'installer*… Elle n'a pas le compas dans l'œil, avais-je observé.

— Remarque, on n'est pas si vieux, et c'est vrai qu'on s'installe, avait alors noté Cécile tout en réattaquant la peinture, perchée sur son escabeau.

D'un seul coup, je m'étais senti apaisé. Elle ne doute pas de nous, m'étais-je dit. En dépit de Markus, de cette liaison qui dure, elle ne doute pas de nous, sinon elle n'aurait pas dit les choses de cette façon – Remarque, c'est vrai qu'on s'installe. « On », elle et moi et nos deux enfants. Que pèse Markus au regard de ce « on » ? Je m'en étais voulu d'avoir perdu confiance, elle allait se lasser de lui, bien sûr, ou lui se lasser d'elle, et notre vie reprendrait. Nous nous aimons, nous avons deux enfants, une maison, nous sommes indestructibles… Je m'en étais voulu de me laisser aveugler par la souffrance au quotidien, leurs après-midi à l'hôtel, leurs week-ends en baie de Somme, quand ce sera fini, tout cela me paraîtra dérisoire, je ne dis pas que j'en rirais, quoique si, peut-être, déjà il m'arrive de sourire intérieurement quand je me répète la phrase de Cécile que je connais par cœur : Je ne sais pas ce qui m'a pris, j'en ai eu envie, mais je ne le trouve même pas beau. Il est affreux, tu veux dire, cette barbe, ce gros ventre, haut comme trois pommes, et avec ça toujours sautillant et prêt pour de nouvelles aventures, on dirait Joyeux (que j'appelle toujours par erreur Ravi), le plus horripilant des sept nains.

Vers midi, nous avions couvert la moitié du mur.

— Ça m'ennuie de laisser les enfants trop longtemps seuls. On arrête un peu et on va préparer le déjeuner ? avait-elle proposé.

Ce déjeuner avait été détendu. Louis avait demandé à Cécile depuis quand les dinosaures n'existaient plus, et si elle pensait qu'ils allaient réapparaître un jour. Cécile lui avait expliqué le darwinisme et promis de l'emmener au Musée des sciences où elle travaillait.

— On prépare justement une exposition sur l'origine des espèces et leur disparition.

— Mais moi je m'en fiche des espèces, l'avait interrompue Louis, c'est seulement les dinosaures qui m'intéressent.

Elle avait souri.

— Les espèces, ce sont tous les animaux, mon chéri. Les dinosaures en font partie.

Pendant ce temps-là, Laetitia mangeait son dessert sur mes genoux, et moi j'enfouissais par moments mon nez dans ses cheveux pour respirer son odeur d'enfant.

Tandis que j'écoutais Cécile et Louis sans vraiment suivre leur conversation (le destin des dinosaures, objet de quantité de dessins animés à ce moment-là, me rasait profondément), le souvenir d'Esther m'avait traversé. Je n'avais pas pensé à elle de toute la matinée et soudain je m'étais rappelé notre rendez-vous du lundi derrière le palais de justice. Allions-nous vraiment passer la nuit ensemble à Luc-sur-Mer ? Cela m'avait paru brusquement complètement incongru. J'avais levé les yeux sur Cécile, elle avait une tache de peinture au coin du nez, on devinait son épaule nue par l'échancrure de sa salopette. Je m'étais figuré lui soufflant quelques mots à l'oreille, tout à l'heure, tandis que debout derrière elle je lui verserais son café, et elle acquiesçant oui, vas-y, monte, je te rejoins. Elle se débrouillant pour caser nos enfants devant un énième film avant de me retrouver à l'étage, dans notre chambre. Depuis quand n'avions-nous pas fait l'amour ensemble, et l'après-midi de surcroît ? Elle se déshabillant en toute hâte, comme autrefois, et me laissant lui dégrafer son soutien-gorge vite, Augustin, j'ai peur que les enfants nous surprennent. – Oh, Cécile, ça fait si longtemps ! – Viens. Viens vite. J'en ai tellement envie que la tête me tourne. C'était moi qui en mourais d'envie, là, tout de suite, tandis que Cécile poursuivait ses explications sur la disparition des dinosaures. Et il ne me paraissait pas invraisemblable que la chose puisse se produire pour peu que je me lève et aille souffler quelques mots à l'oreille de Cécile tout en lui servant son café. Nous étions si bien en famille, subitement, et j'étais si enflammé que je pouvais croire la scène possible, mais oui, absolument, et bien que Cécile me fasse sentir depuis des mois et des mois que son désir allait exclusivement à un autre. Nous étions si bien en famille, subitement.

C'était alors que le téléphone avait sonné. Depuis la sortie de mon autobiographie et ce soir de la fin août où ma mère m'avait traité de salaud, puis d'assassin, avant de raccrocher, je laissais Cécile prendre les communications si elle le souhaitait, mais moi je ne m'approchais plus de l'appareil. Elle s'était levée en s'excusant auprès de Louis attends une seconde, mon chéri, je reviens, mais à l'instant où elle avait entendu la voix à l'autre bout j'avais su qu'elle ne reviendrait pas. On aurait dit qu'un puissant courant électrique venait de la pénétrer, précipitant sa respiration, la faisant rire faussement tandis qu'elle cherchait ses mots, se mettait à bégayer, et puis aussitôt s'agitait, passant une main dans ses boucles blondes, puis sur les boutons de sa salopette qu'elle s'était mise à défaire machinalement.

Dans une heure, il n'y a pas de problème, l'avions-nous entendue dire, juste le temps de prendre un bain. L'autre avait dû se laisser aller à une remarque un peu grivoise parce qu'elle avait rougi sans cesser de rire, et à ce moment-là m'était revenu qu'elle ne se rasait plus sous les bras depuis que Markus lui avait dit (m'avait-elle aussitôt rapporté) qu'il n'avait rien contre les poils, ni contre les odeurs corporelles, du reste.

Quand elle avait raccroché, elle n'était plus la même, les pupilles dilatées, fébrile, plus belle qu'un instant plus tôt, comme si sa silhouette s'était à la fois tendue et aiguisée. Elle avait semblé chercher une seconde par où commencer.

— Bon, je vais prendre un bain, je dois partir, avait-elle lancé à la cantonade.

Puis, se rappelant Louis :

— Tu m'excuses, mon chéri, on reprendra cette discussion un autre jour, d'accord ?

Mais elle n'avait pas attendu sa réponse, elle s'était enfuie vers la salle de bains en évitant de croiser mon regard.

Je m'étais interdit de la rejoindre. Je l'avais fait une fois, au printemps, et ç'avait été un déchirement de la contempler nue dans son bain sachant qu'elle serait une heure plus tard dans les bras de Markus. Ce sentiment qu'ont les hommes que le corps de la femme qu'ils aiment leur appartient, n'est-ce pas, et la douleur fulgurante qu'ils éprouvent à la pensée qu'un autre... Comme je disais récemment à Esther que je risquais de mourir d'un arrêt du cœur si je la croisais dans la rue au bras d'un homme, ce pourquoi je me suis installé au petit Trocadéro, le plus loin possible de notre ancien quartier, à l'étranger pour ainsi dire, elle m'a rétorqué avec un peu de distance, presque de mépris, ça, c'est bien un truc de mec, cet instinct de propriété... Ça n'a vraiment aucun intérêt, Augustin. Se peut-il que les femmes ne souffrent pas dans la même situation ? Il me semble pourtant que Cécile avait beaucoup souffert de mes infidélités. Mais à un endroit plus noble de l'âme, sans doute, pas dans ce recoin nauséabond où il m'arrive de penser, le cœur brisé de honte, que je préférerais savoir Esther morte et enterrée plutôt que dans le lit d'un autre. Comme il m'arrivait déjà de penser que je souffrirais moins de la mort de Cécile que de la savoir dans une chambre d'hôtel avec Joyeux.

Je m'étais interdit de la rejoindre, et après m'avoir observé, comme s'il attendait un mot de moi qui n'était pas venu, Louis était parti s'enfermer dans sa chambre.

Quand Cécile avait reparu pour nous embrasser, embrasser nos enfants du moins, elle était déjà très loin, tendue vers l'homme qui l'attendait quelque part.

— Tu dîneras quand même avec nous ? avais-je demandé.

— Je ne sais pas.

— Cécile…

— Ne commence pas, s'il te plaît.

Elle avait couru embrasser Louis dans sa chambre et dix secondes plus tard j'avais entendu claquer la porte de devant, sur la rue.

Je n'avais pas bougé, puis constatant que Laetitia avait fini son dessert et repris son doudou, que nous nous tenions l'un et l'autre silencieux (depuis combien de temps ?), je m'étais entendu dire d'une voix sans timbre :

— Viens, ma chérie, on va s'habiller.

Louis était sorti de sa chambre en nous entendant. Lui aussi était encore en pyjama.

— Tu veux bien aller t'habiller, Louis ?

— Tu nous emmènes au parc floral ? T'avais promis.

— Demain, si tu veux. Là, je dois finir de peindre le mur.

— Alors on va rien faire de toute la journée…

— Il fait beau, vous allez jouer dans le jardin pendant que je terminerai le mur. Va t'habiller, s'il te plaît.

Ce tremblement qui nous saisit et ne nous lâche plus dans ces moments-là. Louis l'avait vu, bien sûr, alors que je laçais les bottines de sa sœur.

— Tes mains tremblent, papa.

— Tu crois ? Oui, peut-être.

— Parce que maman est partie ?

— La vie n'est pas facile pour moi ces derniers jours, mon chéri. Je suis fatigué.

— Mais c'est parce que maman est partie que tes mains tremblent ?

— Je ne sais pas.

— Tu as peur qu'elle ne t'aime plus.

C'était une affirmation, il n'avait pas introduit la nuance de l'interrogation. Y repensant, dans l'après-midi, je m'étais dit que c'était cela qui m'avait mis en colère, sa certitude – outre le fait que j'avais ressenti comme une insulte que mon fils puisse imaginer que je pouvais avoir peur de quoi que ce soit.

— Je n'ai pas peur, Louis, tu m'emmerdes à la fin ! Et maintenant, va t'habiller.

J'avais disposé des tissus sur le gazon, sorti le cheval à bascule, le vélo de Louis, le tricycle de Laetitia, les balles de mousse et le ballon, la caisse de Lego... Je les avais installés tous les deux dans ce décor, au soleil, réprimant comme je pouvais le flageolement de mes genoux.

— Excuse-moi pour tout à l'heure, avais-je glissé à Louis en l'embrassant. Essaie de jouer avec Laetitia, et si vous avez besoin de moi, je suis juste de l'autre côté du mur. Tu n'auras qu'à m'appeler, d'accord ?

Pendant un moment, j'avais réussi à ne penser à rien, surtout pas aux mains de Markus se posant sur les hanches de Cécile, ni à la façon dont Cécile embrassait avec la langue, délicatement, presque cliniquement, mais en y mettant tout son cœur, l'air d'attendre de chaque baiser une ivresse qui n'était pas toujours au rendez-vous, à quoi tu penses, Augustin ? On dirait que tu n'es pas content de me retrouver. Tu ne m'as pas trompée, hein ? – Mais non, tu es folle ! – Pourtant, tu n'as pas l'air très concerné... – peignant fébrilement, le souffle court tant je m'efforçais d'aller vite, de ne penser à rien, fredonnant à l'occasion un passage de *La Traviata* qui m'avait accompagné durant toute l'écriture de mon autobiographie, me fichant pas mal d'envoyer des giclées de peinture un peu partout, et soudain le visage d'Esther m'était revenu. Son visage à l'instant où elle m'avait dit c'est le plus beau cadeau que la vie m'ait jamais fait. J'avais brusquement cessé de peindre, hors d'haleine. Je m'étais rappelé combien l'émotion l'avait envahie, son regard qui s'était noyé de trouble et ses narines dilatées comme si elle était sur le point de suffoquer. Ce visage de Madone d'une beauté si différente de celui de Cécile. Cécile était adorable, lumineuse, on éprouvait un plaisir immédiat à l'aborder, tandis qu'Esther ne se laissait pas facilement approcher. Esther avait un masque de sombre gravité qui par moments fondait. Elle avait alors un sourire plein de charme, mais qui ne collait pas avec ce qu'on avait cru deviner d'elle. J'étais parvenu à recomposer à peu près ce sourire, mais non la gravité de son expression. Des éléments m'échappaient, se dérobaient, comme si je n'avais pas su la regarder, moi qui suis pourtant à l'affût de chaque détail lorsque je scrute un visage, moi qui peux passer des heures à examiner à la loupe deux ou trois photos de la même personne et à chercher le fond de son âme au moment où elle posait. Esther me touchera-t-elle un jour autant que Cécile me touche ? Non, sûrement pas, m'étais-je dit, et puis ça n'est pas la question. Cécile va me revenir. J'ai besoin d'aller au bout de cette histoire avec Markus, me soufflait-elle certains soirs avant de s'endormir en se blottissant dans mon dos, mais je tiens énormément à toi, Augustin, tu le sais, n'est-ce pas ? – Oui, Cécile, je le sais. Sinon, je ne t'attendrais pas. C'est le plus beau cadeau que la vie m'ait jamais fait. Comment Esther a-t-elle pu me faire un tel aveu ? Comment est-ce possible ? Elle ne savait pratiquement rien de moi un instant plus tôt… ah si ! m'étais-je repris, laissant mon rouleau dégoutter sur le bitume de la sente, elle a lu mon autobiographie. Elle sait donc que je suis issu d'une famille nombreuse, comme elle, et puis me croisant dans les locaux de son cabinet d'avocats, avant même d'avoir lu quoi que ce soit de moi, elle a pensé que j'aurais pu être l'homme de sa vie. Quelle étrange intuition ! Cela m'avait rappelé que Cécile m'avait écrit une phrase semblable dans l'une de ses premières lettres d'amour, alors qu'elle avait seize ans et moi dix-neuf. Nous ne dormions pas encore ensemble mais Cécile m'avait néanmoins déclaré qu'elle voulait être ma femme pour toute la vie, que comparés à moi les autres garçons de son entourage (et notamment celui qu'elle venait de quitter pour moi) n'étaient que des petits-bourgeois sans intérêt. Est-ce qu'une femme, croisant un homme, peut être soudain traversée d'un tel pressentiment – celui-ci est l'homme de ma vie ? M'était-il arrivé de penser cela d'une femme ? Oui, de Cécile, mais de Cécile seulement, Cécile que j'avais maintes fois trompée, certes, mais qui était assurément ma femme, mon unique amour, ça ne faisait aucun doute dans mon esprit, bien qu'elle soit probablement à l'heure actuelle, avais-je songé, sentant soudain mon cœur s'emballer, en train de faire une chose qui me tuerait net si j'en étais le témoin. L'homme de ma vie, avait donc pensé Esther. Pourquoi moi, un type de quarante ans, père de deux enfants, quand elle en avait dix ou quinze de moins ? Je lui avais dit que j'étais amoureux d'elle, et cela avait suffi à déclencher ce flot d'émotion. C'est le plus beau cadeau… Mais j'aurais pu aussi bien lui dire ma femme a un amant, Esther, je ne dors plus, je souffre comme un damné, si tu voulais bien me consoler en attendant qu'elle quitte cet abruti, ça serait aimable de ta part. C'était ça, la vérité. Seulement j'avais été assez malin pour l'enrober. J'avais trouvé les seuls mots susceptibles de me faire apparaître comme un homme debout, peut-être pas léger, non, mais au moins debout, et bien que ma femme… Qu'est-ce que je lui avais dit exactement à propos de Cécile ? Ah oui, qu'elle ne m'aimait plus, juste qu'elle ne m'aimait plus. Je n'avais pas précisé qu'elle avait un amant. Esther, comment te dire… je crois que je suis amoureux de toi. Et elle s'était engouffrée dans la brèche, sans poser de questions, comme si elle n'attendait que cela.

J'étais bien plus calme, à présent, et la qualité de ma peinture s'en ressentait. Je ne chantais plus nerveusement *La Traviata*, j'avais dégagé Cécile en coulisses et fait entrer Esther avec cette casquette qui lui allait si bien et un blouson en cuir de garçon que je lui avais vu un jour, plutôt que cette affreuse veste saumon. Songer qu'elle m'attendrait derrière le palais de justice et que nous partirions ensemble pour Luc-sur-Mer, que nous passerions la nuit ensemble alors que je n'avais pas fait l'amour depuis des mois et des mois avait si bien réussi à captiver mon attention que la vie m'avait semblé petit à petit non pas heureuse, mais inattendue, excitante, et bientôt je m'étais surpris à essayer d'imaginer ce que nous allions faire dans cette chambre d'hôtel de Luc-sur-Mer, brusquement curieux, extraordinairement curieux du corps d'Esther, du plaisir que nous allions nous donner mutuellement, tandis qu'une heure plus tôt j'offrais encore à mes enfants l'image d'un homme apeuré et flageolant.

3

Je l'avais aperçue sur le trottoir, derrière le palais, c'était un jour venteux d'automne, elle portait une parka marron et sa casquette. Je revois le moment où elle ouvre la portière et s'assoit dans ma voiture, mais ensuite je n'ai plus aucun souvenir de notre voyage jusqu'à Luc-sur-Mer. Je suppose qu'elle m'a embrassé sur la joue en montant, je suppose que mon cœur cognait, mais quand je cherche à retrouver ce que nous nous sommes dit durant les trois ou quatre heures de route (car il a bien fallu sortir de Villedieu en plein après-midi), pas une scène, pas un mot ne me revient. Comment est-ce possible ? Si je ne craignais pas d'être anéanti par la douleur, je téléphonerais tout de suite à Esther depuis mon appartement du petit Trocadéro Esther, lorsque nous sommes partis pour Luc-sur-Mer ce premier lundi d'automne après notre déclaration, qu'est-ce que nous nous sommes dit dans la voiture ? Augustin, je suis en pleine réunion, je peux te rappeler plus tard ? – Non, j'ai besoin de savoir, je ne peux pas attendre. – Mais ça fait plus de vingt ans, mon chéri ! Il lui arrive encore de m'appeler mon chéri par inadvertance, moi aussi d'ailleurs, oh ma chérie, m'entends-je chuchoter parfois, tu me manques tellement, puis nous nous excusons et nous raccrochons précipitamment. Nous ne sommes séparés que depuis deux mois tandis que je commence l'écriture de ce livre.

Dans ma mémoire, notre voyage de noces s'ouvre donc par notre premier baiser sur la digue de Luc-sur-Mer. Je gare la voiture, puis nous faisons quelques pas dans le crépuscule naissant pour atteindre la digue, agréablement surpris par l'air marin et le fort parfum de varech qui est propre à la plage de Luc. Oh, dit-elle, ça sent bon ! Nous ne nous donnons pas la main, nous sommes intimidés l'un par l'autre car nous sentons le moment venir. Les lampadaires ont été allumés, baignant d'une clarté crue et pâle la digue déserte en cette saison, de sorte que la mer nous semble rejetée dans les ténèbres, là-bas, très loin, et comme tenue en respect. On devine sa ligne sombre ourlée d'écume.

Je crois que nous demeurons un instant immobiles dans le souffle tiède et parfumé, déjà chargé de l'humidité de la nuit, et qu'inévitablement je nous revois enfants avec notre mère à cet endroit de la digue où nous démarrions notre promenade les soirs de juillet, puisque sans le vouloir c'est à cet emplacement exact que j'ai conduit Esther. Nous, les trois garçons, partions devant, tandis que notre mère bavardait avec notre grande sœur Christine tout en poussant les petits dans la vieille voiture ramenée de Bizerte. Les week-ends, Christine poussait seule les petits car Toto et notre mère se tenaient étroitement enlacés.

— Augustin, dit doucement Esther en se rapprochant, si tu veux on peut s'embrasser maintenant.

Je veux bien, oui. Et l'instant d'après, ses lèvres sur les miennes, puis quelque chose de nous qui se mélange et commence imperceptiblement à nous pénétrer, à nous attacher.

J'ai le vague souvenir qu'après avoir déposé nos affaires à l'hôtel nous sommes ressortis dîner, mais au fond j'en doute, c'était peut-être un autre soir, dans une autre ville, car il ne me revient aucune image de ce dîner à Luc. Il se peut qu'une fois la porte de la chambre refermée nous ayons recommencé à nous embrasser jusqu'à ne plus pouvoir nous détacher l'un de l'autre. Il se peut que nous ayons fait l'amour une première fois, sans prendre le temps de dîner ni de défaire le lit, sans prendre le temps de rien, puis qu'au milieu de la nuit, épuisés et affamés, nous ayons mangé des pommes car Esther avait toujours cinq ou six pommes au fond de son sac et des caramels en quantité. Ce que j'aime dans les hôtels, disait-elle, c'est regarder la télévision en mangeant des pommes, et c'est ce que nous faisions toujours, sans mettre le son, juste pour les images, à n'importe quelle heure de la nuit après nous être aimés, allongés en travers du lit et pique-niquant. Mais il n'y avait pas de télévision à Luc-sur-Mer et quand je me remémore notre nuit de noces je ne vois que nos corps inlassablement entremêlés, se détachant puis se reprenant, comme si nous étions affamés l'un de l'autre, cela entrecoupé de moments où nous nous perdons à regret pour sombrer dans le sommeil.

Oh, comme j'aimerais aujourd'hui qu'Esther me raconte ce qu'elle a retenu de notre nuit de noces ! Non pas l'Esther de Luc-sur-Mer, âgée seulement de vingt-cinq ans, mais celle de notre maturité, celle qui s'est mise au fil du temps à récrire notre histoire pour justifier l'injustifiable, en chasser la part de hasard et de malentendu, et lui donner de la grandeur, un destin. Celle qui s'est mise à faire des albums photo de notre famille. Je l'écouterais et je dirais oui, oui, tu as raison, Esther, bien sûr, c'est exactement ça, nous nous cherchions et le Ciel a voulu que nous nous trouvions pour fonder une famille, pour inventer cet amour extraordinaire qui nous a portés durant vingt années, car sans les mots d'Esther je risque d'écrire que notre nuit de noces ressemble dans mon souvenir à la rencontre de deux naufragés s'accrochant désespérément l'un à l'autre pour se maintenir la tête hors de l'eau, et ne pas mourir. Je risque d'écrire que ce fut pour moi une nuit d'ivresse et d'assouvissement après des mois et des mois d'abstinence, de privation, d'humiliation, aussi j'ai très envie de toi, Cécile. – Augustin, tu sais bien... – Je sais bien que tu as un amant, oui, mais ça n'empêche pas le désir. Prends-moi dans tes bras, je t'en supplie. – Ne me demande pas ça, Augustin, j'en suis incapable. – Je n'arrive pas à concevoir que je puisse te dégoûter alors qu'il y a seulement un an... – Il y a un an, Markus n'était pas entré dans ma vie. – Mais je suis toujours ton mari, Cécile. Cécile, réponds-moi, est-ce que je suis toujours ton mari ? Est-ce que je suis toujours l'homme de ta vie ? – Oui, je ne sais pas... Mais ne me demande pas ça, Augustin, je ne peux pas, je ne peux pas. Une nuit d'ivresse et d'assouvissement après des mois et des mois d'humiliation, oui, je risque de l'écrire.

Le lendemain, nous sortons prendre notre petit déjeuner dans le café qu'ils ont ouvert sur la digue, au niveau de l'horloge. Un pâle soleil sèche les façades des maisons et le ciment de la digue perlé d'humidité par endroits. Je me souviens de l'horloge Art déco à quatre pans sur son pylône blanc dégoulinant de rouille, et je le dis à Esther.

— Quand nous étions enfants, Esther, c'est ici, au pied de l'horloge, que se trouvait la boutique des sucettes et des guiguis, des guimauves, tu sais, une spécialité de Luc, et certains soirs notre mère nous offrait une guigui.

— Oui, je sais, je l'ai lu dans ton livre.

Elle vient me prendre la main d'un petit pas de danse, elle est heureuse.

— Je te trouve très jolie, Esther.

— Chut ! dit-elle. Ne me dis pas ce genre de choses, ne dis rien, regarde plutôt comme le matin est joyeux.

Le cafetier n'a pas de croissants, et je me relève aussitôt pour aller en chercher au bourg.

— Merde, confié-je tout bas à Esther quand le type a le dos tourné, depuis le temps que je rêve d'un grand crème avec des croissants...

— Vas-y, je vais t'attendre ici, j'aime bien cet endroit, *ton* endroit, Augustin.

Quand je reviens avec six croissants et les journaux, je la découvre en train d'écrire dans un cahier d'écolier à gros carreaux.

— C'est pour toi, dit-elle, c'est à toi que j'écris, c'est ton cahier.

— C'est mon cahier ?

— Oui, je l'ai acheté vendredi avant de prendre le train, et ce week-end chez ma sœur je t'ai beaucoup écrit. Quand tu voudras lire, tu n'auras qu'à me le demander.

— D'accord, dis-je distraitement, bien plus intéressé dans la seconde (et là je m'en souviens comme si c'était hier) par la perspective de tremper mes croissants dans un grand café crème que par celle de lire ce que m'a écrit Esther.

Curtis, vous n'allez pas me croire, lui ai-je dit tout à l'heure au téléphone, c'est seulement l'autre dimanche, vingt et un ans presque jour pour jour après cette scène dans le café de Luc-sur-Mer, que débarquant avec la fin de mon déménagement dans mon nouvel appartement du petit Trocadéro, je me suis jeté sur le cahier d'Esther. Jeté n'est pas exagéré car j'étais en panne depuis quatre jours dans mon manuscrit, Curtis, arrêté dans ce café, debout, mes croissants à la main, tandis qu'Esther rebouchait son stylo avant de refermer mon cahier et de le glisser dans son sac. Arrêté dans ce café de Luc-sur-Mer en septembre 1990 et incapable d'écrire la suite. Pourtant, la suite, je la connaissais parfaitement, nous avions pris notre petit déjeuner, puis nous étions sortis faire quelques pas sur la digue quand je m'étais avisé soudain qu'il était onze heures.

— Oh, m'étais-je exclamé, déjà onze heures ! Il faut rentrer, Esther, j'ai peur de ne pas être à temps à la sortie de l'école pour mes enfants.

— On ne va pas mettre cinq heures pour faire deux cents kilomètres, avait-elle rétorqué.

— Je ne sais pas, non, mais je préfère tout de même qu'on rentre.

J'avais pu constater combien ma précipitation l'avait froissée, à moins que ça soit mon inquiétude pour mes enfants, et donc mon brusque désintérêt pour elle, je ne sais pas, mais après un silence, elle avait lâché sèchement :

— Eh bien, rentrons, alors.

Tout cela pour vous dire, Curtis, combien je connaissais la suite, n'est-ce pas ? Et cependant je ne l'écrivais pas, j'en étais *empêché*. Comme si à ce point de mon livre une chose essentielle devait être dite, une chose que je n'avais pas voulu voir, pas voulu entendre, mais que je savais. Quoi ? me disais-je, allant et venant dans mon bureau, incapable d'écrire une ligne de plus. Alors m'est revenu petit à petit à quel point Esther avait été épouvantable durant le voyage du retour. Oh oui, véritablement épouvantable. – Mais de quelle façon ? s'est enquis Curtis. Je ne suis pas sûr de vous suivre, Augustin. – Je ne sais pas comment vous l'expliquer. Dans mon souvenir, elle est devenue subitement plus petite qu'elle n'est en réalité, physiquement plus petite, le visage également plus allongé et pointu qu'elle ne l'a réellement, et me harcelant du fond de son siège. Je dirais un petit animal aux dents acérées, voyez-vous, qui m'aurait tourné sournoisement autour en attendant le moment de me lacérer. Oui, exactement ça, et cependant je n'ai pas retenu un mot de ce qu'elle m'a dit.

J'en étais là de mes réflexions, en panne et défait, quand mon esprit est revenu à son cahier. Vous connaissez l'histoire de ce cahier, Curtis, puisqu'en 2002, éperdu d'amour pour Esther, j'ai fait de ce texte, ou plutôt de sa disparition, l'objet d'un roman que vous avez publié. Pourquoi Esther m'avait-elle choisi ? Pourquoi cette femme me touchait-elle à ce point ? C'était le ressort secret de mon livre. La réponse, m'étais-je plu à imaginer, auscultant le mystère de notre couple, se trouvait sans doute dans ce cahier, à présent disparu, et que je n'avais jamais eu la curiosité de lire. En vérité, Curtis, et ça je ne vous l'avais pas dit, Esther avait conservé son cahier, et c'est seulement une fois mon roman publié que je l'ai découvert, un matin, posé en évidence sur mon bureau. Vous devinez quelle émotion m'a saisi. – Je devine, oui. – Et cependant je ne l'ai pas lu. Je l'ai ouvert, je l'ai feuilleté, j'ai vu qu'elle avait collé une carte postale de Luc-sur-Mer dans les premières pages, mais je ne l'ai pas lu. Comme si le livre que je venais d'écrire avait épuisé mon désir de savoir.

Oui, voilà, comme si le livre avait épuisé mon désir de savoir. L'histoire aurait pu s'arrêter là, n'est-ce pas ? Mais elle a connu un rebondissement imprévisible puisque c'est le souvenir de ce cahier, tandis que j'allais et venais dans mon appartement du petit Trocadéro, qui m'a soudain sorti de mon impuissance à écrire. Cette chose essentielle qui doit être dite à ce point de mon manuscrit, ai-je songé, cette chose que je n'ai pas voulu voir, pas voulu entendre, eh bien je vais la découvrir dans le cahier d'Esther. D'un seul coup, cela m'a paru évident. Alors je n'ai plus fermé l'œil, je me suis rongé le sang, car imaginez-vous un peu, Curtis : le cahier se trouvait encore à notre ancienne adresse, dans notre ex-chambre commune devenue la chambre d'Esther seule, parmi des affaires que je n'avais pas encore déménagées... En somme, Esther pouvait à tout moment tomber dessus et décider de le jeter puisque notre histoire, notre belle et douloureuse histoire, vient de prendre fin.

J'ai attendu dans un état de grande agitation le dimanche matin où il avait été entendu que je passerais prendre mes affaires en l'absence d'Esther. Et comme je vous le disais au début de notre conversation, Curtis, je me suis jeté sur le cahier quand j'ai constaté qu'il était bien là, qu'elle ne me l'avait pas repris. – Je comprends, Augustin, m'a coupé alors Curtis, et je ne vous demande pas si vous avez trouvé ce que vous cherchiez. – Non, vous le lirez dans mon manuscrit. – C'est bien ce que je voulais dire. Et là-dessus, nous avons raccroché.

Cette chose que je savais, au fond, mais que je n'ai jamais voulu voir, jamais voulu entendre, ni à Luc-sur-Mer ni plus tard, Esther me la confie à la deuxième page de son cahier, dans le train qui la conduit chez sa sœur, en Alsace, et donc quelques heures seulement après notre déclaration. Je n'aime pas forcément ce pouvoir que j'ai sur les hommes, m'écrit-elle, ce qui les attache à moi quand moi je m'attache à une histoire, pas à eux. Tu comprends, n'est-ce pas ? Arrive un moment où il faut que je détruise. J'ai peur d'être monstrueuse. Ça m'embête de te parler de ça, Augustin. Je me dis qu'il y a des choses peu aimables en moi, j'ai peur que tu le découvres trop tard et que tu me dises excuse-moi, je me suis trompé, restons-en là. J'ai très peur. Je ne sais pas comment tu as pu faire attention à moi, trouver l'espace de me voir jolie. Tu es tout en haut dans mon estime. Tu étais inaccessible. Je veux que tu m'aimes, c'est une chose bien plus bouleversante que de donner de l'amour.

Et soudain, à la page suivante : La première fois ç'a été une blessure. À l'instant je réalise que tout le temps, depuis, les premières fois, j'en ai fait des blessures. J'ai pris les garçons par surprise, j'ai décidé, brusqué. Ça te déplaît sans doute que je te raconte cela. Mais non, je peux tout te dire, tu peux tout entendre. N'est-ce pas, Augustin ? Ça ne sera pas avec toi comme avec les autres parce que j'ai commencé à t'aimer silencieusement bien avant de te désirer. Jusqu'ici, ça avait toujours été le contraire. Chaque fois que je t'ai vu au cabinet, de loin, je t'ai aimé un peu plus. C'est comme ça que tu es entré dans ma vie. Tout doucement, délicatement. Oh, j'espère qu'on va partir à la mer ! J'espère que tu ne vas pas revenir sur ce que tu m'as dit. Lundi me semble loin.

Oui, avant même Luc-sur-Mer, Esther me révèle tout du secret que j'ai pressenti durant notre nuit de noces, en l'aimant, en la laissant m'aimer aussi, et que je n'ai pas voulu voir. Puis nous avons enfoui ce secret de concert, avant qu'il ressurgisse entre nous dans les dernières années de notre vie commune sous la forme d'une menace indicible d'elle à moi, de la sensation, impossible à nommer, qu'Esther est en train de me tuer, que son souhait le plus profond est de m'anéantir, alors même qu'elle n'a conscience que de m'aimer, que de vouloir me sauver d'une peur qui me précipite petit à petit dans la folie mais dont nous ne comprenons l'origine ni l'un ni l'autre.

Me serais-je enfui dès notre petit déjeuner à Luc-sur-Mer, comme je viens de m'enfuir de notre maison après vingt et un ans de vie commune, si j'avais eu la bonne idée de demander à Esther la permission de lire ce qu'elle m'avait écrit ? J'essaie de me figurer découvrant ces lignes, tout en trempant mon croissant dans mon grand café crème, assis en face d'elle qui me regarderait lire. Arrive un moment où il faut que je détruise. J'ai peur d'être monstrueuse... depuis, les premières fois, j'en ai fait des blessures. J'ai pris les garçons par surprise, j'ai décidé, brusqué... Non, je crois que je n'aurais pas pris la mesure des mots, que je les aurais lus sans les comprendre. Pourquoi me balance-t-elle ces horreurs après cette nuit d'amour si réparatrice, me serais-je peut-être dit (agacé ou incrédule), et alors que je me sens vivant et plutôt heureux, ce qui ne m'est pas arrivé depuis des mois ? Il me semble même que j'aurais pu lui rendre son cahier en souriant béatement, dans cet état de fatigue et de crétinerie qui suit généralement une longue nuit d'amour.

D'ailleurs, c'est l'attitude que j'avais adoptée spontanément durant le voyage du retour quand Esther s'était soudain mise à m'agresser du fond de son siège, tel un petit animal aux dents acérées. Maintenant que je viens de relire son cahier, ses mots me reviennent confusément.

— Je ne sais pas ce qui t'a pris de me regarder, Augustin. Et qu'est-ce qu'un garçon comme toi peut bien faire avec une fille comme moi ?

— Je te trouve très jolie, Esther, je te l'ai dit. Et tu me touches.

— Tu ne sais rien de moi, je ne suis pas du tout la fille que tu imagines.

— Comment peux-tu deviner la fille que j'imagine ? avais-je lancé en riant stupidement, accroché à mon volant (je n'avais pas envie de cette conversation, je songeais à mes enfants, tandis que le souvenir de Cécile et de son amant, un moment chassé par la perspective de notre nuit à Luc, recommençait lentement à me ronger).

— Je n'ai qu'à t'écouter pour savoir, avait rétorqué Esther. Tu es très moral comme garçon, tu te préoccupes de ta famille, de ta maison, si ta femme ne te trompait pas, tu n'aurais pas dévié de ta vie.

— Mais ma femme me trompe et nous nous sommes rencontrés. C'est une chance, non ?

Elle avait soupiré en secouant la tête.

— Si tu savais tout ce qui me traverse, les images qui me traversent, tu ne dirais pas que c'est une chance.

— Esther, je ne sais pas ce que sera notre histoire, mais pourquoi cherches-tu à la noircir tout d'un coup ? On vient de passer la nuit ensemble, on recommencera peut-être, ou peut-être pas, on verra. Essayons plutôt de nous dire que c'est une histoire légère. Et bienvenue.

— Là, tu fais l'homme, tu joues au mec qui maîtrise la situation. Tu me fais bien rire… Une histoire légère… Comme si toi tu pouvais avoir des histoires légères ! En ce moment, tu ne penses qu'à tes enfants qui risquent de t'attendre devant l'école. Tu nous fais rentrer trois heures trop tôt de peur d'être en retard pour tes enfants. J'ai lu ton livre, je sais que ton père vous laissait attendre des heures dans le froid… Tu me fais bien rire. Tu es le contraire d'un type léger, Augustin.

— D'accord, d'accord, je suis le contraire d'un type léger. Et toi, qu'est-ce que tu es ?

— Moi, je détruis tout ce que je touche.

— Je vois. Disons que tu essaies, en tout cas. Mais tu peux bien dire ce que tu veux, ça ne m'atteint pas. Je suis certain que tu n'es pas comme tu le prétends, tu as juste envie de m'emmerder, là, tout de suite. En réalité, je pense que tu es une belle personne, Esther. Une très belle personne. D'ailleurs, ça se voit sur ton visage. Tu n'aurais pas ce visage si tu étais aussi noire que tu le dis.

— Tu me fais bien rire, avait-elle répété (riant, en effet). Tu fais l'homme, tu te donnes des airs.

— D'accord, je me donne des airs. Mais maintenant je veux bien que tu arrêtes de m'agresser, Esther, parce que tu vas finir par transformer notre première nuit en un mauvais souvenir.

Elle s'était tue et avait trouvé sur la radio une chanson de Joe Dassin, « Le Petit Pain au chocolat », qu'elle s'était mise à chanter à tue-tête comme si je n'étais plus là. Tous les matins, il achetait son p'tit pain au chocolat, ya ya ya yaaa... La boulangère lui souriait, il ne la regardait pas, ya ya ya yaaa... Je m'étais fait la réflexion qu'elle était extrêmement gracieuse quand elle chantait.

En arrivant porte Saint-André, je lui avais proposé qu'on déjeune ensemble puisque j'avais deux heures à perdre avant la sortie de l'école, et elle m'avait signifié son accord en me caressant furtivement le dos de la main. Elle n'était plus cette petite chose cruelle aux dents acérées, je l'avais constaté d'un coup d'œil, elle avait repris sa silhouette normale. Tout au long de notre vie commune, mais surtout dans les trois dernières années, j'allais éprouver cette sensation de la voir se rétrécir et s'aiguiser à certains moments où je demeurais abasourdi par la force destructrice de ses mots, ou simplement par la puissance de son rejet. Son rejet de moi, de mon corps, de mon sexe, de ma personne.

Nous étions entrés dans cette grande brasserie, à l'angle de la place et du boulevard Charles-de-Gaulle, et durant le déjeuner elle avait été prévenante et attentive.

— J'aimerais pouvoir te regarder de loin, tout à l'heure, au moment où tes enfants vont sortir de l'école et courir vers toi, m'avait-elle dit en me caressant de nouveau la main. Te voir les soulever dans tes bras, te voir dans ton rôle de père.

Je lui avais rendu son sourire.

— Je te trouve beau, Augustin, avait-elle ajouté, saisie par une émotion qui lui avait légèrement empourpré le visage. Excuse-moi pour tout à l'heure.

— Laisse, on s'en fout, tout va bien (je ne l'écoutais que d'une oreille, j'étais à Veyrière, déjà, sentant venir le tremblement que j'allais ressentir à l'instant de pénétrer dans notre maison avec Laetitia et Louis, ne sachant pas si Cécile m'annoncerait son absence sur un petit mot laissé en évidence sur la table, comme elle en avait l'habitude, ou au contraire sa présence pour le dîner).

À la fin du repas, j'étais sorti m'assurer qu'on ne m'avait pas enlevé ma voiture, garée sur un passage pour piétons, et quand j'étais revenu, Esther était en train de m'écrire dans son cahier.

Je l'ouvre à la bonne page (celle qui suit la carte postale de Luc-sur-Mer), et vingt et un ans après je découvre ce qu'Esther m'a écrit ce jour-là, dans la brasserie de la porte Saint-André :

Luc-sur-Mer, c'était merveilleux. Il faut que tu me réexpliques pourquoi tu trouves que je suis une belle personne, Augustin. J'ai oublié. Ça me fait très plaisir que tu le dises, que tu le penses. J'en suis fière. Mais je veux que tu le réexpliques, ou que tu l'écrives, pour que je puisse passer des heures à y réfléchir.

Maintenant, à partir de maintenant, je vais éviter de me démonter à tes yeux, de me décortiquer pour voir si je te dégoûte, ou si je t'effraie. C'est tout le contraire que je veux. J'ai l'idée que si notre histoire échouait, que si tu ne voulais plus de moi, je n'aimerais plus vivre. J'étoufferais dans un vide nauséeux.

4

— Augustin, avait dit soudain Cécile, tu sais, hier soir, je me suis retrouvée seule avec les enfants et ç'a été vraiment dur de t'imaginer avec cette fille.

Nous étions au lit, elle s'était blottie dans mon dos, j'étais sur le point de m'endormir.

— Ah ! Je ne pensais pas que tu en souffrirais. Plus maintenant.

— Je ne pensais pas non plus. Mais en fait ça m'a empêchée de dormir. J'aurais préféré ne pas le savoir.

— J'étais bien obligé de te dire que je ne dormirais pas à la maison.

— Oui, mais tu n'étais pas forcé de me raconter que tu partais avec une fille.

— C'est vrai. J'étais certain que tu t'en foutrais. (C'était un mensonge, j'aurais parfaitement pu lui faire croire que j'étais en repérage pour un livre futur, je lui avais dit à dessein que je partais avec Esther espérant de toutes mes forces qu'elle en souffrirait.)

— C'était bien, au moins ?

— C'était très bien, oui.

— Mieux qu'avec moi ?

— Cécile, ça fait des mois qu'on ne fait plus l'amour.

— Mieux que quand on le faisait, je veux dire.

— Pourquoi poses-tu ce genre de questions ? Tu sais bien...

— J'ai besoin de savoir. Toi aussi tu m'as demandé, au début, avec Markus.

— Je ne me souviens pas t'avoir demandé quoi que ce soit.

— Si, tu voulais savoir quand je suis revenue, la première fois. Tu voulais savoir.

— Ah oui, c'est vrai ! Tu m'as même raconté que vous l'aviez fait debout, ce qu'on n'a jamais fait, toi et moi.

— Avec cette fille, tu as fait des choses qu'on n'a jamais faites ?

— Cécile, arrête de dire cette fille, elle s'appelle Esther.

— Avec Esther alors.

— Je ne sais pas... Oui.

— Tu me racontes ?

— Cécile !

Il y avait eu un silence durant lequel j'avais perçu l'accélération de nos deux souffles, l'emballement de nos cœurs. Puis d'une voix minuscule, comme si l'air lui manquait :

— Tu veux bien qu'on fasse l'amour ?

— Tu as envie ? Là, tout de suite ?

— Oui.

Elle s'était écartée pour que je puisse me retourner vers elle.

— Cécile, je ne sais pas si je pourrai.

— Tu n'as plus de désir pour moi ?

— Oh si ! J'y pense tout le temps.

— Je voudrais qu'on fasse l'amour comme tu l'as fait avec Esther. (De cette même voix altérée.) Exactement comme tu l'as fait avec Esther. Tu veux bien ?

— Cécile...

— Dis-moi comment tu veux.

— Non, arrête. Arrête, Cécile ! On est en train de se rendre fous. Attends, je vais rallumer, on va parler.

Quand notre chambre s'était éclairée, je l'avais découverte nue, agenouillée au-dessus de moi, les yeux rouges et gonflés comme si elle se retenait de pleurer.

— On ne va pas faire l'amour, Cécile. De toute façon, j'en suis incapable.

La lumière nous avait ramenés à la réalité. Cécile avait semblé découvrir mon corps avec étonnement, puis elle avait eu une moue de dépit, ou de résignation, avant de se recoucher.

Un moment plus tard, je l'avais entendue sombrer dans le sommeil, pelotonnée dans mon dos, son bras gauche autour de mon torse.

Je ne sais plus si c'est le lendemain, ou le surlendemain, qu'Esther m'avait invité à la rejoindre pour la première fois chez elle au milieu de l'après-midi. J'avais passé la matinée à essayer d'écrire, mais je n'avais fait que trembler. On aurait dit que la haine mortelle qu'avait suscitée chez mes frères et sœurs la publication de mon autobiographie était en train d'anéantir mon désir d'écrire. Je m'asseyais à ma table, mais aussitôt je repensais à leurs insultes, salaud, sale con, assassin, tu nous traînes dans la merde dans le seul souci de devenir célèbre, au fond, ce qui te définit le mieux, c'est l'appellation de traître (mon frère aîné, dans sa dernière lettre), l'histoire du monde est farcie d'ordures de ton espèce prêtes à vendre leurs parents en échange d'un peu de gloire (l'un de mes frères cadets), tu es la honte de la famille, le Judas, de sorte qu'un quart d'heure plus tard à peine je me relevais sans avoir écrit une ligne pour aller arpenter notre grande pièce en écoutant *La Traviata*. J'ai perdu ce manuscrit (qui n'a jamais dû dépasser dix ou quinze pages) que j'ai traîné des mois durant, espérant chaque matin vaincre mon impuissance, mais je me rappelle que Cécile et moi en étions les personnages principaux. J'avais rencontré Cécile l'année de mes dix-neuf ans, ne parvenant pas à croire qu'une jeune fille aussi jolie, aussi lumineuse, pût sincèrement m'aimer (elle venait de fêter ses seize ans et entrait en terminale). Cécile m'avait sauvé des miens, de la folie destructrice de notre mère, de son incapacité à aimer ses enfants, et voilà qu'aujourd'hui elle s'éloignait, s'apprêtait à m'abandonner peut-être. Je devais à tout prix écrire pour sauver de notre histoire ce qui pouvait l'être (comme je le fais aujourd'hui avec ce livre dont Esther est l'un des personnages), mais je n'y arrivais plus.

En chemin vers l'appartement d'Esther, je n'avais fait que penser à Cécile, à ce moment où elle m'avait demandé de lui raconter l'amour avec Esther, avant de vouloir me donner la même chose. La même chose *exactement*, comme si elle ne supportait pas qu'une autre femme... qu'une autre femme quoi ? M'initie au bonheur ? Me rende plus heureux qu'elle n'avait su le faire ? Mais non, c'est autre chose, avais-je songé, c'est une peur, ou un chagrin, qui lui est propre. Et alors, pédalant entre Veyrière et l'appartement d'Esther, m'était revenue une scène pratiquement similaire que nous avions vécue sept ou huit ans plus tôt. À l'origine, une jeune journaliste un peu androgyne, qui travaillait dans le même quotidien que moi, m'avait demandé un service. J'aurais beaucoup donné pour elle parce que jamais aucune femme ne m'avait troublé à ce point. Un soir, je m'étais retrouvé dans son appartement, réparant une serrure ou une fuite d'eau, je ne sais plus, quand elle avait surgi de sa salle de bains entièrement nue. Laisse tomber, m'avait-elle dit, je déménage dans huit jours, je voulais juste que tu me fasses l'amour. Tu viens ? Cela énoncé sans aucune émotion, comme si elle avait proposé de me montrer le fonctionnement de sa nouvelle friteuse électrique. Elle m'avait entraîné dans sa chambre, s'était allongée à plat ventre sur son lit, m'offrant ses fesses, et m'avait demandé de la pénétrer par-derrière, encule-moi, j'en ai très envie. Jamais aucune fille ne m'avait demandé une chose pareille. Avec ces mots-là, n'est-ce pas, ce *pragmatisme,* cette absence absolue de sentiment. Encule-moi, j'en ai très envie. J'avais dû rester un instant stupéfait parce que je me souviens qu'elle s'était impatientée. Qu'est-ce que tu fais ? Tu viens ? Puis le désir l'avait emporté sur la sidération, et je l'avais pénétrée. Elle s'était aussitôt mise à jouir, manifestant son plaisir par un hurlement qui n'avait pas cessé, en sorte que bientôt les voisins s'étaient mis à cogner sur les murs et au plafond. C'était embarrassant, un peu dérangeant, mais par chance insuffisant pour nous déconcentrer. Ce qui m'avait le plus étonné, c'était qu'elle pouvait s'interrompre une ou deux secondes pour lâcher une réflexion parfaitement sensée – ils m'emmerdent ces connards, ou encore je ne vais pas m'empêcher de jouir pour ces abrutis – et reprendre immédiatement son hurlement là où elle l'avait laissé. Puis nous étions descendus boire un verre ensemble, et à la terrasse du café elle m'avait dit cette chose extraordinaire, les yeux dans les yeux, Augustin (c'était la première fois de la soirée qu'elle m'appelait par mon nom), on ne recommencera jamais plus. C'était une fois, il n'y en aura pas d'autres. Je veux que tu le saches. Ne cherche pas à me revoir en dehors du journal, ça ne se reproduira pas.

J'étais rentré me coucher auprès de Cécile profondément perturbé. À trente-deux ans, une émotion nouvelle venait de faire irruption dans ma vie dont je ne savais que faire. J'aurais voulu en parler avec cette femme, qu'elle m'explique ce qu'elle avait ressenti, pourquoi elle préférait être pénétrée de cette façon plutôt que par la voie naturelle, et pourquoi je sortais de cette aventure fragilisé, chancelant, avec le sentiment qu'on venait de me fendre l'âme d'un coup de masse.

Deux jours plus tard, Cécile m'avait accompagné à l'aéroport. Je partais pour longtemps et nous étions l'un et l'autre déchirés, conscients d'une menace que nous ne savions pas nommer. Parfois tu pars et je me sens sereine, m'avait dit Cécile. Mais là, je n'ai pas envie que tu t'en ailles. – Moi non plus, j'ai peur à l'idée de me retrouver seul. – Qu'est-ce qui s'est passé, Augustin ? Il y a une chose que tu ne veux pas me dire. – Que je ne *peux pas* te dire, oui. – Essaie quand même, sinon je ne vais penser qu'à ça pendant ton absence. – Je ne peux pas, Cécile, je n'ai pas les mots, c'est très troublant. – Augustin, qu'est-ce qu'on va devenir si tu installes de tels secrets entre nous ? – Je ne sais pas. – Dis-moi ce qui est arrivé. Si tu m'as trompée, je peux l'entendre. – Je t'ai trompée, oui, mais ça ne nous remet pas en cause, je te le promets. C'est juste que ça me laisse en miettes. – Tu es tombé amoureux ? Si c'est ça, dis-le-moi. – Non, je viens de te le dire, ça ne nous remet pas en cause. C'est autre chose. Dans la façon de faire l'amour. Quelque chose… Quelque chose qui m'a complètement bouleversé. – Quoi ? Dis-moi quoi ? – Non, je ne peux pas. Je ne peux vraiment pas, Cécile. – Quelque chose qu'on n'a jamais fait ensemble ? – Oui, quelque chose qu'on n'a jamais fait ensemble.

Nous étions stationnés dans le parking souterrain de l'aéroport. Cécile avait commencé à me déboutonner mon pantalon. Viens, on va faire l'amour avant que tu partes. Personne ne peut nous voir ici.

On va faire l'amour comme tu l'as fait avec cette fille, et après il n'y aura plus ce secret entre nous. Tu veux bien ? Tu en as envie ? – Je ne peux pas. Laisse-moi, s'il te plaît. Laisse-moi, Cécile, je t'en supplie. J'étais sorti de la voiture à moitié déshabillé. Cécile m'avait rejoint, et nous nous étions dit au revoir comme ça, debout à l'arrière de la voiture, mon sac de voyage entre nous. Cécile pleurait, j'étais vidé.

À mon retour, j'avais demandé à Violetta de me recevoir dans son cabinet. D'habitude, nous nous retrouvions au restaurant, mais je ne m'imaginais pas l'interrogeant sur la sodomie tout en ingurgitant mon bœuf-carottes. Violetta n'est pas ma psychanalyste, et cependant j'ai toujours fait comme si, sauvagement, l'appelant au secours à n'importe quel moment, et jamais elle ne m'a raccroché au nez. Des années plus tôt, elle s'était intéressée aux recherches que menait Cécile sur le comportement animal, et c'est comme cela que je l'avais rencontrée, un soir où j'étais passé prendre Cécile à son laboratoire pour aller au cinéma. J'étais tombé immédiatement amoureux de Violetta, de ses pommettes hautes, de ses yeux bridés (de mère bolivienne, de père espagnol), puis nous avions transformé cette attirance en une amitié particulière, n'excluant pas de nous dire des mots tendres, de nous embrasser parfois, mais rien de plus. Violetta, avais-je dit, une fois la porte de son cabinet refermée, j'ai une chose très intime à te demander, je voudrais que tu m'expliques ce que signifie la sodomie entre un homme et une femme. – Veux-tu dire que tu éprouves le désir de faire l'amour à Cécile de cette façon ? – Non, sans ça la question se serait posée plus tôt. – Ah, je préfère ! – Pourquoi tu préfères ? Je ne comprends pas... – Attends, ne mélangeons pas tout. Dis-moi d'abord ce qui t'inquiète. – Une fille m'a demandé de la sodomiser, Violetta, je l'ai fait et, depuis, je me sens fragile, comme si elle avait touché mon âme. – Et c'était bien, tu as aimé ? (Cela demandé avec un sourire adorable.) – Oui, j'ai aimé. Sur le moment, c'était incroyable, vertigineux. C'est ensuite que je me suis senti mal. – Pourquoi mal ? Ce n'est pas un péché, tu sais. Ça peut même être très agréable. – Je n'y avais jamais pensé. – Je vois. Jusqu'à ce que cette fille te le demande. – Oui, voilà. – Comment t'expliquer simplement ? Lorsque l'homme impose cette pratique sexuelle à la femme, il a généralement le dessein de la soumettre, de lui signifier son emprise sur elle, sa domination. D'accord ? Mais la chose s'inverse lorsque c'est la femme qui le demande à l'homme. En le faisant entrer par là, en lui tournant le dos, la femme ne se met pas en position de donner de l'amour à son partenaire, de lui ouvrir les bras. Je dirais qu'elle s'empare de lui, qu'elle a le désir d'en faire sa chose, voire sans doute de l'asservir. Bien sûr, je parle là de son inconscient, Augustin, je ne suis pas en train de prêter à cette femme que je ne connais pas une stratégie consciente. Mais je dirais ça, oui, une femme qui impose à l'homme une telle pratique a sans doute le désir enfoui de le posséder et de l'asservir, sans rien lui donner. Et d'ailleurs, elle le fait entrer en elle par la voie des déjections, n'est-ce pas, par là où s'évacue ce qui est sale, ce que son corps rejette. Ça me semble être tout le contraire d'un acte d'amour.

Quand j'avais précisé à Violetta qu'Aurélie (un prénom d'emprunt, je ne voulais pas qu'elle la repère dans la rédaction de mon journal) m'avait ensuite indiqué que jamais nous ne referions l'amour ensemble, ni comme ça ni autrement, elle avait eu ce commentaire : alors je crois, Augustin, que ton amie est doublement perverse. Laisse tomber, ne te fais pas plus de mal avec cette femme.

Et donc, pédalant pour rejoindre Esther, je n'avais fait que penser à Cécile, à ce souci qu'elle avait toujours eu de me donner tout ce qu'une femme peut donner à un homme, de ne pas être en reste au regard d'une autre plus inventive, et ceci alors même qu'elle avait à présent un amant. En dépit de Markus, m'étais-je dit, elle continue de souffrir à l'idée qu'une femme puisse m'initier à des secrets que nous aurions ignorés. Cela m'avait étonné, mais surtout ému. Je m'étais remémoré l'année où nous nous étions rencontrés. J'avais revu le couple de ses parents, l'élégance du père, son intelligence, sa curiosité, et à ses côtés cette femme plus âgée que lui, la mère de Cécile, intéressée et stupide, qui avait dû être belle mais ne l'était plus depuis longtemps, certains jours avenante, d'autres jours acrimonieuse (elle ne se remettait pas que Cécile ait quitté pour moi un garçon qui se destinait à faire HEC, pour moi qui prétendais devenir écrivain mais n'avais encore rien écrit – et vous croyez, sifflait-elle dans son dentier, que c'est comme ça que vous allez faire vivre ma fille ?). Quand le père rentrait de voyage, il rapportait à la mère un tablier, ou un assortiment d'herbes pour la cuisine dans un présentoir en bois clair décoré de petites fleurs et cachait quelque part le bijou qu'il destinait à sa maîtresse. Aussitôt qu'il s'enfermait aux toilettes, ou dans son bureau pour téléphoner, la mère lui faisait les poches, mais jamais elle n'avait découvert le bijou. Cécile et moi connaissions l'existence de la femme aimée que nous devions rencontrer quatre ans plus tard, après la mort du père dans un accident. Cécile était glacée d'effroi, je le savais depuis notre premier baiser (dont je reparlerai, bien sûr), à la pensée de finir comme sa mère, mal aimée, sans doute vaguement méprisée, et bien sûr je n'avais rien fait pour la rassurer en multipliant les expériences amoureuses. En somme, m'étais-je dit ce jour-là sur mon vélo, pédalant pour rejoindre Esther, il n'était pas bien compliqué de deviner d'où provenait l'acharnement de Cécile à demeurer ma maîtresse, en dépit de tous les bouleversements que nous traversions. Mais il allait me falloir l'aide de Violetta pour entrevoir, quelques semaines plus tard, que Cécile allait sans doute saisir l'opportunité de Markus pour me quitter, pour se sauver, avant que je ne fasse d'elle ce que son père avait fait de sa mère.

Nous ne nous étions pas embrassés quand Esther m'avait ouvert. Elle avait eu un sourire énigmatique en me découvrant sur son palier, et tandis qu'elle s'inclinait imperceptiblement pour me prier d'entrer, comme si elle obéissait à un cérémonial, elle m'avait évoqué une jeune Chinoise avec ses cheveux sombres tirés en chignon, le regard qui se dérobe pudiquement devant l'homme attendu, et les lèvres peintes de rouge au milieu de l'ovale parfait du visage.

Tout tenait dans une grande pièce qu'elle avait plongée dans une demi-obscurité, le lit en désordre, quelques coussins à même le sol, des livres et des journaux empilés contre un mur, un bureau minuscule sur lequel était ouvert un de ces nouveaux ordinateurs portables et, dans un coin, l'unique source de lumière, un petit projecteur posé sur le plancher dont le faisceau tamisé par un tissu projetait un pâle soleil au plafond.

— Je vais préparer du thé, tu en voudras ?

— Avec plaisir.

— Tu peux t'asseoir, tu sais, avait-elle lancé en disparaissant dans ce qui devait être la cuisine.

Je m'étais calé dans les coussins. J'étais un homme de quarante ans, père de deux enfants, ravagé par l'angoisse de perdre sa femme, propriétaire d'une maison de cent cinquante mètres carrés sur jardin à Veyrière, assis par terre dans le studio d'une jeune femme de vingt-cinq ans. J'avais une conscience aiguë de ce que cela avait d'incongru, de coupable aussi (si Cécile m'avait annoncé, là, tout de suite, par le téléphone d'Esther qui était posé à la tête de son lit, qu'elle quittait Markus et m'attendait à la maison, eh bien je serais rentré aussitôt, je le savais, je n'avais aucun doute là-dessus), et cependant le parfum poivré d'Esther, en me ramenant à notre nuit à Luc-sur-Mer, était en train d'éveiller en moi le désir enivrant de me mettre au lit avec elle. Je savais que j'allais y céder, je savais qu'Esther ne pensait qu'à ça tout en préparant le thé, et songeant au rejet, pour ne pas dire au dégoût que je semblais inspirer désormais à Cécile (sauf l'autre soir, quand elle avait été jalouse d'Esther), c'était une consolation que je n'allais sûrement pas négliger.

Esther était reparue avec le plateau du thé qu'elle avait posé un peu à l'écart des coussins, je l'avais regardée faire, s'accroupir, verser le thé dans les tasses, mais au moment où je m'attendais à ce qu'elle m'en propose une, elle s'était relevée pour venir se planter au-dessus de moi qui me tenais toujours à demi allongé dans les coussins. Elle avait plongé ses yeux dans les miens, de biais, la tête légèrement de côté, elle ne souriait pas, son front s'était à peine froissé, j'avais deviné qu'elle se laissait envahir par l'émotion qu'elle avait contenue jusqu'ici et je l'avais revue à notre premier déjeuner, après que je lui eus dit que je pensais être amoureux d'elle. Nous étions restés un moment comme cela, suspendus, respirant de plus en plus vite, puis elle m'avait enjambé, s'était assise à califourchon sur moi, tout le poids de son corps sur mon ventre, ses genoux durs m'emprisonnant les aisselles, et elle avait approché ses lèvres de mon oreille. J'avais entendu son souffle, reconnu l'odeur de ses cheveux.

— Cette nuit, m'avait-elle chuchoté tout en mouillant mon oreille, je t'ai écrit. J'ai pensé à comment on allait faire l'amour. Toute la nuit, tu sais, je n'ai pensé qu'à ça. À comment on allait faire l'amour cet après-midi. Je n'ai pas dormi, je n'ai fait que nous imaginer. Moi debout devant la glace de la salle de bains et toi... J'ai même fait des petits croquis dans ton cahier pour t'expliquer. Je ne sais pas si ça t'intéresse de savoir ou si tu préfères découvrir.

— Je préfère découvrir.

— C'est moi qui vais décider, alors. Tu veux bien ?

— Oh oui, Esther, décide !

— Je veux que tu m'aimes, Augustin, je veux que tu me donnes tout. Jamais je n'ai désiré un homme comme je te désire.

— Je te donnerai tout.

Quand nous nous étions détachés l'un de l'autre, sur son lit, elle avait dit j'ai envie d'allumer une cigarette et qu'on la fume tous les deux. Tu veux bien ? C'était à ce moment-là que j'avais noté que ce *tu veux bien ?* devait être une de ses expressions. Je veux bien, avais-je dit en la regardant. Nous étions encore légèrement essoufflés. Je m'étais arrêté de fumer six ans plus tôt, pour la naissance de mon premier enfant, et j'étais en train de m'y remettre.

Nous avions fumé sa cigarette.

— Ne bouge pas, avait-elle dit plus tard, tandis que nous nous tenions toujours allongés l'un à côté de l'autre, je vais te faire couler un bain. J'ai acheté de l'huile pour parfumer l'eau. Et si tu veux, je te frotterai le dos.

5

Il me semble qu'après Luc-sur-Mer, ce fut notre premier voyage – Honfleur, ou peut-être Étretat. Nous sommes si souvent allés à Étretat par la suite avec mes enfants, puis *nos* enfants (le « nos » regroupant les deux aînés que j'ai eus avec Cécile, Louis et Laetitia, et les deux filles que nous avons mises au monde avec Esther, Alice et Emma) que je ne suis plus très sûr de moi. Oui, Honfleur, ou peut-être Étretat, mais peu importe, au fond, puisque le seul souvenir que je conserve de ce premier voyage après Luc-sur-Mer se résume en vérité à mon retour au Havre qui n'était pas prévu. Comme si revoir Le Havre avait effacé de ma mémoire, *écrasé* devrais-je écrire (tant le choc fut dévastateur), le bonheur encore si fragile de me promener en compagnie d'Esther.

Nous roulons sur une route escarpée de la côte normande par une belle matinée d'automne. Nous venons de passer la nuit à l'hôtel, Esther écoute Joe Dassin, dont elle a emporté quelques disques, en chantant sur sa voix, et c'est très joli parce qu'elle mêle son timbre féminin au sien qui est si grave, quand soudain il me semble reconnaître le port du Havre dans la brume matinale.

— Oh, dis-je, Le Havre !

Esther acquiesce distraitement sans cesser de chanter. Peut-être aurais-je envisagé de l'associer à la douleur que j'avais sentie s'enkyster quelque part dans ma poitrine et aussitôt irradier si elle s'était arrêtée de chanter pour m'interroger eh bien quoi Le Havre, Augustin ? Pourquoi sembles-tu soudain bouleversé en découvrant Le Havre ? Aujourd'hui, dans mon appartement du petit Trocadéro, je songe à ce qu'il y aurait eu d'indécent à lui raconter Le Havre, si étroitement associé à Cécile (comme à lui raconter, quelques jours plus tard, la découverte du sang de Cécile dans notre lit), mais sur le moment ce n'est pas l'indécence qui m'a retenu mais bien plutôt son apparente indifférence.

En quelques secondes je nous revois quinze ans plus tôt, un matin de juillet 1975, nous retrouvant tous sur le quai du Havre au pied de la muraille noire du *Pouchkine* dont les grues ont commencé à charger des containers : Cécile dans une robe d'été couleur vanille qui s'est fait couper les cheveux comme Jean Seberg et qui acquiesce à tout ce que lui raconte mon frère aîné Frédéric (Cécile qui a toujours bien aimé Frédéric à tel point que je me suis souvent demandé si elle n'aurait pas préféré vivre avec lui plutôt qu'avec moi) ; Frédéric qui est venu avec sa femme et qui a dit tout de suite en nous apercevant sur le quai ça va les jeunes ? Alors, c'est le grand jour ? (Frédéric qui pontifie, qui se prend volontiers pour notre père à tous, vu que Toto n'est-ce pas) – Ouais, Frédéric, cette fois on y est ; Nicolas, mon frère photographe avec ses Leica autour du cou, dont le jugement m'importe tant et qui a l'air de considérer maintenant que nous faisons une connerie en partant pour l'Amérique, Cécile et moi, mais qui ne dit rien, qui nous regarde de loin en souriant vaguement ; puis survient notre sœur cadette avec son mari dans leur Volvo, son mari que nous avons d'emblée catalogué comme un crétin parce qu'il est banquier et que toute notre enfance nous avons vu notre père harcelé par les banquiers (ça, c'est bien dans le style d'Anne-Cécile d'aller épouser un banquier, avons-nous ricané entre hommes. Et Toto : Note qu'en avoir un dans la famille ça peut toujours être utile) ; notre grande sœur Christine a prévenu qu'elle ne pourrait pas être là, son mari étant prétendument retenu par ses affaires à l'autre bout de la France (son mari qui est quelque chose comme banquier, lui aussi, qui roule également en Volvo, mais devant lequel nous nous prosternons, comme nous nous prosternons devant tout ce qui émane de notre grande sœur Christine), Christine et son mari ne viendront pas, ai-je prévenu Cécile, parce qu'ils ne veulent plus voir papa, je crois qu'il leur a tapé un gros paquet de fric et que Christine a cru mourir de honte, c'est d'ailleurs pour ça qu'ils ont déménagé du jour au lendemain à l'autre bout de la France. En somme, nous n'attendons plus que Toto, notre mère et les petits à bord de la Peugeot. Ils sont censés arriver de Saint-Malo où ils se trouvent tous pour les vacances d'été. Quelqu'un a dit que notre mère ne viendrait pas, Frédéric peut-être, mais je n'arrive pas à croire la chose possible alors que nous partons pour plus d'une année, et peut-être même pour toujours, et que rien ne retient notre mère à Saint-Malo puisque tous les petits seront dans la Peugeot. Que ferait-elle toute seule à Saint-Malo sans enfants ? Nous n'attendons plus que Toto, notre mère et les petits, donc, quand la grue du *Pouchkine* s'empare soudain de notre fourgonnette Renault 4 pour l'élever à trente mètres de haut avant de la descendre en fond de cale. Dommage que les petits ne soient pas là, dis-je à Cécile, j'aurais bien voulu qu'ils voient ça, notre bagnole suspendue dans les airs.

— Esther, j'ai envie de faire un crochet par Le Havre. Ça ne t'ennuie pas ?

Elle fait non de la tête tout en continuant de chanter.

J'ai acheté sept ou huit mois plus tôt les billets pour notre traversée sur le *Pouchkine*. Qui a bien pu nous parler de ce paquebot soviétique qui ne passe qu'une fois par an au Havre, paraît-il, arrivant de Leningrad et poursuivant sa route vers Montréal, puis Panama et Valparaiso ? Je ne sais plus. Les billets sont très peu chers, mais généralement il n'y a plus de place. J'ai obtenu les deux dernières et là, tandis que je roule vers Le Havre au côté d'Esther, je me rappelle combien l'existence de ces billets, et la certitude que nous allions partir, avait illuminé notre hiver 1974-1975. Cécile, dont le père est mort durant l'été 1974, avait semblé retrouver l'envie de vivre et, dans les jours suivants, elle avait rapporté plusieurs livres sur les oiseaux d'Amérique. Cette année-là, nous partageons un appartement avec Nicolas, mon frère photographe, un appartement dont les fenêtres donnent sur les voies ferrées de la gare de Villedieu. Je consacre tout mon temps libre à aménager la fourgonnette dans laquelle nous dormirons et ferons la cuisine. Je songe que nous y ferons l'amour, aussi, et je colle sur le plancher que j'ai construit, qui recouvre des coffres de rangement et des tiroirs, une moquette épaisse. Certains week-ends, nous nous réfugions chez la mère de Cécile. Elle habite une jolie maison dans la banlieue, entourée de gazon, en lisière des bois. Jamais nous n'entrons dans le bureau du père, mais nous dormons dans sa chambre, dans son lit double, et je me douche dans sa salle de bains couleur tabac. Prends le peignoir de papa, me dit Cécile. Il vous va bien, gardez-le donc, ajoute sa mère un moment plus tard, comme si elle n'était pas mécontente de s'en débarrasser.

— Esther, dis-je soudain, tu m'as dit que tu avais quel âge l'année où ton père est mort ?

Elle s'interrompt de chanter.

— Vingt et un ans. Pourquoi tu me demandes ça, subitement ?

— Pour rien.

Mais si, parce que je viens soudain de me rendre compte que Cécile et Esther ont perdu leur père au même âge exactement.

Les week-ends où nous sommes chez elle, la mère de Cécile essaie de nous dissuader de partir en Amérique. S'il arrive quelque chose à ma fille, Augustin, jamais je ne vous le pardonnerai. Elle pense que nous partons pour une année tandis que je nourris l'espoir de ne jamais revenir. Après notre traversée des deux Amériques à bord de notre fourgonnette, j'imagine que nous allons tomber en Argentine sur une propriété en déshérence qu'on nous cédera pour un franc symbolique. Un matin, nous découvrirons cet endroit, interdits d'émotion et de stupeur, et nous saurons que nous sommes arrivés, une maison en bois comme celle d'Herzog, le héros de Saul Bellow, aux vitres cassées ici et là, à la véranda chancelante, mais une maison dont je saurai faire quelque chose bricoleur comme je le suis grâce à Toto. C'est ici que nous nous installerons pour le restant de notre vie. Je fais souvent ce rêve la nuit, quand nous sommes chez la mère de Cécile, et quand je le raconte à Cécile elle dit moi aussi, Augustin, je rêverais d'habiter là-bas et d'avoir des chevaux. C'est le dimanche matin, nous traînons un peu dans le grand lit du père, le temps de nous figurer Cécile sellant son cheval, et moi me remettant au travail pour terminer la restauration de la véranda et de la galerie qui court tout autour de notre maison. J'ai acheté un tracteur d'occasion, nous vivons de nos fruits et légumes, et je n'ai qu'à abattre des arbres pour me procurer des planches pour la véranda. Après avoir écrit de la merde pendant des années, je veux dire entre dix-neuf et vingt-quatre ans, j'ai renoncé à devenir écrivain, enfin je crois avoir renoncé pour vivre dans cette maison d'Argentine avec Cécile où nous aurons sûrement des enfants un jour ou l'autre et où nous nous aimerons passionnément toutes les nuits, bien que Cécile n'ait déjà plus très envie de faire l'amour avec moi (ce que je mets au compte du chagrin qui l'occupe depuis la mort de son père, alors que je sais, au fond de moi, que son désamour remonte à notre première année de vie commune quand je l'ai abandonnée la veille d'une interruption de grossesse pour partir en Éthiopie avec Nicolas, ce dont je n'ai pas cessé d'avoir honte depuis).

Quand Toto arrive enfin avec les petits, je vois immédiatement que notre mère n'est pas là. C'est Guillaume, notre frère cadet (celui qui est né après Anne-Cécile et l'enfant mort), qui est assis devant avec sa petite amie à moitié sur ses genoux, sa petite amie qu'il a rencontrée à quatorze ans et qui deviendra sa femme, quand j'y pense c'est incroyable, deux enfants. Si Esther ne chantait pas peut-être que je le lui dirais, est-ce que tu te rends compte, Esther, que mon frère Guillaume a rencontré sa femme l'année de ses quatorze ans, je crois même qu'elle n'en avait que treize, et qu'ils sont toujours ensemble ? Mais peut-être que ça ne la surprendrait pas, elle qui est la onzième de douze. Peut-être que certains de ses frères et sœurs ont fait la même chose pour échapper à la folie des parents. J'écris peut-être parce qu'à ce moment-là de ma vie avec Esther je ne sais encore rien de ses onze frères et sœurs. Aujourd'hui, tandis que j'écris ce livre, je sais, bien sûr – d'une certaine façon, ce qui leur est arrivé est bien pire qu'à nous. Mais ce n'est pas le moment de parler des frères et sœurs d'Esther, et donc c'est Guillaume et sa petite amie qui sont assis à l'avant de la Peugeot, à la place qu'aurait dû occuper notre mère, tandis que les petits s'entassent sur la banquette arrière. Certains ont vomi sur la route, tous se sont endormis, de sorte que lorsque Frédéric et sa femme les font descendre de la voiture en leur faisant la fête comme s'ils ne les avaient pas vus depuis des années, les petits clignent péniblement des paupières dans la lumière étincelante de juillet, tout en s'efforçant de sourire et bien qu'ils soient livides et de toute évidence épuisés.

Bientôt, nous sommes tous assis sur la plateforme de l'entrepôt, les jambes dans le vide, en train de manger au soleil les sandwichs que nous a préparés la femme de Frédéric. Les dockers sourient en nous voyant et certains nous souhaitent bon appétit. Seuls Toto et Frédéric sont restés debout sur le quai, à quelques pas devant nous, Toto les bras croisés dans le dos, une chemisette d'été à manches courtes par-dessus son pantalon beige en tire-bouchon, une épaule plus basse que l'autre, pieds nus dans des sandales de cuir sans âge, l'air d'écouter béatement ce que lui raconte Frédéric sur le fonctionnement des grues du *Pouchkine* qui continuent de ramasser tout ce qui traîne encore sur le pavé pour l'expédier en fond de cales. Je suis certain que si je demandais à Toto de me répéter ce que lui explique Frédéric, là, tout de suite, il serait bien embêté. Il profite de ce moment pour calculer le nombre de jours dont il dispose encore pour empêcher la saisie de nos derniers meubles, ou une nouvelle expulsion, vu qu'il n'a pas payé le loyer depuis des mois. Mon vieux, à la guerre comme à la guerre, il va faire un chèque en bois, et le temps que le zèbre s'en aperçoive, ça devrait suffire pour enrayer la procédure. C'est à peu près ce qu'il se dit, tout en acquiesçant aux âneries de Frédéric qui se sert du bec de sa pipe pour lui désigner un truc en plein dans le soleil, une poulie, ou Dieu sait quoi. Toto met sa main en visière pour feindre de s'intéresser à la question, mais je vois qu'il ne regarde pas dans la bonne direction. Il va faire un chèque en bois et basta. Dis donc, papa, pourquoi maman n'est pas venue finalement ? J'avais sauté de la plateforme, et Frédéric s'était arrêté net en me voyant approcher comme si je lui faisais peur. – Ça, mon petit vieux, je n'en sais foutre rien, avait rétorqué Toto. Je crois qu'elle était contente que je la débarrasse des petits... Si tu veux mon avis, elle va en profiter pour dormir. – Ah, d'accord ! Et j'étais retourné m'asseoir à côté de Cécile.

Quinze années se sont écoulées et rien n'a changé, la plateforme de ciment est toujours là, surplombant le quai et ses pavés disjoints. Je reconnais l'emplacement qu'avait choisi Toto pour garer la Peugeot à l'ombre de l'entrepôt. Mais pas une âme ce matin d'octobre 1990, et le vide, le vide immense à la place qu'occupait le vieux *Pouchkine*.

— Pourquoi tu nous as conduits ici ? s'étonne soudain Esther.

— J'ai envie de marcher un peu sur les quais, le long de l'eau.

— Fais-le, alors. Mais tu veux bien me déposer dans un café ? Je vais t'écrire en t'attendant. J'aime t'attendre. Penser très fort à toi en sachant que tu vas revenir.

Je l'avais déposée dans un café du centre-ville et j'étais retourné flâner sur le quai. Je voulais laisser les souvenirs abonder, les souvenirs et le chagrin, leur laisser tout le temps de remonter les années et petit à petit de m'envahir, de me noyer. Je les avais tous revus, Frédéric et Toto, les petits, Guillaume que son amie suivait comme son ombre, nous souriant timidement comme si elle n'était pas bien sûre de nous reconnaître, Anne-Cécile et son banquier affable et bavard que personne n'écoutait, Nicolas allant et venant à bonne distance avec ses Leica, l'air de s'ennuyer, de nous mépriser un peu aussi, et, bien sûr, Cécile. Cécile allant échanger quelques mots avec Frédéric, puis revenant s'asseoir près de moi dans sa petite robe d'été couleur vanille. Cécile à qui je faisais encore un peu peur en ce temps-là. Si c'est comme ça, je disais à tout bout de champ, on n'a qu'à se séparer, je ne suis pas ton petit chien. Simplement parce qu'elle suggérait qu'au lieu de repartir en voyage avec Nicolas je pourrais passer des vacances avec elle en Espagne, dans la maison de ses parents. J'avais failli la perdre en partant pour l'Éthiopie trois ans plus tôt avec Nicolas à la veille de son interruption de grossesse, mais ça ne m'avait rien appris et je continuais à dire que je ne devais pas être son petit chien. Comme l'était Toto dans le regard de notre mère, n'est-ce pas. Comme l'était Toto. Mais pourquoi tu te mets en colère, Augustin ? protestait faiblement Cécile, et je voyais ses yeux se remplir de larmes. Oh, cette peur que j'avais que notre mère se réincarne en Cécile et que je devienne Toto au fil du temps ! Oui, mon Minou, ne te fais pas de bile, mon Minou, tout sera fait comme tu le veux. Et notre mère qui lui aboyait à la figure, qui lui griffait les yeux parfois, pas une femme ne supporterait la moitié de ce que je supporte ! pas une ! regarde dans quel taudis tu me fais vivre (après notre expulsion de Longchamp) ! mais regarde ! mon Dieu, si mon père voyait ça ! tu n'es qu'un monstre, un menteur, un pauvre raté, qu'est-ce que j'ai fait au Seigneur pour mériter ça ? Et alors elle éclatait en sanglots, ou se mettait à hurler en trépignant, ou menaçait de sauter par la fenêtre, ou courait s'enfermer dans leur chambre dont elle ne sortait que le lendemain, mutique, le visage bouffi, l'air de ne plus savoir qui nous étions, nous, ses enfants. Oui, cette peur qui ne me lâchait pas que notre mère se réincarne en Cécile et que je devienne un jour Toto.

Pourtant, c'était Cécile qui m'avait sauvé de notre mère. Celui-ci est le portrait de Toto, disait-elle en me présentant, au temps où nous habitions Longchamp, en lisière du bois, et je voyais combien c'était une punition et une honte pour elle ce petit Toto qui lui était tombé du ciel quand les deux précédents, Frédéric et Nicolas, étaient les sosies de son propre père, ce héros de 14-18 trop tôt disparu, racés jusqu'au bout des ongles, n'est-ce pas, longilignes et distingués. *Distingué*, c'était le mot de notre mère, il y avait ceux qui l'étaient et les autres dont on devinait qu'ils allaient devoir raser les murs leur vie durant. De sorte que j'avais été sidéré lorsque, m'approchant de Cécile, un dimanche, l'année de mes vingt ans, elle m'avait aussitôt tendu ses lèvres comme si elle n'attendait que cela. Nous nous promenions ensemble depuis trois mois peut-être, en parlant de choses et d'autres, mais sans oser nous toucher. Elle était la petite sœur d'un ami de Frédéric et je vivais dans la peur qu'elle croise par hasard Frédéric ou Nicolas car alors j'étais certain que l'un des deux me la volerait (surtout Nicolas qui couchait déjà énormément tandis que je ne m'étais jamais mis nu devant une fille). Et soudain, ce dimanche, Cécile était devenue ma petite amie par ce premier baiser. Je lui avais dit aussitôt que je l'aimais, bien sûr, et elle m'avait répondu gravement moi aussi je t'aime, Augustin. Nicolas, avec lequel je partageais une chambre, s'en était félicité pour moi, sans y prêter beaucoup d'intérêt, mais j'avais noté chez Frédéric une forme d'ébahissement. Toute notre enfance, il avait fait écho à notre mère, feignant de me plaindre pour mes grosses joues, mon absence absolue de distinction (toi, Nogré, disait-il, car il m'avait surnommé Nogré, tu ne pourras pas porter de cravate avec ton cou, mais tu mettras des chemises polo – et j'entendais : comme M. Féti, le mari de la concierge) et voilà que Cécile était entrée dans ma vie en dépit de tous mes handicaps. Cécile, qui était sûrement ce qu'il y avait de plus adorable, de plus lumineux, dans les cent kilomètres à la ronde.

C'était un événement considérable auquel j'avais consacré les derniers chapitres de l'autobiographie qui venait de me brouiller avec toute ma famille (et qui m'avait valu d'être traité d'assassin et de salaud par notre mère). Lorsque j'avais donné le manuscrit à lire à Cécile, songeant qu'elle serait sensible au témoignage d'amour que représentaient ces pages selon moi (et alors qu'elle était déjà engagée dans sa liaison avec Markus), j'avais rapidement compris que je l'avais profondément blessée. Je l'avais vue s'enfermer dans la salle de bains, en ressortir avec les yeux rouges, mais elle avait été incapable de me parler. Bien des années après notre séparation, elle dirait à nos enfants, devenus grands, je ne lis plus aucun roman depuis que votre père publie, les écrivains sont tous des malades, même les choses les plus intimes ils les mettent dans leurs livres, ils ne peuvent pas s'en empêcher, je ne comprends pas ce qu'ils cherchent et ce que ça peut bien apporter aux lecteurs. Je ne comprends pas.

Oui, l'entrée de Cécile dans ma vie avait été un événement considérable sur lequel, assis sur la plateforme de l'entrepôt et balançant mes jambes dans le vide pendant qu'Esther était au café, exactement comme je l'avais fait quinze années plus tôt parmi les miens, je m'étais mis à méditer. Pour la première fois, une femme m'aimait et me le disait. Pour la première fois, une femme m'attendait avec impatience, puis après les premiers baisers, et tandis que nous nous tenions allongés sur son lit de jeune fille (Cécile avait alors seize ans) elle passait sa main sur mon visage en me répétant tu m'as manqué, Augustin, toute la semaine je n'ai pensé qu'à toi, je t'aime et je te trouve beau, tu sais. Je ne savais pas, non, mais je voulais bien essayer de le croire, jamais notre mère ne m'avait dit de telles choses, jamais notre mère ne m'avait dit qu'elle m'aimait, et c'était donc comme si les sombres murs qui me tenaient enfermé dans le froid et les ténèbres depuis que j'avais ouvert les yeux sur le monde étaient en train de s'effondrer, me laissant soudain entrevoir combien la vie était plus immense, plus généreuse, plus prometteuse que ce que je m'étais figuré.

Notre mère ne m'avait rien appris de ce qu'est l'amour, et sans doute son incapacité à aimer, à m'aimer moi en tout cas, aurait-elle fini par me tuer si je ne m'étais pas enfui de chez nous avec Nicolas. Je ne veux parler ici que de moi, car je sais combien Frédéric et Nicolas, même mal aimés comme nous l'avons tous été, ont puisé de confiance dans les louanges idiotes de notre mère sur leur physique, tandis que la déception que je lisais enfant dans ses yeux aussitôt que j'apparaissais m'accablait (et n'a plus jamais cessé de m'accabler). Oh oui ! Cécile m'avait sauvé de notre mère, et fuyant l'un et l'autre une enfance qui nous avait laissés fragiles et désappointés (Cécile me disant à demi-mot combien le couple de ses parents lui semblait à l'opposé de ce qu'elle attendait d'une relation amoureuse), nous avions décidé de partir pour l'Amérique avec le rêve secret de nous implanter en Argentine et de faire mieux que nos parents. Et nous avions échoué. Non seulement nous n'avions pas trouvé notre maison en Argentine, mais j'avais trompé Cécile comme son père avait trompé sa mère, et finalement elle avait été séduite par Markus et allait peut-être me quitter pour lui.

À ce point de ma méditation, revenant aux premiers jours de notre rencontre, j'avais soudain trouvé vertigineuse l'allure à laquelle Cécile et moi nous étions choisis pour la vie (du moins le pensions-nous). Comme si la sidération d'entendre l'autre dire je t'aime avait annihilé dans la seconde toutes nos facultés d'analyse et de choix. Pour Cécile, je ne sais pas, mais pour moi cela avait été le cas. C'était un tel cadeau que me faisait le destin, si improbable, comment ne l'aurais-je pas saisi et gardé comme un trésor ? J'avais deviné, je crois, qu'à l'intérieur du trésor qu'était Cécile (je veux parler de sa beauté) s'en trouvait un autre – ma survie, mon sauvetage. En même temps qu'il me donnait une femme, le destin me graciait, au sens où l'on gracie un condamné. Cécile n'avait pas le pouvoir d'effacer le mal que m'avait fait notre mère, mais elle avait celui de me distraire d'elle, de m'emmener de l'autre côté du mur, dans une vie que je ne soupçonnais pas.

Je n'avais pas été chercher plus loin, j'avais pris pour femme la première qui avait bien voulu que je l'embrasse, la première à me dire je t'aime. Un autre, plein de confiance en soi (de cette confiance que donne sans doute l'amour d'une mère), se serait accordé tout le temps de choisir, de rencontrer d'autres jeunes filles, de s'éloigner puis de revenir, au risque de perdre la première, mais moi j'avais signé tout de suite. Ç'avait été Cécile, et si j'avais habité Paris, Lyon ou Marseille, ç'aurait été une autre, avais-je songé, toujours assis sur la plateforme de l'entrepôt devant la place vide du *Pouchkine*. Alors, constatant combien le hasard gouverne nos vies (la mienne plus que d'autres, sûrement), j'avais été pris de vertige. Nous nous engageons poussés par des sentiments confus et indicibles, et donc inévitablement sur des malentendus, m'étais-je dit. Comment pourrait-il en être autrement quand nous jouons notre vie sentimentale sur un seul coup de dé ? Le plus criant de ces malentendus entre Cécile et moi avait été celui de l'écriture. Bien avant notre premier baiser, je lui avais dit que je serais écrivain, et elle avait aimé cela au point de me demander dès le lendemain de lui lire ce que j'écrivais (et aussi de quitter pour moi son petit ami qui se destinait à faire HEC). Cependant, lorsque après mes années de journalisme et quelques livres, j'avais publié mon premier texte littéraire – cette autobiographie –, elle n'avait pas pu me cacher combien mes mots, tout ce que j'avais écrit dans ce livre, mon âme en somme, la révulsaient.

Oui, nous nous engageons sur des malentendus, sinon à l'éblouissement des premiers mois succéderaient des années d'harmonie et de bonheur. Alors seulement j'avais pris conscience que le plus effrayant des malentendus, en ce qui me concernait, était d'attendre de ma femme qu'elle comble par sa présence, par son amour, le vide abyssal laissé en moi par notre mère. Qu'elle m'empêche de tomber dans ce gouffre que je pressentais sans cesse, que je pressens aujourd'hui encore, à l'aplomb de mon corps, qu'elle me retienne par la main dans les moments où je sais que je vais basculer. Je n'avais pas prévenu Cécile que ma survie dépendrait d'elle parce que je n'en avais pas une conscience claire, mais le désarroi dans lequel me précipitait la menace de son départ m'illuminait à présent sur ce que j'étais – un homme de quarante ans en sursis, un homme que sa femme retenait à la vie par un fil. Que le fil casse et je retournerais à l'errance glaciale qu'avait été mon enfance. J'avais grandi dans du vide, je n'avais rien de solide à quoi me raccrocher, aucune confiance en moi, aussi je mourrais, me laisserais mourir. Je le savais si bien qu'à peine lâchée la main de Cécile, j'avais saisi celle que me tendait Esther. Ç'avait été Esther parce que sa grâce m'avait touché, mais ç'aurait pu être une autre, la première qui m'aurait retenu. M'avouer cela m'avait terriblement troublé. Je refaisais avec Esther ce que j'avais fait vingt ans plus tôt avec Cécile, je me précipitais dans les bras de la première femme à me dire je t'aime, mais cette fois je savais pourquoi et me taisais. Non, c'était faux, je m'étais souvenu avoir dit à Esther, au retour de Luc-sur-Mer, de prendre notre histoire avec légèreté puisque nous ne savions pas ce qu'elle deviendrait.

Avec légèreté, moi qui suis si grave...

Esther était en train de m'écrire quand je l'avais retrouvée, assise au fond du café.

J'ouvre son cahier, je tourne les premières pages. Jamais elle ne met la date. Parfois un nom de ville, ou d'hôtel. J'aimerais découvrir le mot Le Havre flottant au milieu de son écriture minuscule qui me paraissait illisible il y a vingt ans et que je décrypte si facilement aujourd'hui. Mais pas de Le Havre, nulle part. À la douzième ou treizième page, qui doit correspondre chronologiquement à ce voyage, je tombe en arrêt sur ces deux phrases toutes seules, isolées entre deux paragraphes écrits serrés, et qui me laissent interdit – Je ne serai jamais ta femme, Augustin. C'est une évidence qui me brise le cœur.

Quand les a-t-elle écrites ? Je n'ai pas le souvenir, dans les premières semaines de notre rencontre, d'avoir évoqué avec elle notre avenir. Si concrètement, si trivialement. Oh non, sûrement pas ! C'est dire que, me faisant parler de Cécile, et devinant la place qu'elle tenait dans mon cœur, Esther avait pensé qu'elle n'avait aucune chance de la supplanter un jour. Et cependant, elle ne m'avait pas lâché.

6

Elle appelle généralement le soir, autour de vingt-deux heures, quand elle sait que je suis seul. J'arpente notre grande pièce en rez-de-jardin en écoutant le *Stabat Mater* de Pergolesi que je viens seulement de découvrir, et soudain la sonnerie du téléphone s'immisce dans le chant magnifique et déchirant de Kathleen Ferrier.

— Esther, dis-je en reconnaissant sa voix.

— Je te dérange ?

— Non, attends, je vais baisser la musique. Voilà, je t'écoute.

— Je pensais très fort à ton visage et j'ai eu envie de t'entendre.

— Oui.

— Ça va, Augustin ?

— La musique me fait du bien.

— Tu as couché tes enfants ?

— Oh oui, depuis longtemps.

— Et la musique ne les réveille pas ?

— Ils ne peuvent pas l'entendre depuis leurs chambres. La maison est grande, tu sais.

— Oui, tu me l'as déjà dit, mais je n'arrive pas à l'imaginer. Tu es où, là ?

— Dans une pièce qui était autrefois un atelier de ferronnerie. Elle fait peut-être quinze mètres de long et il n'y a pratiquement pas de meubles. Je peux marcher d'un bout à l'autre.

— Tu marchais quand je t'ai appelé ?

— Oui.

— Et on peut te voir de l'extérieur ?

— Non, les fenêtres donnent sur le jardin.

— Mais si on entre dans le jardin, est-ce qu'on peut te voir ?

— Ah oui. Il n'y a pas de rideaux, je déteste les rideaux.

Il y avait eu un silence.

— Pourquoi tu me demandes ça ? avais-je repris.

— J'aimerais être dehors et te regarder, Augustin. Tu ne le saurais pas, la nuit me cacherait, je me remplirais silencieusement de toi. Tu sais, cet après-midi, avait-elle poursuivi après s'être tue (et à sa respiration j'avais su qu'elle était émue), tu t'es passé du déodorant sous les bras dans ma salle de bains. Tu te croyais seul, tu ne savais pas que je te regardais. C'est un souvenir qui m'inonde le sexe.

Je n'avais rien répondu, rien trouvé à répondre. Ça n'était pas la première fois qu'Esther me résumait à un objet de désir, ou plutôt à l'objet de *son* désir. De son désir encore mystérieux pour moi. J'en étais à la fois flatté et déconcerté. Jamais je n'avais entendu Cécile, ni aucune autre femme, exprimer des sentiments aussi secrets. Esther semblait ne rien vouloir me cacher de ce qui la traversait. Nous étions restés silencieux un moment.

— Et où dors-tu ? avait-elle repris.

— Dans une chambre qui se trouve au-dessus de celle de nos enfants, dans un autre bâtiment relié à celui-ci par une espèce de véranda.

— Tu vas être seul cette nuit ?

— Oui, Cécile est partie pour deux jours, je te l'ai dit.

— J'avais envie que tu me le redises, de pouvoir t'imaginer seul dans ton lit. Ça te fait encore souffrir de savoir que Cécile...

— ... est en voyage avec Markus ? Oui, ça me fait beaucoup souffrir.

De nouveau nous nous étions tus.

— Est-ce que je peux te dire ce que je pense, Augustin ?

— Bien sûr. Pourquoi me le cacherais-tu ?

— Je n'aime pas ta femme, tout ce qu'elle fait me semble pervers et tordu. Certains jours, je pense qu'elle veut te tuer.

— Non, tu te trompes, Cécile n'est pas quelqu'un de méchant ni de pervers. Elle ne le fait pas exprès, elle est prise dans une histoire qui la dépasse complètement.

— Toi, Augustin, on dirait que tu ne connais pas les femmes. Tu es très ingénu comme garçon.

J'avais ri un peu trop haut, artificiellement.

— J'aime bien ta façon de parler, Esther, ça me rappelle Luc-sur-Mer quand tu m'as dit tout d'un coup toi, Augustin, tu as beaucoup de cheveux comme garçon. Oui, je suis peut-être ingénu comme garçon, mais ça me va, je n'ai pas envie de jouer au type malin qui comprend tout avant tout le monde.

— Je t'aime.

Elle l'avait dit très bas, dans un souffle, sans attendre la fin de ma phrase.

— Tu as entendu ? Je t'aime, Augustin.

— Oui, Esther, ça me fait du bien de le savoir.

— Je ne te demande rien en retour, juste d'être là, de continuer d'être là et de me regarder quand tu as le temps. Je me sens précieuse et belle dans ton regard. Je ne veux pas penser à ce qui arriverait si tu ne voulais plus de moi.

— N'y pense pas.

— Tu m'inviteras dans ta maison ?

— Oui, mais je ne veux pas que mes enfants te voient. Tu viendras un soir, on écoutera Kathleen

Ferrier ensemble, et puis on fumera une cigarette dans le jardin. D'accord ?

— Je ne sais pas, je ne suis pas sûre de vouloir, en fait.

Maintenant, quand Cécile est à la maison et que le téléphone sonne, nous échangeons toujours un regard pour savoir lequel d'entre nous va décrocher. Parfois, elle dit c'est pour moi, et c'est en effet Markus qui appelle, parfois je dis je pense que c'est Esther – je vais la prendre là-haut (je la nomme, sauf si les enfants sont présents et risquent de m'entendre), et je cours jusqu'à mon bureau qui se trouve au même étage que notre chambre. Jamais nous ne commettons d'erreur. Jamais Cécile ne tombe sur Esther, et jamais je ne tombe sur Markus.

— Ça ne t'ennuie pas trop si je pars quatre jours la semaine prochaine ? me demande Cécile, un soir, après que nous avons couché les enfants.

Elle cherche mon regard tandis que j'empile les assiettes sales.

— Je ne sais pas quoi te dire, Cécile.

— Ne dis rien alors, fait-elle en riant faussement et en me tirant les cheveux dans la nuque.

Puis, après un silence :

— Je tiens énormément à toi, tu sais.

Elle ne rit plus, elle a relevé les yeux et nos regards se croisent.

— Moi aussi, Cécile.

— Les premières neiges viennent de tomber sur les Pyrénées et Markus voudrait qu'on aille faire du ski de fond au-dessus de Font-Romeu.

— Ah !

— On partirait le week-end prochain et je rentrerais le mardi soir ou le mercredi… Bon, je vais prendre un bain et me coucher, je suis crevée.

Je l'observe de loin tandis qu'elle prépare son sac à dos le vendredi en fin d'après-midi (le sac à dos que lui a offert Markus), tout en épluchant des légumes pour le dîner. Elle va et vient, elle chantonne, elle est très excitée, et de temps en temps elle cesse de chantonner comme si elle se rappelait qu'il y a une certaine indécence à étaler son bonheur sous mes yeux.

Chaque fois que Cécile s'en va pour rejoindre Markus, je me remémore l'histoire du père de mon amie Nathalie. Nathalie me l'a racontée au printemps précédent, comme nous nous trouvions dans une chambre d'hôtel, allongés l'un près de l'autre après avoir fait l'amour, quand je lui ai dit que Cécile disparaissait souvent le week-end avec son amant. J'ai vu ma mère faire la même chose l'année de mes quatorze ans, a-t-elle commencé. Je me souviens de la tête de papa, surtout de ses yeux, je pensais en moi-même qu'il allait se jeter sur elle et la tuer, et d'ailleurs, avec le recul, je crois que je restais là pour la protéger. Tant que j'aide maman à faire sa valise, il ne fera rien contre elle, c'est ce que je me disais. Il finissait par prendre les clés de sa voiture et par s'en aller. Ouf, bon débarras, soufflait maman, il me rend dingue à tourner autour de moi comme un fauve en cage. Et puis sont arrivées des petites vacances, la Toussaint je crois, ma mère nous a annoncé qu'elle s'envolait pour la Martinique avec son ami, et moi j'étais invitée chez une copine. On était à table tous les trois, papa a encaissé la nouvelle sans rien manifester et ça m'a un peu étonnée. Je revois maman partir pour l'aéroport, elle avait commandé un taxi. Un peu plus tard, papa m'a conduite en voiture chez les parents de mon amie. Ils habitaient un immeuble en banlieue. Il est monté les saluer, il paraissait très calme, parfaitement maître de lui-même. Tu ne vas pas me dire qu'il s'est tiré une balle dans la tête une heure plus tard ? avais-je interrompu Nathalie à ce point de son récit. – Oh non, mon père n'est pas du genre à se suicider, il est toujours vivant. – Ah, tant mieux, avais-je rétorqué. À la fin des vacances, avait poursuivi Nathalie, il est revenu me chercher chez mon amie. Et c'est à ce moment-là qu'il m'a annoncé qu'il avait vendu notre maison et tout liquidé. Tu as vendu la maison ! – Absolument. J'ai loué un appartement et fait mettre tes affaires dans ta nouvelle chambre. Je pense que tu vas tout retrouver. Si quelque chose manque, je te le rachèterai. – Non, papa, tu n'as pas fait ça, tu n'as pas vendu la maison ! Je ne te crois pas. – Je l'ai fait, Nathalie, je ne plaisanterais pas sur une question aussi grave. D'ailleurs, comme tu le vois, nous ne roulons pas vers notre ancien quartier. – Mais maman est au courant ? – Non, ta mère trouvera la maison vide à son retour, et une lettre collée sur la porte lui indiquant l'adresse du garde-meuble où j'ai fait déposer ses affaires.

Oui, chaque fois que Cécile s'en va, je repense à cette histoire. Et je balance entre effroi et admiration. Un homme capable de faire une chose pareille n'est pas de notre monde, me dis-je, et l'image de Toto me vient aussitôt en contrepoint. Mon père, en vis-à-vis de celui de Nathalie. En dépit de tout le mal que lui avait fait notre mère, de ses insultes et de ses humiliations (de ses coups aussi), jamais Toto n'avait tenté quoi que ce soit contre elle, ou pour se protéger, lui, il n'avait même jamais élevé la voix. Nous, me dis-je, associant mon destin au sien, nous sommes des types sensibles, gentils, pas du tout ce style d'hommes belliqueux et vengeurs, prêts à abattre des montagnes pour peu qu'on menace leurs intérêts. Je me sens rassuré d'être du côté des gentils, mais je ne peux pas me défendre d'éprouver une forme de respect pour les méchants. Je me rappelle combien j'en ai voulu à Toto à treize ans, à quatorze ans, quand nous faisions les travaux pour livrer à notre mère un appartement presque aussi beau que celui de Longchamp et qu'elle nous traitait comme des chiens. Moins bien que des chiens. Pourquoi papa ne nous défend-il pas ? je me disais. Quand se décidera-t-il à lui hurler à la figure que nous ne sommes pas ses esclaves, au lieu de tendre l'autre joue ? Elle pourrait au moins dire merci de temps en temps, cette conne, je me disais (jamais nous ne l'appelions autrement entre nous, mes frères et moi, que cette conne, cette sale conne, cette grosse conne). La seule chose qui me consolait était de me repasser le film du jour où mon parrain, le commandant, assistant à une scène d'hystérie de notre mère au temps où nous vivions sans électricité dans une cité ouvrière (juste après notre expulsion de Longchamp) lui avait expédié une paire de claques qui l'avait calmée. L'écho de cette paire de claques continuait de me réconforter, et pourtant ça n'était pas notre style.

— Bon, je vais y aller, dit-elle quand elle est prête.

Elle a enfilé son anorak, attaché ses cheveux, elle jette un œil à sa montre, calcule mentalement le temps qu'il lui faut pour gagner l'arrêt du tramway puis la gare, et avec un petit « han » accroche la première bretelle de son sac à dos à son épaule.

— Cécile, tu ne vas pas partir comme ça ! À pied, dans la nuit, jusqu'au tramway… En plus, je crois qu'il pleut.

— Il pleut un peu, oui.

— Repose ton sac. J'appelle la voisine et je t'accompagne.

— Tu crois ?

— Oui, repose ton sac, je te dis, j'en ai pour deux minutes.

La voisine arrive presque aussitôt avec des caramels pour nos enfants.

— Mme Lecoudre va vous garder le temps que j'emmène Cécile à la gare, dis-je à Louis et Laetitia.

Ils ne m'écoutent pas et préfèrent s'intéresser aux caramels de Mme Lecoudre. Aujourd'hui, tandis que je me remémore cette scène, je suis tenté d'écrire qu'ils *feignent* de ne pas m'écouter tant il me saute à l'esprit qu'ils doivent être choqués que j'accompagne leur mère à son rendez-vous avec Markus. Je songe qu'y repensant, à présent qu'ils sont adultes, ils doivent se dire, comme je me le dis de Toto, mais pourquoi papa s'est-il laissé maltraiter par maman, au point d'en redemander et de se proposer comme chauffeur quand elle partait en vacances avec ce sale con (ils détestent Markus l'un comme l'autre et ne le voient plus depuis des années) ?

Au début, dans la voiture, nous demeurons silencieux. Il y a le bruit des essuie-glaces, et puis le froid et l'humidité qui nous pénètrent jusqu'aux os.

— Merci de m'accompagner, dit à un moment Cécile.

Elle s'est tournée vers moi, elle ne sourit pas, elle m'observe même avec gravité, me semble-t-il.

Je hausse les épaules.

— Je n'allais pas te laisser partir à pied sous la pluie.

— J'aime bien quand tu es comme ça.

— Comme quoi ?

— Que tu n'es pas jaloux. Quand je te sens triste et tendu, ça me gâche tout mon plaisir.

— Je comprends.

— Je suis certaine qu'on se retrouvera, tu sais. J'ai besoin de vivre cette histoire jusqu'au bout, mais je t'aime. C'est toi que j'aime.

— Moi aussi, Cécile, c'est toi que j'aime.

— Je sais.

— J'adore quand tu t'attaches les cheveux, dis-je en la regardant furtivement de profil.

Elle sourit.

— Pourquoi ris-tu ?

— Parce que Markus me dit la même chose.

— J'aurais préféré ne pas le savoir.

— C'est pas bien grave.

— Si, c'est douloureux d'imaginer qu'il te dit des choses qui nous appartiennent. Tes cheveux...

— Ne commence pas, Augustin.

De nouveau nous nous taisons.

— Ça veut dire quoi jusqu'au bout ? dis-je un peu plus tard, m'efforçant de paraître calme.

— De quoi tu me parles ? Je ne comprends pas.

— Tout à l'heure, tu as dit que tu voulais vivre cette histoire jusqu'au bout.

— On ne va pas parler de ça maintenant.

— Non, tu as raison. Excuse-moi.

Elle pose une seconde sa main sur mon genou.

— Si Laetitia tousse encore lundi, tu l'emmèneras chez la pédiatre, hein ?

— Oui, ne t'en fais pas.

Comme j'entre dans la cour de la gare, il me vient subitement à l'esprit que nous allons peut-être tomber sur Markus, et je devine à son agitation que Cécile est traversée de la même crainte.

— Oh ! dit-elle après s'être redressée, j'aurais dû te dire de me laisser dehors sur le trottoir.

— Pourquoi ça ?

Mais là je fais l'idiot, pas mécontent de leur gâcher ce moment pour évacuer un peu de ma colère.

— Il se peut que Markus..., commence-t-elle.

Je vois qu'elle le cherche des yeux sur l'esplanade, mais je suis le premier à le repérer : il se tient à l'arrêt du tramway, planté sur ses courtes jambes, les bras croisés, dans son déguisement bariolé de skieur de fond.

À la seconde où je le découvre, et comme s'il avait senti ma présence, il reconnaît la voiture, *ma* voiture. Peut-être nos regards se croisent-ils, mais trop vite pour que je puisse attraper quoi que ce soit de son expression. J'évite de justesse un taxi qui pile sous notre nez et quand je peux de nouveau tourner la tête vers l'arrêt du tramway, Markus n'y est plus.

— Il se peut que Markus t'attende là ? finis-je la phrase de Cécile, tout en m'efforçant de contrôler mon émotion.

— Oui, je ne sais pas... Je vais descendre ici de toute façon...

Elle pose un baiser rapide sur ma joue, me redit machinalement merci tandis que j'énonce une phrase idiote du genre profite bien de la montagne, et un instant plus tard je la vois disparaître dans la foule, son sac à dos suspendu à l'épaule gauche.

— Merci, madame Lecoudre, dis-je au retour, sans vous je n'aurais pas pu accompagner Cécile, vous êtes vraiment très gentille.

— Oh, je le fais avec plaisir, vous savez !

Nous échangeons un sourire. Le mien est mécanique.

— Ça s'est bien passé avec les enfants ?

— Je viens de les coucher. La petite était contrariée mais elle a bien voulu manger quand même.

— Elle était triste, vous voulez dire ?

— Ma foi, je crois... Je lui ai expliqué que c'était bien que sa maman se repose un peu.

— Vous avez bien fait.

— Pour combien de temps est-elle partie si ce n'est pas indiscret ?

— Oh, quatre jours seulement. Faire du ski de fond dans les Pyrénées.

— J'ai vu son équipement ! Elle a de la chance d'avoir un mari tel que vous. Les hommes supportent difficilement de voir leurs femmes s'échapper, j'en sais quelque chose...

— Ah oui ? Je ne me rends pas compte... En tout cas merci encore d'être si disponible.

Je l'aide à enfiler son manteau et l'entraîne vers la porte, sur le jardin. Elle est un peu surprise par la façon dont je la presse, je le vois, mais en voiture déjà je sentais monter l'angoisse et maintenant je peine à dissimuler un léger tremblement.

— Eh bien au revoir, Augustin, dit-elle une fois dehors.

Et en se retournant :

— Vous permettez que je vous appelle Augustin, n'est-ce pas ?

— Bien sûr.

— Après tout, vous pourriez être mon fils.

— J'aimerais bien, dis-je en me forçant à rire.

Elle a entendu et me fait un petit signe charmant de la main tout en s'éloignant.

Je fais quelques pas dans notre grande pièce. Depuis que nous avons emménagé, au printemps, nous n'avons rien fait pour la meubler ni la décorer. Je me souviens de l'exaltation de Cécile le soir où elle était rentrée de chez Markus avec les plans de notre future maison (Markus n'était pas encore son amant), et de mon indifférence (j'étais en train d'écrire mon autobiographie, il n'y avait plus que ce livre qui comptait à mes yeux).

— Tu te rends compte, avait-elle dit, ça fera près de cinquante mètres carrés.

— Oui.

— J'ai envie qu'on fasse une cheminée, qu'est-ce que tu en penses ?

— Pourquoi pas ?

— L'hiver, avec les enfants, on pourrait s'asseoir au coin du feu... Et puis je voudrais récupérer le piano de maman, le demi-queue, tu sais (sa mère était morte quelques mois plus tôt, ce pourquoi nous avions soudain les moyens de nous offrir cette ancienne ferronnerie). J'aimerais que les enfants apprennent à jouer, et moi j'ai bien envie de m'y remettre.

— Ton frère ne le veut pas, le piano ?

— Non, ils en ont déjà un.

— Prends-le alors.

— Tu ne veux pas être un peu plus enthousiaste, Augustin ?

— Excuse-moi, ça tombe mal que je sois en train d'écrire.

Markus s'était montré enthousiaste, lui, et ils avaient dessiné la cheminée ensemble. Nous nous enfoncions dans l'hiver mais nous n'avions toujours pas fait de feu, et Cécile semblait avoir abandonné l'idée de faire venir le piano. Elle ne manifestait plus aucun désir d'aménager quoi que ce soit, et moi, le bricoleur de génie, je ne changeais même plus les ampoules grillées. On aurait dit qu'on campait dans notre propre maison.

J'aperçois la veste de ville de Cécile qu'elle a laissée sur un dossier de chaise et je suis tenté de lui faire les poches. Comme si je cherchais... comme si je cherchais quoi ? Des preuves de sa liaison avec Markus ? Il y a des gestes que je m'interdis, dont la honte, me dis-je, me ferait plus de mal que le vertige momentané de violer son intimité. Jamais je n'ai fouillé dans les affaires de Cécile. Je presse le pas dans le sens opposé puis me mets insensiblement à arpenter notre grande pièce. Si elle était encore là, je lui dirais je t'en supplie, Cécile, ne pars pas, j'ai peur de ne pas pouvoir le supporter cette fois-ci. Maintenant, je regrette de ne pas l'avoir retenue dans la voiture, ç'aurait été si facile. Elle m'aurait écouté, je suis certain qu'elle m'aurait écouté, je t'en supplie, Cécile, redis-je dans un murmure, ne pars pas. Au lieu de ça, j'avais fait l'homme. J'aime bien quand tu es comme ça, avait-elle dit, quand je te sens triste et tendu ça me gâche tout mon plaisir. Et moi : Je comprends. Elle pouvait bien partir avec cet abruti, je serais toujours là à l'attendre, n'est-ce pas. Est-ce que je ne m'étais pas pris pour un type vraiment bien à ce moment-là ? Mais si, bien sûr. Je n'allais pas lui gâcher son plaisir, j'allais rentrer à la maison, faire la vaisselle du dîner, donner un coup de balai, me coucher seul dans notre lit et surveiller la toux de Laetitia. Je comprends, avais-je dit, me prenant pour un héros. Un héros ou un martyr, ce qui revient à peu près au même. Je comprends. Qu'est-ce que je comprends, au juste ? Je pense que si elle me voyait, là, allant et venant comme un malade mental à travers cette pièce immense et vide, elle ne m'aimerait plus, elle me mépriserait. J'ai encore suffisamment de lucidité pour penser cela et me dire que j'ai bien fait de ne pas chercher à la retenir – elle déteste quand je fais des scènes, ne commence pas, Augustin, elle n'a qu'une envie alors c'est de s'en aller, si je veux qu'elle continue de m'aimer, et c'est ce que je veux de toutes mes forces, je dois lui apparaître fort et serein. Voilà, c'est ma théorie, c'est exactement ça que je comprends, mon intérêt, rien de plus. Non, je n'aimerais pas qu'elle me voie dans cet état. Et pourtant, si je le pouvais, c'est elle que j'appellerais au secours, là, tout de suite. Oh oui, même la sachant avec Markus. Je voudrais lui dire de revenir, que cette fois-ci je ne vais pas pouvoir supporter. Cette fois-ci. Je vois bien que là, déjà. Je t'en supplie, Cécile. Tant pis, je ne lui apparaîtrai ni fort ni serein. Tant pis, je lui gâcherai tout son plaisir. Je t'en supplie, Cécile, dis-je de nouveau tout haut. Et soudain, bien que n'ayant rien décidé formellement, je grimpe dans mon bureau, ce bureau que m'a fait Markus où jamais je ne me mets pour écrire (j'écris dans la cuisine, dans le tramway sur mes genoux, n'importe où mais pas dans ce bureau), j'allume, je cherche fébrilement ma carte des Pyrénées, je redescends et l'étale sur la table où nous prenons nos repas, la table avec les cinq ou six chaises autour et la veste de Cécile sur le dossier de l'une d'entre elles, et je note au dos d'une enveloppe d'EDF que nous n'avons pas ouverte les noms des villages au-dessus de Font-Romeu – Cerdagne, Les Angles, Porté-Puymorens. Je dois écrire en lettres capitales sinon je n'arriverai pas à me relire. Je tremble, c'est effrayant ce que je tremble. Et puis je m'assois devant le minitel et pour chaque village je tape la liste des hôtels. Bientôt, je m'entends téléphoner, je m'entends dire bonsoir, monsieur, j'aimerais savoir si vous avez une réservation au nom de Brugghen, Markus Brugghen. – Excusez-moi, monsieur, mais qui êtes-vous ? – Je suis de la famille, son frère. – Nous ne pouvons pas communiquer par téléphone les noms de nos clients. – Ah bon, mais si c'est un besoin urgent ? Si c'est une question ? Et je raccroche. De vie ou de mort, allais-je dire. Puis comme il m'a semblé entendre un bruit suspect je cours jusqu'aux chambres de nos enfants, mais ils dorment profondément l'un et l'autre et je dépose un baiser dans leurs cheveux. Dormez bien, mes chéris.

Au retour, je songe que je dois faire quelque chose pour ne plus souffrir sinon je ne vais pas tenir toute la nuit, prendre un médicament, voilà, comment n'y ai-je pas pensé plus tôt, et j'entre dans la salle de bains. Mais en apercevant mon visage j'oublie aussitôt ce que je suis venu chercher. J'ai quarante ans, et cependant jamais je ne me regarde dans une glace sans me remémorer mon amertume, enfant, à Longchamp, lorsque j'étais bien forcé de me contempler au moment de me mouiller les cheveux pour me coiffer. Dans ces moments-là, je partageais le dépit de notre mère – mon front bas, mes grosses joues, mon épi sur le sommet du crâne, il n'y avait rien à faire, jamais je ne serais beau et *distingué* comme Frédéric, et parfois, de colère, je me frappais le haut du front sous les cheveux avec les dents du peigne jusqu'à voir perler le sang. Oh, comme je me détestais ! Je crois qu'il n'y a plus que moi, aujourd'hui, pour discerner le visage affreux de l'enfant sous les traits de l'homme. Mes traits si pâles et tendus, ce soir, et les cernes mauves sous les yeux profondément enfoncés. Mes joues ont fondu, mon front s'est élargi, je crois que je suis devenu beau avec les années. J'aurais aimé que notre mère le reconnaisse, me le dise, mais ça n'arrivera plus maintenant.

En regagnant notre grande pièce, j'aperçois les clés de ma voiture sur la table. Oh, me dis-je, si je n'avais pas la garde des enfants, je partirais. *Il finissait par prendre les clés de sa voiture et par s'en aller.* Le père de Nathalie. Quand elle avait dit ça dans la chambre d'hôtel, je m'en souviens, j'avais immédiatement envié son père, sa liberté, sa légèreté. Sa femme le rendait malheureux, mais lui s'en allait au volant de sa voiture. Il roulait vers la mer, prenait une chambre d'hôtel, rencontrait peut-être une femme dans le même désarroi que le sien avec laquelle il passait une partie de la nuit à bavarder tout en fumant. Et puis j'avais souri en songeant que c'était exactement ce que je venais de faire – après le départ de Cécile pour un week-end en baie de Somme avec Markus (à la Pentecôte, si ma mémoire est bonne), j'avais appelé Nathalie pour l'inviter à boire un café en terrasse et ensuite, au milieu de l'après-midi, comme nous nous promenions sur le boulevard, nous étions entrés dans un hôtel et nous avions fait l'amour.

Nathalie est un peu plus âgée que moi. Elle n'est pas jolie, mais aussitôt qu'elle parle et rit je suis ébloui par son charme. Je ne saurais pas dire ce qui m'attire le plus en elle de son extrême féminité, de son indépendance d'esprit ou de sa force (non pas physique, car elle est plus menue encore que Cécile, mais intellectuelle, spirituelle). Elle est entrée dans ma vie au milieu de mes années de journalisme, un jour de printemps où nous étions sortis manger des sandwichs au soleil dans le petit parc, au-dessus du journal.

— C'est dingue, ce qui m'arrive, m'avait-elle dit en éclatant de rire (comme si elle se moquait d'elle-même), depuis quelques jours je suis complètement obsédée par toi.

— Comment ça, obsédée ?

— Folle de désir !

— De désir pour moi, tu veux dire ?

— Mais oui ! (Elle avait de nouveau éclaté de rire.) Et quand je pense qu'on est partis ensemble en reportage le mois dernier, qu'on a dormi dans le même hôtel et que ç'aurait été si facile...

— Je ne savais pas.

— Moi non plus. C'est venu ensuite.

J'avais quitté le banc où nous étions assis pour faire quelques pas. Un peu abasourdi, en vérité, mais ému, ou peut-être simplement flatté. J'aimais bien Nathalie, mais je n'avais jamais envisagé d'avoir une histoire avec elle. J'avais besoin d'un peu de temps, de recul, pour nous imaginer ensemble, voir si c'était une chose qui m'attirait également. Et puis je connaissais son mari, un haut fonctionnaire du ministère de la Culture qui venait parfois la chercher et avec lequel j'avais bavardé deux ou trois fois.

Elle l'aimait, ça se voyait à la façon dont elle se levait pour l'accueillir. Comme nos bureaux étaient voisins, je l'entendais lui téléphoner au milieu de la journée. Elle l'appelait mon chéri.

— Qu'est-ce qu'on va faire ? avais-je dit en revenant vers elle.

— Si tu veux, on peut aller chez moi, je suis certaine qu'il n'y a personne.

— Là, tout de suite ?

— Oui. Philippe est en voyage et les enfants ne rentrent pas avant six heures.

— D'accord.

Je n'en avais pas envie mais je n'avais pas osé dire non. Elle était allée jeter le reste de son sandwich, nous avions contourné l'immeuble du journal et alors que je me dirigeais vers l'arrêt du tramway, elle avait hélé un taxi. Mais bien sûr, m'étais-je dit, le tramway... quel con !

Nous n'avions pas échangé un mot dans le taxi mais je l'avais observée à plusieurs reprises, de profil, tandis qu'elle regardait par la fenêtre, et durant tout le trajet elle avait eu la même lumière sur le visage, un ravissement qui venait de l'intérieur et que rien ni personne ne semblait pouvoir entamer.

C'était à ce moment-là, dans le taxi, que j'avais senti naître la peur. Une peur que je n'avais jamais éprouvée auparavant auprès d'une femme que je m'apprêtais à déshabiller, à aimer, une peur d'enfant, m'avait-il paru. Comme si la puissance du désir qui émanait de Nathalie, de son ravissement, était en train de m'anéantir. Je m'étais mis à songer que jamais je ne serais à la hauteur d'une telle attente, d'un tel désir, et j'avais cherché les mots pour le lui dire, mais les seuls qui m'étaient venus n'avaient aucun sens. Nathalie, avais-je pensé, je crois que tu es trop femme pour moi, et je m'étais répété silencieusement cette phrase idiote sans oser l'énoncer. Comment pouvait-on être *trop* femme ?

Cette première fois, chez elle, avait été un naufrage. Elle était venue à califourchon sur moi avec toujours ce même sourire extatique, cette certitude que ç'allait être délicieux, s'était mise à ondoyer gracieusement pensant qu'elle avait tout son temps, j'avais vu ça, mais presque aussitôt j'avais joui. Oh non ! s'était-elle exclamée. Oh non ! Alors elle avait cessé de bouger, la lumière s'était lentement retirée de son visage, et un instant plus tard elle s'était détachée de moi pour aller s'enfermer dans la salle de bains.

Avoir déçu Nathalie m'avait précipité dans une détresse que j'avais mis quelques jours à reconnaître – celle que provoquait en moi le regard de notre mère quand nous habitions Longchamp. Je m'étais revu dans le taxi, écrasé par le ravissement de Nathalie et saisi de l'évidence que jamais je ne saurais combler une telle attente, un tel espoir. Alors seulement j'avais compris le sens des mots qui m'étaient venus, *Nathalie, je crois que tu es trop femme pour moi* – par la profondeur de sa féminité, par le mystère qui s'y attachait, Nathalie avait dû incarner à mes yeux l'insondable secret de notre mère et me renvoyer à l'enfant impuissant que j'avais été. Impuissant à la satisfaire, à jamais impuissant. Je serais mort de honte si j'avais dû lui avouer la vérité : je ne vais pas pouvoir te faire l'amour, Nathalie, parce que là, tu vois, telle que tu es dans ce taxi, resplendissante et belle, regardant par la fenêtre tout en rêvant tranquillement au plaisir que je vais te donner, que tu ne doutes pas un instant que je vais te donner, tu me rappelles terriblement maman qui se croyait tout permis, qui croyait que tout lui était dû. Peut-être même ai-je vécu une scène identique, enfant, notre mère dans un taxi rentrant du Bonheur des Dames ou du Printemps, et songeant au plaisir que lui donnera Toto quand nous serons tous au lit et qu'elle se retrouvera enfin dans ses bras, et moi partagé entre le désir et l'effroi d'être à la place de Toto, n'est-ce pas. Je regrette, Nathalie, mais je ne vais pas pouvoir te faire l'amour, je suis trop petit.

Quelque temps plus tard, cependant, c'est moi qui étais revenu la chercher.

— Je voudrais faire l'amour avec toi, Nathalie.

— Tu crois ?

— Oui.

— Je ne suis pas certaine d'en avoir envie.

— Ne me dis pas non, s'il te plaît.

Elle avait ri, et la sensualité soudaine de son rire m'avait rempli de désir. D'un désir d'homme, cette fois, et je suppose qu'elle l'avait senti.

— D'accord. Tu veux qu'on se retrouve demain soir ?

Nous avions dîné au restaurant, pas mal bu, et ç'avait été très bien.

J'ai pris les clés de ma voiture, mais je ne m'en vais pas. Je les garde dans ma main tout en me remettant à arpenter notre grande pièce. Comment n'y ai-je pas pensé plus tôt ? Je vais appeler Nathalie, bien sûr, elle va venir, nous écouterons Kathleen Ferrier en fumant, ou peut-être *La Traviata*, je lui demanderai ce qu'elle préfère, puis nous ferons l'amour et nous nous endormirons sur le canapé. Quand le jour se lèvera, je serai sauvé.

J'ai le cœur qui bat vite tandis que je compose son numéro.

— Nathalie ? C'est Augustin.

— Oh, ça n'a pas l'air d'aller ! Où es-tu ?

— Chez moi. J'ai pensé que tu aurais pu me rejoindre.

— Te rejoindre chez toi, tu veux dire ?

— Oui.

— Allons plutôt prendre un verre quelque part.

— Je ne peux pas sortir, je suis seul avec mes enfants.

— Ah ! Tant pis alors, on fera ça une autre fois.

— C'est ce soir que j'ai envie de te voir (j'avais failli dire besoin, plutôt qu'envie, mais perçu que ça serait maladroit).

— J'entends bien, Augustin, mais venir chez toi je ne le sens pas.

— Pourquoi ? Je ne comprends pas.

— Tu n'es pas dans ton état normal.

— Ça ne va pas très bien, c'est vrai.

— Je le devine à ta voix.

— Viens, s'il te plaît. Même juste un moment. Un moment seulement.

— Non.

— Nathalie, j'en ai vraiment besoin.

À quoi avais-je senti qu'elle grimaçait ? Mais je l'avais senti.

— N'insiste pas, Augustin. À bientôt.

Et elle avait raccroché.

7

Cette façon qu'avait Esther de remplir son frigidaire, de faire la soupe au potiron, de préparer le thé. Cette façon qu'elle avait d'aller dans la vie. On aurait dit que rien ne l'entravait, qu'elle n'avait de compte à rendre à personne. Tout le monde n'a pas la chance d'être orpheline, l'avais-je entendue lancer un jour à sa voisine de palier qui rentrait d'un weekend à la campagne avec ses parents et jurait qu'on ne l'y reprendrait plus. *Tout le monde n'a pas la chance d'être orpheline*, et elle avait ri d'une manière un peu voyou, un peu cruelle, que je ne lui connaissais pas.

À part sa grande sœur Mathilde qui l'avait élevée, il semblait qu'Esther fût seule au monde. Elle ne parlait jamais de ses dix autres frères et sœurs, évoquant seulement une petite maison forestière d'Alsace où ils passaient leurs vacances, enfants, au temps où leurs parents étaient encore vivants, et où habitait à présent l'un de ses frères qui serait mort dans la rue, disait-elle, s'il n'avait pas eu ce toit.

Et soudain, un après-midi, comme nous nous tenions nus et silencieux sur son lit, elle m'avait raconté la mort de son frère aîné.

— Je ne savais pas que tu avais perdu un frère.

— Si. Je ne l'ai pas connu. Il est mort quelques mois avant ma naissance.

— Mais de quoi ?

— D'une cure de sommeil.

— D'une cure de sommeil... Tu veux dire qu'on l'a endormi et qu'il ne s'est pas réveillé ?

— Oui. Il y a eu un procès. J'ai récupéré les articles des journaux, tu veux les voir ?

Elle s'était relevée, était revenue avec une enveloppe d'où elle avait extrait deux ou trois coupures jaunies et quelques feuillets manuscrits.

— Quel âge avait-il ?

— Seize ans.

— Et pourquoi avait-on imaginé de le faire dormir ?

— Je ne sais que ce que ma sœur m'a rapporté et ce qui est écrit ici. Il ne s'adressait à nos parents qu'en allemand pour leur pourrir la vie. Et il leur écrivait en caractères gothiques. Regarde, j'ai une lettre de lui.

La lettre était écrite sur une copie d'écolier et elle évoquait au premier regard, par sa présentation soignée, un devoir sur table dont le sujet aurait pu être : vous visitez l'Allemagne au temps de Goethe et vous faites à vos parents le récit de votre voyage. Je n'avais lu que la première phrase dans cette langue que je ne parle pas.

— Pourquoi l'allemand ? Pourquoi le gothique ? Je ne comprends pas.

— Avant de rencontrer ma mère, mon père a été prisonnier en Allemagne. Pendant toute la guerre, je crois.

— Et alors ?

— Je ne sais pas. Pierre était allé en Allemagne et à son retour il n'avait plus parlé à nos parents qu'en allemand. C'est Mathilde qui me l'a raconté, mais elle-même n'avait que neuf ou dix ans.

— Ça ressemble à un truc d'adolescent, non ?

— Si ça n'avait été que ça, nos parents n'auraient pas insisté pour qu'il fasse une cure de sommeil.

— Ah ! je pensais que c'était la responsabilité des médecins.

— S'il ne s'est pas réveillé, c'est la responsabilité des médecins. Enfin, c'est ce qui a été dit au procès. Mais si on l'a plongé dans le sommeil, c'est la responsabilité de nos parents.

— Tu veux dire qu'ils sont en partie responsables de sa mort ?

— Oui. J'y pense souvent. Je relis les articles, bien que je les connaisse par cœur. Ce sont eux qui ont insisté pour qu'on l'endorme. On les avait prévenus des risques, ils l'ont reconnu au procès, c'est écrit là, et malgré tout ils ont signé le papier pour qu'on endorme Pierre.

— C'était donc si grave que leur fils leur parle en allemand ?

— Ça devait l'être pour qu'ils veuillent à ce point le faire taire.

— Ah, *le faire taire*, c'est comme ça que tu dirais ?

Elle m'avait fixé, assise en tailleur sur le lit, l'air de trouver soudain que je me mêlais d'une chose qui ne me regardait pas. Puis elle avait remis les papiers dans l'enveloppe avant de se rallonger sur le côté en me tournant le dos.

— Tu veux bien qu'on refasse l'amour, Augustin ?

Je repense à cette scène aujourd'hui, dans mon appartement du petit Trocadéro, alors qu'Esther vient de sortir de ma vie avec le même entêtement qu'elle avait mis à y entrer vingt ans plus tôt. La même pugnacité à détruire tout ce qu'elle avait tellement voulu vingt ans plus tôt. Nous n'avions plus jamais reparlé de la mort de Pierre et c'est seulement cette nuit, tandis que je songeais à notre conversation de cet après-midi-là sur son lit, dans son studio, cette conversation que je voulais retranscrire sans trop savoir encore ce qui m'y poussait, que m'est apparu soudain combien cette mort avait dû compter dans la personnalité d'Esther, dans son édification.

Elle était venue au monde quelques mois plus tard (peut-être même sa mère l'attendait-elle quand on lui avait annoncé que son fils aîné venait de mourir). Comment accueille-t-on un nouvel enfant qui vous tombe du ciel quand on est encore dans le deuil d'un précédent ? Sans doute lui en veut-on d'être vivant, lui qu'on ne connaît pas, qu'on découvre, quand l'autre qu'on aimait ne reviendra plus. Et quand on se sent secrètement coupable de la mort du premier, n'est-il pas tentant d'en vouloir au nouveau venu qui a l'incroyable culot de réclamer la tétée et de sourire béatement quand il a le ventre plein ? Si encore cet enfant avait été un garçon, m'étais-je dit, on aurait pu y voir une volonté du Ciel de réparer, de consoler, mais c'était une fille. Autant dire que le Seigneur n'avait envoyé aucun message subliminal. Le Seigneur était demeuré silencieux, mutique, en proie sans doute à une sourde colère qui ne présageait rien de bon pour l'avenir familial, devait-on imaginer certains soirs d'hiver, abandonnant les parents à leur chagrin.

Esther avait dû supporter cela les premiers mois, l'amertume de la mère, la culpabilité du père (c'était lui, l'Allemagne, c'était évidemment pour lever un secret qui le concernait que le fils aîné s'était mis à parler l'allemand). Puis elle avait grandi et quand elle avait su pour Pierre, intuitivement su, elle avait dû commencer à regarder ses parents pour ce qu'ils étaient : des meurtriers, des gens capables d'envoyer à la mort un de leurs enfants pour peu que celui-ci osât se mêler de ce qui ne le regardait pas. Tous les frères et sœurs savaient et se tenaient à carreau, la mort de Pierre était un secret éventé qui flottait comme un spectre sur la tête des enfants. Comment se construit-on sous le joug de tels parents ? Certains n'avaient pas trouvé la force de surmonter l'effroi et ils continuaient de trembler, à l'image de ce frère qui survivait comme un enfant apeuré dans la maison forestière d'Alsace. Esther, au contraire, avait eu très tôt le souci d'elle-même, de sa sauvegarde. Je devine cela aux quelques photos que j'ai vues d'elle, enfant – toujours fière et droite dans son petit tablier gris d'écolière. À la volonté qu'elle avait aussi d'être la première de sa classe, la meilleure en tout, déjà. Moi, s'était-elle assurément dit (et cela saute aux yeux sur chaque photo), je vivrai, ils ne m'auront pas. Très tôt, elle avait dû jouer de sa beauté et de son intelligence pour se faire des alliés, n'être jamais toute seule face au péril. Ce que j'avais pris au fil des années de notre vie commune pour un sens profond de l'amitié, de la générosité (Esther était à l'écoute d'innombrables amis, hommes et femmes, et s'engageait volontiers dans les associations caritatives) n'était sans doute qu'une stratégie de survie élaborée dans l'enfance et qui continuait d'opérer machinalement à l'âge adulte. J'avais de bonnes raisons de le penser car je venais d'expérimenter combien l'Esther que j'avais aimée, que je continuais d'aimer, s'était révélée égocentrique et impitoyable sur la fin de notre histoire, ne me donnant plus rien tout en veillant à me retenir auprès d'elle, je t'aime, Augustin, tu es l'homme de ma vie, mais je ne te désire plus, ou encore nous resterons toujours uniques l'un pour l'autre, n'est-ce pas mon chéri, mais ne me demande pas de t'embrasser, je n'en ai plus envie, me maintenant ainsi dans un état d'asservissement qui me tuait au fil des mois mais dont elle semblait se nourrir, pour ne pas dire se fortifier, comme si elle escomptait bien être l'unique survivante de notre naufrage. Et j'allais écrire la survivante resplendissante de notre naufrage. Tout le monde n'a pas la chance d'être veuve, aurait-elle peut-être lancé un jour à l'une de ses bonnes amies si je ne m'étais pas enfui avant de sombrer dans l'hébétude et de mourir.

Cependant, tandis que Cécile et moi nous déchirons silencieusement durant l'hiver 1990-1991, Esther, qui n'a alors que vingt-six ans, m'apparaît de plus en plus comme un refuge et un réconfort. Je me rappelle notre dernier Noël avec Cécile, dans la grande et belle maison de son frère et de sa belle-sœur suspendue au-dessus des eaux tumultueuses de l'Isère. Le regard de Cécile est devenu métallique lorsqu'elle croise le mien. Elle me voit, mais mon visage ne produit plus aucun écho amical en elle. Ah oui, semble-t-elle se dire, c'est vrai, il y a Augustin, il y a *encore* Augustin, qu'allons-nous faire de lui ? Elle ne me glisse plus que c'est moi qu'elle aime, elle n'évoque plus son besoin d'aller au bout de cette histoire avec Markus avant de me retrouver. Il semble maintenant qu'il n'y ait tout simplement plus de bout à leur histoire, et mon cœur s'interrompt de battre le soir où je les entends, son frère, sa belle-sœur et elle, envisager de faire venir Markus pour des travaux qui doivent être faits dans la maison.

Je me lève aussitôt, prends ma voiture et descends en ville. Durant une petite heure, je marche à travers les rues désertes balayées par un vent coupant, puis j'entre dans une cabine téléphonique et je compose le numéro d'Esther. Mais l'idée d'appeler plutôt Nathalie m'a effleuré un centième de seconde et c'est pourquoi j'éprouve un sentiment de honte et d'accablement quand je reconnais la voix d'Esther. Je suis un homme en morceaux, mais c'est un secret que je ne livrerais pour rien au monde car je suis bien conscient qu'il en va de ma survie. Quelle femme voudrait d'un homme en morceaux ?

— Augustin, dit-elle. J'ai laissé sonner longtemps, j'avais tellement peur que ça ne soit pas toi.

— C'est moi.

— D'où m'appelles-tu ?

— D'une cabine au bord de l'Isère. J'avais besoin d'entendre une voix amie.

— Qu'est-ce qui est arrivé ?

— Rien de particulier. C'est juste un peu difficile par moments.

— Mais tu es avec tes enfants ?

— Non, là je me suis enfui de la maison, j'avais besoin d'air.

— Et tu es tout seul ?

— Oui, je me suis promené dans la ville et puis je t'ai appelée.

— Quel dommage que tu sois si loin. Sinon, je te rejoindrais, on irait se mettre au chaud dans un café. Toi tu lirais, et moi je t'écrirais. J'aime bien quand tu lis à côté de moi, te regarder lire, t'entendre tourner les pages.

— Oui.

— Tu voudras bien qu'on reparte en voyage ensemble ?

— Bien sûr. Où voudrais-tu aller ?

— À Florence. J'ai habité une année là-bas, tu sais.

— Ah non, je ne savais pas. On ira si tu veux.

— Qu'est-ce que tu vas faire maintenant ?

— Je vais encore marcher un peu et puis j'irai me coucher. Et toi ?

— Quand tu as appelé, j'étais en train de t'écrire en buvant du thé. Tu veux que je te lise ce que je t'écrivais ?

— Je ne sais pas. C'est peut-être mieux que je le découvre moi-même.

— Je vais juste te lire les dernières phrases, tu veux bien ?

— D'accord.

— Il neige, j'aimerais que tu sois là et qu'on regarde ensemble les flocons par la fenêtre. Un après-midi avec toi, la perspective d'un voyage en Italie dont je ne t'ai pas encore parlé, puis des jours sans te voir, sans t'entendre. Je pense à toutes ces immenses parenthèses d'ennui et de survie. Je me décourage. Qu'y peut-on ? Qu'est-ce qu'on pourrait faire de mieux, Augustin, mon amour ? Si tu étais là, tu me donnerais du courage. J'aime ta force, ton visage doux et fort, tes mains, tes mots. Là, tout de suite, je me dis que ce qui m'est le plus précieux dans notre histoire, c'est l'amour et l'intérêt que tu me portes. Je me sens si petite, si misérable quand tu n'es pas là.

Elle se tait. Je peux entendre son souffle.

— Voilà, dit-elle.

— Merci, je vais garder tes mots et me les répéter.

Et après un silence :

— Alors il neige à Villedieu ?

— Ça n'a pas tenu, malheureusement, et ce soir il pleut.

Quand de nouveau je marche seul dans les rues venteuses, mon bonnet enfoncé jusqu'aux yeux, je songe que je pourrais reprendre à mon compte la phrase d'Esther, *ce qui m'est le plus précieux, c'est l'amour et l'intérêt que tu me portes*. Nous ne savons presque rien l'un de l'autre, mais nous nous accrochons à la main tendue pour ne pas sombrer. Je passais par là, elle passait par là, nous étions l'un et l'autre en perdition quand nous nous sommes aperçus, j'ai aussitôt habillé ma détresse de mots romantiques et familiers pour m'attacher Esther, et Esther a voulu croire que la vie peut offrir de tels miracles, un homme de quarante ans qui va changer le cours de son destin, la consoler de ce qu'elle a vécu et la décharger de la noirceur qu'elle sent depuis si longtemps peser sur son âme – Je n'aime pas forcément le pouvoir que j'ai sur les hommes, ce qui les attache à moi quand moi je m'attache à une histoire, pas à eux. Arrive un moment où il faut que je détruise. J'ai peur d'être monstrueuse. Oui, Esther a voulu croire que la vie peut offrir de tels miracles, rencontrer un homme qui va lui permettre d'échapper à elle-même, quand moi je tente de toutes mes forces d'échapper au chagrin, à la solitude, mais, au contraire de moi, Esther ne se cache pas, elle écrit et récrit tout ce qui la traverse tandis qu'elle me veut.

Je pourrais dater précisément le jour où Cécile m'a signifié que j'avais cessé d'exister dans son cœur, mais il faudrait pour cela que je me replonge dans les lettres de mon frère aîné Frédéric (ces diarrhées pontifiantes où il tentait de me persuader qu'en fait d'écrivain je n'étais qu'un minable salaud, doublé d'un traître, prêt à livrer notre mère à la vindicte populaire pour me faire un nom dans la littérature) car c'est une certaine lettre de lui qui a donné à Cécile l'opportunité de me parler, mais en dépit des années je n'ai toujours pas la force de relire Frédéric. Disons que ça devait être janvier 1991, quelques jours après notre dernier Noël. Oui, disons que ça devait être janvier. J'avais découvert au courrier une nouvelle lettre de mon frère aîné, *Mon bien cher Augustin* m'écrit-il chaque fois avant de m'insulter, celle-ci m'annonçant que Guillaume, notre frère cadet, était passé chez lui en son absence et avait détruit à coups de marteau toutes mes petites voitures Dinky Toys datant de Longchamp et confiées à Frédéric lorsque j'étais parti pour l'Amérique. Frédéric m'assurait qu'il était sincèrement désolé de cet incident, mais qu'il comprenait la colère de Guillaume et que j'avais bien cherché ce qui m'arrivait, *tu ne peux t'en prendre qu'à toi-même, je t'avais prévenu.*

J'avais laissé traîner cette lettre sur la table de notre grande pièce, je venais de coucher nos enfants et j'étais occupé à faire la vaisselle quand Cécile avait surgi.

— Bonsoir, avait-elle lancé, faisant entrer avec elle une bouffée d'air humide du jardin. Tout s'est bien passé avec les enfants ?

— Ç'a été, oui. Tu as dîné ?

— Non, mais je n'ai pas faim.

Alors elle avait vu la lettre.

— Encore Frédéric ! Je peux ? avait-elle demandé en brandissant les feuillets.

Elle s'était mise à lire sans même s'être débarrassée de son manteau. J'avais noté combien elle était jolie, ses cheveux blonds attachés, les pommettes rosies par le froid, et m'étais retenu de le lui dire.

— C'est étrange ce que je ressens, m'avait-elle déclaré à la fin, gardant la lettre de Frédéric à la main, j'ai de la peine pour toi et, en même temps, je n'arrive plus à me sentir concernée.

Nous avions échangé un regard, moi depuis l'évier, elle debout près de la table. Un regard furtif et plein d'expectative. Elle avait fait quelques pas, l'air d'une personne se demandant où elle avait bien pu oublier son portefeuille, puis elle s'était approchée de moi et tout en me caressant distraitement la joue :

— Tu sais, Augustin, j'ai une drôle d'impression, c'est comme si tu étais mort en moi maintenant.

Sur le moment, je n'avais pas mesuré la force de ce qu'elle venait de me dire et j'avais terminé tranquillement de ranger la vaisselle et de nettoyer la cuisine tandis qu'elle se faisait couler un bain, tout en me répétant sa phrase, laissant à ses mots le temps de me pénétrer, exactement comme je l'avais fait avec les mots de notre mère ce jour où, surprise que je lui demande pourquoi elle avait eu tant d'enfants, elle m'avait rétorqué, cherchant mon regard et pleine d'acrimonie *qu'est-ce que tu voulais qu'on fasse ? On n'allait pas vous mettre à la poubelle quand même !* C'était l'année où je découvrais la philo, l'année de mes dix-huit ans. Il m'avait fallu plusieurs jours, et je crois même plusieurs semaines, pour intégrer les mots, et le dilemme de notre mère – nous conserver ou nous mettre à la poubelle, étant entendu que cette seconde hypothèse lui paraissait *quand même* extravagante. À moi aussi quand j'avais essayé de me figurer la chose – notre mère allant et venant dans la cuisine avec son dernier-né encore dégoulinant, le tenant par les chevilles la tête en bas comme un poulet plumé, puis se résolvant soudain à le balancer dans la poubelle avec les épluchures de patates et les papiers gras. Merde après tout ! l'avais-je entendue rouspéter, comme si j'y étais, et c'est vrai qu'elle n'avait aucun autre endroit où le mettre, quand on y songeait, puisque le petit lit à barreaux était encore occupé par le précédent bébé.

Peut-être est-ce seulement le lendemain, ou le surlendemain, que les mots de Cécile étaient enfin arrivés à bon port, quelque part dans un coin sensible de mon cerveau, *tu sais, Augustin, j'ai une drôle d'impression, c'est comme si tu étais mort en moi maintenant*. Je me revois arpentant notre grande pièce ce matin d'hiver, me répétant sa phrase, et n'en tirant cependant aucune conséquence pratique. Un autre aurait fait ses valises et serait parti – comment peut-on rester auprès d'une femme qui vous déclare si calmement, si sereinement, que vous avez cessé d'exister dans son cœur ? Aujourd'hui, tandis que j'écris ces lignes, je suis en colère contre l'homme que j'étais alors, et pourtant, si je compte bien, je viens d'attendre près de trois années avant de fuir Esther qui, elle aussi, m'exprimait à sa façon que j'étais mort en elle (et que j'allais bientôt être mort tout court si je m'attardais en sa présence). Vingt années séparent ma rupture avec Cécile de celle d'avec Esther, et je me rends compte que je n'ai pas changé – plutôt que d'être abandonné, je préfère demeurer dans l'ombre d'une femme pour laquelle je suis mort.

Cette capacité d'inertie, ou de résistance, je l'ai apprise enfant auprès de notre mère, je le sais, je ne suis pas complètement idiot. Aussi loin que je remonte dans mes souvenirs, il me semble guetter dans son regard une lumière que je n'y trouve jamais, celle qui surgit lorsque apparaissent Frédéric ou Nicolas, par exemple. Si je marche sur leurs traces, dans le grand salon de Longchamp, pour être présenté à mon tour aux invités, la lumière s'éteint aussitôt que notre mère m'aperçoit. Oh, semble-t-elle penser, quel dommage cet enfant, les autres sont si distingués ! Son visage, qui resplendissait lorsqu'elle évoquait un instant plus tôt la ressemblance de Frédéric avec son propre père, se tord et se gâte à ma vue d'un mauvais sourire, quelque chose de forcé et de faux – Et voilà Augustin, s'exclame-t-elle, le portrait de Toto. C'est roulant, non ? Qu'en dis-tu, Simone ? – J'avoue que c'est à peine croyable, convient tante Simone qui sourit jaune, elle aussi. – N'est-ce pas ? Que veux-tu, ricane alors notre mère, pressée de passer au suivant, il faut bien que sur le nombre il y en ait un !

Bien avant qu'elle devienne à moitié folle après notre expulsion de Longchamp, l'année de mes neuf ans, je n'aime pas notre mère. Sauf peut-être au temps de la Tunisie où, penché sur les photos de notre petite enfance avec ma loupe, je me raconte invariablement qu'elle était heureuse avec ses quatre premiers enfants et qu'elle a bien dû m'aimer, moi, le plus jeune, d'autant que même si je n'étais pas beau (mais les bébés le sont rarement) il était encore impossible de voir que je deviendrais le sosie de Toto. Non, je n'aime déjà plus notre mère à Longchamp où se construisent mes premiers souvenirs, mais parfois je suis tout près de l'aimer, je m'en rappelle. Il suffirait qu'elle ait pour moi une seule fois le regard qu'elle a pour Frédéric, et je l'aimerais, j'en suis presque certain.

En attendant, je me résigne plus ou moins à ne pas exister dans son regard. Entre la déception que je lui procure et la cruauté de Frédéric (qui semble dire tout haut ce qu'elle pense tout bas), je balance entre colère et mélancolie. À Longchamp, mes colères sont légendaires. Notre mère m'enferme alors dans le placard à balais pour ne plus m'entendre, et elle m'y oublie la plupart du temps. Tu es encore là, toi ! s'exclame-t-elle quand elle m'y découvre deux ou trois heures plus tard. Mais tu aurais dû sortir, voyons ! Celui-là, je vous assure, il a un caractère ! raconte-t-elle aux dames qu'elle invite à prendre le thé. Je me demande de qui il tient ça… Les autres sont faciles, mais lui ! C'est bien simple, il n'y a qu'une chose pour le calmer : l'enfermer dans le noir. Avouez que c'est tout de même terrible d'en arriver là, non ? À tel point que je l'oublie, le pauvre gosse…

Presque rien de tout cela ne survit à notre expulsion. Notre mère ne donne plus ni thés ni grands dîners dans la cité ouvrière où nous sommes relogés, répartis dans deux petits appartements aux plafonds bas donnant sur le même palier. Précipitée dans la honte et le désespoir d'avoir tout perdu, notre mère a bien d'autres soucis désormais que d'épiloguer sur la splendeur ou la disgrâce de tel ou tel de ses enfants. En quelques semaines seulement, Frédéric, lui aussi, se métamorphose. Il cesse d'être le porte-parole fielleux de notre mère (que nous ne croisons plus guère qu'en larmes, le visage bouffi, ou hurlant contre Toto, à moitié nue sous une blouse de ménage et le regard halluciné) pour devenir un grand frère digne de ce nom, et aussi le confident de Toto.

À partir de ce jour où notre vie bascule, je n'attends plus d'exister dans le regard de notre mère (et d'ailleurs, du jour au lendemain, je ne pique plus aucune colère). Mais je découvre combien une femme peut être terrifiante dès lors que son mari ne parvient plus à satisfaire ses désirs. Sans doute le savais-je intuitivement puisqu'il m'arrivait, à Longchamp, d'être abasourdi par la fureur de notre mère lorsque Toto avait oublié telle ou telle commission qu'elle lui avait demandé de faire. Tandis qu'elle ne quittait jamais son luxueux appartement et que Toto courait du matin au soir pour placer des aspirateurs en porte à porte, elle le chargeait de mille petits services qu'il promettait d'accomplir (oui-mon-Minou-je-m'en-occupe-ne-te-fais-pas-de-bile) et aussitôt qu'il réapparaissait lui demandait des comptes. Elle était satisfaite, au début, car Toto avait bien fait les choses, mais on arrivait inévitablement à ce qu'il avait oublié, ou négligé, et alors elle ne contenait plus sa colère jusqu'à ce qu'il s'engage à tout accomplir dès le lendemain. Néanmoins, les déchaînements de notre mère dans la cité ouvrière n'ont plus rien à voir avec ses emportements de Longchamp. Cette fois, elle menace de sauter par la fenêtre, ou d'avaler tous les médicaments périmés de la pharmacie si Toto ne nous sort pas immédiatement de ce taudis (c'est son expression) pour nous ramener à Longchamp ou dans un quartier équivalent, elle alterne hurlements et sanglots, ses cheveux autrefois soignés lui retombant sur les joues comme des algues, elle peut s'enfermer dans sa chambre et ne plus en sortir pendant deux ou trois jours, abandonnant complètement les petits qui rampent dans la poussière et que l'on retrouve ici ou là coincés sous un meuble ou dans la cage d'escalier, ou elle peut encore bondir sur Toto et lui mettre le visage en sang, ce qui nous précipite chaque fois, nous, les grands, dans une souffrance et une honte indicibles.

Et cependant, en dépit du chaos souvent terrifiant qu'est devenue notre vie, je la préfère déjà à l'abandon et à la solitude. J'en prends conscience lorsque je tombe malade et que je me retrouve hospitalisé dans un lieu que je suis incapable de situer géographiquement par rapport à notre cité mais qui m'en semble terriblement éloigné. Pendant trois ou quatre semaines, je n'ai aucune visite, aucune nouvelle de Toto et des miens, et je finis par me figurer que je ne les reverrai plus. Je me souviens alors combien, songeant intensément à eux, je les aime. Toto, bien sûr, mes frères et sœurs, mais aussi et peut-être surtout notre mère à laquelle je pense en pleurant dans mon lit certaines nuits. Notre mère qui me terrorisait pourtant les derniers temps, et que je croyais ne pas aimer. Puis, après un mois dans cet hôpital, peut-être, Toto ressurgit, et c'est un tel bonheur que je dois le toucher, lui prendre la main, pour être certain que je ne rêve pas. Mais je suis encore trop faible pour rentrer chez nous, et Toto me conduit directement chez mon parrain, le commandant, dans une banlieue que je ne situe pas plus que l'hôpital. De nouveau, je pleure la nuit, en proie au désespoir de me sentir abandonné. Mon seul souhait, mon souhait le plus profond, est qu'on me ramène auprès de notre mère dans le cœur de laquelle, je le sais pourtant, je n'ai jamais si peu compté.

8

Je suis mort dans le cœur de Cécile, mais je ne pars pas. Il serait exagéré de prétendre que je reconnais la situation, je ne reconnais rien du tout, je ne fais aucun lien avec mon enfance, avec notre mère, et cependant je reste, comme si quelqu'un en moi se souvenait que mieux vaut être transparent dans le regard de la femme de la maison qu'abandonné et perdu.

Oui, cependant je reste.

En dépit de ses mots, Cécile ne semble pas non plus envisager le moindre changement dans notre vie. Elle paraît même trouver réconfortant de me découvrir toujours là le soir, bien que mort en elle. Les enfants sont déjà couchés ? – Non, ils t'attendent. Tu as dîné ? Je te prépare quelque chose ? – Oui, avec plaisir. Elle va lire une histoire à Laetitia, bavarder avec Louis, puis elle avale une assiette de soupe et se fait couler son bain pendant que j'écoute un opéra, ou Kathleen Ferrier, et quand nous nous couchons elle se blottit dans mon dos et me souhaite une bonne nuit. Bonne nuit, Augustin. – Dors bien, mon amour.

Tandis que je ne trouvais pas le sommeil, cette nuit, dans mon appartement du petit Trocadéro, je songeais à l'étrange attitude de Cécile – pourquoi ne m'avait-elle pas proposé qu'on se sépare ? pourquoi avait-elle préféré poursuivre une relation clandestine avec Markus, les après-midi à l'hôtel, les moments volés ici ou là, quand elle aurait pu l'inviter à venir me remplacer dans cette maison qui était à elle, qu'elle s'était offerte avec son héritage ? Il aurait suffi qu'elle me demande de partir et je serais parti sans faire d'histoires (oh ! ce dégoût des hommes violents, des bagarreurs, des belliqueux, que je tiens probablement de Toto). Et soudain, je me suis remémoré les parents de Cécile – la somptueuse élégance du père qui avait une vie amoureuse clandestine, l'aigreur de la mère qui lui faisait les poches certains soirs mais n'en tenait pas moins la maison, l'un et l'autre bien décidés à maintenir les choses en l'état. Pourquoi Cécile, qui avait grandi dans ce jeu trouble et tant redouté de vieillir comme sa mère, aurait-elle décidé de tout envoyer balader dès lors qu'elle avait pris la place du père ? Elle avait su renverser le destin et m'attribuer celle de la mère. Elle non plus, sans doute, n'avait pas reconnu la situation, ni fait le lien avec son enfance, mais une petite voix en elle avait dû lui signifier qu'elle était hors de danger et qu'il n'y avait donc aucune raison de ne pas profiter des deux hommes de sa vie, comme son père avait si bien profité de ses deux femmes. Le déclic se serait sûrement produit dans son esprit si, rentrant de voyage, elle avait éprouvé le besoin de m'offrir un tablier pour la vaisselle, ou un assortiment d'herbes pour la cuisine dans un présentoir en bois clair décoré de petites fleurs (l'un ou l'autre acheté au dernier moment à l'aéroport), mais ça n'était pas advenu.

Sans doute vient-il un moment où l'humiliation d'être là, émasculé, réduit à l'ombre de soi-même, est plus forte que la peur enfantine d'être abandonné. Je me revois, un matin, m'asseyant à notre grande table devant un bloc de papier à lettres et écrivant à Cécile qu'elle doit désormais choisir entre Markus et moi. Je te donne dix jours pour réfléchir, Cécile, et si dans dix jours tu n'as pas choisi, je m'en irai. Je n'ai rien prémédité, les mots me sont venus naturellement, et je me rappelle la sensation que j'éprouve une fois l'enveloppe fermée et déposée en évidence sur le secrétaire de Cécile – peut-être pas l'impression de revivre, non, ça serait exagéré, mais au moins celle d'avoir fait quelque chose pour moi.

Ensuite, les jours se succèdent, Cécile semble plus occupée que jamais, il m'arrive de la croiser, il lui arrive de dormir avec moi, mais elle ne fait aucune allusion à ma lettre. C'est durant ce laps de temps qu'Esther vient me rendre visite, un soir où je sais que Cécile ne rentrera pas dormir. Esther qui me dit depuis des mois, chaque fois qu'elle me téléphone, je t'imagine seul dans ta grande maison, Augustin... Tu couches tes enfants, mais ensuite, qu'est-ce que tu fais ? – Je lis, ou j'écoute de l'opéra. – Mais quand tu écoutes de l'opéra, qu'est-ce que tu fais ? – Je marche dans la grande pièce. – Et tu penses à quoi ? – Je ne sais pas, Esther. Parfois, je ne pense pas, je ne fais qu'écouter. C'est tellement beau. – L'opéra, tu veux dire ? – Oui, María Callas dans le rôle de Violetta... – Je ne sais pas, ma mère écoutait de l'opéra quand j'étais petite, dans les mois qui ont précédé sa mort, ça m'a toujours fait peur. – Ah, je comprends. Tant pis, alors.

Depuis des semaines elle repoussait le moment de venir, et subitement elle se décide.

— Ça ne t'ennuie pas si Fanny m'accompagne ?

— Fanny ?

— Tu sais, l'amie que je t'ai présentée l'autre jour, au café, en bas du journal ?

Je n'aime pas Fanny, je suis resté sans voix, abasourdi par sa vulgarité quand Esther m'a rapporté sa réflexion – Ah, tu as choisi un panier garni. – Je ne comprends pas, avais-je dit à Esther. – Elle veut dire : un homme avec des enfants, Augustin.

Elles surgissent du jardin, de la nuit, et semblent minuscules et apeurées à l'instant où je les fais entrer dans notre grande pièce.

— Ah oui ! dit Fanny. Ah oui, d'accord...

Esther m'observe comme si elle ne me reconnaissait pas dans ce cadre.

— Entrez, asseyez-vous devant la cheminée. Je vous fais une tisane ?

Elles ne disent ni oui ni non mais finissent tout de même par aller s'installer sur le canapé, devant le feu.

Je prépare la tisane et je les entends depuis la cuisine bavarder à voix basse et pouffer. Comme deux très jeunes filles, me dis-je. C'est d'abord cette image qui me vient – deux très jeunes filles. Puis deux jeunes filles de la campagne sans éducation. J'en ressens de l'embarras, puis de l'agacement. Il aura donc fallu cette scène, l'incongruité de leur apparition dans ma vie d'homme marié, de père, pour que je mesure que près d'une génération me sépare d'Esther. Quinze années. Tout ce que j'ai vécu, traversé durant ces quinze années, qu'elle n'a pas éprouvé. Voilà quatre mois que nous sommes amants et jamais je n'avais ressenti comme ce soir-là combien je suis vieux comparé à elle et à son amie.

Elles boivent leurs tisanes serrées l'une contre l'autre. Je me suis assis par terre contre les briques de la cheminée et ainsi nous nous faisons face. Elles n'osent plus bavarder et semblent confuses. Je me tais, je ne vois pas que dire en présence de cette Fanny dont je ne sais rien, si ce n'est qu'elle a été placée durant toute son enfance. Ce que m'a dit d'elle Esther m'est revenu. Le père qui buvait et frappait la mère. Tous les enfants du couple finalement placés. Fanny s'est faite toute seule, avait ajouté Esther, c'est une fille bien, je l'aime beaucoup.

Puis Esther finit par chercher mon regard et je devine qu'elle regrette de ne pas être venue seule.

Elle serait entrée, et après un moment de surprise elle aurait dit ah, c'est ici que tu vis, Augustin, c'est bien, je suis contente de connaître enfin cet endroit. Elle aurait arpenté la pièce à sa façon, faisant un pas de danse ici ou là, avant de revenir vers moi et j'aurais aimé la trouver belle. Puis j'aurais proposé de lui faire visiter le reste de la maison, chut ! les enfants dorment, aurais-je glissé à son oreille quand nous serions passés devant leurs chambres, nous serions montés directement à l'étage, je lui aurais montré notre chambre, puis mon bureau. Tu vois, quand nous parlons le soir au téléphone, je monte dans mon bureau, c'est là que je m'installe après avoir fermé la porte. Je n'aime pas ce bureau, c'est Markus qui l'a conçu, je n'ai jamais réussi à y écrire une seule ligne, mais il m'aura été utile pour t'écouter et te parler. Il m'aura été utile, aurais-je dit, comme si tout cela était sur le point de finir. Esther aurait-elle deviné combien le moment était important ? Si Cécile m'annonçait demain, ou après-demain, qu'elle avait pris la décision de quitter Markus, je devrais rompre avec Esther. Il y avait, en somme, la possibilité que cette visite chez moi fût un adieu. Puis nous serions retournés dans la grande pièce, et j'imagine que nous aurions tout éteint avant de nous asseoir devant le feu et de nous tenir là, silencieusement, gravement. J'aurais aimé ces minutes, je le sais, et l'émotion s'en serait inscrite en moi pour toujours.

Oui, je devine qu'Esther regrette maintenant de ne pas être venue seule. Et comme le silence devient lourd, Fanny demande depuis quand nous habitons ici, et la conversation s'engage sur des banalités. Après quelques instants, c'est Esther elle-même qui y met un terme.

— Augustin, je suis fatiguée, tu veux bien nous appeler un taxi ?

Puis se levant et collant ses lèvres à mon oreille, comme si elle allait m'embrasser :

— Excuse-moi, je crois que tu te serais bien passé de Fanny, hein ? C'est ma faute, au dernier moment j'ai eu peur. Tu me pardonnes ?

Je me suis longtemps raconté qu'au dixième jour, n'ayant aucune réponse de Cécile, j'avais rassemblé quelques affaires et quitté la maison. En réalité, je n'ai aucun souvenir du jour où je suis parti (de même que je n'ai aucun souvenir de notre départ de Longchamp, du moment où nous avons dû franchir le porche pour la dernière fois, sans doute précédés de Toto et de notre mère, et le commissaire de police fermant la marche), j'en prends conscience à l'instant tandis que je cherche des mots pour décrire l'événement. Comment aurais-je pu *rassembler quelques affaires* et m'en aller comme ça, légèrement, tel le troubadour, sans prévenir Cécile, sans que nous nous soyons organisés pour nos enfants ? On peut ainsi s'accrocher à une fable pendant vingt ans, de bonne foi, jusqu'à ce que, mis en demeure d'en faire le récit, on s'aperçoive que ça ne tient pas debout. Je dois donc essayer de reconstituer la scène telle qu'elle a dû se passer avant que je l'efface de ma mémoire (comme j'ai effacé notre départ de Longchamp). Les enfants sont présents puisqu'il est impensable que je sois parti sans leur expliquer les raisons de mon déménagement, leur dire quand nous nous reverrons, et les embrasser. Si les enfants sont présents, Cécile l'est également, car je ne vais pas quitter la maison en les abandonnant à eux-mêmes. Dès lors, même si elle n'a pas répondu formellement à ma lettre, Cécile assume le fait de me perdre pour garder Markus puisqu'elle ne me retient pas (je suppose que si elle m'avait retenu je m'en serais rappelé, non, je ne suppose pas, j'en suis certain). J'imagine qu'elle m'observe boucler mon sac de voyage avec le regard métallique qu'elle avait à Noël, mais peut-être est-ce que je me trompe, peut-être se tamponne-t-elle discrètement les yeux tout en épluchant les légumes pour le repas de midi (que je ne partagerai pas). Quoique non, c'est idiot, puisque quand je viendrai chercher le reste de mes affaires, quelques jours plus tard, je les découvrirai à la cave, entassées n'importe comment dans des sacs-poubelle (comme si Cécile avait eu hâte de me rayer de sa vie). Est-ce qu'une femme émue de devoir se séparer de son mari lui enfournerait ses effets personnels dans des sacs-poubelle ? Sûrement pas. Le regard métallique, donc. Nous embrassons-nous malgré tout au moment où je m'en vais ?

Je n'ai aucun endroit où habiter et je me réfugie dans une chambre de bonne que possède Violetta et qu'elle prête généralement à des amis de passage. Tu as de la chance, Augustin, elle est libre, passe prendre la clé. C'est une pièce minuscule, sous les toits, dans l'un des quartiers les plus pauvres de la ville, et à l'instant où j'en ouvre la porte je prends conscience de mon dénuement, de tout ce que je viens de perdre. J'ai grimpé à pied les six étages et je me tiens essoufflé sur le seuil, mon sac de voyage à l'épaule gauche, ma machine à écrire Olivetti suspendue au bout de mon bras droit. Un sommier minuscule dans le coin du fond – merde, je n'ai pas pris de draps ! un évier en zinc à droite de la fenêtre et, sous celle-ci, une petite table de cuisine recouverte d'un Formica gris cerclé d'aluminium et une chaise. C'est aujourd'hui seulement, tandis que j'écris ce livre, me souvenant combien je tremble au seuil de cette chambre, que je calque soudain mon image sur celle de notre mère arrivant de Longchamp et découvrant la cité ouvrière où elle va désormais devoir habiter. Je crois ne pas avoir assisté à cette scène qui me hante depuis des années – notre mère promenant un regard halluciné sur les pièces au plafond bas, remarquant le sol en plastique, notant la présence des toilettes dans le vestibule – mon Dieu, comment est-ce possible ? les murs du « séjour » de différentes couleurs, un rouge, un marron, un blanc, comme si nous étions des attardés mentaux et qu'il faille nous éveiller l'esprit en introduisant de la fantaisie dans notre nouvel asile. Oui, voilà, comme si nous étions des attardés mentaux. Si par hasard j'étais présent, j'ai également chassé cet épisode de ma mémoire. Je devine que notre mère tremble, elle aussi, et à ce moment-là il me vient à l'esprit que nous sommes l'un et l'autre dans notre quarantième année quand survient cet effondrement. Tiens, comme si le destin avait voulu me punir d'avoir vilipendé notre mère, de lui avoir tant et tant reproché de s'être réfugiée dans la folie pour ne pas avoir à supporter avec nous le quotidien. À ton tour, semble-t-il me dire, on va voir comment tu vas t'en sortir, dans quoi tu vas te réfugier, toi, le donneur de leçons. Je me demande ce qu'elle fait tandis que les déménageurs, qui ont vidé l'appartement de Longchamp en un temps record, font irruption dans ce *taudis* pour y entasser les meubles Louis XVI, les tapis de Tunisie, l'argenterie et tout ce qui avait fait la gloire de notre mère. J'imagine qu'elle s'accroupit dans un coin et sanglote, mais peut-être se met-elle à tourner sur elle-même comme une toupie, comme le jour où notre petit frère... non, je n'ai pas envie de repenser à ce jour-là. Par chance, je ne songe pas à notre mère en pénétrant dans la chambre de bonne de Violetta, à la folie qui pourrait me guetter, moi aussi. Mais je suis conscient de trembler, de trembler de partout, et c'est pourquoi j'installe aussitôt ma machine à écrire sur la petite table de cuisine. Le monde peut bien s'écrouler, je vais écrire. J'ai là mon manuscrit, commencé en septembre ou octobre, quelques jours après la sortie de mon autobiographie, et qui ne dépasse guère les douze pages bien que nous soyons en mars. Je vais le relire depuis le début pour me relancer, et ce soir j'aurai écrit une page supplémentaire, alors rien ne pourra plus m'atteindre, même pas de devoir dormir sans drap sur ce petit lit qui m'a semblé crasseux au premier regard mais auquel je tourne le dos. Vous savez, Curtis, lui dis-je souvent, quand j'écris, rien ne peut plus m'atteindre, rendez-vous compte que l'hiver dernier je parvenais à travailler tout l'après-midi alors que je savais Cécile à l'hôtel avec Markus. Je vais relire depuis le début pour me relancer. Quelques pages suffisent généralement à m'absorber, et le miracle s'accomplit – je me mets à écrire. Je relis, je vois que ça parle de Cécile, mais je n'accroche pas. À un moment, je me retourne, les murs sont carrément lépreux au-dessus des plinthes, la peinture verte tout écaillée, et le plancher... le plancher couvert de flocons de poussière. Il faudra que je fasse le ménage, je ne peux pas me coucher dans ce taudis (ce *taudis*, je l'ai pensé, je m'en souviens, et cependant je n'ai pas fait le rapprochement avec notre mère), ce soir j'irai acheter un aspirateur, il doit bien y avoir un bazar dans le quartier. Ça parle de Cécile mais je n'accroche pas. Notez, Curtis, que ce sont des choses qui arrivent. Parfois, ça paraît horriblement mauvais, mais quand on relit le lendemain matin on est aussitôt dedans, on se dit qu'on ne pourra pas faire mieux. Vous connaissez ce truc-là, n'est-ce pas ? Ça dépend complètement du moment, c'est à devenir dingue. Il m'est arrivé de vouloir jeter un soir tout un chapitre pour découvrir le lendemain... Oui, mais là je n'accroche pas. Ça parle de Cécile mais je n'accroche pas. Et mon cœur qui se met à cogner, et je suis conscient que je tremble, que mes mains tremblent, que mon ventre tremble, que mes genoux tremblent. Et merde, le ruban de ma machine est complètement sec. Même pas une tache sur mon doigt si je le colle dessus. Même pas une tache, c'est incroyable. Mais déjà, la dernière fois. Merde, merde, c'est vraiment pas le jour. En dévalant l'escalier je vois combien mes jambes me portent mal parce qu'à deux ou trois reprises je manque de rater une marche et d'être précipité la tête la première dans le vide. Par chance, j'ai chaque fois pu me rattraper à la rampe. La papeterie, *je reviens de suite*, il peut très bien être parti pour une heure le gars, ça ne veut rien dire *de suite*. Qu'est-ce que ça veut dire *de suite* ? Songer que pendant une heure peut-être, devant cette porte, alors que je suis déjà tellement en retard. Douze pages, et encore, la douzième à demi pleine seulement. Songer que pendant une heure peut-être. Et alors je me remets à courir sur le boulevard, je préfère, des papeteries il y en a partout et je suis déjà tellement en retard. Courir. Je préfère. Des papeteries, c'est pas ça qui manque. Mais à un moment ce qui m'arrive est tout à fait extravagant, tout à fait imprévisible – un coup de marteau en pleine figure. Un coup de marteau, il n'y a pas d'autre mot. Et en pleine figure, le front, le nez, la bouche. Comment est-ce possible ? Même si le choc est terrifiant et que je devrais plutôt me concentrer sur la douleur qui est encore blanche, indolore, si j'ose dire, mais qui va me fondre dessus comme la foudre, je le sais, je connais, j'ouvre grand les yeux parce que je veux savoir qui m'a frappé, qui a essayé de me tuer, on n'a pas le droit, merde, je ne faisais rien d'autre que courir. On n'a pas le droit de frapper les gens dans la rue, chez nous, en France. Mais à cet endroit du trottoir il n'y a personne, seulement un poteau d'interdiction de stationner. Ne me dites pas. Ne me dites pas que c'est ce poteau que j'ai pris en plein visage. Oh non, non, je n'arrive pas à le croire ! Si la douleur n'était pas hallucinante, brusquement, et si le sang ne me coulait pas sur la bouche et jusque dans le cou, je crois que je pleurerais de colère, de dépit, aller me fracasser la gueule contre un poteau d'interdiction de stationner alors que je suis déjà tellement en retard. Douze pages, et la douzième à demi pleine seulement. J'entre sous le porche d'un immeuble et je m'assois là contre une porte, à l'abri des regards. Et peut-être est-ce que je pleure, maintenant, mais comment savoir avec tout ce sang ?

Sur les quelques photos que j'ai conservées du Festival du premier roman qui démarre une dizaine de jours après ma collision, il faut une de mes grosses loupes pour repérer les cicatrices sur mon visage, la lèvre supérieure encore légèrement tuméfiée et une bosse à l'arcade sourcilière. Rien sur le nez qui avait pourtant tellement saigné. C'est à Chambéry, je porte un blouson de cuir noir, nous sommes sept ou huit écrivains invités. Avant que j'emprunte un taxi pour l'aéroport, le matin, Esther et moi sommes descendus à pied jusqu'à la place prendre notre petit déjeuner dans un café. Tu as vu comme ça sent le printemps, Augustin ? J'ai acquiescé silencieusement, je me fiche bien du printemps cette année-là. On va en profiter, aller au cinéma, beaucoup sortir. Tu voudras bien ? – Je voudrai bien, oui. Nous avons ri, d'un rire artificiel en ce qui me concerne. Depuis que je n'habite plus Veyrière, nous dormons presque toutes les nuits ensemble dans la petite chambre de Violetta, en dépit des puces de plancher qui dévorent les jambes d'Esther. On s'en fiche, dit-elle, c'est moins pire que de retrouver tes pneus crevés tous les matins. – Oui, c'est moins pire, tu as raison. Et de nouveau nous avons ri. Je n'aime pas mon rire, il est devenu faux. Un rire pointu de tête pour dissimuler le vide effrayant qui m'habite, le désespoir d'avoir perdu Cécile, de ne plus vivre avec mes enfants, et le sentiment d'impuissance qui m'accompagne désormais puisque je n'écris plus. Mon rire faux, mon manuscrit qui n'avance pas, se peut-il qu'Esther n'entende rien, ne voie rien ? Pourquoi s'accroche-t-elle à moi qui ne suis plus qu'une coquille vide ? La veille, alors même que nous allions faire l'amour et qu'elle était en train de faire sa toilette devant l'évier, je me suis endormi. Et ce matin je n'ai pas pu. C'est tout cela qui me traverse dans l'avion qui vole vers Chambéry. Et aussi : combien de temps l'homme qui partageait la vie d'Esther avant moi va-t-il mettre à nous retrouver ? Il semble qu'il ne fasse plus que cela, nous traquer. Il semble que ça soit devenu sa seule raison de vivre, lui qui voulait écrire dans mon souvenir. Est-ce que ce type a pour objectif de me tuer à la fin ? Ou de tuer Esther ? Il m'est arrivé, à moi aussi, d'envisager de supprimer Markus, de songer à l'écraser, par exemple, si d'aventure je le surprenais sur un passage pour piétons, moi patientant au feu rouge au volant de ma voiture (un petit coup d'accélérateur et hop, plus de Markus, j'aurais plaidé la maladresse mais je n'aurais pas pu m'empêcher de rire devant le juge – Vous tuez un homme et ça vous fait rire, se serait-il étonné. – Excusez-moi, c'est nerveux) mais traquer toutes les nuits sa Land-Rover pour lui crever ses pneus, ça non, sûrement pas. Une nuit où nous nous promenions, j'avais entendu Esther me souffler ne te retourne pas, Augustin, il nous suit. – Tu es sûre ? – Oui, je viens de croiser son regard. – Il faut arrêter ça, je vais lui parler. – Non, ce n'est pas quelqu'un comme toi, il peut être très violent. – Raison de plus pour lui parler, on ne va pas attendre qu'il nous saute dessus par-derrière avec un couteau. – Essayons d'atteindre le boulevard, on entrera dans un café. – Il se rapproche, Esther, j'entends ses pas, arrêtons-nous, je vais lui parler. – Non, moi. Elle avait brusquement tourné les talons et remonté les quelques mètres qui nous séparaient de lui. Il l'avait attrapée par un bras et ils s'étaient retrouvés coincés entre deux voitures en stationnement, lui commençant à secouer Esther par les épaules comme s'il allait la frapper. Je m'étais rapproché, mais alors Esther lui avait dit tout bas quelques mots qui l'avaient arrêté net. Je revois encore le visage d'Esther lui assenant ces mots-là, allongé et pointu, le petit animal aux dents acérées que j'avais découvert dans ma voiture au retour de Luc-sur-Mer. Il s'était aussitôt dégagé d'entre les pare-chocs et nous l'avions suivi des yeux qui s'en allait, qui s'enfuyait, suis-je tenté d'écrire. Je n'avais rien demandé à Esther, ça ne me regardait pas ce qu'elle avait trouvé à lui dire pour qu'il détale à cette allure, tel un chien apeuré. Ensuite, il s'était contenté de crever mes pneus de vélo, jamais plus il ne nous avait suivis.

Une petite foule et quelques caméras nous accueillent sur le tarmac. Je me tiens légèrement en retrait, j'essaie de me fondre parmi les badauds, je n'aimerais pas qu'on me voie à la télévision car j'ai sans cesse à l'esprit ce passage d'une lettre de Frédéric, mon frère aîné, reçue en décembre, ce passage que je connais par cœur, si bien rythmé (Frédéric que j'admirais tant l'année de mes dix ans, qui voulait devenir écrivain et grâce auquel je le suis devenu), *non content d'avoir martyrisé nos parents de la façon la plus lâche et par le moyen le plus abject, non content d'avoir trahi ta famille en salopant sa dignité et son honneur, mû par un orgueil démesuré ayant aboli toute morale, tu te pavanes, tu plastronnes, tu fanfaronnes. Ton attitude de parvenu est une véritable provocation. Pour cela tu es un salaud, je te le dis haut et fort*. Je pense que le Victor Hugo d'*Hernani* aurait envié Frédéric pour ces quelques lignes. Non, je plaisante.

Le soir, on nous aligne sur une scène de théâtre et chacun à notre tour nous devons expliquer à des centaines de personnes comment nous en sommes venus à écrire, et quels événements ont inspiré notre premier roman. Sortant d'une enfance où nous n'avons pas été mieux traités que des animaux, dis-je, j'étais un homme décousu, fragmenté, éparpillé. Je pensais qu'avec ce livre, profondément autobiographique, j'allais parvenir à rassembler les morceaux épars de ma personne, à les recoller, et à faire ainsi de moi un homme réparé. J'ai eu furtivement le sentiment d'avoir réussi lorsque j'ai vu mon texte imprimé, en septembre dernier, et que je l'ai tenu entre mes mains, comme si je tenais enfin mon âme entre mes mains. Mon âme reconstruite, recollée. Mais ensuite, tous les miens m'ont dit et m'ont écrit à quel point mon livre leur faisait horreur, et je crois que leur haine à son égard m'a ramené au dépit de notre mère lorsqu'elle se découvrait enceinte d'un nouvel enfant et se demandait si elle allait le garder. Elle en avait déjà trois quand je suis né, voyez-vous, et elle se doutait qu'à ce rythme-là elle en aurait peut-être quinze ou seize parvenue à quarante ans, mon âge aujourd'hui. Comment peut-on accepter quinze ou seize enfants quand nous n'avons vraiment voulu que le premier ? Et encore, je crois que mes parents ne s'attendaient pas à ce que le premier leur tombe dessus aussi vite. Quinze ou seize enfants qui grouillent dans l'appartement, pouvez-vous imaginer une chose pareille ? Les plus grands qui vous maudissent parce qu'ils prennent conscience qu'ils n'ont rien demandé et se retrouvent cependant parents à treize ou quatorze ans seulement, je veux dire en charge des plus petits qui rampent et braillent du matin au soir et qu'il faut aller récupérer dans la poussière, parfois coincés ici ou là sous un meuble quand ils n'ont pas dévalé l'escalier pour se retrouver à quatre pattes sur le trottoir, à la merci des voitures et des chiens-loups, eux qui ne sont pas plus hauts que des caniches, qu'il faut aller récupérer, disais-je, pour les nourrir, leur changer la couche et les mettre au lit. En écrivant ce livre, je pensais me sauver du désastre qu'a été notre enfance – nous étions des enfants sans valeur aux yeux de nos parents qui ne nous avaient pas voulus –, sauver ce qui pouvait l'être pour faire de ce bric-à-brac une œuvre, et j'aurais été cette œuvre, n'est-ce pas, mais c'est apparemment tout le contraire qui est en train de se passer – en me ramenant au dépit qu'éprouvait notre mère lorsqu'elle se découvrait enceinte, la haine des miens me pousse moi aussi à me demander si je vais garder ce livre ou le mettre à la poubelle. Nous qui valons si peu, et nous insultons à présent avec le souci de nous blesser, de nous détruire, comment pourrions-nous produire une *œuvre* ? Je crains qu'en fait de me sauver, ce livre ait signé ma condamnation. Ce n'est pas une certitude, peut-être vais-je parvenir à l'aimer en dépit de la haine des miens, et donc à m'aimer, moi, mais je remarque que, déjà, je ne parviens plus à écrire, ce qui me laisse penser que je n'ai plus aucun endroit sur la terre où me réfugier, où continuer d'exister, de travailler, de me construire, et que je suis sur la pente descendante, sans doute en train de me refragmenter et de disparaître petit à petit.

9

J'essaie de me remémorer ce sentiment de déliquescence qui me fait trembler à l'orée de ce printemps 1991. Tout le bénéfice de mon livre anéanti par la haine des miens – ce livre que je portais depuis mes vingt ans, que j'étais enfin parvenu à écrire et que je ne voulais plus voir à présent (je n'en avais aucun exemplaire dans mes bagages et je sortais des librairies aussitôt que je l'y apercevais posé sur une table). Mon extrême dénuement au lendemain de cet effondrement et la conscience que notre mère, contre laquelle j'avais tenté de m'élever, tenté l'impossible, venait une fois de plus de l'emporter. Je pensais être parvenu à lui régler son compte et par une incroyable ironie tous mes frères et sœurs, qui avaient été comme moi ses victimes, s'étaient ligués pour la défendre.

C'était une question à laquelle je me heurtais sans cesse : comment mes frères et sœurs avaient-ils pu se fédérer pour défendre la femme qui avait ruiné nos vies ? Pendant des années nous avions été d'accord sur ce constat, je me rappelais l'étonnement de Frédéric, quelque temps après son Maríage, d'être accueilli chaque soir avec le sourire par sa femme – Je ne pensais pas qu'un tel bonheur pouvait exister, m'avait-il confié, et tu sais, si je n'y prends pas garde, je me surprends encore à trembler en rentrant chez moi, ou encore la confidence de Christine, un jour où je lui disais qu'en dépit de mon âge notre mère continuait à me terroriser – Moi aussi, Augustin, je n'ai jamais cessé d'avoir peur d'elle. Qu'est-ce que tu crois donc ? Dès l'année de mes vingt ans j'avais pensé qu'un jour je lui réglerais son compte, et je l'avais dit, je l'avais dit à Nicolas avec lequel j'habitais – Un jour, j'écrirai sur elle, Nicolas, je ne pourrai rien écrire tant que je n'aurai pas écrit sur elle. J'aurais été bien embêté s'il m'avait demandé pourquoi – Pourquoi veux-tu écrire sur cette conne, Augustin, à quoi ça va t'avancer au juste ? mais Nicolas se contentait généralement de me regarder sans avoir l'air de comprendre. À ce moment-là, je n'aurais pas su lui expliquer que pour survivre à notre mère, j'avais impérativement besoin de me dresser contre elle (ce que Toto n'avait jamais osé faire) ; sinon l'effroi qu'elle m'inspirait, et sans doute aussi la honte de ne pas être plus fort que Toto, allaient continuer de me ronger et jamais je ne vivrais, jamais je ne me déciderais à vivre.

À ce moment-là, je n'établissais aucun lien entre notre mère et Cécile que je venais de rencontrer, et comment aurais-je pu y songer alors que la première était une araignée venimeuse que je portais en moi comme un cancer tandis que la seconde, qui me rejoignait l'après-midi pour faire l'amour, m'illuminait ? Je n'établissais aucun lien entre les deux femmes de ma vie, je n'avais pas encore compris que portant l'une en moi, son souvenir terrifiant, dégradant, je n'allais pas savoir aimer Cécile, oscillant sans cesse entre la crainte exacerbée qu'elle fasse de moi un autre Toto (ce qui me poussait à partir en voyage tous les trois mois, à fuir l'enfermement) et les serments d'éternité que je lui prodiguais – Oh je t'aime, Cécile ! Je t'aime tellement, jamais nous ne nous quitterons, n'est-ce pas ?

C'était à la naissance de notre second enfant, Laetitia, que j'avais pour la première fois pressenti que le spectre de notre mère pouvait avoir raison de nous. Le premier, Louis, né dans un paradis bucolique, une maison que nous louions en lisière d'une forêt, nous avait donné le sentiment que la vie que nous inventions n'avait aucun risque de ressembler en quoi que ce soit à celle de nos parents. Mais Laetitia était arrivée alors que nous venions d'acheter notre première maison, une villa complètement délabrée de la banlieue de Villedieu que j'avais décidé de restaurer moi-même par manque d'argent. Il ne m'avait pas échappé qu'entreprenant des travaux considérables, je plaçais mes pas dans ceux de Toto au côté duquel nous avions mené, vingt-cinq ans plus tôt, un chantier monumental pour livrer à notre mère un appartement censé être la copie conforme de celui de Longchamp. J'avais treize et quatorze ans ces années-là, je n'allais plus à l'école, nous sortions de la cité ouvrière, et j'avais appris de Toto toutes les techniques du bricolage, de l'édification de cloisons à la peinture, en passant par l'enduit au plâtre, l'électricité, et la pose de moulures aux plafonds.

Non, il ne m'avait pas échappé que je marchais sur les traces de Toto, et d'ailleurs je l'avais dit à Cécile – C'est quand même une chance que je sache à peu près tout faire dans une maison grâce à mon père, tu ne trouves pas ? mais je n'avais pas perçu, en revanche, combien la venue d'un nouvel enfant *alorsmême que nous étions en plein chantier* allait m'amener à voir soudain en Cécile le fantôme de notre mère et à sentir battre mon cœur dans la peau de Toto.

Je me souviens précisément du moment où la chose m'a sauté au visage. C'était un samedi de décembre, j'avais passé la journée à monter une cloison en carreaux de plâtre dans l'ambiance lourde des pleurs d'enfants, Cécile allant et venant dans la poussière pour préparer le biberon de l'une et lire une histoire à l'autre. Nous avions déjeuné avec Louis dans un coin de la cuisine sans presque nous adresser la parole, tous les trois fatigués, les cheveux et les vêtements blanchis par le plâtre, et subitement, vers la fin de l'après-midi et alors que je venais de refaire un plein bac d'enduit, Cécile s'était avisée que nous n'avions plus de couches-culottes pour Laetitia. Oh merde ! m'étais-je exclamé. – Je ne sais pas comment j'ai fait mon compte, j'étais persuadée d'avoir un paquet d'avance. – J'ai cinq kilos d'enduit à écouler, Cécile, si je ne le pose pas maintenant il est foutu. – Alors je te laisse les enfants et j'y vais. Demain, c'est dimanche, on ne trouvera plus rien d'ouvert. J'avais vu qu'il pleuvait, que la nuit était bien avancée, déjà, traversée de ces lueurs d'un jaune sale qui me font frissonner d'horreur, et j'avais pensé que si Cécile partait au volant de notre voiture, jamais je ne la reverrais. C'est dans ces moments-là que surviennent les accidents, les nuits de décembre, toujours. – Non, laisse, je vais y aller. – Et ton enduit ? – Tant pis, je le balancerai. – Augustin, c'est idiot, passe-moi les clés de la voiture, j'en ai pour un quart d'heure. – Je préfère y aller, j'ai peur que tout soit fermé et que tu deviennes dingue dans cette banlieue.

C'est moi qui étais devenu dingue. Ça m'avait pris au premier feu rouge, bloqué dans une file de voitures, à l'instant où me frottant le front j'avais revu Toto faisant exactement le même geste au volant de sa Peugeot déglinguée – foutre merde, ou est-ce que je vais lui dénicher ce bazar à la reine mère ? Et ça n'avait fait qu'empirer au fil des minutes. J'errais dans cette banlieue que je ne connaissais pas, guettant la croix verte d'une pharmacie à travers les loupes déformantes des gouttes de pluie, pestant contre mes essuie-glaces, contre les carrefours, sans cesse coincé dans les embouteillages du samedi soir et, ce faisant, ça n'était plus Cécile qui attendait mon retour dans mon esprit détraqué, mais notre mère dans sa blouse de ménage, ses babouches crissant sur le sol couvert de gravats, notre mère nous ignorant royalement tandis qu'à plat ventre ou à genoux pour loger les fils électriques dans les plinthes nous lui offrions des mois et des mois de nos vies pour qu'elle ait un jour son bel appartement, ou notre mère se mettant soudain à cracher au visage de notre père bon sang, mais qu'est-ce que j'ai fait au bon Dieu pour mériter ça ! Combien de temps vas-tu me faire vivre dans ce taudis ! – Mon Minou, tu le vois, on fait tout notre possible. Alors, pour éviter d'avoir à lui répondre, elle claquait une porte à toute volée. J't'assure, soufflait Toto, elle est pas marrante tous les jours, mais il n'aurait pas rouvert la porte pour aller lui en coller une en travers de la figure – Tu ne me parles plus jamais sur ce ton-là, tu m'entends ? Je ne suis pas un chien, et tes fils non plus, qui se cassent le cul pour toi, ne sont pas des chiens. La prochaine fois que tu claques une porte, je te fais interner. Merde à la fin ! C'est moi qui étais devenu complètement dingue, me jouant la scène comme si j'étais au théâtre, parlant tout haut dans l'habitacle de ma Renault 14 aux vitres couvertes de buée, éructant, faisant les questions et les réponses, imitant notre mère, sa voix glaçante, bon sang, qu'est-ce que j'ai fait au bon Dieu, et le pitoyable ânonnement de notre père, j't'assure, elle est pas marrante tous les jours, tressautant sur mon siège comme si je n'avais qu'une hâte, rentrer à la maison pour lui régler son compte à cette conne. Puis le visage de Cécile m'était apparu, Cécile qu'il était impossible de confondre avec notre mère, et alors seulement je m'étais rendu compte, mais très lentement, comme on se réveille d'un cauchemar, que l'acharnement que j'avais mis à nous précipiter dans la situation de mes parents, je veux dire ce chantier, et nos deux enfants au milieu de ce chantier, avait quelque chose de suicidaire.

Les travaux à peine finis, je m'étais mis à écrire mon autobiographie, mais en fait de régler son compte à notre mère j'avais fait fuir Cécile et tout perdu. Je m'étais réglé mon propre compte, d'une certaine façon. Comme je finissais mon livre, nous avions revendu cette maison, dans laquelle j'avais sué sang et eau, pour acheter l'ancienne ferronnerie avec l'héritage de Cécile. Markus, notre architecte, qui avait été mon ami, était devenu son amant. On aurait dit que la vie s'était bien foutue de ma gueule.

C'est sans doute ainsi que j'aurais résumé la situation, à l'orée du printemps 1991, me promenant avec mes deux enfants, un samedi matin d'avril, sur les berges du fleuve. Je viens alors de quitter la chambre que me prêtait Violetta pour emménager dans un studio dont les fenêtres donnent sur le fleuve. L'appartement est assez grand pour que nous y logions tous les trois le week-end. J'ai acheté des lits, installé mon bureau, et Esther, qui ne connaît pas encore mes enfants, m'a offert des draps décorés de lapins pour Laetitia et de couleurs vives pour Louis. Ce matin-là, nous découvrons notre nouveau quartier, nous en faisons le tour sous un pâle soleil, en flânant au bord de l'eau quand c'est possible. Nous avons acheté des pains au chocolat, Louis marche devant et Laetitia me donne la main.

— Quand il fera très chaud, est-ce qu'on pourra se baigner dans la mer ?

— C'est un fleuve, ma chérie, ce n'est pas la mer.

— Les plages, c'est pas toujours dans les mers ?

— Non, il y en a aussi des petites au bord des fleuves parfois.

— J'ai dit à Chloé qu'on allait habiter avec toi au bord de la mer et elle a dit t'as de la chance, tu vas pouvoir aller à la plage quand tu seras chez ton père.

— J'aimerais bien, Laetitia, mais on n'a pas le droit de se baigner ici, c'est dangereux.

— On peut quand même s'asseoir au bord de l'eau si on veut.

— Ah oui, bien sûr. Tu veux qu'on s'assoie ? Tu veux qu'on se mette là ?

Nous nous asseyons sur les pavés du quai, les jambes ballantes au-dessus du flot verdâtre. Louis cherche des bouts de bois qu'il lance dans l'eau, puis il dit que ce sont des bateaux et bientôt Laetitia se met à chercher avec lui de nouveaux bouts de bois, puis lui les jette à l'eau et elle se place un peu plus loin, en aval, pour les regarder passer. À chaque fois qu'elle en aperçoit un, penchée en avant, les coudes sur les genoux, elle s'écrie : je vois ton bateau, Louis ! Je vois ton bateau !

C'est un jeu qui semble inépuisable et je songe que si Cécile était présente nous parlerions de nos enfants, bien sûr, à voix basse, l'air de rien. Nous dirions c'est génial quand ils s'entendent bien, hein ? regarde Louis comme il est affairé, et Laetitia, elle est adorable dans ce petit manteau, je regrette d'avoir oublié l'appareil photo, c'est trop bête, on ne devrait jamais partir sans. Je songe que plus jamais Cécile et moi ne parlerons de cette façon de nos enfants, tendrement, amoureusement, alors qu'ils sont encore si jeunes. Et, petit à petit, je me sens glisser dans une forme d'amertume que je ne connaissais pas – à quoi bon avoir des enfants si c'est pour leur offrir ce destin-là ? Laetitia qui n'aura même aucun souvenir de ses parents ensemble, qui ne devinera jamais combien nous nous sommes aimés. Toute la semaine chez Cécile, et le week-end seulement avec moi. Avec moi qui suis abasourdi, qui n'ai plus aucun ressort. La vie s'est arrêtée, tout ce que nous avions construit s'est effondré, mais les enfants demeurent. Ils demeurent comme des survivants au milieu d'un champ de ruines. Au lieu d'illuminer nos visages, comme au temps où nous nous aimions, ils nous rappellent les printemps disparus, les paysages effacés, tout ce que nous avons irrémédiablement perdu. Nous nous efforçons de leur sourire, conscients qu'ils n'ont rien demandé, qu'ils sont les victimes innocentes de notre échec, de notre aveuglement, de l'accumulation de nos bêtises, mais nous n'aimons pas notre sourire, il est à la fois contraint et baigné de larmes.

Je songe au mal que je leur ai fait sans le vouloir, les coupant de tous les leurs, les entraînant dans mon naufrage. Je songe à l'image qu'ils se feront de moi quand ils seront en âge de reconstituer l'histoire, de comprendre comment les événements se sont enchaînés, et de me juger. Tous nos oncles et tantes ont vécu dans la concorde, penseront-ils, enfin, dans une concorde relative, il est le seul des dix à ne pas avoir pardonné. Le seul des dix à avoir divorcé, également. On n'a vraiment pas eu de chance, on est tombé sur le plus allumé des dix. Pendant que les cousins se marraient bien, nous, on s'enfonçait dans la guerre froide. Le mur de Berlin, je ne sais pas si vous avez appris ça en cours d'Histoire, eh bien c'est à peu près ce que papa nous a fait vivre, nous d'un côté, dans l'hiver et la grisaille douze mois de l'année, tandis que de l'autre côté on les entendait rigoler, manger des hamburgers et boire du Coca-Cola.

Le seul des dix à avoir divorcé (à être sur le point de le faire, du moins). Je n'en reviens pas moi-même. Notre mère à Longchamp, évoquant les divorcés : Maurice et cette créature ? Enfin Toto, tu n'y penses pas, il n'est pas question de les recevoir. – Pourquoi ça, mon petit ? Maurice est un type épatant, il nous a toujours soutenus. – Maurice est peut-être un type épatant, il n'empêche qu'il a plaqué sa femme et ses gosses pour cette putain, il n'y a pas d'autre mot. – Élisabeth est à la Croix-Rouge, ma chérie, c'est une femme remarquable. – Mais elle pourrait être présidente de la République que ça ne changerait rien ! Aller se coller avec un homme marié, et puis quoi encore ! – Sur le fond, tu n'as pas tort, mais je te trouve un peu sévère malgré tout. – C'est bien simple, moi vivante, ils ne franchiront pas le seuil de notre porte. – Très bien, mon Minou, eh bien n'en parlons plus. Et à côté de ça les *excellents ménages*, au nombre desquels notre mère et Toto se comptent, bien entendu. À sept ou huit ans, je souris intérieurement lorsque notre mère, après avoir évoqué le destin effrayant de tel ou tel divorcé, s'exclame : Les Latour ? Oh, un excellent ménage ! J'aime comme les traits de notre mère se détendent alors, j'en éprouve une forme de soulagement, de réconfort. Je me sens moi aussi l'ami des *excellents ménages*, et même si je ne saurais pas dire ce qui m'effraye chez les divorcés, je me méfie d'eux.

J'en suis un, désormais, me dis-je, surveillant distraitement Laetitia et Louis, et en dépit du mépris que j'éprouve pour l'insondable bêtise de notre mère je ne peux pas me défendre d'un certain accablement. Je suis un assassin, doublé d'un divorcé, et l'addition des deux me laisse deviner combien notre mère doit me haïr à cet instant lorsque mon visage lui vient soudain à l'esprit, moi qu'elle a toujours trouvé dépareillé dans l'exposition de ses enfants en costumes marins et robes à smocks. Petit, déjà, il m'horripilait ce gosse, on aurait dit qu'il n'était là que pour me gâcher mon plaisir, eh bien comme quoi les choses sont écrites quelque part, quand ça commence mal, ça se termine mal. Au fond, le bon Dieu ne nous prend pas en traître, j'ai toujours su que celui-ci me jouerait un sale tour. Imaginant le monologue de notre mère.

Le dimanche suivant, je les emmène au Parc régional. La veille, nous avons acheté un pique-nique dans la petite épicerie au coin de la rue. Des chips, du chocolat, du Coca-Cola, tout ce qu'ils ont voulu. Ils sont de bonne humeur, le matin, tandis que nous nous habillons légèrement pour *la première vraie journée de printemps* (le bulletin météo, dans la salle de bains), et moi aussi je suis confiant. C'est la première fois que nous retournons au Parc régional depuis ma séparation d'avec Cécile et je me dis que si je surmonte cette épreuve j'aurais franchi un palier (tout en étant conscient que c'est le genre d'expressions qui rassurent mais ne riment à rien). Nous explorons toutes les rues alentour, les quais, les impasses, les encoignures, Laetitia perchée sur mes épaules en train de chantonner l'air de *Quand je serai clown j'aurai un gros nez* et le panier du pique-nique me tirant douloureusement le bras droit, parce que je ne parviens pas à me rappeler où j'ai garé la voiture.

— Peut-être qu'on nous l'a volée, remarque Louis.

— Tu crois ? Je ne vois pas qui pourrait avoir envie de notre bagnole.

Et je ris pour dissimuler l'angoisse que je sens monter. Jamais ma mémoire ne m'a trahi à ce point – comment ai-je pu repérer une place, manœuvrer pour m'y glisser, fermer ma voiture et ne conserver aucun souvenir de tous ces instants, de leur enchaînement ? Comme si je ne les avais pas vécus. Et c'était quand, d'ailleurs ? Lundi dernier, après avoir raccompagné les enfants à Veyrière ? Non, il me semble avoir dû rouler au milieu de la semaine. Mais pour aller où ?

— Qu'est-ce qu'on va faire si on ne la retrouve pas ?

— On va la retrouver, Louis. On a dû passer devant sans la voir. Viens, on va refaire toutes les rues depuis la maison et bien regarder.

— Est-ce qu'au Parc on pourra faire le manège ?

— On pourra tout faire, Laetitia, mais pour le moment on a perdu la voiture.

— Celui avec les chevaux, hein ?

— Oui, celui avec les chevaux, ma chérie.

— Qui montent et qui descendent.

Et elle se remet à chantonner, ses petites mains tièdes sur mon front pour se tenir.

— On dirait qu'elle s'en fiche complètement qu'on ait perdu la voiture, dit Louis.

Et brusquement je l'aperçois, coincée entre une fourgonnette et une barrière de chantier.

— La voilà ! Merde, je n'ai aucun souvenir de l'avoir mise là...

Je ne l'ai jamais tant aimée qu'à cet instant notre vieille Renault, et Louis également qui me prend la main et que j'embrasse dans les cheveux comme si nous venions d'échapper à une catastrophe.

Laetitia à l'arrière, sanglée dans son petit siège. Lui assis devant. Et au premier feu rouge :

— Maman, elle m'interdit de monter devant, mais toi tu veux bien.

— Tu ne m'as pas demandé mon avis, Louis.

— Je pensais que tu serais d'accord.

— Disons qu'aujourd'hui c'est exceptionnel.

Je lui pince le genou, il se rencogne dans son siège.

Quand nous arrivons au Parc régional, vers midi, il y a déjà tant de voitures stationnées le long du bois que nous devons rouler près d'un kilomètre pour trouver une place. Ensuite, nous remontons le flot des autos parmi d'autres familles, Laetitia de nouveau perchée sur mes épaules, le panier du pique-nique à mon bras et Louis courant devant puis revenant nous chercher.

— Reste avec nous, mon chéri, je ne peux pas marcher plus vite.

— Oui, mais après, tous les jeux vont être pris.

— Non, je te promets qu'on aura le temps. Reste avec nous, j'ai peur qu'on se perde.

Comme nous progressons péniblement, j'essaie de me raccrocher à un souvenir semblable avec Cécile – mais non, il me semble que jamais nous ne nous sommes trouvés pris dans une telle pagaille. C'est sans doute que nous arrivions de Veyrière, qui est juste de l'autre côté du bois, ou que Cécile organisait mieux les choses, que nous partions plus tôt, je ne sais pas, je voudrais comprendre, que quelqu'un m'explique. À moins qu'au temps de Cécile, ces événements minuscules… Oui, peut-être est-ce que je ne les voyais même pas, bavardant tranquillement avec elle pendant que nos enfants allaient devant.

Mon soulagement lorsque nous entrons dans le parc et que de l'herbe et des buissons s'élève aussitôt un halo de fraîcheur. Laetitia veut bien marcher en me donnant la main et je n'ai plus peur de perdre Louis. Nous nous enfonçons sous les cèdres bleus par une allée sablonneuse, tout va bien maintenant, dans un moment nous atteindrons le manège des chevaux qui montent et qui descendent, j'installerai Laetitia sur l'un d'entre eux, je pourrai surveiller Louis de loin poussant le tourniquet de toutes ses forces avant d'y grimper, et ce seront quelques minutes de répit durant lesquelles je sentirai s'estomper le tremblement de mon cœur, de mes jambes. Pourquoi est-ce qu'en présence des enfants, depuis que Cécile n'est plus là, j'ai ce sentiment de trembler sans cesse ? Est-ce que tous les hommes divorcés tremblent les week-ends où ils se retrouvent seuls avec leurs enfants ?

Nous achetons cinq tickets de manège et tout se passe exactement comme je l'avais prévu, Laetitia s'envole dans ses rêves de petite fille, si loin, si haut qu'elle oublie de me faire coucou au passage et que soudain, revenue sur terre au troisième ou quatrième tour je la vois me chercher des yeux, le front soucieux déjà, puis se détendre et me sourire dès qu'elle m'aperçoit – Je suis là, ma chérie, je suis là, je serai toujours là, ne t'en fais pas, tandis que là-bas Louis se laisse emporter par le tourniquet, les cheveux dans le vent, ivre de vitesse et de plaisir. J'ai trouvé un siège libre, je me *récupère*, c'est le mot qui me vient, je rassemble et recolle tant bien que mal les morceaux épars de ma personne, peut-être devrais-je dire de mon âme. Je me *récupère*, et bientôt je peux allonger mes jambes, laisser reposer mon dos, adresser un véritable sourire à Laetitia.

Nous déjeunons sur une pente herbeuse au-dessus de l'étang, c'est agréable, l'herbe est tendre et chaude, on peut s'allonger au soleil, et c'est un endroit où nous n'étions jamais venus avec Cécile. Un endroit que nous avons découvert. Il est tard, pas loin de trois heures déjà, et ils ont tous les deux faim. Puis Louis veut retourner aux jeux.

— On attend que Laetitia ait fini, Louis.

— Elle fait exprès de manger lentement.

— Non, elle est petite.

Laetitia suit la conversation, je devine qu'elle est surprise, puis imperceptiblement courroucée par la réflexion de Louis (tout se lit sur le front de Laetitia), mais elle continue de mastiquer silencieusement son jambon tout en fixant son frère.

— Qu'est-ce que tu aimerais faire maintenant, Louis ?

— La tyrolienne. Tout à l'heure il y avait trop d'enfants, j'ai attendu pour rien.

— Si tu me promets de rester à la tyrolienne, vas-y. Je t'y rejoins dans un moment avec Laetitia.

Louis parti, je m'allonge et je ferme les yeux.

— Les parents de Chloé, dit bientôt Laetitia, ils travaillent tous les deux à la Poste.

— Ah bon, je ne savais pas.

— Sa maman, elle m'a dit qu'elle t'avait vu une fois dans la Poste, mais que tu ne lui as pas dit bonjour.

— Comment ça ? bondis-je, brusquement tiré de ma torpeur.

— Elle t'a dit bonjour et toi tu as tourné la tête.

— Vraiment ? Merde, je n'ai pas dû la reconnaître.

— Elle a dit ton papa il n'est pas très bien élevé.

— Mais Laetitia, je ne l'ai pas reconnue ! Tu sais bien que je n'aurais pas fait ça, voyons.

Nous restons un instant à nous considérer, Laetitia incrédule, me semble-t-il, et moi cherchant en vain à recomposer les traits de la mère de Chloé, une grosse femme avec laquelle je bavardais devant l'école au début de l'année mais qui m'avait paru prendre ses distances du jour où ça n'avait plus été du tout avec Cécile. Oui, voilà, comme si elle pensait que j'étais le genre de type à plaquer sa femme et ses gosses, me dis-je, tout en étant vaguement conscient de prêter à cette dame les sentiments de notre mère et d'être probablement atteint de confusion mentale (en plus de tout le reste).

— Tu me donnes un yaourt s'il te plaît ? Celui à la myrtille.

Elle mange son yaourt en cherchant les myrtilles avec sa cuillère. Et de nouveau j'aimerais que Cécile soit là – Regarde Laetitia, je lui dirais tout bas, regarde comme elle est mignonne.

— Si je vois la mère de Chloé, j'irai m'excuser.

— Son papa, il ne dit jamais bonjour non plus.

— Ah bon, ça me rassure.

— Même sa mère, quand on était en train de goûter, un jour, elle a dit tu pourrais dire bonjour Jacques. Et il n'a rien répondu.

— Il n'est pas très sympa, ce Jacques, alors.

Je souris, mais Laetitia ne voit pas que je plaisante.

— Non, il n'a pas l'air d'aimer beaucoup sa maman.

— La maman de Chloé, tu veux dire ?

— Ben oui.

Mais soudain, je suis inquiet pour Louis.

— Termine vite, ma chérie, j'ai peur que Louis nous attende.

Louis est suspendu à la tyrolienne quand nous y arrivons. Il est très excité, il veut qu'on le voie sauter dans le vide, et nous restons peut-être une heure à le regarder.

C'est à ce moment-là qu'il faudrait partir, j'en ai le pressentiment en voyant les premières familles décamper, mais Louis a encore en tête toute une liste d'activités à faire.

Nous courons à la pyramide de corde et, assis sur un banc, nous le suivons des yeux jusqu'à ce qu'il atteigne le sommet. Le ciel a rosi dans l'intervalle et une brise légère s'est levée. Laetitia est fatiguée, elle a pris son pouce et se laisse peser contre moi.

— Il faudrait rentrer, maintenant, Louis.

— Mais on n'a pas fait les voitures électriques !

— La prochaine fois. J'ai peur qu'on arrive trop tard pour le dîner.

— T'avais promis.

Si j'étais avec Cécile, je dirais j'avais peut-être promis, mais maintenant on rentre, c'est comme ça, tandis que là je ne me sens pas la force de refuser quoi que ce soit à Louis.

— Bon, d'accord, encore les voitures électriques, mais vite alors.

Ils sont sept ou huit garçons à patienter quand Louis se met dans la file. Je devine qu'à raison de dix minutes par enfant il ne passera pas avant une heure, si le parc ne ferme pas entre-temps, et cependant je laisse un quart d'heure s'écouler avant d'intervenir.

— On n'a plus le temps, Louis, ça n'avance pas.

— Mais si, ça avance, regarde !

— Non, on y sera encore dans une heure, c'est impossible. Je suis désolé, on y va maintenant.

— T'avais promis !

— Arrête avec ça ! J'avais promis, j'avais promis, je ne pouvais pas savoir que ça se passerait comme ça. Merde à la fin ! Viens immédiatement, on a encore tout le parc à traverser avant de retrouver la voiture.

— On ne peut jamais rien faire avec toi.

— C'est toi qui gâches tout, Louis. Je fais comme je peux, j'essaie de te faire plaisir, tu vois bien comme c'est difficile.

Il est au bord des larmes, marchant dix mètres derrière nous, tandis que Laetitia se laisse porter comme un ballot de linge, et l'image que j'ai soudain de nous trois me semble incarner celle de mon échec. Nous fuyons en ordre dispersé, pleins d'amertume et de fatigue, comme des gens perdus, des réfugiés. D'un dimanche au parc, voilà tout ce que j'ai réussi à faire, me dis-je, une famille en miettes, parce que je suis moi-même en miettes.

Les allées encombrées d'autres familles à présent, et Louis qui traîne à dessein, que je dois attendre tous les trois cents mètres.

— Viens vite, mon chéri. Dimanche prochain…

— Laisse-moi.

— Tu ne veux pas me donner la main ?

Il fait non de la tête et nous repartons.

Laetitia dort sur mon épaule quand nous atteignons la voiture. Je parviens à l'installer dans son petit siège sans la réveiller, et Louis monte de lui-même à l'arrière.

Puis nous nous trouvons pris dans un embouteillage – on dirait que toutes les voitures du bois se sont donné rendez-vous dans cet entonnoir. Louis aussi s'est endormi, et tandis que nous avançons au pas dans cette procession de feux écarlates, sous ce ciel charbonneux, presque complètement éteint maintenant, je songe que mes enfants ne vont pas dîner, que je vais devoir les coucher comme ça, à jeun et poussiéreux, assoiffés peut-être, et j'en éprouve un sentiment confus de désespoir mêlé de colère. À quoi bon les avoir mis au monde, me dis-je de nouveau, si c'est pour leur offrir cette vie-là ? Ce destin-là ? Il me semble que tous les dimanches vont désormais ressembler à celui-ci et que je ne reverrai plus jamais mes enfants heureux comme au temps où Cécile était avec nous. Que je ne connaîtrai plus jamais le bonheur d'être père.

Il me faut plus d'une heure pour rejoindre notre quartier, et durant la fin du trajet j'imagine comment je vais m'y prendre pour coucher mes enfants sans les réveiller. Je me stationnerai en travers du trottoir devant la porte de mon immeuble en priant pour qu'aucun flic ne passe par là, puis je prendrai Laetitia dans mes bras, fermerai la voiture à clé pour que personne ne vienne inquiéter Louis et grimperai vite les quatre étages, je poserai Laetitia sur son lit, puis je recommencerai la même opération avec Louis. Ensuite, j'irai garer la voiture quelque part en espérant trouver rapidement une place, et je remonterai en courant les mettre en pyjama tout doucement avant de les installer chacun sous leur couette. Dormez bien, mes chéris. Dormez bien. Après ça, je pourrai fumer une cigarette, accoudé à ma fenêtre. J'aspire à ce moment.

Je suis en train de chevaucher délicatement le trottoir, devant le porche de mon immeuble, prenant garde à ne pas réveiller mes enfants, à ne pas heurter non plus les promeneurs, toujours nombreux le soir, quand je crois reconnaître au bout de la rue une silhouette qui m'est familière. J'ai coupé le contact, et maintenant, penché au-dessus de mon volant et retenant mon souffle, je cherche à retrouver la silhouette parmi les promeneurs, dans la faible clarté des réverbères. Et soudain, je ne vois plus qu'elle – Esther !

Esther qui a surgi de la nuit et marche vers nous. Son visage grave de vierge espagnole, son chignon, ses longues jambes prises dans un jean. Il me semble entendre le relâchement de tout mon corps, comme si la tension accumulée au cours de cet effroyable dimanche produisait en se dissipant des craquements semblables au dégel. Jamais je n'oublierai cet instant dont je peux écrire aujourd'hui qu'il fut à l'origine du renouveau de ma vie.

Elle s'immobilise à hauteur de ma portière, soucieuse et souriante à la fois, je lui fais signe de ne pas faire de bruit à travers la vitre et je m'extrais prudemment de l'habitacle.

— Tu es venue... Tu m'attendais ?

— J'ai pensé que tu serais triste de te retrouver seul après ce long dimanche.

— Oh ! Esther, tu ne peux pas savoir… tu ne peux pas savoir comme ça me touche.

— J'avais un peu peur…

— Peur de quoi ? dis-je en l'enlaçant.

— Que tu ne veuilles pas que je sois là… que tes enfants me voient.

— Ils dorment. C'est tellement bien au contraire.

— Augustin, tu as l'air épuisé.

— Ç'a été dur. Tout est tellement dur en ce moment.

— Comment vas-tu faire pour les coucher ?

— Je vais d'abord monter Laetitia. Tu peux surveiller Louis en attendant ?

Quand les enfants sont au lit, nous allons ensemble stationner la voiture.

— Si tu veux, propose-t-elle au retour, me tenant par la main, on peut prendre un verre dans le café où je t'attendais.

— Oui, mais rapidement, je ne veux pas les laisser seuls trop longtemps.

Nous choisissons une table isolée, au fond. Je me rappelle avec quelle tendresse Esther caresse mon visage.

— Tu as l'air épuisé, répète-t-elle. Comment ça s'est passé ?

— Ils se sont endormis dans la voiture, ils n'ont pas dîné…

Pourquoi mes yeux se noient-ils ? Je me détourne, je lève un bras et feins de héler le garçon pour commander.

— Ce n'est rien, Augustin. Demain, ils seront contents de bien déjeuner.

— C'est la première fois qu'ils se couchent sans dîner, sans qu'on leur lise une histoire, sans rien. Je ne sais pas comment je m'y suis pris. Et en plus, j'ai engueulé Louis…

Alors je pleure silencieusement, sans pouvoir arrêter ce flot de larmes, et je vois combien Esther semble défaite.

— Augustin, demain matin vous prendrez votre petit déjeuner tous les trois ensemble. Ils seront reposés, tu leur expliqueras, ça sera un bon moment.

— Oui, bien sûr. Bien sûr. Excuse-moi, je suis fatigué.

Mais en vérité, je pleure d'avoir fait à mes enfants ce que nous a fait Toto durant des mois et des mois – nous trimbaler à l'arrière de sa voiture en attendant des jours meilleurs. Je pleure à la pensée qu'en dépit de tous mes efforts pour me distinguer de notre père, je suis en train de marcher sur ses traces, que je ne serai sans doute jamais rien d'autre qu'un homme aux abois, déménageant sans cesse, fuyant une sourde guerre, la peur au ventre, et transportant avec lui ses enfants parce qu'il n'a plus aucun endroit où les laisser.

Esther me caressant le visage et dont les mots me pénètrent, me réconfortent – je suis avec toi, Augustin, je t'aime, et je sais que j'aimerai tes enfants le jour où tu décideras de me les présenter. Je sais que j'ai en moi la force de les aimer. Le jour où tu le décideras, Augustin. Tu m'entends ? Je suis là et je t'aime. Tu es l'homme de ma vie, c'est une évidence. Aussi longtemps que tu le décideras, je serai là. Mon chéri.

Oui, je crois que c'est ce soir-là que pour la première fois. *Mon chéri*. Il me semble qu'ensuite nous faisons quelques pas sur les berges et fumons une cigarette. Mais ce n'est qu'aujourd'hui, vingt ans après, et alors qu'Esther n'est plus ma femme, que cette scène du café que je viens d'écrire m'en évoque une autre, mystérieuse et infiniment douloureuse. Thérèse a surgi dans notre vie quelques jours après l'expulsion, alors que nous emménageons tant bien que mal dans la cité ouvrière (tiens, comme Esther a surgi dans ma vie tandis que tout se délitait autour de moi, autour de nous). Thérèse a dix-huit ans, j'en ai dix cette année-là. Toto l'a embauchée comme *bonne à tout faire,* lui faisant miroiter un honorable salaire qu'elle ne touchera que le premier mois, et cependant Thérèse va demeurer avec nous trois années durant (sans être payée), tenant la cuisine et remplaçant notre mère auprès des petits. Auprès de Toto aussi, d'une certaine façon. Mais de quelle façon ? Je n'ai jamais cessé de me le demander.

Un matin différent des autres, qui doit être un jour de week-end puisque Toto ne nous a pas embarqués avec lui, Thérèse dit soudain votre père il a chialé hier soir. *Chialé*. Je déteste ce mot, à dix ans déjà je le déteste. Et associé à notre père, c'est impossible, pratiquement inaudible. Frédéric et Nicolas sont également présents, nous prenons notre petit déjeuner dans la cuisine, c'est à nous trois que s'adresse Thérèse. Frédéric, qui est devenu très pâle, parvient à formuler ce que je n'arrive pas à sortir tu veux dire que papa a pleuré, Thérèse ? – Oui, il a chialé. Je voudrais la supplier d'arrêter d'employer ce mot, oh Thérèse, par pitié, s'il te plaît, mais je ne respire plus, mon cœur s'est arrêté de battre, Toto en train de pleurer, n'est-ce pas, et plus un son ne peut sortir de ma gorge. Jamais je n'aurais pu me figurer une telle chose, notre père en train de pleurer, c'est au-dessus de mes forces, c'est une image qui dépasse mon entendement. Une image d'effondrement, de fin du monde. Je crois que c'est encore Frédéric qui trouve la force de relancer la conversation mais pourquoi ? Qu'est-ce qui est arrivé pour que... pour que papa... ? (il ne dit pas le mot cette fois, il a cessé de manger et ses yeux sont rouges). – Avec tout ce qu'il a sur le dos, votre père, qu'est-ce que tu crois ? Il n'en peut plus.

Après ça, Frédéric, Nicolas et moi partons chacun de notre côté, et jusqu'au soir nous évitons de nous croiser. Peut-être que si nous n'en parlons pas la chose va finir par s'effacer, jusqu'à n'avoir jamais existé. C'est ce que nous faisons, durant des décennies nous n'en parlons plus, mais la chose ne s'est pas effacée puisque, un demi-siècle plus tard, et tandis que je me revois pleurant d'épuisement devant Esther, elle me revient soudain, intacte – Toto en train de pleurer au milieu de la nuit sous le regard de Thérèse. Il a quarante ans cette année-là, mon âge exactement tandis que je pleure sous le regard d'Esther, et Thérèse dix-huit, ou peut-être dix-neuf.

Lui a-t-elle caressé le visage avec la douceur d'Esther caressant le mien ? Lui a-t-elle dit je suis avec vous, Théophile, je vous aime ? Vous m'entendez ? Je vous aime. Lui a-t-elle dit vous êtes l'homme de ma vie, c'est une évidence (l'expression d'Esther), aussi longtemps que vous le déciderez, je serai là ? Lui a-t-elle dit mon chéri pour la première fois ? Et tout cela alors même que notre mère, abrutie par les neuroleptiques, dormait dans la chambre à côté.

Oh, comme j'aimerais que Toto ne soit pas mort ! Je lui raconterais comment Esther est entrée dans ma vie, comment elle m'a sauvé du désespoir qui allait m'emporter, et alors je lui dirais parle-moi de Thérèse, papa, je sais qu'une nuit tu as pleuré et que ce n'est pas maman qui t'a réconforté mais Thérèse (maman n'a jamais su réconforter qui que ce soit, n'est-ce pas, même pas un petit enfant, même pas un chien). Quelle place a tenue Thérèse dans ta vie, papa ? Vous êtes-vous aimés ? Est-ce grâce à elle que tu as pu traverser ces années si douloureuses sans jamais tomber ? Avec tant de force et de confiance en la vie ? J'ai besoin de savoir parce que, tout en cherchant à faire différemment de toi, *mieux* que toi en vérité, il me semble que je suis sans cesse rattrapé par ton propre destin, tes propres souffrances, tes insuffisances aussi, comme si nous étions à jamais liés l'un à l'autre.

Oui, ce n'est qu'aujourd'hui que me revient le souvenir de cette scène où notre père a pleuré, et cependant elle devait être bien présente dans ma mémoire puisqu'en 1992, lorsque mon autobiographie a été adaptée au cinéma, l'idée m'est venue immédiatement de proposer à Esther d'interpréter le rôle de Thérèse.

10

C'est un autre dimanche de ce printemps 1991, mais cette fois nous sommes très excités dès le matin. Nous avons rendez-vous avec Esther au jardin de l'Hôtel de ville. C'est elle qui doit apporter le pique-nique. Nous n'avons qu'à penser à nous-mêmes, à mettre un ballon et d'autres jeux dans un sac à dos, des pull-overs et des K-ways au cas où le temps se gâterait. C'est Esther qui a proposé le jardin de l'Hôtel de ville. Ah bon, mais pourquoi pas le Parc régional ? – Augustin, tu as vu dans quel état vous êtes rentrés la dernière fois ? Le Parc régional… Elle n'avait pas fini sa phrase. Le Parc régional, c'était au temps de Cécile, avait-elle pensé, cette femme qui a mis toutes tes affaires dans des sacs-poubelle, mais on dirait que ça ne te suffit pas, il faut encore que tu retournes en pèlerinage sur les lieux de votre histoire, de votre *magnifique* histoire. On dirait que tu ne te souviens pas dans quel état d'impuissance et de délabrement tu es parti de Veyrière, tu n'écris plus, tu parviens tout juste à faire l'amour, et encore, pas tous les jours, mais ça ne t'a pas guéri de Cécile. Tu ne veux pas qu'on aille habiter Veyrière, aussi ? On pourrait louer une maison dans la même rue, comme ça tu la croiserais tous les matins au bras de son architecte. J'avais vu tout cela défiler dans le regard sombre d'Esther.

Pour le jardin de l'Hôtel de ville, nous n'avons même pas besoin de prendre la voiture. Nous allons à pied par le pont des Arts, désert à cette heure de la matinée, un dimanche, et puis les quais, Laetitia perchée sur mes épaules, Louis marchant à côté de nous.

— Ton amoureuse, elle est blonde comme maman ? s'enquiert-il.

— Non, très brune. Elle ne ressemble pas du tout à Cécile.

— Et tu la trouves jolie quand même ?

— Pourquoi *quand même* ?

— Parce que maman tu la trouves très jolie, tu l'as dit un jour.

— Oui, c'est vrai. Mais Esther aussi est très jolie.

— Tu crois qu'elle sera contente de nous voir ?

— J'en suis sûr, Louis. C'est elle qui me l'a demandé.

Il a aperçu une rampe d'escalier qui monte vers la voie des voitures et il court grimper les premières marches pour lancer son parachutiste. Ce printemps-là, Louis se sépare rarement de son parachutiste.

— À Veyrière, m'explique-t-il un peu plus tard, je monte dans la chambre de maman et de Markus, tu sais, et je le lance dans le jardin depuis le balcon.

Tu montes dans notre chambre, tu veux dire, ai-je failli rétorquer vivement, avant qu'une douleur au cœur me coupe le souffle.

— Les enfants, on va s'asseoir un moment sur le banc, là-bas, vous voulez bien ?

Je peux supporter d'imaginer Cécile vivant seule dans notre grande maison avec nos deux enfants, mais je n'ai pas encore la force d'imaginer sereinement Markus partageant sa vie, son lit, son lit surtout. Je hais la souffrance que ces images provoquent en moi, une souffrance de bête, et j'ai honte de l'homme haletant que je suis alors, focalisé sur ces images insoutenables. Ces images qui ne me regardent pas, me dis-je, en colère, c'est le corps de Cécile, il ne m'appartenait pas, comment ai-je pu penser que le corps de Cécile m'appartenait au point de me figurer qu'elle n'aurait ces gestes qu'avec moi ? Que jamais aucun autre homme. Comment ai-je pu me figurer une telle ânerie ? Moi-même, avec Esther, désormais. Oui, mais incapable cependant de me défaire du souvenir de Cécile dans l'intimité, et souffrant comme une bête, haletant, terrifié.

— Tu me gardes mon doudou ?

— Bien sûr, ma chérie, donne-le-moi.

Ils ont repris leur jeu des premiers jours, ils cherchent des bâtons pour les lancer à l'eau.

— Laetitia, ne t'approche pas trop du bord, s'il te plaît.

Je jette un œil sur ma montre, nous sommes en avance, nous pouvons rester là un moment dans le jeune soleil qui chasse l'humidité de la nuit et tiédit déjà la peau. Ça va aller, petit à petit je vais apprendre à accepter ces images, à les voir se former et puis s'éteindre. Est-ce que ce n'est pas ça le courage – aller au-devant des choses et les observer, puis les mettre en mots, jusqu'à ce qu'elles existent en nous et cessent de nous atteindre ? Ne pas les fuir, les mettre en mots. Demain, je vais relire mon manuscrit et réessayer. Douze pages, et la douzième à demi pleine seulement. Si j'y arrive, je serai sauvé. Une seule phrase de plus et je serai sauvé, je le sais. Si seulement je parvenais à avancer d'une phrase, Curtis... – J'ai confiance, vous allez reprendre, Augustin, ne soyez pas trop dur avec vous-même, accordez-vous un peu de temps.

Oui, demain matin, après avoir raccompagné les enfants à Veyrière, je vais relire et réessayer.

— Papa ! Papa ! Le chapeau de Laetitia !

— Quoi, le chapeau de Laetitia ?

— Mais regarde !

J'ai bondi près d'eux. Le chapeau de Laetitia est à l'eau, mais si près du bord encore qu'avec le bras...

— Vite, un bâton, Louis, un long bâton...

Mais le temps que nous trouvions le bâton, le chapeau s'est éloigné.

— Bon, ça ne fait rien, on va dire que c'est un bateau. Venez, on va l'accompagner jusqu'au pont.

Laetitia figée à l'endroit même où le vent lui a emporté son chapeau, la main gauche sur la tête, essayant déjà de se projeter dans les conséquences de cet événement complètement imprévisible.

— C'est maman qui me l'avait acheté.

— On en rachètera un, Laetitia, c'est dommage mais ce n'est pas très grave.

Elle veut bien se laisser prendre dans les bras, et nous suivons son chapeau jusqu'au pont des Arts, revenant sur nos pas.

Après ça, nous sommes de nouveau assez joyeux. Songer que le chapeau de Laetitia, un petit bob blanc, atteindra la mer d'ici deux ou trois jours, puis croisera les énormes cargos qui descendent de la Baltique vers l'océan Atlantique avant d'accoster sur une plage de l'Angleterre où une petite fille le trouvera, le fera sécher et le mettra sur sa tête, étonne et réjouit Laetitia tout en donnant des idées à Louis.

— Est-ce qu'il pourrait faire le tour du monde ?

— Il pourrait s'il évite l'Angleterre et prend le canal de Panama. Sinon, il va devoir s'arrêter en Amérique. Sur une plage.

— Dans combien de temps il arrivera en Amérique, tu crois ?

— Six mois, huit mois... Il n'a pas de moteur, hein.

— N'empêche que si on avait mis notre adresse dedans peut-être que quelqu'un nous le renverrait.

Entre-temps, nous sommes arrivés au jardin de l'Hôtel de ville.

Esther et moi avons prévu de nous retrouver au milieu de l'allée centrale à dix heures et demie. Il est à peine plus de vingt quand nous nous y engageons et l'allée est pratiquement déserte, à l'exception de deux jardiniers sur la gauche, dont l'un pousse une brouette.

Et puis je la reconnais à l'autre bout, surgissant de derrière le Muséum, son chignon de Gitane, son jean pincé haut à la taille, un panier au bout du bras. Je crois qu'elle aussi nous a vus parce qu'elle marque le pas, comme si elle voulait faire durer ce moment, imprimer nos trois silhouettes marchant lentement vers elle dans le soleil, Laetitia qui me donne la main, Louis qui va devant, balançant son parachutiste tout en chantonnant le jingle de l'Inspecteur Gadget *Eh là qui va là, pom pom pom, Au nom de la loi, pom pom pom, Je vous arrête là !* et moi qui souris imperceptiblement, le pouce de la main gauche sous la bretelle de mon sac à dos. Nous sommes l'un et l'autre conscients que nous n'oublierons pas ces minutes, ce dimanche, sans rien savoir encore de ce qu'il nous réserve ni de ce que nous réservent les mois et les années au-delà. Esther a décidé de connaître mes enfants, d'entrer plus avant dans ma vie, et moi je l'y accueille, je lui ouvre toutes les portes. Nous avons oublié combien nous avons provoqué le destin en tombant dans les bras l'un de l'autre le temps d'un déjeuner, combien nous nous sommes précipités, comme si nous cherchions chacun à fuir un péril, à nous sauver. Nous dirions maintenant que nous nous sommes choisis, que notre rencontre était une *évidence* puisque nous sommes tous les deux issus d'une famille nombreuse, enfants mal aimés et mal élevés, et qu'en somme tout ce que nous avons traversé unit nos âmes bien plus sûrement que de longues fiançailles. Oui, nous dirions sûrement cela maintenant, quelques mois après notre premier baiser à Luc-sur-Mer.

Je vois Esther qui se rapproche, et l'insouciance de mes enfants qui ne se doutent de rien. Esther sur le visage de laquelle flotte un sourire un peu artificiel mais dont je devine l'émotion à quelque chose de légèrement tremblé dans le menton. Elle n'a pas cherché mon regard, elle est allée de Louis à Laetitia qu'elle découvre à présent en souriant franchement. Encore une quinzaine de pas.

— Les enfants, dis-je doucement, la jeune femme qui vient vers nous c'est Esther. C'est elle.

Alors ils la voient, et pratiquement dans le même instant (du moins dans mon souvenir), Esther s'accroupit devant Laetitia.

— Bonjour Laetitia, je suis Esther, l'amie de ton papa.

Esther sourit plus largement et lui prend la main. Puis, comme Laetitia l'observe avec suspicion, le front courroucé à sa façon, et que Louis s'est approché, les dominant l'une et l'autre, Esther prend également la main de Louis.

— Bonjour Louis, je suis contente de te connaître.

— Moi aussi, dit-il, la fixant intensément.

— Ce n'était pas trop long de venir à pied depuis chez vous ?

Il ne sait que répondre et hausse les épaules.

— T'as apporté le pique-nique ? les interrompt alors Laetitia, remarquant le panier posé sous son nez.

— Oui, regarde. Des œufs durs, du jambon, des petits pains... et j'ai fait aussi des crêpes, elles sont roulées dans le torchon, là.

— Comment tu savais qu'on aimait les crêpes ?

— J'avais demandé à ton père.

— Ah !

Tous les trois se taisent.

— On a de la chance qu'il fasse si beau, dis-je en effleurant du bout des doigts le front d'Esther, toujours accroupie.

Elle lève les yeux, me sourit, puis revient aux enfants.

— Vous étiez déjà venus ici ?

Louis fait non de la tête. Alors Esther explique qu'en découvrant Villedieu, à l'âge de vingt ans, c'est le premier jardin qu'elle a vraiment aimé.

— Quand on arrive d'une petite ville et qu'on ne connaît personne, dit-elle, on s'ennuie le dimanche. J'ai visité tous les jardins et c'est celui-ci mon préféré.

Ils ne semblent pas comprendre ce qu'elle leur raconte, et de nouveau il y a un silence. Je songe qu'elle leur parle comme à des adultes, qu'elle n'a pas l'habitude des enfants.

— Tes cheveux ils sont frisés, dit Laetitia.

— Ah ça oui ! Ils sont très embêtants à coiffer. Tandis que les tiens sont juste bouclés comme il faut... Je peux te faire un baiser ?

Laetitia lui présente sa joue. Louis observe la scène, puis comme s'il avait deviné qu'Esther était à la peine, il se penche et l'embrasse avant qu'elle le lui demande.

— Merci, Louis, souffle-t-elle. Quel âge as-tu ?

— Sept ans.

Ils se sourient.

— Moi, j'ai trois ans et demi, reprend Laetitia en posant un index sur la joue d'Esther.

— Vous ne voulez pas qu'on aille boire un truc au soleil, dis-je, au lieu de rester plantés là ?

— Oh si ! rétorque Esther en se relevant, j'ai vu que la buvette était ouverte à l'entrée. On y va ?

Sur quoi s'engage la première conversation entre Esther et Louis ? Je dirais sur Markus (ce printemps-là, je les ai entendus tant de fois parler de Markus). Markus fait du parachutisme, de la haute montagne, du ski sur les glaciers, il ne se sépare jamais de son couteau suisse, il sait allumer un feu par tous les temps, il déteste les fumeurs, il roule au volant d'un 4 × 4.

— Il m'a dit qu'il m'emmènerait en Amazonie quand je serai plus grand.

— Ah ! dit Esther. Vous vous entendez bien alors ?

Louis acquiesce, sans cesser de balancer son parachutiste.

— Il va même venir à l'école parler d'un voyage qu'il a fait.

— Ton père aussi voyage beaucoup, tu sais, remarque Esther.

Je l'entends le dire, subtilement ironique (et si ce n'est pas ce dimanche, c'est le suivant). Esther qui nourrit un profond mépris pour l'homme qu'est Markus, quarantenaire sans enfants, bien qu'elle ne l'ait jamais rencontré, et qui ne rate pas une occasion de rappeler à Louis les hautes qualités de son père. Oui, dès le premier jour. On dirait qu'elle a deviné que tout cela va mal finir, que Louis est sous influence, qu'il regrettera bientôt son engouement démesuré pour Markus. Je suis certain qu'en dépit de son âge Louis perçoit la suspicion d'Esther, son jugement critique, et peut-être ces premières conversations sont-elles à l'origine de la méfiance qu'ils éprouveront toujours l'un vis-à-vis de l'autre, chacun croyant lire à livre ouvert dans les pensées de l'autre et lui prêtant généralement de mauvaises intentions.

Louis boit son diabolo-menthe et ne relève pas. Il ne dit même pas oui, oui, je sais que papa voyage beaucoup. Tout ce qu'il a vu de moi ces derniers temps ne l'incite sans doute pas à me prendre pour un héros.

— Qu'est-ce qu'on est bien au soleil, dis-je.

— Après, je vous montrerai un endroit où il y a des jeux, reprend Esther.

Et puis elle sort des caramels de sa poche, nous en offre, caresse les cheveux de Louis et nous nous détendons.

Pour aller vers les jeux, Laetitia accepte de donner la main à Esther tandis que je porte le panier et vais devant avec Louis qui me parle du vélo qu'il voudrait pour Noël. Mais Noël, c'est pas tout de suite, mon chéri. J'entends que Laetitia s'inquiète de savoir si Esther a déjà eu un mari. Ah non, dit Esther, seulement des petits amis. – Et avec papa, tu vas te marier ? – Ça, je ne sais pas, mais j'aime ton papa.

Les jeux sont si pitoyables qu'ils nous font rire. Le tourniquet est grippé, les petites maisons et leurs échelles de bois sont recouvertes de mousse, rongées par l'humidité, il n'y a guère que les animaux en bois sur ressorts qui soient encore utilisables.

— On s'en fout, dis-je, on n'a qu'à jouer au ballon.

Et tout de suite Esther accroche. Elle a fait partie d'une équipe de foot féminine, elle connaît à peu près tous les jeux de ballon. Elle se met avec Louis contre Laetitia et moi et ils nous écrasent impitoyablement et chaque fois ils se tapent dans le dos, hurlent et s'embrassent pour fêter leur victoire. Ils sont bêtes, dit Laetitia. Puis Laetitia se met avec Esther et les équipes sont mieux équilibrées mais Esther est tout de même beaucoup plus forte que nous. Laetitia, qui ne touche pratiquement jamais le ballon, est radieuse.

Quand nous décidons de déjeuner, après une heure et demie de jeu, ça y est, Esther fait partie de la famille. Nous choisissons un carré d'herbes bien ensoleillé sur lequel nous nous laissons tomber, essoufflés et en nage. Louis s'allonge en travers du corps d'Esther, Laetitia s'assoit contre son flanc et Esther lui enlace les épaules. Tandis que je déballe le pique-nique, je les entends rire et haleter. N'empêche que tu joues bien au foot, dit Louis. – Ben oui, j'ai commencé à ton âge, tu sais. On jouait tous les dimanches. À quinze ans je faisais partie de l'équipe espoir. – Vraiment ? – Oui, on a même eu notre photo dans le journal. Si tu viens chez moi, un jour, je te la montrerai. – Moi aussi, je pourrai venir chez toi ? – Toi aussi, Laetitia, bien sûr. Je ferai un gâteau. Tu préfères chocolat ou citron ? – Cerise. – Une tarte alors ? – Non, un gâteau. Maman, elle sait très bien le faire. Comme Esther semble perplexe, Louis vient à son secours : Elle veut parler d'un clafoutis. – Ah !... D'accord. D'accord, Laetitia, je te ferai un clafoutis aux cerises.

Puis Esther se redresse pour préparer les sandwichs avec les petits pains. Je m'apprêtais à le faire, mais elle m'enlève le couteau des mains et je mets quelques secondes à identifier le bien-être qui me gagne – elle prend la place de la femme, de la mère, je ne suis plus seul avec mes enfants. Je suppose que je souris comme je n'ai pas souri depuis longtemps en la regardant tartiner le pain puis découper le jambon. À ce moment-là, j'ai complètement oublié l'Esther du retour de Luc-sur-Mer, l'Esther me harcelant sournoisement du fond de son siège, petit animal aux dents acérées, au visage pointu, subitement plus menue qu'elle ne l'est en réalité et me donnant le sentiment d'attendre le bon moment pour me lacérer – tu ne sais rien de moi, Augustin, je ne suis pas du tout la fille que tu imagines. – Comment peux-tu deviner la fille que j'imagine ? – Je n'ai qu'à t'écouter pour savoir. Tu es très moral comme garçon. Si tu savais tout ce qui me traverse, les images qui me traversent, tu ne dirais pas que je suis jolie, que c'est une chance de m'avoir rencontrée. – D'accord, d'accord, Esther, je suis très moral comme garçon. Et toi, qu'est-ce que tu es ? – Moi, je détruis tout ce que je touche. Oh oui, j'ai complètement oublié cette Esther-là pour me remplir le cœur de celle qui est bien présente ce dimanche, celle qui incarne la grâce. J'allais écrire quel dommage que je n'ai pas de photos de ce premier pique-nique, moi qui ai conservé des photos de tous les suivants durant les vingt étés de notre vie, où l'on peut voir mûrir et embellir le visage d'Esther cependant que nos enfants apparaissent et grandissent, Louis et Laetitia, bien sûr, puis Alice et Emma, la plupart du temps photographiés par moi, tous les quatre autour d'Esther sur le haut alpage du col de Larche, entre Barcelonnette et Cuneo, première étape de notre voyage traditionnel vers l'Italie, notre vieille Peugeot posée quelque part dans le décor, les quatre portières grandes ouvertes (après avoir laissé la Renault 14 à Cécile, je n'aurai plus avec Esther que des Peugeot surannées, m'amusant silencieusement de cet hommage à Toto), mais voilà que ce premier pique-nique au jardin de l'Hôtel de ville m'en évoque un autre dont j'ai fait encadrer la photo il y a quelques années, me demandant alors pourquoi cette image me remplissait de bonheur : nous arrivons de Tunisie, ce doit être notre premier été en France, nous ne sommes encore que quatre enfants et nous pique-niquons autour de notre mère dans un paysage de montagne, à proximité d'un chalet qui est certainement celui que nous avons loué. Sans doute notre mère recèle-t-elle déjà dans le secret de son âme la femme terrifiante qu'elle va devenir, mais elle incarne sur cette photo, cette photo unique que j'ai fait agrandir, la mère nourricière et protectrice qu'elle a dû tenter d'être dans les débuts de notre famille. Esther aussi, avant de me plonger dans une peur irraisonnée qui vers la fin de notre vie commune me jettera hors de notre lit, puis dans une forme de folie suicidaire, aura su incarner la femme amoureuse et la mère nourricière et protectrice dont j'avais rêvé.

Après le déjeuner, nous retournons à la buvette prendre un café et fumer une cigarette. Le jardin s'est rempli d'enfants et de parents un peu las et rêveurs dont beaucoup se sont réfugiés comme nous sous un parasol de la buvette. Laetitia somnole sur mes genoux, mais Louis a trouvé des garçons de son âge pour jouer à chat glacé (ou quelque chose d'avoisinant) sur l'esplanade de sable blanc. Ils lèvent en se poursuivant des nuages de poussière que le vent léger rabat par moments sur notre terrasse, mais aucun parent ne semble vouloir s'en plaindre, comme si nous étions tous trop heureux de les voir s'amuser.

— Je vais déménager, dit Esther, j'ai trouvé un appartement juste derrière.

— Vraiment ? On va être voisins alors...

— J'avais envie de changer d'époque, tu sais... J'en avais marre d'être là-bas, avec tout ce qui s'attache à ce studio.

— Je comprends. Et lui, l'homme qui crève les pneus, tu le revois de temps en temps ?

— Je l'ai croisé deux fois, ça m'a suffi.

— Tu voudras que je t'aide pour ton déménagement ?

— On verra, ne te fais pas de souci.

Elle se tait, caresse les cheveux de ma nuque.

— Ça se couvre, Jean-Pierre, dit une voix de femme au timbre cendré, une voix qui me touche inexplicablement.

Comme personne ne lui répond, je me tourne vers sa table.

Elle me fait songer à Charlotte Rampling, tandis que Jean-Pierre, qui lit *Le Nouvel Observateur* et ne semble pas décidé à s'interrompre, m'évoque par son embonpoint et son cigare Michel Charasse, l'étrange ami du président Mitterrand.

Un instant plus tard, je les regarde s'en aller, elle tient la main de leur fille, qui peut avoir six ou sept ans, lui marche à leur côté, mais comme verrouillé dans ses pensées.

— Tu vois le type, là-bas, avec cette femme très élégante ? dis-je à Esther. Eh bien en arrivant chez lui il va s'enfermer dans son bureau et se mettre à travailler. Si on me demandait mon avis, je dirais qu'il est quelque chose à la Cour des comptes et qu'il s'ennuie avec sa femme.

Elle acquiesce mais ne m'écoute pas.

— À quoi penses-tu, Esther ?

Alors, après s'être assurée que Laetitia est profondément endormie :

— À toi, à nous. Fanny m'a proposé de l'accompagner en Égypte pour les vacances, cet été. Qu'est-ce que tu vas faire, toi, avec tes enfants ?

— Oh, je ne sais pas ! Ça sera mon premier été sans Cécile, sans maison…

— Tu ne voudrais pas qu'on parte un peu ensemble ?

— Je n'y ai pas réfléchi…. Pourquoi pas ?

Elle semble désappointée, regarde au loin, se tient immobile et silencieuse. Plus tard, j'apprendrai à reconnaître quand je l'ai blessée sans le vouloir, mais à cette époque de notre vie je ne lui prête encore que peu d'attention, trop accaparé par mes propres souffrances.

Les parents s'en vont maintenant, ils rappellent leurs enfants, rassemblent leurs affaires. Quand nous prenons conscience que la terrasse est presque vide, le ciel s'est assombri, le vent lève par instants des tourbillons de sable et le cafetier replie ses parasols.

— Ça tourne à l'orage, vous feriez mieux d'aller vous mettre à l'abri, nous conseille-t-il.

Louis bavarde avec un garçon, l'un et l'autre assis par terre, côte à côte, contre un muret. Esther l'appelle, je réveille doucement Laetitia et la hisse sur mes épaules. Quand nous nous engageons dans la grande allée, vers la sortie, le ciel a viré au plomb, offrant un écrin saisissant au vert tendre et frissonnant des arbres et au sable blanc de l'allée.

— Tu as vu comme c'est beau ? J'adore les orages de printemps.

— J'ai peur qu'on n'y échappe pas, Augustin, dit Esther. Tu ne veux pas qu'on prenne un taxi ?

— Oh non ! On est à dix minutes à peine.

Aujourd'hui encore je me souviens combien j'ai aimé l'intonation d'Esther lorsqu'elle a dit j'ai peur qu'on n'y échappe pas, Augustin. Pour la première fois, elle exprimait sa peur pour nous tous, elle était à la fois la mère et la femme. D'un seul coup, je me suis senti rétabli dans ma place de père, restauré, recomposé, et c'est pourquoi j'ai pu jouer l'homme avec une jubilation enfantine, oh non ! on est à dix minutes à peine, sachant bien qu'Esther serait là, que nous serions deux si les choses tournaient mal.

Les premières gouttes nous tombent sur la tête lorsque nous atteignons le fleuve.

— Vite, les enfants, on va courir jusqu'à la maison, dis-je.

— Augustin, couvre-les au moins, Laetitia n'a rien sur le dos.

— Pas le temps, prends la main de Louis et courez !

Bientôt, c'est un déluge qui s'abat sur nous, et comme nous longeons le fleuve par le quai de halage, le crépitement de la pluie sur l'eau toute proche couvre les cris d'excitation de Louis dont je ne saisis que des bribes, et sans doute aussi les encouragements d'Esther. Secouée sur mon dos comme un sac de noix, ses petites mains trempées agrippées à mon front, Laetitia se tait, éprouvant sans doute le vertige délicieux de connaître la peur tout en sachant qu'elle ne risque rien.

Sur le pont des Arts, nous croisons une famille de naufragés dans notre genre, la mère hagarde traînant deux enfants aux visages ruisselants, le père suivant comme il peut, haletant, les lunettes de travers, un petit sur le dos, et nous nous saluons vaguement. Puis c'est notre rue, vidée de ses habituels promeneurs du dimanche et dont les caniveaux débordent. L'eau fait un bruit de cataracte en s'engouffrant dans les bouches d'égout. Quand enfin nous poussons la porte de notre immeuble, nous avons des têtes de noyés, les cheveux dégoulinants, les vêtements plaqués sur le corps. Louis semble hébété.

— Vite, dit Esther, il faut les sécher. Laetitia grelotte. Ça va, ma chérie ? C'est bien, tu as été courageuse.

Je ne sais pas si Laetitia acquiesce. Je la pose au sol pour la reprendre aussitôt dans mes bras, l'embrasse, et nous grimpons en courant les étages.

Arrivés à l'appartement, c'est un remue-ménage invraisemblable. En même temps qu'elle déshabille les enfants, Esther a découvert l'étagère des serviettes et tandis que je ramasse leurs vêtements trempés éparpillés sur la moquette, elle est déjà en train de les frictionner. Petit à petit, ils retrouvent des couleurs et Laetitia cesse de claquer des dents. Puis Esther leur sèche les cheveux au séchoir électrique et, un moment plus tard, ils sont installés dans la cuisine devant un bol de chocolat chaud.

Je n'ai qu'une photo de ce premier dimanche en famille : elle-même séchée et changée, Esther a pris Laetitia sur ses genoux devant le bol de chocolat à moitié vide, et Laetitia, qui s'est retournée vers elle, tente de lui enfoncer son gâteau dans la bouche. On croit les entendre rire, et je ris moi-même en observant la scène à la loupe, songeant que Laetitia a aujourd'hui vingt-quatre ans.

11

J'ai sous les yeux les quelques photos de notre premier été au pays basque. Sur l'une, Esther porte un petit haut détendu sur un short et me sourit. Elle a enjambé la fenêtre de notre chambre et se tient assise sur le rebord, ses longues jambes nues suspendues au-dessus du vide. Sur une autre, Louis et moi sommes attablés dans le jardin, lui penché sur un cahier tandis que de mon index tendu je lui désigne un exercice. Il fait ses devoirs de vacances de mauvaise grâce (comme la plupart des enfants), et je remplis mon rôle de père sans entrain, tout cela se lit sur nos visages (celui de Louis, qui peut être lumineux quand il joue, est complètement éteint, tandis que le mien reflète un vif agacement que je ne cherche pas à dissimuler). Sur une troisième photo, nous sommes sur la plage en maillots de bain, entourés d'autres vacanciers, Laetitia se repose contre moi, le bas du visage caché par son doudou ; Louis, qui sort de l'eau (ses cheveux sont encore mouillés), regarde au loin avec dans les yeux une expression de tristesse, ou d'amertume ; Esther se tient légèrement en retrait de nous, seins nus et rêveuse. À quoi pense-t-elle ? Je feins de me le demander aujourd'hui alors que je connais parfaitement la réponse – elle songe à cette phrase effrayante que je lui ai dite la nuit précédente : Non,

Esther, je n'aurai plus d'enfants, jamais, c'est inutile d'en parler, inutile d'insister, quand je vois ce que la vie a réservé aux miens, grandir entre des parents séparés qui ne s'adressent plus la parole, je suis vacciné à tout jamais contre le désir de recommencer.

Et pourtant, c'est bien ce que je fais : je recommence. Sans que rien soit jamais exprimé, je recommence une famille. J'ai amorcé la chose en disant à Esther que je l'aimais (et j'ai eu la bonne surprise de l'entendre me rétorquer qu'elle aussi), puis je l'ai présentée à mes enfants, puis ils nous ont vus dormir dans le même lit et nous nous sommes habitués à prendre nos petits déjeuners du week-end tous les quatre ensemble, et c'est alors que s'est posée la question de savoir où nous allions passer les vacances d'été. Esther n'était visiblement pas emballée à l'idée de s'envoler pour Charm El-Cheikh avec Fanny, et moi je ne me voyais pas partant seul quelque part avec mes enfants. C'est mon vieil ami Thomas qui nous a sortis d'embarras : pourquoi nous ne louerions pas tous ensemble une maison au pays basque ? – Pourquoi pas ? – Ce qui est agréable, avec toi, Augustin, c'est ton enthousiasme. – Oh, Thomas, merde ! – Bon, disons que ça vaut consentement. Esther viendrait, tu crois ? – Tu n'as qu'à le lui demander. – Tu ne veux pas que je lui demande aussi si elle ne voudrait pas coucher avec toi ? – Non, c'est déjà fait. Merci. Et tout en continuant à débiter des âneries, Thomas avait appelé Esther. Il paraît que vous couchez ensemble ? Je suppose qu'Esther l'avait immédiatement reconnu et lui avait renvoyé une grivoiserie parce qu'il avait aussitôt changé de ton, comme chaque fois qu'il trouve en face de lui quelqu'un de plus rapide. O.K. Esther. Dis-moi, tu viendrais avec nous au pays basque, cet été ? Je veux dire avec le père divorcé et ses deux enfants, Anne, moi et nos enfants, et peut-être deux ou trois autres personnes ?

En somme, Thomas avait tout arrangé pour nous.

Il avait loué une de ces monumentales maisons basques blanchies à la chaux, à pans de bois et volets verts, celle-ci tapie au creux d'un vallon, à quelques pas d'une rivière dont le gargouillement était audible, la nuit, depuis la fenêtre ouverte de notre chambre. C'est doux de s'endormir avec le murmure de l'eau, avait dit Esther le premier soir.

Le début du séjour avait été inquiétant et chaotique parce que s'était joint à nous un ami de Thomas, sculpteur, que sa femme venait de quitter et qui allait manifestement très mal. Je le connaissais un peu pour être allé deux ou trois fois prendre un café dans son atelier, et bien qu'il soit d'un accès difficile, j'éprouvais beaucoup de sympathie pour lui. Il travaillait le fer et ses œuvres, ingrates au premier abord (je m'étais fait la réflexion qu'elles ressemblaient à son visage, asymétrique et torturé), vous poursuivaient ensuite comme les anathèmes de Cioran. Chaque soir, il téléphonait à sa fille restée à Villedieu auprès de sa mère, et il était évident à l'entendre qu'il cherchait avant tout à obtenir des nouvelles de sa femme à travers ces conversations. C'est ainsi qu'il avait deviné, ou cru comprendre, que celle-ci avait un nouvel homme dans sa vie. Nous l'avions vu chanceler en regagnant sa chambre et, un moment plus tard, il était reparu avec sa valise. Ben qu'est-ce que tu fous ? s'était étonné Thomas. – Je rentre à Villedieu. – Attends, Luc, tu rigoles... Qu'est-ce qui est arrivé ? – Je dois vérifier une chose. – Ça ne peut pas attendre la fin des vacances ? Ou même demain ? – Sûrement pas. Et sans que personne puisse le retenir il avait pris la route à près de onze heures du soir.

Le lendemain, nous avions appris par sa fille qu'il avait été interné et les circonstances de son arrestation nous avaient glacés d'effroi. Vers sept heures du matin, apparemment persuadé qu'il allait surprendre sa femme avec son amant, il avait commencé à tambouriner à la porte. Muriel, ouvre-moi, que je démolisse ce connard. Muriel avait immédiatement appelé la police mais, entre-temps, Luc avait commencé à attaquer la porte avec une hache de bûcheron qu'il avait piquée dans notre maison du pays basque. Les policiers étaient arrivés *in extremis*, et Luc ne leur avait pas résisté, paraît-il, l'un des hommes lui assurant qu'il comprenait sa colère, que lui-même avait vécu un événement similaire, mais que tuer un type l'entraînerait en prison pour vingt ans tandis qu'il avait toutes les chances de retomber amoureux dans les mois prochains et d'oublier Muriel.

Il avait été désarmé et conduit à l'hôpital.

Pendant quelques jours, la maison avait été silencieuse. Nous étions sous le choc, songeant à Luc interné et à sa fille qui pleurait au téléphone. Nous emmenions les enfants à la plage, faisions les courses, préparions les repas, mais nous évitions de nous regarder et Thomas n'avait plus le cœur à faire l'animation. Je me souviens que tout en considérant Luc comme un malade mental, je ne peux pas m'empêcher d'admirer son courage. Je me repasse continuellement le film de sa nuit – sa décision soudaine d'aller tuer l'amant de sa femme, le moment où il a découvert la hache dans le garage et l'a balancée dans le coffre de sa voiture, tout ce qui a dû lui passer par la tête au fil des huit cents kilomètres d'autoroute sans que rien entame sa détermination – me disant que j'aurais été fier d'être un homme capable de mener à bien une telle entreprise. Me disant que Luc, tout comme le père de mon amie Nathalie qui avait liquidé la maison familiale en trois jours pendant que sa femme était en voyage avec son amant, est de la race des héros, de ces hommes capables de sortir du rang pour se mettre en règle avec leur pulsion profonde, obéir à ce que leur dicte leur conscience, et commettre l'impensable. Ces hommes-là sont peut-être capables du pire, mais surtout du meilleur. Ce sont eux qui sont partis pour Londres en 1940 à l'appel du général de Gaulle, pendant que les autres, l'immense majorité, à la manière de Toto, n'ont pas bougé du troupeau. Toto qui ne bougerait pas non plus, vingt ans plus tard, quand notre mère le traînerait dans la merde, le piétinerait (et nous avec), comme je ne bougerais pas, cinquante ans plus tard, quand Cécile se donnerait en spectacle avec Markus, allant jusqu'à l'accompagner à la gare le jour où elle partirait skier avec lui sur les hauteurs de Font-Romeu. Nous sommes, certes, des types sensibles et gentils, comme je me suis plu à l'écrire un peu plus haut, pas du tout le style d'hommes belliqueux et vengeurs, n'est-ce pas, mais je me demande si cette fausse noblesse ne cache pas surtout une immense lâcheté. Je me dis qu'il est tout de même plus facile d'accompagner Cécile à la gare que de filer dans la nuit avec une hache pour fendre le crâne de Markus. Dans le premier cas, je suis le fils de Toto, le pétainiste, me drapant dans une prétendue grandeur d'âme, dans une prétendue fidélité (à quoi, au juste ?) ; dans le second, j'aurais été Malraux, Romain Gary, Manouchian, un de ces hommes qui ont renversé le cours de l'Histoire. Et je songe que Luc est de cette trempe.

Puis, petit à petit, nous oublions Luc et sa fille pour revenir aux vacances, à nos enfants, au plaisir des dîners sur l'herbe au mois d'août et, un soir, alors que nous sommes sur le point de nous endormir, j'entends la voix d'Esther qui couvre à peine le murmure de la rivière :

— Augustin, j'aimerais tellement avoir un enfant de toi !

Elle me tourne le dos à cet instant-là, prête à sombrer dans le sommeil, et peut-être ne fait-elle que se chuchoter la chose à elle-même.

Aurais-je été saisi d'une aussi monumentale colère si je n'avais pas intensément songé à Luc dans les jours précédents ? À la violence de Luc ? À son courage ? L'une et l'autre comparés à la douceur et à la veulerie de Toto. Toto et notre mère se réconciliant sur l'oreiller, comme on disait alors (oh, comme cette expression continue de me dégoûter !) et lui ne trouvant pas le courage de dire à notre mère cet enfant-là nous n'allons pas le garder, Suzanne, puisque nous ne l'avons pas voulu. Elle feignant de considérer que c'est un nouveau cadeau du Seigneur (comme si le Seigneur était assez pervers pour envoyer une ribambelle d'enfants à des gens sans le sou) et lui feignant de croire à cette sottise pour habiller son silence de sainteté. C'est en tout cas le spectre de Toto qui me glace le sang à l'instant où j'entends Esther – non, elle ne fera pas de moi ce que notre mère a fait de lui. Et je me rappelle m'être dressé sur le lit comme un diable.

— Ça jamais, Esther ! Je n'aurai plus d'enfants. Jamais ! C'est inutile d'en parler, inutile d'y penser. Quand je vois ce que la vie a réservé aux miens…

— Augustin !

Esther sidérée par ma violence, et moi qui rallume pour que les choses soient claires, qu'il n'y ait pas de malentendus sur l'immensité de ma colère, de mon refus.

— Ça jamais, Esther ! Tu m'entends ? Jamais !

— Éteins, s'il te plaît. Éteins, je t'en supplie.

Et comme je nous replonge dans la nuit :

— Comment est-ce que je pourrais ne pas t'entendre, Augustin ?

Je crois qu'elle étouffe un sanglot, mais à peine dix minutes plus tard je devine à sa respiration qu'elle s'est endormie.

Nous n'évoquons plus de toutes les vacances la question de l'enfant mais, au retour, nous prenons la décision de nous installer ensemble. Curieusement, je n'ai aucun souvenir de la façon dont nous négocions ce premier tournant de notre vie, aucun souvenir de nos discussions à ce propos. Comme si je n'y avais pas pris part, comme si j'avais laissé Esther décider pour nous. Elle va quitter son studio où elle n'aura vécu que trois ou quatre mois, je vais rendre le mien, et nous allons louer ensemble un appartement suffisamment grand pour héberger mes enfants.

Il me semble que nous prenons le premier qu'on nous présente, un premier étage dans un immeuble ancien du quartier des Moulins. Deux pièces sur rue où n'entre jamais le soleil et une chambre à coucher sur cour si sombre qu'il faut allumer à midi. C'est un endroit triste, inhospitalier, mais nous nous en satisfaisons, comme si nous n'avions pas d'ambition pour nous-mêmes. C'est cela qui me frappe, aujourd'hui, notre peu de foi en nous au début de cet automne 1991, en notre capacité à être heureux ensemble, au point de consentir à habiter ce trou. Esther, que je découvrirai bientôt si soucieuse de notre bonheur, si entreprenante, semble résignée à cette pauvre chose. On dirait qu'elle a pressenti que l'année allait être terrible, me dis-je aujourd'hui dans mon appartement du petit Trocadéro, et qu'elle s'y est résolue. Mais pourquoi ? Pourquoi ne s'en va-t-elle pas ? Pourquoi ne me quitte-t-elle pas ? Que peut-elle espérer d'un homme qui lui a lancé au visage qu'il n'aurait plus jamais d'enfant, alors qu'elle n'a que vingt-six ans ?

Les premières semaines dans cet appartement absurde sont faussement joyeuses. Nous entreprenons de repeindre toutes les pièces en blanc, et le vestibule et le couloir en jaune citron pour créer un effet de luminosité. Nous y passons la plupart de nos nuits, de la peinture jusque dans les oreilles, trouvant la force de rire, ou plutôt de ricaner (comme nous ricanions avec Toto quand nous n'en pouvions plus de bricoler pour notre mère), les seuls bons moments étant ceux que nous passons à la fenêtre à fumer, contemplant la rue silencieuse, la pluie d'automne, ou échangeant quelques souvenirs d'enfance. Un an après nous être rencontrés, nous semblons ensablés, incapables de nous projeter au-delà du lendemain, attendant qu'un événement quelconque donne un sens à ce que nous vivons. Enfin moi, car au fond je ne sais pas ce qu'attend Esther.

Puis nous nous enfonçons dans l'automne, et j'allais écrire dans les ténèbres, car plus rien n'est joyeux dans notre vie. La venue de mes enfants, le week-end, réveille brutalement la douleur d'avoir perdu Cécile, et je me sens trembler de l'intérieur, comme si mon cœur se fissurait, alors même qu'Esther me donne la main et que nous arpentons les allées du jardin de l'Hôtel de ville avec Laetitia et Louis avant de jouer à cache-cache et de piqueniquer, si le temps le permet. Les raccompagner à Veyrière le lundi matin (où je les dépose directement à l'école) est comme une blessure qu'un tortionnaire insaisissable rouvrirait chaque semaine. Un lundi matin, après les avoir embrassés, je manque de peu d'écraser une mère de famille tellement je suis aveuglé par le chagrin. Un autre lundi, revenu dans notre quartier, j'éclate en sanglots en constatant que Laetitia a oublié sur la banquette arrière le gâteau d'anniversaire qu'Esther lui avait préparé pour toute sa classe et je retourne comme un fou à Veyrière.

Esther assiste silencieusement au spectacle de ma délitescence. Il m'arrive de la découvrir en larmes, certains matins, parce que je m'endors le soir comme une masse, ahuri, comateux, et qu'il y a des jours et des jours que nous ne faisons plus l'amour. Elle se plaît à son travail, disparaît parfois trois ou quatre jours pour une plaidoirie dans une autre ville, et quand elle revient, joyeuse et belle, on dirait que l'appartement frémit, s'éveille, mais ça ne dure pas. Je m'assois tous les matins devant mon manuscrit, douze pages, et la douzième à demi pleine seulement, puis après un moment je me lève et sors marcher dans ce quartier des Moulins que je déteste – des petites vieilles qui promènent leur chien, des couples de retraités, des poivrots qui vous attrapent par la manche pour vous réclamer un franc ou une cigarette, des commerçants minuscules, lui derrière ses pyramides de fromages, la joue rose et couperosée, elle derrière sa caisse, et avec ça ? – Ça sera tout, merci.

Un jour où fuyant cet endroit je me retrouve sans le vouloir place de la Libération, attendant pour traverser parmi d'autres piétons, j'aperçois Cécile à quelques pas de moi. Je ne l'ai pas revue depuis des mois et le choc est si violent que je la laisse filer quand le feu passe au rouge. Puis je m'élance – enfin, c'est une façon de dire, parce que je n'ai plus de forces, les jambes en coton, le cœur qui cogne et son écho affolé qui se répercute jusque dans mes tempes. Des gens me la cachent par intermittence, mais je peux la suivre des yeux malgré tout. Que fait-elle dans ce quartier, un matin en pleine semaine ? Cécile ! Juste prononcer tout bas son prénom, c'est déjà tellement d'émotion... Elle a renoncé à se friser les cheveux et les porte à nouveau raides, comme quand nous vivions ensemble, mais tiens, c'est vrai, les frisettes étaient apparues quand elle avait commencé à se rapprocher de Markus, et c'est aujourd'hui seulement... Je ne vois jamais rien sur le moment, je suis un idiot, pendant que je me prends pour un écrivain le train me passe sous le nez à toute allure, écrivain de merde, oui, je n'ose même plus appeler Curtis, je n'ai pas avancé d'une ligne, ses épaules menues sous le petit imperméable cloche, on l'avait acheté ensemble cet imperméable, le sac à bandoulière Céline qu'elle chapardait à sa mère et qu'elle arbore tranquillement à présent que celle-ci est morte et enterrée qu'est-ce que ça peut te faire de me le prêter pour un soir, maman ? Tu ne l'emporteras pas au paradis de toute façon. – Non, mais si tu permets, je ne suis pas encore morte, je peux encore disposer librement de mes affaires ! – Pfuttt ! Eh bien garde-le donc ton sac. Elle s'est engagée sur le boulevard, et alors je nous revois Nathalie et moi sur le même boulevard entrant au milieu de l'après-midi dans un hôtel pour y faire l'amour. L'hôtel dont j'aperçois l'enseigne, là-bas. Et moi qui ne crois plus au Ciel depuis longtemps, je suis assez bête pour imaginer que c'est le doigt de Dieu qui nous a conduits sur ce boulevard, Cécile et moi, le même jour à la même heure, n'est-ce pas, alors que ni l'un ni l'autre n'avons rien à faire dans ce quartier. Assez bête pour me figurer que Dieu a voulu cette rencontre, qu'il n'y a pas de hasard, et que tapant sur l'épaule de Cécile, elle va se retourner et me dire Augustin ! C'est incroyable mais je le savais. – Qu'est-ce que tu savais ? Oh, Cécile, je suis tellement ému de te voir... – Moi aussi. Je savais qu'aujourd'hui nous nous rencontrerions. J'ai rêvé de toi cette nuit.

– Comment vas-tu ? Parle-moi un peu. Tu es heureuse avec Markus ? – Oui. Je crois que oui. Et pourtant certains jours tu me manques. – Toi aussi, Cécile. Certains jours... – Non, tais-toi ! Si le hasard a voulu qu'on se retrouve ce n'est sûrement pas pour qu'on recommence à se faire du mal. – Nous ne nous sommes jamais dit au revoir, je suis parti comme un voleur. Tu sais ce que j'aimerais ? – Dis-moi. – Qu'on se prenne une dernière fois dans les bras. – Qu'on fasse l'amour, tu veux dire ? – Oui. – Je ne sais pas si je pourrai. – Moi non plus, en fait. Alors qu'on se prenne juste dans les bras. Et puis on se rhabillera et chacun repartira de son côté. – Ça me fait peur, Augustin, et en même temps j'en ai envie. – Moi aussi. Viens, entrons dans cet hôtel.

Mais quand je m'approche de Cécile et suis sur le point de lui taper sur l'épaule, je vois que ce n'est pas elle.

Serais-je parti en Colombie dans le dessein secret de m'y faire tuer si je n'avais pas eu cette ultime déconvenue ? Je crois que oui, parce qu'au fil des jours vivre me devenait de plus en plus insupportable. Mon autobiographie allait être adaptée à l'écran, le livre m'avait rapporté pas mal d'argent (*La rançon de ta trahison, pauvre salaud*, m'écrirait mon frère aîné), nous n'étions pas à la rue, mais moi je n'existais plus, j'étais cette ombre qui errait le matin dans le quartier des Moulins après avoir relu pour la centième fois les douze pages de son manuscrit, et qui avait cessé d'espérer quoi que ce soit.

Oui, mais cette déconvenue, tout de même. La scène n'avait sûrement pas duré plus de sept ou huit minutes, et cependant j'avais mis des jours à m'en remettre, comme si elle m'avait ramené à l'origine de mon désarroi. Je me l'étais répétée inlassablement juste pour réentendre l'écho lointain qu'elle éveillait en moi, mais sans parvenir à le saisir, à l'identifier, à le mettre en mots, exactement comme dans ces moments où nous reviennent les premières notes d'une mélodie dont la suite s'est complètement effacée de notre mémoire. On aurait dit la répétition d'un rêve, ou peut-être d'un cauchemar qui n'avait jamais cessé de m'accompagner, que je connaissais depuis toujours. Des années plus tard, revivant ces quelques minutes de fol espoir sur le boulevard, avant de découvrir un masque étranger sur le visage de Cécile, sur le visage que j'avais pris pour celui de Cécile, je m'entendrai dire : Oh ! mais comme avec notre mère... j'ai le souvenir d'avoir vu une fois le visage aimant et lumineux de notre mère penché sur le mien, ça devait être à Bizerte, au tout début de ma vie (à moins que j'aie tout inventé à force de scruter à la loupe mes vieilles photos, mais non, je plaisante), et par la suite, voyez-vous, je crois que j'ai sans cesse espéré retrouver cette lumière sur les traits de notre mère, cet amour, mais que chaque fois que je me suis approché d'elle au point que me sentant venir elle s'est vivement retournée, eh bien chaque fois c'est un masque étranger que j'ai découvert sur son visage – c'était à la fois notre mère et une autre dont l'expression si hantée par la frayeur, ou la folie, si détachée en tout cas, me précipitait dans les tremblements. Comme si je ne lui étais rien, comprenez-vous ? Oui, voilà, comme si je ne lui étais rien, je ne saurais mieux dire.

J'ai en tête ce qui se passe à Bogotá, la nuit, avec les ramasseurs de carton. Je l'ai découvert dans un article bref paru dans *Le Monde* – des milices se sont formées pour *nettoyer* la ville de ces gens-là. Elles ne les chassent pas, à quoi bon puisqu'ils reviennent, elles les assassinent d'une balle dans la tête alors qu'ils prennent un peu de repos, allongés sur les trottoirs, peu avant le lever du jour, après avoir passé la nuit à fouiller les poubelles.

Il ne me faut pas plus d'une demi-journée pour convaincre le directeur d'un hebdomadaire de me financer le reportage. Pour l'article lui-même, on verra au retour selon l'ampleur de ce que j'écrirai.

Je me souviens des mots que nous échangeons avec Esther à la veille de mon départ :

— C'est bien que tu aies ce projet en attendant de te remettre à écrire. Prends bien soin de toi, mon chéri.

— Oui, ne te fais pas de souci.

Esther a-t-elle deviné ? Elle n'en laisse rien paraître. Durant toute notre vie commune nous nous interdirons d'intervenir dans les affaires de l'autre. Six mois plus tôt, c'est elle qui se trouvait en Colombie pour négocier la libération d'un otage français et elle était passée à deux doigts de se faire enlever, parvenant à sauter de la voiture de son ravisseur à la faveur d'un embouteillage. Prends bien soin de toi, mon chéri. Et au moment où j'étais monté dans le taxi, elle m'avait souhaité bon voyage depuis une fenêtre de notre appartement, se penchant pour m'envoyer un baiser.

Mes deux premiers jours à Bogotá, je les passe dans le souvenir de Cécile, de nouveau obsédé par Cécile. Quinze ans plus tôt, parcourant l'Amérique du nord au sud dans le dessein d'y découvrir l'endroit où nous allions construire notre vie, nous avions marché dans les rues étroites et venteuses de Bogotá, sous le ciel lourd de janvier, avec un sentiment grandissant d'insécurité. À plusieurs reprises, nous avions eu la certitude d'être suivis et, quand nous avions retrouvé notre fourgonnette, un homme était en train d'essayer d'en forcer la portière. Finalement, nous nous étions réfugiés dans l'enceinte de l'ambassade de France.

Je sonne à l'ambassade et reconnais le gardien. Il n'a pas le souvenir de notre passage, mais il veut bien me laisser entrer, que je puisse revoir l'endroit où nous avions installé notre campement, tout à fait à l'arrière du bâtiment principal, près d'une espèce d'appentis dont il avait laissé la porte ouverte pour nous permettre d'accéder à l'eau. J'entre dans l'appentis et il me revient alors que Cécile avait été malade, une nuit, et que j'avais passé mon temps à lui porter des cuvettes d'eau fraîche pour qu'elle se lave le visage après avoir vomi. C'est étonnant comme je m'attache aux souvenirs et combien me les remémorer me plonge dans des abîmes de mélancolie, comme si je prenais conscience à ce moment-là d'avoir raté le présent, de n'avoir pas su en faire quelque chose de beau, d'intense. Comment avais-je pu perdre Cécile, ne pas trouver les mots pour construire une maison indestructible autour de nous ? Les mots, je les trouvais après, quand tout était fini, et alors j'en faisais des livres et des livres – d'ailleurs, n'est-ce pas précisément ce que je suis en train d'entreprendre avec ce livre-là, seul dans mon appartement du petit Trocadéro, quelques semaines seulement après avoir perdu Esther ?

Puis j'approche des ramasseurs de carton. Deux hommes, un qui n'a plus de dents, les cheveux longs et le teint cireux, l'autre qui est jeune encore. Peut-être le père et le fils. Je leur explique que je suis écrivain, que je veux raconter leur vie dans un livre, et pour cela partager leurs nuits pendant quelques semaines.

— Et tu vas ramasser les cartons avec nous ?

— *Claro que sí.*

— Et tu voudras qu'on partage l'argent le matin ?

— Non, je ramasserai les cartons mais je vous laisserai l'argent.

La première nuit, ils me regardent travailler avec suspicion. Nous sortons les cartons des poubelles, puis nous les mettons à plat et les empilons sur un chariot de fortune dont les roues sont des roulements à billes. En passant derrière certains restaurants qu'ils connaissent, ils obtiennent à manger, ce sont les restes des assiettes des clients qu'on leur fourre dans un cornet en papier journal ou dans un récipient en carton. Quelquefois un fond de soupe aussi. Vers trois heures du matin, nous avons fini le tour du quartier et nous préparons notre bivouac sur un carré d'herbes, en lisière des grilles d'une résidence. Nous nous allongeons sur un carton et nous recouvrons d'un autre.

Aujourd'hui, toutes ces nuits se confondent dans ma mémoire, mais je n'ai pas le souvenir d'avoir éprouvé la moindre appréhension au moment de fermer les yeux. C'est plutôt un sentiment de légèreté, d'insouciance, qui m'habite, et d'ailleurs, pour la première fois depuis des mois je ne prends plus rien pour dormir, je sombre dans le sommeil comme un enfant.

12

Je suis tenté d'écrire : Si j'avais su par avance ce qu'allaient être les trois dernières années de ma vie auprès d'Esther, est-ce que je n'aurais pas entrepris l'impossible pour la fuir ? Est-ce que je n'aurais pas préféré mourir d'une balle dans la tête à Bogotá ?

Avec le recul, je me dis qu'une part de moi-même avait pressenti le péril que représentait Esther et que cette part-là a tout risqué pour me distraire d'elle, pour me faire prendre un autre chemin. En même temps, je suis conscient que c'est une sottise, Esther elle-même ignorant qu'elle éprouverait un jour le besoin de me détruire, de m'anéantir, après m'avoir tant voulu. Et cependant, tout s'est passé comme si j'avais bel et bien tenté de fuir, avant de revenir vers elle et de me cacher un œil pour ne plus apercevoir sa part d'ombre, jamais, celle qu'elle m'avait donnée à voir au retour de Luc-sur-Mer, si tu savais tout ce qui me traverse, Augustin, les images qui me traversent, tu ne dirais pas que c'est une chance de m'avoir rencontrée. Subitement plus petite qu'elle n'est en réalité, n'est-ce pas, le visage également plus allongé et pointu qu'elle ne l'a réellement, je dirais un petit animal aux dents acérées attendant le moment de me lacérer.

Quelques jours s'écoulent paisiblement à mon retour de Bogotá. J'écris le récit de mes semaines passées avec les ramasseurs de carton – comme cadeau d'adieu, ils m'ont offert l'emballage d'un rasoir électrique Philips découvert dans une poubelle au lendemain de Noël, un élégant coffret en plastique laqué noir, écrin de velours rouge à l'intérieur, que le mari gâté avait jeté après en avoir extrait le rasoir et qui est désormais posé sur mon bureau. Puis je porte mon texte à la rédaction du journal qui me l'a acheté et je retourne à mon manuscrit.

Reprenant mes errances dans le quartier des Moulins, entre retraités et poivrots, il m'arrive de regretter d'être rentré vivant de Colombie.

Un matin, alors que je m'apprête à sortir, la sonnerie du téléphone me ramène à mon bureau. C'est une voix de femme.

— Je suis en train d'éditer votre article, j'ai quelques questions à vous poser, voulez-vous passer au journal ou qu'on essaie de faire ça par téléphone ?

— Qu'est-ce que vous préférez ?

— Que vous passiez, bien sûr, parce que j'aimerais également vous soumettre les intertitres.

— Très bien, dites-moi l'heure qui vous arrange.

Ils sont six ou sept éditeurs à se partager une grande pièce, chacun travaillant sous le halo d'une lampe d'architecte dans un recueillement qui contraste avec le bourdonnement incessant d'une salle de rédaction. Demandez Ingrid, m'a-t-elle dit.

Le grand type auquel je m'adresse, occupé à remuer son café assis sur une table, me la désigne du doigt.

— Bonjour Ingrid, je suis Augustin, l'auteur de l'article sur les...

— Ah oui, merci d'être venu. Tenez, prenez la chaise là-bas.

Elle écarte soigneusement les morasses qu'elle était en train de relire, ouvre une chemise et je reconnais aussitôt l'une de mes phrases dans le premier intertitre.

Nous sommes assis côte à côte et je peux l'observer de profil tandis qu'elle balaie le texte des yeux pour retrouver ce qui lui pose problème. Elle est très pâle et semble fatiguée.

— Voilà, dit-elle, quand vous écrivez…

Je réponds à ses questions, parfois nos regards se croisent, le sien ne me voit pas, elle voudrait seulement que j'aille plus vite et qu'on en finisse. À un moment, elle me pose la même question que cinq minutes plus tôt.

— C'est ce que je vous ai expliqué tout à l'heure, dis-je, au petit matin…

— Ah oui, excusez-moi, c'est la fin de la journée. Bon, eh bien je crois qu'on a fait le tour, merci d'être passé.

Je me lève, remets la chaise où je l'ai prise.

— Au revoir, dis-je en lui tendant la main, debout au-dessus d'elle.

— Pardon, oui, au revoir.

Je crois qu'à ce moment-là, forcée de lever les yeux, elle me voit pour la première fois. C'est ce regard-là que j'emporte d'elle, un imperceptible étonnement sous le dédain amer qu'exprime son visage.

Je reprends mon vélo, je suis déjà loin, bien engagé en direction des Moulins, luttant contre le crachin d'un soir de février, quand je freine brusquement et rebrousse chemin par une rue transversale. Comment est-ce que je pourrais expliquer aujourd'hui, tant d'années après, ce qui m'a poussé à revenir sur mes pas ? Je dirais l'intuition d'être passé à côté de ce que j'attends depuis toujours – que cette femme-là me regarde, me *reconnaisse*.

Cette femme-là, je veux dire celle de mon enfance, enfermée dans sa douleur et impénétrable. Enfermée dans sa folie, allais-je écrire. J'avais cru me sauver d'elle en rencontrant Cécile à vingt ans – Cécile était un ange, elle m'avait aussitôt ouvert les bras, tout donné. Mais elle n'était pas celle que je cherchais, la femme inaccessible et impénétrable que je cherchais, tout en croyant la fuir, tout en écrivant déjà combien je la haïssais. Or, voilà que le destin me donne une autre chance – comment oublier l'imperceptible étonnement dans le beau visage tendu et amer d'Ingrid ? Le regard vert et glaçant de notre mère, n'est-ce pas, soudain traversé d'un éclat d'innocence, de tendresse peut-être, comme si la mémoire lui revenait fugitivement – comment t'appelles-tu déjà ? Rappelle-moi ton prénom, ah oui, Augustin... Mais c'est affreux ! Pourquoi t'avons-nous affublé de ce prénom ? Je me le demande bien... Ton père s'en fichait, ça ne l'a jamais intéressé les prénoms... Appelons-le Raoul, aussi bien... Et pourquoi pas Gérard, tant que tu y es ? Mon pauvre Toto, tu dis vraiment n'importe quoi... Mais dis-moi, Augustin, est-ce que je ne t'ai pas aimé un jour ? Quel numéro es-tu ? Attends, attends, ne me dis rien, laisse-moi trouver toute seule... Cinquième ? Sixième ? Non, quatrième. Voilà, j'y suis, quatrième. Mon Dieu, tous ces enfants, quel désastre quand j'y pense ! Comment avons-nous pu en faire autant ? Je ne t'ai pas voulu, tu sais, je n'en ai voulu aucun de toute façon, mais est-ce que je ne t'ai pas aimé un jour ? Un jour seulement, le temps que le suivant soit déjà en route ? Dis-moi, Augustin, est-ce que je ne t'ai pas aimé un jour ?

— Vous avez oublié quelque chose ?

Agacée de me voir resurgir alors qu'elle s'est remise sur ses morasses.

— Oui.

— Attention, vous êtes trempé, n'allez pas mouiller mes pages avec votre cape, il ne manquerait plus que ça...

— Pourquoi me parlez-vous sur ce ton ?

— Je vous parle normalement.

— Bon, excusez-moi, je ne voulais pas être désagréable.

— J'ai très peu de temps... Vous vouliez ajouter quelque chose ?

— La façon dont vous m'avez reçu tout à l'heure... Je rentrais chez moi à vélo, sous la pluie...

— Dont je vous ai reçu ? Je vous ai reçu comme je reçois n'importe qui.

— Oui, mais attendez, ce n'est pas la question, ce n'est pas une critique. Je rentrais chez moi à vélo quand j'ai pensé que je venais de passer à côté... à côté d'un moment essentiel de ma vie.

— De quoi parlez-vous ? Je ne comprends pas.

— Je ne crois pas pouvoir vous l'expliquer en cinq minutes. Est-ce que je peux retirer ma cape et m'asseoir ?

— J'ai du travail par-dessus la tête.

— Bon. Mais à quelle heure finissez-vous ? Je peux vous attendre quelque part si vous voulez... j'ai tout mon temps.

— Pourquoi voulez-vous m'attendre ? Je ne suis pas libre ce soir, je suis invitée au théâtre.

— Et demain ? Est-ce que je pourrais vous attendre demain ?

— Ni demain ni jamais. Je vais vous dire une chose : s'il existait quelque part une société sans mecs, je serais candidate à l'immigration.

— Je n'ai jamais beaucoup aimé les hommes non plus, vous savez.

— C'est de l'humour ?

— Non. Quand j'entends bavarder les hommes, il m'arrive d'avoir honte pour eux.

— Et c'est pour me dire ça que vous êtes revenu ?

— Je dois vous parler. Vous parler tranquillement. Ensuite, vous en ferez ce que vous voudrez. Mais je l'aurai fait, je n'aurai rien à regretter.

— ...

— Vous ne dites plus rien ?

— J'adorerais pouvoir me remettre à mon travail.

— Je vous laisse alors. Voilà ce qu'on va faire : je vous attendrai demain soir sur le trottoir, et si vous ne voulez pas me voir, eh bien vous n'aurez qu'à partir. Soyez tranquille, je ne vous suivrai pas.

Il n'est pas loin de vingt et une heures quand elle apparaît. Comme il pleut, je porte un chapeau. Il y a plus de deux heures que je patiente, mais je patienterais bien plus encore parce que j'ai le sentiment d'être à un tournant de ma vie. Le sentiment exaltant d'être à un tournant. J'ai peu dormi, je n'ai pensé qu'à elle. À l'émotion qu'a éveillée en moi son profil, sa pâleur, et enfin son regard quand nous nous sommes dit au revoir. Ingrid est belle, mais ça n'est pas sa beauté qui m'a touché. C'est quelque chose que je ne sais pas exprimer encore. Quelque chose de très profond, de très lointain, qui me fait accélérer le cœur et oublier tout le reste. Remiser tout le reste, comme si rien ne comptait plus qu'elle. Le matin, au petit déjeuner, Esther a deviné qu'il se passait un événement extraordinaire, je l'ai compris à son attitude, à ses mots qui sonnaient faux soudain, une façon empruntée et maladroite de s'enquérir de mon sommeil, de ce que j'allais faire de ma journée, mais elle est partie sans poser la seule question qui la préoccupait. À ce soir, mon chéri. Écris bien (alors qu'elle sait que je n'écris plus). Ingrid ouvre son parapluie et m'aperçoit, planté sur le trottoir, de l'autre côté de la rue. Peut-être tergiverse-t-elle, mais à peine, à moins qu'elle ne m'ait pas reconnu avec mon chapeau et songe à tout autre chose. Puis elle prend sur sa gauche et s'en va d'un pas résolu. Je la suis des yeux un moment jusqu'à ce que la circulation me la dissimule.

Ah, me dis-je tout bas, elle n'est pas venue ! J'ai cru si fort qu'elle viendrait, me répétant ce que je lui dirai, que je n'ai pas envisagé l'autre hypothèse. Et j'ai soudain très froid. Remonter jusqu'aux Moulins sous la pluie me semble au-dessus de mes forces. Si Esther ne devait pas s'inquiéter, je prendrais une chambre d'hôtel. À moins que je l'appelle – je ne vais pas rentrer ce soir, Esther, j'ai envie d'être seul. Non, la vérité, c'est que j'ai rencontré quelqu'un, enfin quelqu'un, une femme, et tu sais, c'est en la voyant que j'ai compris... compris ce que ça peut être de tomber amoureux... Mais non, c'est idiot, amoureux de qui, de quoi ? Je ne sais rien d'Ingrid, comment pourrais-je être amoureux d'elle ? Et pourtant je suis dévasté à l'idée que nous pourrions nous manquer, qu'elle pourrait m'échapper... *qu'elle m'a* échappé. Dévasté. Je reprends mon vélo et je vais à pied. Je n'exclus pas de me réfugier dans le premier hôtel qui se présentera. D'appeler Esther. Ou de ne pas l'appeler, je ne sais pas. Je grelotte. C'est un de ces moments où l'on ne se sent plus de place nulle part, où l'on voudrait que la terre s'arrête, que tout s'arrête. Et brusquement elle est là, sa robe à deux doigts de ma roue avant sur le trottoir, son parapluie au-dessus de mon chapeau.

— Ben, qu'est-ce que vous faites ? Vous avez oublié quelque chose ?

— Je crois que j'ai eu pitié de vous.

— Vous m'aviez vu ? J'ai pensé qu'avec mon chapeau...

— Vous êtes complètement trempé.

— Oui, j'ai froid. Je cherchais un endroit où me mettre.

— Comment ça où vous mettre ?

— Un hôtel, un endroit où je pourrais être au chaud et dormir.

— Voulez-vous qu'on entre cinq minutes dans un café ?

— Je veux bien, oui.

Nous commandons du thé.

— J'ai un demi-litre d'eau dans chaque chaussure.

Elle me fixe sans avoir l'air de m'entendre.

— Qu'est-ce que vous me voulez, au juste ?

— Ce n'est pas facile à exprimer parce que je ne comprends pas moi-même ce qui s'est passé. J'ai été immédiatement ému par votre visage, pourtant on ne peut pas dire...

— Vous êtes vraiment tous pareils, les mecs.

— Oh, s'il vous plaît, arrêtez d'employer ce mot de mecs, comme si tous les hommes...

— J'emploie les mots qui me plaisent, ce n'est pas vous qui allez me dicter ma façon de penser.

— Non, pourquoi le ferais-je ? C'est tout le contraire que j'espère.

— Je vais vous dire une chose : je sors d'une histoire avec un type dans votre genre qui ne m'a pas lâchée jusqu'à ce qu'il obtienne ce qu'il voulait, j'ai eu le tort de le croire, lui aussi il était soi-disant bouleversé par mon visage et je ne sais trop quoi encore, eh bien je peux vous assurer que je ne suis pas prête de recommencer.

— Tout va de travers, ce soir, rien ne se déroule comme je l'aurais voulu. Et en plus, je suis en train d'attraper froid... Dites-moi : y a-t-il un jour où on pourrait se revoir tranquillement, un après-midi, dans un salon de thé par exemple ?

Elle me fixe et met un temps infini à me répondre.

— Le jeudi après-midi, rue de Noailles. C'est une espèce de bibliothèque-salon de thé, je m'y installe souvent pour lire ou faire mon courrier, vous pouvez toujours tenter votre chance.

— Merci. Je viendrai.

Enfin, un soir, elle m'invite chez elle. Trois ou quatre semaines se sont écoulées depuis notre premier après-midi rue de Noailles. Par la suite, chacune de nos rencontres a été une épreuve, une sorte d'examen de passage dont je me suis appliqué à tirer les enseignements pour faire mieux la fois d'après. Étais-je parvenu à l'intéresser ? Nous étions-nous rapprochés l'un de l'autre ? À quel moment avait-elle eu ce regard, non pas attendri, mais amusé ? Tu sais que tu as de l'humour, quand tu veux, m'avait-elle lancé ce jour-là. Un autre, elle m'avait pris la main, m'expliquant qu'elle menait depuis des années une réflexion sur les mains. Les tiennes ne sont pas belles, mais elles ont quelque chose. – Ce sont celles de mon père. – Merci de me prévenir, le genre d'hommes dont je raffole ! – Comment sais-tu qui est mon père ? – J'ai lu ton dernier livre. – Vraiment ? – Pour être tout à fait franche, je ne l'ai pas fini. – Ah. Tu ne l'as pas aimé ? – C'est un livre de plus. Est-ce que tout n'a pas été déjà écrit ? Et bien mieux qu'on ne pourra jamais le faire ? D'habitude, quand on me sortait cette ânerie, je réagissais violemment – Non, tout n'a pas été écrit, sûrement pas, et je ne vais pas m'interdire d'écrire parce que Thomas Bernhard, Hamsun ou Rilke m'ont précédé ! Mais cette fois-ci, je m'étais rangé à l'avis d'Ingrid – Oui, tu as sans doute raison. D'ailleurs, je n'écris plus. – Tant mieux. Tu sais ce que je pense des écrivains, n'est-ce pas ? – Oui, Ingrid, je sais ce que tu penses des écrivains. Elle avait été mariée à l'un d'entre eux, avait refusé pendant des jours et des jours de me dire son nom, avant de me le lâcher entre deux gorgées de thé, guettant ma réaction. J'étais resté un moment silencieux, c'était un type très connu, affreusement pontifiant, qui publiait chez Gallimard et avait dû recevoir le Goncourt ou le Renaudot. Je l'ai écouté un jour à la radio, avais-je finalement dit, ça m'a dissuadé de le lire. – Tu as tort, il a beaucoup de talent. – Je croyais que tu ne voulais plus entendre parler de lui… – Tu confonds tout. C'est un grand pervers, mais il a beaucoup de talent. J'avais compris qu'il en avait nettement plus que moi, à ses yeux en tout cas, et calculé mentalement la distance qui me séparait encore de sa simple considération, pour ne pas parler de son cœur.

C'est peu dire qu'Ingrid ne me donnait rien, et elle était cependant devenue en quelque temps l'unique objet de mes pensées, de mes attentes. Si je parvenais à la conquérir, à ce qu'elle m'aime et me l'avoue, je serais sauvé. Je n'établissais encore aucun lien avec notre mère, bien que traversé par instants de réminiscences enfantines qui me faisaient contempler Ingrid silencieusement, espérant que son regard glacé allait bientôt se poser sur moi. Je m'étais lancé corps et âme dans cette entreprise, voulant lui plaire, voulant de toutes mes forces lui plaire, la tête ailleurs quand j'étais avec mes enfants, et oubliant Esther avec laquelle je n'échangeais plus que des mots distraits, comme si nous étions un très vieux couple. Qu'attendait-elle pour s'en aller ? Elle voyait bien que je n'étais plus là, et cependant ne me posait aucune question. Le week-end, elle cuisinait pour mes enfants et proposait ensuite qu'on aille se promener tous les quatre au jardin de l'Hôtel de ville. Les arbres bourgeonnaient, on était à la veille d'un nouveau printemps. Tu te prépares, mon chéri ? Je me préparais et nous partions. Quand les enfants se mettaient à jouer et que nous nous retrouvions assis côte à côte sur un banc, Esther me caressait doucement la main mais ne disait rien.

Puis arrive le soir où je suis enfin invité chez Ingrid. Je prends soin de ma tenue, comme le ferait un adolescent avant son premier rendez-vous. J'ai dépassé les quarante ans, mais je suis redevenu un enfant, et c'est seulement aujourd'hui, forcé de me remémorer ces jours d'avilissement que je me sens accablé par la honte. Comment ai-je pu tomber si bas ? Être ce personnage inconsistant et minuscule ? Je me suis offert un pantalon pour l'occasion, me repasse une chemise blanche, me coiffe et me recoiffe.

— Oh, s'exclame-t-elle en m'ouvrant, mais tu es bien plus élégant que d'habitude !

Je n'entre pas, la laisse me considérer de la tête aux pieds.

— Quoique le jean retroussé, ça non !

— Je n'ai pas eu le temps de faire l'ourlet.

C'est un mensonge, j'étais persuadé d'être à la mode en le portant retroussé.

— Eh bien dans ce cas, regarde…

Elle s'agenouille, replie vers l'intérieur le bas de mon jean.

— Voilà, dit-elle en se relevant, là c'est nettement mieux… Maintenant, tu peux entrer.

J'entre, elle referme la porte, et pour la première fois je repère quelque chose de maniéré, quelque chose qui me déplaît dans la façon dont elle joue de ses pupilles en me mettant les bras autour du cou, comme si elle les pressait pour en faire jaillir l'éclat.

— Exceptionnellement, dit-elle, je t'autorise à m'embrasser.

— Sur les lèvres ?

— Heu... Disons au coin des lèvres. Choisis le côté que tu préfères.

À ce moment-là, j'ai le sentiment d'être enfin tout près de son cœur, après avoir franchi tant et tant d'obstacles, et cependant je ne peux pas me dissimuler une impression d'agacement. Puis j'oublie, j'embrasse le coin de sa bouche mais, très vite, elle se détache pour me prendre par la main et m'entraîner vers le salon. La pièce est très colorée dans mon souvenir, élégante et chaude. Ingrid a disposé sur la table basse, devant le canapé, du vin, des jus de fruits et des petites choses à manger.

— Par quoi veux-tu commencer ?

— Un verre de vin s'il te plaît.

Quelque part, un appareil joue une salsa.

— C'est chez toi la musique ?

— Oui, j'avais baissé quand tu as sonné. Écoute, j'adore !

Elle monte le son.

— Pose ton verre et viens danser.

— Je ne sais pas danser, Ingrid, et la salsa encore moins que le reste.

— Je vais t'apprendre.

Je me laisse conduire maladroitement.

— Hou là là, j'ai peur que tu sois un cas désespéré.

— Je t'avais prévenue.

— Tu sais ce qu'on dit ? Un bon danseur de salsa est toujours un mec merveilleux au lit.

— Ah oui ?

— Ne me regarde pas comme ça, on dirait un enfant. Je suis sûre que tu te débrouilles très bien, en plus. D'ailleurs, attends, je vais mettre autre chose.

Je ne connais pas le chanteur, mais c'est une mélodie sirupeuse d'Amérique latine.

— Viens.

Elle se colle contre moi, se laisse enlacer. Je respire ses cheveux, je sens son souffle sur mon cou, le bout dur de ses seins, sa hanche contre mon sexe, et pendant quelques minutes nous sommes dans les prémices de l'amour.

— Ouf ! Il était temps que ça s'arrête, dit-elle à la fin.

Elle s'est écartée, son corps ne touche plus le mien mais ses mains sur mes épaules me retiennent, et comme elle cherche mon regard, elle a de nouveau cette afféterie dans les pupilles. Sans doute escompte-t-elle que je vais fondre, lui ouvrir mon âme, m'agenouiller peut-être, mais elle perçoit au contraire que quelque chose vient de m'agacer en elle, et pour la première fois cela l'inquiète – si longtemps objet de son dédain, pour ne pas dire de son mépris, j'ai tout de même fini par occuper une place dans son cœur, et elle a soudain peur de souffrir. Peut-être ai-je pris l'avantage sur elle à cet instant-là précisément, c'est ce que je supposerai plus tard, me repassant le film de cet embrasement aussi fugitif qu'un feu de paille, mais je n'en ai pas conscience sur le moment, et l'agacement dissipé je reprends ma place d'enfant-soupirant.

Maintenant assis près d'elle sur le canapé, grignotant et buvant, j'écoute distraitement le récit de sa passion pour la salsa, deux ou trois voyages à Cuba, puis la rencontre d'un professeur extraordinaire, un réfugié cubain naturellement.

— Alors ça c'est un mec ! s'exclame-t-elle.

Je cherche ce que je pourrais bien rétorquer à un tel compliment, soudain ramené à mon inconsistance, et comme je ne trouve rien, je me contente d'acquiescer et de sourire. Sans nul doute, cet homme-là est un mec.

— Ah oui, se reprend-elle, c'est vrai que tu n'aimes pas quand je parle des hommes de cette façon... Mais qu'est-ce que tu as contre les mecs, d'ailleurs ? C'est étrange d'être en guerre contre son propre sexe. Moi, par exemple, j'aime les femmes, je les ai toujours aimées et défendues.

— Les hommes...

Mais ce que j'ai à dire des hommes ne l'intéresse pas vraiment et elle me raconte son engagement auprès des femmes de Cuba, et comment elle est parvenue à établir un pont entre les féministes françaises et un groupe de militantes cubaines qu'elle a placées sous le parrainage d'Yvette Roudy, l'ex-ministre des Droits de la femme de François Mitterrand.

— Tu connais Yvette Roudy ? dis-je pour alimenter la conversation.

Bien sûr, elle connaît Yvette Roudy, mais également Édith Cresson, Georgina Dufoix et Élisabeth Guigou dont son ex-mari, l'écrivain, a rédigé l'un des plus beaux discours, je ne sais pas si tu te souviens, celui qu'elle a prononcé devant les députés européens pour la commémoration de la mort de Blum... Je fais non de la tête, je n'ai aucun souvenir d'un discours d'Élisabeth Guigou sur quoi que ce soit, aucun souvenir, et à ce moment de la soirée je me demande ce qu'Ingrid va encore trouver à me raconter avant de me proposer de la suivre dans sa chambre, puis dans son lit. Je me demande tout ce que je vais devoir entendre de superflu, d'absolument inintéressant (la biographie d'Édith Cresson, peut-être, ou le récit de la venue en France d'une délégation de femmes cubaines comment savoir ?) avant de l'écouter me murmurer à l'oreille qu'elle m'aime, qu'elle a envie de moi, qu'elle voudrait que plus rien ne nous sépare, que nous soyons l'un à l'autre pour l'éternité etc. Et tandis que j'essaie de me figurer les kilomètres de conversation qu'il me reste à avaler avant de découvrir Ingrid nue, et qu'elle m'ouvre ses bras, et qu'elle me dise des mots d'amour, je suis soudain traversé par le souvenir de Toto écoutant notre mère raconter pour la centième fois les épopées guerrières de son propre père, le héros de Verdun, certains dimanches soir à Longchamp, Toto souriant béatement au récit de notre mère, n'est-ce pas, exactement comme je souris à celui d'Ingrid, mais n'écoutant pas plus que moi, je le voyais bien, me demandant alors à quoi il pouvait bien penser. Et soudain je souris, car enfin je sais : Toto songeait, bien sûr, au moment où la prière faite et nous tous au lit (combien étions-nous déjà à cette époque alors que Toto n'avait même pas quarante ans ? Sept enfants ? Huit enfants ?) il allait enfin pouvoir se retrouver seul avec notre mère et s'enivrer de sa beauté, de son mystère, avant de repartir le lundi sur les routes vendre ses aspirateurs.

— Qu'est-ce qui te fait rire, je peux savoir ?

— Rien, enfin si, notre situation – toi me parlant gravement de cette poétesse cubaine dont je n'avais jamais entendu prononcer le nom, alors qu'un instant plus tôt nous flirtions, au bord de l'extase.

— Parle pour toi ! Au bord de l'extase... En ce qui me concerne, il m'en faut un peu plus figure-toi... Non, mais attends, je rêve : tu n'avais jamais entendu parler de Gertrudis Gómez de Avellaneda ? Mais d'où sors-tu ?

— Si tu avais lu mon dernier livre jusqu'au bout, tu le saurais.

Je suis en colère, soudain, et j'éprouve du plaisir à l'être, comme si je savais que ça n'aurait aucune conséquence.

Je me lève, contourne le canapé, ouvre la fenêtre et allume une cigarette.

— Excuse-moi, dit-elle un instant plus tard, m'enlevant doucement la cigarette des doigts pour en tirer une bouffée, je vais lire ton livre.

Nous nous tenons silencieusement accoudés à sa fenêtre.

— Cette nuit, tu peux dormir ici.

Je remplis mes poumons de l'air frais de la nuit, je sens ma poitrine se gonfler, la tête me tourne légèrement.

— Dans la chambre d'amis, ajoute-t-elle.

— Dans la chambre d'amis ? dis-je en me tournant vers elle.

— Oui, je ne suis pas encore prête.

Elle regarde dans le vide, la cime des arbres et le boulevard sur lequel glissent encore quelques voitures.

Elle attend de voir ce que je vais décider. J'ai l'intuition qu'à ce moment-là c'est elle qui joue notre destin à la roulette, que je m'en aille et nous ne nous reverrons plus. Mais elle fait le pari que je vais rester, elle parie sur mon désir, sur la force de mon engagement, peut-être aussi sur ma faiblesse, et j'admire son courage tout en balançant entre colère et résignation.

— D'accord, dis-je finalement, je vais dormir dans la chambre d'amis.

13

Je ne sais plus comment j'annonce à Esther que je la quitte, mais je le fais très vite, dès le lendemain je crois. Esther qui est défaite, qui me dira des années plus tard avoir songé à mourir, mais qui n'a pas un mot pour se plaindre ou pour me reprocher quoi que ce soit.

— Je vais chercher un appartement et tu vas garder celui-ci, décide-t-elle. Pour les enfants, c'est mieux.

Les vacances de Pâques nous surprennent en pleine séparation. C'est encore Esther qui nous déniche un gîte rural dans la Drôme en trois ou quatre coups de téléphone, mais cette fois nous partons sans elle.

L'endroit où nous arrivons en fin d'après-midi, après nous être perdus, est un ancien village fortifié accroché à un piton rocheux. Notre maison, toute en hauteur à raison d'une pièce par étage, a été édifiée deux siècles plus tôt à l'aplomb d'un gouffre. Je me penche au-dessus du vide, le premier soir, après avoir embrassé et couché mes enfants, et je songe que ma vie est curieusement à l'image de l'homme en suspens que je suis à cet instant, seulement défendue des ténèbres par un fragile garde-corps. Qu'il cède, je basculerais et disparaîtrais à jamais. Ma vie ne tient plus qu'à un fil, dis-je tout haut, comme si je voulais que quelqu'un m'entende, et j'attends l'heure convenue pour appeler Ingrid.

Il n'y a rien de détendu, rien de reposant dans nos conversations du soir. Ingrid m'écoute lui répéter combien je pense à elle, lui décliner, de façon de plus en plus exaltée, ce que je lui ai écrit l'après-midi même, assis sur un banc, pendant que mes enfants pédalaient sur la place du village sous un pâle soleil, Laetitia sur son petit tricycle, Louis sur son nouveau vélo.

— Ce que tu peux être romantique, m'interrompt-elle soudain.

— Ah oui, tu trouves ?

Je l'entends rire, et je dois admettre que je n'aime pas ce rire, sarcastique et dur.

— Au temps des maos, dit-elle, on se serait méfié d'un mec comme toi.

— Je regrette de ne pas t'avoir connue à cet âge-là, Ingrid.

— Tu ne m'aurais pas intéressée. Le seul critère qui comptait à mes yeux était l'engagement politique. C'est là que j'ai rencontré Fabrice, d'ailleurs.

— Fabrice ?

— L'écrivain que tu n'aimes pas, mon cher Augustin, mon futur ex-mari. C'était son nom dans la clandestinité.

— Tu parles de cette époque comme si c'était la guerre.

— Mais ça l'était !

— Non, Ingrid. Vous étiez pour la plupart des enfants de la bourgeoisie, plus ou moins en guerre contre vos parents, oui, mais ça n'était pas la guerre, vous ne risquiez pas grand-chose. Et aujourd'hui vous n'êtes pas très différents de ce qu'étaient vos parents sous Pompidou.

— Oui, ça je sais que c'est ton grand truc.

— Regarde ton Fabrice, à mon avis il va terminer ministre ou académicien, après avoir appelé au meurtre du notaire de Bruay-en-Artois.

— Tu parles d'événements que tu n'as pas vécus. Fabrice terminera peut-être ministre, mais au moins il aura fait quelque chose de sa vie. Malraux aussi a fini ministre. C'est quand même marrant que venant de l'extrême droite, tu oses juger des mecs qui se sont engagés et n'ont jamais changé de convictions. Qu'est-ce que tu faisais, toi, pendant qu'on se prenait des coups de matraque ?

— Je changeais de bord, ça m'a pris du temps, j'ai dû tout apprendre.

— Tu es déconcertant. Parfois je me demande ce que je fais avec toi.

— Avec moi ? Tu dirais que tu fais quelque chose *avec moi,* Ingrid ?

— Je suis en train de t'écouter, oui.

— Mais à part ça ? Est-ce que tu me diras un jour que je compte dans ta vie, que tu m'aimes ?

— Je ne sais pas comment je te supporte. Jamais je n'avais rencontré un garçon comme toi.

— Mais tu ne réponds pas à ma question.

— Est-ce qu'un jour je coucherai avec toi ? C'est possible.

— Tu sais bien que ça ne se résume pas à faire l'amour.

— Qui sait ? Peut-être que quand tu l'auras fait tu découvriras que tu ne m'aimes pas.

— Tu me désespères, Ingrid.

— Tu le penses ?

— Oui, je crois que je suis un peu découragé, là.

— Bon, est-ce que ça te console si je te dis que j'attends chaque soir ton appel ?

— Vraiment ?

— Voilà, oui, vraiment.

— Venant de toi, c'est presque une déclaration d'amour.

— Quel crétin !

À mon retour, Esther a trouvé un appartement, mais elle a besoin de ma caution pour signer le bail et nous rencontrons ensemble le propriétaire. Ce n'est plus l'Esther que j'ai connue, elle a maigri et s'est éteinte pendant les vacances, et durant tout l'entretien elle me laisse parler et prendre les décisions à sa place.

Puis nous buvons un café en terrasse – c'est une belle matinée d'avril, venteuse et ensoleillée. Repensant à ce moment, aujourd'hui qu'Esther me manque à chaque instant, je suis sidéré par mon aveuglement, par l'indifférence que j'éprouve à son égard ce jour-là, comme si j'étais devenu un autre homme depuis ma rencontre avec Ingrid. Comme si plus rien ne comptait qu'entendre cette femme me dire je t'aime et je te désire. Oui, ces deux mots-là exactement, je t'aime et je te désire. J'ai le souvenir d'être tendu dans cette attente, comme si ma survie en dépendait, et d'être incapable de me projeter au-delà. Que ferons-nous ensuite si d'aventure Ingrid finit par me les dire ? Vivrons-nous ensemble ? Lui présenterais-je mes enfants, elle qui n'en a pas eu parce qu'elle ne les aime pas ? L'écouterais-je me raconter pour la centième fois son combat pour les femmes de Cuba, ses années Mao, tout en songeant comme Toto au moment délicieux où nous nous retrouverons au lit ?

— Est-ce que tu vas vivre avec elle, Augustin ? me demande tout bas Esther.

Puis elle allume une cigarette et fixe la pointe de ses bottines.

— Je ne sais pas, dis-je en m'étirant.

Je goûte à l'ivresse d'avoir l'embarras du choix, d'être libre, comme un jeune coq. Et de surcroît, je n'ai pas manqué d'élégance – je viens de me préoccuper de reloger Esther.

— Je te sens complètement ailleurs, complètement parti.

— Ah ça oui ! Jamais je n'aurais pensé qu'il m'arriverait une chose pareille.

— Tomber amoureux ? tu veux dire.

Elle a levé les yeux, nos regards se croisent, le sien est résigné, sans la moindre étincelle de vie, d'envie de vivre.

— Oui. Pourtant je l'ai été de toi, au début.

— Je t'ai permis de supporter ta rupture avec Cécile.

— Pas seulement, Esther... Pas seulement, tu sais bien...

— Ne te justifie pas, c'est pénible. Tu as le droit de t'être trompé, et maintenant d'être heureux. Je suis contente pour toi. Pour tes enfants aussi.

Nous nous taisons.

— Tu vas les lui présenter, tes enfants ?

— Je ne sais pas.

Mais alors je nous revois tous les quatre un an plus tôt au jardin de l'Hôtel de ville. Un an plus tôt presque jour pour jour. Esther surgissant de derrière la mairie, puis se rapprochant. Esther dont je devine bientôt l'émotion à un imperceptible tremblement dans le bas du visage. Les enfants, avais-je dit doucement quand elle n'était plus qu'à quelques mètres, la jeune femme qui vient vers nous, c'est elle, c'est Esther. Et presque dans le même instant elle s'était accroupie devant eux. Bonjour Laetitia, je suis Esther, l'amie de ton papa. – T'as apporté le pique-nique ? – Oui, regarde. Et j'ai fait aussi des crêpes, elles sont roulées dans le torchon... Je nous revois tous les quatre ce dimanche de printemps et je suis soudain rattrapé par la nostalgie, c'était un si beau dimanche qui suivait de peu celui, épouvantable, du Parc régional, et j'étais si réconforté de pouvoir présenter Esther à mes enfants, nous allions de nouveau être une famille, nous allions de nouveau… Je me sens soudain moins solide, peut être la conscience m'effleure-t-elle que je suis en train de me perdre, de nous perdre tous. En tout cas, je m'entends formuler cette phrase impossible :

— Je ne suis pas certain de ne pas faire une énorme bêtise.

Le regard sombre d'Esther, alors, incrédule, avant qu'elle ne secoue la tête et sourie amèrement, comme pour elle-même, ou comme si elle ressentait subitement de la honte pour l'homme que je lui donne à voir.

— Bon, dit-elle en se levant, je dois partir, bonne chance, Augustin.

Et sans m'embrasser ni me laisser le temps d'ajouter un mot, elle s'en va.

Je démarre le lendemain sur machine-outil à l'usine de robinetterie de la rue Sergent-Bauchat, à l'autre bout de la ville, c'est à cela que je m'accroche en remontant seul vers les Moulins. Je vais cesser de tourner autour de ce manuscrit qui n'a pas progressé d'une ligne depuis des mois et me précipite chaque matin dans la dépression pour redevenir l'ouvrier que j'étais à vingt ans. L'idée m'en est venue une nuit, comme je cherchais le sommeil dans la chambre d'amis d'Ingrid, tout mon corps grelottant du sentiment d'être devenu une sorte de funambule s'avançant au-dessus d'un vide de plus en plus profond sans pouvoir revenir en arrière et sans rien savoir de l'autre rive, doutant même d'y découvrir quoi que ce soit. Désormais, je vais avoir un métier comme tout le monde, un chef qui me dira ce que je dois faire, des horaires, un salaire. Je pensais peiner à trouver un tel emploi en lisant les petites annonces, mais le patron a été ravi d'embaucher un Français de souche. Un bout d'essai, et il m'a signé mon contrat. Vous êtes la perle rare, m'a-t-il dit, aujourd'hui, quand ce ne sont pas des Maghrébins qui se présentent, ce sont des Noirs. Des types comme vous, je n'en ai plus que deux, et ils sont à quelques mois de la retraite.

Être ouvrier me fait du bien, je le vois au bout de trois ou quatre jours seulement en constatant que tous les soirs je rédige quelques lignes de notes sur les hommes avec lesquels je travaille. Insidieusement, je me remets à écrire.

En sortant de l'usine, je remonte aux Moulins par la grande côte, en danseuse sur mon vélo. Depuis le départ d'Esther, notre appartement ressemble à ces maisons précipitamment abandonnées à la veille d'une guerre – les lits des enfants restent défaits d'un week-end sur l'autre, je ne songe plus à ouvrir les volets sur la rue, le linge sale s'accumule sous le lavabo et, dans la cuisine, le petit déjeuner à trois du lundi matin n'est pas desservi de toute la semaine. Je me douche, avale le pain au chocolat que j'ai acheté au passage et m'installe à mon bureau pour me remémorer ce que j'ai enregistré dans la journée. Je retranscris des dialogues entendus à midi dans la cave qui fait office de réfectoire, j'ajoute quelques notes à des portraits en cours, puis j'écris une longue lettre d'amour à Ingrid.

Vers vingt et une heures je me présente chez elle, habillé de propre et parfumé.

— Ah, dit-elle, te voilà ! Je viens de lire ta dernière lettre.

— Oui.

— Pourquoi dis-tu oui ? Tu ne me laisses pas parler.

— C'était un oui interrogatif.

— Eh bien je trouve que tu as plus de talent dans tes lettres que lorsque tu te piques d'écrire des livres.

Elle sourit, elle est chaque soir plus belle, et tandis qu'elle va mettre un air langoureux de Cuba, ou peut-être d'Argentine, avant de me servir un verre de vin qu'elle me tendra dans un instant en jouant de ses prunelles (cette mièvrerie ridicule), je songe dans une sorte d'hébétude qu'elle contient en elle les promesses d'un bonheur trop immense pour être simplement envisagé, et qu'en même temps jamais je n'ai haï une femme comme je la hais, à part peut-être notre mère. Mais je m'applique à enfouir aussitôt ce sentiment terrifiant sur lequel je serais bien capable de m'étendre si on me le demandait (mais qui pourrait me le demander ?), évoquant alors certainement l'humiliation permanente que me fait subir Ingrid, car j'ai l'espoir que nous allons nous enlacer et flirter, comme nous le faisons chaque soir avant de dîner.

— Tu poses ton verre et tu viens danser ? propose-t-elle, en ondoyant déjà du bassin.

Nos ventres se touchent, nous entremêlons nos jambes, elle approche ses lèvres des miennes et il nous arrive alors d'échanger un véritable baiser.

— Hou là là, souffle-t-elle généralement en s'écartant, il était temps que ça s'arrête.

Et parfois elle ajoute :

— Pour un type qui ne sait pas danser, tu ne te débrouilles pas si mal.

Après le dîner, que nous prenons sur le canapé, elle s'allonge de plus en plus souvent, reposant sa tête sur mes genoux et me laissant lui caresser le visage. Elle ferme les paupières et se tait. C'est étrange comme je n'aime rien de ce qu'elle dit, comme tout me heurte dans ses mots, dans sa façon d'être – c'est donc le moment que je préfère car je ne la hais plus, et à supposer que l'on m'interroge, je nierais absolument l'avoir jamais détestée. Elle repose là comme une offrande, et mon cœur tremble d'émotion.

C'est un soir comme celui-ci, tandis que j'effleure d'un doigt son profil et qu'elle se tient les paupières closes, que je l'entends soudain me dire :

— Viens, allons faire l'amour.

Et comme j'ai cessé de caresser son visage et que je me tiens interdit.

— Tu m'as entendue ?

— Oui.

— Et maintenant tu n'as plus envie ?

— Oh si ! Mais je voudrais que tu me dises : je t'aime et je te désire.

Alors, sans ouvrir les paupières :

— Je te désire, mais je ne sais pas encore si je t'aime.

— Ah, je comprends !

— Est-ce suffisant pour que vous acceptiez de coucher avec moi, monsieur le grand romantique ?

Moqueuse, mais les yeux obstinément fermés.

— J'ai l'espoir que tu m'aimeras un jour et me le diras, Ingrid.

— Je vais te répondre comme tu aimerais que je te réponde, d'accord ?

— Oui, s'il te plaît.

— Oh, que j'aime votre espoir, monsieur !

Je souris, et c'est à ce moment-là précisément qu'elle rouvre les yeux.

— Viens, dit-elle.

Le lendemain doit être un samedi puisque je ne vais pas à l'usine et me revois aujourd'hui roulant tranquillement sur le boulevard en direction de la place de la Libération. Tranquillement, puis de plus en plus nerveusement. J'ai jeté un œil dans la chambre d'Ingrid, elle dormait, enfouie sous son drap, et je suis parti sans lui dire au revoir. Sur le moment, je n'ai pas eu le sentiment de m'enfuir, mais à présent que je roule sur le boulevard, découvrant petit à petit combien je suis en colère, je suis tout près de convenir que je me suis enfui, si. Que se serait-il passé si Ingrid avait pointé la tête de sous son drap et m'avait demandé de revenir un moment dans son lit ? Je sortais de la chambre d'amis, je venais moi-même tout juste de me réveiller – j'aurais été parfaitement capable d'acquiescer et de lui refaire docilement l'amour. Puis elle m'aurait renvoyé dans la chambre d'amis, comme elle l'avait fait au milieu de la nuit, prétextant qu'elle n'avait jamais pu dormir avec un homme à côté d'elle. Mais par chance, elle n'avait pas bronché, si bien que j'étais parti, guidé par je ne sais trop quel instinct, de survie peut-être, claquant doucement la porte derrière moi, puis dévalant les six étages comme un voleur, à toute allure, avant de bondir sur mon vélo et de me surprendre en train de rire. Oui, de survie sûrement, sinon pourquoi me serais-je mis à rire stupidement en rejoignant les quais, arc-bouté sur mes pédales, avant de m'engager sur le boulevard, silencieux à cette heure de la matinée, au début d'un long week-end de printemps, ses arbres majestueux ondulant paresseusement sous la brise venue du fleuve ?

Oui, par chance elle n'a pas bronché, et je me nourris maintenant de ma propre colère. C'est étonnant comme tout me revient. J'ai lu ton dernier livre – pour être tout à fait franche, je ne l'ai pas fini. Et moi, comme un con : Tu ne l'as pas aimé ? Alors qu'elle ne cherchait qu'à m'humilier, naturellement. Ce livre immense, qui avait failli m'anéantir, qui m'avait coupé de tous les miens… eh bien elle l'avait trouvé si rasoir, n'est-ce pas, qu'elle ne l'avait pas fini. Comme le premier soir avec sa salsa – Tu sais ce qu'on dit ? Un bon danseur de salsa est toujours un mec merveilleux au lit. Je suis certain qu'un autre lui aurait répondu : Eh bien trouve-toi donc un danseur de salsa et va te faire foutre ! Et qu'il serait parti dans la seconde, lui claquant la porte sur les doigts de préférence. Tandis que moi, non. Pour un peu, je me serais excusé de ne pas savoir danser. Et le coup des maos ! Au temps des maos, on se serait méfié d'un mec comme toi… Je ne sais pas comment je te supporte. Ah bon ? Et tu ne t'es jamais demandé, par hasard, comment moi je te supportais, pauvre conne ? Je suis tellement en colère que j'ai parlé tout haut, arrêté au feu rouge du carrefour, et qu'une dame s'est retournée, n'en croyant pas ses oreilles de se faire insulter de si bon matin par un abruti à bicyclette. Enfin, monsieur, qu'est-ce qui vous prend ? C'est tout de même un comble ! Pardonnez-moi, madame, ça ne vous était pas destiné, je parlais tout seul. Mais en même temps, comment Ingrid aurait-elle pu douter d'elle-même alors que j'ai passé mon temps à m'écraser ? Non mais attends, je rêve : tu n'avais jamais entendu parler de Gertrudis de l'Alambic de je ne sais quoi ? Non, Ingrid, pardonne-moi, je suis inculte, tandis qu'à l'intérieur de moi je bouillais – mais si tu veux, on peut interroger cent personnes au hasard dans les rues et voir combien ont entendu parler de ton illustre Gertrudis. Le meilleur avait été alors ce stupéfiant : Mais d'où sors-tu ?

Et soudain j'y suis : Enfin Toto, d'où sors-tu ? L'admonestation préférée de notre mère. Oh ! Ingrid, se peut-il que je t'aie confondue avec notre mère ? Je suis si sonné par ma découverte que je m'arrête et poursuis à pied sur le large trottoir du boulevard. Mon indicible émotion, la première fois que je l'avais vue, de profil, l'œil glacé, ce long nez, cette élégance... Et puis rentrant chez moi cette impulsion qui m'avait fait brusquement rebrousser chemin, cette *inexplicable* impulsion. Ingrid aurait été aimable et charmante que jamais je ne serais revenu. Un dragueur serait revenu, oui, pris du remords d'avoir peut-être raté une occasion, comme ils disent, mais certainement pas moi. Moi, j'étais retourné justement parce qu'Ingrid m'avait accueilli comme un chien dans un jeu de quilles. C'était la femme qui se cachait sous ce regard effrayant qui m'avait aimanté, celle que mon inconscient avait immédiatement reconnue. Je n'avais jamais voulu qu'elle, depuis l'enfance, depuis la nuit des temps, la haïssant tout en rêvant secrètement de parvenir à l'aimer. Et qu'elle me rende cet amour, enfin. Il m'arrivait, l'année de mes treize ans, quand je m'étais trouvé des mois durant enfermé avec elle pour l'aider avec les petits, de pleurer silencieusement en l'entendant pleurer. Elle n'en pouvait plus et se faisait mal partout, se brûlant sur la friteuse, se coupant en épluchant les pommes de terre, se cognant la tête en nettoyant à quatre pattes sous le lavabo, un jour même elle s'était enfoncé un clou de tapissier dans le genou, et tandis que je la suivais comme son ombre, sans cesse elle pleurait. Mais nous ne parlions pas des choses profondes, jamais nous ne parlions en réalité. Tiens, va donc faire les courses au lieu de me suivre comme un petit chien, disait-elle, ou fais taire cet enfant, Augustin, je t'en supplie, fais-le taire, sinon je vais finir par le jeter par la fenêtre, ou aussi cours téléphoner à papa, vite, il m'a encore laissée sans un sou, ce salaud, mais qu'est-ce qu'on va devenir ? qu'est-ce qu'on va devenir ? La fois où elle s'était enfoncé le clou dans le genou et s'était mise à sangloter, j'avais failli lui dire viens, maman, je vais te soigner, peut-être alors aurais-je pu lui glisser que je l'aimais et l'entendre en retour me murmurer qu'elle aussi. Peut-être se serait-on pris dans les bras. Mais elle s'était enfermée dans la salle de bains pour retirer ce clou tout en pleurant, nous avions raté cette occasion et il n'y en avait pas eu d'autres. Elle avait continué de hurler sur Toto et de l'humilier, parfois même de lui griffer le visage, et moi j'avais continué de la haïr.

À la veille de mes quarante ans, j'avais cru lui régler son compte avec mon livre, mais la preuve que je n'avais rien réglé du tout, c'est que quand Ingrid avait croisé mon regard je m'étais aussitôt retrouvé transi d'effroi, d'espérance muette, ramené en vérité à l'impuissance de mon enfance. Sans doute ne serais-je pas tombé dans ce piège si Cécile avait été là, Cécile qui m'avait sauvé de notre mère vingt ans plus tôt, mais Cécile perdue, Ingrid avait pu m'apparaître comme celle qui allait me permettre de réaliser mon plus vieux rêve : séduire notre mère, l'entendre me dire des mots d'amour, et puisque j'avais depuis longtemps l'âge d'être un homme, être son amant, bien sûr, Œdipe et Jocaste, mais à la façon de Toto, la seule que je connaissais en face d'une telle femme, je veux dire par là jusqu'au renoncement de soi – en se laissant piétiner jusqu'au renoncement de soi, jusqu'à ne plus être.

Je ne suis plus l'ombre benoîte de Toto lorsque je sonne chez elle le lendemain soir à l'improviste. Je suis un homme enfin lucide, fatigué et honteux.

— Augustin ! Qu'est-ce que tu fais là ? Tu ne réponds plus au téléphone, tu disparais comme un voleur, et brusquement…

— Tu me laisses entrer ?

— Je ne sais pas. Je t'avoue que ton comportement…

Elle est déjà en pyjama, à moins que de tout le week-end elle ne se soit pas habillée. Les cheveux en désordre, le teint très pâle, et quelque chose d'un peu halluciné dans le regard.

— Je suis parti comme un voleur, c'est vrai, mais maintenant je dois te parler.

Quelque chose d'un peu halluciné dans le regard, oui, comme notre mère lorsqu'un huissier se présentait.

— Me parler ? Je crois que j'ai compris toute seule.

— Sûrement pas, Ingrid. Moi-même, je viens seulement de comprendre.

— Si c'est pour me dire que tu as cru m'aimer mais que finalement… J'ai déjà entendu ce discours-là, vous êtes tous pareils, les mecs. Sauf que la plupart disparaissent sans laisser d'adresse, tandis que toi tu éprouves le besoin de te justifier. Monsieur se tire après avoir obtenu ce qu'il voulait, mais il tient à son image, n'est-ce pas, il ne voudrait surtout pas qu'on puisse penser du mal de lui.

— Non, pense ce que tu veux de moi, je m'en fous. Enfin non, d'ailleurs, je ne m'en fous pas, mais tant pis. Je voudrais te dire sur quel malentendu je me suis engagé, ce n'est pas celui que tu crois. Je ne t'ai pas couru après simplement pour coucher avec toi…

— Ne parle pas si fort, j'ai des voisins.

— Alors laisse-moi entrer.

Elle s'efface, et je vais prendre ma place habituelle sur son canapé, sans retirer ma veste ni défaire mon écharpe.

— Je suis tellement désolé, Ingrid, dis-je, me prenant le visage dans les mains, soudain en colère. Dès que je t'ai vue, j'ai vraiment cru que tu étais la femme de ma vie, celle que je cherchais. Tu ne peux pas savoir l'émotion que tu as éveillée en moi. Tu sais, quand je suis revenu avec ma cape de vélo trempée... Tu te souviens, hein ?

— Je me souviens parfaitement de tout. J'aurais mieux fait de te mettre dehors tout de suite.

Elle se tient debout, les bras croisés, adossée à la cheminée, son pantalon de pyjama lui arrivant à mi mollet.

— Plus tu étais désagréable, et même blessante, plus je tombais amoureux de toi, Ingrid.

— Je n'ai jamais été ni désagréable ni blessante.

— Ingrid ! À part ma mère, je n'avais jamais connu avant toi quelqu'un d'aussi dur, d'aussi sarcastique.

— Merci pour la comparaison, ça me va droit au cœur, surtout après avoir lu ton dernier livre...

— Je crois que tu n'as jamais eu un mot pour me dire que j'étais aimable, que ce que je faisais te touchait, ou valait quelque chose. Et tiens, puisque tu parles de mon livre, celui que tu n'as pas pu finir, n'est-ce pas, est-ce que tu te rappelles m'avoir fait cette réflexion incroyable : Je trouve que tu as plus de talent dans tes lettres que lorsque tu te piques d'écrire ?

— Je m'en rappelle, oui. Je ne vois pas ce qu'il y a de blessant là-dedans, d'autant plus que c'est vrai.

— Ah, tu ne vois pas ce qu'il y a de blessant ! Eh bien moi je vois, figure-toi.

— Et pourquoi as-tu attendu ce soir pour me le dire ? Pourquoi as-tu toujours semblé être d'accord avec moi plutôt que de te rebeller et de te mettre en colère, comme tu le fais là ?

— C'est ça que je voudrais pouvoir t'expliquer.

— On se serait engueulés, et alors ? Tu as toujours eu l'air de trouver juste ce que je te disais, et tu as subitement découvert que je n'ai fait que te blesser après avoir passé la nuit avec moi.

— Je n'ai justement pas passé la nuit avec toi, Ingrid. C'est après cette nuit que je me suis réveillé, oui, en constatant que tu m'avais renvoyé dans la chambre d'amis après avoir fait l'amour avec moi. Tu ne me voulais pas dans ton lit plus que le temps strictement nécessaire à la chose. Pas une minute de plus. Là, j'ai brusquement compris que tu allais faire de moi ce que ma mère a fait de mon père, une espèce de sous-homme prêt à avaler tous ses caprices pour ne pas la perdre. Ma mère est terrifiante, Ingrid, même en ne lisant que les premières pages de mon livre tu as dû t'en rendre compte.

Je vois soudain son regard s'enflammer, tandis qu'elle décolle ses reins de la cheminée.

— Sors de chez moi ! Je ne veux pas entendre un mot de plus.

— Non, je n'ai pas fini.

— Sors de chez moi ou j'appelle la police.

— Tout ça est de ma faute, Ingrid, c'est moi qui suis venu te chercher. Tout est de ma faute, c'est ce que je voulais te dire. Si je n'étais pas revenu avec ma cape trempée, ce soir-là...

— Sors de chez moi, hurle-t-elle, je ne veux plus jamais entendre parler de toi.

Je m'étais levé et j'étais sorti. J'avais pensé qu'elle allait faire comme notre mère, claquer violemment la porte dans mon dos, et c'est exactement ce qu'elle avait fait.

J'avais descendu les six étages sans me presser cette fois, songeant que jamais notre mère n'aurait laissé partir Toto sans le rattraper par la fenêtre d'une façon ou d'une autre, de sorte que je m'attendais à un coup d'éclat en franchissant le porche sur le boulevard et, en effet, Ingrid se tenait penchée à sa fenêtre.

— Augustin ! avait-elle crié.

J'avais levé le nez, et tandis que je l'observais des dizaines de petits papillons blancs s'étaient envolés de ses mains, tourbillonnant lentement dans la nuit printanière et occupant bientôt tout le ciel au-dessus de moi. Mes lettres d'amour qu'elle aurait voulu me jeter au visage mais qui me tombaient maintenant dessus avec la grâce et la légèreté de flocons de neige.

14

Quel aurait été notre destin, et quel livre serais-je en train d'écrire (plutôt que celui-ci), si je ne m'étais pas trouvé dans ce café-tabac minuscule de la rue Vieille un soir du mois de mai ? Je sortais de chez Gibert et je m'y étais installé pour lire en attendant d'aller au cinéma. Et soudain Esther était entrée. Elle avait acheté des cigarettes, je l'avais vue tendre un billet, reprendre sa monnaie et la ranger dans ce portefeuille rouge que je connaissais bien. À l'instant où elle s'était retournée pour sortir elle m'avait aperçu. Nous étions restés un moment interdits, Esther comme apeurée, m'avait-il semblé, l'air de penser que décidément la vie était plus cruelle encore qu'elle ne l'avait imaginé, et moi le cœur transpercé par le souvenir, puis par le désir d'effacer de son visage cette espèce de frayeur dont je devais être la cause.

Je m'étais levé, j'étais allé vers elle.

— Esther ! C'est inespéré qu'on se rencontre.

— Tu crois ? avait-elle soufflé.

— Oh oui, je ne pense qu'à toi depuis plusieurs jours ! Viens t'asseoir avec moi.

— Je ne préfère pas.

— Si, viens. C'est tellement inespéré…

Je l'avais prise par le poignet et elle s'était laissé conduire. Pendant quelques secondes, assis l'un en face de l'autre, nous n'avions rien trouvé à nous dire.

— Est-ce que ça va, toi ? avait-elle demandé de la même voix étouffée après avoir allumé une cigarette (comme si nous nous remettions tout juste d'un accident).

— Je ne sais pas. Mais dis-moi, toi. Ton appartement ?

— J'y suis bien. J'ai fait livrer des trucs que j'ai assemblés toute seule, je ne sais pas comment j'y suis arrivée.

— Des trucs ?

— Un lit, un meuble pour la salle de bains, un autre pour la cuisine. Ikea quoi.

— Ah oui ! Et ça tient debout ?

Elle avait imperceptiblement souri.

— Ben oui.

— Tu as beaucoup maigri, Esther.

— C'est pas bien grave. Toi aussi, tu as maigri. Comment vont les enfants ?

— Je ne les ai pas suffisamment vus ces derniers temps, mais maintenant j'essaie de mieux m'organiser.

— Ils me manquent. Il m'arrive très souvent de rêver d'eux.

Il y avait eu un silence durant lequel nous nous étions furtivement dévisagés avant de regarder ailleurs.

— Excuse-moi, avais-je repris, c'est indiscret, mais qu'est-ce que tu fais dans ce quartier ?

— Je dîne avec quelqu'un. Pas très loin d'ici.

— Ah, d'accord.

— Et toi ?

— Cinéma, avais-je murmuré en désignant du menton une vague direction.

Et soudain, tout cela m'avait semblé impossible.

— C'est toi que j'aime, Esther, lui avais-je dit sourdement en plantant mon regard dans le sien. C'est toi que j'aime, je me suis complètement trompé.

Elle avait de nouveau semblé apeurée.

— Tu ne dis rien ?

— Je voudrais pouvoir te croire, Augustin.

— Tu peux me croire.

— Tu dis les choses quand elles te traversent. Je n'ai jamais pensé que tu pouvais être malhonnête, je te connais, mais tu es perdu. Tout simplement perdu.

— Je l'ai été, je ne le suis plus. Enfin, de moins en moins.

— Mais cette fille pour laquelle tu m'as quittée…

— Ingrid.

— Je croyais… Tu n'es pas heureux avec elle ?

— Je ne suis plus avec elle. C'était une folie. J'ai honte de ce que je lui ai fait. J'ai honte de tout, je crois que je ne pourrais jamais raconter cette histoire à personne… C'est tellement ridicule !

Elle m'avait scruté de sous ses sourcils, étonnée, ou peut-être incrédule.

— Bon, je dois partir.

— Reste encore une minute s'il te plaît.

— Le temps d'une cigarette, alors. Tu en veux une ?

Nous avions allumé nos cigarettes et puis j'avais posé ma main sur la sienne.

— Tu ne veux pas qu'on sorte se promener ? Je crois que le parc est encore ouvert.

— Augustin !

— Annule ton dîner si tu peux et allons marcher dans le parc.

Elle avait secoué la tête en souriant comme si elle avait affaire à un attardé.

— Augustin, est-ce que tu es conscient…

— Oui, je suis conscient, je suis conscient de tout. Mais maintenant que tu es là, il me semble insupportable que tu t'en ailles.

— Et si je n'étais pas entrée par hasard dans cet endroit…

— J'aurais fini par t'appeler, bien sûr. Je n'osais pas le faire. J'ai vraiment honte, tu sais.

Elle m'avait observé calmement, cette fois.

— Viens, avais-je dit, sortons de ce café, j'ai besoin d'air. Tu veux bien, au moins, que je t'accompagne jusqu'à ton dîner ?

— Et ta séance de cinéma ?

— J'irai un autre jour.

Nous nous étions retrouvés l'un en face de l'autre sur le trottoir étroit de la rue Vieille.

— Où est-ce, ton rendez-vous ?

— Laisse, je ne vais pas y aller… C'est toi qui as raison, allons marcher un peu au parc.

Nous avions marché silencieusement, au début, dans la lumière du jour qui se fanait lentement.

— Je suis heureux de notre rencontre, Esther.

— Moi aussi. C'est venu petit à petit, tout à l'heure, dans le café. C'est curieux, tu sais, je n'arrive pas à t'en vouloir. Il me semble que j'aurais pu faire exactement la même chose que toi, être prise de la même folie, tout détruire, et que moi aussi j'aurais trouvé bien que tu m'ouvres les bras si j'étais revenue.

— Toi et moi, nous sommes de la même famille. Je ne l'ai jamais si bien ressenti qu'en fréquentant Ingrid. Tout m'opposait à elle, tandis qu'avec toi les mots sont inutiles, c'est presque comme si nous avions grandi ensemble.

— Oui, c'est ce que tu penses, que nous sommes faits pour nous entendre parce que nous venons l'un et l'autre d'une famille nombreuse. Je t'ai déjà entendu le dire. Mais pour moi, c'est bien plus que ça, Augustin.

— Tu m'expliqueras ?

— Je te l'ai écrit, mais ça ne t'intéressait pas les premiers temps. J'ai besoin de ton regard pour grandir, pour trouver que je suis une belle personne. Quand tu cesses de me regarder, c'est comme si je m'éteignais, ou que je redevenais celle que je n'aime pas, celle que je ne veux plus être.

— Mais pourquoi moi ?

— Je l'ai su la première fois que je t'ai vu. J'ai su tout de suite que tu serais l'homme de ma vie. C'est pourquoi j'ai dit oui à tout immédiatement, oui à ta déclaration d'amour un peu folle, au restaurant, oui à Luc-sur-Mer, oui à tes enfants, oui à ta souffrance d'avoir perdu Cécile. À ta souffrance tellement envahissante... J'ai voulu tout prendre, tout porter avec toi, le bon et le moins bon. Et c'est pourquoi ç'a été si douloureux de te perdre.

— Tu ne m'as pas perdu. On vient de se retrouver.

Elle n'avait pas relevé.

— Mais pourquoi moi ? avais-je repris un peu plus tard. Tu n'as pas répondu à ma question. J'ai besoin de savoir pourquoi tu m'as choisi.

— Je te le dirai peut-être un jour, si je le comprends moi-même, si j'arrive à le formuler. Est-ce qu'on sait pourquoi on choisit d'aimer telle personne plutôt que telle autre ? Pourquoi as-tu décidé de m'aimer, toi ? Tu le sais ?

— La première fois que je t'ai vue...

— Oui, ça tu me l'as déjà raconté, mais c'est seulement du romantisme, ça n'explique rien. Tu n'as pas voulu reconstruire ta vie avec moi simplement parce que tu m'as trouvée jolie dans le contre-jour d'un matin de septembre.

— Non, bien sûr. Il me faudrait tout un livre pour expliciter le reste. Les sentiments nobles et les moins nobles – comme par exemple le soulagement que j'ai éprouvé quand j'ai compris que tu allais aimer mes enfants, que nous allions de nouveau être deux pour les porter.

Le crépuscule était très avancé quand les gardes avaient sifflé la fermeture du parc et nous étions sortis du côté de l'avenue Ingres, sur laquelle nous avions continué à nous promener.

Quand Esther avait dit doucement je suis fatiguée, mon chéri, j'irais bien me coucher, j'avais simplement acquiescé et nous étions rentrés dormir chez elle, comme si ça allait de soi, comme si Ingrid n'avait jamais existé, ou n'avait été qu'un mauvais rêve.

Je me rappelle mon éblouissement en découvrant la chambre d'Esther au matin. La lumière étincelante de mai s'infiltrant entre les lattes d'un store vénitien et dessinant des rais incandescents sur le plancher. Une pièce toute blanche, aménagée sous les combles, au plafond mansardé. Elle n'était meublée que de son lit et d'une chaise sur laquelle reposaient nos vêtements. J'étais resté un moment dressé sur un coude, goûtant le bonheur invraisemblable d'être de nouveau là, auprès d'Esther, promenant mon regard des rais de lumière au plafond tout en écoutant la respiration de la femme que j'aimais et qui m'aimait.

Quand elle s'était réveillée, nous avions pris notre petit déjeuner dans la grande pièce attenante qu'elle avait gardée pratiquement vide, à l'exception d'une table métallique de jardin et de deux chaises dans le coin de la cuisine. On aurait dit qu'on reprenait la vie où nous l'avions laissée un an plus tôt, quand nous nous levions dans mon studio et que nous envisagions ce que nous allions faire avec les enfants durant le week-end qui approchait.

— Tu n'as pas envie qu'on les emmène à la mer ? propose-t-elle en nous servant le thé.

— Oh si ! On pourrait même partir le vendredi soir, je termine plus tôt, et passer deux nuits là-bas.

— Mais pas à Luc, hein, Luc c'est notre histoire. J'irais bien à Étretat...

— Oui, pourquoi pas ? Je crois que c'est joli, Étretat.

— Je nous cherche un hôtel ?

À quelle allure elle avait repris la place que je lui laissais, la place immense que je voulais qu'elle occupe. De nouveau notre vie, qui avait complètement déraillé par ma faute, allait recouvrer un sens. Elle proposerait, j'acquiescerais.

Je ressens le bienfait, le sentiment de plénitude que me procure cette répartition des rôles, c'est peu dire que je l'accueille avec soulagement, je m'y accroche comme un naufragé à sa bouée, mais je me garde bien d'en chercher les ressorts secrets. Pourquoi ai-je la sensation que je précipite mes enfants dans le malheur et le chaos aussitôt que je suis seul avec eux ? Pourquoi suis-je un père si démuni en l'absence d'une femme ? Bien sûr, je suis traversé par les images de notre père nous traînant avec lui dans ses tournées de représentant pour fuir la folie de notre mère, ses sanglots et ses hurlements, mais je ne vais pas au-delà, j'enfouis aussitôt ces souvenirs pour prendre la main d'Esther.

— Oh, Esther, je suis tellement heureux qu'on se soit retrouvés !

Entend-elle combien j'ai besoin d'elle ? Combien je suis vulnérable avec mes deux enfants ? Elle ne dit rien, ne se livre plus, elle qui m'a tant parlé, tant écrit un an plus tôt. Elle se contente de m'abandonner sa main, puis de me rendre ma caresse, comme si elle savait.

En descendant à la plage, nous achetons des pelles aux enfants, un ballon, ainsi qu'une bouée canard pour Laetitia et de la crème contre le soleil. Il est à peine dix heures et déjà il nous chauffe le visage et les épaules. Laetitia et Louis marchent devant, tandis qu'Esther et moi avançons enlacés, sans nous presser.

— Ça serait bien d'avoir une maison ici, hein ? On viendrait tous les week-ends.

— Ton amour des maisons, remarque-t-elle. Tu veux qu'on jette un œil ?

On s'arrête devant la vitrine d'une agence immobilière.

— Attendez-nous, les enfants, on regarde un truc.

— Vous allez acheter une maison ici ? s'enquiert Louis en revenant sur ses pas.

— Non, juste pour voir, mon chéri, dit Esther.

Je souris intérieurement de l'entendre dire mon chéri à mon fils et, tout en parcourant les annonces, je songe qu'Esther a décidément une réserve inépuisable d'amour.

— La seule qui est jolie est hors de prix, dis-je en la désignant du doigt.

— J'étais sûre que tu flasherais sur celle-ci ! Mais moi j'aime bien la petite, là.

— Oui, c'est vrai qu'elle n'est pas mal...

Quelques secondes plus tard, nous n'y pensons déjà plus. Esther propose que nous nous adossions à un tronc d'arbre, et quand nous installons les serviettes et vidons les sacs, elle aide Laetitia à enfiler son petit maillot. Puis elle étale de la crème sur les joues et les épaules des deux.

— J'ai des gâteaux pour quand vous aurez faim, dit-elle. D'accord ?

Ils reviennent un moment plus tard manger les gâteaux. Ils sont très excités parce que la mer monte et Louis explique à sa sœur que s'ils parviennent à entasser suffisamment de pierres devant leur château, la mer ne pourra pas le démolir. Alors je propose d'arrêter de lire pour ramasser des pierres avec eux.

— Ouais ! dit Louis. Si papa nous aide, c'est sûr que le château est sauvé.

Nous amassons fébrilement des galets, conscients que le temps nous est compté puisque la mer n'est plus qu'à quelques mètres. Pour étayer les galets, nous récupérons tous les bouts de bois qui traînent sur la plage et les plantons à la verticale. Quand la mer commence à lécher notre rempart, Louis est si excité qu'il saute sur place. Il est prêt à parier tout ce qu'il possède que le château va résister, mais Laetitia le pense également, et moi je me tais, je ne veux pas jouer les défaitistes, de sorte qu'il ne trouve personne contre qui parier.

Les trois ou quatre minutes nécessaires à la mer pour anéantir tout l'édifice précipite les deux dans une sorte d'hystérie, Louis hurle, vite Laetitia ! vite ! c'est la catastrophe, il faut aller chercher d'autres cailloux ! et Laetitia court dans tous les sens, s'éclaboussant jusqu'aux yeux et jetant un petit galet de temps en temps à l'endroit où l'on devine encore les restes du château. Et finalement, l'un et l'autre remontent vers Esther, trempés, hors d'haleine, Louis affichant la mine défaite du vaincu et Laetitia ayant l'air de s'en moquer complètement, à présent, comme si toute cette histoire ne l'avait pas vraiment concernée.

— Tu me donnes mon doudou, Esther.

— Oui, ma chérie, mais viens te sécher d'abord.

Assise auprès d'Esther un moment plus tard, son chapeau sur la tête, son doudou sur le nez, pendant que Louis et moi jouons au ballon.

C'est le soir de cette belle journée que je propose à Esther de nous lier l'un à l'autre pour toujours, au-delà de nos seules vies. Nous avons couché Louis et Laetitia et sommes ressortis au crépuscule nous asseoir sur les galets, devant la mer.

— Esther, maintenant j'ai envie d'avoir un enfant de toi.

Je l'ai dit sans la regarder, en proie à une violente émotion, me souvenant parfaitement de la colère qui m'avait traversé l'été dernier au pays basque quand Esther avait exprimé le même désir. Ça jamais ! Je n'aurai plus d'enfants. C'est inutile d'en parler, inutile d'y penser. Quand je vois ce que la vie a réservé aux miens.

La vie vient de leur donner Esther, maintenant j'en suis sûr.

Elle continue de tirer sur sa cigarette sans manifester quoi que ce soit. Je songe qu'elle doit laisser les mots la pénétrer, et je me force à ne pas me tourner vers elle, à lui laisser tout le temps.

— Tu m'as entendu, Esther ? dis-je après quelques minutes qui m'ont paru éternelles.

— Oh oui, mon chéri, merci d'avoir choisi ce moment pour me l'annoncer ! Je vais y penser toute la nuit, laisser la nouvelle grandir en moi. Je crois que je suis immensément heureuse, tu sais, mais j'ai envie de le garder encore dans le silence, comme un secret. Tu veux bien ? J'ai envie qu'on ne dise plus rien et de m'endormir tout à l'heure avec ce secret.

C'est étonnant comme le désir de me remettre à écrire se manifeste quelques jours plus tard. Le plaisir que j'éprouvais depuis des semaines à tourner la même pièce de robinet sur ma machine-outil, un tube de laiton à double filetage, s'estompe devant l'histoire que je commence petit à petit à me raconter.

Et ce n'est pas l'histoire elle-même qui me distrait, c'est la détresse que réveillent en moi certaines phrases qui me viennent, cette détresse que je voudrais retenir car je sens qu'elle sera l'âme de mon livre. Or je dois la laisser s'envoler, m'échapper, sous peine de rater ma pièce de laiton ou de voir l'un de mes doigts disparaître dans la machine. Le contremaître a déjà noté un certain relâchement dans mon travail. Des problèmes à la maison, mon vieux ? Je vous sens ailleurs depuis quelques jours. – Ah non, à la maison ça va très bien justement. – Alors reprenez-vous.

Je me reprends, oui, un jour à midi je monte voir le directeur et je pose ma démission.

Dès le lendemain, je suis en train d'écrire, dans cet appartement du quartier des Moulins qui ne ressemble plus à rien. Nous avons transporté chez Esther les lits des enfants et leurs jouets, vidé la cuisine, éclusé peu à peu le linge sale, il ne reste plus ici que mon bureau, nos livres et notre ancien lit. Je n'ouvre pas les volets, j'écoute les bruits de la rue tout en construisant les premières phrases de mon livre, je me fais l'effet d'être caché là tandis que la guerre gronde au-dehors et je songe à Drieu La Rochelle après la libération de Paris, planqué dans sa soupente de l'avenue de Breteuil, s'attendant à être arrêté d'un moment à l'autre, fusillé sur le trottoir, peut-être, mais n'en continuant pas moins d'écrire fiévreusement son journal. Je ne saurais rêver d'un endroit mieux accordé au roman que j'entreprends – l'errance d'un père et de ses deux enfants à travers l'Europe. Olivia, la mère, a disparu avec son amant, le père ne peut plus supporter de vivre dans son souvenir, un matin il ferme la maison, embarque leurs deux enfants, vide son compte en banque et part sur les routes au hasard. Une nuit, sans y prendre garde, ils entrent dans un pays en guerre (c'est alors la deuxième année du conflit en Yougoslavie) et ainsi la guerre intime que traverse le père trouve-t-elle soudain un écho terrifiant dans le spectacle qui s'offre à eux.

Quand le jour se lève, je regarde mon visage dans le rétroviseur. J'ai les yeux rouges, mes cheveux sont sales. Je descends pour marcher, et alors je vois qu'il ne reste que la façade de la mairie. Par les fenêtres crevées on aperçoit les restes calcinées de la toiture, et le gris du ciel, par endroits. Les autres bâtiments de la place ont également brûlé, aucun ne semble plus habité.

Je m'assois sur une pierre, à quelques pas de la voiture. La pluie tombe un peu, puis s'interrompt. Sébastien se réveille le premier. Il se gratte la tête et me cherche. Il me voit par la fenêtre, me sourit. Il descend doucement pour ne pas réveiller Élise. Il vient vers moi en chaussettes. Il m'embrasse et s'assoit à côté de moi.

— Ça va, papa ?

Et un peu plus tard :

— Pourquoi tu ne dis rien ?

— Sébastien, il nous arrive quelque chose de très grave. Depuis des semaines les gens sont prisonniers dans cette ville. Je crois que beaucoup ont dû mourir. Regarde, tout a brûlé autour de nous. Je ne sais pas comment nous avons pu nous laisser enfermer dans tout ce malheur.

C'est le plein été, nous sommes retournés au pays basque, près de trois mois se sont écoulés depuis que je me suis remis à écrire, l'ancienne bergerie que nous avons louée est magnifiquement orientée face à la chaîne des Pyrénées, offrant une vue lointaine sur un océan de collines où paissent encore quelques troupeaux, et cependant je me tiens enfermé cinq ou six heures par jour dans une détresse sans nom. Chaque matin, Esther emmène mes enfants à la plage, où se promener dans les villages alentour, pour que je puisse écrire dans le silence. Au retour, elle frappe et entre doucement dans la petite pièce que je me suis choisie pour bureau, sous le toit, faiblement éclairée par une lucarne ronde.

— Je ne te dérange pas ?

— Non, viens, raconte-moi ce que vous avez fait.

Ils se sont baignés, ensuite ils ont acheté ces petits gâteaux basques à la pâte d'amande et ils les ont mangés en buvant des diabolos fraise, puis elle a lu les journaux pendant que Laetitia et Louis jouaient avec d'autres enfants sur la place d'un village. Tandis qu'elle me décrit la place de ce village, son café, sa boulangerie, je songe à la place de la mairie aux façades noircies par le feu, encombrée de gravats, où j'erre depuis le matin avec mes enfants, me demandant comment nous allons survivre à ce cauchemar.

— Un jour, tu voudras bien me lire ce que tu écris, Augustin ?

— Tu crois ?

— J'aimerais bien.

Ce soir-là, je ne parviens pas à trouver le sommeil. Alors qu'elle se lavait les dents devant la glace de la salle de bains, j'avais soudain remarqué le ventre d'Esther. Esther, ça y est, ça se voit ! – Vraiment ? Elle s'était tournée pour se contempler de profil. Ah oui, je crois que tu as raison (sur la pointe des pieds, n'est-ce pas, une main sur le ventre, la bouche pleine de dentifrice). Je l'avais prise dans mes bras. Tu es ému, Augustin ? Qu'est-ce qu'il y a tout d'un coup ? – Je suis ému, oui. En vérité, j'avais été assailli par un sentiment confus de dépit, d'impuissance : le ventre d'Esther s'arrondissait, Esther était adorable, c'était août, Laetitia et Louis semblaient enfin heureux, et moi je ratais tout cela pour passer la moitié de mon temps dans mon grenier, sous les bombardements. Oui, Drieu La Rochelle dans sa soupente, sauf que tout ce que je risquais à sortir, ça n'était pas d'être fusillé sur le trottoir mais de boire des diabolos fraise à côté d'Esther en regardant mes enfants jouer sur la place d'un village basque. Allongé sur le dos, je repense à Esther me demandant de lui lire mon livre. Puis aussitôt je revois le visage défait de Cécile découvrant mon autobiographie – je ne comprends pas comment tu peux écrire de telles choses, Augustin, sur ta mère, sur votre enfance, sur moi... Elle n'avait pas pu en dire plus et était allée s'enfermer dans la salle de bains. Alors que Cécile m'avait sauvé de la folie des miens, j'avais passé des années à essayer d'écrire ce livre sur mon enfance au lieu de me consacrer à elle, à la vie que nous construisions. Et quand le livre avait été enfin écrit, il avait achevé de nous démolir. Par un mouvement étonnamment similaire, alors qu'Esther tentait de toutes ses forces de me guérir de Cécile, de m'entraîner vers une nouvelle vie, j'étais en train de lui échapper pour écrire ce livre effrayant sur la perte de Cécile. On aurait dit que je ne m'autorisais pas à vivre, à vivre légèrement, et que le prix à payer était encore et toujours de revenir à la guerre, au chaos originel. Est-ce qu'Esther aussi, si je lui lisais mon texte, dirait je ne comprends pas comment tu peux écrire de telles choses, Augustin ?

J'avais dû m'endormir sur cette interrogation.

Quelques jours plus tard, comme elle entrait dans mon bureau, revenant d'une matinée à la plage, je lui avais proposé de lui lire quelques pages de mon livre.

— Oh oui !

Aujourd'hui, je me souviens comme elle avait semblé émue, cherchant aussitôt un endroit confortable où se mettre dans ce grenier minuscule. Elle s'était assise par terre, se calant le dos avec des coussins, et j'avais lu.

Quand j'avais relevé le nez de mon manuscrit pour chercher son regard, elle avait les yeux noyés de larmes.

J'avais attendu – je ne me voyais pas lui demandant qu'est-ce que tu en penses, Esther ? comme s'il s'était agi d'une performance d'acteur, et alors que j'étais moi-même assez secoué.

— Je ne sais pas comment tu fais pour parvenir à créer une telle ambiance, avait-elle observé finalement d'une voix retenue. Je ne pensais pas...

— Tu ne pensais pas quoi ?

— Rien, c'est très beau, avait-elle tranché en se relevant. Quand tu veux, on peut déjeuner, j'ai rapporté des trucs tout préparés.

Et elle s'était éclipsée.

Je n'avais rien su de plus du trouble que ce livre avait provoqué en elle. Par la suite, elle avait lu tous mes manuscrits bien avant leur publication, mais jamais elle ne m'en avait dit quoi que ce soit de plus – c'est bien, c'est très beau. Tous ces textes que j'avais écrits pour remettre inlassablement en scène le chaos d'où nous sortions, d'où je sortais. Jamais elle n'avait fait de commentaires plus approfondis, jusqu'à ce qu'elle accepte de parler de moi devant une caméra, quelques semaines avant notre séparation, pour un portrait qui devait être diffusé dans le cadre d'une émission littéraire.

C'est rarement léger de vivre avec Augustin, l'avais-je entendue expliquer. Il souffre, et il veut comprendre pourquoi il souffre, si bien que de livre en livre il tente de remonter à l'origine des choses, son enfance, sa mère, ses frères et sœurs, ses ruptures… Il n'en a jamais fini, inlassablement il fouille. C'est assez lourd, oui. En même temps, je crois qu'écrire le maintient dans la vraie vie. Peut-être que s'il cessait d'écrire il partirait je ne sais où, dans un autre monde, dans la folie peut-être, je ne sais pas. Et disant cela, elle avait eu un mouvement du bras en direction du ciel, comme si j'avais pu m'envoler d'un moment à l'autre si par hasard j'avais arrêté d'écrire, et ne plus jamais redescendre parmi les hommes. Disparaître en somme.

On m'a envoyé récemment l'émission, je me repasse le passage d'Esther, là, tout de suite, dans mon appartement du petit Trocadéro. Ce qui me frappe, c'est qu'elle n'a pas un mot affectueux pour moi, pas un mot d'amour. Nous ne sommes pas encore séparés au moment où elle parle, mais il ne fait aucun doute en l'écoutant qu'après m'avoir tant voulu, elle ne me désire plus. Comment est-ce possible ? Et me voilà donc écrivant un nouveau livre pour tenter de comprendre comment nous avons pu nous perdre. Mais elle a raison, ce manuscrit me retient à la vie, même si la vie sans elle me semble chaque matin d'une douloureuse absurdité.

15

Esther et Laetitia posent au sommet de l'escalier de notre nouvelle maison, sous la verrière. Elles sont chacune coiffées d'une chapka noire frappée de l'étoile rouge communiste que Louis et moi leur avons rapportée de Moscou. Esther porte une salopette pour loger son gros ventre, et son sourire n'est déjà plus celui de notre premier été au pays basque lorsqu'elle avait enjambé la fenêtre et se tenait assise au bord du vide, laissant pendre ses jambes et me regardant la photographier depuis le jardin. Sur cette photo du pays basque, elle me désire de toute son âme et son désir irradie l'image aujourd'hui encore, elle s'efforce de me séduire, elle brûle d'envie que je sois le père de ses enfants, elle va d'ailleurs bientôt me le dire et je vais me mettre en colère – ça, jamais, Esther ! Tu m'entends ? Jamais ! – tandis que sur la photo au sommet de l'escalier, à notre retour de Moscou, elle me sourit distraitement, la tête ailleurs. Ça y est, elle porte en elle l'enfant qu'elle voulait de moi, elle n'a plus besoin de me séduire, elle a cessé de me convoiter, je lui appartiens. À quoi pense-t-elle désormais ?

Un ami qui quittait cette maison extraordinaire du quartier de l'ancienne briqueterie a bien voulu nous la passer, et nous avons emménagé au début de l'automne. C'est la première fois, depuis notre voyage de noces à Luc-sur-Mer, deux années plus tôt exactement, que nous éprouvons le sentiment d'être sortis du chaos. J'emploie à dessein le « nous » car j'ai le souvenir de notre enthousiasme partagé en découvrant cette maison, puis en nous l'appropriant. Au rez-de-chaussée, une grande salle dotée d'une cuisine où nous pouvons prendre nos repas tous les quatre et regarder un film à la télévision blottis les uns contre les autres sur un canapé ; puis à l'étage une chambre pour Laetitia, une autre pour Louis, la salle de bains, une penderie ; enfin, une pièce immense, au faîte de la maison, sous un toit fait en partie d'une verrière, où Esther et moi avons installé notre lit et où j'ai disposé mon bureau dans le coin le moins lumineux. À l'origine, c'était un pianiste qui habitait ici, sans femme ni enfants, de sorte qu'aucune pièce n'a de cloisons, même pas la salle de bains, et que tout est disposé à l'envers : le soleil n'entre pratiquement jamais au rez-de-chaussée, où nous vivons en famille, tandis que la grande pièce sous le toit, où le pianiste aimait à jouer, paraît-il, est baignée de lumière du matin au soir et qu'il est pratiquement impossible d'y faire la nuit pour dormir (ou pour écrire, moi qui n'écris que dans la pénombre, sous le halo de ma lampe, quelle que soit la saison).

Pendant que le ventre d'Esther continue de s'arrondir, j'entreprends donc de monter des cloisons. Aussitôt que je suis agenouillé au sol, perçant et vissant, me revient le souvenir inaltérable du mépris de notre mère, notre mère crachant sur Toto, et sur nous ses fils par la même occasion, pendant le grand chantier, l'année de mes treize ans, si bien que je ne peux pas me défendre du sentiment que dans cette position je ne vaux plus rien. Or, c'est une révolution qu'accomplit Esther – elle semble éblouie par mon travail. Elle s'arrête pour me regarder faire, parfois même elle s'assoit sur le tabouret qui est là, et je l'entends me dire c'est tellement beau ce que tu construis, Augustin ! Comment tu ajustes le bois... – Ah oui, tu trouves ? – Mais bien sûr ! Personne ne te l'avait jamais dit ? Où as-tu appris tout ça ? – Je ne sais pas, j'ai regardé mon père... je l'ai toujours su, je crois.

Oui, mais à quoi pense-t-elle désormais ? Elle va et vient tranquillement à travers les étages, préparant les petits vêtements du bébé, les rangeant ici, puis là, s'asseyant un moment devant mon chantier, sur le tabouret, pour me demander mon avis qu'est-ce que tu crois, Augustin, est-ce qu'au début on mettra le berceau à côté de notre lit où dans la chambre de Laetitia ? – À côté de notre lit, bien sûr. Les premières semaines, tu sais, il faut leur donner la tétée deux ou trois fois dans la nuit. – Ah bon. Mais ensuite, nous le mettrons dans la chambre de Laetitia, hein ? – Oui, ensuite nous le mettrons avec Laetitia. Nous savons que c'est une fille, que nous l'appellerons Alice, mais quand nous parlons d'elle nous disons plus volontiers le bébé qu'Alice, comme si nous réservions son prénom pour le jour où nous la verrons enfin.

Esther passe aussi énormément de temps à organiser les chambres de Laetitia et de Louis. Elle part acheter des rideaux que je suspends, des lampes de chevet avec des étoiles pour Laetitia, des montgolfières pour Louis, elle dispose les poupées de Laetitia et ses boîtes à musique sur des étagères, les livres de Louis au-dessus de son lit. Elle peint un soleil sur l'un des murs de Laetitia et colle des affiches de Tintin dans la chambre de Louis.

Entre l'écriture des derniers chapitres de mon livre et mon chantier, j'accueille comme une évidence tout ce qu'entreprend Esther pour mes deux enfants. J'ai oublié l'Esther du retour de Luc-sur-

Mer, tu me fais bien rire, Augustin (riant, en effet), une histoire légère, comme si toi tu pouvais avoir des histoires légères ! En ce moment, tu ne penses qu'à tes enfants qui risquent de t'attendre devant l'école. Tu nous fais rentrer trois heures trop tôt de peur d'être en retard pour tes enfants. Tu es le contraire d'un type léger. – D'accord, d'accord, je suis le contraire d'un type léger. Et toi, qu'est-ce que tu es ? – Moi, je détruis tout ce que je touche. Elle aussi a oublié. Elle est devenue la belle personne qu'elle voulait être dans mon regard. Il faut que tu me réexpliques pourquoi tu trouves que je suis une belle personne, Augustin. Ça me fait très plaisir que tu le dises, que tu le penses. Mais je veux que tu le réexpliques, ou que tu l'écrives, pour que je puisse passer des heures à y réfléchir. Elle est devenue le contraire d'une femme légère, elle a décidé de se vouer à mes deux premiers enfants, de reconstruire une famille autour de la petite fille qu'elle va mettre au monde, de nous entraîner tous dans la belle idée qu'elle se fait désormais de la famille, elle qui vient comme moi d'une tribu sans queue ni tête dont la plupart des enfants sont sortis chancelants, parfois même incapables de vivre. Voilà, c'est à cela qu'elle pense désormais, à réussir notre famille, à réussir là où nos parents ont échoué, à se prouver que c'est possible, à me le prouver aussi à moi qui ne voulais pas recommencer. Elle y met toute sa force, toute son énergie, avec la foi et l'ingénuité qu'expriment généralement les nouveaux convertis et c'est à ce moment-là, je crois, que j'acquiers une confiance aveugle en elle, en sa capacité à faire de nous des gens heureux.

Je me rappelle dans quel état d'excitation nous roulons vers la maternité au milieu de la nuit. Esther n'a jamais manifesté la moindre inquiétude durant sa grossesse, et maintenant que le moment approche, elle a envie de rire. Mais c'est une fausse alerte, on nous renvoie gentiment nous coucher. Aujourd'hui, je me dis qu'Esther et Alice ont préféré attendre pour que ce jour soit inoubliable et, de fait, tandis qu'Alice vient au monde au cœur de l'hiver, elle arrive sous un ciel cristallin, un dimanche au beau milieu de l'après-midi, tandis que les gens, surpris par l'exceptionnelle magnificence du soleil pour la saison, flânent sur les trottoirs en se donnant le bras. Je le sais, je suis là en terrasse à les observer sur le boulevard de l'Église, mastiquant un sandwich devant une bière et riant tout seul. Depuis le matin, nous attendons Alice, la sage-femme est de bonne humeur, elle plaisante avec Esther, je n'avais encore jamais vu un accouchement dans une telle ambiance, à certains moments nous bavardons, nous parlons de Laetitia et de Louis, nous essayons d'imaginer comment ils vont accueillir cette petite sœur, à d'autres nous lisons, à d'autres encore Esther somnole, les paupières closes sur un sourire. Va manger quelque chose, mon chéri, dit-elle en rouvrant les yeux, tu as le temps, ce n'est pas pour tout de suite. Sors, va prendre l'air. C'est comme ça que je me retrouve dehors vers trois heures de l'après-midi à regarder les promeneurs. À mon retour, les choses se précipitent soudain, et je suis bien présent pour l'arrivée d'Alice, pour la prendre dans mes bras et la déposer sur le ventre d'Esther, son petit visage encore fripé à portée des lèvres d'Esther.

Le lendemain, ou le surlendemain, je vais chercher Laetitia et Louis à la sortie de l'école, j'ai prévenu Cécile, bien sûr, et je les emmène à la maternité. Je parle beaucoup dans la voiture pour ne pas trop entendre leur silence, surtout celui de

Laetitia dont je peux voir l'extrême pâleur dans mon rétroviseur.

— Ça va, ma chérie (tendant le cou pour tenter d'attraper son regard) ? Tu n'es pas malade au moins ?

Elle fait non de la tête.

— On va s'arrêter à la prochaine boulangerie et je vais vous acheter un goûter, vous voulez ?

Laetitia ne dit rien, mais Louis semble d'accord.

Puis je parle de moins en moins car je sens que le froid me gagne, il monte des profondeurs, il éteint l'excitation des derniers jours, notre émerveillement devant Alice, il me glace petit à petit le cœur et j'ai hâte que nous soyons auprès d'Esther car je suis certain qu'elle saura trouver les mots. Les mots pour relier les continents fracturés de ma vie, ces deux-là qui flottent quelque part entre Cécile et moi, entre Veyrière et Villedieu, et là-bas, dans le cocon de la maternité, la petite Alice, comme l'annonce d'un nouveau printemps oublieux de l'hiver. Oh, me dis-je, comment puis-je associer Laetitia et Louis que j'aime tant à l'hiver ! Et cependant, c'est bien ce qu'ils me manifestent par leur silence – tu ris, papa, tu trouves que la vie est soudain joyeuse parce que ta nouvelle femme vient de te donner un nouveau bébé, mais quelle va être notre place dans cette famille, nous qui sommes issus de ton naufrage, de votre naufrage à maman et à toi ? Nous qui te rappelons par notre seule présence combien tu étais triste d'avoir perdu maman ? Dis, quelle va être notre place ? Tu crois que tu vas pouvoir faire comme s'il ne s'était rien passé, et qu'on va se mettre à appeler Esther maman, et qu'on va penser qu'Alice est *vraiment* notre petite sœur ? Tu crois qu'on va oublier tout le mal que vous nous avez fait, maman et toi ? Et Markus, tu y penses à Markus ? Il dort toutes les nuits avec maman, maintenant, et lui aussi il aimerait bien qu'on le considère comme notre père. Il répète que tu nous as si mal élevés que ça ne sera pas une grosse perte de ne plus te voir, de t'oublier. Qu'est-ce que tu lui as fait pour qu'il te déteste à ce point ? – Non, les enfants, je sais bien qu'Esther n'est pas votre mère (dialoguant silencieusement avec moi-même, n'est-ce pas) mais vous allez voir comme elle est extraordinaire, tout cet amour qu'elle va vous donner en plus de celui de Cécile (par pitié, ne parlons pas de Markus), laissez-la vous aimer, laissez-lui une chance et vous verrez. Quant à Alice... Quant à Alice... (que pourrais-je bien leur expliquer sur Alice ?) Ah si, si, quant à Alice, bien sûr qu'elle est plus gâtée que vous puisqu'elle va grandir entre ses parents, mais dites-vous aussi qu'elle est la garante que nous allons reconstruire une vraie famille. Oui, bon, cause toujours, on dirait Toto essayant de caser ses aspirateurs.

— Tu ne manges pas ta brioche, Laetitia ?

Alors Louis :

— Je crois qu'elle a envie de vomir, papa, tu devrais t'arrêter.

Je me gare à moitié sur le trottoir et Laetitia vomit dans le caniveau.

Nous sommes tous les trois livides en pénétrant à pied dans l'enceinte de l'hôpital, et comme je n'ai presque plus de voix, je fais des gestes pour leur indiquer la direction de la maternité, un sourire figé sur les lèvres, laissant pendre ma main droite pour Laetitia qui ne la saisit pas.

Je me rappelle mon soulagement à l'instant où nous entrons dans la chambre d'Esther. Elle voit nos visages, et dans la seconde elle sait. Je n'ai pas besoin de lui dire que Laetitia a vomi.

— Viens vite sur mon lit, ma chérie, viens te reposer, et toi aussi, Louis...

Dans mon souvenir, Laetitia s'assoit près d'Esther, son petit dos voûté, tandis que Louis reste debout à les regarder. Esther caresse le visage de Laetitia, puis elle prend la main de Louis (tiens, comme au jardin de l'Hôtel de ville la première fois). Elle se met à leur parler tout bas, son visage comme illuminé de l'intérieur, je n'entends pas ce qu'elle leur dit mais je vois qu'ils écoutent et que Laetitia sourit, enfin. Alors elle lui enlève sa chapka et son anorak qu'elle laisse glisser au sol, elle la recoiffe délicatement avec les doigts sans cesser de lui parler, de leur parler à tous les deux, sans doute, car Louis aussi sourit. Alice dort dans son petit berceau, de l'autre côté du lit, mais personne ne lui prête encore attention.

Peut-être Esther s'est-elle souvenue de son propre désarroi lorsque, entrant dans la chambre d'hôpital de sa mère, elle a aperçu le berceau de son petit frère (le douzième ou treizième de la famille). Quel âge a-t-elle ? Deux ans ? Trois ans ? Et peut-être que sa mère, bien qu'épuisée par la vie, à quelques années seulement de sa disparition, a eu alors l'intelligence de lui parler d'elle, Esther, de lui dire combien elle l'aime, combien elle est précieuse, avant de la mettre dans la situation de devoir contempler l'enfant qui va lui prendre sa place.

J'ai tout oublié de ce qui s'est passé par la suite, ce jour-là, je n'ai aucun souvenir de notre retour à Veyrière, du moment où j'ai dû déposer mes enfants devant les grilles de mon ancienne maison derrière lesquelles devaient se tenir Cécile et Markus. De cette soirée, je n'ai conservé qu'une photo qui continue de me bouleverser – Alice est endormie sur le ventre d'Esther, Louis l'observe avec un pâle sourire, mais l'enfant qu'enlace Esther tendrement, ce n'est pas Alice, c'est Laetitia.

Notre premier voyage en famille, nous le faisons dans le Cantal, à la fin de l'hiver. J'ai deux ou trois personnes à rencontrer là-bas pour un prochain roman et Esther propose que nous y allions tous ensemble. Tu crois ? – Oh oui ! On t'attendra à l'hôtel, ou on ira se promener. J'ai envie qu'on parte avec les enfants, Augustin, qu'on leur montre des choses. Nous louons une voiture à Clermont-Ferrand, et la tempête est si violente ce jour-là que nous traversons le parking arc-boutés contre la pluie glaciale comme des petits vieux, Alice, qui n'a que deux mois, emmaillotée sur le ventre de sa mère, tandis que je les protège de mon corps tout en tenant Laetitia par la main. Ensuite, il y a ce moment où tout le monde s'exclame et soupire après avoir claqué les portières. Esther et Laetitia se sont installées à l'arrière avec Alice et, en se déshabillant, en défaisant foulards et boutons, elles émettent une espèce de babillage – elles parlent déjà à Alice pour la rassurer tout en se demandant dans quel état elles vont la retrouver quand elles auront retiré toutes les couches d'étoffe qui la préservent du froid et qu'elle apparaîtra enfin. La voix de Laetitia imite exactement l'intonation d'Esther au début, et les mots également oh mon bébé, mon trésor, tu as vu tout ce vent dehors hein ? mais ne t'en fais pas, c'est rien du tout, on est dans la voiture maintenant, et bientôt on sera à l'hôtel, un bel hôtel avec un petit lit rien que pour toi, puis la voix de Laetitia recouvre celle d'Esther car Laetitia est de plus en plus impatiente de voir Alice, de plus en plus intriguée par ce qu'elle va découvrir, et qu'imperceptiblement elle s'est mise à jouer. Alice est devenue sa poupée. D'ailleurs, quand elle apparaît, le visage rose sous le petit bonnet, Laetitia demande si elle peut la prendre sur ses genoux et elle a les mêmes gestes qu'avec sa poupée Marie-

Thérèse, elle lui appuie sur le nez, lui enfonce un doigt dans la bouche. Alors Esther : tout doucement, Laetitia, tout doucement ma chérie, elle est encore petite, tu sais. Regarde, je crois qu'elle te sourit.

Les nuages ont complètement disparu au matin, nous laissant un ciel immense et lumineux dont l'azur semble avoir été frotté. Comme une terrasse prolonge notre chambre, Louis s'y aventure le premier, puis Laetitia, laissant entrer l'air vif dans la pièce pendant qu'Esther habille Alice sur le lit, et bien sûr Esther proteste, et bien sûr je me mets aussitôt à la porte-fenêtre pour arranger les choses. C'est le premier indice, minuscule, de l'homme nouveau que je vais devenir au fil du temps auprès d'Esther. J'écris *bien sûr je me mets aussitôt à la porte-fenêtre pour arranger les choses*, comme si cela allait de soi, mais un autre aurait bouclé les enfants dehors, ou dedans, leur interdisant d'aller et venir entre la chambre et la terrasse. Au temps de Cécile, j'aurais résolu la question en sortant avec Louis et en fermant derrière nous. Cécile aurait trouvé cela parfait et n'aurait pas pris ombrage de rester seule avec Laetitia. Mais désormais, j'ai conscience de la fragilité du lien qui unit les uns aux autres dans ma famille recomposée. J'incarne ce lien, j'en suis le seul porteur. Que je disparaisse, et seule l'ombre de mon souvenir continuera d'unir mes deux premiers enfants à Esther et Alice. Sans même me poser la question, je n'envisage donc ni d'aller dehors avec Laetitia et Louis en laissant Esther seule avec Alice, ni d'enfermer les deux premiers sur la terrasse pour rester auprès d'Esther et d'Alice, car dans les deux cas, ça serait rompre momentanément le lien. C'est pourquoi je me poste à la porte-fenêtre, certain qu'à cette place je peux éviter qu'une fracture n'apparaisse entre les uns et les autres.

Un après-midi, tandis que nous mangeons du pain et du chocolat sur une crête du Puy Griou, au-dessus d'Aurillac, nous sommes subitement intrigués par la présence d'un village sur un dôme herbeux, il semble flotter sur les brumes cotonneuses qui montent de la plaine. Je fais une photo d'Esther et de mes trois enfants et, sans y prendre garde, j'inscris ce village dans le cadre. J'ai sous les yeux cette photo, aujourd'hui, tandis que j'écris, et je ne peux pas m'empêcher de sourire en songeant que deux années plus tard nous découvrirons notre maison dans ce bourg, Plan du Pertus, en songeant combien cet endroit va nous devenir tendre et familier, de sorte que c'est un peu comme si le Ciel, auquel je ne crois pas, avait voulu nous adresser un signe, nous annoncer quelle direction allait bientôt prendre notre vie.

D'ailleurs, si le Ciel existait, s'il était habité d'un quelconque bienfaiteur, il ne nous aurait pas conduits cet été-là (notre premier été avec Alice), dans cette funèbre maison du Médoc. Nous l'avons louée au dernier moment, bien contents d'en trouver une, et à quelques kilomètres seulement des plages. Quand nous y débarquons, la voiture débordant d'affaires, nous sommes surpris par le regard soupçonneux du propriétaire. C'est un grand bonhomme à l'œil bleu et froid, portant une chemise marron à manches courtes sur un pantalon beige, une gourmette et des nu-pieds. Il n'a pas l'air de croire que nous ayons pu réellement venir de si loin avec une telle auto et autant d'objets hétéroclites accrochés sur le toit. Peut-être s'imagine-t-il un instant que nous sommes des vagabonds et que nous allons squatter sa maison, d'autant qu'Esther, qui peut être éblouissante en robe et chaussures à talons, porte ce jour-là un short de basketteuse et un tee-shirt sur lequel Alice a rendu une partie de son biberon. C'est elle cependant qui parvient à le dégeler en lui racontant à quel point nous avons été charmés par le village en le traversant un instant plus tôt (ce qui est absolument faux, nous avons été frappés, au contraire, par son côté minéral et dur sous l'implacable soleil d'août), toutes ces maisons basses, n'est-ce pas, ajoute-t-elle, ne sachant plus trop quoi dire mais souriant délicieusement à ce type qui la toise. – Oui, oui, rétorque-t-il, c'est tranquille par ici. Et là-dessus, il se décide à nous faire entrer vous pouvez laisser la voiture ouverte, ça ne risque rien. La maison n'a aucun intérêt, années 1970, de plain-pied, un toit à quatre pans, du ciment et des fenêtres carrées, mais ce n'est qu'un moindre mal au regard du jardin. La question qui me vient, en le découvrant, est de déterminer la nature des traumatismes, voire des sévices qu'il faut avoir subi dans sa petite enfance pour en arriver à faire de son jardin un tel cauchemar. En vérité, un champ de pierres coupantes dressées à la verticale et dont l'objet (on le comprend une fois passée la sidération) est de délimiter un réseau compliqué d'allées piétonnes faites de dalles de béton garnies d'éclats de coquillages. Il demeure bien ici et là de petits massifs de terre d'où s'élèvent quelques plantes anorexiques, mais eux-mêmes semblent être le prétexte à dresser de nouvelles pierres tranchantes disposées en rond.

Je vois qu'Esther jette des regards éperdus autour d'elle.

— Est-ce qu'il n'y a pas du gazon quelque part ? s'enquiert-elle.

— Ah non. Si vous viviez ici l'hiver...

— Parce que pour les enfants...

Mais elle ne finit pas sa phrase et l'homme ne relève pas. C'est une maison, nous explique-t-il, qu'ils habitent toute l'année, sa femme et lui. Au mois d'août, tous les deux se replient dans l'espèce de mobile-home qu'on aperçoit au-dessus du mur d'enceinte. Si vous sentez une odeur de cochonnaille, faudra pas vous étonner, hein, je prépare moi-même ma charcuterie. – Ah, très bien, très bien, dis-je, vous êtes un amateur de charcuterie. – Amateur ? Vous plaisantez, je suis boucher-charcutier, corrige-t-il, on me connaît dans tout le pays.

Sur les quelques photos que j'ai conservées de cet été dans le Médoc on voit beaucoup Laetitia et Louis ensemble, prenant leur petit déjeuner, ou assis en pyjama sous le porche dans la lumière dorée du matin. On devine qu'ils se racontent des histoires, qu'ils s'amusent comme ils peuvent, et on cherche en vain la présence d'Esther et d'Alice – quelque chose semble s'être cassé depuis notre voyage dans le Cantal. C'est étrange comme les photos ne mentent pas, révélatrices d'un climat, et j'imagine la perplexité d'un anthropologue cherchant à établir à partir de ces vieux clichés quel événement a pu survenir au sein de cette famille pour que l'élan vital en paraisse momentanément brisé.

Bien sûr, je me souviens parfaitement de cet événement qui ne va plus cesser par la suite de nourrir mon désir de réparation et, ce faisant, de façonner l'homme nouveau que je vais devenir auprès d'Esther. C'est une fin de matinée, nous rentrons du village avec les courses, Esther pousse Alice qui s'est endormie sous la capote de sa voiture d'enfant, Laetitia, Louis et moi marchons autour d'elles deux, plus ou moins chargés de sacs d'épicerie. Laetitia s'est-elle plainte, sans doute fatiguée et affamée ? Elle a dû, en tout cas, faire une réflexion à propos d'Alice qui dort tranquillement, car la réplique d'Esther, dans mon souvenir, est à peu près celle-ci :

— Ne parle pas comme ça de ta sœur, ma chérie.

Alors Laetitia :

— C'est pas ma sœur, d'abord, c'est ma demi-sœur.

Esther est si touchée par la réflexion de Laetitia qu'elle marque le pas, puis se met à pleurer, là, sous le soleil de midi, sur le trottoir, sans parvenir à répondre quoi que ce soit.

Laetitia paraît sidérée, et je le suis aussi, de sorte que je bafouille quelques mots stupides, ne le prends pas comme ça, Esther, voyons, Laetitia ne voulait pas te blesser, et puis au fond elle ne fait qu'exprimer la vérité même si nous voudrions…

Même si nous voudrions quoi ? Je serais bien incapable de le dire car ce *nous* est idiot. Esther et moi n'avons pas les mêmes aspirations à ce moment-là de notre histoire commune. Peut-être aimerait-elle oublier que Cécile l'a précédée dans mon cœur, tandis qu'à l'inverse je ne veux rien oublier des événements de ma vie (je vais bientôt consacrer deux livres coup sur coup à ma rupture avec Cécile). Sans doute rêve-t-elle de nous construire une famille, elle-même convertie de fraîche date aux vertus de la famille, tandis que j'ai une conscience aiguë que ce ne sera jamais qu'une famille recomposée. Sans doute est-elle offensée qu'après avoir donné tant d'amour à Laetitia, celle-ci lui rappelle aussi brutalement qu'elle ne sera jamais que sa demi-fille, comme elle est la demi-sœur d'Alice, ce qui me semble être une vérité incontournable, même si je m'appliquerai par la suite, par amour pour Esther, à cimenter inlassablement ce demi-lien pour que nous apparaissions à nos propres yeux comme une famille soudée, *la famille parfaite*, se moquera gentiment Emma qui n'est pas encore née.

Le mal est fait, cependant, et durant ce mois d'août Esther se replie amèrement du côté d'Alice, du côté de celle que Laetitia a rejetée comme une demie. Et nous portons tous tristement les stigmates de cette blessure, comme si le jardin tranchant du boucher-charcutier (que nous regardons pourtant de loin) nous avait haché le cœur.

16

Avec le recul des années, je distingue mieux la part de précipitation dans mon engagement auprès d'Esther. La retrouvant par hasard après la cruelle désillusion d'Ingrid, accablé et honteux, j'avais voulu nous enraciner, que plus jamais nous ne prenions le risque de nous perdre, et nous avions conçu Alice autour de laquelle nous allions composer, ou plutôt recomposer notre famille. Je n'avais pas eu à convaincre Esther, elle n'espérait que cela depuis notre rencontre.

Mais aujourd'hui je sais combien je suis lent à digérer les événements, et tandis que nous nous retrouvions, Esther et moi, soudain extraordinairement curieux l'un de l'autre, tout le reste attendait, remisé quelque part dans un coin de ma conscience : ma rupture avec les miens (mes frères et sœurs, Toto et notre mère), ma rupture avec Cécile, et aussi l'écho de ces ruptures dans le cœur de mes enfants. Tout cela attendait, remisé quelque part dans un coin de ma conscience, oui, exactement comme les dossiers s'accumulent sur le bureau du comptable lorsque celui-ci s'envole avec sa jeune épouse pour un voyage de noces sous les cocotiers.

J'avais bien écrit ce roman sur l'errance d'un père et de ses deux enfants à travers l'Europe, jusqu'à ce qu'ils entrent par mégarde dans un pays en guerre, mais ce texte ne rendait compte que du désarroi qui suit une rupture (*Sébastien, je ne sais pas comment nous avons pu nous laisser enfermer dans tout ce malheur*), il ne disait rien des ressorts enfouis de la rupture, des déceptions et des colères accumulées au fil du temps, des rancœurs et des haines profondément enkystées. Il arrivait un jour où l'un des protagonistes, se sentant mourir sous le poids du ressentiment, se levait et disait tout haut ce que chacun savait mais ne voulait pas entendre. C'est ce que j'avais fait avec mon autobiographie, dans un réflexe de survie, ne mesurant pas la haine que je susciterai en retour ni les ruptures qui en découleraient, et leurs conséquences, comme des maladies incurables avec lesquelles il faudrait composer.

Pendant que j'encaissais ces revers, d'autres se levaient à leur tour, là-bas, dans les Balkans, pour dire qu'ils ne voulaient plus vivre dans cette famille yougoslave d'où l'on avait banni la mémoire, où il était interdit de se souvenir sous peine de prison, alors qu'on s'était intensément haïs autrefois, et même entretués à plusieurs reprises. Les Slovènes, les premiers, s'étaient levés au printemps 1991, Belgrade avait envoyé quelques chars et des parachutistes, mais avait laissé s'enfuir la Slovénie après deux semaines seulement de guerre. Quand les Croates avaient réclamé eux aussi leur indépendance, Belgrade n'avait pas cédé et cette fois la guerre avait embrasé la fédération.

Dès le début, cette guerre éveille ma curiosité, et cependant je ne fais pas encore le lien avec ma propre guerre, si dérisoire, si minuscule au regard de celle-ci. Je lis et j'archive tout ce que je trouve dans les journaux, puis je dévore les premiers livres qui paraissent. Je prends conscience que quelque chose m'attache à ce conflit lorsque j'y jette les héros de mon roman, Luc, Sébastien et Élise. Mais c'est encore confus et la révélation me vient à la lecture d'un article du *Monde* relatant qu'au-dessus de Biograd, une petite station balnéaire de la côte adriatique, les membres d'une même famille se sont retrouvés de part et d'autre du front : trois frères et le père du côté des Serbes, deux frères du côté des Croates parce qu'ils ont épousé quelques années plus tôt des femmes de ce pays. À la trêve du café, et le temps d'une cigarette, ils s'interpellent d'une tranchée à l'autre, paraît-il, le père veut avoir des nouvelles de ses petits-enfants, les frères ralliés aux Croates demandent comment va la mère – La vieille, elle perd un peu la tête avec tout ce bordel, lance le fils aîné dans un grand rire. – Eh, Darko, dis-lui qu'on pense à elle et que les petits l'embrassent. Mais il n'a pas le temps de finir que déjà les tirs reprennent.

Je découvre soudain ce qui me touche dans cette guerre : c'est qu'avant de s'entretuer, de s'autoriser à dire tout haut combien ils se haïssent, ces gens-là se sont aimés et continuent de s'aimer d'une certaine façon. Comme chez les miens, comme dans tant de familles déchirées sans doute. Et dans les heures qui suivent la lecture de cet article je décide de partir pour la Yougoslavie. Je n'ai encore rien écrit sur ce jour où notre mère m'a traité d'assassin au téléphone avant de raccrocher. Sur mon tremblement qui ne s'est plus arrêté en songeant qu'à cause de mon livre notre père venait d'être hospitalisé et allait peut-être mourir. Rien écrit non plus sur ce soir d'automne où Cécile a subitement décidé de rejoindre Markus, alors que nous finissions de dîner. Ne pars pas ce soir, Cécile, demain si tu veux, mais ce soir je ne vais pas pouvoir le supporter. – Augustin ! Ce soir ou demain, c'est la même chose. – Non, ce soir j'ai besoin que tu sois là. Demain, je me sentirai plus fort, tu pourras partir. – Ce sont des enfantillages... Où est mon sac ? Tu n'as pas vu mon sac ? – Je vais me foutre en l'air, Cécile. – Fais ce que tu veux, ça te regarde. Elle était partie. Comment avons-nous pu en arriver là, avais-je pensé, après nous être tant aimés ? Je lui dis que je vais me tuer, et elle s'en va. Comment avons-nous pu en arriver là ?

Toutes ces scènes ahurissantes pèsent secrètement sur ma vie. Je suis réconforté de savoir Esther heureuse dans notre maison, j'aime prendre Alice dans mes bras et arpenter notre grande pièce en lui chantant des comptines, j'aime aussi nos promenades du dimanche en famille au jardin de l'Hôtel de ville avec Laetitia et Louis, mais une part de moi-même est absente, sans cesse préoccupée de ces souvenirs qui me font encore trembler et sur lesquels j'aspire à revenir. C'est un soulagement de songer que dans quelques jours, quelques semaines au plus tard, je serai en compagnie de gens dont le destin s'est également brisé et qui survivent aujourd'hui dans le chaos. C'est un soulagement inavouable, indécent, je le sais, et même à Curtis je ne dis pas la vérité. Pourquoi voulez-vous écrire sur cette guerre, Augustin ? Si vous n'aviez pas rencontré Esther, je penserais que vous allez là-bas pour vous faire descendre. – Quelle idée ! J'ai trois enfants et j'aime Esther. – Essayez tout de même de revenir entier.

Tout est obscur, en vérité, dans mon esprit. J'ai conscience de l'œuvre immense que je dois entreprendre pour parvenir à rendre compte de tous les dommages et bouleversements engendrés par mon autobiographie, du retard que j'ai pris tandis que la vie n'a pas cessé de continuer, et de ce que j'attends des gens que je vais croiser dans la guerre : qu'ils me replongent dans cet état de tension et d'effroi qui me permettra d'écrire. J'ai tant de livres à écrire, tant de livres en retard. Mais parfois aussi je suis rattrapé par le désespoir, le sentiment de mon impuissance à vaincre le chaos par des mots, par des livres et, dans ces moments fugitifs, l'idée que je pourrais être tué m'apparaît comme une libération.

Que devine Esther de ce qui me traverse ? Dans mon souvenir, nous nous sommes éloignés l'un de l'autre après la naissance d'Alice. Elle apprend à être mère et se constitue bientôt un réseau d'amies parmi les jeunes femmes qu'elle croise à la crèche. Elle entretient aussi le réseau de ses relations autour de sa profession, avocats, magistrats, députés, sociologues. Elle recommence à voyager pour le compte d'organisations humanitaires et de chaque voyage rentre heureuse de nous retrouver, avec de nouvelles adresses, des gens qu'elle n'oubliera pas, avec lesquels elle se met à correspondre. Elle est incroyablement vivante, entreprenante, décidée. Sans doute est-elle parmi les premières à s'offrir un téléphone portable, et je découvre ainsi avec stupeur, durant les moments où nous sommes ensemble, à la terrasse d'un café, devant la crèche ou au Monoprix, combien de personnes lui courent après, à moins que ça soit le contraire. Il me semble qu'elle n'aura jamais assez de ses journées pour brasser cette foule d'inconnus, convenir de rendez-vous avec les uns dans tel ou tel café, éconduire les autres parfois sèchement, et entretemps s'enquérir de mes projets ça va mon chéri ? Quand pars-tu finalement ?

Elle a contribué à ce que je me remette à écrire après deux années d'inhibition, et dans un mouvement que nous avons aimé partager elle a porté Alice tandis que je portais mon roman. Puis Alice est venue au monde, mon livre est paru, et j'ai pris conscience petit à petit que nous changions d'époque. Esther, qui m'avait tant et tant écrit au début pour m'expliquer la vie que nous aurions, ne me laisse plus maintenant que des petits mots sibyllins, c'est avec toi que j'ai envie de partager le quotidien, ou Augustin, l'homme de ma vie..., ou encore prends soin de toi, n'oublie pas que je t'aime, que je découvre sur mon bureau, ou même tracés de son écriture minuscule et illisible en marge du bloc de papier à lettres sur lequel je note tout ce qui me passe par la tête.

Un de ses amis peintre la saisit au vol sur le boulevard Aristide-Briand tandis qu'elle marche en direction de la crèche, fendant la foule dans une robe légère, perchée sur ses talons, son lourd chignon et sa taille haute, sa petite fille nouée sur son ventre à l'africaine. Plutôt que de la héler, il peint aussitôt sa silhouette au dos de la nappe en papier et, quelques jours plus tard, il sort cette aquarelle de sa poche et la lui offre. Je l'ai là dans mon appartement du petit Trocadéro – je crois que dans aucun de mes livres je n'ai su peindre Esther avec autant de grâce à la veille de ses trente ans.

Plutôt que *prends soin de toi*, n'a-t-elle pas voulu dire je t'en supplie, Augustin, ne te fais pas tuer dans cette guerre, n'oublie pas que je t'aime (et que tu as trois enfants) ? Si bavarde au temps où j'habitais encore avec Cécile à Veyrière et où nous passions nos soirées au téléphone, Esther semble devenue aussi parcimonieuse à l'oral qu'à l'écrit. Comme si les mots l'effrayaient désormais. Lorsque je lui annonce que je vais m'envoler pour Zagreb pour gagner le front croate, puis que je passerai par la Hongrie pour rejoindre le front serbe et que tout cela risque de me prendre une bonne partie de l'automne, elle a cet unique commentaire : c'est un beau projet, Augustin. Je lui suis reconnaissant de ne pas évoquer les risques, de ne me poser aucune question sur ce que je vais chercher là-bas – dans mon esprit, elle le sait exactement et, si elle se tait, c'est par discrétion, par élégance.

Même à Longchamp, avant que nous soyons expulsés, j'ai l'image de notre père menant seul une sourde guerre. Je ne me le formule pas avec ces mots, j'ai six ans, sept ans, mais je devine en le voyant filer sur son Solex les matins d'hiver, quand les autres pères de famille de l'immeuble grimpent dans des voitures noires avec chauffeur, que Toto est engagé dans un combat solitaire qui n'a aucun rapport avec ce que vivent les autres. Que Toto est un homme différent, un homme aux mains nues dans un monde qui ne lui est pas acquis. Quand il reçoit sa première voiture, une Peugeot 203 familiale aux flancs frappés de la marque Tornado (les aspirateurs) et que j'entends notre mère lui demander de ne pas la garer sous notre immeuble parce qu'elle a honte vis-à-vis de nos voisins, j'ai la confirmation de ce que ressens (et j'éprouve pour la première fois un sentiment pénible de pitié à l'égard d'un homme dont je ne me suis pas encore demandé si je l'aimais, tandis que je suis déjà presque certain de ne pas aimer notre mère puisque je vois qu'elle ne m'aime pas). Mais, bien sûr, c'est après l'expulsion, après que nous avons été chassés de Longchamp et relogés dans des HLM, puis mis dehors de nos écoles, puis qu'on nous a coupé le gaz et l'électricité et que notre mère est devenue à moitié cinglée, que continuant de voir Toto partir chaque matin au volant de sa Peugeot complètement déglinguée, objet de railleries et de vexations même chez nos nouveaux voisins, pourtant de simples ouvriers, que pour la première fois je m'entends énoncer la chose : nous, notre famille, nous ne sommes pas des gens normaux, nous vivons dans la guerre tandis que le monde autour de nous est en paix.

Je dois avoir onze ans quand je fais cette découverte considérable qui donne soudain un sens à ce qui nous arrive et va désormais me permettre de décrypter et d'accepter le chaos dans lequel le destin nous a précipités. Durant toute mon adolescence, j'ai une conscience aiguë que la guerre nous est propre, qu'elle nous est *réservée* en quelque sorte, et heureusement, car comment aurais-je pu supporter sans cette explication lumineuse les plaintes de nos voisins lorsque notre mère se mettait à hurler, ou enjambait le balcon en menaçant de se suicider ? Comment aurais-je pu supporter, plus tard, l'exaspération, puis la commisération de tout l'immeuble à notre endroit durant les deux années où nous avons mené le grand chantier (dans la nouvelle résidence que nous avait dénichée Toto) pour tenter de restituer à notre mère une réplique de son appartement de Longchamp ? Pourquoi ces enfants sont-ils en permanence couverts de plâtre ? et pourquoi ne vont-ils pas à l'école ? semblaient se demander nos voisins. Mais parce que nous sommes en guerre, bien sûr ! leur aurais-je rétorqué si seulement ils avaient osé me poser la question. Ils constataient forcément combien nous étions différents d'eux, toujours terriblement sales, affairés et bruyants, les huissiers se succédant sur notre palier, le gardien menaçant de nous faire expulser si nous continuions à démolir les murs, notre mère se mettant à crier ou à sangloter pour un oui pour un non, notre père s'enfuyant au volant d'une voiture en échappement libre qui n'avait plus ni forme ni couleur tant il l'avait emboutie, mais il y avait comme un mur de verre entre eux et nous, et les regards pleins de compassion qu'ils nous lançaient me confortaient dans l'idée que j'avais raison : nous étions les seuls engagés dans un conflit à mort contre un ennemi diffus, multiple et impitoyable, tandis qu'eux tous vivaient confortablement, profitant des richesses que produisait notre pays en abondance.

Tout cela pour dire qu'à dix ou douze ans, mon rêve le plus captivant, celui dont je me repassais le film au moment de m'endormir, était d'imaginer que la guerre allait enfin s'abattre sur la France et qu'ainsi nous ne serions plus les seuls à en supporter tout le poids. Que tous les appartements allaient être également privés de gaz et d'électricité, les écoles bombardées et les enfants renvoyés chez eux, les mères de famille atteintes de troubles mentaux, beaucoup choisissant de sauter par les fenêtres plutôt que de supporter la peur et les privations, de sorte que la nôtre passerait inaperçue, les pères mitraillés sur les routes dans leurs voitures, si bien que toutes les autos ressembleraient plus ou moins à la nôtre, et que les pères eux-mêmes, leurs manteaux et leurs pantalons déchiquetés par le souffle des grenades, ne riraient plus de Toto.

J'avais déjà approché la guerre, au Tchad et en Nouvelle-Calédonie, mais c'est la première fois, rejoignant le front croate du côté de Karlovac, au sud de Zagreb, que je découvre la guerre telle que je l'appelais de mes vœux, enfant : des villages en partie incendiés, des églises décapitées, des écoles détruites, l'hémorragie du ciel d'automne entre les murs béants des maisons, et partout les mêmes visages creusés et sales, apeurés, partout des gens qui errent, tirant des charrettes où s'entassent des enfants et des vieux, traînant de lourdes valises ficelées sur des routes au bitume défoncé, barrées parfois par un arbre fauché ou un autocar couché sur le flanc. Partout des gens qui errent à la recherche d'un toit et de quelque chose à manger. Comment avouer, sans être insultant pour eux, que j'éprouve dans l'instant une sorte de paix intérieure, et j'allais même écrire de réconfort ? Comme si j'étais arrivé à bon port, comme si je n'étais plus seul, enfin, à devoir supporter l'extrême violence du monde et que j'avais découvert des femmes et des hommes avec lesquels j'allais pouvoir partager le quotidien sans avoir à expliquer pourquoi certains jours il me semble si difficile de vivre, d'autres où j'ai besoin d'écrire pour exprimer nos peurs, notre colère et notre désarroi, d'autres où j'ai simplement envie de marcher comme une bête et de ne plus trop penser si c'est possible (mais comment fait-on pour arrêter de penser ?).

Marcher avec ces gens, c'est ce que je fais les premiers temps. Je suis profondément ému de errer dans ce chaos, comme si je me trouvais plongé dans mon rêve d'enfant. La guerre est là, enfin, et je l'ai tellement espérée ! L'interprète qui m'accompagne, un étudiant sympathique que j'ai embauché à Zagreb, semble surpris que je ne fasse pas appel à lui pour bavarder au bord des routes, il y a là tant de familles égarées qui pourraient parler, ou dans les autocars qui roulent encore, ou dans les cantines de la Croix-Rouge où nous nous réfugions parfois, mais observer me suffit, je prends des notes dans mon carnet, et parfois une ou deux photos quand les mots ne me viennent pas assez vite pour traduire ce que je vois.

Puis, après quelques jours, et quand la situation s'y prête, je me mêle aux bribes de conversation que nous saisissons. Je découvre avec quelle violence les milices serbes ont fait irruption dans les maisons pour chasser ces familles croates qui dorment sous la pluie à présent, et loger à leur place des familles serbes qui avaient elles-mêmes été chassées d'un village voisin par des milices croates, des familles serbes bien heureuses qu'on leur donne un toit, et absolument indifférentes, paraît-il, au sort des expulsés croates, alors même que tous ces gens se fréquentaient avant la guerre, s'échangeaient du fourrage, participaient aux mêmes fêtes de village, Maríaient leurs enfants parfois, oublieux que l'une était serbe, l'autre croate. N'est-ce pas ? suis-je tenté d'abonder, parce que je me souviens avec quelle indifférence nos amis de Longchamp, ces gens que notre mère croisait tous les jours dans l'ascenseur et recevait à dîner, nous avaient regardés partir, poussés par l'huissier et le commissaire de police, tous nos meubles déjà sur le trottoir prêts à être enfournés dans le camion de déménagement qu'avait envoyé notre bailleur, la Caisse des dépôts et consignations. Avec quelle indifférence ils avaient assisté à notre effondrement, aucun ne venant glisser un mot de soutien à notre mère ni même s'enquérir auprès de Toto de ce qui nous arrivait. Et aussi les ricanements de nos nouveaux voisins, les ouvriers, lorsqu'on nous avait coupé le gaz et l'électricité et que notre mère, qu'on pouvait apercevoir de dehors puisque nous n'avions pas de rideaux aux fenêtres, errait avec une bougie au milieu de ces pièces sordides au plafond bas parmi les petits qui ne voyaient rien et se cognaient aux murs. L'inhumanité, n'est-ce pas ? suis-je tenté d'abonder, et pour un peu je raconterais à ces malheureux notre propre guerre pour leur faire valoir qu'au moins, ici, nous pouvons nous tenir les coudes car nous sommes tous dans la même situation, tandis que nous, là-bas, en France, nous étions seuls à supporter tout le poids de cette violence. Mais bien sûr je me tais car je suis parfaitement conscient de l'indécence qu'il y aurait à comparer nos petits ennuis à l'apocalypse qui s'est abattue sur la Yougoslavie.

Maintenant, l'idée que je pourrais être tué ne m'apparaît plus comme une libération. Je ne veux pas mourir, tout ce que je traverse m'intéresse, me passionne même. À pied, ou dans les autocars, ou aussi la nuit dans les refuges ou les hôtels encore debout, je suis sans cesse en train d'écrire dans mon carnet. À plusieurs reprises on nous tire dessus, comme si nous ne valions pas plus que des rats d'égout et, au début, je suis révolté en songeant qu'un homme qui ne nous connaît même pas a voulu notre mort. Nous ne lui avons fait aucun mal, comment est-ce possible ? J'ai l'ingénuité de le dire tout haut, et je n'oublierai pas le regard ahuri de mon interprète. Ils ont brûlé la maison de ma mère, Augustin, et ma mère ne leur avait fait aucun mal, me rétorque-t-il. En franchissant de nuit le pont de Maslenica, sous les lignes serbes (un pont flottant, car le premier vient d'être détruit), le camion qui nous a pris en stop est mitraillé, tous feux éteints et au maximum de sa vitesse. Puis, dans les rues de Mostar, des hommes nous prennent pour cibles aussitôt que nous quittons la protection des immeubles pour franchir un carrefour en courant de toutes nos jambes. Chaque fois, j'éprouve une vive excitation à l'instant où je nous sais hors d'atteinte, et je ris tout seul, silencieusement, comme si j'avais vaincu cette chose qui est là, en moi, depuis toujours, et qu'il m'appartient de défier. La mort ne m'a pas eu, elle m'aura un jour, je n'en doute pas, mais c'est moi qui déciderai des circonstances et de la date. C'est une réflexion que j'aime à me répéter, que je proclamais déjà à vingt ans, par orgueil, pour manifester que je n'allais pas rester là toute ma vie à trembler en attendant qu'elle s'annonce et me prenne. Ne pas demeurer là à trembler, mais lui exprimer qu'en dépit de sa menace je peux continuer d'avancer. Quelques jours après avoir quitté Mostar, la guerre m'offre l'occasion de mettre cela en scène – qu'en dépit de la mort, de sa menace sournoise, je peux continuer d'avancer.

Nous avons rejoint Vinkovci avec mon interprète et, parcourant la ville, nous arrivons dans les faubourgs nord entièrement détruits lors de l'offensive des Serbes sur Vukovar, distante d'une poignée de kilomètres. De part et d'autre de la rue, toutes les maisons sont effondrées, les tuiles soufflées par les obus jonchent les petits jardins, parfois un arbre, déraciné par une explosion, s'est couché en travers de la charpente, partout les murs sont grêlés d'impacts de balles. On devine qu'ici les combats ont été intenses. Après avoir écrasé Vukovar, les Serbes sont entrés dans Vinkovci, mais les Croates ont résisté cette fois, ils ont repoussé les soldats de Belgrade et leurs milices d'assassins et le front s'est établi à deux ou trois kilomètres de là. Une barrière sommaire interdit le passage, nous la contournons, puis des containers et des croisillons antichars ferment la route, nous les contournons également. Alors soudain la voie est libre, une large bande d'asphalte défoncée ici ou là filant droit sous le ciel bas à travers des champs d'herbe grasse à l'abandon. Une forêt ferme l'horizon, et l'on imagine que le front doit se tenir là, sous le couvert des arbres. La pluie, qui tombe depuis plusieurs jours, a rendu l'asphalte luisant et vernissé les brins d'herbe. Je songe immédiatement à l'image qu'avait choisie notre mère pour ma première communion, l'année de mes six ans, à Longchamp – une route bien droite menant à un bosquet ardent sur lequel flottait un ange : Je marche vers le Seigneur, était-il écrit en lettres de sang sur le vert tendre de la prairie d'où jaillissait la route. *Je marche vers le Seigneur*. Ce qui frappe, ici, c'est le silence, qui ne m'avait pas paru aussi impressionnant dans l'image de ma première communion. Un silence blanc, absolu, même pas un pépiement d'oiseau, alors qu'un quart d'heure plus tôt nous traversions le marché aux légumes de Vinkovci, quelques dizaines de femmes assises par terre sous des nylons vaguement tendus offrant des pommes de terre et des navets à d'autres aux mêmes regards éteints, aux mêmes fichus décolorés, qui se parlaient à elles-mêmes, se penchaient parfois pour choisir deux ou trois pommes de terre et en marchander le prix. La vie à l'agonie, certes, mais la vie qui continuait en dépit de la menace toute proche. Tandis qu'ici, la vie s'est interrompue, nous sommes une apparition incongrue dans ce paysage. Le fond de l'air nous le signifie, rien ne s'en détache pour nous accueillir, rien ne s'y froisse ni ne bouge. C'est à nous de décider si nous voulons fendre ce silence et marcher vers le Seigneur, vers le bosquet, bien qu'il ne paraisse aucunement ardent vu de l'endroit où nous nous tenons et qu'en raison du ciel bas et lourd on ne puisse même pas distinguer les petites ballerines immaculées de l'ange, audessus.

— Vladimir, j'ai envie de marcher un peu vers le bois, dis-je. Sur cette route, entre ces champs. Si vous voulez, attendez-moi là.

— Je pense que nos soldats et les Serbes se sont enterrés sous les arbres, Augustin.

— Je le pense aussi, c'est pourquoi je vous propose de m'attendre là.

— Non, je vous accompagne.

Ainsi marchons-nous de concert. Je ne sais pas ce qui fait avancer Vladimir, mais moi c'est une excitation ténébreuse et pleine de colère surgie de notre enfance, du peu de prix que nous avions aux yeux de nos parents, tombés du ciel l'un après l'autre comme autant de punitions, n'est-ce pas, après qu'ils ont commis « l'acte de chair », comme disait Toto (cette expression qui me donnait aussitôt la nausée). Qu'est-ce que tu voulais qu'on fasse, on n'allait pas vous mettre à la poubelle quand même ?

Notre mère, furieuse que je l'agresse, l'année de mes dix-huit ans. Mais aussi, maman, pourquoi avez-vous eu tant d'enfants alors que vous n'aviez même pas de quoi en élever deux ? – Qu'est-ce que tu voulais qu'on fasse... Depuis des années que je me répète cette phrase. Je n'avais rien trouvé à lui répondre. En somme, la question s'était posée de nous mettre à la poubelle et notre survie s'était jouée à presque rien. Des problèmes techniques, sans doute. Devenu un homme, chaque fois que l'occasion se présente, je m'enivre de revivre ce moment où ma vie n'a tenu qu'à un fil. Je fonce vers le Seigneur au guidon de ma moto, ou je dévale une pente à vélo en m'interdisant de freiner, ou je me promène au bord d'une falaise sur un sentier en corniche. Cette fois, je marche tranquillement dans l'image de ma première communion sachant que le bosquet ardent est bourré de canons, de lance-roquettes et de snipers. Je veux voir si la chance est toujours de mon côté. De notre côté, devrais-je écrire, puisque nous sommes tous bien vivants chez les miens, du moins les dix qui ont échappé à la poubelle, en dépit des décennies qui s'accumulent. Eh oui, la chance est encore avec nous. Les soldats nous regardent approcher mais aucun ne nous met en joue. On dirait que la mort continue de se désintéresser de nous. Ceux-là, je n'en veux pas, qu'est-ce que j'en ferais ? Même à leurs propres yeux ils ne valent rien. Il ne faut tout de même pas me prendre pour une tarte.

J'ai le souvenir de mon arrivée à Belgrade, de la chambre qu'on me donne à l'hôtel Balkan, ses boiseries sombres et vernissées, sa coiffeuse si par hasard j'avais été accompagné, son élégance d'un autre temps qui me fait immédiatement songer au décor d'un roman de Joseph Roth, à moins que ce soit d'Elias Canetti, non, Joseph Roth, *La Marche de Radetzky*, mais curieusement j'ai presque tout effacé du long voyage à travers la Hongrie pour atteindre la frontière serbe. De la ville de Pécs, en Hongrie, je me suis débarrassé de tout ce qui aurait pu trahir les semaines passées sur le front croate et me faire soupçonner d'espionnage. J'ai jeté les laissez-passer des forces croates et de l'ONU et expédié en France, par la poste, mes carnets de notes, mes cartes routières et mes photos.

Zagreb m'avait paru joyeuse en dépit de la guerre, sans doute les gens étaient-ils portés par leur foi en une émancipation prochaine, tandis que Belgrade est lugubre, ses larges avenues vides balayées par le vent mouillé de novembre, ses boutiques fermées aux devantures recouvertes d'affiches du visage poupin et buté de Slobodan Milošević.

J'ai rendez-vous le lendemain matin avec un jeune professeur de philosophie qui sera mon interprète et dont je découvrirai qu'il est déserteur et voyage avec de faux papiers. Nous partirons aussitôt pour le front serbe et, durant tout notre périple, cet homme, qui deviendra mon ami, tremblera sans cesse à l'idée d'être démasqué et jeté en prison.

Mais ce soir-là, mon premier soir en Serbie, je dîne seul à l'hôtel Balkan. La salle à manger, dont on devine la splendeur passée à ce qui demeure des lustres (éteints et bancals, comme si la terre avait tremblé), produit une sorte de grondement qui enfle par moments pour atteindre le tumulte d'un stade de football. Il n'est pas facile d'en avoir une vision d'ensemble car seules quelques bougies brûlent ici et là, les unes fixes, les autres vacillantes attachées aux plateaux des serveurs, et je ne distingue que des silhouettes mouvantes d'hommes autour des tables, des hommes immenses, énormes, qui se pressent les uns contre les autres dans l'obscurité changeante, certains portant des calots militaires, d'autres des bonnets, et qui tous parlent fort comme des tribuns et rient en levant leur bière, qui tous se tapent dans le dos puis rallument des cigarettes et recommencent à rire. Il émane d'eux un sentiment de puissance effrayant et même si je n'arrivais pas des villages anéantis de Croatie je crois que je devinerais sans mal être en présence des vainqueurs. Il me semble ce soir-là, à les écouter, à les regarder lever leur bière encore et encore, que toutes les armées réunies du monde ne sauraient venir à bout de tels hommes. Ils sont la force et la violence incarnées, et j'allais écrire, parce que j'ai la tête pleine du récit de leurs atrocités, qu'ils sont aussi, sans doute, le mal incarné. Mais je ne suis pas objectif, et bientôt, écoutant les réfugiés serbes tirant leurs carrioles sous la pluie, leurs carrioles pleines de vieux et d'enfants, je penserai la même chose des soldats croates, des hommes croates en général. Qu'ils sont la violence et le mal incarnés.

Puis je remonte dans ma chambre, au dernier étage, et sans trop y croire je compose le numéro de téléphone de notre maison, en France. Et soudain, la voix d'Esther.

— Oh c'est toi, Augustin ? D'où m'appelles-tu ?

— De Belgrade. La ville est plongée dans la nuit, je n'en reviens pas que le téléphone fonctionne.

— Dis-moi vite comment tu vas ?

— Je travaille bien, je commence à voir le livre que je vais écrire. Mais dis-moi, toi, ce n'est pas trop dur d'être toute seule ? Comment vont les enfants…

— Tu serais fier de moi si tu voyais comme je m'organise bien. Laetitia et Louis sont là tous les week-ends, tu leur manques beaucoup, ils te réclament. Est-ce que tu seras rentré pour l'anniversaire d'Alice ?

— Oh, bien sûr, mon Alice… Vous me manquez.

— Tu sais, je n'ai pas voulu te l'écrire pour ne pas te perturber, mais Markus te détruit complètement dans la tête des enfants.

— Comment ça ? Comment peut-il me détruire ?

— Je l'ai compris à certaines réflexions. Il leur parle de toi en termes insultants... Tu ne peux pas le laisser faire, il faudra sans doute... Augustin, pourquoi ce type te déteste-t-il à ce point ?

— Quel mal je lui ai fait, tu veux dire ? Je ne sais pas. Il est tombé amoureux de Cécile, et réciproquement, et je n'ai rien fait d'autre qu'assister à notre effondrement. Qu'est-ce qu'il dit ?

— Les enfants m'ont fait promettre de ne pas te le répéter. Mais ne t'en fais pas, je veille sur eux, ils vont bien.

— Et Cécile le laisse m'insulter ?

— Sans doute. Bon, n'y pense plus, je n'aurais pas dû t'en parler... J'ai hâte que tu rentres, mon chéri.

— Moi aussi... de te voir, de vous retrouver tous. Merci d'être là, Esther.

Je ne dors presque pas cette nuit-là. Je repense à nos premiers dîners chez Markus et sa femme. Lui nous avait été présenté par une amie commune comme un architecte dilettante et plutôt talentueux. Le genre d'homme qui nous conseillerait sans se prendre pour Le Corbusier. Il nous avait très vite manifesté son amitié, sans nous cacher qu'il n'enviait pas notre mode de vie, lui qui avait choisi de ne pas avoir d'enfant et de ne travailler qu'à mi-temps pour courir la campagne au volant de son 4 × 4. Nous n'avions pas grand-chose en commun, Markus et moi, tandis qu'avec sa femme, Judith, fille d'écrivain, éditrice et grande lectrice, j'avais aussitôt accroché. Cependant, tous les deux paraissaient très bien s'entendre, et sans doute se complétaient-ils, l'un passionné de grand air et d'aventure, le sac à dos toujours prêt, l'autre capable de passer ses nuits sur un manuscrit, de sorte que je n'avais rien vu venir. Judith non plus qui avait découvert la liaison de son mari avec Cécile en tombant sur une boucle d'oreille de celle-ci dans le lit conjugal. Par la suite, le plus étrange pour moi avait été le brutal revirement de Markus à mon égard, Markus qui s'était mis à me haïr comme si je lui avais causé le plus grand tort. J'en avais eu les premiers échos par Louis, tu sais que Markus il ne t'aime pas, papa ? – Ah non, je n'étais pas au courant. – Ben si, il dit tout le temps du mal de toi, puis directement auprès de Markus que j'avais croisé un jour au bras de Cécile et qui, pendant que je parlais à Cécile de mon dernier livre, la voix blanche et un peu tremblante parce que c'était la première fois que je la voyais dans cette situation, femme d'un autre, désormais, Markus qui n'avait cessé d'émettre de petits ricanements sardoniques, et même placer ici ou là quelques réflexions désobligeantes sur ma façon de me mettre toujours en scène dans mes livres. Ç'aurait été à moi d'être en colère (et je l'étais, si j'avais pu crucifier ce petit barbu virevoltant et disgracieux je ne m'en serais pas privé), mais c'était le monde à l'envers puisqu'en somme c'était lui qui semblait vouloir ma mort après avoir largement contribué à celle de notre couple. Pourquoi ? Tandis que je me répète ce que vient de me dire Esther, tu sais, Markus te détruit complètement dans la tête des enfants… Augustin, pourquoi ce type te déteste-t-il à ce point ? me revient en mémoire ce jour où Markus avait demandé à me rencontrer alors qu'il couchait avec Cécile depuis quelques mois déjà. Nous nous étions retrouvés dans un café, place de la Libération. J'avais vaguement deviné qu'il n'entendait pas que cette liaison se prolonge, qu'il tenait à Judith, que tout cela ne serait pas arrivé si j'avais su rendre Cécile heureuse, et si, en particulier, je n'avais pas publié mon autobiographie, ta *fameuse* autobiographie, avait-il dit en ricanant imperceptiblement comme si mon livre ne méritait pas plus que ce rire pitoyable, mais sortant de cet entretien au cours duquel je n'avais pratiquement rien dit, j'étais demeuré perplexe. Pourquoi avait-il voulu me parler ? Pour m'annoncer qu'il allait bientôt quitter Cécile parce qu'il ne voulait pas perdre Judith ? En quoi cela me regardait-il ? Qu'il le fasse donc, avais-je pensé sur le moment, et on verra bien ce qui arrivera. Puis j'avais chassé de mon esprit cette entrevue, et même regretté d'y être allé. C'était à la fois déplacé et humiliant, tant pour Cécile que pour moi. Mais là, soudain, dans ma chambre de Belgrade, je crois comprendre ce que Markus a espéré de moi ce jour-là : que je précipite pour lui les événements, que je me mette à l'insulter, peut-être, en découvrant combien Cécile comptait peu à ses yeux au regard du mal que sa liaison nous avait fait, une aventure agréable parce que l'opportunité s'en était présentée, mais guère plus, et alors il aurait joué le grand seigneur offensé, garde tes nerfs, Augustin, et reprends donc ta femme, j'en ai plein le dos de vos histoires, après tout, merde, c'est vous qui êtes venus me chercher, on commence par demander à l'architecte de réparer sa maison, et puis on finit par lui demander de réparer son couple, c'est bien connu. Tu devrais me remercier, pauvre con, au lieu de taper ce scandale. Et, fort de cette scène, il aurait tout balancé à Cécile, ça c'était la goutte d'eau de trop, Cécile, Augustin qui vient m'insulter dans un café ! Et puis quoi encore ? Tu étais à ramasser à la petite cuillère quand je t'ai connue, à cause de cet abruti, et Monsieur se souvient soudain qu'il avait une femme, une famille. Que je sache, ça ne l'a pas empêché de publier son incomparable chef-d'œuvre ? À ce moment-là, il s'en foutait bien de sa famille et de sa femme. Reprends ton mari si tu y arrives, Cécile, et lâchez-moi tous les deux. Je vais te dire une bonne chose, j'aurais préféré ne jamais vous connaître.

Est-ce que Cécile me serait revenue si tout s'était passé comme Markus l'avait envisagé ? Plus de trois années se sont écoulées, Esther s'est ancrée dans ma vie, nous avons eu Alice, et cependant je ne peux pas me défendre d'éprouver pour Cécile des sentiments déchirants.

17

Esther qui me convainc, pour Alice, pour le bien d'Alice, dit-elle, de revoir mes parents. Après quatre années d'éclipse, et tandis que les derniers mots de notre mère résonnent encore en moi – Espèce de salaud ! Assassin !

Il me semble qu'elle s'y reprend à trois ou quatre fois, car la première je rétorque jamais Esther, je ne les reverrai jamais, nous n'avons plus rien à nous dire.

— Augustin, mes deux parents sont morts, de ton côté Alice ne connaîtra pas ses oncles et ses tantes puisque tu t'es coupé de tout le monde. J'aimerais qu'elle connaisse au moins ses grands-parents.

— Tu me demandes une chose impossible, Esther.

— Impossible pour toi, mais je te demande de penser à Alice.

— Comment pourrais-je avoir le désir de présenter ma mère à notre enfant alors que je n'ai jamais reçu de cette femme que de la frayeur ?

— Tu ne peux pas juger de ce qu'elle donnera à Alice, c'est une vieille dame aujourd'hui. Et pour ton père, c'est la même chose.

— Mon père en a plein le dos des enfants. La première fois que je suis venu chez eux avec Louis, l'année de ses deux ans, il m'a demandé de le tenir en laisse, dis donc, mon petit vieux, tu ne pourrais pas lui mettre une laisse à ce mioche ? Il était tétanisé à l'idée que Louis casse un bibelot et que l'autre conne pique une crise.

— Ne parle pas comme ça de ta mère, Augustin. Quoi que tu lui reproches, elle est la grand-mère de tes enfants, pour eux tu ne peux pas la traiter de cette façon.

— Pour mes enfants je dois dissimuler ce que je pense ?

— Pense ce que tu veux, mais tu n'es pas forcé de l'étaler.

— Je l'ai écrit, ils le liront un jour. Esther, il y a un truc que je ne comprends pas : mes parents sont aigris, mon père est devenu cynique en vieillissant, je crois qu'il n'éprouve plus aucun sentiment sincère et qu'il se fout absolument de ses petits-enfants, quant à ma mère elle est acariâtre et méchante. Elle l'a toujours été. Pourquoi est-ce que je ferais le cadeau empoisonné de ces deux-là à Alice ? J'ai mis des années à me débarrasser d'eux, je suis encore très loin d'avoir exprimé tout le mal qu'ils nous ont fait, et aujourd'hui j'irais plomber notre petite fille avec ce couple effrayant ?

— Fais ce que tu veux, mais je te demande de leur présenter Alice.

— On dirait que tu n'entends pas.

— J'entends, mais je ressens le besoin que notre enfant connaisse ses grands-parents. Tout ce que tu pourras me dire n'y changera rien.

Je revois le moment où je cède. Le moment où Toto cède en moi, devrais-je écrire, car ce sont ses mots que j'emprunte, ses mots de faux derche, de cureton, au fond tu as raison, Esther, je n'ai sans doute pas le droit de priver Alice de ses grands-parents, quoi que je pense d'eux. Je vais leur écrire pour leur dire que nous voulons leur présenter Alice.

Esther croise mon regard, fronce imperceptiblement son beau front comme pour me signifier qu'à cet instant elle porte une part de mon sacrifice, de ma souffrance, tandis que je m'observe avec écœurement glisser sur les traces de notre père (comme on glisse sur une merde de chien, allais-je écrire). Je suis Toto cherchant à combler notre mère, renonçant à lui-même pour voir plastronner cette idiote. Mon Minou, j'ai vu le type de la Caisse des dépôts, tu auras ton appartement à Longchamp, sur le bois, je crois qu'on ne pouvait pas espérer mieux. – Ah, tout de même ! – Tu as été patiente, et tu vois, tu en es récompensée, le Seigneur donne toujours à qui sait attendre. – Eh bien... Elle ne finissait pas, jamais, elle plantait là Toto pour aller donner des instructions aux « domestiques » ou s'enfermer dans sa chambre et s'asseoir devant sa coiffeuse. Jamais elle ne se serait abaissée à remercier Toto, il n'avait fait que son devoir en lui décrochant la lune. Esther est également silencieuse, mais elle est compassionnelle, son expression l'atteste, elle a le triomphe modeste, et avant de s'en aller, elle aussi, elle glisse un discret merci mon chéri, en effleurant ma joue, ou ma main, d'une caresse légère. Ce n'est pas la première fois que je me surprends en Toto, et le risque est alors important que me repassant le film de mon égarement au milieu de la nuit, je revienne le lendemain matin sur ma décision avec mes mots, cette fois-ci, et une violente colère contre moi-même. Je t'ai dit une bêtise, Esther, il n'est pas question que je revoie mes parents, Alice ne les connaîtra pas, ni toi, et si tu veux mon avis, vous avez bien de la chance. Mais cette nuit-là, je ne reviens pas sur ma décision parce que je suis infiniment touché par ce merci mon chéri qui me prouve qu'Esther n'est pas notre mère et que si je suis parfois Toto (mais comment maintenir une vigilance de tous les instants pour s'inventer différent de son père ?) le risque est circonscrit.

Oh, cette heure de route pour aller jusque chez eux ! Nous nous sommes endimanchés malgré nous, ajoutant le ridicule à l'insupportable. Esther a soigné son chignon, pour une fois, et elle s'est mis du rouge sur les lèvres... Alice est adorable sous ses boucles brunes, déguisée en petite fille modèle... Enfin moi, dans ma chemise blanche empesée... La joie retenue d'Esther qui me serre le cœur, soudain, lorsque l'observant à la dérobée à un feu rouge il me revient que je suis un homme divorcé. Maurice et cette créature ? Enfin Toto, tu n'y penses pas, il n'est pas question de les recevoir... Quand je pense qu'il a plaqué sa femme et ses gosses pour cette putain ! Esther, mon amour, tu n'as aucune idée de ce qu'il y a dans la tête de ma mère, combien tout y est vicié, mauvais, nauséeux. Tu veux la connaître ? Eh bien je vais te dire ce qu'elle va penser de toi en te voyant franchir sa porte, que tu es une putain parce que tu vis avec un homme divorcé, et que notre Alice si précieuse, si jolie, est une bâtarde. Tu vois, ça, ce sont ses mots, ses mots exactement, putain, bâtarde, et rien que de les reprendre je suis déjà en larmes de dégoût, de colère. Comment peux-tu me demander... Mais je me tais, et assise à côté de moi, Esther ne peut pas voir que je pleure silencieusement, feignant de contempler l'étendue de la forêt sur notre gauche. J'aurais dû lui balancer ça la première fois, bien sûr, et elle aurait probablement renoncé. Maintenant, c'est trop tard. Maintenant, pour rien au monde je ne voudrais qu'elle sache ce que notre mère va penser d'elle et d'Alice en les voyant franchir sa porte. Pour rien au monde.

Ensuite, le moment où je reconnais la voix de Toto dans l'interphone, qui est-ce ? Ah bien, bien, nous t'attendons, deuxième droite. Esther et moi évitons de nous regarder dans l'ascenseur, je garde les yeux rivés sur le profil d'Alice que je tiens dans mes bras.

À l'instant où nous débarquons sur le palier, Toto dans l'encadrement de leur porte d'entrée, pull en V sur un col cravate, plus petit que dans mon souvenir, plus gris aussi, le visage, les cheveux.

— Comment vas-tu mon vieux (m'attrapant l'épaule tout en m'embrassant, et moi me contorsionnant pour que nos deux têtes ne heurtent pas celle d'Alice) ?

— Je te présente Esther et Alice, papa.

— Bonjour, madame, mes hommages, je suis ravi de faire votre connaissance (lui baise-t-il la main, comme il le faisait aux dames lorsqu'il vendait ses aspirateurs en porte à porte ? Je ne m'en souviens pas. Puis de son index il caresse Alice sous le menton). Eh bien d'où sors-tu, toi ?

Notre mère survient à ce moment-là, ses yeux verts un peu hallucinés, son grand nez et un excès de fond de teint aux pommettes qui me font songer à la Castafiore.

— Ah, eh bien bonjour mademoiselle, bonjour mon petit...

— C'est Esther, maman, tu peux l'appeler Esther. Et voici Alice.

— Mon Dieu mais c'est ton portrait ! Ça alors, c'est roulant ! Bonjour, ma chérie... Elle est trop mignonne. Mais entrez, entrez. Toto, voyons, ne les laisse pas sur le palier.

Le canapé flanqué de ses deux fauteuils, la table basse chinoise sur laquelle nous avions l'interdiction de poser nos doigts, les guéridons Louis XVI, les tapis, les doubles rideaux, l'ordre immuable de son salon... oui, mais elle a dû renoncer aux vitrines d'argenterie, la pièce est trop exiguë. Quand se sont-ils repliés dans cet appartement de petits bourgeois ?

— Donnez-moi donc vos vestes et vos pulls, vous serez plus à l'aise, on crève de chaud.

— C'est vrai qu'il fait chaud chez vous, dis-je.

— Oh, ne m'en parle pas, il n'y a pas moyen d'obtenir du gardien qu'il baisse le chauffage, et avec ton père il ne faut pas ouvrir les fenêtres.

— Pourquoi ? Qu'est-ce que tu as, papa ?

— Mais toujours son cœur !

Et là, de nouveau, je l'entends Papa est à l'hôpital, espèce de salaud ! Assassin ! Comment Esther a-t-elle pu me demander...

— Asseyez-vous. Dites-moi Esther, je vous appelle Esther hein (la voix faussement enjouée) ?

— Bien sûr, madame.

— Vous aimez le thé, j'espère ?

— Oh oui !

— Elle ne boit que ça, maman.

— Et qu'est-ce que je vais donner à cette enfant ? Ce qu'elle peut être drôle ! J'ai l'impression de te revoir au même âge, Augustin. De la compote ? Du fromage blanc ? J'ai préparé une tarte aux pommes...

— Elle mangera de la tarte aux pommes dans mon assiette, ne vous faites pas de souci pour elle.

Notre mère nous laisse en présence de Toto qui se mordille le gras du pouce.

— Que deviens-tu, mon vieux ? Je suis tombé sur toi tout à fait par hasard, l'autre jour, sur France Inter... Tu rentrais de Yougoslavie si j'ai bien compris (le visage tiraillé par un tic).

— Voilà, oui.

— Ce qui se passe là-bas est abominable... Quel est ton sentiment (tout en jetant des regards discrets en direction de la porte par où notre mère a disparu) ?

— C'est effrayant, oui (l'essentiel, pour moi, étant de ne pas prononcer le mot de « livre » qui rappellerait aussitôt dans quelles circonstances je suis devenu un assassin, à aucun prix ne dire que je suis allé là-bas pour écrire un livre).

— Et vous, madame, êtes également journaliste ?

— Ah non, avocate, monsieur. Mais je voyage beaucoup pour le compte d'organisations humanitaires.

— Il faut être un peu casse-cou pour faire ces métiers-là, non (le sourire coquin, sans perdre de vue la porte) ?

Toto meuble comme il peut, il se fiche absolument des réponses à ses questions. Esther sourit joliment, tout en caressant la main d'Alice qui se tient debout contre ses genoux.

— Augustin aime bien prendre des risques, remarque-t-elle, mais vous savez, on peut faire ces métiers sans mettre sa vie en danger.

Alors notre mère resurgit enfin, poussant la table roulante chargée du service à thé et d'un carafon de jus de fruits flanqué des verres en cristal. À Longchamp, après les grands dîners, notre mère servait les jus de fruits dans ces mêmes verres. Comment ont-ils survécu à la brutalité de nos expulsions, à tous ces déménagements ?

— Tu peux venir m'aider, Toto, s'il te plaît (agacée d'être obligée de le lui demander, qu'il ne se soit précipité) ?

— Mais tout de suite, mon petit, tout de suite...

Ensemble, ils font passer l'épaisseur du tapis à la table roulante.

Notre mère sert le thé et je peux voir que ses mains tremblent. Pourquoi a-t-elle accepté de nous recevoir ? Elle avait prié Toto de répondre à ma lettre. Bien que nous déplorions ta séparation d'avec Cécile, que nous aimons profondément (encore ses mots de curé), nous serions ravis de connaître ta fille. Il n'était pas fait mention d'Esther, naturellement, enfin Toto nous n'avons pas à recevoir cette femme, et puis quoi encore ! J'aurais pu écrire la scène au mot près. Tu vas être contente, avais-je dit à Esther, nous sommes invités chez mes parents dimanche prochain, pour le thé, avec Alice.

— Alors vous, Esther, êtes originaire de Bretagne, n'est-ce pas ? se lance notre mère dans un épais brouillard.

— Ah pas du tout, je suis née dans un village d'Alsace.

— Eh bien... Et vous avez des frères et sœurs ?

— Oh oui, beaucoup ! rétorque Esther, se laissant curieusement aller à son rire de voyou. Douze ! On a même été treize, et ça n'a pas été vraiment une réussite.

Notre mère est déconcertée (cette petite n'a aucune éducation, songe-t-elle, décidément ça n'est pas mieux que Cécile dont les grands-parents étaient concierges et communistes, on dirait qu'il fait exprès de nous ramener le fond du ruisseau) et Toto vole à son secours, comme toujours en pareil cas.

— Voulez-vous dire que vos parents ont eu des difficultés financières comme nous avons pu nous-mêmes en connaître (Toto qui croule alors sous le poids des dettes, comme nous le découvrirons à sa mort, mais qui feint devant notre mère d'évoquer une mauvaise passe il y a un siècle de cela) ?

— Non, chez nous ce qui s'est passé c'est assez mystérieux. Nos parents ont voulu beaucoup d'enfants, je crois que nous avons tous été désirés, et en dépit de ça...

— Il faut reconnaître que ce n'est pas toujours facile, reprend bravement Toto après un long silence, convaincu qu'Esther ne finira pas sa phrase.

— Il est certain qu'on prend moins de risque à en élever deux, soupire notre mère. Mais moi je dis que c'est de l'égoïsme, il n'y a pas d'autre mot (se rengorgeant, le regard dans le vide).

C'est à ce moment-là de la conversation, me semble-t-il, et alors que je fixe obstinément notre mère en oubliant pratiquement de respirer, que je m'aperçois que je suis en train de perdre la vue. Le visage de notre mère m'apparaît comme un puzzle dont il manquerait une bonne partie des pièces, de sorte qu'il devient petit à petit méconnaissable.

Je me tourne vers Toto, puis vers Esther, puis vers Alice, mais leurs visages sont également troués de partout.

— Esther, dis-je, l'interrompant au milieu d'une phrase, je perds la vue.

— Pardon, mon chéri ?

— Je suis en train de devenir aveugle, redis-je, tendant les bras dans sa direction. Là, par exemple, je ne pourrais plus te reconnaître, ton visage est comme mangé aux mites, je ne vois plus qu'un peu de ton œil droit, tu n'as plus de nez, presque plus de menton...

— Eh bien qu'est-ce qui t'arrive, mon petit vieux (Toto, faussement jovial, ne sachant pas si c'est du lard ou du cochon) ?

— C'est peut-être un étourdissement, mon chéri. Tu ne veux pas t'allonger un peu ?

— Mais si, conduisez-le dans notre chambre, Esther, et allongez-le. Venez, je vous précède (notre mère).

— Non, Esther, ça n'est pas un étourdissement, je suis tout à fait conscient mais je ne vois plus.

Tiens, ça y est, je ne te vois plus du tout, je suis plongé dans la nuit…

— Augustin !

— Il faut appeler un médecin ! Toto, vite, appelle un médecin ! (notre mère).

— Tu es bien mignonne, mais un dimanche…

— Laissez, je vais appeler son ophtalmo, c'est une amie (la voix soudain tendue d'Esther). Attends, Alice…

— Non, Esther, partons. Donne-moi Alice, s'il te plaît, et partons.

— Enfin, vous n'allez pas vous en aller comme ça, c'est de la folie !

— Ta mère a raison, mon vieux, je crains que tu ne sois pas en état de conduire.

— Esther, donne-moi Alice, s'il te plaît… Je ne vais pas conduire, papa, comment veux-tu que je conduise ? Je ne vois plus rien. Esther a son permis.

— Ah bien, bien, dans ce cas je ne dis plus rien.

— Je suis vraiment désolée, madame…

— Mon Dieu, j'espère qu'il n'a rien de grave… Appelez-moi pour me tenir au courant, sinon je ne vais pas fermer l'œil de la nuit (notre mère passant ses journées au téléphone lorsque notre petite sœur Marie était à l'hôpital, ne se lassant pas d'annoncer sa mort prochaine à la terre entière, de sangloter, oh ma pauvre Simone, c'est affreux, affreux, nous vivons un calvaire, oui, oui, je sais, il n'y a plus que la prière… Priez pour elle, Simone, faites dire des messes, je vous en supplie, c'est notre seul espoir, avant de retourner à son salon, de s'agenouiller et de picorer les poussières sur son tapis de Tunisie).

— Partons, Esther. Partons, s'il te plaît. Au revoir, maman, merci pour ce thé, merci de nous avoir reçus. À bientôt, papa.

Bien sûr, la vue m'était revenue dans la soirée. Par la suite, nous en avions ri, Esther et moi, mais jamais nous n'avions reparlé sérieusement du phénomène – cette cécité passagère qui était opportunément tombée du ciel pour me tirer de là. Aujourd'hui, je vois que ce qui allait nous arriver, et nous détruire petit à petit au fil des années, était tout entier contenu dans cette histoire et que si nous avions pris la peine d'en tirer les leçons nous aurions peut-être survécu l'un et l'autre à nos démons. À l'avenir, aurait dû se dire Esther, je respecterai Augustin, je respecterai ses choix, je m'efforcerai d'en comprendre l'origine (en lisant ses livres, par exemple, puisqu'il passe son temps à se décortiquer) et je n'essaierai plus de lui forcer la main. Il sait parfaitement distinguer ce qui est bon pour lui de ce qui est mauvais, et c'est un homme capable de se rendre malade si on le pousse à aller contre sa volonté profonde. À l'avenir, aurais-je dû me dire, chaque fois que je m'entendrai emprunter les mots de Toto pour donner satisfaction à Esther, je m'interromprai abruptement et m'infligerai de dire tout haut : pardonne-moi, Esther, je viens de dérailler par inadvertance pour marcher sur les traces de mon père, ce qui explique l'énorme bêtise que je viens de te lâcher. Oublie ce que j'ai dit et laisse-moi cinq minutes pour reprendre le fil de ma pensée.

Il aurait dû nous apparaître à l'un comme à l'autre invraisemblable qu'après avoir choisi de publier mon autobiographie *contre* l'avis des miens, qu'après avoir choisi de sauver ma peau en rompant avec les miens, et en particulier avec notre mère, je puisse subitement revenir sur ce travail monumental pour *faire plaisir* à Esther, et lui lâcher benoîtement, empruntant les mots de Toto, au fond tu as raison, Esther, je n'ai pas le droit de priver

Alice de ses grands-parents, quoi que je pense d'eux. Ce *au fond* stupide, n'est-ce pas, surgissant dans ma bouche comme si je n'avais pas déjà exploré le fond et l'arrière-fond en écrivant les cinq cents pages de mon autobiographie à laquelle j'avais consacré plusieurs années de ma vie (et trois versions successives). Et pourquoi Esther, qui n'avait jamais vu mes parents, aurait-elle eu au fond *raison* contre moi qui les connaissais intimement pour avoir partagé leur folie près de quarante années durant ? Et pourquoi avais-je soudain décrété que je n'avais *pas le droit* de priver Alice de ses grands-parents, alors que de mon point de vue j'en avais non seulement le droit, mais le devoir, sachant à peu près tout de leur nocivité ?

Jamais je n'aurais dû céder à Esther, en dépit de ses tentatives répétées, et à la troisième ou quatrième j'aurais dû lui claquer la porte au nez. Jamais Esther n'aurait dû me mettre dans la situation de me renier (on ne fait pas cela à une personne qu'on prétend aimer), mais constatant qu'elle le faisait, et qu'à la fin elle se félicitait même d'y être parvenue, *merci mon chéri*, j'aurais dû me souvenir de ce qu'elle m'avait dit au retour de Luc-sur-Mer, moi, je détruis tout ce que je touche, et m'arc-bouter contre son moi profond, empêcher qu'elle ne devienne la proie de sa part la plus secrète et la plus sombre, la plus destructrice, car alors, tout en la sauvant d'elle-même, tout en me sauvant moi-même, je nous aurais peut-être sauvés.

18

Esther est de nouveau enceinte et la promesse de cet enfant précipite l'organisation de notre vie. Jusqu'à présent, nous avons largement improvisé, décidant de nos lieux de vacances en famille au dernier moment, voyageant beaucoup l'un et l'autre mais nous arrangeant pour alterner nos départs afin que l'un des deux soit à Villedieu pour préparer les repas et tenir la maison. Ce nouvel enfant annonce un changement d'époque, nous le pressentons, et voilà d'ailleurs que nous reparlons d'une maison qui serait à nous, avec une chambre pour chaque enfant, un grenier pour conserver leurs souvenirs et les nôtres, et un jardin. Un jardin, bien sûr.

Je me suis trompé sur Esther, j'ai pu croire l'année de notre rencontre qu'elle était le genre de femmes à bien vouloir me suivre dans un pays lointain et dépeuplé où nous irions inventer une vie radicalement différente, moi labourant la terre et bûcheronnant, elle se préoccupant de nos enfants et parcourant la plaine avec moi les soirs d'été, et j'ai donc ressorti de ma mémoire ce vieux rêve d'une maison en Argentine, plus ou moins celle d'Herzog, Esther, tu sais, le héros de Saul Bellow, mais Esther m'a écouté avec stupeur avant de secouer la tête en riant tristement Augustin, mon chéri, comment peux-tu imaginer qu'arrivant du fond de l'Alsace je puisse avoir envie de me retrouver dans la boue de Patagonie à te regarder depuis une véranda aux vitres cassées cahoter sur un tracteur ? Comment peux-tu imaginer une chose pareille ? Son rire avait encore une fois ajourné cette idée magnifique, héritée probablement de la guerre que nous avions livrée avec Toto, de vivre à l'écart du monde, dans une forme d'autarcie qui nous aurait permis de savoir qui nous sommes vraiment, de savoir exactement de quoi nous sommes capables dès lors que les autres ne sont plus là pour nous étayer et nous parasiter dans le même mouvement. Il me semble que ç'aurait été la vie même et que tout mon travail d'écrivain, mené certes dans la pugnacité et la solitude, n'aura été qu'un pis-aller au regard de ce rêve argentin.

Oui, voilà que nous reparlons d'une maison tandis que nous passons les vacances de Pâques 1995 dans un gîte rural du Cantal. Le ventre d'Esther n'a pas commencé de s'arrondir, mais l'enfant est là, dans moins de neuf mois nous serons six, et nous voulons nous enraciner quelque part.

Il ne fait que pleuvoir durant ces vacances, si bien que faire le tour des agences immobilières d'Aurillac devient un but de promenade. Comme nous n'avons pas d'argent, nous visitons des ruines, des cabanons sans électricité au milieu de troupeaux de vaches, des hangars agricoles vaguement aménagés, des chantiers à l'abandon pour cause de divorce à saisir en l'état, ou encore des maisons de ville à Aurillac, à Salers, parfois charmantes mais minuscules et sans jardin. Nous agaçons les agents immobiliers, à l'exception d'une femme qui sourit en nous voyant entrer avec nos trois enfants et qui semble prendre goût à nous promener. Après que vous étiez partis, hier soir, nous rappelle-t-elle, j'ai pensé à une autre affaire, c'est un peu loin mais ça pourrait vous plaire. Voulez-vous qu'on y fasse un saut ? – Avec plaisir. Elle est d'une famille juive originaire de Tunisie, et ce jour-là dans la voiture nous nous sommes découvert des souvenirs communs, elle de Tunis, moi de Bizerte. Je ne sais plus ce que nous nous sommes dit sur les maisons de là-bas, et aussi sur celles d'Algérie où j'aime tant me trouver, nous avons sûrement parlé de la fraîcheur qui y règne, y compris durant les mois si chauds d'été, grâce aux façades blanches, aux lourdes persiennes bleu pâle à claire-voie, aux carreaux de ciment au sol, aux plafonds hauts qui donnent au corps un sentiment d'évanescence, non, je ne sais plus ce que nous nous sommes dit mais c'est à cause de cette conversation que cette femme s'est réveillée au milieu de la nuit suivante, nous confiera-t-elle, se rappelant soudain une villa qu'elle n'a plus fait visiter depuis deux ou trois ans tant elle est extravagante sur ces terres du Cantal.

Et le lendemain au téléphone : j'ai encore quelque chose à vous montrer. – D'accord. Mais cette fois c'est à nous de passer vous prendre. – Ça ne sera pas nécessaire, la maison est dans le village de votre gîte rural. – Plan-du-Pertus, vraiment ? Nous en avons fait le tour et nous n'avons rien vu à vendre. – Oh, je suppose qu'avec le temps la végétation a tout recouvert, y compris la maison elle-même ! – Comment ça ? – Je l'ai rentrée il y a bien cinq ou six ans, et puis j'ai arrêté de la présenter car personne n'en voulait. Les acheteurs, ici, recherchent des maisons typiques, ce n'est pas du tout le style de celle-ci, et pour ne rien arranger les propriétaires habitent les États-Unis, ils sont âgés, très difficiles à joindre, et ils ne viennent plus guère en Europe.

De la découverte de cette maison, par un matin pluvieux d'avril, j'ai déjà dû écrire une dizaine de versions différentes, dont plusieurs ont été publiées dans des livres précédents, et cependant il me semble que je ne parviendrai jamais à exprimer complètement l'étendue de mon émotion, et ma gratitude (pour qui, puisque je ne crois plus au Ciel ?), à l'instant où j'ai compris qu'elle pouvait être à nous, qu'en dépit de notre pauvreté nous avions les moyens de nous l'acheter et qu'elle devienne ainsi notre maison.

Regardez, dit la dame de l'agence, ouvrant d'une main l'une des fenêtres de notre gîte rural tout en tenant sa tasse de café dans l'autre, on pourrait l'apercevoir d'ici si les arbres du jardin ne la cachaient pas (ils forment comme un petit bois de hêtres sur le bord de la route, à la sortie du village). – Voulez-vous dire qu'il y a une maison là-dessous ? – Absolument. Autrefois, on devinait le faîte du toit depuis la route, mais là, même en cherchant bien... – Oui, c'est vrai, dit alors Laetitia, c'est la maison des chats. – Tu la connais ? – L'autre jour, commence-t-elle, mais elle s'interrompt car la dame de l'agence renverse son café sur son imperméable en voulant refermer la fenêtre et plus personne ne se préoccupe de Laetitia.

Nous partons tous par la petite route, sous la pluie qui continue de tomber dru. La dame de l'agence et Esther marchent devant sous le même parapluie, j'ai perché Alice sur mes épaules et je tiens la main de Laetitia tandis que Louis traîne un peu derrière, faisant claquer sur le bitume la pointe métallique de la canne savoyarde qu'il a trouvée dans une dépendance. Quand nous nous engouffrons sous les arbres pour atteindre un petit portail rouillé, Laetitia dit de nouveau mais c'est la maison des chats, papa. – Comment la connais-tu ? – Ben parce que je viens jouer avec les chats dans le jardin, tu vois, je passe par là, sous la barrière (elle parle bas tout en surveillant de l'œil la dame de l'agence qui peine à trouver la bonne clé pour ouvrir le portail). – Ah, d'accord, tu viens jouer ici avec les chats... – Ben oui, mais ne parle pas si fort. Enfin, nous entrons dans le jardin, sous le couvert des arbres, et une maison se tient là, en effet, une maison de ville blanche à la peinture écaillée, comme on en trouve à Tunis ou dans la plaine de la Mitidja, aux portes d'Alger. Voyez, observe la dame de l'agence, ce n'est pas du tout le style de la région, mais en repensant à ce que vous me disiez hier... Je n'ai pas les mots pour lui signifier combien je l'aime immédiatement, combien je la reconnais. L'élégance de la façade, les cannelures en pignon, les fenêtres en ogive, et cette délicate véranda de verre et d'acier accrochée sur son flanc, comme un jardin d'hiver.

Si je me rappelle bien, il faut entrer par la véranda, dit la dame en nous précédant pour traverser le jardin. Les herbes hautes et trempées arrivent aux genoux de Laetitia et, par moments, il faut se baisser pour éviter une lourde branche qui plie sous le poids de l'eau et des années. Attention à ne pas cogner la tête d'Alice, papa, dit Laetitia en levant le nez. – Oui, ne t'en fais pas. Puis la dame ouvre la véranda et je reconnais un parfum lointain d'été, d'alpage, de pierres chaudes et d'herbes sèches. De nouveau, elle cherche la clé qui doit déverrouiller le double volet et la porte principale au linteau cintré. Ces portes arrondies, c'est affreux, observait notre mère qui n'aimait que le Louis XVI, est-ce que ça n'est pas un héritage de ces horribles bicots ? – Non, mon petit, rétorquait Toto, bien avant les Arabes... Oh ! dis-je, quand elle ouvre, découvrant comme dans un rêve enchanté le lustre Art déco et ses tulipes de verre sous le voile frissonnant d'une toile d'araignée, puis la cheminée de marbre rouge nappée de poussière, puis la broderie des carreaux de ciment au sol, entrelacs de vert et de jaune, encadrée d'un liseré de vieux rouge.

Nous poursuivons la visite et plus nous avançons, plus j'ai le sentiment que le destin me fait signe, qu'il vient à ma rencontre, comme si quelqu'un, là-haut, me voulait du bien et souriait de me jouer ce tour. Je songe à ma grand-mère. Si par hasard il existe un lieu où les morts se reposent et nous voient, me dis-je, pouvant agir parfois pour le bien de ceux qu'ils ont aimés, eh bien c'est elle qui me fait ce cadeau. Ça ne peut être qu'elle que j'ai aimée passionnément enfant et qui me l'a bien rendu, personne d'autre n'aurait eu cette idée. On dirait que tous mes souvenirs ont été rassemblés là, transplantés depuis Bizerte dans cette improbable maison du Mont-Pertus dont personne n'a voulu et qui semblait m'attendre. Je voudrais pouvoir écrire *nous* attendre, tant j'aurais aimé lire dans les yeux d'Esther la même émotion, ce matin-là, la même sidération ravie, mais je ne peux pas car j'ai la mémoire de sa perplexité à la fois devant ces lieux qui n'éveillaient rien en elle et devant ma béatitude.

— Esther, cette maison, c'est une merveille, n'est-ce pas ? Dis-moi que je ne rêve pas.

Et elle :

— Ah oui, tu trouves ? Ne le dis pas trop fort alors, parce qu'ensuite on ne pourra pas négocier le prix.

Je souris. Je me fiche bien de négocier, je sais qu'il est écrit quelque part qu'elle est pour nous, pour moi, et je n'ai aucun doute qu'elle va nous revenir.

— De quelle année est-elle ? m'enquiers-je auprès de la dame.

— 1928.

— Mais qui l'a fait construire ? Connaissez-vous son histoire ?

— Je l'ai lue dans l'acte notarial. C'est un couple âgé qui avait habité Shanghai, d'où ce toit étrange en forme de pagode qu'on ne trouve nulle part ici, ni même en France d'ailleurs. Lui avait été consul dans différents pays. Ils avaient sûrement de l'argent parce que tout ce qu'ils ont choisi était luxueux pour l'époque. Regardez la salle de bains... Cela dit, quand je la faisais visiter, les gens étaient découragés par l'ampleur des travaux à entreprendre.

— Mais pourquoi ? Il ne faut toucher à rien au contraire. C'est une chance que tout ait été laissé en l'état.

— C'est l'histoire de cette maison. Ses propriétaires, qui comptaient y passer leur retraite, ne l'ont habitée que quelques mois... Vous n'êtes pas superstitieux, j'espère ?

— Oh non !

— Je vous dis ça parce qu'ils sont morts dans un accident de voiture, très vite, au début des années trente si je me rappelle bien. La maison a dû rester vide parce qu'il n'y avait pas d'enfants, seulement de lointains héritiers, et elle n'a été reprise qu'après la guerre par une famille originaire des États-Unis dont la fille avait épousé un garçon d'ici. Je crois qu'elle n'a jamais été habitée durablement.

Puis nous faisons le tour par le jardin, et là nous pouvons juger des dégâts – livrés à eux-mêmes depuis deux ou trois décennies, les grands hêtres sont venus reposer leurs lourdes branches sur les pentes du toit, soulevant probablement les tuiles ici ou là, et même commençant à briser sur l'arrière l'une des pièces de charpente en saillie.

Il y a aussi sans doute quelque chose de mon rêve argentin dans ce délabrement, dans l'abandon de cette maison aux arbres puissants contre lesquels j'ai hâte maintenant de la défendre. Oui, je ne le comprends qu'à l'instant, mais ça ne compte pas pour rien dans mon engouement.

— Esther, dis-je tout bas, tandis que nous sommes loin de la dame, nous allons l'acheter, n'est-ce pas ?

C'est si évident dans mon esprit que ça ne mérite pas de débat, pas une minute de réflexion – Mais bien sûr, Augustin, va me répondre Esther, comment pourrions-nous ne pas l'acheter alors qu'elle nous attendait, alors qu'elle est déjà à nous d'une certaine façon ? Comment pourrions-nous ne pas l'acheter ?

— Je ne sais pas, mon chéri..., dit-elle, dubitative. Elle te plaît vraiment ?

— C'est bien plus que ça.

— Alors d'accord, prenons-la. On sait bien que de nous deux, c'est toi surtout qui éprouves le besoin d'avoir une maison.

— Je l'aime tellement ! Mais toi, dis-moi...

— Ce n'est pas ce que j'avais imaginé, mais pense à toi, Augustin. Pense à toi, s'il te plaît.

— Qu'est-ce que tu avais imaginé ?

— Peu importe, je vois comme elle t'attire. Prenons-la.

Pourquoi est-ce que j'entends qu'à ce moment-là Esther me remercie pour les deux enfants que je lui ai donnés, pour la vie que nous avons construite, moi qui n'y croyais plus ? Comme si elle en avait soudain mesuré la fragilité – maintenant, il faut qu'Augustin pense à lui, sinon le jour va venir où se retournant sur toutes ces années il songera qu'il s'est oublié. Pense à toi, Augustin. Pense à toi, s'il te plaît.

Je me souviens du matin de juin où nous partons de Villedieu avec Louis prendre possession de cette maison. Nous avons chargé la voiture de tout ce qu'il nous faut pour y vivre deux ou trois jours, des lits pliants et des matelas sur le toit, des chaises, une table de camping, des lampes, des draps, des oreillers, des serviettes, de la vaisselle… Voilà trois mois que j'attends ce jour avec une émotion si ardente qu'elle me réveille la nuit.

À la même heure, le vieux couple des propriétaires décolle de Chicago. Nous avons rendez-vous chez un notaire d'Aurillac le lendemain matin. Tout le long du voyage, Louis et moi parlons de la nouvelle maison, puis de toutes les maisons que nous avons habitées et dû quitter depuis seulement onze années qu'il est sur la terre. D'abord celle de la forêt, où il est né. Il n'en a aucun souvenir, mais il se rappelle la femme du garde-chasse, Yvonne, chez qui nous le déposions chaque matin. Nous nous jurons d'aller revoir Yvonne qui sanglotait le jour de notre départ et ne se décidait pas à nous rendre Louis mon Dieu, cet enfant, je l'aime comme s'il était à moi, je ne sais pas comment je vais faire… – Nous reviendrons, Yvonne, c'est promis. Mais nous n'avions pas tenu notre promesse. Puis la petite maison de Veyrière que j'avais entièrement refaite et où Laetitia avait vu le jour, en plein chantier. Louis se souvient bien de celle-ci, des week-ends dans le plâtre, du vrombissement de la perceuse, et je songe c'est dingue moi qui ai tellement voulu être différent de mon père je suis parvenu à faire grandir mon fils dans un chantier permanent, exactement comme Toto l'a fait avec nous. Puis la grande maison de Veyrière, l'arrivée de Markus dans notre vie, notre séparation, et, il y a seulement quelques mois, la liquidation de cette maison. Louis, pourquoi Cécile l'a-t-elle revendue ? Je n'ai pas compris… – Ça, papa, je ne sais pas. Nous n'avons pas été pourchassés par les huissiers ni expulsés, et pourtant à onze ans mon fils a vécu plus de déménagements que j'en avais connu au même âge.

— Cette maison du Mont-Pertus, Louis, nous ne la revendrons jamais, je te le promets. Le Mont-Pertus va devenir notre endroit sur la terre. Chaque fois que nous y reviendrons, ça sera comme si on retrouvait nos racines, tu comprends ?

Non, il ne comprend pas – comment pourrions-nous retrouver des racines dans un coin où nous n'avons jamais mis les pieds ?

— Mais si, mon chéri, écoute-moi. Cette maison, c'est la réplique exacte de celle où je suis né en Tunisie. Un jour, nous irons à Bizerte, je te la montrerai. C'est comme si le destin nous ramenait à l'histoire de mes parents, à nos origines, pour nous permettre de nous accrocher quelque part.

Il acquiesce distraitement, puis il dit qu'il commence à avoir faim et nous nous arrêtons pour pique-niquer.

Cette nuit-là, nous dormons à l'hôtel à Aurillac. Depuis la fenêtre de notre chambre nous pouvons embrasser le Puy-Griou et la route étroite qui grimpe entre les alpages jusqu'à Plan-du-Pertus, notre endroit désormais, que nous devinons, que nous ne voyons pas. Nous ne savons rien des hommes et des femmes qui habitent là-haut mais nous voudrions rattraper le temps perdu, leur dire que nous aussi sommes d'ici maintenant. Comme il n'y a personne à qui l'annoncer, nous appelons Esther tu sais, Esther, on avait envie de te décrire ce qu'on aperçoit de notre fenêtre, on ne s'est pas rendu compte à Pâques combien ce pays est beau, c'est une chance inouïe qu'on ait trouvé cette maison. – Oh oui ! J'ai hâte que vous me racontiez. Esther qui est avec moi, cette fois, qui me dit exactement ce que j'avais besoin d'entendre.

Ensuite, ça y est, nous avons les clés, nous n'avons plus qu'à monter au Plan. Je suis impatient de revoir la maison, nous l'avons achetée si vite que je ne suis pas certain de ne pas avoir tout embelli, tout magnifié, mais avant je dois me remémorer la matinée chez le notaire durant laquelle la vente a bien failli capoter. Chez le notaire, la plus ancienne demeure d'Aurillac, certainement. Nous sommes en avance et on nous fait patienter dans une pièce qui sent la confiture de fruits rouges quand elle commence à caraméliser. Puis le notaire lui-même vient nous chercher. C'est un vieillard rugueux habillé d'un pantalon de velours côtelé en dépit de la saison et d'une chemise à carreaux de bûcheron. L'autre partie n'est pas arrivée mais on va commencer si vous voulez bien. Il nous fait asseoir et se cale derrière une grosse Remington 1953 à ruban. De temps en temps, il s'enquiert d'une orthographe, ou d'une date, mais il semble déjà savoir l'essentiel. Enfin, la secrétaire annonce l'arrivée de l'*autre partie* et, un moment plus tard, deux petits vieux vêtus de blanc vaporeux et de rose sont introduits dans le bureau. L'homme serre les mains et se plie aux civilités d'usage, mais pas la femme. La femme jette un regard dans notre direction et ce qu'elle découvre semble la conforter dans ce qu'elle craignait car elle pince imperceptiblement les lèvres, puis elle secoue sa petite tête d'oiseau en considérant le notaire. Elle paraît le connaître, et je dirais qu'*a priori* elle n'a pour lui que du mépris, de sorte que j'imagine qu'ils se sont fréquentés dans leurs jeunes années, elle arrivant d'Amérique et l'écrasant déjà de son dédain. Peut-être le notaire a-t-il cru un moment à sa chance (elle devait être adorable il y a un demi-siècle) avant d'être évincé par l'autre, le mari à la chemise rose et aux mocassins blancs dont le physique est moins paysan. Puis-je savoir ce qui vous fait soupirer, Joyce, s'enquiert sèchement le notaire comme nous sommes tous assis depuis trois quarts d'heure et qu'il frappe sans se hâter sur sa Remington (il l'appelle par son prénom, alors qu'ils ne se sont toujours pas salués) ? – Le computer n'est donc pas arrivé jusqu'ici, je n'en crois pas mes yeux. Sommes-nous encore au Moyen Âge ? – Si le pays ne vous plaît pas, restez donc chez vous. – Pourquoi donc croyez-vous que je suis venue ? – Pour vendre votre maison à ce monsieur qui patiente poliment, lui, au contraire de vous. – Y a-t-il une autre possibilité que de patienter ? – Vous pouvez toujours changer de notaire et en trouver un qui travaille sur un computer, comme vous dites. – Ce n'est pas l'envie qui m'en manque, figurez-vous ! – Eh bien allez-y donc ! Vous commencez sérieusement à m'emmerder (le notaire debout, subitement, les mains sur le capot noir de sa machine à écrire). – Adrien, je t'en prie, rassieds-toi, tu sais comment elle est (le mari, qui désigne le notaire par son prénom comme s'ils étaient de vieux amis). – Je ne le sais que trop ! – Je t'en prie, rassieds-toi et terminons ! – Un mot de plus et j'annule la vente. Tu trouveras un autre notaire pour supporter ta femme. – Accepte nos excuses. – Je les accepte. Par la suite, quand Joyce soupire, le mari lui saisit aussitôt le poignet et le notaire feint de n'avoir rien entendu.

Le même jardin, aujourd'hui chauffé par le soleil de juin dont les rayons filtrent à travers les hautes branches des hêtres. Il flotte dans l'air un parfum de terre chaude et d'herbes fauchées. Oh Louis, regarde comme c'est beau ! Nous restons un moment interdits, on entendrait presque le vol des papillons dont les ailes flamboient lorsqu'ils traversent un rai de soleil. Nous foulons l'herbe sèche, déjà jaunie par endroits, et entrons par la véranda comme nous l'avait montré la dame de l'agence, puis à mon tour je cherche la clé pour déverrouiller le double volet de la porte principale. Tout est là de nouveau comme nous l'avions découvert, le lustre et ses tulipes de verre dans sa toile d'araignée, la cheminée de marbre rouge, la porte du fond entrebâillée sur le petit couloir... Ouvrir les volets, laisser entrer l'air chaud de l'été et, pour la première fois, errer dans ses pièces vides en se demandant brusquement pourquoi tel détail nous fait frissonner le cœur, tandis que tel autre nous fait sourire. La porte, avec ses vitres de gros grains, pour passer de la cuisine à la véranda... regarde, Louis, je ne l'avais pas remarquée la première fois. Et puis regarde là-haut, le timbre du téléphone, tu vois, avant la guerre c'était encore comme ça, un petit marteau qui venait frapper sur une clochette. Tout est comme autrefois dans cette maison. Est-ce que tu te rends compte, Louis, de la chance que nous avons ? Il sourit, et puis il hausse les épaules, non, bien sûr, il ne peut pas se rendre compte.

Dans quelle chambre allons-nous dormir ? Celle du fond, une porte vitrée permet d'accéder directement au jardin. Nous déchargeons la voiture, installons les lits. Puis nous redescendons vers le bourg, au fond de la vallée, pour faire des provisions et acheter des bougies car il n'y a pas d'électricité. Au Plan même, les derniers commerces ont fermé depuis longtemps.

Quand nous remontons, c'est déjà la fin de l'après-midi et nous nous installons sur le banc de ciment pour boire du cidre et bavarder. Le soleil, dans son déclin, est passé de l'autre côté de la maison et l'ombre des arbres précipite le crépuscule sur le jardin.

— Tu ne trouves pas que ça fait peur ? dit soudain Louis.

— Quoi ? La nuit qui approche, tu veux dire ?

— Oui, et les arbres qui nous enferment. On se croirait dans une grotte.

— Ils sont impressionnants, c'est vrai. Cet été, je vais devoir en abattre plusieurs. Tu as vu que dans la chambre où on va dormir on ne peut même plus ouvrir les volets à cause des branches...

Louis n'est pas tranquille et, un moment plus tard, nous allumons des bougies dans toutes les pièces du bas.

Par la suite, comme nous cherchons le sommeil, Louis dit soudain qu'il y a quelqu'un dans la maison.

— Non, mon chéri, il n'y a personne.

— Si, écoute, on entend des pas. Il y a quelqu'un qui marche.

— Ce ne sont pas des pas, c'est le toit qui craque la nuit à cause de la différence de température.

— Et s'il y avait vraiment quelqu'un ?

— Si tu veux, on monte voir ensemble avec une bougie, et comme ça tu n'auras plus peur.

— Et si on rencontre un voleur ?

Je ris, parce que moi aussi je finis par avoir un peu peur.

— Papa, qu'est-ce que tu ferais si on rencontrait un voleur ?

— Il n'y a pas de voleur, Louis. Il n'y a que nous dans la maison, mais comme c'est la première fois qu'on y dort, chaque petit bruit nous fait sursauter.

— Mais qu'est-ce que tu ferais si on rencontrait un voleur ?

— Je te protégerais, mon chéri, ne t'en fais pas. Dors maintenant.

— Tu n'aurais pas peur, toi ?

— Non, je n'aurais pas peur.

— Est-ce que je peux rapprocher mon lit du tien ?

— Oui, ne bouge pas, je vais le faire.

Puis il s'endort, et comme j'écoute les craquements de la maison, j'ai soudain la vision des arbres qui l'enferment, de ces géants terrifiants capables de briser une charpente de leurs branches en tenaille. Et si ces bruits, ça n'était pas la différence de température entre le jour et la nuit qui les provoquait mais bien le long et implacable travail de destruction de notre maison par les arbres ? Tendres radicelles au temps de leurs naissances qu'un soulier d'enfant aurait suffi à plier mais devenues au fil du siècle, et sans qu'on y prenne garde, ces vieillards monstrueux, chevelus et tentaculaires. À cause du mot de vieillard, je repense à notre matinée chez le notaire dont j'étais sorti heureux, certes, mon trousseau de clés en poche, mais vidé, parce que jusqu'à la dernière minute, entendant soupirer la terrible Joyce, j'avais craint que le notaire nous jette à la rue. Et alors, j'en étais certain, les vieux seraient repartis sur-le-champ pour Chicago sans rien signer, abandonnant l'idée de vendre cette maison dont le prix avait tellement chuté qu'il ne les rembourserait que partiellement de la fatigue et du temps perdu, à leur âge où le temps est si précieux, n'est-ce pas, où chaque minute vaut de l'or. Adrien, je t'en prie, rassieds-toi, avait plaidé le mari aux mocassins blancs, tu sais comment elle est. Il m'avait fait songer à Toto à ce moment-là. *Tu sais comment elle est*, l'air de dire elle est capable de tout, c'est une bombe à fragmentation notre Joyce en dépit de son visage de moineau, aide-moi plutôt à éviter l'apocalypse au lieu de te dresser sur tes ergots comme un vieux coq querelleur, merde ! Oui, il m'avait fait songer à Toto trottinant derrière notre mère comme un petit caniche, mon vieux elle commence sérieusement à me faire braire la reine-mère, ça durera ce que ça durera, mais ne la lâchant pas d'une semelle, oui mon Minou oui mon petit tu as parfaitement raison, tout en lui caressant les fesses, de sorte que ça avait duré cinquante ans et onze enfants et que ça n'était toujours pas fini. Tous ces vieillards acariâtres qui nous étouffent de leurs tentacules, avec lesquels il est urgent de rompre si nous ne voulons pas qu'ils nous broient l'âme et le cœur comme les arbres sont en train de broyer notre maison. Tous ces vieillards acariâtres, conscients d'avoir tout gâché et qui voudraient que nous nous taisions, maintenant, faute de pouvoir nous emporter avec eux dans la mort. Espèce de salaud ! Assassin ! Comment Esther a-t-elle pu me demander…

19

Notre premier été sur le Mont-Pertus. Pendant qu'Esther porte notre enfant, une petite fille que nous appellerons Emma, j'abats les arbres qui sont en train de détruire notre maison.

Emma qui dira dans quelques années, en nous observant tous aller et venir joyeusement entre la maison et le jardin, la famille parfaite, la maman qui chante avec les enfants en préparant un clafoutis et le papa qui tond le gazon, hein Laetitia, tu ne trouves pas ? – Si, Emma, mais on dirait que ça t'énerve un peu. Tu ne sais pas la chance que tu as d'avoir tes deux parents ensemble. Moi, papa, je ne l'ai jamais connu avec maman. – Ben oui, toi, tu as souffert, tandis qu'Alice et moi on est là comme des petites filles de bourgeois. – Elle est trop bête (Alice, s'immisçant soudain dans la conversation). Tu voudrais que papa et maman divorcent peut-être, c'est ça ? Rien que pour pouvoir dire que tu as souffert. – Bon, les filles, ça va, là (Esther), si vous commencez à mettre une mauvaise ambiance on arrête le gâteau et je vais m'allonger au soleil.

Mais ce premier été, nous ne sommes pas encore la famille parfaite, nous n'en sommes qu'à l'ère primaire, l'ère *pionnière*, et je suis ivre de bonheur d'être ce défricheur-là, ce bâtisseur. Nous ne sommes pas partis pour l'Argentine, mais la vie m'offre l'illusion de ce que ç'aurait pu être – une maison à l'abandon comme je le voulais, complètement délabrée, la femme que j'aime enceinte et, autour d'elle, trois jeunes enfants aux cheveux sales et aux joues hâlées habillés de bric et de broc. Il y a tout à faire, à commencer par le ménage, et nous nous y attelons avec Esther. Bientôt, il est possible de se promener pieds nus sur les merveilleux carreaux de ciment, et alors nous envisageons de trouver des meubles pour sortir petit à petit du camping. Nous devenons les meilleurs clients du gros brocanteur installé à l'entrée d'Aurillac, au bord de la route. Sous un hangar de tôle ondulée que le soleil chauffe à blanc dorment là, dans des exhalaisons de moisi, des amoncellements de buffets, d'armoires, de tables de cuisine et de salles à manger, de crédences et de guéridons, de bureaux, de chaises, de tables de nuit… Ce plaisir de dénicher parmi ces vieilleries une de ces armoires généralement peintes de blanc qu'on trouvait autrefois dans les lingeries ou les cuisines, de la rapporter sur le toit de la voiture, la laver dans le jardin, puis la monter dans l'une des chambres des enfants et, enfin, encore essoufflé, de regarder Esther avec son gros ventre installer tranquillement dedans les petits vêtements d'Alice ou de Laetitia. Ce plaisir d'être inlassablement tout à la fois l'homme de la maison, le père protecteur et le mari d'Esther. Merci mon chéri, merci d'être là (me caressant discrètement la joue).

Quand chaque enfant a un véritable lit, de quoi ranger ses affaires, et que nous aussi avons une chambre à peu près habitable, je me transforme en bûcheron. Du matin au soir je suis perché dans les arbres avec ma scie, ou sur le toit, et je sauve notre maison. C'est ce sentiment qui me porte, celui de sauver cette maison qui nous est tombée du ciel pour donner un toit aux miens. Je suis enfin l'homme que j'ai rêvé d'être, celui que Toto m'a appris, celui qui se bat tout seul pour les siens, et j'ai conscience de réussir là où Toto a partiellement échoué : ma femme n'est pas cette folle qui hurle sans arrêt et nous terrifie, elle est avec moi, prévenante et solidaire, pleine d'admiration et de gratitude, viens déjeuner mon chéri, tu ne fais pas d'imprudences, hein ? Je n'aime pas te savoir comme ça sur le toit, j'ai tout le temps peur... – Tu vas voir, Esther, comme la maison va être belle une fois tous ces arbres abattus. Déjà, elle respire mieux, tu ne trouves pas ? – Si, c'est vrai. Ah, au fait, la dame qui nous avait loué le gîte rural à Pâques est passée, tu sais ? – Non, je ne savais pas. – Si, pendant que tu étais dans les arbres. Elle a voulu visiter la maison et elle a dit elle n'est pas si mal finalement, cette villa, personne n'en a jamais voulu dans le pays, on a dit qu'elle était hantée, des tas d'idioties quoi... Au prix où vous l'avez eue, si j'avais su, je l'aurais achetée. – Ah oui, elle a dit ça ? Eh bien tant pis pour elle. Les gens ne savent pas voir comme elle est belle. Je voudrais te dire une chose, Esther, cette maison elle te ressemble, elle a une belle âme comme toi, et elle est élégante comme tu l'es. Enfin, elle va le devenir, et alors tout le monde nous l'enviera. – Papa, il est complètement fou de cette maison, dit Laetitia. – Oui, ça on ne peut pas dire le contraire, renchérit Esther.

Je n'ai pas encore découvert le puits, de sorte que le jardin, qui était si vert à Pâques, est complètement brûlé au milieu du mois d'août. Lorsque le vent se met à souffler, il soulève des tourbillons d'herbe jaune et de terre. Votre cour, là, il faudrait la faire cimenter, a dit encore la dame du gîte, ça serait plus propre, sinon l'hiver les enfants vont vous rentrer plein de saleté. – Ce n'est pas une cour, c'est un jardin. – Je sais, mon chéri, je te répète juste ce qu'elle a dit. – Quand j'en aurai fini avec la maison, je replanterai de l'herbe et tu verras.

Vers la fin de l'été, le ciel se charge brusquement de gros nuages noirs et, sans qu'on s'y attende, un vent surgi d'on ne sait où et comme exaspéré se met à tournoyer dans tous les sens, renversant le parasol et les transats sur lesquels Esther et Laetitia lisaient un instant plus tôt, emportant le linge qui séchait, jetant au sol les ardoises les plus fragiles du toit, vite les enfants, hurlons-nous, c'est un orage ! c'est un orage ! rentrez toutes les affaires dans la véranda, les serviettes-éponges, les livres, les journaux, les transats, la poussette, vite ! vite ! ça va tomber, ne laissez rien dehors surtout ! Esther a un peu peur des orages, ça ne l'amuse pas, mais moi je suis au comble de l'excitation et, une fois toutes les affaires mises à l'abri, je sors en courant du jardin pour aller dans le vent sur la petite route asphaltée qui grimpe de la vallée. Je ne veux rien rater de ce qui va arriver. De là, je peux embrasser tout à la fois le sommet du Pertus sur lequel s'enroule et s'amoncelle une houle sombre aux reflets de cuivre et notre maison, bien plus blanche sous ce ciel de plomb, qu'on dirait presque de craie, par contraste, et où se sont réfugiés tous ceux que j'aime. Notre maison qui se dresse maintenant au-dessus de la masse frémissante des arbres dont les verts, soudain repigmentés, ont une vivacité insolente de chromos. Je me tiens sur cette petite route, conscient du terrible danger qui menace et l'appelant de toutes mes forces parce que je sais les miens bien à l'abri et qu'à cet instant je suis au faîte de ma gloire, à la proue du navire, en quelque sorte, dressé contre les éléments pour en protéger ma famille.

Je guette les premiers coups de tonnerre sur les crêtes lointaines du Puy-Mary, du Puy-Griou et je prie pour qu'ils se rapprochent, je prie Dieu, ma grand-mère, n'importe qui, à ce moment-là je serais même prêt à croire au diable, comme lorsque j'étais enfant, à Longchamp, et que je le voyais partout avec son petit costume gris de salaud et ses oreilles pointues, et quand le ciel commence à se fracasser au-dessus du Pertus, laissant entrevoir le feu terrifiant qui le travaille, alors j'applaudis secrètement. Je sens que le vent fraîchit d'un seul coup, que les arbres du jardin veulent aussi y croire, secouant éperdument leurs feuilles, puis s'immobilisant subitement comme s'ils retenaient leur souffle, comme s'ils avaient reçu les premières grosses gouttes, annonciatrices du déluge, et se refusaient encore à y croire. Mais non, ça y est, elles s'abattent aussi sur mon visage, sur mes épaules, et je cours me réfugier dans la véranda. Ça va, papa ? demande Laetitia depuis la grande pièce où ils font un scrabble. – Oui, oui. Je sais bien qu'ils me regardent comme si j'étais complètement jeté mais ça m'est bien égal parce que je sais aussi qu'ils ne peuvent pas comprendre d'où provient l'émotion intense que j'éprouve pendant les orages.

Puis, derrière les vitres de la véranda, comme un marin d'Ouessant scrutant la tempête depuis la dunette, j'observe les trombes d'eau qui s'abattent sur le jardin tout en hurlant pour couvrir le crépitement assourdissant des bourrasques de pluie sur le toit de verre, venez vite Esther et les filles, venez vite voir, c'est incroyable ! Mais elles n'entendent pas, ou feignent de ne pas entendre parce qu'elles n'en ont rien à faire, et bientôt je me lasse de les appeler et j'observe silencieusement le torrent qui se forme, dévalant depuis le haut du jardin, ravinant la terre et creusant un lit profond autour de la véranda avant d'aller se perdre dans les pâtures derrière la maison.

Quand tout est fini et qu'on distingue l'écho des dernières gouttes sur le toit, j'ouvre la porte de la véranda et je me tiens interdit sur la marche la plus haute du perron. De la terre détrempée s'élève une senteur enivrante d'humus. Les arbres du jardin sont comme nous, les humains, après l'amour, ils sont las et sans force, laissant pendre leurs longs bras, et ils semblent sourire malicieusement de tout le plaisir qu'ils viennent de prendre. Il est peut-être six heures du soir et maintenant le ciel qui a déclenché toute cette folie s'éloigne rapidement, comme s'il n'était pas trop fier de ses œuvres, ou n'avait pas envie de contempler plus longtemps le ventre gonflé et repu de la terre. Il laisse derrière lui de longues traînées vaporeuses sous lesquelles on devine déjà un peu de bleu laiteux.

Ces soirs-là, nous dînons dans la véranda. Tandis qu'à Villedieu c'est souvent moi qui prépare le repas car Esther rentre tard, ici nous incarnons volontiers la famille traditionnelle, le père fourbu qui se met à table avec les enfants et la mère qui survient de la cuisine portant une cocotte pleine de ratatouille. La mère qui sert tout le monde puis s'inquiète de chacun, tu as passé une bonne journée Louis ? et toi, mon chéri ? tout en aidant la petite dernière à manger sans se brûler. Aujourd'hui que mes enfants sont tous grands et que je suis seul dans mon appartement du petit Trocadéro, je ne peux pas m'empêcher de sourire en songeant à Esther en mère parfaite. Où avait-elle appris ce rôle qui lui ressemblait si peu ? Certainement pas de sa propre mère tombée malade l'année de ses sept ans et morte deux ans plus tard. Elle avait dû voir la scène chez des parents d'amies, en rêver pour elle-même et se dire que plus tard, quand elle serait grande, elle serait cette mère-là. Aujourd'hui je suis capable, me remémorant ma vie auprès d'Esther, de distinguer de sa nature profonde les différents rôles qu'elle a interprétés, croyant certainement que c'était de cette façon qu'on menait son existence. Sa nature profonde qui l'aurait plutôt portée à vivre au gré de ses rencontres, comme elle avait appris à le faire dès l'adolescence. Tu sais bien, Augustin, que la famille ça n'a jamais été mon truc, me dira-t-elle vers la fin, cherchant déjà un appartement pour reprendre sa liberté alors qu'Emma avait à peine quinze ans. Augustin, Esther est une tête brûlée, me confiera plus tard l'une de ses amies, se disant surprise que je n'ai rien vu. J'avais vu, si, mais c'était sans doute l'une des choses qui me touchait le plus en elle – Esther à qui j'offre un sac de voyage pour son anniversaire et qui me demande du regard, dès que la vendeuse a le dos tourné, si elle peut en voler un autre, pourquoi volerais-tu un sac, ma chérie, puisque nous avons les moyens de l'acheter ? – Mais parce que je n'ai jamais cessé d'être la petite voyou que j'étais à treize ans, aurait-elle pu me répondre et je l'aurais aussitôt prise dans mes bras.

Puis, après le dîner dans la véranda, nous nous mettons au lit et Esther me murmure à l'oreille combien elle a pris plaisir à me voir devenir à moitié fou pendant l'orage. Tu es heureux, ici, me dit-elle, jamais je ne t'ai vu aussi heureux que depuis qu'on a cette maison. – Oui, c'est vrai, elle comble tous mes rêves. – Te voir heureux me rend heureuse. Esther, dans le rôle cette fois de la femme aimante, de l'épouse parfaite. Mais là je suis dupe, comme elle l'est d'elle-même, je crois – ni elle ni moi ne doutons de la sincérité de son amour pour moi, ni du mien pour elle, alors qu'en vérité ce que nous éprouvons l'un pour l'autre est un agrégat de sentiments à propos desquels nous ne savons pas encore grand-chose.

C'est au fil des orages de cette fin d'été, tandis que je cours du jardin à la petite route asphaltée, guettant l'apocalypse, que me vient la trame du livre que je vais écrire, un effondrement, le mien, puis l'apparition d'Esther dans un paysage de ruines. L'action se déroulera à Roubaix, la seule ville de France à offrir le visage de la guerre au milieu de la décennie 1990. J'ai besoin de revenir à l'arrachement qu'a représenté le départ de Cécile que je vais faire disparaître de la maison que nous partagions à Roubaix au cours de la nuit effrayante où les flammes ont ravagé les usines Phildar qui se trouvaient devant nos fenêtres (j'ai lu le récit de cet incendie dans le journal). Disparaître au sens propre du mot, c'est-à-dire que Cécile s'en ira pendant que je serai occupé avec d'autres à lutter contre le feu, et que jamais je ne la reverrai. J'ai besoin d'écrire sur ce qu'il y a d'infiniment douloureux dans une disparition, l'interruption, sans que rien ne soit formulé, de désirs et de sentiments qu'on imaginait éternels dans notre bêtise, ou notre ingénuité. Bien sûr, il y a la souffrance de ne plus pouvoir se toucher, de ne plus pouvoir s'embrasser ni faire l'amour, mais le plus cruel, et le plus mystérieux aussi, c'est le basculement du souci permanent qu'on avait de l'autre dans un vide abyssal où l'on doit s'accoutumer à ne même plus savoir s'il est vivant ou mort. Huit jours plus tôt, on tremblait si l'autre avait une heure de retard en regardant par la fenêtre la pluie qui tombait dans le crépuscule hivernal, pourvu qu'il n'ait pas eu un accident, et maintenant on doit continuer de vivre, de manger et de dormir sans rien savoir de ce qu'il traverse. Est-ce que ça n'est pas la chose la plus stupéfiante qui soit ? Celle qui nous renvoie le mieux l'image de notre insignifiance, de la précarité de nos attachements, et sur laquelle nous n'aurons jamais fini d'écrire ? D'ailleurs, n'est-ce pas ce que je suis en train de faire avec ce livre dans mon appartement du petit Trocadéro, écrire sur la disparition d'Esther, cette fois, dix-sept ans après avoir écrit sur celle de Cécile dans le paysage sinistré de Roubaix ? Et ainsi revivre, sans doute, la disparition originelle, fondatrice, celle de notre mère à Bizerte, quelques mois après ma naissance. Des circonstances de cet événement, je sais ce que notre mère racontait quand nous étions enfants. Notre frère aîné atteint du choléra, déjà donné pour mort, et le départ précipité de notre mère avec lui pour la Métropole. Mais bien sûr, je n'ai aucune mémoire formelle de cette première disparition, seulement l'angoisse qui me rattrape soudain lorsque je pressens que la femme que j'aime va me quitter et mon cœur qui se met à cogner, à cogner, au point que je perds petit à petit la tête et dois courir chez un médecin.

Esther n'a pas un mot pour protester lorsque je lui annonce, au début de l'automne, que je pars m'installer à Roubaix. Notre petite fille est bien accrochée, elle se sent assez forte pour terminer de la porter sans moi, c'est ce que je devine et entends, mais naturellement, mon chéri, si c'est là-bas que tu dois être pour écrire, fais-le, pars. J'embarque discrètement les centaines de photos de ma vie auprès de Cécile, en particulier celles de notre voyage à travers les deux Amériques, et je prends le train pour Roubaix. Par ses rues désertes dont les plaques d'égout ont été volées, ses hôtels particuliers à l'abandon dont les grilles ont été arrachées, ses usines mangées par les ronces et dont les cheminées ne fument plus, Roubaix me rappelle Gospic, une ville du front croate où je m'étais installé pour quelques jours et dont les derniers habitants vivaient dans les caves. Le seul hôtel qui demeure ouvert est celui que fréquentent les représentants, place de l'Hôtel-de-Ville. On peut y prendre pension et y avoir son rond de serviette. C'est donc là que je m'installe. Les premiers jours, je ne fais que marcher, revenant inlassablement sur les restes de l'usine Phildar et choisissant notre maison parmi celles qui ont échappé aux flammes, rue du Nouveau-Monde. Puis je couvre les murs de ma chambre d'hôtel de photos de Cécile, Cécile posant toute nue, l'année où je l'ai connue, dans la maison de ses parents en Espagne, Cécile en Argentine à Comodoro Rivadavia, Cécile donnant le sein à Louis, Cécile au milieu du chantier de notre première maison à Veyrière... Je passe une grande partie de mes nuits à scruter mes photos à la loupe, entrant à l'intérieur de chacune d'elles et m'y promenant parmi mes souvenirs. Ce livre sur ma vie disparue avec Cécile, ce livre qui a pris tellement de retard, je vais enfin me mettre à l'écrire. La mort nous humilie sans cesse – avant de nous anéantir, elle nous prend tout ce que nous avons vécu au fur et à mesure que nous avançons et je ne connais qu'un moyen de lui tenir tête, c'est de mettre en mots ce qu'elle nous vole car elle est impuissante face aux livres. Certes, les livres, eux aussi, tomberont en poussière, mais après des siècles d'existence au cours desquels ils se seront bien moqués de la mort, continuant de donner vie à des personnages depuis longtemps enfouis dans les profondeurs de la terre. Certes, on ne peut pas tout sauver non plus grâce aux livres, mais le peu que nous sauvons fait de nous des résistants et assure notre dignité.

Cependant, tandis que j'écris sur mon amour pour Cécile, Esther serait fondée à me juger indigne, elle qui porte un enfant de moi et à laquelle je ne pense plus qu'à de courts moments, émergeant soudain de mon manuscrit comme l'on sort d'un rêve au milieu de la nuit. Je me rassure en songeant qu'elle ne sait rien du sujet de mon livre, qu'elle n'a pas vu ma valise remplie de centaines de photos de Cécile... C'est oublier que sortant d'où elle sort, Esther est sans cesse sur le qui-vive, attentive à sauver sa peau depuis sa petite enfance. Quelques années plus tard, elle me dira que si, bien sûr, elle avait vu toutes les photos dans ma valise, mais qu'elle avait très tôt compris comment je fonctionnais, revenant inlassablement sur mes pas pour ramasser ce que j'avais perdu en route, et ainsi n'avançant, ou ne vivant, que par à-coups, entre deux livres. Je t'aime comme tu es, Augustin, et si ça n'était pas le cas je serais partie depuis longtemps. Peu avant notre séparation, elle reviendra durement, cette fois, sur ma façon de travailler, lâchant sa fameuse phrase devant la caméra pour ce portrait filmé que j'ai déjà évoqué : C'est rarement léger de vivre avec Augustin. De livre en livre, il tente de remonter à l'origine des choses... Il n'en a jamais fini, inlassablement il fouille. Esther m'annonçant ainsi, si je ne l'avais pas deviné, qu'elle avait cessé de m'aimer et allait incessamment disparaître.

Elle survient dans les toutes dernières pages du livre. Elle ne s'appelle pas encore Esther, comme dans les livres suivants, mais Dominique. Elle est assistante sociale. Le narrateur ne s'appelle pas encore Augustin, mais Luc. La première fois qu'il l'aperçoit, c'est à l'occasion d'un fait divers : elle sanglote dans le vestibule du centre social où elle travaille parce que sa collègue vient de se faire poignarder par un père de famille nombreuse auquel elle avait refusé une aide. La police et les secours sont sur place. Esther est parfaitement reconnaissable à *son chignon à moitié défait, des mèches brunes entortillées lui retombant sur les tempes*. Quelque pages plus tard, Luc et elle sont amants (les événements se sont précipités) et là de nouveau on la reconnaît, dans ce court passage en particulier : *Je la regarde préparer ce qu'elle aime. Des salades compliquées, du poulet au citron, une espèce de clafoutis aux pommes, toujours le même. Elle fait tout très vite, elle a les doigts longs et cambrés, des doigts trop longs pour être solides. J'ai sans arrêt peur qu'elle se blesse.*

Je n'avais pas rouvert ce livre depuis quinze ans et cette dernière phrase me laisse interdit : *J'ai sans arrêt peur qu'elle se blesse*. C'est un mot à elle *blesser*. *Ce que m'a dit cette femme m'a blessée... J'ai trouvé la situation blessante... Augustin, je ne sais pas si tu t'en rends compte, mais parfois tu es blessant...* Esther, qui me semblait invulnérable les premiers temps, portant mes enfants, décidant de notre destin, m'était apparue par la suite d'une fragilité de cristal, susceptible d'être *blessée* par le moindre mot maladroit (ses larmes lorsque Laetitia lui avait lancé, à propos d'Alice, c'est pas ma sœur, d'abord, c'est ma demi-sœur). Grâce à ce vieux livre, je suis ramené à l'apparition de cette fragilité, *j'ai sans arrêt peur de la blesser*, aurais-je pu aussi bien écrire, je suis ramené au moment où je me suis efforcé de changer, d'adapter ma façon d'être, afin de ne jamais *blesser* Esther. C'est un tournant considérable dans notre vie amoureuse que ce changement que je vais m'imposer jour après jour, mois après mois, pour ne jamais contrarier Esther et lui apporter toujours le réconfort qu'elle attend de moi, jusqu'à devenir au fil des années l'ombre de moi-même, et j'allais écrire l'ombre de Toto.

20

Ne jamais blesser Esther. Lorsqu'elle déclare son étrange maladie, au lendemain de la naissance d'Emma, je m'en sens aussitôt coupable. Voilà cinq ans que nous nous connaissons, et durant ces cinq années j'ai certes donné à Esther les deux enfants qu'elle voulait, mais je ne lui ai rien épargné entre mon embrasement pour Ingrid, ma longue errance dans la guerre, et enfin ce livre sur la disparition de Cécile.

Je prends soudain conscience de l'extrême fragilité d'Esther, moi qui me l'étais figurée capable de tout encaisser et sans doute bien plus forte que moi.

Lorsque je songe à la maladie d'Esther, je la revois aussitôt allongée sur le canapé, le dimanche après-midi dans la lumière d'hiver de notre grande pièce. J'ai d'ailleurs une photo d'elle dans cette position. Elle se tient en chien de fusil, à peine assoupie, une main contre la bouche comme si elle suçait son pouce, le front plein de fièvre, orageux, témoin de la douleur qui lui enflamme la moitié du corps. Emma et Alice font également la sieste à l'étage en dessous, et les grands sont descendus dans leurs chambres. Pour ne pas faire de bruit, j'ai remis la vaisselle à plus tard, et depuis le fauteuil où je me suis installé pour lire j'observe le profil d'Esther, les mèches bouclées de Gitane sur la tempe, le sombre sourcil, la narine délicate qui par moments se soulève, le trait ferme du menton. On dirait que toutes les colères se sont apaisées en moi et qu'enfin je peux découvrir Esther, me laisser aller à la contempler, à l'aimer. Et on dirait qu'elle l'a pressenti, attendant ce moment pour tomber malade.

Cette chose que les médecins ne savent pas nommer me parle d'Esther, bien sûr, qui depuis longtemps ne me parle plus d'elle. Je devine qu'elle pense sans cesse à la maladie qui a emporté sa propre mère et que s'est installée peu à peu en elle la peur de ne pas voir grandir ses filles, comme sa mère ne l'a pas vue grandir. Qu'est-ce qui me fait supposer que sa maladie est une conséquence de son hypersensibilité ? Je crois que l'idée s'ancre en moi au fil des dimanches où je la regarde dormir et tandis que je me remémore toutes les fois où je l'ai observée se détourner pour ne pas me montrer son chagrin, sa colère ou sa déception. Après avoir raccroché au téléphone, par exemple, ou lu une lettre, ou au retour d'un rendez-vous qui s'était mal passé. Celui-ci, je ne le verrai plus jamais, disait-elle, il a intérêt à m'oublier… Elle rayait aussitôt le nom du type dans son carnet, l'effaçait de son téléphone, et puis elle chantonnait pour faire diversion. Ou alors, après avoir lu la lettre, elle se mettait aussitôt à y répondre, penchée sur son bloc à spirale, le front lourd (jamais de papier à lettres, toujours des feuilles arrachées d'un bloc à spirale, je suis certain que même au président de la République elle aurait écrit sur de telles feuilles affreuses de sa petite écriture illisible). Oui, y répondre à toute vitesse donc, pour en finir et ne plus y penser, plier les feuillets n'importe comment, les glisser dans une enveloppe, la cacheter, avant de sortir sur le balcon fumer une cigarette. Et au retour, feindre d'avoir tout oublié ça va, mon chéri ? Qu'est-ce que tu as préparé pour le dîner au fait ?

Les images du scanner montrent des plaques, disséminées ici et là, de désintégration de la gaine de myéline qui protège le système nerveux central. Voyez-vous, dit le médecin, ce sont comme des blessures. – Des blessures ? – Oui, comme de petits coups de canif qui auraient déchiré la myéline. Mais docteur, *blessure*, c'est un mot d'Esther ! suis-je tenté de dire tout haut. Cependant je me tais pour suivre ses explications. Si la désintégration se poursuivait, Esther pourrait petit à petit se retrouver paralysée, c'est du moins ce que je comprends, ajoutant à part moi paralysée de peur, ou de chagrin, à l'idée de ne pas voir grandir ses filles. Savez-vous ce qui pourrait provoquer l'arrêt de la désintégration, docteur ? – Non. De la même façon que je suis incapable de vous dire ce qui l'a générée, je suis impuissant à vous prédire ce qui pourrait l'arrêter, ou du moins l'interrompre. – Mais c'est possible, selon vous ? – Ah oui, tout est possible. Malheureusement, nous sommes assez démunis pour pronostiquer quoi que ce soit dans ce type de pathologie.

Je ne montre pas à Esther combien je tremble au retour, lui tenant fermement la main, mais je me formule simplement les choses : atteinte d'hypersensibilité, selon moi (ce qui n'est pas une maladie répertoriée mais devrait sans doute l'être), Esther n'a pas la carapace pour se protéger des atteintes de la vie. Chaque coup reçu la pénètre profondément et vient déchirer sa précieuse myéline (dont j'ignorais jusqu'au nom deux heures plus tôt), de sorte que mon plan est établi : la protéger désormais de toutes les malveillances, de toutes les agressions, à commencer par les miennes, bien entendu, et l'aimer, l'aimer de toutes mes forces pour parvenir à la guérir.

On ne se refait pas du jour au lendemain, mais aujourd'hui je sais qu'à force d'autodiscipline et de volonté on parvient à corriger sa nature, à étouffer des mouvements de rejet, ou de colère, sur lesquels on s'appuyait autrefois pour garantir son intégrité, jusqu'à devenir petit à petit un homme de compromis. Un homme bon, comme on le dit parfois d'un être un peu décalé dont la prévenance et la mansuétude étonnent, et comme me l'écrira Esther à plusieurs reprises, jusqu'au jour même de notre séparation, Augustin, tu es beau et bon.

Jamais une telle phrase n'aurait pu lui venir dans les premières années de notre vie, et jamais Cécile n'aurait dit cela de moi durant les vingt années que nous avons partagées (beau, peut-être, c'est une opinion relative, mais sûrement pas bon) ce qui me permet d'apprécier l'ampleur du changement que j'ai su accomplir.

Quels hommes étions-nous, et quel regard avions-nous sur les femmes à vingt ans, mes frères et moi, sortant du couple de nos parents ? Ce sont des questions que j'ai mis du temps à me poser alors que dès mes premiers pas avec Cécile la vie me les a posées. Cécile qui se retrouve enceinte quelques mois après notre rencontre et alors que mon frère Nicolas et moi nous apprêtons à partir en voyage pour plusieurs mois. Cécile qui me précipite ainsi sans le savoir (et par ma faute) dans un destin similaire à celui de Toto, marié à notre mère au printemps 1944 et aussitôt père. Quand survient la grossesse de Cécile, je n'établis pas le lien car en ce temps-là je n'ai pas encore pris conscience qu'au lieu de faire un enfant, notre père aurait pu participer à la campagne de France, puis d'Allemagne, comme beaucoup d'hommes de son âge, et se façonner ainsi une belle image de lui-même plutôt que celle du planqué qu'il traînera toute sa vie, mais mon inconscient doit l'établir car j'entre dans une colère terrible contre la fatalité (et contre moi-même). Cet enfant dont nous ne voulons ni l'un ni l'autre ne va pas m'empêcher de partir (non pas à la guerre, puisqu'il n'y en a pas, mais en voyage). Je précipite donc les choses comme s'il s'agissait pour moi d'une affaire de survie, et la veille de l'intervention à la clinique, je quitte la France avec Nicolas, abandonnant Cécile aux médecins. Quand je réaliserai l'énormité de mon acte (ma *désertion*, alors qu'au contraire j'avais vu dans mon départ un geste de résistance), je lâcherai Nicolas pour remonter seul la moitié de l'Afrique en autocar et retrouver Cécile, mais le mal aura été fait, un mal irréparable qui gangrènera toute notre vie. Ce n'est que bien des années plus tard, en écrivant mon autobiographie (et alors que Markus venait d'entrer dans la vie de Cécile) que je mettrai enfin au jour les premiers ressorts enfouis de ma nervosité constante à l'égard de Cécile. Ce n'est qu'en écrivant que j'en viendrai à me demander : mais pourquoi est-ce que je ne me suis jamais laissé aller dans ses bras, comme si la tendresse immense qu'elle avait au début représentait une menace ? Alors, bien sûr, je parviendrai à exprimer combien j'ai craint que sous son enveloppe adorable se cache la folie de notre mère, sa capacité à détruire, à humilier, à émasculer, à faire de son mari le petit caniche docile qu'elle avait fait de Toto, Toto maugréant sournoisement, n'est-ce pas, ça durera ce que ça durera, mais retournant lui caresser les fesses aussitôt qu'elle était consentante.

Je devrais être moins méfiant lorsque je rencontre Esther, mais je sors alors des derniers mois effrayants avec Cécile où, décidé à l'attendre, j'ai tout supporté de sa liaison avec Markus, jusqu'à son inoubliable phrase : *Tu sais, Augustin, j'ai une drôle d'impression, c'est comme si tu étais mort en moi maintenant*. Cécile devenue assassine, méconnaissable, ne m'épargnant plus grand-chose, comme si elle voulait donner raison à ma peur originelle, et se venger au passage de mon départ pour l'Afrique vingt ans plus tôt, la laissant saigner toute seule sur son lit de clinique – ce sang qu'elle me jettera à la figure en en maculant notre lit après avoir fait l'amour avec Markus le fameux après-midi. Ce sang qu'elle me jettera à la figure, oui, comme je l'aurais sûrement fait à sa place, car moi non plus je n'oublie rien, je ne laisse rien passer, et moi aussi je suis un assassin. De sorte que je suis au comble de la nervosité lorsque je m'engage avec Esther. J'imagine une histoire légère et sans enfant, qui ne nous liera que le temps qu'on voudra bien, et c'est pourquoi je me moque de son avertissement au retour de Luc-sur-Mer, moi, je détruis tout ce que je touche. Encore faut-il qu'il y ait quelque chose à détruire, me dis-je sans doute, dans un coin reculé de ma tête, car pour le moment j'en suis encore à errer dans le champ de ruines que nous nous sommes légué, Cécile et moi.

Mais quand Esther tombe malade, le panorama a radicalement changé. Esther ne parle plus de détruire quoi que ce soit, elle m'écrit qu'elle m'aime, que je la rends heureuse même si elle n'est pas certaine que la réciproque soit vraie, nous avons eu nos deux filles et reconstruit une famille autour de mes deux premiers enfants, enfin nous avons acheté notre maison sur le Mont-Pertus. Non, Esther n'est pas certaine de me rendre heureux, et comment le pourrait-elle alors qu'elle sait que je viens de passer des mois à écrire ce livre sur Cécile dans mon hôtel de Roubaix ? J'entends sa maladie comme l'expression de son désarroi, de sa déception aussi, sans doute, et j'entame alors ce formidable tournant qui doit faire de moi un autre homme, un bon, un doux, un capable de réconforter Esther et de la guérir.

Cette maladie est l'argument pour en finir avec le spectre de notre mère, cette peur de la femme hystérique et castratrice que je porte en moi depuis l'enfance. Celle que je regarde dormir tous les dimanches après-midi, allongée en chien de fusil sur le canapé de notre grande pièce, ne représente plus une menace puisqu'elle est affaiblie et a besoin de moi. Je le résume ainsi aujourd'hui, soucieux de comprendre comment je me suis engagé sur un chemin qui nous a finalement conduits à notre perte, mais sur le moment je ne formule aucun raisonnement, je songe simplement que mon désir le plus ardent est de protéger Esther et que le rôle me convient car il va me permettre de lui exprimer combien je tiens à elle. Je ne vois plus aucun danger à me donner complètement à Esther et je renonce donc à cette circonspection qui avait fait que chaque fois qu'une femme m'avait poussé à endosser les habits de Toto (sans le vouloir, sans même le savoir), les habits de dévotion de Toto, je m'étais mis en colère avant d'entrer en résistance.

Au début de notre vie commune, au cours d'une de ces discussions stupides où l'on se fait des reproches tout en ayant l'air de plaisanter, j'avais lancé à Esther : Tu sais, en ce moment, je suis au top de ma gentillesse, n'espère pas plus, je n'y arriverai pas. Elle s'était levée de table et avait écrit au feutre bleu sur le carrelage blanc de la cuisine : Augustin est au top de sa gentillesse.

C'est dire combien elle est surprise de me découvrir en garde-malade. Je lui prépare son thé sur un plateau, m'assois près d'elle et lui prends la main. Repose-toi, ma chérie. Moi aussi je suis surpris d'éprouver un bien-être que je n'avais jamais connu jusqu'à présent à prendre soin d'une femme. Je le mets au compte d'un sentiment amoureux nouveau que j'ai senti naître après avoir fini mon livre sur Cécile, comme si j'étais parvenu à me délivrer de son souvenir. Je ne souffre plus, et de ce fait je regarde Esther différemment, comme un homme enfin libéré d'un souci qui lui empoisonnait la vie. Je n'avais pas noté qu'elle pouvait être si belle à certains moments de la journée, si émouvante à d'autres, notamment dans son sommeil, et je me surprends à tout apprendre d'elle, comme je le fais avec ma loupe lorsque je scrute une photo cherchant à en saisir chaque détail puis à imaginer ce qui n'est pas sur l'image. J'apprends le front d'Esther, ses tempes, son nez, ses lèvres, son menton, la grâce extraordinaire de son cou, la masse de ses cheveux sombres. J'apprends ses paupières closes, sa façon de respirer dans l'abandon d'elle-même, sa main contre sa bouche comme si elle était tentée de reprendre son pouce, ses sourcils qui se froncent imperceptiblement lorsque la douleur la traverse, la position fœtale de son corps qui, plus que tout le reste, exprime sa fragilité.

Lorsqu'elle est à son travail, je reconstruis son image de mémoire tout en allant et venant dans notre grande pièce. Je peux voir alors comme je l'ai bien apprise, car tout me revient, et il m'arrive de songer que si j'avais là, sous la main, de la terre à modeler, je saurais la reproduire sans avoir à lui demander de poser. Il est sans doute exagéré d'écrire que je découvre Esther (comme je l'ai pourtant écrit un peu plus haut) cinq ans après notre rencontre, et après avoir mis au monde nos deux enfants, mais je suis en train d'entrer en dévotion, oui, comme cela ne s'était produit avec aucune autre femme avant elle. Pour la première fois, je me laisse emporter par l'émotion, sans réserve, parce que je n'ai rien à craindre d'Esther dont le dénuement est si flagrant. Et cependant, j'ai le sentiment qu'une part d'elle-même me demeure cachée. Ainsi, je peux me figurer modelant son visage endormi, mais je me rends compte que je n'y parviendrai pas si elle était éveillée parce que je n'ai aucune mémoire de son regard. Comme c'est étonnant, me dis-je, j'ai tout appris des traits d'Esther, je peux les restituer par cœur, mais son regard que j'ai croisé tant et tant de fois continue de m'échapper.

C'est ce mystère, je crois, qui me fait me tourner vers ses photos avec ma grosse loupe de philatéliste, comme je l'ai fait quelques années plus tôt durant l'écriture de mon autobiographie, penché sur les photos des miens, Toto le jour de son Maríage, effacé et frileux comme s'il savait qu'il n'aurait pas dû être là mais à la guerre, notre mère resplendissante en Tunisie, mes frères et sœurs enfants et les premières atteintes du choléra sur le petit visage de Frédéric, attrapant dans chacune de ces images des bribes d'explication au désastre qu'allait être notre vie. Je rassemble les quelques photos que j'ai d'Esther et j'entreprends d'écrire à deux ou trois de ses sœurs les plus proches pour leur demander de m'en envoyer d'autres. Insensiblement, et sans me l'avouer, je pars à la conquête de l'âme enfouie d'Esther, comme si je devais tout connaître d'elle pour la guérir.

J'ai le vague souvenir de notre premier voyage en Alsace dans le village de son père, de la petite maison forestière où la famille s'entassait pour les vacances d'été. Esther avait voulu me montrer cet endroit la première année et nous y avions passé trois ou quatre jours au milieu de l'hiver. J'étais en train d'essayer de me remettre à écrire, encore abasourdi par la disparition de Cécile, et je l'avais à peine écoutée. Une autre m'aurait ramené à la gare en jurant de ne jamais me revoir, mais Esther avait fait semblant de ne s'apercevoir de rien, supportant que je m'enferme tous les matins pour écrire et que je sorte de là livide et mutique. C'était au temps où elle me voulait de toutes ses forces, m'écrivant tous les jours des lettres que je n'ouvrais pas, et me parlant, me parlant, dans l'espoir que je finirais bien par l'entendre. Eh bien voilà, le moment est enfin venu, elle est allongée sur le canapé, je lui caresse la main et suis prêt à l'écouter, mais elle n'a plus très envie de me parler.

— Esther, j'ai pensé qu'on pourrait retourner dans le village de ton père.

— Ah bon. Mais pourquoi ?

— On irait en voiture avec les enfants. Comme ça ils verraient la maison où tu as aimé être.

— Au printemps alors.

— Oui, au printemps si tu veux.

— Ça me touche que tu aies envie d'y retourner.

Sur la route, elle parle du père venu se replier là peu après la mort de la mère. Elle-même avait été récupérée par l'une de ses sœurs aînées pour rester en ville et continuer d'aller à l'école (elle avait à peine dix ans), mais aux vacances tout le monde se retrouvait dans la maison du père. Elle se souvient du père présidant la tablée familiale dans un joyeux désordre que n'aurait pas apprécié la mère, et cela la fait rire dans la voiture. Le père que tous les enfants aiment et respectent, tandis qu'ils craignaient la mère, ombrageuse et sévère. Après le repas du soir, les filles desservent, le père bourre sa pipe et l'allume, on ajoute quelques bûches dans la cheminée et on joue aux cartes en buvant de la bière ou du vin chaud. Plus tard, le père joue de la guitare au coin du feu et ceux qui le veulent l'accompagnent en chantant. Ce sont les plus beaux souvenirs d'Esther.

Devenue étudiante, elle parvient à se payer une vieille 204 et vient presque tous les week-ends rendre visite au père. Il ne se rase plus, il a désormais son beau visage de rabbin avec ce front magnifique dont a hérité Esther. Elle l'accompagne bûcheronner dans la forêt. Il a près de soixante-dix ans mais abat tout seul des arbres bien plus âgés que lui. À midi, ils mangent ensemble les salades qu'elle a préparées, puis il s'allonge sur un tapis de feuilles mortes, pose sa tête sur sa veste de grosse toile roulée serrée et fait une courte sieste. Esther le regarde dormir en songeant que lorsqu'il sera vieux elle le prendra chez elle. Mais est-ce qu'il n'est pas déjà vieux ? Non, elle pense à Mendès France qu'admire tant son père et qui vient seulement de mourir à peut-être soixante-quinze ou soixante-seize ans. Elle calcule qu'elle a le temps de finir ses études et de gagner sa vie. Alors elle louera un joli appartement en centre ville avec un balcon et prendra le père chez elle, comme ça il n'aura plus aucun souci, fumera tranquillement sa pipe sur le balcon en fredonnant Brassens. Elle mettra des arbustes sur le balcon, et ainsi elle se dit que la forêt ne lui manquera pas trop. Mais un dimanche où ils sont tous les deux dans la forêt, justement, lui reprenant haleine après avoir posé sa tronçonneuse, elle le voit soudain fermer les yeux et s'abattre sur le dos de tout son long. Il meurt quelques mois plus tard, bien plus jeune que Mendès France.

La maison est la dernière du village, enfoncée dans les herbes en bordure de la petite route qui conduit à la forêt. Elle est restée comme l'a laissée le père, une étroite véranda aux montants rouillés et au sol de ciment dans laquelle on retire ses bottes et suspend son chapeau et son ciré par temps de pluie. Puis on pénètre dans une pièce sombre au plafond bas, aux murs noircis par la suie, et il faut quelques secondes pour que l'œil s'accommode. La longue table où ils jouaient tous ensemble aux cartes n'a pas bougé, ni le fauteuil à bascule du père au coin de la cheminée avec son coussin de velours râpé. Un christ est suspendu au-dessus de l'âtre, et un peu en dessous, sur la droite, une photo encadrée de la mère. La mère dont j'ai fui le visage jusqu'à présent mais dans laquelle je me surprends soudain à chercher les traits d'Esther. J'aime bien cette photo, dit-elle en passant derrière moi. Moi, je ne sais pas, chaque fois que je vois la mère, il me semble apercevoir quelque chose d'Esther que je n'aime pas. Mais quoi ? De sorte que je ne réponds rien. Puis je me détourne de la mère avec agacement – et dire que je n'ai pas pensé à prendre ma grosse loupe ! Une pile de vieux journaux et des objets hétéroclites reposent sur le buffet. Autour de la table, on ne compte plus que six ou sept chaises dépareillées, je me demande bien où sont passées les autres. Le sol de la pièce est presque entièrement recouvert d'un tapis qui n'a plus guère de couleurs et dont la trame apparaît par plaques. La maison ne compte que trois chambres, celle du père, au rez-de-chaussée, dont la fenêtre donne sur le jardin, derrière, et deux à l'étage, une pour les filles, l'autre pour les garçons, dit-elle. Vous dormiez toutes ensemble, six ou sept dans la même chambre ? – Ben oui, qu'est-ce que tu crois ? (en haussant les épaules). La cuisine et la salle d'eau ont été logées dans une espèce d'appentis construit par le père sur le flanc de la maison.

Après avoir monté les sacs et couché Emma, nous redescendons nous asseoir sur un banc de bois dans le jardin. Il est adossé à la maison et nos pieds disparaissent sous les hautes herbes couchées. Les grands sont partis découvrir le village avec Alice dans sa poussette. Il est peut-être trois heures de l'après-midi et il flotte dans l'air immobile et tiède une forte odeur de basse-cour. Ce sont les voisins qui ont des poules ? – Des poules, des lapins, des canards... – Tu les connais ? – Bien sûr que je les connais, mes sœurs étaient tout le temps fourrées chez eux. – Mais pas toi ? – Non, moi j'étais trop petite. – Ah ! Je veux savoir en quelle année le père a construit l'appentis, puis planté les poiriers et le cerisier, et quels sont les premiers souvenirs d'Esther dans cette maison. Au début, elle est distraite, elle dit les choses un peu dans le désordre, puis elle voit combien je suis attentif et elle raconte l'extraordinaire voyage pour venir de la ville jusqu'à cette maison pour les grandes vacances d'été, au temps de la mère. Les quatre derniers, dont elle, entassés à l'arrière de la petite Peugeot 104 et les parents devant, la mère avec des sacs sur les genoux jusqu'aux yeux. Tous les autres enfants expédiés par le train et le père contraint de faire deux voyages pour les ramener de la gare à la maison. La ville n'est qu'à deux cents kilomètres peut-être, elle ne sait pas précisément, mais acheminer les quatorze prenait finalement toute la journée. On se fendait bien la gueule, laisse-t-elle tomber après un silence. Elle ne s'entend pas le dire, elle n'entend pas combien cette expression qu'ils devaient employer enfant est choquante dans la bouche de la femme qu'elle est devenue. Vous vous fendiez bien la gueule ? – Oui, parce qu'arrivés ici on avait le droit de faire tout ce qu'on voulait, plus personne ne s'occupait de nous. La mère reste dans sa chambre à lire, c'est le seul moment de l'année où elle peut lire, et le père fait le jardin. Plus tard, elle raconte les accidents, la sœur transportée sans casque sur la mobylette du voisin et jetée contre un arbre, la moitié du visage couturée, le fils de l'autre voisin et sa petite amie retrouvés morts un dimanche matin d'août dans leur voiture qui était allée percuter un pylône électrique. On n'a jamais compris comment ils avaient pu traverser tout le champ du Lucien pour aller s'encastrer dans ce pylône. – Ils devaient être bourrés, non ? – Ça, bien sûr qu'ils étaient bourrés ! Ils rentraient de boîte. Mais le pylône est très loin de la route. Je te montrerai si on va par là-bas.

Le lendemain, on se promène dans le village et on regarde les maisons. On s'amuse à imaginer celle qu'on aurait pu acheter si on n'avait pas déjà acheté celle du Mont-Pertus. C'est étonnant comme on mène notre vie, Esther, dis-je, six mois plus tôt on n'aurait même pas su situer le Mont-Pertus sur une carte et maintenant c'est là que nous avons nos racines. Elle me regarde curieusement. Tu n'es pas d'accord ? – Si, mon chéri, c'est bien comme ça. Je crois que j'aime notre vie et la façon dont nous la menons. – Oui, mais tu ne me dis pas tout ce que tu penses. – Oh non, jamais je ne te dirai tout ce que je pense. – Tandis que moi, au contraire, j'aimerais te faire partager chaque réflexion qui me traverse. – Oui, mais toi, rétorque-t-elle avec son rire de voyou, c'est pas bien compliqué de deviner ce que tu penses de toute façon. – Ah bon. – Non, mais je t'aime aussi pour ça, Augustin. Avant toi, j'ai connu pas mal de garçons tordus, et ça va, j'ai suffisamment donné.

21

J'essaie de me remémorer comment Esther parvient à me faire entendre qu'elle n'aime pas notre maison du Mont-Pertus. Cette maison à laquelle je songe chaque soir au moment de m'endormir, imaginant ses belles pièces plongées dans les ténèbres en attendant notre venue, et chaque matin durant la promenade que je fais rituellement avant de me mettre à écrire, scrutant l'avancée des bourgeons du parc de l'ancienne briqueterie pour tenter de me figurer où peuvent en être les arbres de notre jardin, les hêtres, les deux tilleuls et le vieux jujubier. Avec le recul, il me semble que ce qu'elle dit les premiers temps est trop retenu, trop allusif pour ébranler la certitude d'un homme persuadé d'avoir mis la main sur un trésor.

Nos premiers étés sur le Mont-Pertus. En juillet, je suis seul avec les enfants et je paie une jeune fille pour les occuper le matin pendant que j'écris. Puis Esther nous rejoint et nous allons tous ensemble la chercher à la gare de Clermont-Ferrand. Elle a le teint gris quand elle surgit du train, tandis que nous sommes tous dorés et très excités. Son arrivée ouvre la période la plus joyeuse de l'été, les matinées autour de la table du jardin à dessiner, faire vaguement des devoirs de vacances (pendant que je continue d'écrire), les déjeuners tous ensemble, les après-midi à la piscine du village (pendant que je roule sur mon vélo en direction du Lioran, de Salers ou du Pas de Peyrol), puis les longues soirées dehors avec le dîner qui se prolonge jusqu'à dix ou onze heures. Les deux ou trois premiers jours Esther a du mal à se refaire à la vie de famille, aux vacances, après ces semaines passées seule à Villedieu, et si je m'étonne ça va Esther, tu as l'air un peu ailleurs, ou agacée, elle rétorque gentiment tu sais bien comment je suis, mon chéri, il me faut toujours un peu de temps pour m'adapter quand j'arrive ici.

C'est durant les vacances d'hiver, à Noël ou en février, que j'entends pour la première fois qu'elle ne se sent pas bien dans notre maison. La cuisine séparée de la grande pièce, la cheminée trop petite, partout cette élégance qui ne colle pas à l'idée qu'elle se fait d'une maison de famille... Oui, soudain j'entends. Tu n'aimes pas la cheminée, Esther ? – Si, elle est très belle, mais c'est une cheminée de ville. – La maison elle-même est une maison de ville, c'est d'ailleurs bien pour ça... – Je sais combien tu l'aimes, Augustin, je n'ai pas oublié la première fois que tu l'as vue. – Mais tu l'aimes aussi ! – Bien sûr, mais j'imaginais autre chose quand on a commencé à chercher. – Qu'est-ce que tu imaginais ? – Je ne sais pas, quelque chose comme ces grandes cuisines de ferme où l'on vit tous ensemble, tu sais, où la vie est facile, une longue table de bois, le feu qui brûle toute la journée dans la cheminée... La maison du père, en somme, elle imaginait la maison de bûcheron du père, et nous avons acheté une de ces villas raffinées de colons d'Algérie, ou de Tunisie.

Soudain j'entends, et la déception d'Esther chemine lentement en moi. Je me rappelle mon émotion en pénétrant pour la première fois dans cette maison derrière la dame de l'agence, cette maison qui nous attendait, qui était *évidemment* pour nous, avais-je songé, comme si Esther et moi ne faisions qu'un, comme si nous étions issus l'un et l'autre de la même enfance. Mais non, c'était bien pire encore, constatant combien cette maison était élégante avec ses plafonds hauts, ses lustres Art déco, ses cheminées de marbre dans chaque pièce, je n'avais pas douté une seconde de l'émerveillement d'Esther, au point de ne même pas lui demander son avis. Et pourquoi ? pourquoi ? puisque, rassemblant tout ce que je sais d'elle, je vois bien que rien dans son histoire ne la prédispose à aimer le style de cette maison. Pourquoi ? Eh bien je crois deviner : c'est que renvoyé à l'Afrique du Nord à l'instant où je l'ai découverte, je suis insensiblement entré dans la peau de Toto, fier d'offrir à ma femme ce qu'il y avait de plus *distingué,* et en somme, remontant le temps, sans doute ai-je confondu Esther avec notre mère.

Mais non, je ne veux pas le croire, et je change alors de pied :

— Esther, j'ai repensé à ce que tu m'as dit. Maintenant que je connais mieux la maison de ton père, je comprends que tu aies du mal à te faire à celle-ci.

— Oui (me jetant un regard interrogateur, et peut-être caustique, sans cesser d'éplucher les pommes de terre pour le gratin dauphinois) ?

— Mais je voudrais te dire une chose : la vérité, c'est que cette maison te ressemble et que tu ne le sais pas, tu ne le vois pas. Quand je te regarde aujourd'hui dans ta robe d'été avec tes talons hauts, si jolie, si soignée, c'est évident que tu es bien plus faite pour vivre dans ce cadre que dans une maison de bûcheron.

Elle rit en secouant la tête, comme si elle n'en revenait pas d'entendre une pareille bêtise.

— Tiens, tu veux bien me passer le torchon ?

— Tu n'es pas d'accord ?

— Je ne sais pas... Est-ce qu'on ne pourrait pas abattre au moins la cloison entre la cuisine et la grande pièce par exemple ?

— Abattre la cloison ! Mais Esther, ça ne serait plus la même maison. C'est une telle chance que personne ne l'ait abîmée avant nous... Je ne peux pas envisager de changer quoi que ce soit.

— Je vois, oui. Bon, tant pis, n'en parlons plus. Tu me le passes, le torchon ?

Cependant, en quelques mois les choses s'aggravent, jusqu'à cette discussion que nous avons durant les vacances de Pâques, je crois. Esther est tendue, à la fois débordée de devoir prendre sur elle pour vivre dans un endroit où elle ne se sent pas à l'aise, et sans doute énervée que je ne veuille rien changer, comme si on habitait un musée, me lance-t-elle à la figure.

— Je n'avais pas compris que c'était à ce point, Esther.

— J'ai essayé de te le dire, mais c'est difficile.

— Comment ça ? Qu'est-ce qui est difficile ? Tu ne m'as jamais exprimé clairement ce que tu pensais.

— Eh bien je vais le faire : je n'aime pas cette maison, voilà, je n'y viens pas avec plaisir.

C'est comme une gifle. Une gifle bien méritée, bien ajustée. D'un seul coup je prends conscience de mon aveuglement et du mal que je lui fais, moi qui me suis engagé silencieusement à la guérir, à ne jamais la contrarier.

— Alors si c'est ça, on va la revendre, Esther.

Elle en reste un moment sans voix et me regarde, les lèvres entrouvertes. Peut-être s'attend-t-elle à ce que j'éclate de rire, c'est si énorme – mais non, je plaisantais !

Je ne plaisante pas.

— On va la revendre, Esther. On ne peut pas garder une maison où tu viens à reculons.

— N'exagère pas quand même.

— C'est ma faute, je me suis emballé. Je veux que tu te sentes chez toi, bien sûr.

— Mais tu l'aimes tellement, Augustin !

— Je l'aime, oui, mais qu'est-ce qu'on a à faire d'une maison que tu n'aimes pas, toi ? La prochaine, nous la choisirons ensemble, et cette fois je t'écouterai.

— Tu parles sérieusement, là ? Tu veux vraiment qu'on la revende ?

— Maintenant que les choses sont dites, ça ne mérite même pas d'en discuter. Cette maison, c'était pour nous, Esther, pour toute notre vie puis celle de nos enfants, si tu n'y es pas heureuse tout ça n'a plus aucun sens.

Je me rappelle la façon pitoyable dont je mens à la dame de l'agence. Trois années seulement se sont écoulées et nous lui rendons son trésor.

— Je ne voudrais pas être indiscrète, mais qu'est-ce qui s'est passé ? Vous aviez l'air si content…

— Ma femme va travailler dans un cabinet d'avocats de Barcelone, nous partons.

— Barcelone… Barcelone est à peine plus loin que Villedieu, non ?

— C'est vrai, mais nous voulons changer de vie. Changer radicalement de vie, voilà (songeant : pourquoi ne lui ai-je pas dit New York ? Elle n'aurait rien trouvé à répondre).

— Ah ! je suppose que vous avez vos raisons…

— Oui, les choses ne sont pas toujours comme on voudrait qu'elles soient.

— Je comprends, ou plutôt je devine. Eh bien, je vais passer prendre quelques photos et la remettre en vente. Je ne vous promets pas que ça va être facile.

— Nous l'avons beaucoup améliorée, le toit est neuf.

— Ça n'est pas la question, malheureusement... Il faut trouver l'oiseau rare, vous savez bien...

Je sais, oui, et en raccrochant je pense à cet oiseau-là, au moment où je vais l'observer fondre d'émotion dans notre maison, sous le lustre Art déco de la grande pièce, et souffler en tremblant à l'oreille de sa femme on la prend tout de suite ma chérie, n'est-ce pas, tout de suite. Un type né en Algérie, qui aurait pu être mon ami, et qui au lieu de ça va me rendre malade de jalousie au point que le regardant comploter sournoisement avec sa femme, je risque de décider d'en faire le personnage principal de mon prochain livre, ce qui me permettrait de continuer d'habiter notre maison et, accessoirement, de coucher avec sa femme. Je souris de ma bêtise, pourquoi irais-je coucher avec sa femme, alors que coucher avec Esther me remplit d'une ivresse que je n'avais jamais connue auparavant ? C'est vrai, je m'en fais la réflexion après avoir raccroché avec la dame de l'agence, c'est venu petit à petit, au fur et à mesure que je me mettais à aimer passionnément Esther (juste après mon livre sur Cécile). Et c'est si troublant que parfois je tremble à la seule pensée de la prendre dans mes bras.

Puis je descends de mon bureau et enfourche mon vélo. Oh là là, dit Laetitia en me voyant traverser le jardin, ça n'a pas l'air d'aller, papa. – Si, si, ma chérie, ça va. – Non, je vois bien que tu es de mauvaise humeur. Elle joue à chat glacé avec trois autres enfants du village. Je m'en tire avec un vague signe de la main – amusez-vous bien, à tout à l'heure.

Dans mon souvenir, je ne me soucie pas une seconde d'annoncer à Laetitia que nous allons vendre la maison. Alice et Emma sont petites, ça ne posera pas de problèmes. Louis ne l'a pas investie, il préfère passer ses vacances chez ses copains de Veyrière dont les parents ont une ferme en Ardèche. Mais Laetitia, qui a vu ses parents se dissoudre et ses maisons disparaître l'une après l'autre, s'est accrochée à celle-ci avec l'obstination des enfants qui ont appris très tôt que la vie est une sorte de miroir aux alouettes et qu'il ne faut jamais lâcher la proie pour l'ombre. Laetitia ne quitte pas cette maison de toutes les vacances, elle y a apporté méthodiquement ses souvenirs d'enfant, ses carnets secrets, ses premières poupées, les cadeaux de Cécile, ses collections… Elle a voulu que je mette un verrou à la porte de sa chambre et a écrit sur le chambranle *Chambre de Laetitia, interdit d'entrer*. Si je ne me soucie pas de la prévenir, ni même d'envisager de la prévenir, c'est que je n'en ai pas la force. Je vois comme je me mets à pédaler plus vite aussitôt que me remémorant ma conversation avec la dame de l'agence le petit visage blond de Laetitia m'apparaît. Songer seulement qu'elle aurait pu m'entendre, cachée derrière la porte de mon bureau, me précipite dans un désarroi qui me fait cogner le cœur. Non, non, mon Dieu, pas ça, s'il vous plaît… Je redeviens croyant dans ces circonstances, je me dis que s'il y a quelqu'un là-haut de bon, de compatissant, il va faire que ça n'arrive pas, ou du moins que Laetitia ne se rende compte de rien, transportée directement de cette maison dans la suivante par une sorte d'enchantement.

Je revois la scène : Laetitia est perchée sur le muret qui sépare le jardin de la petite route asphaltée quand la dame de l'agence entre chez nous par le portail, suivie par un couple dont les visages blonds sont étonnamment semblables, celui de l'homme est glacial tandis que la femme s'efforce de sourire. Je sors de la véranda où je me trouvais, nous nous saluons et je les prie d'entrer. Je sais que Laetitia assiste à cet échange depuis le muret, et donc au lieu de suivre les visiteurs à l'intérieur de la maison je reste planté là. Voilà, le moment est venu, et puisque le bon Dieu ne bouge pas, je veux être avec Laetitia, du côté de Laetitia. J'attends, lui tournant à moitié le dos et me caressant le menton.

Et soudain je l'entends :

— C'est qui, papa ? Pourquoi ils viennent chez nous avec la dame de l'agence ?

Alors je m'approche. Elle n'a pas quitté le muret, de sorte que son visage se trouve légèrement au-dessus du mien.

— Nous allons revendre la maison, Laetitia.

— Oh non !

Je vois ses yeux se remplir de larmes.

— Oh non, papa, vous n'allez pas faire ça !

Et puis les miens aussi se noient et comme je ne veux pas qu'elle soit témoin de mon chagrin, je la prends dans mes bras et je lui parle à l'oreille.

— Si, ma chérie, mais pour en acheter aussitôt une autre. Une autre qui sera plus grande et plus belle.

— Non, c'est celle-là la nôtre. Tu avais promis qu'on la garderait toute la vie, et je sais que tu l'aimes, je sais que tu l'aimes beaucoup.

— C'est vrai, Laetitia, je n'ai jamais aimé autant aucune de nos maisons. Mais nous en avons parlé avec Esther et nous pensons qu'on peut trouver beaucoup mieux, tu sais.

Laetitia ne peut pas y croire, et moi non plus. Je me débats pour lui cacher la vérité, qu'Esther n'aime pas cette maison et que nous n'avons pas d'autres solutions qu'en changer, mais rien de ce que je dis ne sonne juste.

— Je te promets qu'on va en trouver une plus belle, Laetitia.

— Je ne veux pas qu'on la vende, papa. C'est pas possible... c'est pas possible...

Elle sanglote et je me tais. Je n'ai plus d'arguments. Et tandis que je la tiens dans mes bras je suis en train de comprendre pourquoi j'ai tant redouté ce moment, au point de croire qu'un miracle pourrait me l'épargner : je viens de faire à Laetitia ce que mes parents m'ont fait au même âge, l'année de mes dix ans exactement, l'expulser de sa maison, lui signifier que ce qu'elle imaginait lui appartenir, être sa place, n'est pas assuré, que tout peut lui être retiré du jour au lendemain et qu'elle ne peut pas compter sur ses parents pour la protéger de tels séismes. Alors sur qui pourra-t-elle compter ?

De la même façon que j'ai tout oublié de l'après-midi de notre expulsion une fois passé le choc de notre grande sœur Christine en train de pleurer et des déménageurs occupés à vider nos placards, je ne parviens pas à me souvenir du déroulement de la journée après la visite du couple aux cheveux blonds. Des Flamands, ou peut-être des Hollandais. À quel moment est-ce que je me résous à lâcher Laetitia ? Décide-t-elle de me croire et se remet-elle à jouer, ou va-t-elle s'enfermer dans sa chambre pour pleurer ? Et moi ? Je n'ai gardé aucune image de moi discutant avec ces gens, acquiesçant aimablement à ce qu'explique la dame de l'agence. Pourtant, la scène a bien dû avoir lieu, je ne m'imagine pas laissant Esther se débrouiller toute seule. Et si j'ai pu rester près du muret avec Laetitia, c'est bien qu'Esther était là pour recevoir nos visiteurs. Esther à laquelle je souhaite manifester mon engagement

– cette décision de vendre, nous l'avons prise ensemble, ma chérie, je suis avec toi, je l'assumerai jusqu'au bout, oui, tout en portant le chagrin de Laetitia, tout en tâchant de la convaincre que c'est une bonne décision, ce qui me force à faire le grand écart, à me fendre le cœur littéralement, car je ne crois pas un instant que nous retrouverons une maison qui ait l'âme de celle-ci. Je peux me figurer Esther dans sa robe gris perle, sur ses talons rouges, jouant de son charme avec tellement de naturel mon mari est fou de cette maison, vous savez, moi-même je l'adore, si je n'avais pas obtenu ce poste à l'étranger nous l'aurions gardée, bien entendu, ah ! tenez, le voilà justement, Augustin je te présente... – Nous nous sommes vus dans le jardin, ma chérie. – Ah, très bien ! J'étais en train de leur expliquer combien tu aimes cette maison...

Les avons-nous raccompagnés jusqu'au portail ? Ont-ils dit qu'ils étaient intéressés ? Je suppose qu'ensuite je suis parti à vélo pour méditer sur cette chose épouvantable : avoir fait à Laetitia ce que mes parents m'ont fait. Mais ce n'est qu'aujourd'hui, écrivant ce livre dans mon appartement du petit Trocadéro, que me frappe soudain l'autre similitude. À l'origine de notre expulsion, il y a notre mère. Sa bêtise, ou son aveuglement – avoir exigé de Toto qu'il l'installe à Longchamp à notre retour de Tunisie. À l'origine du chagrin de Laetitia, il y a Esther. Elle n'est ni aveugle ni stupide, et cependant, avec le recul des années, je parviens à identifier ce qui rapproche Esther de notre mère : elles entendent l'une et l'autre que l'homme de leur vie leur soit dévoué, et j'allais écrire *soumis*. Chacune a de bonnes raisons pour cela. Notre mère est imprégnée de cette culture bourgeoise qui veut que le mari installe l'épouse dans le faste pour signifier au monde qu'ils valent mieux que le commun, qu'ils ont un rang à tenir, comme disait cette idiote en se rengorgeant, enfin Toto nous avons un rang à tenir. Esther, de façon plus intime, plus secrète, n'oublie pas le mal que lui ont fait les hommes, cette *blessure*, la première fois – je n'aime pas forcément ce pouvoir que j'ai sur les hommes, ce qui les attache à moi quand moi je m'attache à une histoire, pas à eux. Arrive un moment où il faut que je détruise. Oui, je crois qu'Esther n'oublie pas qu'elle a un compte à régler avec les hommes et que ce pouvoir dont elle dispose sur eux demeure son arme la plus sûre. Le moment n'est sans doute pas venu de nous détruire, de *me* détruire, mais à travers cet épisode je devine aujourd'hui qu'Esther a pu mesurer l'ampleur de son pouvoir sur moi, et qu'en somme je suis à sa merci. L'ampleur de son pouvoir tout nouveau sur moi, car avant l'apparition de sa maladie, concomitante à l'écriture de mon livre de deuil sur Cécile, je n'étais pas entré en dévotion.

Esther a pu mesurer que je suis prêt à tout pour elle, et sans doute cela lui suffit-il, car après quelques jours durant lesquels nous recevons encore deux ou trois couples d'acheteurs potentiels, elle revient en arrière.

— Augustin, j'ai bien réfléchi, je crois que je suis en train de nous faire faire une bêtise.

— Quelle bêtise ? Je ne comprends pas.

— Gardons la maison, nous l'aimons, nous y sommes tous très attachés.

— Pas toi, Esther. Pourquoi dis-tu *nous* tout d'un coup ? Toi, tu m'as dit que tu ne l'aimais pas.

— Je me suis trompée. Maintenant que nous sommes sur le point de la perdre, je me rends compte combien je m'y suis attachée.

— Esther, j'ai dit à Laetitia que nous la vendions, elle est dévastée, je ne trouve plus les mots pour la consoler...

— Je suis désolée.

— J'ai besoin de savoir ce que tu veux vraiment, tout ça a déjà fait pas mal de dégâts, sans parler de la dame de l'agence qui se donne du mal.

— Gardons-la.

— Tu es sûre ?

— Oui. Appelle l'agence, dis que finalement nous ne partons plus en Espagne.

— Attends, laisse-moi digérer la nouvelle. Je vais d'abord prévenir Laetitia. Mais j'ai besoin d'être certain...

— Tu peux l'être, j'ai pris le temps de réfléchir, je ne reviendrai pas en arrière.

— Tu sais, ça me fait le même effet que quand tu te réveilles d'un cauchemar – tu te dis ouf ! c'était affreux, mais ça n'était pas dans la vraie vie, et tu as envie de rire en dépit de ce que tu viens de traverser.

— Je suis désolée, mon chéri.

— Tu n'as pas à l'être, je suppose que c'était un passage obligé pour que tu te sentes bien ici.

— Oui, sûrement.

Quelques jours, ou quelques semaines plus tard, rentrés à Villedieu, Esther me fera cet aveu, protégée par les ténèbres de notre chambre, dans ce moment que j'aime, propice aux confidences, juste avant de s'abandonner au sommeil :

— Tu sais, Augustin, ça m'a beaucoup touchée que tu sois prêt à vendre la maison pour moi.

— Oui.

— Je sais quel sacrifice ç'aurait été pour toi. Là, j'ai compris que tu m'aimais, que tu m'aimais vraiment.

— Nos deux enfants ne t'en avaient pas convaincue ?

— Les enfants, c'est différent, ils ne nous appartiennent pas, ils ne peuvent être l'objet d'aucune négociation, tandis qu'une maison, si. Ça me touche énormément, sachant combien tu aimes la nôtre, que tu aies tout de suite accepté de la revendre. Pour moi, par amour pour moi.

22

C'est à peu près à cette époque que se produit une révolution dans ma vie d'écrivain. On me demande si j'accepterais d'aider un homme, rescapé d'une secte dont tous les membres se sont donné la mort, à écrire ses mémoires. Seul témoin de ce suicide collectif, de sa préparation, il a été placé sous protection policière et il ne sort guère de son appartement. C'est donc là que je le rencontre et passe deux ou trois semaines à l'écouter. Peut-être les semaines les plus intenses de ma vie car ce survivant est à la fois un conteur extraordinaire et le héros d'une aventure effrayante, non pas seulement du fait de sa fin tragique mais des deux décennies durant lesquelles, en dépit de sa grande intelligence, il s'est fait manipuler jusqu'à accepter de mettre sa femme dans le lit du gourou (de la convaincre d'y aller) et de lui livrer leurs enfants.

J'écris ce récit d'une traite, porté par l'émotion de mon narrateur. Comment le gourou, un ex-représentant de commerce, est-il parvenu à placer sous emprise ce couple et des dizaines d'autres ? Par quel cheminement de la pensée un individu réussit-il à s'emparer du cerveau d'un autre jusqu'à lui faire accomplir de bonne grâce ce qu'il imaginait sans doute comme son pire cauchemar, trahir les siens, les regarder s'éloigner, les perdre, puis se donner la mort avec eux dans une grand-messe exaltée (que mon héros a fui dans un sursaut de lucidité) ? Aucun esprit sain ne peut concevoir qu'une telle entreprise soit possible, aussi je m'attache à ne sauter aucune étape du processus de façon à ce qu'on ne puisse pas dire : les victimes étaient des malades mentaux, jamais des gens normaux ne se seraient laissé prendre au baratin de ce salaud. Non, les victimes n'étaient pas débiles, tout au plus avaient-elles des fragilités, des blessures mal cicatrisées ici ou là par lesquelles le gourou a su inoculer son venin et, petit à petit, les posséder.

Les posséder, oui, comme on s'échine parfois à posséder l'autre dans une relation amoureuse. Je joue avec ce mot de *posséder*, là, tout de suite, soudain conscient du fait que je n'ai établi aucun lien, sur le moment, entre le venin du gourou et celui que véhicule parfois la relation amoureuse. Comme si le cas clinique de la secte, qui aurait dû éclairer mon jugement, était trop énorme pour que j'en tire un enseignement, moi qui avais pourtant déjà consacré tout un livre à l'effondrement de mes parents, à la façon dont ils s'étaient emparés mutuellement du cerveau l'un de l'autre pour lui faire accomplir leurs propres desseins, notre mère conduisant Toto à sa perte par son insatiable aspiration au luxe, à l'apparence, Toto la menant à la folie en ne lui refusant jamais rien, en lui laissant croire qu'il avait le pouvoir de la satisfaire en tout, de peur de la perdre, sans doute. Moi, encore, qui venais de mettre notre maison de famille en vente par dévotion envers Esther, et sans rien soupçonner de ce qui l'avait fait agir (elle-même n'en ayant peut-être qu'une très vague conscience).

La révolution provoquée par ce livre dans ma vie d'écrivain n'est donc pas introspective, comme elle aurait pu l'être (puisque je ne vois rien, n'en tire aucune leçon), mais financière : je gagne en quelques mois ce que me rapportent trois ou quatre romans.

Je découvre avec ce texte que je suis capable d'engranger beaucoup d'argent avec une matière – l'écriture – que j'ai appris tout seul à travailler au fil des années et dont je n'imaginais pas qu'elle pût avoir un prix, ce prix-là en tout cas. Dans le même mouvement, je découvre la valeur ludique de l'argent. Jusqu'à présent, il n'avait eu à mes yeux qu'une portée dramatique : parce que nous n'en avions pas, nous avions été expulsés à trois reprises et notre mère avait sombré dans la maladie mentale. Parce que nous n'en avions pas, nous avions dû refuser l'héritage de nos parents à leur mort (des millions de dettes), de sorte que nous n'avions pu récupérer aucun des objets qui avaient accompagné notre enfance, à l'exception des photos que nous avions été voler quelques heures avant que l'huissier ne pose les scellés. L'argent que j'avais gagné comme journaliste, puis comme écrivain, n'avait jamais fait que transiter par la banque avant de disparaître sans laisser de traces, absorbé par les factures et nos besoins quotidiens. Or, voilà qu'il s'accumule sur notre compte en banque et que pour la première fois de ma vie, longeant les vitrines, je peux imaginer acheter ce qu'il y a derrière. Ce n'est qu'un jeu, au début, voir une lampe, des chaussures pour Esther, ou même une voiture, et me figurer entrant dans la boutique et repartant avec. Monsieur a besoin d'un conseil, peut-être ? – Oui, donnez-moi donc la décapotable, là, je vous la prends tout de suite. Est-ce que je ne suis pas le roi du monde avec tout ce fric ?

Nous l'investissons dans notre maison du Cantal dont nous faisons repeindre toutes les pièces, pour laquelle nous achetons quelques meubles précieux et faisons installer l'arrosage automatique dans le jardin. Lorsque je m'absorbe aujourd'hui dans les photos de nos premières vacances là-bas, je me rends compte combien tout y était pauvre – les murs encore tendus d'un papier peint triste et fané, des meubles dépareillés, sombres et lourds, rapportés de chez le brocanteur, des lampes sans abat-jour et pas de rideaux aux fenêtres. Nous-mêmes avons des allures de quasi-clochards, surtout l'hiver avec nos vêtements achetés dans les friperies du coin, les enfants fagotés dans des pulls tricotés mains distendus et des pantalons pattes d'éléphant, Esther dans un manteau 1920 de velours noir râpé aux coudes et moi dans un anorak qui semble sortir d'une poubelle.

Une année plus tard, nous sommes méconnaissables – on dirait que nos visages, autrefois fermés et gris, se sont éclairés de l'intérieur. Le jardin, qui était entièrement brûlé au milieu de l'été et dont le vent nous jetait la terre à la figure, repose désormais sous un tapis de gazon frais, ombragé ici et là par le feuillage frissonnant d'un tilleul. Des transats colorés sont apparus sur la pelouse au-dessus de laquelle on peut distinguer à la loupe les taches blanches des papillons. De la maison émane une impression de tranquille somnolence. Quelle heure peut-il être sur cette photo ? Je dirais trois heures à voir comme le soleil baigne la façade. Les vieux volets pourris ont été remplacés par des neufs dont le blanc étincelle et que l'on a pris soin de fermer. Après être allés prendre un café dans un village voisin, Mandailles, ou peut-être Le Falgoux, nous sommes rentrés et en traversant le jardin j'ai murmuré à l'oreille d'Esther que j'aimerais bien faire l'amour, elle ne m'a pas paru enthousiasmée mais elle a bien voulu quand même, d'accord, mon chéri, viens si tu veux, et maintenant j'imagine que nous dormons.

C'est un peu vertigineux ce qui nous arrive, cette facilité soudaine, ce sentiment que la vie a brusquement cessé de nous résister, que nous l'avons pénétrée, que nous pouvons nous y promener avec désinvolture, paresseusement enlacés, entrer où nous voulons, sourire distraitement à la compagnie, nous asseoir et commander. M'entendre dire à Esther, qui essaie de nouvelles lunettes de soleil, prends-les si tu les aimes, ma chérie. – Tu crois ? C'est cher quand même, et puis je n'en ai pas vraiment besoin. – Elles te vont bien, prends-les ! La première fois que j'ai cette impression de puissance, c'est lorsque nous entrons dans un magasin de carrelage, sur la route d'Aurillac. Nous voulons faire carreler la salle de bains qui ne l'a jamais été. Un an plus tôt, Esther voulait vendre la maison ; aujourd'hui elle s'absorbe avec amusement dans le choix de carreaux fabriqués à la main au Portugal. C'est moi qui ai voulu qu'on nous présente les plus beaux, les plus chers, vaguement conscient de revivre à l'envers une scène de ma petite enfance. Dans mon souvenir, nous sommes à Longchamp, dans l'appartement en chantier, en présence de M. Durnerin, ce décorateur que notre mère vénère. Il s'agit de choisir le papier peint pour les pièces de réception, comme dit notre mère, et M. Durnerin vante un papier qui doit être hors de prix car je sens que Toto tente de revenir à quelque chose de plus abordable, sans oser toutefois en donner la raison. Enfin, qu'est-ce que tu as contre celui-ci ? s'agace soudain notre mère. – Rien, mon petit, mais le premier m'avait paru… – M. Durnerin estime que celui-ci sera plus lumineux. C'est bien votre avis, n'est-ce pas ? – Absolument, chère madame (à la fois obséquieux et hautain, le teint rose, les cheveux blancs frisés coiffés en arrière, une pochette verte assortie à sa cravate et des touffes de poils dans les narines qui me donnent envie de vomir). – Eh bien en ce cas, Toto, je ne vois pas pourquoi tu nous fais perdre notre temps. – Pardonne-moi, mon petit, tu as parfaitement raison, il n'y a plus à hésiter. Toto qui se mord aussitôt le gras du pouce et dont je sens sourdre la peur. Il a peur d'une chose effrayante, je le vois, mais je ne sais pas nommer cette chose. J'ai quatre ans, peut-être moins, je suis résolument de son côté, je me méfie déjà de notre mère, et cependant, dans le magasin de carrelage, c'est moi qui pousse Esther à prendre le plus cher. Je suis du côté de Toto, mais je veux faire mieux que lui, réussir là où il a échoué : prévenir les désirs de ma femme avant même qu'elle ait eu le temps de les exprimer. J'ai le souvenir de sa peur, de ses tics aussitôt que notre mère entre dans un magasin ou qu'apparaît M. Durnerin, mais je me figure que jamais cette peur ne me rattrapera.

Comme c'est étonnant, n'est-ce pas, tant que nous n'en avions pas, la question de l'argent ne se posait pas, Esther pouvait bien s'habiller dans les friperies, ou chez Fabio Luci, sur le boulevard Aristide-Briand, avec les femmes arabes et les chinoises, ça ne me choquait pas et je ne m'en sentais pas diminué, mais depuis que nous en avons il me semble que rien n'est jamais assez beau pour Esther. Elle se fichait complètement d'être pauvre, et ça n'était pas pour nous un sujet de préoccupation, tandis qu'être riche, après m'avoir amusé durant quelques jours, est en train de devenir un souci. Je le pressens, sans en comprendre la raison. Être riche m'interroge sans cesse sur ce que je pourrais bien inventer pour faire plaisir à Esther. Quand elle est à son travail et que je suis seul à mon bureau, c'est une petite musique récurrente qui n'est pas trop envahissante, je lève le nez de mon manuscrit et me surprends à sourire en songeant aux boucles d'oreilles que je pourrais lui offrir, à son sourire quand elle ouvrira son cadeau, puis je me remets à écrire et j'oublie. C'est quand nous nous promenons ensemble et qu'elle s'arrête devant une vitrine qu'être riche me presse d'agir comme si je ne devais pas rater cette occasion de gâter Esther car ensuite elle pourrait ne pas se représenter et me laisser dans un désarroi inconsolable. J'aime bien cette robe, dit-elle (elle ne me demande jamais ce que j'en pense). – Tu ne veux pas l'essayer ? – Je ne sais pas… Tu crois ? – Oui, viens, entrons. Si la robe ne lui va pas, ou ne lui plaît pas, c'est moi qui suis désolé. Tu ne veux pas essayer celle-ci ? Elle fronce le nez, fait non de la tête, tout en continuant de chercher. J'ai conscience de ne rien connaître à la mode, de ne rien savoir de ce qu'il faut porter pour être exactement à la place qu'on souhaite occuper dans le regard des autres (ce que sait faire Esther qui, même au temps de Fabio Luci, jouait avec talent des pailletés synthétiques et des baskets dépareillées, une rouge à droite une verte à gauche, au point qu'on lui demandait où elle s'habillait pour être toujours à l'avant-garde du *in*, ce qu'elle refusait absolument de révéler), mais je propose à tout hasard car je sens déjà monter l'inquiétude à l'idée qu'Esther n'achète rien. Quel soulagement lorsqu'à la troisième ou quatrième boutique je surprends un éclat discret de satisfaction sur son visage grave de Gitane. Elle te va bien, celle-ci. – Oui, hein ? – Vraiment bien. – Bon, je la prends.

On me propose d'être la plume de personnalités bien plus célèbres encore que mon sympathique survivant et je comprends que si je le souhaite nous pouvons continuer d'être riches. Est-ce que je le souhaite ? En tout cas j'accepte. Esther semble un peu surprise.

— Tu ne vas plus écrire pour toi ?

— Non, pas pour le moment en tout cas.

— Et tu ne vas pas regretter ?

— Je ne sais pas.

Je ne veux pas lui dire combien je suis fatigué de moi, de mes livres qui tournent toujours autour du même désastre, et combien mettre en mots la vie des autres me fait du bien. J'ai soudain le sentiment d'être accueilli comme un bon docteur, un homme capable d'apaiser les tourments en leur donnant du sens, d'apporter la sérénité à mon interlocuteur (que je suis tenté d'appeler mon patient), moi qui suis complètement détruit à l'intérieur, hérissé de barbelés, assiégé, inlassablement occupé à me reconstruire une maison avec les débris de mes propres ruines, livre après livre. Combien en ai-je écrit à ce moment-là de ma vie ? Déjà sept ou huit, et ce travail phénoménal n'a pas suscité beaucoup de curiosité, si ce n'est chez Curtis (Vous savez, Augustin, un écrivain est un type qui décide un jour de monter sur la table pour dire une chose. – Oui, Curtis, vous me l'avez déjà expliqué, mais je me demande si je n'aurais pas mieux fait de rester assis comme tout le monde. – La plupart du temps personne ne l'écoute dans le brouhaha ambiant, mais il peut arriver qu'à un moment certains tendent l'oreille et demandent aux autres de se taire pour pouvoir vous entendre. Ne désespérez pas). J'ai désespéré une ou deux fois devant Esther, malgré tout, et je ne suis pas près d'oublier son regard, l'air de penser qu'est-ce que je fais avec ce pauvre mec ? Ne sois pas amer, Augustin, s'il te plaît. – Ce n'est pas de l'amertume, je ne fais que constater que je n'intéresse personne (sur le ton faussement objectif du tartufe qui espère qu'on va le contredire). – S'il te plaît... Elle avait préféré quitter la pièce plutôt qu'entendre un mot de plus et j'avais eu honte.

J'écris les mémoires de souverains déchus, de femmes politiques héroïques surgies de nations en plein chaos, d'artistes mondialement reconnus, et en même temps que nous demeurons riches je m'incarne dans la partie la plus lumineuse de moi-même, tournant le dos à l'autre, la sombre, l'épineuse, la désastreuse, qui nourrissait mes livres. Je me découvre intelligent, talentueux, capable d'une empathie pratiquement inépuisable, aimable enfin (moi qui durant toute mon enfance avais soupçonné le contraire dans le regard de notre mère), et mon nouveau visage ne me déplaît pas. Il est bien plus souriant que l'autre, plus ouvert, plus avenant, et d'ailleurs on commence à me dire ici et là que je suis beau. Je veux bien le croire car m'observant de loin dans cette aisance nouvelle que m'apporte le bonheur d'être aimé et de réussir, je suis surpris du charme, et j'allais écrire de l'élégance, qui émanent de ma personne (en partie du fait que je porte désormais d'assez jolies chemises blanches à la place de mes éternelles Lacoste noires usées jusqu'à la corde).

Oui, aisance est le mot juste. Si j'en avais acquis une certaine au temps où je pratiquais le journalisme, je l'avais complètement perdue au fil de mes livres et à force de m'enfoncer dans le silence et la solitude. Lorsque je partais faire les courses pour le dîner, sur le coup de trois ou quatre heures, après ma journée d'écriture et tirant distraitement mon caddie, j'avais remarqué que je grelottais, y compris au printemps et alors que les gens portaient tous des chemisettes. Et lorsque quelqu'un m'interpellait, une amie d'Esther généralement, ah bonjour, Augustin, comment vas-tu ? je sursautais comme si on m'agressait. – Excuse-moi, tu m'as fait peur...

– Je suis désolée. Ça n'a pas l'air d'aller, tu es malade ? – Un peu, oui. – Ben c'est ce qui m'a semblé en te voyant avec ce gros manteau… J'avais demandé à Curtis d'essayer de m'expliquer pourquoi, selon lui, écrire me précipitait dans ce froid, et surtout dans cette peur terrible des autres qui faisait que certains jours j'en arrivais à me retourner trois ou quatre fois pour m'assurer que je n'étais pas suivi sur le chemin du Monoprix, mais il m'avait observé avec perplexité et n'avait rien trouvé à répondre pour une fois.

En quelques mois seulement je tourne le dos à ce personnage maladif et ténébreux, et je me promène maintenant dans la vie sans me mettre en avant, certes (bien que je sois fier de mes chemises), mais avec assurance. Je ne saurais jamais ce qu'a pensé Esther de l'homme que je deviens, car nous n'en avons pas parlé, mais j'observe que mon plaisir nouveau à vivre, ajouté à l'argent qui coule en abondance, vient opportunément rencontrer son désir d'ouvrir le cocon familial dans lequel nous nous sommes enfermés après la naissance de nos filles. Pourquoi on ne ferait pas un petit voyage cet été ? propose-t-elle. – Oh oui ! – Avec les enfants, hein. Ça couperait la monotonie des vacances, et ils ont l'âge de commencer à découvrir des choses.

De ce premier voyage en Italie, j'ai conservé le souvenir d'une Esther un peu cheftaine, pleine d'entrain, jeune mère de famille nombreuse ne perdant jamais son sourire, y compris dans les situations les moins enviables (la voiture qui tombe en panne un soir d'orage dans un village perdu de Ligurie), un rôle qu'elle délaissera par la suite pour devenir petit à petit la femme élégante et silencieuse sur laquelle je me mettrai à écrire, à la fois fasciné par sa beauté et tremblant de son mystère.

Nous franchissons la frontière par la côte, entre Menton et Vintimille, ce que nous ne ferons plus jamais, ignorant qu'en Italie les plages sont privées, bien souvent payantes, que les gens y réservent leurs places et qu'on ne peut pas s'y installer comme ça, surgissant de la voiture surchauffée avec tous nos enfants, nos cabas et nos tomates, pour y pique-niquer comme des romanichels. Nous sommes pris dans le flot des vacanciers italiens, forcés de traverser au pas les villages embouteillés du littoral, devinant parfois la mer entre les maisons mais empêchés d'accéder à la plage par de gros gardiens au teint mat et aux cheveux huileux qui finissent par nous hurler dessus pour couvrir le bruit des klaxons. Esther, je crois que nous bloquons la circulation. – Oui, mais je ne comprends pas ce qu'il dit, mon chéri, et pourquoi nous n'aurions pas le droit d'aller vers la mer. – Laisse, on va avancer encore un peu, on s'arrêtera plus loin. Mais plus loin c'est la même chose, et les enfants suffoquent, et Emma se met à pleurer, et notre voyage pourrait rapidement virer au naufrage si Esther se mettait à perdre la tête comme notre mère l'aurait fait et à me cracher des reproches à la figure enfin Augustin où vas-tu, les enfants n'en peuvent plus, je ne comprends pas comment tu as pu nous foutre dans cette pagaille, il n'y a que toi pour faire des âneries pareilles, eh bien maintenant débrouille-toi avec les gosses, mon Dieu, mais qu'est-ce que j'ai fait au ciel pour mériter ça, notre mère qui *toujours* se désolidarisait de Toto quand les choses n'allaient plus, devenant le onzième enfant de la famille, à la fois le plus colérique et le plus inquiétant, tandis qu'Esther pas du tout, Esther qui me caresse discrètement le genou parce qu'elle pressent peut-être ce que je suis en train d'imaginer, ça va aller, mon chéri, ne t'en fais pas, puis se retourne vers le siège arrière et trouve les mots pour rassurer les enfants, pour apaiser Emma et la faire rire. Oui, Esther dans ce rôle adorable de cheftaine qu'elle délaissera par la suite.

Quand le jour décline et que de l'air plus frais entre dans l'habitacle, nous nous mettons en quête d'un hôtel. Dans chaque village et dans chaque ville nous cherchons les enseignes lumineuses, c'est un jeu au début, et Laetitia dit peut-être qu'il y aura une piscine, et Alice, on pourra se baigner, maman, s'il y a une piscine ? – Bien sûr, ma chérie, mais pour le moment on n'a pas encore trouvé d'hôtel, les filles, il faut être un peu patientes. Et après la piscine, on dînera au restaurant, ajoute néanmoins Laetitia. Devant chaque hôtel, je me gare comme je peux, klaxonné par des Italiens en décapotables que la proximité de la nuit semble électriser, et nous suivons des yeux Esther qui court vers la réception. Je me souviens de ses jambes nues dans le premier crépuscule, de son short rouge, d'un petit marcel blanc qui flotte sur son buste. En ressortant, elle nous fait signe du doigt que non, plus de chambres, les filles soupirent et Esther, essoufflée, en s'engouffrant dans la voiture, c'est complet mais il dit que peut-être à San Lorenzo... Nous roulons encore jusqu'à San Lorenzo al Mare, mais là aussi tous les hôtels sont pleins. À Impéria, la grande ville, c'est la même chose, les enfants ont fini par s'endormir sans dîner et Esther dit tout bas, en remontant en voiture, le type m'a conseillé de quitter la côte, tu sais, il pense qu'on ne trouvera rien, surtout à cette heure-ci. Alors nous quittons le littoral pour grimper vers l'intérieur des terres, en direction de Pontedassio et de Pieve di Teco, et comme nous montons rapidement l'air devient plus léger.

— Ça va, Augustin, tu n'es pas trop fatigué de conduire ?

— Non, ça va.

— Tu as vu comme la nuit est belle ?

— Oui.

— On est bien, tu ne trouves pas ?

— Si, ma chérie.

J'ai oublié le nom du village où nous trouvons enfin des chambres. Peut-être Poggialto, que je vois là sur la carte et dont le nom me dit vaguement quelque chose. Ce n'est pas un hôtel, plutôt une auberge. Il est tard, mais la dame prend le temps de s'extasier sur la beauté d'Emma qui dort dans mes bras, la tête rejetée en arrière, puis elle nous aide à coucher les enfants et Esther et moi nous endormons un peu ivres, comme si nous étions enfin arrivés chez des amis après un long exode.

Le lendemain, le temps a changé, il a plu au lever du jour, nous avons entendu gronder l'orage dans notre sommeil, et des lambeaux cotonneux demeurent accrochés à la cime des arbres. Sous le balcon de notre chambre s'étale la place d'un village de montagne, un café dont le store est détrempé et devant lequel bavardent deux hommes, un petit kiosque à musique, quelques bancs et, sur la droite, une ruelle aux pavés disjoints qui grimpe vers l'église. L'eau a tout imprégné, brunissant les pierres de la place et des maisons qui exhalent maintenant une touffeur humide sous le pâle soleil. Puisque les enfants dorment encore nous descendons prendre un café et acheter les journaux.

Esther parcourt rapidement les titres, elle n'a pas appris l'italien mais elle comprend quand même, je l'observe tourner les pages avec ce geste qu'elle a de mouiller avec sa langue deux ou trois de ses doigts, de temps en temps elle fait un commentaire auquel je ne réponds rien parce qu'à ce moment-là ça l'agacerait d'avoir à m'expliquer, puis comme on nous apporte les cafés, elle replie son journal. Les filles ont vraiment été adorables, hier, dit-elle. C'est une époque où elle aime parler de nos enfants, revivre la journée de la veille, comme si elle n'en revenait pas (j'y songe soudain) d'être devenue mère de famille, elle qui avait sans doute copieusement ricané de ce rôle à quinze ans quand elle habitait chez sa sœur et volait dans les magasins pour s'habiller. Mère de famille ? Et puis quoi encore, pour terminer comme la sienne à pousser ses gosses à la rue pour avoir la paix le dimanche, le dimanche au moins, et mourir à cinquante ans en laissant aux siens le souvenir d'une chieuse ? Ah oui, elle avait dû bien rire, Esther. Et cependant... C'était une connerie de passer par la côte, hein ? – On ne pouvait pas savoir, mon chéri. Elles se sont à peine plainte... Tu as vu comme Emma regarde Laetitia ? – Oui, c'est mignon, il suffit qu'elle se mette à chanter. – J'aime bien, ici. On va continuer à rouler dans les montagnes, tu veux bien ? – Je veux bien, Esther. Viens, on leur prend des gâteaux et on monte les réveiller.

23

J'essaie de me remémorer précisément le jour où, pour la première fois, j'ai tremblé en enlaçant Esther. Le jour où pour la première fois j'ai eu peur, ai-je failli écrire, avant d'effacer aussitôt cette phrase de mon esprit car si je peine à dater l'apparition de mon tremblement je me souviens parfaitement, en revanche, n'avoir établi aucun lien entre ce phénomène et une peur quelconque qu'aurait pu m'inspirer Esther. Le mot de *peur* à propos d'Esther, si douloureux à formuler, est venu bien plus tard – je dois prendre garde à ne pas commettre d'anachronismes sinon je ne vais pas réussir à expliquer notre lente destruction. Au contraire, au moment de m'endormir ces soirs-là, je veux dire les premiers soirs où je me suis vu trembler, je me rappelle m'être dit que ce tremblement devait être la preuve de mon désir grandissant pour Esther et, en somme, le signe que je l'aimais de plus en plus, comme jamais je n'avais aimé aucune autre femme, m'étais-je dit, à la fois troublé et comblé par cette nouvelle.

Je m'efforce de remonter le temps, allant et venant dans mon appartement du petit Trocadéro, les années puis les mois, et à l'intérieur des mois les semaines, les jours. Il me semble que pendant des années nous nous sommes enlacés sans préméditation, assouvissant un désir partagé avec beaucoup de naturel, puis nous endormant d'un coup comme des êtres repus. Oui, je peux écrire les choses aussi simplement, sans avoir l'impression de nous trahir, même si parfois l'un était plus désireux que l'autre, bien sûr. Puis les tremblements sont apparus. Je suppose que je les ai sentis venir petit à petit, qu'ils ont dû m'embarrasser les premiers temps et que j'ai pris sur moi pour les circonvenir. Jusqu'au jour où je n'ai plus pu me les cacher, ni les cacher à Esther. Et voilà, je me rappelle ce jour. Comment aurais-je pu l'oublier puisqu'il est à l'origine d'un livre, de tout un livre sur Esther ? Il n'est pas le premier jour où j'ai tremblé, mais il est celui où je n'ai plus pu nous dissimuler mon état, que plus tard j'appellerai *ma maladie mentale*. Celui qui a donc marqué un tournant dans notre vie. Aujourd'hui, je sais que c'est à partir de ce jour qu'a débuté notre lente et irrémédiable destruction, mais sur le moment j'ai eu le sentiment du contraire car, de plus en plus bouleversé par Esther, je n'ai pas vu d'autre issue que de faire d'elle une œuvre, *l'œuvre de ma vie*, écrirai-je bientôt, me donnant le sentiment que nous étions indestructibles.

Ce fameux jour, donc. Je dirais que c'était lors de notre troisième voyage en Italie (mais peut-être était-ce durant le quatrième). Il y avait eu le premier où nous étions passés par la côte, Menton et Vintimille, puis le second où nous avions emprunté la route de Barcelonnette et découvert le col de Larche pour entrer en Italie, nous promettant de repasser par cette route les années suivantes tant nous avions été touchés par les hauts pâturages, à la fois désolés et somptueux, du col de Larche. Et nous l'avions fait, nous avions pris la même route exactement les années suivantes. Chaque fois, nous avions pique-niqué sur l'herbe rase et jaune du col, juste après le petit lac et son auberge, stationnant la Peugeot au milieu de cette immensité chaotique en surplomb de la route. Si je compare les photos des trois voyages, je vois combien Esther a changé. Au second, elle n'est déjà plus la grande fille un peu cheftaine en short rouge et marcel blanc, elle porte une robe à pois années quarante qui met en valeur la grâce de ses épaules et de son cou, elle a planté dans ses cheveux ses lunettes de soleil, et même si elle prépare les sandwichs, assise dans l'herbe à quelques mètres de la voiture, on devine qu'elle ne va plus vouloir jouer au ballon après le déjeuner.

À Cuneo nous nous arrêtons, comme l'année précédente, comme nous nous arrêterons chaque année pour flâner dans les rues italiennes, respirer l'air de l'Italie et manger nos premières glaces. Puis cet été-là nous roulons vers Turin, un autre nous irons à Gênes, un autre à Vérone et Venise, etc. Nous roulons vers Turin. Nous ne voyageons plus au hasard comme la première année, nous préparons un peu, et comme nous avons de l'argent, désormais, Esther nous réserve des chambres dans des hôtels de charme qu'elle découvre sur internet ou dans les guides. Une chambre pour nos trois filles (Louis ne veut plus nous accompagner), une autre pour nous. Je ne me souviens plus le nom de l'hôtel de Turin, mais je me rappelle qu'il occupe l'étage le plus haut d'un immeuble ancien dont les fenêtres donnent sur la place San Carlo.

Nous dînons en terrasse, dans un restaurant que nous a indiqué l'hôtelier, et tandis que nous rentrons nous coucher, Esther marchant silencieusement à côté de moi sur ses talons hauts et m'effleurant par instants discrètement l'épaule, ou la main, ça va mon chéri ? tu ne dis rien... nos filles bavardant devant, je sens l'émotion me gagner. Elle surgit aussitôt que je songe que nous pourrions faire l'amour, que nous allons faire l'amour puisque rien ne semble devoir s'y opposer, puisque toutes les conditions semblent réunies pour que nous nous enlacions et nous donnions du plaisir. Dans un moment, n'est-ce pas. Dans un nombre de minutes que je pourrais presque décompter à partir de maintenant, vingt, dix-neuf, dix-huit… le temps de coucher les filles, de les embrasser deux ou trois fois, surtout Emma qui rappelle invariablement, puis de marcher jusqu'à notre chambre à l'autre bout du couloir, de fermer notre porte à clé, de nous succéder sous la douche, de nous caresser du regard dans le grand miroir de la salle de bains et de nous sourire tandis qu'Esther se démaquille et que je me brosse les dents, l'un et l'autre nus et lisses. Elle surgit aussitôt que je songe que nous pourrions faire l'amour, cette émotion, et comme je sais qu'elle s'accompagne de tremblements dont je sens déjà les prémices, je me mets à rechercher précipitamment comment c'était avant. Il me semble chaque fois qu'en comparant *l'avant* et le *maintenant*, je vais saisir quelque chose, comprendre enfin, et ainsi terrasser les tremblements. Avant, j'étais également ému à l'idée de faire l'amour avec Esther, mais cette émotion-là était enthousiasmante, je pouvais l'exprimer tout haut en riant, et Esther riait également, et nous nous enlacions avec délice et quand tout était dit nous nous endormions. Maintenant, j'ai le sentiment que l'accélération de mon cœur n'est plus exactement de la même nature, qu'une forme d'affolement s'est immiscée dans l'excitation inhérente au désir, une forme d'affolement impalpable, indicible, car comment pourrais-je être affolé à l'idée d'aimer Esther alors que durant des années j'ai accompli ce rituel si étrange, si primitif et mystérieux, avec un naturel qui me semble désarmant à présent. Qu'est-il arrivé pour qu'insensiblement je me sois mis à trembler ? Je ne sais pas, je m'entends me répondre que je ne sais pas, là, tout en me brossant les dents devant le grand miroir de la salle de bains et tandis qu'Esther se démaquille. Je m'entends me répondre que je ne sais pas, mais malgré tout je me rappelle que lorsque Esther est tombée malade et que la question de faire l'amour a cessé de se poser, parce qu'elle n'y pensait plus, parce qu'elle était bien trop fatiguée pour cela, je me suis senti soulagé. Mais oui, j'en conviens, comme si déjà quelque chose s'était détraqué.

Puis nous quittons la salle de bains pour nous allonger, l'air de la nuit est clément et nous n'avons pas besoin de nous recouvrir, mais à l'instant d'enlacer Esther il est si manifeste que je tremble qu'elle le remarque.

— Pourquoi trembles-tu, mon chéri ? Qu'est-ce qui ne va pas ?

— Rien, tout va bien, c'est seulement l'émotion.

— Vraiment ? Comment peux-tu être encore ému à ce point après plus de dix ans ?

— Je ne sais pas… Il me semble que plus le temps passe, plus tu me bouleverses, Esther.

— Mon chéri ! Viens contre moi, repose-toi un peu, nous ne sommes pas pressés.

— Si, j'ai très besoin de te faire l'amour, je n'ai pas envie de me reposer.

— Je sais, on va le faire. Mais j'ai peur quand je te sens dans cet état… j'entends cogner ton cœur.

— Je ne suis pas normal, hein ?

— Je ne sais pas… si. Tu es peut-être un peu trop sensible.

— Pourquoi dis-tu que tu as peur quand tu entends cogner mon cœur ? De quoi as-tu peur ?

— Que tu t'abîmes, que tu te rendes malade.

— Mais non ! Comment pourrais-tu me rendre malade, toi ?

J'ai très besoin de te faire l'amour, je crois que c'est la première fois que je m'entends le dire. Aujourd'hui que nous sommes séparés, que j'ai traversé chaque étape de notre effondrement, je suis capable de donner un sens à une telle phrase : *je pressens que tu t'éloignes, Esther, que tu te refermes petit à petit, et te faire l'amour me rassure car tant que tu veux bien me prendre en toi, tant que tu veux bien que je te pénètre, c'est que je compte encore à tes yeux.* Je tremble parce que j'ai ce pressentiment, bien sûr, mais je n'ai pas encore les mots pour l'exprimer, et encore moins pour nommer les éléments minuscules qui l'ont fait naître et que seul, sans doute, mon inconscient a repéré. Alors je m'en tiens à cette phrase un peu fruste qui ne fait qu'extérioriser un appétit – *j'ai très besoin de te faire l'amour,* comme on ressent le besoin urgent de manger pour ne pas tourner de l'œil.

Après avoir fait l'amour, ce soir-là, dans une tension que je n'avais jamais connue auparavant, puis un déchirement de tout le corps qui m'a fait songer aux orages du Mont-Pertus, j'ai pu dire calmement à Esther combien je l'aimais, le lui dire tout doucement, sereinement – oh oui, mon chéri, je sais, je sais que tu es là, et si tu savais comme ton amour m'est précieux ! Alors nous nous sommes endormis. Esther qui a peut-être ajouté merci, je me sens si belle dans ton regard, merci d'être là, Augustin. À moins que ce soit un autre soir.

Le lendemain, à l'heure de la sieste, nous avons laissé les filles se reposer à l'hôtel et nous sommes ressortis prendre un café. Esther portait la robe de soie gris pâle que nous avions achetée le matin et des chaussures à talons rouges qui lui découvraient les pieds. Elle avait repéré une terrasse après les arcades et voulait qu'on s'y assoie. Je me rappelle avoir été sidéré par sa beauté, comme si je la découvrais, après tant d'années, et m'être levé silencieusement dans l'intention de la photographier. Elle m'avait laissé faire, ne m'avait pas retenu, mais tandis que je faisais le point sur son visage, l'œil rivé à l'objectif, j'avais été soudain frappé par l'expression de son regard, elle était ailleurs, troublée par une pensée qui était en train de la traverser et peut-être légèrement agacée par l'espèce de dévotion que je lui manifestais.

— Je vais écrire un livre sur Esther, Curtis.

J'entends le silence à l'autre bout du fil.

— Ça n'a pas l'air de vous enchanter ?

— Comme ça, à brûle-pourpoint, je ne sais pas trop qu'en penser. Mais je vais y réfléchir.

— Oui, enfin, ça ne vous emballe pas visiblement.

— Ne le prenez pas mal, Augustin, mais quand je vois les dégâts qu'ont entraînés vos précédents livres je ne peux pas m'empêcher d'exprimer... une certaine réserve.

J'avais éclaté de rire.

— Mais cette fois-ci, ça sera un livre d'amour, Curtis ! Je n'ai aucun compte à régler avec Esther.

— Vous ne m'aviez pas juré que vos frères et sœurs adoreraient votre premier roman ?

— Mon autobiographie, vous voulez dire... Non, je ne vous l'avais pas juré, vous exagérez un peu, là, mais il est vrai que je pensais qu'ils me soutiendraient.

— On ne peut jamais savoir comment un livre sera reçu.

— Celui-ci sera un livre d'amour.

— De votre point de vue, oui.

— Je ne comprends pas ce que vous sous-entendez ?

— J'essaie simplement de vous expliquer qu'en dépit de votre bonne volonté vous ne pouvez pas deviner comment vous serez lu, en particulier par celle dont vous avez décidé de faire le personnage principal.

— Esther a beaucoup de respect pour mon travail, elle ne pourra qu'être touchée.

— Je vous dis ça pour vous, Augustin, je vous publie et continuerai de vous publier, mais je n'aimerais pas que vous ayez à regretter ce livre.

Comme j'ai besoin de retrouver l'émotion de Turin, je fais une chose insolite, je repars seul pour l'Italie à la fin de l'été. Entre-temps, Esther a repris son travail à Villedieu. Elle m'écoute lui annoncer que je vais laisser nos filles à la garde de notre voisine, sur le Mont-Pertus, pour reprendre la route de Turin.

— Vraiment, Augustin ?

— Oui, je n'arriverai pas à écrire si je n'y retourne pas.

— Fais-le alors.

Elle se doute que je vais écrire sur nous, sur elle – pourquoi retournerais-je à Turin, sinon ? Mais elle ne me pose aucune question.

De quoi est faite cette émotion, aussitôt que nous revisitons seul des lieux dont nous avons partagé le ciel, l'air, les murs, avec ceux que nous aimons le plus ? Je prends soin de garer la Peugeot sur l'herbe rase et jaune du col de Larche, sur la pente en surplomb de la route, au même emplacement exactement, et tandis que je marche un peu au hasard, je m'aperçois que je cherche inconsciemment des traces de notre passage. Songer qu'Esther s'est assise là... J'aimerais mettre la main sur quelque chose d'elle, quelque chose qu'elle ait touché, qui lui ait appartenu, peut-être une coquille d'œuf dur, ou un filtre de cigarette, et je sais que je l'envelopperai d'un Kleenex et le placerai précieusement au fond de ma poche, transi de je ne sais quel sentiment de deuil qui me serre le cœur, et pourtant je suis conscient qu'avec mon téléphone je pourrais appeler Esther, là, tout de suite, entendre sa voix, ah c'est toi, mon chéri, où es-tu ? ce qui éteindrait dans l'instant la profonde mélancolie qui me gagne et à laquelle je tiens puisque je n'appelle pas et continue de chercher dans l'herbe quelque chose qui aurait appartenu à Esther.

Plus tard, sur la route, il me vient un étourdissement en songeant que je vais dormir seul dans la chambre où nous avons fait l'amour. C'est si violent que je dois m'arrêter sur le bas-côté. J'ai appelé l'hôtelier depuis la maison et calé mes dates de voyage en fonction de la disponibilité de cette chambre. Si je ne peux pas l'avoir, je ne viens pas, lui ai-je dit. Il se souvenait de nous, un couple avec trois petites filles, oui. Et cette fois vous revenez seulement avec votre femme. – Non, je serai seul. – Alors je peux vous donner une chambre moins chère si vous préférez. – Vous n'avez pas compris, je veux la même, sinon je ne viens pas. Il y avait eu un silence, je ne sais pas ce qu'il avait pu imaginer, qu'Esther était morte peut-être, ou que nous nous étions séparés, mais finalement il avait dit très bien, je vous la réserve.

Quand j'avais franchi la porte, il m'avait immédiatement reconnu. La chambre sept… avez-vous fait bon voyage ? Tenez. – Non, gardez la clé, je ne veux pas y aller tout de suite. Je vais d'abord redescendre dîner. Je peux vous laisser mon sac ? – Naturellement. Alors bon appétit et à tout à l'heure.

J'avais eu un peu de mal à retrouver le restaurant. Pendant le dîner, Esther avait été irritée par une dispute entre les filles et j'étais aussitôt intervenu pour régler le conflit. Rien ne devait plus blesser

Esther, sinon elle pouvait avoir une poussée et se mettre à souffrir terriblement du côté gauche. La maladie était toujours là, comme une sourde menace, mais stabilisée selon les médecins. Elle ne progressait pas, elle n'avait pas laissé de séquelles sérieuses, s'il n'y avait pas eu ces poussées, à intervalles, on aurait pu croire qu'Esther était guérie. Pendant quelques mois, juste après la naissance d'Emma, je m'étais figuré ce qu'allait être notre vie, Esther déclinant rapidement au fil des années pour finir en fauteuil roulant, et moi fidèlement auprès d'elle. J'en éprouvais par moments un profond chagrin, me jurant de lui consacrer toutes mes forces, et cependant je ne pouvais pas me défendre d'un soulagement, comme si grâce à cette maladie l'étrange appréhension que suscitait déjà en moi notre sexualité allait s'estomper. Nous n'aurions plus de vie sexuelle, tout simplement, j'imaginais que ça serait évidemment une frustration insupportable, mais en même temps ça réglerait cette inquiétude que je sentais s'installer et dont je ne saisissais pas la raison. Là, dans le restaurant, dînant seul à la table où nous avions dîné tous les cinq, j'essaie de nouveau d'en dater les premiers signes. Après la naissance de nos filles, nous n'avions plus jamais connu l'insouciance du début. Esther, si souvent fatiguée, était devenue plus frileuse, plus pudique aussi. Ah oui, c'était impressionnant comme elle avait changé, mais est-ce que toutes les femmes ne changent pas après les enfants ? Sans doute, mais chez Esther, qui m'avait tellement convoité, tellement voulu, qui était si à l'aise avec son corps, le changement avait été spectaculaire au point d'éveiller en moi le sentiment d'être inopportun, peut-être moins aimé, sûrement moins désiré. Était-ce du fait de sa maladie, des médicaments qu'elle devait avaler et du rejet qu'elle éprouvait de tout cachet supplémentaire ? En tout cas, elle n'avait pas pris la pilule et nous n'avions plus jamais fait l'amour complètement, j'étais devenu un expert dans l'interruption, la plus vieille méthode contraceptive du monde, celle que je m'étais entendu rappeler à Toto, l'année de mes vingt ans, quand je m'étais étonné qu'il ait fait tous ces enfants à notre mère je comprends bien, mon petit vieux, avait-il ricané, mais je vais te dire une chose, ça ne marche pas à tous les coups. – Si tu te retires à temps, je ne vois pas comment ça pourrait ne pas marcher. – Je voudrais bien t'y voir, tiens, c'est plus facile à dire qu'à faire. Je l'avais senti sur le point de me balancer à la figure que j'étais la preuve vivante de la difficulté à réussir à tous les coups un *coitus interruptus*, comme il disait, pas mécontent de me montrer qu'il avait fait du latin chez les Jésuites et que bien que représentant il ne fallait pas le prendre pour un type inculte.

Une intense nostalgie me saisit tandis que je retourne à l'hôtel, empruntant scrupuleusement le même itinéraire et me remémorant la silhouette d'Esther marchant à côté de moi dans sa robe d'été, sur ses talons hauts, ça va, mon chéri ? tu ne dis rien... m'effleurant discrètement l'épaule, ou la main. Je me revois en proie à cette émotion soudaine quand je devine que nous allons faire l'amour, que rien ne s'y oppose, ni la maladie d'Esther ni l'ombre d'un mot maladroit entre nous, en proie à cette émotion teintée d'affolement, n'est-ce pas, et alors lentement je prends conscience d'un paradoxe qui me fait marquer le pas dans la nuit d'été – j'aimerais qu'Esther soit là, songer que je vais embrasser son visage comme j'aime tellement le faire, ses cheveux au sommet du front, ses paupières, son nez, ses lèvres, puis que nous allons nous étreindre et faire l'amour, et en même temps je suis soulagé qu'elle ne soit pas là, d'éprouver la nostalgie de sa présence tout en gardant intact le désir que j'ai d'elle, comme si le lui manifester... comme si le lui manifester *pouvait me mettre en danger*. J'ai pensé ce soir-là une chose pareille, j'en suis presque certain. J'écris *presque* parce que je n'ai pas noté la phrase sur le moment, sans doute trop horrifié qu'elle ait pu seulement me traverser. Mais je suis presque certain que ce soir-là j'ai pensé pour la première fois que *la manifestation de mon désir pour Esther pouvait me mettre en danger*. Et la preuve, c'est qu'ensuite je suis reparti d'un pas plus léger, au fond satisfait d'être seul avec mon désir et de disposer dans quelques minutes d'une chambre encore habitée du souvenir d'Esther de sorte que j'allais pouvoir rêver d'elle tout à mon aise, sans à aucun instant entendre mon cœur cogner et sentir monter le tremblement.

Cette émotion à l'instant où je suis entré ! Puis aussitôt l'étreinte de la mélancolie, si poignante que j'ai dû m'asseoir, contemplant depuis le fauteuil la porte ouverte sur la salle de bains plongée dans l'obscurité et, sur ma gauche, la fenêtre étroite et haute. Esther s'était précipitée vers cette fenêtre et l'avait ouverte viens vite voir, Augustin. Viens vite ! Le soleil couchant dorait tout le fond de la place San Carlo, tandis qu'au milieu des dizaines de jeunes à scooters s'étaient rassemblés. La plupart avaient garé leur petite machine clinquante en épi et ils bavardaient à proximité en fumant, et comme nous étions un vendredi soir nous avions pensé que ça devait être un rendez-vous rituel à la veille du week-end. Puis Esther avait dit je vais prendre une douche avant le dîner, tu veux bien ? elle était entrée dans la salle de bains et avait commencé à se déshabiller. Moi, je m'étais laissé tomber dans le même fauteuil, tiens, et je l'avais regardée enlever sa robe, puis son soutien-gorge, tout en se surveillant vaguement dans la glace. Mais soudain un détail de son visage avait retenu son attention et elle s'était approchée tout près du grand miroir illuminé en tirant la peau de sa joue sous la pommette. Je connaissais bien ce geste qu'elle avait quand elle craignait d'avoir repéré un bouton, mais non, ça n'avait été qu'une fausse alerte et, en se redressant, elle avait arrangé son chignon de ses deux mains, les bras largement au-dessus de la tête, tout en considérant gravement son visage de Gitane, de vierge espagnole, puis ses aisselles, ses petits seins, son buste nu. Elle avait eu l'air de se trouver pas mal. Enfin, elle avait rapidement retiré sa culotte et était entrée dans la cabine de douche.

Je souris tout seul en songeant comme j'aime la regarder, comme ses expressions me touchent quand elle se croit seule avec elle-même, puis soudain je me rappelle qu'Esther ne s'était pas douchée avant le dîner, qu'elle m'avait appelé à la fenêtre, oui, mais qu'ensuite elle avait dit allons vite dîner, Augustin, tu veux bien ? il est déjà tard, j'ai peur que les filles soient crevées, surtout Emma qui n'a pas dormi de la journée. Et cependant, je venais de prendre un plaisir intense à la faire se déshabiller, à prétendument reconstituer une scène qui n'avait jamais existé en réalité. Tandis que je continue de scruter la salle de bains plongée dans l'obscurité depuis mon fauteuil, qu'Esther en a disparu et que les lumières s'y sont éteintes, je suis partagé entre une excitation trouble qui lentement retombe et une sensation confuse de culpabilité. L'excitation est nouvelle, elle m'a pris de court – si Esther avait été là, il est probable que je n'aurais même pas songé à la regarder prendre sa douche, alors qu'inventant la scène j'en ai réglé la chorégraphie et ai fait d'elle un objet d'amour et de désir. La culpabilité que j'en éprouve est un patchwork où s'entremêlent sentiments de voyeurisme, de possession abusive, de lâcheté… Je peux aisément m'absoudre des deux premiers en plaidant que j'ai toujours aimé observer Esther à la dérobée et que je ne lui vole pas sa nudité puisque pendant des années elle me l'a offerte sans retenue, mais la lâcheté me reste sur le cœur car je repère immédiatement où elle se loge et je devine que de cet endroit je vais avoir du mal à la déloger : tandis qu'une émotion mystérieuse me fait trembler quand je m'approche d'Esther dans la vraie vie, je constate que je ne tremble pas, et même que je n'éprouve que du plaisir à m'approcher d'Esther en rêve. En somme, la tentation risque d'être grande de m'éloigner petit à petit de la véritable Esther pour en inventer une autre, certes mystérieuse comme son modèle, mais offerte et lisse, de sorte qu'elle n'éveillerait en moi aucune appréhension.

Combien de temps est-ce que je reste à la fenêtre ensuite, suivant le manège des voitures sur la place San Carlo, guettant la tombée de la nuit avant de me retourner vers la chambre obscure, sachant qu'alors je vais allumer, exactement comme nous avions allumé, c'est-à-dire la salle de bains, la salle de bains uniquement, mais aucune lumière dans la chambre même de façon à laisser le lit dans la pénombre, et me souvenir ? Esther qui se démaquille tandis que je me brosse les dents, à un moment nos regards qui se croisent sur nos corps nus et mon cœur qui se met aussitôt à cogner.

24

Voilà, j'écris les premières pages du livre sur Esther. J'avais prévenu Curtis que ce serait un livre d'amour, et *c'est* un livre d'amour. Je me décide enfin à répondre aux lettres qu'Esther m'a adressées il y a douze ans. Enfin, c'est une image, car formellement je ne réponds pas aux lettres d'Esther, d'abord parce que je déteste écrire des lettres, ensuite parce que je trouve ridicules et artificiels les romans épistolaires. Je veux seulement dire que je me décide à écrire à Esther des mots d'amour en réponse, d'une certaine façon, à ses dizaines de lettres et à son cahier.

D'une certaine façon seulement car, dans les premières pages, je n'évoque à aucun moment ni ses lettres ni son cahier. Je raconte à Curtis comment je l'ai rencontrée douze ans plus tôt, donc – *Écoutez-moi, Curtis, je vous raconte comment je l'ai rencontrée et puis… Et puis vous me direz… Vous me direz sincèrement ce que vous pensez, n'est-ce pas ? En fait, c'est le type avec qui elle vivait à l'époque que j'ai d'abord repéré*. À la quatrième ligne surgit déjà une affabulation : il est absolument faux de prétendre que j'ai d'abord repéré le type avec lequel vivait Esther, c'est elle que j'ai repérée la première, bien sûr, tandis qu'*elle se tenait debout, à quelques pas d'une fenêtre ouverte, dans la lumière étincelante d'un matin de septembre*, comme je l'ai écrit dans ce livre-ci, au début du deuxième chapitre. Je me suis toujours fichu du type avec lequel vivait Esther, dont j'ai même oublié le nom, comme je l'ai déjà dit, de sorte que je ne m'explique pas pourquoi j'éprouve le besoin d'inventer cette histoire, mais j'ai remarqué que tous mes livres se construisent ainsi, malgré moi, dans un mélange hasardeux de leurres et de vérités, comme si le trompe-l'œil était indispensable à la manifestation de la vérité.

Dans les premières pages, je n'évoque à aucun moment ni ses lettres ni son cahier, mais j'y pense sans cesse, et je me rappelle qu'un matin, alors que je suis déjà en train d'écrire, je me dresse brusquement au-dessus de mon bureau, envoyant valser mon fauteuil, comme un homme saisi d'une révélation. Un quart d'heure plus tôt, peut-être, Esther a discrètement frappé à ma porte avant d'entrer et de me déposer un baiser dans les cheveux, parfumée et sanglée dans l'imperméable Dries Van Noten que je venais de lui offrir à ce soir, mon chéri, passe une bonne journée. – Toi aussi, Esther. – Écris bien. – Oui, merci... et sans doute est-ce le spectacle de la femme élégante et raffinée qu'elle est devenue qui a provoqué chez moi cette espèce d'électrochoc. Je ne sais pas précisément, c'est ce que je me dis aujourd'hui, soucieux de trouver une explication à tout, tel Sherlock Holmes. En tout cas, dressé au-dessus de mon bureau, je songe que je n'écrirai pas une ligne de plus tant que je n'aurai pas remis la main sur les lettres et le cahier d'Esther. Ce que je veux, je crois, c'est retrouver l'Esther un peu déjantée de nos débuts, celle qui volait dans les magasins et me racontait au téléphone, quand j'habitais encore la grande maison de Veyrière, comment nous allions faire l'amour la prochaine fois dans son studio.

Où sont-elles, ces lettres ? J'ai le vague souvenir de les avoir toutes rassemblées quand j'ai quitté mon appartement près du fleuve, mais jamais plus je ne suis retombé dessus depuis que nous habitons ici. La crainte de ne pas les retrouver me provoque un accès de transpiration, et j'enlève mon pull, déboutonne ma chemise. Dans l'état où je suis, je pressens déjà que je ne vais pas pouvoir me remettre au travail avant d'avoir pris une douche, enfilé une chemise propre et bu un café dans notre grande pièce, tout en allant et venant pour me calmer. À supposer que j'aie retrouvé les lettres... sinon, c'est toute la journée qui va être foutue, et cette perspective accroît considérablement la panique qui est en train de me gagner. J'envisage durant quelques secondes d'appeler Esther qui doit être encore dans le tramway, Esther, pardonne-moi, ne me pose aucune question s'il te plaît, je n'ai pas le temps, j'ai juste besoin de savoir où sont toutes les lettres que tu m'as écrites quand nous nous sommes rencontrés. – Mais mon chéri... – Non, je t'en supplie, j'ai dû m'arrêter d'écrire, je ne suis pas très bien, si tu sais où elles sont dis-le-moi vite, c'est tout ce que je te demande, je n'ai pas envie de discuter maintenant, on en parlera ce soir si tu veux, mais là je ne peux pas. Comme si je pouvais réclamer une telle chose à l'Esther d'aujourd'hui ! Si par hasard elle a découvert ces lettres et remis le nez dedans, elle a dû immédiatement les déchirer et les balancer, tétanisée de trouille et de honte à l'idée que nos filles... Mais bien sûr, quel con ! Elle est la dernière personne à laquelle demander de l'aide. Alors j'enlève ma chemise qui maintenant me colle aux omoplates, je descends chercher l'escabeau tout en bas sous l'escalier, remonte les trois étages en me cognant à tous les angles et entreprends de vider le placard réservé à mes archives, juste au-dessus de la penderie. Des kilos de dossiers poussiéreux qui s'abattent sur le plancher, glissant les uns sur les autres, certains s'ouvrant au passage pour vomir de vieilles coupures de journaux, des fiches de paie jaunies, des catalogues d'exposition, des photos de Cécile...

Comme à midi je n'ai toujours rien trouvé, j'envisage cette fois d'appeler Curtis je suis en nage dans ma maison, Curtis, au milieu d'un amoncellement de vieux papiers, cela fait quatre heures que je n'ai rien écrit, c'est une catastrophe, je ne comprends pas comment tout ça a bien pu arriver mais là je me sens extrêmement mal, vous savez, j'ai peur de faire une connerie, est-ce que vous pourriez me dire un truc qui me permettrait de retrouver mes esprits, ou juste me parler, si vous préférez, me parler pourrait peut-être suffire, c'est le fait de tourner en rond depuis ce matin sans avoir pu écrire une ligne, je ne sais pas comment vous dire, je me sens complètement détruit à l'intérieur, je crois que je n'arriverai jamais à reprendre mon manuscrit, si encore j'avais cent pages derrière moi, je ne dis pas, avec cent pages on peut espérer se relancer, mais là j'ai quoi ? peut-être cinq ou six pages, pas plus, c'est le pire des cas de figure, je vais perdre mon livre et je ne pourrai pas m'en remettre, dites-moi quelque chose, ce que vous voulez, je vais m'asseoir dans l'escalier, sur une marche, et vous écouter, allez-y, dites-moi quelque chose... Curtis derrière son bureau, le téléphone à l'oreille, interrompu par cette logorrhée de malade mental alors qu'il était en train de bavarder tranquillement avec Soljenitsyne, ou Françoise Sagan, ou Blondin, mais non, Blondin est mort depuis dix ans au moins, je suis même allé à son enterrement, excusez-moi, Curtis, je vous dérange, hein ? – Jamais ! Vous ne me dérangez jamais, Augustin, mais est-ce que je peux vous rappeler, disons… dans une demi-heure ? Non, ça c'était vraiment impossible, même devant Curtis je ne pouvais pas me montrer dans un tel état de délabrement. Même devant Curtis. Je sors donc torse nu sur le balcon, sous la pluie de septembre, et après quelques minutes, trempé jusqu'au slip, je regagne notre grande pièce. Avec le torchon de cuisine je m'essuie les cheveux, le visage, les épaules, le ventre, et soudain je sais, j'ai la vision exacte de l'endroit où je vais les retrouver, ces lettres – dans les tiroirs à roulettes Ikea, ces tiroirs que nous n'allons jamais visiter car il faut se glisser à plat ventre sous le lit pour les attraper et qu'on ressort de là couvert de poussière.

Dans ma hâte, je rate une marche en gagnant l'étage du dessous, mais je me rattrape à la rampe. Ces tiroirs Ikea, Esther avait décidé qu'ils seraient idéals pour remiser nos souvenirs d'enfance qui n'intéressaient plus que nous. J'attrape le mien, je soulève quelques vieux livres de Toto que j'ai cachés là, qui ne doivent pas tomber sous les yeux de nos enfants, *La Seule France*, de Charles Maurras, *La France juive*, d'Édouard Drumont, une biographie de La Rocque, le colonel des Croix-de-feu, *Un chef, des actes, des idées*, par Henry Malherbe, et tout de suite je reconnais la couverture du cahier d'Esther protégé d'un plastique transparent et serré dans un gros élastique de bureau. Les lettres sont à l'intérieur du cahier, si bien qu'il n'a plus de forme. Mon Dieu, ces lettres ! À l'instant où elles m'échappent et glissent sur le plancher, tous les mois si douloureux de notre rencontre me reviennent d'un coup, seulement de reconnaître sur les enveloppes mes adresses à Veyrière, puis quand j'habitais cette chambre de bonne que m'avait prêtée Violetta et que je perdais mon livre, que je n'arrivais plus à écrire, puis dans mon appartement près du fleuve

– toutes tracées de l'écriture minuscule d'Esther. La plupart n'ont même pas été ouvertes, et comme je cherche à les classer par date en fonction du cachet de la poste, je me rends soudain compte que je ne vois plus rien, que mes yeux débordent de larmes. Ce ne sont pas des sanglots, juste une émotion imprévue. Sur quoi est-ce que je pleure, d'ailleurs ? Sur l'insulte faite à Esther de ne pas avoir ouvert ses lettres ? Sur l'Esther de cette époque que j'ai laissée passer, complètement ratée, si éprise de moi qu'elle m'écrivait tous les jours ? Sur l'homme que je suis, jamais à propos, incapable de saisir le présent, et de ce fait sans cesse occupé à réinventer dans des livres ce qui n'existe plus ?

J'aimerais bien que tu m'accompagnes à Marseille, tu travaillerais la journée sur ton manuscrit, je te regarderais, on dormirait ensemble, je suis heureuse, bienheureuse, et sur une autre, On a besoin de calme, de temps, de tendresse, et là, sur une feuille de carnet arrachée Au café, tout à l'heure, tu étais livide, tu ne m'écoutais pas, tu étais ailleurs, tu avais l'air tellement triste, Augustin. Pourquoi ? et celle-ci encore Il y a des choses plus réjouissantes, y a-t-il des choses plus réjouissantes ? de quoi parle-t-elle ? Je n'ai pas la patience de lire, je saute à une autre, Je t'aime, je veux bien tout avec toi, me taire, regarder le feu, retourner à Luc-sur-Mer, tu me plais par-dessus tout au monde.

Je lui plaisais par-dessus tout au monde, je me répète sa phrase au passé, torse nu au milieu de ses lettres, je lui plaisais par-dessus tout au monde, puis je m'essuie les yeux parce que je n'arrête pas de pleurer et je songe qu'il y a longtemps qu'elle ne m'a plus écrit que je lui plaisais, de cette façon du moins, si entière, si radicale, et alors je tombe sur cette autre lettre qui n'a ni début ni fin, dont l'enveloppe n'a pas transité par la poste, qu'elle a dû m'écrire à une table de café en m'attendant, puis me donner, tiens, Augustin, c'est pour toi, je t'ai écrit tout à l'heure, et que j'ai retrouvée bien plus tard dans une poche, hésitant peut-être à la jeter puis décidant finalement de la glisser avec les autres, sans l'ouvrir, Tu me plais énormément, Augustin, c'est un trésor dans la vie d'avoir quelqu'un qui vous plaît comme ça, et qui se laisse aller à plaire, tout simplement, entre les draps ou devant son petit déjeuner, et jusque dans son bain, même quand il est fatigué et triste, même quand il est ailleurs. Qui se laisse aller à plaire, ça me trouble infiniment, Augustin. Avant de te connaître, je pensais que c'était une chose réservée aux filles. Que les garçons, non, jamais. Mais toi, si. Je crois que dès le début je t'ai approché parce que tu permets ça, parce que tu appelles ça, j'ai dû le sentir…

Moi aussi je suis troublé, soudain, et d'ailleurs je ne pleure plus, je sens que mon pouls se précipite, que les mots d'Esther réveillent en moi quelque chose du tremblement que j'ai connu à Turin, quelque chose de cet affolement qui est là, en moi, désormais, et dont je ne saurais pas dater l'apparition. Peut-être a-t-il été présent dès notre rencontre, mais embryonnaire, minuscule. Alors cette fois-ci je continue de lire. Je tremble imperceptiblement, mais je veux savoir, parce que tu permets ça, parce que tu appelles ça, quoi ? Qu'est-ce que je permets ? Je pensais que c'était une chose réservée aux filles. Se peut-il qu'Esther ait su, elle, dès notre premier regard l'un sur l'autre, sans en avoir une conscience claire, certes, et que les mots l'aient trahie d'une certaine façon ? Qu'Esther ait su ce qui me fait trembler aujourd'hui.

Tu es si différent des autres hommes, Augustin, tu ne te protèges pas, tu veux bien te laisser aimer, tu es ouvert, c'est un luxe inouï que tu offres, que tu m'offres.

Moi aussi, je veux bien les deux, te laisser m'aimer et t'aimer, te prendre. Je me sens d'un côté très féminine, et c'est pour ça que je peux te dire que je veux être ta femme, « t'appartenir », et d'un autre côté très cérébral. Je décide, je veux décider, c'est aussi la possibilité de tout gâcher, de te perdre un jour, peut-être, je le sais, mais tant pis. Je veux tout te donner de moi, mais je te veux aussi, et tu me le permets, c'est un trésor dont tu ne mesures pas le prix.

C'est étonnant l'écho que produisent en moi ces quelques lignes confuses, écrites à la hâte. La conscience soudaine qu'elles révèlent la part d'ombre d'Esther que j'ai mis des années à admettre, à reconnaître, mais que je ne sais pas nommer. Quelque chose d'elle qui me fait instinctivement peur, qui surgit là au détour d'une phrase, *je veux décider/te prendre/tout gâcher/te perdre peut-être*, et qui ordinairement s'efface aussitôt que je l'entends me dire à sa façon oh moi aussi, mon chéri, merci d'être si présent, merci de me donner tant d'amour. Son extrême féminité dans ces moments-là, sa douceur, si décalée avec ce que je pressens parfois de dur en elle, de possessif, de directif. Alors j'arrête de lire, je laisse toutes ses lettres en plan, et je monte marcher dans notre grande pièce. Je me remémore lentement le début de mon livre *Écoutez-moi, Curtis, je vous raconte comment je l'ai rencontrée et puis... Et puis vous me direz...* Suit le récit tout à fait fantaisiste de notre rencontre, mais me le rappeler m'apaise. Oh, comme j'aime Esther soudain ! Je me surprends même à sourire, tandis qu'un instant plus tôt je manquais d'air et recommençais à transpirer. Je songe que j'ai eu tort, que je n'aurais pas dû fouiller dans ces lettres, qu'elles me troublent profondément, m'entraînent vers des ténèbres dont j'ai peur de ne pas savoir sortir, et parce que j'ai l'intuition qu'elles mettent en danger mon livre (tandis qu'au début de la matinée, au contraire, elles m'avaient semblé indispensables à sa poursuite), je prends la décision de les replacer au fond du tiroir. De ne pas lire le cahier non plus. Je me revois repliant précipitamment les petits feuillets manuscrits d'Esther, les rangeant un peu au hasard dans les enveloppes éparses, replaçant les enveloppes à l'intérieur du cahier, puis réemballant le tout dans son nylon. Les enfouissant de nouveau sous les livres impossibles de Toto, cherchant à les oublier.

Ce qui me touche, me dis-je aujourd'hui, enfermé dans mon appartement du petit Trocadéro et alors que nous nous sommes perdus, en effet, que nous avons tout gâché, en effet, c'est le souci qu'a eu Esther de me prévenir dès les premiers jours de notre rencontre, dès notre retour de Luc-sur-Mer, Si tu savais tout ce qui me traverse, les images qui me traversent, tu ne dirais pas que c'est une chance de m'avoir rencontrée, puis, dans les premières pages de son cahier, Arrive un moment où il faut que je détruise, j'ai peur d'être monstrueuse... Ça m'embête de te parler de ça, Augustin... Je me dis qu'il y a des choses peu aimables en moi, j'ai peur que tu le découvres trop tard... J'ai très peur... Je ne sais pas comment tu as pu faire attention à moi, trouver l'espace de me voir jolie... Si je l'avais écoutée, si j'avais lu ses lettres et son cahier, est-ce que je me serais enfui ? Non, bien sûr. Pourquoi t'aimes-tu si peu, Esther ? aurais-je pensé. Pourquoi ne te donnes-tu pas une chance, au moins ? Oui, j'aurais pensé ça, puis aussitôt après je me serais senti coupable de bien cacher mon jeu, de ne rien écrire, parce que si j'avais dû écrire avec le même souci de vérité qu'Esther, alors j'aurais dû lui avouer que je me mentais sur mes sentiments, et lui mentais, que j'avais *décidé* de l'aimer (ce qui ne me demandait pas un effort considérable vu sa beauté) parce que je me voyais tomber après le départ de Cécile, que c'était une décision de survie, une initiative qui relevait à la fois de la lâcheté et de l'égoïsme, et qu'en somme c'était assez monstrueux également. Nous avions eu, l'un et l'autre, d'obscures raisons de nous vouloir avant de parvenir à construire une histoire qui nous avait largement emportés, dépassés, et à présent que nous nous étions perdus c'était sans doute la chose la plus difficile à admettre.

Voilà, j'écris de nouveau le livre sur Esther. Je nous ai inventé une maison assez différente de la nôtre, également dans le quartier de l'ancienne briqueterie, mais avec un jardin et une grande pièce de plain-pied. Quatre enfants, dont deux d'un premier Maríage, et un appentis au fond du jardin pour remiser les outils et la tondeuse. Le narrateur est écrivain, bricoleur et jardinier, comme je le suis moi-même, et une dizaine d'années après avoir rencontré sa femme (cette fameuse rencontre qu'il relate à Curtis dans le premier chapitre) il s'interroge sur sa passion grandissante pour celle-ci. Il lui semble que plus il est curieux d'elle, plus elle lui échappe, ou moins elle se livre. Elle a été mère brièvement, au temps de la naissance de leurs deux filles, leur donnant patiemment le sein, puis le biberon, mais dès que possible elle s'est enfuie, menant sa vie comme elle l'entend, et toujours ennuyée de devoir rendre des comptes (ce que le narrateur a compris – il ne lui en demande plus depuis longtemps). Obsessionnel, manifestement névrosé comme le sont la plupart des écrivains (sinon pourquoi s'infligeraient-ils ces heures de méditation quotidienne ?), il finit par ne plus penser qu'à sa femme. Il éprouve pour elle un désir insatiable et devine que derrière son assiduité à lui faire l'amour se cache l'obscur dessein d'atteindre son âme, de découvrir son mystère. Qui est-elle vraiment ? Comment l'aime-t-elle ? Pourquoi l'aime-t-elle ? Que lui cache-t-elle derrière cette élégance, cette beauté qu'elle porte désormais comme un masque sur son visage d'enfant maltraitée ? Aussitôt après son départ, le matin, à ce soir mon chéri, écris bien, il n'écrit pas, non, il étale les photos de sa femme sur son bureau et les scrute à la loupe. Il en a des dizaines, à tous les âges, la plus ancienne donnant à voir une petite fille taciturne marchant sur une route de campagne à côté d'une grande adolescente donnant la main à un petit garçon (la sœur aînée des douze et le dernier-né, trois ans peut-être avant la mort de la mère). Les images qui l'attirent le plus, et vers lesquelles il revient chaque matin, sont des portraits réalisés par l'homme qui l'a précédé dans le cœur de sa femme. Elle y apparaît moqueuse, encore assez voyou, mais en pleine mutation. L'écrivain essaie de la découvrir dans cette série en se livrant à un inventaire de ses expressions et parfois il a le sentiment d'être si près de trouver quelque chose qu'il retourne brutalement la photo comme si la chose se cachait dessous. Puis, dépité et fiévreux, conscient qu'il n'avancera pas dans son livre tant qu'il n'aura pas découvert le secret de sa femme, il va fureter dans sa penderie, décroche les robes qu'il préfère et les étale sur leur lit. Il se recule pour les contempler, revient vers l'une dans un élan soudain pour la saisir et la respirer aux aisselles. L'odeur de sa femme l'enivre, il le sait, ce n'est pas nouveau, et pendant quelques secondes il s'imagine qu'en suivant cette piste il va peut-être parvenir à son âme, mais quand il plonge le nez dans ses sous-vêtements qui traînent dans la salle de bains il s'aperçoit qu'une fois de plus le désir l'a égaré. Le désir est le pire ennemi de l'enquêteur, il lui fait complètement perdre la tête, prendre des vessies pour des lanternes comme dirait sans doute Sherlock Holmes (qui ne semble pas avoir de libido, lui), et tant que l'homme n'aura pas assouvi son désir en faisant l'amour avec son héroïne, le travail n'avancera pas (mais il n'avance pas non plus après avoir fait l'amour car l'écrivain s'endort aussitôt). Luc, c'est le prénom que lui a donné Augustin, perd ainsi ses journées, plein de sang-froid et de méthode dans les premiers moments de la matinée, mais bientôt rattrapé par le désir, de sorte qu'il fait énormément l'amour, au risque de raser sa femme, mais n'écrit plus une ligne.

Il est dans cet état d'errance quand il la revoit brusquement en train de lui écrire. Il la revoit penchée sur un cahier... Mon Dieu, ce cahier ! Voilà dix ans qu'il n'y avait pas repensé. C'était à Turin, pendant leur voyage de noces. Elle écrivait sans arrêt, le matin dans leur chambre pendant qu'il se douchait, puis dans les cafés pendant qu'il lisait, puis même parfois au milieu de la nuit. C'est ton cahier, Luc, lui disait-elle, quand tu voudras le lire, tu n'auras qu'à me le demander. Il ne comprenait pas bien ce besoin qu'elle avait de lui écrire alors qu'ils passaient toutes leurs journées ensemble, de sorte qu'il n'avait jamais demandé à le lire. Jamais. Il n'en revient pas lui-même de sa goujaterie, de son indélicatesse, mais soudain cette vague honte se transforme en sidération quand il prend la mesure de ce qu'il a raté – ce qu'il veut attraper de sa femme depuis des semaines à travers ses photos, ses odeurs, des souvenirs qui lui échappent, elle le lui a donné au début de leur histoire et ça ne l'a pas intéressé. Enfin, peut-être, il ne peut pas en être sûr puisqu'il n'a rien lu, mais songer qu'elle lui a tant et tant écrit alors qu'elle est devenue par la suite si mystérieuse, si avare de mots, lui fait voir ce cahier comme le réceptacle de son âme. S'il parvient à le retrouver, il entrera durablement en elle, il y restera tout le temps qu'il le voudra, et l'écriture de ce livre sera en quelque sorte comme s'il lui faisait l'amour du soir au matin, puis du matin au soir, sans même qu'elle le sache.

Seulement où est passé ce cahier ? Luc peut-il demander à sa femme de le lui donner – à supposer qu'elle ne l'ait pas perdu, ou jeté – dix ans après n'en avoir pas voulu ? Et s'il remet la main dessus, le contenu sera-t-il à la hauteur de son attente ?

25

Je me rappelle l'étonnement de Curtis devant l'*ingénuité* de mon texte (*ingénuité*, le mot est de moi, lui en avait employé un autre que j'ai oublié, plus subtil). Puis, souriant : Je ne vous savais pas si romantique, Augustin. – Ah bon. Dois-je l'entendre comme une critique ? – Pas du tout, et je dirais même au contraire. Vous nous donnez pour une fois un livre tendre et léger, sans doute est-ce la preuve qu'après toutes ces années si difficiles vous avez atteint une certaine sérénité, je n'irais peut-être pas jusqu'à parler de bonheur… – Mais si ! Pourquoi pas ? – Vous connaissant, Augustin, c'est un mot dont je préfère user avec parcimonie. Et puis le bonheur, n'est-ce pas…

Je me rappelle aussi l'émotion d'Esther en découvrant mon manuscrit. Elle s'était enfermée dans notre chambre pour le lire et n'avait d'abord rien dit. J'avais deviné à ses yeux qu'elle avait pleuré, rien de plus, mais le lendemain elle m'avait envoyé ce texto : Sous la pluie d'été, très fort je t'aime. Je l'avais lu et relu, il avait illuminé ma journée, et comme il m'était apparu comme un trésor j'avais soudain décidé de le retranscrire dans un de ces carnets à reliure toilée que m'offraient mes enfants sachant que je les remplissais en me promenant de réflexions destinées à mes livres. Sous la pluie d'été,

Esther m'aimait donc très fort. Me l'avouait-elle soudain du fait de mon livre ? Sans doute, puisque deux ou trois jours plus tard j'avais reçu un autre texto : Ton héroïne s'empare de moi, mon chéri. Je m'aperçois combien je suis toujours sensible à ton regard. J'ai sans cesse envie de pleurer. D'émotion, de reconnaissance. Entre-temps, j'étais parti avec nos enfants dans notre maison du Mont-Pertus et elle était restée seule à Villedieu. J'avais aussitôt retranscrit dans mon carnet ce second texto.

Aujourd'hui, j'ai sous les yeux ce carnet, rempli de deux ou trois cents textos d'Esther qui courent de cet été 2002 où elle découvre le livre que je lui ai consacré, *Sous la pluie d'été...*, à l'été 2007 où notre effondrement est devenu manifeste. J'emploie à dessein ce mot de *manifeste* car je suis bien conscient que notre effondrement remonte largement en amont de l'été 2007. Je pourrais même écrire qu'il était contenu dans le malentendu de notre rencontre, dans les (mauvaises) raisons que nous avions chacun de vouloir l'autre, mais je ne vais pas l'écrire parce que je veux nous laisser une chance et ainsi pouvoir rendre compte avec le sourire (comme je l'ai déjà fait) des années heureuses que nous avons partagées après la naissance de nos filles. Alors, convenons que le premier signe de notre effondrement, ce sont mes tremblements (dans les séismes, ils sont bien la cause de l'effondrement, même s'ils sont eux-mêmes l'effet de causes plus profondes), mes fameux tremblements à l'instant d'enlacer Esther. Ils apparaissent avant notre voyage à Turin, mais pour ne pas compliquer les choses inutilement je vais les dater de ce voyage à Turin avec nos filles, durant l'été 2001, puisque c'est dans cet hôtel de la place San Carlo que pour la première fois je ne suis plus parvenu à les dissimuler à Esther.

Au retour, je décide d'écrire ce livre sur Esther. Ce livre ingénu et romantique, n'est-ce pas, moi qui ai le profil d'un tueur, d'un *assassin*, comme en témoignerait volontiers notre mère si elle était encore vivante (ainsi que tous mes livres précédents). Je crois que je cherche à exorciser mes tremblements en m'emparant d'Esther, en creusant son secret, ou en feignant de le creuser quand je n'ai rien à me mettre sous la plume. Je dois penser confusément qu'en faisant d'elle une œuvre, *mon* œuvre, elle va me devenir si familière que je n'aurais plus aucune appréhension à la prendre dans mes bras. Durant toute l'année où je travaille à ce livre, Esther se dispense du moindre commentaire, mais j'allais écrire qu'*elle n'en pense pas moins*, voulant dire par là, comme je l'ai compris par la suite, qu'elle sourit doucement de ma prétention sachant parfaitement que le type qui sera capable de l'enfermer dans un livre pour la posséder n'est pas encore né. À peine s'autorise-t-elle une ou deux plaisanteries charmantes et un peu grivoises, bien dans ses manières, du genre (au téléphone) ça va, mon chéri ? – Oui, je suis sur mon livre. – Sur Esther alors ? Et c'est agréable ? Tu prends du plaisir ? – Ma foi… – Oui, je sais que tu aimes, mais n'en abuse pas trop quand même, sinon ce soir tu n'auras plus de force pour l'autre Esther, la vraie, celle qui te parle.

On dirait qu'elle pressent déjà ce qui va advenir – que je vais m'éloigner petit à petit de la véritable Esther pour cultiver l'imaginaire, celle que j'ai construite dans mon livre et que j'aime sans réserves parce qu'elle ne me fait pas peur.

Néanmoins, durant ce mois d'août 2002 qui précède de peu la parution du livre, Esther et moi partageons un enchantement un peu irréel. Nous nous rejoignons à Dax, elle arrivant de Villedieu, moi de notre maison du Cantal, pour passer ensemble deux ou trois jours au Grand Hôtel. Je ne suis pas sorti de mon livre et la jeune femme que je photographie, d'une beauté hallucinante, traversant les somptueux salons Art déco sur des talons lilas pour me rejoindre au bar est celle de mon roman. Je flotte dans cette bienheureuse illusion et Esther, manifestement touchée par le regard que je porte sur elle, se prête volontiers au jeu. Elle a aimé la femme de mon livre, ton héroïne s'empare de moi, mon chéri, et elle veut bien pour quelques jours, quelques heures, être celle-ci. Elle ne s'agace pas que je la photographie sans arrêt, elle semble prendre plaisir à se laisser contempler, enlacer, caresser, consommer, elle est légère et joyeuse, et parfois un peu voyou comme si elle cherchait à me rappeler que ce n'est qu'un jeu, qu'elle n'est pas exactement celle du livre. Ainsi, je me rappelle cet incident qui d'un seul coup me ramène à la réalité – au milieu d'un après-midi, tandis que nous prenons un verre en terrasse, mon téléphone sonne dans ma poche et c'est Curtis. Je ne sais plus le petit problème que nous devons régler ensemble, mais vers la fin de la conversation Esther s'empare sans prévenir de mon téléphone bonjour Curtis, c'est Esther, vous allez bien ? Et après que Curtis, qui déteste ce genre d'introduction (Voyons, est-ce que je vais bien ? C'est une question que j'évite généralement de me poser) lui a répondu je ne sais quelle ânerie : Augustin n'ose pas vous le demander, entends-je Esther, mais il aimerait bien que ce livre, exceptionnellement, porte une jaquette. Vous seriez d'accord ? Je suis sidéré par son culot, puis elle éclate de rire et me rend mon téléphone – alors Curtis, imperturbable : Esther me dit que vous aimeriez une jaquette, Augustin ?

Le livre est écrit, il est tout près d'exister (sous la jaquette romantique que Curtis va faire fabriquer en un temps record), et lorsque j'enlace Esther je peux avoir l'illusion d'avoir mené à bien mon entreprise puisque je ne tremble plus, que je parviens de nouveau à lui faire l'amour avec la désinvolture d'un homme inconscient du danger.

Et cependant, la menace est toujours là, indicible. Je me rappelle combien je la ressens, la *retrouve*, à l'instant où nous nous disons au revoir devant la gare de Dax. Esther reprend le train pour Villedieu, et moi je retourne sur le Mont-Pertus au volant de notre vieille Peugeot. Elle est encore assise en terrasse, devant la table où nous avons bu un dernier café, son sac de voyage à ses pieds, et elle me regarde manœuvrer. Pourquoi ne suis-je pas parti aussitôt ce jour-là ? Une chose m'a ramené vers Esther, le sentiment douloureux de la laisser, le pressentiment que l'enchantement n'allait pas durer, que notre vie n'était pas comme j'aimais à me la raconter, tout cela confusément entremêlé dans mon souvenir. J'ai immobilisé ma voiture devant la terrasse, à quelques mètres d'elle, remarqué qu'elle s'était mise à écrire sur un petit bloc à spirale, et tandis qu'elle levait les yeux sur moi, surprise que je sois de nouveau là, *revenu* en quelque sorte, j'ai eu la certitude que je la dérangeais. Elle était ailleurs, déjà repartie vers cette part sombre et secrète d'elle-même, et le regard qu'elle a posé sur moi n'était pas celui qu'elle me réservait d'habitude, il était à la fois lointain, condescendant, peut-être même légèrement ironique, *comme si la vie n'était pas du tout comme je me la figurais, et que je la faisais bien rire avec mon romantisme de crétin*, devais-je écrire quelques jours plus tard dans l'un de mes carnets, hanté par ce regard et cherchant à le mettre en mots pour ne pas l'oublier.

Je suis incapable de dater la scène effrayante qui lui a fait écho par la suite, l'expliquant, lui donnant un sens. Est-ce arrivé le même été ? Est-ce arrivé l'été suivant ? Esther nous rejoint pour quelques jours sur le Mont-Pertus. Je vais la chercher à la gare de Clermont-Ferrand, nous sommes émus de nous retrouver et durant tout le trajet du retour nous nous tenons par la main au-dessus du levier de vitesses. Je suppose que nous faisons l'amour, ce soir-là, mais je n'en ai pas gardé le souvenir.

Le lendemain matin, et comme elle le fait d'habitude, Esther descend à pied au village lire les journaux en buvant un café tandis que je grimpe dans mon bureau pour me mettre à écrire. Après deux heures de travail, je redescends me préparer un café dans la maison silencieuse (les enfants dorment tard, l'été), et pendant que le café passe je marche dans les pièces du bas préoccupé par la scène du livre au milieu de laquelle je me suis interrompu. À un moment, mes pas me ramènent dans notre chambre, le lit est resté défait, et comme Esther y a jeté en travers sa chemise de nuit, je l'attrape machinalement et y plonge le nez. Alors seulement je remarque qu'elle a laissé l'un de ses petits blocs à spirale posé bien en évidence sur le bureau, sous la fenêtre. Je vois qu'elle a griffonné quelque chose dessus et je m'approche, souriant déjà, parce que je sais que c'est un mot d'amour qui m'est destiné comme elle m'en laisse parfois à Villedieu quand, entrant dans mon bureau pour me dire au revoir, elle ne m'y trouve pas, Écris bien mon chéri, ou Hier soir en m'endormant j'étais heureuse que tu sois là, ou encore Je ne te dis pas assez combien je t'aime, généralement signé d'un petit cœur, mais quand je me rends compte que ce mot-là n'est pas pour moi, il est déjà trop tard, je l'ai lu. Ce ne sont que trois ou quatre lignes, de celles qu'une femme adresse à un homme après une nuit d'amour, trois ou quatre lignes pleines de l'ivresse du corps de l'autre, du souvenir de son odeur, et le mot *odeur* est écrit, du souvenir de sa bouche, de ses mains, de son souffle.

Je me rappelle cette sensation que j'ai eue que mon cœur s'était arrêté de battre, que j'étais un homme mort, foudroyé, tenant encore debout par les lois de l'inertie mais que j'allais m'abattre d'une seconde à l'autre, avant que ce même cœur, dans un ébranlement de toute la poitrine, se ranime brusquement et se mette à cogner, à cogner, au point de me frapper dans les tempes et que tout le sang soudainement brassé, réveillé et brûlant, me rende aveugle durant quelques secondes. Juste après, je me revois marchant sur la petite route asphaltée, sous le soleil déjà dur de dix heures, mais je ne sais pas où je vais, ni même pourquoi je suis sorti, et d'ailleurs je m'arrête à l'ombre de la haie de hêtres plantée un peu plus bas. J'essaie de reprendre mon souffle, je me tiens le cœur de la main droite, je songe que je vais faire une syncope, là, sous les hêtres, et que ça n'est vraiment pas le bon endroit. Tous les villageois qui me connaissent… me découvrir là inanimé… Puis je m'adosse à l'un des troncs et je me laisse glisser au sol. Je suis hors d'haleine comme si je venais de terminer au sprint l'ascension du Pertus, mais petit à petit la conscience me revient. Assis là, je me sens mieux, je reprends des forces. Je dois appeler Esther, bien sûr, la prévenir. Ce qu'elle me dira, je n'y songe pas, ou seulement dans une grande confusion, pressentant que tout pourrait s'arrêter, notre belle vie en famille, les vacances, l'été lui-même. Mais la prévenir, c'est ce qui me semble le plus urgent, qu'elle sache vite que je sais, que désormais nous savons tous les deux et qu'en somme ce qui va advenir ne pourra plus jamais ressembler à ce qui a été. Tout à fait en arrière-plan, j'ai le sentiment peu glorieux que ça sera plus facile à supporter à deux que seul, comme si je voyais encore en Esther une alliée dans l'épreuve, l'alliée qu'elle a toujours été depuis notre rencontre, alors qu'Esther constitue cette fois l'épreuve elle-même et qu'elle ne peut donc être dans le même mouvement l'objet du malheur et le bouclier qui m'en protégera.

Je cherche à tâtons mon téléphone et le découvre dans ma poche. Je n'ai qu'à appuyer sur *Esther* pour entendre le sien sonner.

— Ça va, mon chéri ? Je te manque déjà ?

— Esther, je suis désolé, j'ai lu un mot qui ne m'était pas destiné… sur l'un de tes carnets à spirale… Tu l'avais laissé en évidence sur le petit bureau, dans notre chambre, j'ai cru que c'était pour moi.

— Attends, je ne comprends pas de quoi tu parles…

— Tu écris à un garçon, Esther, et ce garçon ça n'est pas moi. Tu lui dis des choses très intimes, que tu voudrais être… Esther, si tu aimes un autre homme…

— Je n'aime que toi, Augustin, si j'aimais un autre homme, je ne serais pas là.

— Je ne sais pas, j'ai lu ce mot et je me sens très mal.

— J'entends, mon chéri. Je l'entends à ta voix. Où es-tu ?

— Dehors. J'ai cru que j'allais m'évanouir, je suis sorti marcher un peu.

— Je remonte tout de suite, tu veux bien m'attendre ? Je suis là dans un quart d'heure.

Je l'entends grimper l'escalier. Entre-temps, je suis retourné dans mon bureau. Je n'écris plus, je suis dans une sorte d'apnée, assis devant l'écran noir de mon ordinateur. Elle frappe et entre sans attendre, elle vient s'asseoir silencieusement sur le coin de ma table, au-dessus de moi.

— Mon chéri, dit-elle en me caressant la joue, comment as-tu pu croire…

— Esther, ce sont des mots qui ne laissent aucune place au doute.

Elle est tendue et pâle, elle me semble bien plus petite et aiguisée que je ne la vois d'habitude, et j'observe qu'elle tremble. Mais c'est à peine perceptible. Aujourd'hui, je songe que c'est la seule fois de notre vie où je l'aurais vue frappée de frayeur et incapable de le cacher, elle toujours si maîtresse d'elle-même, si douée pour donner le change.

— Ça ne recoupe rien de réel, Augustin, c'est une chose que j'ai écrite un soir où ça n'allait pas.

— Esther, si tu aimes quelqu'un d'autre, tu peux me le dire. Ça peut nous arriver à tous les deux, ce sont des choses de la vie, on le sait bien.

— Je n'aime personne d'autre que toi, et je ne t'ai pas trompé, Augustin. Tu veux bien me croire ?

— Non, je ne te crois pas. Tu m'as évidemment trompé, et maintenant c'est à toi de décider ce que tu veux faire. Si tu veux rester, ou me quitter.

— Mais, Augustin, tu es fou ! C'est toi que j'aime. Comment peux-tu en douter ?

— Arrête, Esther, arrête, c'est un peu humiliant… pour moi, je veux dire… J'ai lu ce mot…

— C'est juste l'expression d'un fantasme pour un garçon que j'ai connu bien avant toi, je me suis mise à lui écrire un soir où j'étais seule et déprimée, mais tu vois bien, le message est resté là, il ne s'est rien passé évidemment. Il faut que tu me croies, Augustin. Tu veux bien ?

— Non, je ne te crois pas. Je ne te crois pas une seconde, Esther, mais c'est comme ça, ce sont des événements imprévus qui peuvent toujours nous tomber dessus, rien n'est acquis, on le sait bien, et maintenant c'est à toi de décider. Tu n'es pas forcée de rester avec moi.

— Augustin !

— Rien ne te force, je ne sais pas pourquoi tu me mens et je m'en fous, ça te regarde, mais ne me balade pas, Esther, ne me manque pas de respect, si tu veux t'en aller, pars, je ne tenterai rien pour te retenir.

— Je t'ai dit tout ce que je pouvais te dire, je t'aime et je ne veux pas qu'on se sépare.

— Prends tout de même le temps de réfléchir.

— Tu es l'homme de ma vie, Augustin, je suis si triste que cette bêtise t'ait mis dans cet état... Tu veux bien redescendre avec moi prendre un café ?

— Oui, bien sûr.

Après ça, nous bavardons comme si l'homme auquel était destiné ce mot n'avait pas existé. Esther m'a prié de m'asseoir, elle nous a servi le café sur la terrasse encore ombragée à cette heure de la matinée, avec des petits gâteaux, un rien d'apparat, me demandant de ne pas bouger repose-toi mon chéri, s'il te plaît, puis me passant à plusieurs reprises la main dans les cheveux, puis s'asseyant à côté de moi et me prenant silencieusement la main. Elle ne tremblait plus, elle avait repris sa taille normale dans mon regard.

— Tu sais qu'ils prévoient des orages en fin de journée...

— Ah bon ?

— Oui, c'est ce que les vieux disaient au village. J'ai pensé que tu serais content.

— Ravi, tu veux dire !

— Tu es comme un enfant avec les orages. D'où ça te vient ce truc ?

Mais Laetitia avait débarqué en chemise de nuit, les yeux gonflés, et la conversation avait aussitôt dévié sur la scolopendre qui stationnait la veille au soir au plafond, juste au-dessus de son lit.

— Alice est venue m'aider, on a essayé de l'écraser, mais le pire, c'est qu'elle est tombée sur mon oreiller.

— Vivante ou morte ?

— Mais vivante ! On l'a ratée, tiens.

— Et qu'est-ce que vous avez fait ?

— Ben, on est parti à toute vitesse et on a coincé des habits sous la porte pour qu'elle ne puisse pas sortir.

— Tu n'as pas dormi dans ta chambre ?

— Non, avec Alice. Tu voudras bien m'accompagner pour prendre mes affaires ?

— Oui, ma chérie, on ira tout à l'heure.

— Je m'en fiche, je ne veux plus dormir dans cette chambre tant que tu ne l'auras pas tuée.

— Pas sûr que je la retrouve, tu sais.

Jamais nous ne reparlerons ensemble du mot d'Esther et de cet homme dont elle aspirait à retrouver l'odeur. Quelque temps après notre séparation, je prendrai un verre avec la meilleure amie d'Esther et comme j'essaierai de lui expliquer combien elle était devenue pour moi de plus en plus mystérieuse au fil des années, de plus en plus étrangère, je lui relaterai cette histoire pour illustrer mon trouble. Un peu plus tard, comme Esther et moi nous revoyons pour la première fois depuis notre rupture, elle s'étonne :

— Augustin, pourquoi as-tu raconté cette chose à Muriel, que tu aurais trouvé une lettre de moi, que tu as imaginé que j'aurais pu te tromper ?

— Parce que je n'ai jamais cessé d'y penser.

— C'est drôle, je n'en ai aucun souvenir.

— Comment ça ? Je pourrais encore citer de mémoire ce que tu écrivais à cet homme... Tu es remontée du village à toute allure, ce matin-là, quand tu as su que j'avais trouvé ton mot. Tu étais folle d'inquiétude, enfin, dans mon souvenir.

— Je ne vois même pas de quoi tu parles...

— Vraiment, Esther ?

— Pourquoi je te mentirais ? Tu es sûr que tu n'as pas rêvé ?

Ce qui me trouble, aujourd'hui, tandis que je recompose cette scène, c'est la frayeur qu'avait éprouvée Esther, au point de trembler. Une part d'elle-même l'avait trahie, s'arrangeant pour que je sache – elle avait dû préparer son carnet à spirale pour l'emporter au village dans l'intention peut-être de poster à son amant ces quelques lignes sans doute écrites la veille, dans le train, mais au moment de partir elle avait oublié le carnet ouvert sur la lettre, bien en évidence sur le petit bureau (il aurait été fermé que je ne m'en serais même pas approché). De quoi est faite cette frayeur qui la fait remonter du village au pas de course et pénétrer dans mon bureau aiguisée et blême ? De la peur de me perdre, bien sûr. À ce moment-là, dans notre étrange relation, les rôles sont clairement assignés : c'est moi qui tremble, et c'est elle qui me fait trembler. Aucun des deux ne saurait expliquer les ressorts secrets de ce qui se joue de destructeur entre nous, ce sont nos inconscients qui ont mis tout cela en place, mais nous tenons au vertige douloureux que cette confrontation suscite en nous et nous ne sommes pas d'accord pour inverser le rapport de force. Or, la lettre d'Esther à son amant risque de provoquer ce renversement : Esther pourrait ne plus être en position de décider de mon destin (je veux dire par là de continuer à me tenir tremblant à sa merci), car je pourrais profiter de la clé qui m'est offerte pour m'enfuir – puisque tu aimes un autre homme, Esther, je m'en vais, je te quitte. Elle tremble à l'idée que je lui dise cela tandis qu'elle remonte du village à grands pas, elle tremble à l'idée de me perdre, non parce qu'elle m'aime, ai-je aujourd'hui compris, mais parce qu'elle a besoin de moi, de ma dévotion, de mon sacrifice, du miroir que je lui tends, pour continuer à s'aimer, elle. Elle tremble à l'idée que je lui dise : Maintenant, c'est à moi de décider, Esther, et j'ai décidé, je vais partir, je vais te quitter. Or, je dis exactement le contraire. Je dis : Maintenant c'est *à toi* de décider, Esther, c'est à toi de dire si tu veux rester ou me quitter. En somme, je nie le coup qui m'est porté, je nie ma propre personne pour me replacer à la merci d'Esther. Ouf, elle est rassurée, elle peut alors protester de son amour pour moi : Mais, Augustin, tu es fou ! C'est toi que j'aime. Comment peux-tu en douter ? Puis inventer n'importe quel mensonge pour embrouiller l'affaire. Je ne suis pas dupe, je le lui dis, mais elle n'est pas dupe non plus de ma prétendue lucidité, elle comprend que je préfère passer pour un imbécile plutôt que changer quoi que ce soit à notre rapport de force. Ainsi, dans l'heure même, tout rentre dans l'ordre, ça n'aura été qu'une fausse alerte.

Comment n'ai-je pas vu que je marchais ostensiblement sur les traces de Toto ? Toto que j'avais observé des années durant se faire piétiner par notre mère et dont j'avais vainement attendu qu'il redresse l'échine – Suzanne, c'est la dernière fois que tu me parles sur ce ton. Tu as bien compris ? La prochaine fois, je m'en irai, et tu ne me reverras plus. Je demande bien à Esther de ne pas me manquer de respect, *ne me balade pas, Esther, ne me manque pas de respect,* mais je commence, comme Toto, par me manquer de respect à moi-même en passant sous silence ma propre souffrance. Pourquoi Esther ne continuerait-elle pas à me manquer de respect puisque je me considère comme un être négligeable ?

26

Oui, aujourd'hui j'ai sous les yeux ce carnet, rempli de deux ou trois cents textos d'Esther qui courent de cet été 2002 où elle découvre le livre que je lui ai consacré, *Sous la pluie d'été...*, à l'été 2007 où notre effondrement est devenu manifeste.

L'existence même de ce carnet n'est pas une chose anodine, n'est-ce pas – je veux dire recopier religieusement durant cinq années tous les textos de sa femme... Non, d'ailleurs, pas tous, seulement ceux qui me montraient combien elle m'aimait, seulement ceux dont les mots me touchaient. Sommes-nous nombreux à nous livrer à ce genre d'exercice ? L'existence même de ce carnet, donc... mais je vais y revenir.

Je pense à toi / J'avais envie de pleurer dans la voiture quand tu m'as raccompagnée à la gare de Clermont-Ferrand / Tu es l'homme le plus délicat que je connaisse / T'ai-je dit que je t'aimais cette semaine ? / Je vois mes rides dans la glace, je sais que tu me trouves jolie et je me sens forte / Te rendre heureux / Je te sens inquiet de mon amour, tu ne devrais pas. Que dois-je faire ? / Villedieu est vide et brûlant, je vais me coucher, je t'aime infiniment / J'ai le cœur serré de te quitter, Augustin, prends soin de toi / J'ai peur d'user ton amour, ta bonté / Où m'emmèneras-tu dîner pour mon anniversaire ? J'ai envie de chandelles et d'huîtres. Et d'un baiser.

Je n'écris plus que pour les autres, ces cinq années-là, et j'éprouve un soulagement immense à m'oublier pour partager des destins radicalement différents du mien. Les femmes auprès desquelles je travaille (les hommes ne m'attirent pas, je les refuse la plupart du temps) s'étonnent de mon inépuisable curiosité, du temps que je peux passer à les écouter sans paraître jamais me lasser, du soin que j'apporte ensuite à la rédaction de leurs Mémoires, elles louent ma générosité à leur égard, ma disponibilité, mon empathie, elles me considèrent comme un être à part, unique, et le disent à mon éditeur, mais elles ne soupçonnent pas une seconde le bien qu'elles me font en me distrayant durablement de moi. Je saute d'un livre à l'autre sans jamais cesser d'écrire, de courir, comme un fugitif bondit d'un avion dans l'autre et jouit durant le vol d'un bienheureux sentiment de sécurité. Pendant l'écriture du livre, je me sens à l'abri, quasi assuré de ne pas me croiser avant d'avoir mis le point final. Cela peut arriver malencontreusement, si par exemple Curtis m'appelle pour prendre de mes nouvelles – il n'est pas l'éditeur des Mémoires que je rédige et se demande donc ce que je fabrique de mes journées, vous écrivez un peu, Augustin ? – J'écris, oui, mais rien qui puisse vous intéresser, Curtis. Il n'insiste pas, mais ensuite je suis saisi de terribles douleurs au ventre car je reprends brutalement conscience de tous les livres qu'il me reste à écrire tandis que le temps qu'il me reste à vivre ne cesse de diminuer. Durant quelques heures, je me désintéresse complètement des Mémoires en cours et je dois sortir marcher sur le boulevard Aristide-Briand pour me calmer, en proie à une violente culpabilité, puis à une nostalgie infernale en me remémorant l'extrême acuité dans laquelle me plonge mon écriture personnelle, au prix d'une souffrance continuelle, certes, mais avec la satisfaction de parvenir à exprimer tout ce qui me tourmente à propos de la vie.

Chacun de ces gros ouvrages de Mémoires me rapporte pas mal d'argent et désormais nous sommes riches – et un peu éberlués de l'être. Enfin, je ne saurais pas dire précisément ce que provoque en Esther cet afflux d'argent, dans mon souvenir elle m'écoute distraitement lorsque je lance quelques chiffres, l'air de s'en moquer complètement (et, en effet, elle se fiche de connaître les sommes exactes qui tombent dans notre compte commun et se trompe généralement dans le nombre de zéros), mais je note que cette abondance lui donne, comme à moi, un sentiment trouble de jouissance, et de puissance aussi, sans doute. Quand nous nous promenons ensemble, elle s'arrête plus volontiers devant les vitrines des couturiers à la mode et je devine qu'elle est surprise, comme je le suis moi-même, de constater que les prix affichés ne sont pas excessifs finalement. Le glissement s'est opéré insensiblement, comme si tous ces produits de luxe avaient été petit à petit dévalués – autrefois inabordables, ils nous sont devenus parfaitement accessibles par la grâce d'une simple opération de calcul mental (de niveau CM2) qui consiste à rapporter le prix indiqué dans la vitrine à la somme entraperçue sur notre compte en banque lors de la réception du dernier relevé. Longtemps dissuasif, le ratio nous est devenu très favorable, comme si c'était tous les jours les soldes.

Tiens, je m'aperçois que je suis en train de revenir, presque malgré moi, à cette question de l'argent, déjà évoquée dans les pages précédentes, et je sais bien pourquoi : je dois maintenant essayer de comprendre comment se sont conjugués, durant ces cinq années, les différents composants de notre vie amoureuse, dont l'argent, bien entendu, pour nous conduire à l'effondrement.

De quoi est-elle faite notre vie amoureuse (selon moi, car je suppose qu'Esther ne raconterait pas l'histoire de la même façon) ? Du livre que j'ai consacré à Esther qui a érigé notre relation en une sorte de modèle de romantisme et d'ingénuité. De l'étrange façon dont nous faisons l'amour, jamais complètement, du fait, croit-on, de la maladie à éclipses d'Esther, mais au fond nous n'en sommes pas sûrs. De mes tremblements aux moments où nous nous enlaçons, dont je me dis désormais (depuis l'écriture de mon livre sur Esther) qu'ils sont dus à un excès d'amour, à un trop-plein d'émotion, et en aucun cas au pressentiment d'un danger quelconque – comment cette femme, que j'aime tant, pourrait-elle me menacer en quoi que ce soit ? Du souvenir entêtant, mais jamais évoqué, de la lettre d'amour d'Esther à cet inconnu qui me fait chanceler dans les instants où j'entrevois qu'elle pourrait avoir une vie secrète, bien plus secrète encore que celle que j'imagine confusément. De ses photos que j'ai suspendues au-dessus de mon bureau lorsque j'écrivais sur elle et que je continue de contempler chaque jour, voire de scruter à la loupe, comme si tout un livre ne m'avait pas suffi pour percer son mystère (non, tout un livre ne m'a pas suffi). De la retranscription de ses textos dans mon carnet, depuis l'inoubliable *Sous la pluie d'été* très fort je t'aime, ses textos qui me bouleversent car je sais que jamais Esther ne me dirait tout haut ce qu'elle m'écrit, elle est devenue bien trop pudique pour cela, de sorte que chacun d'entre eux est une preuve écrite qu'elle pense à moi, que je compte encore à ses yeux. Enfin, de l'argent que je gagne en quantité et qui me permet de la gâter.

Je relis cette espèce d'inventaire tout en me demandant si c'est bien malin de procéder ainsi pour tenter d'appréhender de quelle façon nous nous sommes détruits, et est-ce que je ne devrais pas plutôt... mais alors je m'aperçois que j'ai oublié de glisser dans cette liste le fait que je n'écris plus, que j'ai renoncé à la seule chose qui donnait du sens à ma vie pour mettre mon savoir-faire au service d'autres et gagner une fortune en retour. Comment ai-je pu oublier ce composant essentiel de notre vie amoureuse durant ces cinq années : *je ne suis plus écrivain*, j'ai suspendu mon travail artistique, je suis devenu une sorte de fonctionnaire de l'écriture, talentueux, peut-être, mais fonctionnaire néanmoins.

Ce qui m'a soudain permis de mettre le doigt sur cet oubli, c'est l'image obsédante de Toto filant sur son VéloSolex vendre des aspirateurs en porte à porte, son appareil de démonstration ficelé sur son porte-bagages. Depuis trois jours que je m'interroge sur l'alchimie de notre destruction, et sur la meilleure façon de l'exprimer, ne faisant que marcher nerveusement dans mon nouveau quartier du petit Trocadéro sans avancer d'une ligne, je suis curieusement obsédé par cette image de Toto filant sur son VéloSolex. Elle me revient sans cesse à l'esprit comme si elle contenait le début d'une réponse à mes interrogations. J'ai six ou sept ans, nous habitons notre somptueux appartement de Longchamp, sur le bois, et chaque matin ou presque notre mère dresse à Toto la liste de ses exigences, cela va de la nécessité de faire revenir M. Durnerin, le décorateur, pour résoudre un problème d'éclairage dans les vitrines d'argenterie à la machine à laver qui ne rince plus le linge en passant par le remplacement de Josépha, la bonne à tout faire espagnole dont notre mère ne veut plus entendre parler mon Dieu ce que cette pauvre fille peut être bête, c'est une curiosité, je t'en supplie, Toto, débarrasse-m'en ou je vais la foutre par la fenêtre. J'admire la toute-puissance de Toto qui demeure impavide, ne note jamais rien, se souvient de tout, rétorque invariablement oui-mon-Minou-ne-te-fais-pas-de-bile-je-te-règle-la-question-au-plus-vite, et lorsque je l'aperçois enfin depuis la fenêtre de notre chambre s'élançant vers le vaste monde au guidon de son Solex, cheveux au vent, je prête à l'aspirateur qui lui colle au derrière le pouvoir miraculeux d'assouvir tous les désirs de notre mère, comme si le petit Tornado aspirait aussi bien l'argent, qui ne semble pas manquer à la maison, que l'arrogant M. Durnerin, le réparateur de machine à laver et la nouvelle bonne à tout faire espagnole pour les recracher bientôt aux pieds de notre mère.

Marchant à toute allure sur les larges trottoirs de mon nouveau quartier, je ris tout seul de cette image, Toto brandissant le tube de son aspirateur depuis son Solex pour venir à bout des exigences de notre mère, et soudain je devine d'où provenait l'espèce de jubilation que j'éprouvais après la sortie de chaque volume de Mémoires – ces livres fonctionnaient comme le Tornado de mon enfance, ils aspiraient une masse d'argent considérable qui avait fait de moi, sans même que je le décide, le bienfaiteur d'Esther. Pour la première fois, l'idée me traverse que j'aurais pu faire autre chose de cet argent que combler les désirs d'Esther, et même les provoquer, les précéder. Mais la chose s'était imposée comme une évidence, et je vois bien pourquoi – j'avais fait comme Toto dont le courage forçait d'autant plus mon admiration à Longchamp que déjà je n'aimais pas notre mère (qui ne m'aimait pas non plus, mais je l'ai déjà dit) et qu'elle suscitait chez moi une inquiétude grandissante qui touchait certains jours à la frayeur. Je m'entendais prier Jésus (auquel je croyais de toutes mes forces en ce temps-là) pour qu'elle soit un jour rassasiée et que Toto puisse enfin siffloter sur son Solex, l'esprit léger. Ce qui est étonnant, c'est que je ne m'étais pas vu fourrant mes pas dans les siens et mettant ainsi Esther à la place de notre mère. À moins que je me sois vu, si, et que j'y sois allé avec la prétention de réussir là où il avait lamentablement échoué. Lui n'avait jamais aspiré que du vent avec son Tornado et recraché des boniments qui nous avaient précipités dans la misère et la folie, tandis que moi c'était du bon argent que j'aspirais dont je pouvais croire qu'il ferait notre bonheur, et j'allais écrire *notre jouissance*.

Toto qui a renoncé à faire le tour du monde sur un cargo, son rêve de jeune homme, pour partir à la conquête d'une femme qu'il n'a jamais possédée, qui n'a jamais cessé de le mépriser, et qui finalement l'a tué. J'ai écrit cent fois cette phrase dans mes carnets, l'actualisant au fil des décennies (à dix-huit ans : *Toto qui a renoncé à faire le tour du monde sur un cargo, son grand rêve, pour baiser cette conne qui n'a jamais cessé de le mépriser et qui va finir par le tuer*) et je songe soudain que je pourrais me l'appliquer, tiens : Augustin, qui a renoncé à écrire pour partir à la conquête d'une femme qu'il n'a jamais possédée, qui n'a jamais cessé de le mépriser, et qui finalement l'a tué (enfin presque, puisqu'au contraire de Toto je me suis sauvé à temps).

Cette fin tragique était-elle inscrite dans notre rencontre ? Esther la craignait, se connaissant, elle me l'avait annoncée, mais je n'avais pas ouvert son cahier ni lu ses lettres. Est-ce moi qui l'ai précipitée en emboîtant le pas à Toto ? Sans aucun doute. Je crois que je pourrais écrire, sans risque de me tromper, qu'Esther avait pressenti dès notre rencontre l'homme que je deviendrais quand je me mettrais sérieusement à l'aimer, et que je suis devenu cet homme, en effet, une sorte de Sisyphe éperdu d'amour, aveugle et pathétique, exactement comme le fut Toto, proie facile, trop facile pour une Esther qui aurait sûrement préféré que je lui résiste, que je la contienne, déviant ainsi vers d'autres cibles ses penchants meurtriers.

Je ne suis plus écrivain, j'ai suspendu mon travail artistique, et chacun peut constater combien ma nouvelle vie a fait de moi un homme épanoui et heureux. Je n'ai plus peur et je ne grelotte plus en allant au Monoprix faire les courses, je porte d'élégantes chemises blanches en toutes saisons, je suis avenant et salue aimablement les gens du quartier (des amis d'Esther essentiellement), et tous les dimanches matin Esther et moi faisons les courses ensemble avant de prendre amoureusement un café en terrasse. C'est le moment de la semaine où nous rêvons notre vie, tout ce que nous pouvons désormais entreprendre, de la réfection des peintures de notre maison à des voyages ici ou là, puisque nous avons de l'argent à ne savoir qu'en faire. Ça ne te ferait pas plaisir, Esther, qu'on aille à Saint-Pétersbourg ? – Pourquoi pas ? Mais c'est plutôt la Finlande qui me tente en ce moment... – Oui, deux grands crèmes s'il vous plaît. Allons en Finlande alors. Tu pourrais prendre quelques jours en mai ? – Je ne sais pas, mon chéri, je vais regarder, mais j'ai bien envie qu'on parte ensemble quelque part. Elle laisse reposer sa tête sur mon épaule. J'aime bien la vie avec toi, souffle-t-elle. – Moi aussi, Esther. Tu as vu comme l'immeuble en face est beau ? 1930, on se croirait à Alger, j'adorerais t'emmener là-bas... – Oui, je sais, tu me le dis tout le temps, Augustin... (elle rit, imperceptiblement agacée peut-être) Dis, tu n'oublies pas le concert d'Alice cette semaine ? – Je n'ai jamais raté aucun concert d'Alice ! J'aime trop la voir jouer. – Je te le rappelais juste parce que je ne pourrais pas y être... N'empêche qu'elles ont de la chance, nos filles, quand je compare mon enfance à la leur... Tu te rends compte qu'à l'âge d'Alice je suis partie toute seule en stop jusqu'en Espagne ? – Elle est cinglée ta sœur de t'avoir laissée partir. – Elle était déjà bien sympa de me recueillir... Il y a toujours un silence autour de l'adolescence d'Esther, elle l'évoque, mais si je l'interroge, elle change aussitôt de sujet. Et tu n'aurais pas envie qu'on retourne passer un week-end dans la petite maison de ton père ? dis-je. Avec les filles... – Je ne sais pas. – Esther, tu l'aimes beaucoup cette maison et elle commence à tomber en ruine. Pourquoi on ne la restaurerait pas ? Ça ne te ferait pas plaisir ? – C'est compliqué, tu sais, il y a tous mes frères et sœurs... – Enfin, si tu voulais, moi je serais prêt à m'en occuper. Alors elle se tait et me caresse la joue. À quoi pense-t-elle ? Que je suis gentil et attentionné et que ça réveille en elle des pulsions qui lui font un peu peur ? Qu'elle regrette le temps où je ne l'aimais pas, où elle avait tout le loisir de me convoiter ? Désormais, il n'y a plus rien à convoiter, je suis là, indécollable, comme son ombre dévouée. On reprend un café et on rentre préparer le déjeuner ? lance-t-elle abruptement. – Oui, les filles doivent nous attendre, on va se faire engueuler.

Nous sommes allés trois ou quatre fois dans la maison de bûcheron du père d'Esther, à chacun de ces voyages je lui ai demandé de me montrer d'autres lieux de son enfance, l'hôpital où elle est née, sa première école, la ferme où elle allait chercher les œufs, le cimetière où est enterrée sa mère dans un village curieusement éloigné du leur, et, j'y songe soudain, Esther n'a jamais réclamé à voir les endroits où j'ai grandi, l'appartement de Longchamp, les HLM où notre vie a basculé, puis toute la suite. Jamais elle n'a exprimé le désir de voir ces endroits si importants pour moi, si présents dans tous mes livres. Pourtant, trois heures auraient suffi pour en faire le tour, c'est bien plus près que l'Alsace. Si je cherchais une preuve supplémentaire qu'Esther ne m'a pas aimé, qu'elle m'a seulement voulu, je viens d'en trouver une. Et aussi : jamais nous ne sommes allés ensemble en Algérie, mon pays de cœur, sans doute le seul endroit au monde où il me vient des larmes de reconnaissance à l'instant où j'ouvre les volets, le matin, et découvre le port.

Finalement, on ne part ni à Saint-Pétersbourg ni à Helsinki, mais à Tel-Aviv. Et, dès l'aéroport, j'essaie de faire mieux que Toto. Tout ce qui semble attirer la curiosité d'Esther, je veux le lui offrir – un sac de voyage, une énième paire de lunettes de soleil, une radio, une montre, un parfum, un maillot de bain. Il n'est pas mal, mais je ne suis pas enthousiasmée. – Il te va vraiment bien pourtant. – Tu trouves ? – Oui, prends-le, ma chérie. Prends-le. À certains moments, saisi d'une imperceptible mélancolie, j'entrevois quel homme je suis devenu, combien j'ai changé. Cinq ou six années plus tôt, enfermé dans un roman, je me serais fait prier pour partir en voyage, et aussitôt à l'aéroport j'aurais cherché fébrilement la pharmacie merde, Esther, il me faut du Lexomil, ça m'angoisse d'avoir laissé mon manuscrit. – Vraiment, Augustin ? Je te l'avais dit, tu aurais dû le prendre. – Non, ç'aurait été pire, à chaque seconde je me serais senti mal de ne pas écrire. Il me faut juste du Lexomil. – Viens, la pharmacie est par là. Le pharmacien refusait de nous en donner sans ordonnance et il fallait lui demander d'appeler notre médecin dont on reconnaissait bientôt le rire dans le combiné, ah oui, pas de problème, j'ai l'habitude, donnez-moi votre numéro de fax, je vous envoie tout de suite une ordonnance. Je prenais mon Lexomil devant un express, Esther me couvait du regard, l'air de regretter de m'avoir poussé à partir. Je lui appartenais, certes, mais elle était impuissante à me distraire de mon travail, de sorte qu'elle pouvait constater combien ce qui nous reliait demeurait fragile et changeant. Tandis que là, n'écrivant plus, captivé par elle comme si mon destin était entre ses mains, je suis engagé corps et âme dans sa conquête. Je confonds l'appréhension mystérieuse qu'elle m'inspire (que je mets au compte de l'émotion) avec l'effroi que suscitait notre mère en moi, et j'ai l'espoir qu'en la couvrant de tout ce qu'elle désire, ou pourrait désirer, comme Toto tentait de le faire avec notre mère, je parviendrai à la rassasier et à ne plus trembler.

À Tel-Aviv, je la laisse organiser les choses, jamais je ne la contredis. Elle a choisi un hôtel sur le front de mer pour pouvoir courir le matin sur la plage, et comme c'est désormais la coutume lorsque nous sommes en voyage, je l'accompagne. Il y a longtemps que je ne cours plus à cause de mes genoux trop fragiles mais je pratique une marche rapide et déhanchée qui me permet d'aller presque aussi vite qu'elle. De temps en temps, elle revient à ma hauteur en une large boucle et nous nous sourions. Chaque fois, je suis sidéré par sa beauté, et qu'elle soit essoufflée, les cheveux collés sur les tempes, les ailes du nez palpitantes, ajoute encore à l'émotion que j'éprouve à photographier son visage. Quand elle a suffisamment couru, elle me prend la main et nous regagnons l'hôtel en bavardant. Nous rions, nous échangeons des regards, et il se pourrait bien qu'un agent du Mossad, planqué derrière ses jumelles sur le toit de l'hôtel, nous prenne pour un couple en voyage de noces. Nous offrons l'image d'un bonheur parfait, et nous sommes parfaitement heureux, en effet, même si j'ai eu le sentiment, la veille au soir, lorsque nous avons fait l'amour, de cheminer durant quelques minutes au bord d'un précipice. Il n'y a que dans ces moments d'extrême rapprochement, d'extrême intimité, qu'il me semble soudain voir ma mort de tout près. Jouir est une petite mort, dit-on parfois, et je pourrais me réconforter de cette explication, mais je sais bien, au fond, que ma frayeur est faite d'autre chose, d'une menace indicible dont il faudra bien un jour que je découvre le nom. Combien de temps vais-je encore tenir sans savoir ? Parvenir à contenir la peur pour qu'elle ne m'empêche pas d'aimer Esther ? Dans les instants qui avaient précédé, et tandis que nous nous croisions dans la salle de bains, j'avais été tiraillé entre un désir hallucinant pour elle et l'espoir qu'un événement extraordinaire, un obus palestinien, un attentat, m'épargne l'assouvissement de ce désir en nous jetant à la rue.

— Augustin, quand on fait l'amour, maintenant, tu es tellement tendu… Pourquoi ? C'est idiot à dire, tu sais, mais j'ai l'impression que tu joues chaque fois ta vie.

— Je suis bouleversé, oui.

— Mon chéri ! Comment est-ce possible à ce point ?

— Je ne sais pas, mais ne te fais pas de souci, c'est un truc entre moi et moi, ça finira bien par passer.

— Oh oui, bien sûr ! Bien sûr. Dors bien, repose-toi bien.

Quelque chose me dit que ça ne passera pas, non, que c'est un mal qui m'est propre, qui provient sans doute de l'effroi que m'a causé notre mère, de sa folie, un mal dans lequel Esther n'a aucune part (si ce n'est par l'émotion qu'elle éveille en moi) et je commence à mettre entre parenthèses notre sexualité. Je veux dire par là que je m'interdis d'y penser dans la journée pour être serein et joyeux avec Esther, que je contiens mon désir pour elle entre de solides parenthèses, le dissociant de notre vie quotidienne. Je me figure qu'ainsi le mal ne va pas contaminer toute notre relation et que je n'aurai à lui faire face que le soir, au moment où nous nous retrouverons au lit. La recette fonctionne bien, je me sens léger tout au long de la journée et je vois combien Esther prend plaisir à se promener avec moi dans les rues de Tel-Aviv, à faire de longues pauses dans les cafés pour lire ou écrire, et même à repasser à l'hôtel pour une sieste (chaste, naturellement), mais j'ai l'impression, en revanche, qu'elle accroît considérablement mon appréhension au moment où nous nous couchons.

Est-ce ce mal inexplicable et entêtant qui est à l'origine de mon retour à l'écriture ? Après notre séjour à Tel-Aviv, je suis pris d'une forme d'écœurement pour l'homme que je suis devenu, à la fois riche et docile, invariablement gentil et généreux, mais manifestement malade, sourdement malade de ce tremblement que les parenthèses contiennent mais ne me permettent pas d'oublier. Je me sens à la fois l'héritier de Toto pour la docilité et la générosité (un Toto qui aurait réussi dans les affaires), et de notre mère pour la folie que je pressens sous le tremblement. Je me sens en perdition, soudain, comme si on m'avait dépossédé de moi-même. Et c'est durant ces quelques jours où je marche furieusement dans Villedieu, un carnet dans ma poche pour noter tout ce qui me traverse, que me saute au visage que je vais me remettre à écrire. Comme chaque fois au fil de ma vie, dans les moments d'effondrement, je vais me sauver en écrivant. Mais bien sûr ! L'idée est si exaltante qu'après quelques minutes seulement je me surprends à sourire du personnage pathétique que j'étais devenu et ne suis déjà plus. Je vais me remettre à écrire, et je sais bien quel livre, celui qui tentera d'expliquer les ressorts secrets de nos vies, de quels héritages nous sommes faits et comment, nous débattant à tâtons pour inventer notre propre destin nous progressons si peu, si mal, quand nous ne disparaissons pas tout simplement, emportés par le poison des générations qui nous ont précédés, emportés par le poison des nôtres et n'ayant même pas eu le temps de laisser sur la terre une trace de notre passage.

27

Je me souviens du matin de juin où je découvre ma première phrase *À l'origine de ma venue au monde, de notre venue au monde à tous les onze, il y a l'amour que se sont déclaré nos parents*, mon exaltation, ma certitude immédiate que ça y est, je vais parvenir à écrire le livre dont je rêve car il est à mon avis tout entier contenu dans cette phrase, et même dans cette seule locution *À l'origine*.

Ce premier matin, j'écris une trentaine de lignes, peut-être même un peu plus, puis je m'arrête abruptement pour filer sur le plus beau de mes vélos, mon *Dangre* noir, élégant et rapide, que tous les cyclistes m'envient. Le livre vient presque trop facilement, je suis un peu superstitieux, je ne voudrais pas provoquer le Ciel, me mettre à dos Dieu sait qui là-haut, je préfère m'interrompre au milieu d'un paragraphe et me repaître de ces trente lignes prometteuses. Ce que je fais. Tournant à toute allure sur le circuit du bois, je me repais, oui, me repassant les premières phrases et songeant que je pourrais dès à présent appeler Curtis tant je me sens sûr de moi. Je viens de me remettre à écrire, Curtis. – Voilà une excellente nouvelle. – Mais je vous dérange, peut-être ? – Jamais. – Quand j'aurai une cinquantaine de pages, je vous les donnerai à lire. – Avec plaisir. Nous avons toujours la même conversation au début, j'ai besoin qu'il sache que je démarre un livre pour avoir le sentiment de ne pas être absolument seul, mais je ne lui dis jamais rien du livre, ça ne nous intéresse pas d'en parler, il existera ou n'existera pas dans les cinquante premières pages, ce qu'on peut bien en dire avant n'a aucune importance.

Je ne suis plus exactement le même homme en rentrant du circuit. Je le constate à la façon péremptoire dont je range mes habits de vélo et tout ce qui traîne par terre dans mon bureau. Je suis à la fois terriblement excité et tendu, conscient d'être investi d'une mission qui me dépasse et pour laquelle je vais devoir me défendre contre l'habituelle conjuration des empêcheurs d'écrire. Lorsque je tiens un livre, je vois aussitôt en chacun une menace, à l'exception de Curtis naturellement. Il m'est d'ailleurs arrivé, il y a près de trente ans, de lui demander de me trouver un endroit où me réfugier et travailler sereinement tant je me sentais en péril dans la maison que je partageais alors avec Cécile. Pourtant, Cécile était assez admirative de mon entêtement à écrire, elle n'avait pas encore appris à détester mes livres, encore le mot de détester est-il très en dessous de la réalité tu es complètement cinglé, Augustin, je ne comprends pas comment tu peux balancer de telles choses, on dirait que tu ne respectes rien, aucun secret. – Au contraire, Cécile, c'est parce que je sais l'importance des secrets dans nos vies à tous que j'essaie de les exprimer. – Mais c'est notre vie dont tu parles, notre vie *intime* ! Merde ! Tu ne vois pas que tu nous mets en danger avec tes bouquins ? Cela pour dire combien j'ai le sentiment, depuis toujours, de devoir protéger mes livres, qu'on pourrait me les détruire avant même qu'ils voient le jour.

Sans doute est-ce le souvenir de Cécile qui me pousse à appeler Esther, à me faire d'elle une alliée dès la première page de ce manuscrit dont je pressens l'immensité.

— Je viens de me remettre à écrire, Esther.

— Ah, c'est bien. Tu peux me dire de quoi ça va parler ?

— Pas vraiment, non.

— C'est drôle parce que tu te lances un mois avant qu'on parte pour les États-Unis, comme si tu craignais…

— Comme si je craignais quoi ?

— Je ne sais pas… le vide, de n'avoir rien à écrire là-bas.

— Mais non, tu sais bien que j'aurais écrit de toute façon.

— Oui, mais tu évoquais un vague récit de voyage, un journal, un truc que tu ferais seulement pour nos filles…

— Bon, je ne sais pas ce que j'évoquais, je m'en fous, je voulais juste te dire ça.

— Pourquoi tu me parles sur ce ton brusquement ?

— Je te parle comme d'habitude.

— Non, on dirait que je t'agace.

— Un peu, oui. Excuse-moi, à ce soir.

J'avais raccroché. Ce qui m'avait agacé, c'était cette façon de ratiociner quand je lui annonçais un événement considérable (je n'avais pas écrit sous mon nom depuis cinq ans), comme si elle n'en prenait pas du tout la mesure. Et puis qu'elle me rappelle notre prochain départ pour les États-Unis. Je ne l'avais pas oublié, mais de fait je l'avais chassé de mon esprit et soudain il m'apparaissait comme une menace supplémentaire. Tandis que je pédalais, une heure plus tôt, je m'étais figuré écrivant tout l'été dans notre maison du Mont-Pertus alors même que je savais que nous passerions l'été aux États-Unis. On aurait dit que mon esprit, sans pouvoir nier l'évidence, voulait néanmoins m'épargner un sujet d'inquiétude – un sujet qu'Esther, en fait d'alliée, n'avait pas manqué de me rappeler.

Maintenant, je regrette de l'avoir prévenue. Le livre ne tient qu'à un cheveu, ces trente lignes que je n'ai même pas relues, qui ne valent peut-être pas grand-chose, or il me semble qu'à partager mon secret j'ai affaibli la confiance qui me portait. Ce départ aux États-Unis ne m'intéresse plus, soudain, tout ce remue-ménage quand j'aurais besoin au contraire que rien ne bouge autour de moi, de la torpeur des étés dans le Cantal, enfermé la moitié du temps dans mon bureau, l'autre moitié sur mon vélo jaune, mon merveilleux *Alex Singer*.

Je sens monter l'angoisse, ce sentiment que j'ai de devoir me protéger aussitôt que je me mets à écrire, et comme je suis assez lucide pour en deviner la part irrationnelle, je sors marcher plutôt que de me déliter dans mon bureau. Je me remémore combien j'avais peur, combien j'avais froid aussi, sortant de mon manuscrit au milieu de l'après-midi pour courir au Monoprix avec mon caddie, et cela me fait du bien de me souvenir. C'est donc chaque fois pareil, j'avais oublié depuis le temps que je n'ai plus écrit, mais ça va aller, j'ai toujours su trouver la force. Ça va aller, oui, me dis-je, avalant le boulevard Aristide-Briand à grandes enjambées, et d'ailleurs pourquoi je ne serais pas bien aux États-Unis pour écrire ? Pourquoi est-ce que j'imagine toujours que les choses vont m'être défavorables ? Peut-être que j'aimerai la maison, que je m'y sentirai même mieux que dans le Cantal. Et puis c'est dans un mois, ce départ, d'ici là j'aurai écrit une trentaine de pages, le livre aura commencé d'exister et nous nous soutiendrons mutuellement, lui et moi.

Ce soir-là non plus je ne suis plus exactement le même homme, je vois déjà combien mon manuscrit, si embryonnaire soit-il, me distrait d'Esther, comme si j'étais en train de récupérer une part de moi-même et, en somme, de m'éloigner de Toto. Toto et notre mère qui ouvrent ce texte immense justement *À l'origine de ma venue au monde, de notre venue au monde à tous les onze, il y a l'amour que se sont déclaré nos parents. Toutes les souffrances qu'ils se sont infligées par la suite, toutes les horreurs dont nous avons été les témoins, ne peuvent effacer les mots tendres qu'ils ont échangés durant l'hiver 1944*. Pour la première fois, je vais tenter de tout rassembler dans un livre, de dire l'indicible, d'où je viens, qui ils étaient, ce que j'ai fait de ce qu'ils nous ont donné à voir, à entendre, leur chagrin, leur folie, ce que j'ai fait de leur héritage, à tâtons dans les ténèbres, n'est-ce pas, sans cesse à tâtons comme nous allons tous, mais soucieux malgré tout de faire mieux qu'eux, d'être moins malheureux qu'eux. Et après ça, me dis-je, oubliant de répondre à la tendresse d'Esther dors bien mon chéri, repose-toi bien, je pourrai mourir, me reposer du moins, j'aurai écrit le livre de ma vie, le seul qui vaille, celui que je me prépare à écrire depuis trente ans, livre après livre.

Tout le mois de juin j'écris, la grâce miraculeuse du premier jour continue de m'accompagner, de sorte qu'à la veille du départ je me sens quasiment invincible. Les valises, l'excitation de nos filles, les dix-huit heures d'avion avec escale à New York, la fatigue prévisible d'Esther, rien ne me fait plus peur. Tout s'est passé comme si mon esprit vigilant, anticipant le choc du déracinement, m'avait procuré, avec les trente-cinq pages que j'emporte dans mes bagages, le moyen de continuer d'écrire n'importe où. C'est ce que je crois – or je me trompe.

Aujourd'hui encore, cinq ans après ce terrible été sur la côte ouest des États-Unis, je continue de m'interroger sur les raisons de mon échec. Est-ce la maison que je n'ai pas aimée au premier regard, puis qui n'a cessé de me contrarier, de me résister ? Est-ce l'éloignement qui, d'emblée, dès le premier matin, m'a donné cette impression effrayante d'être devenu étranger à mon propre texte, comme si c'était un autre qui l'avait écrit ? Aurais-je connu le même sentiment de perte, la même impuissance, si nous n'avions pas quitté la France ?

Je me revois le premier matin, errant seul dans cette maison faussement victorienne et cependant affreusement étriquée. Ce salon impossible, encombré de ces gros fauteuils de velours à oreilles, la table de la salle à manger flanquée de son napperon au crochet et de ses huit chaises aux dossiers ridiculement dressés comme des échelles, et puis les voilages, les rideaux à fleurs, les tapis, les guéridons, les vases, les fleurs séchées, le porte-parapluies – et nos valises abandonnées ici et là dans lesquelles je me prenais les pieds. Non, il n'y avait pas ici un seul espace où m'installer pour écrire. Il aurait fallu tout mettre sur le trottoir, rouler les tapis, décrocher voilages et rideaux, ouvrir les fenêtres (ces stupides fenêtres à guillotine éternellement coincées) et alors peut-être aurais-je pu me faire un bureau de la table de salle à manger, récupérer une chaise sur le trottoir (si les voisins ne les avaient pas déjà toutes embarquées), tirer à demi les volets pour ménager la pénombre dont j'aime être enveloppé quand je me mets au travail, mais alors seulement je m'étais aperçu qu'il n'y avait pas de volets...

J'étais monté à l'étage – trois chambres à coucher et une salle de bains. J'avais changé la disposition de la nôtre de façon à me trouver attablé dans le coin le moins lumineux, et là je m'étais assis pour voir un peu. La table au plateau de bois clair pouvait aller, mais sur la gauche j'avais le spectacle de notre lit défait et de la chemise de nuit d'Esther jetée en travers, tandis qu'en face je disposais d'une vue plongeante sur la rue, le pignon de notre chambre étant curieusement conçu de deux immenses panneaux de verre doublé de stores vénitiens. Esther avait dû manœuvrer les stores pour laisser entrer la lumière avant de partir se promener avec nos filles parce que je n'avais pas eu conscience, la veille au soir, d'habiter une bonbonnière. J'avais quitté ma table pour aller rabattre les stores, recouvrir notre lit, balancer dans un tiroir la chemise de nuit d'Esther après y avoir plongé le nez et, revenu à ma place, j'avais allumé mon ordinateur et entrepris de me relire. C'était une chose à laquelle j'avais longuement réfléchi dans l'avion, puis vers deux heures du matin quand nous nous étions mis au lit, ivres de fatigue, après que le chauffeur de taxi nous eut aidés à traîner nos valises – j'allais commencer par me relire tranquillement depuis le début, trente-cinq pages, ça me prendrait peut-être deux ou trois heures, d'accord, mais ça ne serait pas du temps perdu car après ça je serais de nouveau imprégné de mon texte. Ce pressentiment affolant, qui me reprend à chaque livre, que le temps m'est compté, que je pourrais bien mourir avant d'avoir pu finir je sais que ça vous fait rire, Curtis, mais en réalité ce n'est pas drôle. – Je ne ris pas, je souris, et encore, seulement dans l'intention de contribuer à vous détendre. Jusqu'ici, je me permets de vous faire remarquer que vous avez fini chacun de vos livres, Augustin, et vous ne me semblez pas encore sur le point de mourir. – Oui, c'est vrai, mais ce livre-ci c'est différent. Imaginez quel échec serait ma vie si je n'avais pas le temps de le finir ? S'il ne voyait pas le jour ? Je n'aurais rien écrit de ce que j'ai compris de notre présence ici, j'aurais vécu pour rien en quelque sorte. Enfin, en dépit de ce pressentiment que le temps me manquerait, je m'étais résolu à sacrifier trois heures pour me replonger dans mon texte.

C'est alors que m'était apparu le fossé qui m'en séparait. Je lisais, mais je n'accrochais plus. Ces pages qui m'avaient semblé si présentes, si sensuelles à Villedieu ne produisaient plus aucun écho en moi – la rencontre de Toto et de notre mère à Bordeaux durant l'hiver 1944, leur Maríage en juin de la même année, quelques jours après le débarquement, toute cette foule d'invités s'enfilant des petits-fours et ne trouvant rien à redire à la présence de Toto parmi elle, en habit, tandis que ceux de sa génération se battaient dans le Cotentin, puis Toto et notre mère surpris par l'oncle Armand en train de faire l'amour au milieu de l'été 1944, en plein après-midi et tandis que s'engageait la campagne de France, l'un et l'autre si absorbés qu'ils n'avaient même pas entendu la porte s'ouvrir. Il m'avait semblé tenir dans l'inconscience de nos parents, dans leur incroyable désinvolture, l'explication de notre désastre familial – comment Toto aurait-il pu occuper une place digne de ce nom dans la France de l'après-guerre, et nous en donner une par la même occasion, après s'être comporté comme le dernier des merdeux ? On avait bien voulu le laisser vendre des aspirateurs en porte à porte, mais pas plus, et il ne s'était trouvé personne pour lui tendre la main quand nous avions été expulsés de Longchamp, à l'exception de deux ou trois petits escrocs. Je lisais, mais je n'accrochais plus – toute cette histoire qui m'avait enfiévré quelques jours plus tôt ne produisait plus aucune émotion en moi, comme lorsque je m'étais retrouvé dans la chambre de bonne de Violetta avec mon petit manuscrit sur Cécile, douze pages, et encore, la douzième à demi pleine seulement, et que notre aventure amoureuse ne m'avait soudain plus rien dit. J'étais conscient, là, déjà, que je jouais ma vie sur ce texte, et néanmoins je l'avais perdu, jamais je n'étais parvenu à m'y remettre. Le souvenir de la panique qui s'était alors emparée de moi, au point d'aller me fracasser le visage contre un poteau d'interdiction de stationner, avait avivé le sentiment d'effroi qui me gagnait. Et si j'allais perdre ce texte également ? Non, c'était impossible, pas celui-ci. C'était la fatigue du voyage, le dépaysement, cette maison, je devais conserver mon sang-froid, sortir marcher avec mon carnet comme j'avais appris à le faire et, petit à petit, la curiosité allait me revenir sans même que j'y prenne garde, jusqu'à me surprendre en train d'écrire, debout sur le trottoir, comme cela m'était arrivé tant de fois.

J'étais sorti marcher à travers cette ville américaine dont je ne connaissais pas une rue, indifférent à ce que je voyais mais guettant en moi le retour de la curiosité, cette étrange excitation à la fois sensuelle, cruelle et dévorante qui m'emporte aussitôt que je me mets à écrire. Mais rien n'était venu et je n'avais pas aimé l'homme maladif et tremblant que j'étais au retour, errant de nouveau dans cette maison impossible, s'asseyant un moment dans l'une de ces épouvantables bergères de gros velours à oreilles, puis se relevant pour inspecter les livres, Kundera traduit en anglais, et tiens Simone de Beauvoir, Boris Vian, Albert Camus, ah oui, quand même, mais s'en foutant complètement au fond, le cœur dans un étau, et si j'allais essayer de me relire, là, tout de suite ? Non, ça ne donnera rien, ça ne donne jamais rien, une fois dans cet état d'affolement l'esprit ne capte plus rien, il ne fait plus que creuser sa propre tombe, tournant autour de son axe à la façon d'une excavatrice... Non, ça ne donnera rien. Et cependant j'y étais allé, je m'étais considéré avec scepticisme grimpant à l'étage par le pompeux escalier de bois verni, puis ouvrant la porte de notre chambre. Mais à l'instant où j'avais embrassé dans un regard circulaire le lit, les stores vénitiens et mon ordinateur sur la table de bois clair, j'avais renoncé. Je m'étais dirigé vers mon ordinateur et l'avais éteint, puis j'avais sorti du tiroir la chemise de nuit d'Esther et j'y avais enfoui mon visage. Puisque la sensualité de l'écriture m'était refusée, quelque chose comme l'instinct de survie devait me pousser à me raccrocher à celle d'Esther. Si elle avait été là, et si nos filles avaient bien voulu retourner se promener, je lui aurais demandé si elle ne voulait pas faire l'amour avec moi, par hasard, j'en ai très besoin Esther, je crois que je suis en train de perdre mon livre, de me perdre tout court, si tu pouvais me prendre dans tes bras, me laisser te pénétrer et jouir en toi, je m'endormirais ensuite rasséréné, tu vois, et je serais sauvé, enfin, provisoirement sauvé, mais dans l'état où je suis je ne peux pas espérer mieux.

Je m'étais allongé un moment sur notre lit puis, n'y tenant plus, j'avais téléphoné à Esther.

— Ça va, mon chéri ? Tu as déjà fini d'écrire ?

— Je n'ai pas réussi à m'y remettre, j'avais envie de vous rejoindre...

— Oh oui, viens ! On est dans le marché couvert. Tu prends le bus en bas de notre rue, c'est le huitième arrêt, et une fois dans le marché tu demandes la boulangerie française. D'accord ? On peut se retrouver là pour manger un truc si tu veux...

Le déjeuner avait été joyeux. Après quelques minutes seulement, écoutant Esther et nos filles décider du programme pour l'après-midi, j'avais chassé mon manuscrit de mes pensées. Nous étions partis pour la plage, nous nous étions baignés, avions mangé des glaces, puis nous avions loués des vélos et tandis que le soleil déclinait lentement nous avions parcouru le littoral par la piste étroite réservée aux patineurs et aux cyclistes.

J'étais un peu fébrile en me réveillant le lendemain matin, mais je n'en avais rien montré. J'avais attendu le départ d'Esther et de nos filles pour mettre à exécution le plan élaboré la veille au soir avant de m'endormir – échanger notre chambre contre celle d'Alice. Elle était moins grande que la nôtre, mais orientée au nord, et donc nettement moins lumineuse. Et puis elle avait un côté débarras qui me rappellerait mon bureau à Villedieu, m'étais-je dit. Je savais qu'Alice comprendrait et qu'Esther s'en ficherait – si tu es mieux là pour travailler mon chéri…

Pendant quelques minutes, il m'avait semblé qu'en effet j'allais être mieux sur cette table de cuisine au plateau grossier, le regard portant sur les jardins des voisins. Bien calé devant mon ordinateur, j'avais entrepris de relire calmement, mais de nouveau j'avais senti la peur s'immiscer par les reins et gagner petit à petit tous mes organes à la façon de l'eau inondant la salle des machines au début d'un naufrage – mais oui, c'était exactement ça, tandis que je m'efforçais de continuer à lire comme si de rien n'était, mon corps s'enfonçait et la peur noyait mes organes vitaux l'un après l'autre, les reins, le foie, la vésicule et la rate, l'estomac, bientôt les poumons seraient pris (déjà, je respirais avec beaucoup plus de peine), puis elle atteindrait le cœur. Je continuais de lire, oui, mais sans plus rien entendre à ce que je lisais, dans une sorte d'obstination désespérée, sachant que j'allais mourir d'un instant à l'autre quand les poumons seraient complètement noyés et le cœur empêché de battre. Mais, à l'instant où j'aurais dû succomber, je m'étais brutalement redressé, envoyant valser ma chaise, j'avais enfourné dans ma poche mon carnet et mon stylo et je m'étais enfui en courant de cette maudite maison.

Après deux ou trois kilomètres la panique avait lentement reflué pour laisser place à une paix fragile qui m'avait permis de me considérer avec un minimum de recul. Je portais ce livre en moi, il avait mûri au fil des années, il était invraisemblable qu'un simple dépaysement pût l'anéantir. Un adversaire plus sournois devait être à l'œuvre, je veux dire une chose à laquelle je ne voulais pas penser, que je ne voulais pas écrire, et qui avait pris prétexte du dépaysement et de tout ce remue-ménage pour mieux se cacher et me mettre en échec. Aujourd'hui, si j'ouvre mon livre à la page trente-cinq, à l'endroit même où je me suis perdu, je vois que nous habitons Bizerte, qu'en seulement quatre années de Maríage nos parents ont eu trois enfants et qu'ils s'apprêtent à concevoir le quatrième (c'est-à-dire moi), sans le vouloir plus que les précédents, mais incapables de résister au fort désir qui les précipite l'un vers l'autre ni de trouver un subterfuge quelconque pour que cette effusion ne se termine pas par un nouvel enfant.

L'idée m'aurait-elle traversé d'écrire la scène de ma conception ? À présent que j'y songe il me semble bien que oui, et que même j'en avais ri tout seul dans l'avion, au-dessus de l'Atlantique, retrouvant intacte la colère que j'éprouvais à quatorze ou quinze ans lorsqu'entrant dans la chambre de nos parents avec Frédéric et Nicolas, je m'écriais invariablement, désignant le lit conjugal, *La fabrique à gosses !, et vous avez là au mur les différents modèles photographiés l'année même de leur sortie : Christine, Frédéric, Nicolas*... et me réjouissant à l'avance d'assassiner nos parents. Mais oui, j'en suis presque certain, j'avais ri tout seul à la perspective de les mettre en scène en train de me concevoir par inadvertance, à Bizerte, à l'heure de la sieste, tiens, pourquoi pas ? répliquant ainsi à l'indécence de toute leur vie par une autre indécence, cruelle et grinçante, sans mesurer combien une semblable pantomime pouvait être dévastatrice, non seulement pour eux (bien que morts depuis longtemps), mais pour moi. Ou plutôt, en le mesurant sans doute, me dis-je aujourd'hui, puisqu'il se pourrait bien que la simple représentation de cette scène soit à l'origine de la confusion et du trouble qui m'ont fait perdre mon livre une fois arrivé aux États-Unis.

Cependant, sur le moment, je n'avais pas identifié l'adversaire et j'avais cru me sauver en m'accrochant à cette phrase de Jules Renard, cet éloge de l'entêtement qui m'accompagne depuis mes vingt ans : *En littérature, il n'y a que des bœufs.* Précédée de ces quelques lignes : *Le talent est une question de quantité. Le talent, ce n'est pas d'écrire une page : c'est d'en écrire trois cents. Il n'est pas de roman qu'une intelligence ordinaire ne puisse concevoir, pas de phrase si belle qu'elle soit qu'un débutant ne puisse construire. Reste la plume à soulever, l'action de régler son papier, de patiemment l'emplir. Les forts n'hésitent pas. Ils s'attablent, ils sueront. Ils iront au bout. Ils épuiseront l'encre, ils useront le papier. Cela seul les différencie, les hommes de talent, des lâches qui ne commenceront jamais.*

J'allais donc m'attabler, comme je l'avais toujours fait, suer sang et eau, et aller au bout. Pourtant, je savais que la phrase de Jules Renard était une ânerie, elle m'avait encouragé à vingt ans alors que j'écrivais comme un bœuf, précisément, mais par la suite je m'étais rendu compte qu'il faut au moins dix années de pratique quotidienne pour parvenir à écrire, à écrire tout simplement, que ce soit une phrase ou trois cents pages, et qu'il est absolument faux de prétendre que le talent se résume au courage, à la force de caractère, et que seuls « les lâches » ne parviendraient pas à écrire (outre que cette séparation du monde entre « forts » et « lâches » est évidemment idiote).

J'avais tenu cet engagement, tous les matins je m'étais attablé et j'avais écrit. Les phrases étaient aphones, elles ne produisaient plus aucune émotion en moi, on aurait dit que mon âme s'était éteinte mais que mon esprit continuait de crachoter machinalement des mots. Je les regardais atterrir sur mon écran, songeant que j'aurais pu aussi bien les ordonner différemment, secouer le chapeau et recommencer la pêche aux mots, que toutes les phrases se valaient finalement, moi qui avais été radicalement habité jusqu'ici de la certitude du contraire, que la phrase posée était unique, irremplaçable, que c'était cela écrire, agencer les mots de telle façon qu'ils reflètent à la lettre près l'émotion qui nous traverse, de sorte que cette émotion, ou cette image, resurgisse à l'instant même où nous lisons la phrase et que le phénomène se reproduise avec la même intensité aussitôt que nous relisons cette phrase. Oui, tous les matins je m'étais attablé et j'avais écrit, labourant lourdement, balançant entre le lâche soulagement de me voir au travail et la conscience qu'en écrivant sans plaisir, sans inspiration, non seulement je trahissais ce en quoi je croyais le plus, mais que plus j'avançais plus mon livre allait me devenir introuvable. C'était à la fois une solution de survie, car je serais sans doute tombé malade si j'avais dû constater que je n'écrivais plus, et une solution suicidaire car chaque heure passée devant mon ordinateur à écrire cette chose insipide et morte entamait un peu plus ma santé.

Aujourd'hui, je me demande ce qu'Esther a perçu de mon désarroi. Certains jours, épuisé et tremblant, je quittais ma table vers treize heures pour marcher à sa rencontre sachant qu'elle remontait à la même heure de l'université où elle prenait des cours. Nous nous apercevions de loin, elle radieuse, de plus en plus radieuse au fil du temps, me semblait-il, moi m'efforçant de sourire.

— Tu as passé une bonne matinée, ma chérie ?

— Oh oui ! Je n'en reviens pas de ce que les gens sont plus sympas qu'en France…

Elle était heureuse des progrès qu'elle faisait en anglais, des amitiés qu'elle construisait, de tout ce qu'elle découvrait.

— Et toi, tu as bien écrit ?

— Ça va.

Je ne me voyais pas l'accablant de mon fardeau. Je l'avais fait au début de notre vie commune, quand je la sentais pleine d'attention et de désir pour moi – lui confier ma déconvenue à la relecture d'un de mes manuscrits, par exemple, et céder à sa proposition de le lire. Elle s'y mettait immédiatement et ce qu'elle en disait me rendait généralement confiance. Puis elle était tombée malade et j'avais pris le parti de lui épargner les soucis, tous les soucis, ceux des autres comme les miens. Mais là, j'avais aussi le pressentiment qu'elle aurait trouvé très rasoir que je l'associe à ma déconfiture alors que nous n'étions en Amérique que pour deux mois et que tout nous souriait en apparence (jusqu'à la maison que j'étais le seul à ne pas aimer).

Bien sûr, avec le recul, il me saute aux yeux que dès cet été-là (et probablement depuis l'apparition de mes tremblements) une part de moi-même avait enregistré que je ne devais plus compter sur Esther, qu'elle s'était détournée de moi en dépit de ses mots toujours très tendres, car quel homme, se sachant aimé, cacherait ainsi la menace de son effondrement ? Sans doute m'avait-il même semblé que je risquais, en me dévoilant, de radicaliser l'éloignement d'Esther, son désintérêt pour moi, et de précipiter ma chute.

Les chemins qu'emprunte notre esprit dans de telles situations présismiques sont mystérieux – le mien s'était soudain souvenu de l'ivresse que m'avait procurée la moto l'année de mes quinze ans et, disons, jusqu'à ce que je rencontre Cécile et me convertisse au vélo. Durant quatre ou cinq ans, la moto m'avait sauvé de la folie de notre mère, de notre effondrement familial qui n'en finissait plus (j'achetais des épaves que je restaurais puis revendais, mais j'en conservais toujours une pour moi) et quand je sentais monter cette forme d'abattement qui me bouffissait le visage comme si j'allais me mettre à pleurer (mais jamais je n'aurais pleuré), j'enfourchais ma moto et partais rouler deux ou trois heures. Je savais qu'avec la concentration qu'allait me demander la vitesse, ajoutée au plaisir qui irradiait aussitôt à l'intérieur de mon ventre, j'allais tout oublier des miens et même me surprendre à rire au plus fort de l'excitation, comme plus tard je me surprendrai parfois à rire juste après avoir fait l'amour avec Cécile. Près de quarante ans plus tard, dans ce coin d'Amérique, la moto s'était donc rappelée à mon bon souvenir. C'était étrange, pratiquement inexplicable. À deux reprises j'avais failli me tuer l'année de mes dix-neuf ans, mais cela n'avait pas entamé l'ivresse, manifestement, puisqu'assis à ma table, n'écrivant plus, je m'étais mis à caresser l'idée de me racheter une moto. Comment avais-je pu m'en passer si longtemps ? C'était cela qui m'avait le plus étonné, soudain passionné par la chose, et bientôt carrément transporté, comme un enfant ébloui, à l'idée de m'offrir la grosse Honda carénée à l'ancienne que j'avais maintes fois repérée sur les boulevards.

Je continuais de haler pesamment mon texte, tel le bœuf la charrue, luttant pour ne pas lâcher prise, mais lâchant néanmoins pour m'évader dans de longues rêveries où je pouvais m'apercevoir filant sur les routes de France au guidon de cette merveilleuse machine, le plus vertigineux étant peut-être que devenu riche je savais pouvoir me l'offrir du jour au lendemain, et même sur un simple coup de téléphone.

Quelle urgence irrépressible a fait qu'un matin j'ai quitté mon bureau pour descendre au salon, décrocher le téléphone et appeler un concessionnaire Honda depuis la côte ouest des États-Unis, n'est-ce pas, pour commander cette moto ? Quelle urgence irrépressible ?

— Je rentre dans trois semaines, il me la faudrait ce jour-là, ce jour-là précisément, me suis-je entendu dire.

— Je risque de devoir vous faire patienter un peu.

— Ah non, c'est tout à fait impossible. Dans ce cas, je m'adresse à un autre concessionnaire.

— Si vous le prenez sur ce ton...

— Je ne pourrai pas attendre un jour de plus.

— Très bien, vous l'aurez.

— Vous en prenez l'engagement ?

— Absolument.

J'avais été moi-même surpris par l'autorité, presque la solennité de mes intonations. Ça n'était qu'une moto, mais on devinait que sur elle reposait une attente démesurée.

28

Je me souviens d'un après-midi d'octobre où je n'en peux plus et appelle Violetta. Nous sommes rentrés en France depuis deux ou trois semaines, je n'écris plus, en défaisant ma valise j'ai rangé au-dessus de mon bureau la chemise qui contient mon manuscrit et ne l'ai pas rouverte. J'ai l'impression d'avoir sans cesse le visage bouffi et brûlant comme si j'allais pleurer, comme au temps où je fuyais notre mère et notre désastre familial à moto. Lorsque je m'efforce de nommer l'origine de mon désarroi, de ma détresse, devrais-je plutôt écrire, je désigne immédiatement l'échec de ce livre qui promettait d'être la consécration de tout mon travail d'écrivain et qui se résume à cette chose innommable. Je me sens complètement détruit à l'intérieur, un sac de chair rempli de gravats et de larmes – se peut-il que la désillusion de ce livre ait suffi à faire de moi cet homme-là ? J'ai peur de ce que nous allons devenir – comment pourrais-je entreprendre quoi que ce soit, désormais, habité de ce désespoir abyssal qui me fait errer d'une pièce à l'autre, me pencher au balcon de notre grande pièce puis revenir à mon bureau, relire les notes d'un de mes carnets, celui qui traîne là par hasard, puis songer à Esther dont les dizaines de photos me regardent, chercher mon téléphone pour l'appeler et quand je l'ai enfin trouvé renoncer, comme si j'avais honte... honte ? mais oui, de n'être plus l'homme que j'étais, d'être devenu cet être chagrin et chétif, puis sortir marcher dans la rue, penser que marcher me fait toujours du bien, enfin généralement, mais rebrousser chemin presque aussitôt pour remonter prendre mon carnet, merde, mon carnet ! me remettre à le lire, puis me demander après un moment pourquoi je suis attablé à mon bureau avec mon vieil imperméable et mon chapeau de pluie sur la tête comme si j'allais sortir ? ah oui, parce que je suis sorti tout à l'heure mais suis remonté, c'est vrai... alors redescendre l'escalier pour aller marcher avec mon carnet et mon stylo, cette fois, mais sentir que ma vue se brouille avant d'avoir atteint le rez-de-chaussée, que je pleure malgré moi, en somme – comment est-ce possible ? jamais ça ne m'était arrivé... m'arrêter, me dire tout bas que je ne veux pas qu'on me voie dans la rue en train de pleurer, remonter en titubant et en m'essuyant les yeux, puis me demander où me mettre, *où me mettre* ? comme si j'étais devenu un parasite dans ma propre maison, et sans avoir rien décidé me retrouver de nouveau penché au balcon de notre grande pièce à regarder la rue étroite et vide quatre étages plus bas, un après-midi pluvieux d'automne.

— Violetta, je peux te parler là ?

— Vous êtes rentrés d'Amérique ? Comment c'était ? Dis-moi.

— C'était bien. Je crois que tout le monde a trouvé ça bien.

— Tout le monde sauf toi. Qu'est-ce que tu as fait de ta voix, Augustin ? Tu n'as plus de voix...

— Je ne sais pas... J'ai planté mon livre, j'ai l'impression que je tombe en morceaux, Violetta.

— Attends, redis-moi cette phrase, s'il te plaît.

— Pourquoi ? Qu'est-ce que tu n'as pas compris ?

— Redis-moi cette phrase.

— J'ai planté mon livre, j'ai l'impression que je tombe en morceaux.

— Augustin, il y a trente ans, peut-être même plus, tu m'as dit exactement la même chose, avec les mêmes mots. Tu venais de *planter* ton premier roman. Tu t'en souviens ?

— Je ne me rappelle pas t'avoir appelée...

— Si, et je t'ai dit laisse-le reposer, tu le reprendras plus tard. Tu l'as repris et tu as vu le destin qu'il a eu ?

— Je l'ai repris six ans plus tard, Violetta. Ça ne s'appelle même pas reprendre, d'ailleurs, j'ai écrit un autre livre.

— Je pense que tu vas faire la même chose avec celui-ci. Quand tu me dis que tu as planté ton livre, c'est drôle, je n'entends pas que tu as échoué mais au contraire que tu as planté une petite graine qui va germer et pousser.

— Je ne le crois pas, non. Juste apercevoir mon manuscrit, là, dans sa chemise jaune, sur l'étagère au-dessus de moi pendant que je te parle, ça me donne envie de m'enfuir.

— Il t'a fait tant de mal ? Comment est-ce possible ?

— Je l'ai perdu quelque part au-dessus de l'Atlantique, à l'aller, et j'ai fait la bêtise de m'acharner à le poursuivre alors qu'il n'était plus là, que je ne le portais plus. Ça donne une chose affreuse et grossière, comme de s'acharner à faire l'amour à une femme qu'on ne désire plus, chaque mot devient déplacé, chaque mouvement maladroit, parce que tout est faux.

— Tu ne désires plus Esther ?

— Oh si ! Je crois même que c'est la seule chose qui est encore bien vivante en moi, mon désir pour Esther. Pourquoi me demandes-tu ça ?

— Je plaisantais. Qu'est-ce qu'elle te dit, Esther ?

— À quel propos ?

— À propos de ce livre que tu ne désires plus et qui te fait si peur maintenant.

— Rien. Elle n'est pas vraiment au courant.

— Elle n'est pas au courant que tu as passé un mauvais été ? Que tu n'écris plus ?

— Non. Enfin, elle voit bien que je n'écris plus, mais c'est tout. Je ne veux pas la plomber avec mes trucs.

— D'accord. Tu veux passer ce soir ? Tu veux qu'on dîne ensemble ?

— Je veux bien, oui. Et puis ensuite j'irai rouler. Je me suis acheté une moto tu sais...

— Et tu pars sur ta moto la nuit après le dîner ?

— Je n'arrive plus à dormir, je roule deux ou trois heures, et au retour je m'effondre.

— Ah.

— Oui. Bon, c'est pas très intéressant, hein ? À ce soir.

J'avais fait la veille une chose qui m'avait momentanément revigoré et que je voulais renouveler : vers une heure du matin, j'étais parti pour Lille par l'autoroute (après avoir démonté ma plaque d'immatriculation) et durant tout le trajet j'avais roulé à 230 kilomètres à l'heure, avec une longue pointe à 260 durant laquelle je m'étais retenu de rire. Arrivé à Lille, j'étais un peu halluciné mais détendu, et si je n'avais pas craint qu'Esther s'inquiète j'aurais pris une chambre d'hôtel et me serais aussitôt couché.

Dans mon souvenir, c'est peu de temps après ce dîner avec Violetta que m'appelle l'éditeur suisse. Il parle lentement et j'ai plaisir à l'écouter, aujourd'hui encore je me rappelle ce plaisir. Il est sur le point, m'explique-t-il, de signer un contrat avec la fille d'un ex-dictateur d'Amérique latine qui souhaite défendre la mémoire de son père et il cherche un écrivain capable de l'accompagner et de mener à bien ce projet. On m'a parlé de vous en excellents termes, dit-il à un moment, et j'ai pu juger de la qualité de votre travail. – Merci, c'est très aimable. – J'ai lu l'ouvrage que vous avez coécrit avec cette femme bolivienne qui a été assassinée finalement… il s'agirait cette fois de travailler avec quelqu'un de l'autre bord, si j'ose dire. – J'ai bien compris, oui. – Et cela vous semblerait possible ? – Absolument. Il y a longtemps que je cherche à écrire les mémoires d'un dictateur déchu. Pour le dire vite, j'aimerais comprendre comment on peut passer de l'ingénuité de l'enfance à cette puissance sans limites, sans aucune limite, j'en ai d'ailleurs fait la demande à mon éditeur, mais comme il me l'a fait remarquer il est assez rare que ces hommes-là, une fois renversés, aient le loisir, ou le désir, d'écrire leurs mémoires. Travailler avec la fille de l'un d'entre eux m'intéresse donc beaucoup. – Eh bien, j'en suis ravi, nous pouvons donc envisager d'aller plus loin. Viendriez-vous à Genève ? – Avec plaisir.

La première fois que je rencontre María Esperanza De C., qui va tenir une si grande place dans ma vie sexuelle à ce moment clé de ma relation avec Esther, c'est dans une suite d'un hôtel de Villedieu. Entre-temps, je me suis passionné pour son père, un général d'aviation arrivé au pouvoir par un coup d'État en 1975 et mort quelques mois plus tôt en prison, trop heureux d'échapper à mon propre destin (à ma propre mort, peut-être), et j'ai constitué une documentation que j'ai là dans mon cartable, ce cartable dont je regrette de m'être encombré car il me donne l'air d'un représentant de commerce, me dis-je, à l'instant où je frappe à la porte de María Esperanza.

La femme qui m'ouvre a le teint diaphane, les lèvres minces et décolorées, elle est à l'opposé des femmes d'Amérique latine et il me revient, croisant son regard craintif et gris, que sa mère était d'origine allemande. Elle était morte peu après sa naissance, peut-être même en la mettant au monde, ça n'était pas très clair, et le général avait épousé en secondes noces une brune assez vulgaire dont je possède plusieurs photos.

— Je suis heureux de faire votre connaissance, dis-je, comme elle se tait et me dévisage sans me prier d'entrer.

— Je pensais que vous seriez... M. Delerme...

— J'ai rencontré M. Delerme à Genève, comme je vous l'ai indiqué au téléphone, c'est lui qui m'envoie.

— M. Delerme m'avait dit qu'il me trouverait quelqu'un de confiance et je m'étais imaginé...

— Qu'aviez-vous imaginé ?

— Que vous seriez un vieil homme.

— Ah ! je regrette... J'espère malgré tout parvenir à gagner votre confiance.

— Entrez, souffle-t-elle, l'air d'en douter.

Puis elle me semble un peu perdue, attrape des vêtements qui traînaient sur le canapé, part en direction de l'autre pièce, revient, les habits toujours sur un bras.

— Pardon, asseyez-vous, asseyez-vous s'il vous plaît... Je ne vous ai même pas proposé... Comment allons-nous procéder ?

— Eh bien, vous allez vous asseoir également et nous allons commencer à parler, tout simplement. Mais je vous en prie, allez ranger tranquillement ces vêtements, nous avons tout notre temps.

— Oui, merci.

Elle revient, s'assoit sur le bord du fauteuil et me regarde. Je pose mon petit enregistreur entre nous, sans solliciter son accord, et je lui demande de me parler de ses grands-parents.

— Paternels ou maternels ?

— Comme vous voulez, je vous écoute.

Elle choisit de commencer par les parents de sa mère, des gens de Husum, dans le nord de l'Allemagne, chez lesquels le général l'envoyait durant les vacances d'été lorsqu'elle était enfant. C'était l'hiver en Allemagne et ce sont de bons souvenirs, visiblement, car elle se détend, et moi aussi – j'aime ce moment où la porte s'entrouvre sur une vie qui va m'emporter très loin de la mienne. Je pressens que nous sommes partis pour des semaines, l'étau se desserre lentement autour de mon cœur et j'ai le sentiment de respirer plus librement.

Dès le lendemain, cependant, je constate que les choses ne se déroulent pas comme d'habitude. María Esperanza ne semble plus être intéressée par ses grands-parents et elle me raconte son divorce, survenu récemment, si je comprends bien. Je la laisse parler près de trois heures, puis j'engage incidemment la conversation sur le livre que nous devons écrire.

— Autour de votre père, María Esperanza. De votre regard sur votre père. Je comprends que vous éprouviez le désir de parler de votre divorce, puisque vous en souffrez, et il m'est utile de le savoir, mais le personnage qui nous intéresse n'est pas votre ex-mari, mais votre père.

— Oui, convient-elle, vous avez raison. Vous ne voulez pas que je commande du thé ?

— Avec plaisir.

— Et ensuite, j'irais bien me promener, nous avons suffisamment travaillé pour aujourd'hui, non ? Vous m'accompagneriez ?

— Bien sûr. Où voudriez-vous aller ?

— Sur l'avenue du Grand-Théâtre.

— Ah non ! Je déteste cet endroit, où vous voulez mais pas là-bas.

Pour la première fois, je la vois sourire.

— Alors décidez, dit-elle en s'adossant et sans cesser de me considérer de son regard brumeux.

— Allons plutôt au bois, ce n'est pas si loin, et si vous êtes fatiguée de marcher, on prendra un taxi.

— D'accord.

Pendant deux ou trois jours, elle s'arrange pour m'entraîner dehors, nous ne parlons plus du livre, seulement de ses goûts pour la peinture, connaissez-vous Nolde, Augustin ? Emil Nolde ? Il est mon peintre préféré, mon maître, quel dommage qu'il soit mort, j'aurais tellement aimé le regarder travailler, de la maison de Husum où elle aime aller pour retrouver la mémoire de ses grands-parents et les ciels de Nolde, où elle peint également, de son plaisir d'être à Villedieu, un peu de moi, aussi, en dépit de ma réticence à lui répondre. Certes, le livre est en panne, mais je me dis que la complicité qui s'instaure entre elle et moi nous permettra d'avancer plus rapidement par la suite.

Le cinquième ou sixième jour, cependant, elle me laisse frapper dix minutes avant de se décider à ouvrir, et quand enfin elle apparaît dans l'embrasure de la porte, elle est en pyjama, les cheveux dans les yeux.

— Vous dormiez, María Esperanza ?

— Oui, j'avais demandé qu'on me réveille mais on a dû oublier.

— Alors je vous laisse vous préparer, je reviens dans une demi-heure.

— Non, entrez.

Quand elle referme la porte derrière moi, nous nous retrouvons dans une demi-obscurité. La pièce sent le renfermé. Je ne bouge pas, je m'attends à ce qu'elle ouvre les rideaux, mais alors je l'entends dire tout bas :

— J'ai envie de pleurer ce matin, prenez-moi dans vos bras.

Et je n'ai plus qu'à l'enlacer car elle est déjà là, contre moi.

— Serrez-moi fort, dit-elle.

J'obéis, je suis encore dans mon rôle, ce n'est pas la première fois que je réconforte une femme avec laquelle je travaille, et comme elle se fait un rempart de ses bras dont les coudes m'entrent dans les côtes, il n'y a rien de sensuel dans cette étreinte.

Mais elle se dégage et entreprend de déboutonner mon imperméable, puis ma veste, puis ma chemise, sans à aucun instant lever les yeux sur moi de sorte que je peux embrasser de tout près son visage, ses paupières fines et ses cils, les ailes mobiles de son nez, sa bouche qu'elle tient entrouverte, laissant pendre son menton, et quand ma poitrine est nue, elle vient y poser chastement son profil.

— Venez, souffle-t-elle après un moment, on va s'allonger et rester dans la nuit, vous voulez bien ? Je n'ai pas envie de cette journée.

Nous n'échangeons plus une parole, et après un moment je m'endors, c'est une sensation délicieuse de me laisser couler dans le sommeil, le front de María Esperanza contre mon cou. Lorsque je me réveille, nous sommes en train de nous caresser, et durant une ou deux secondes j'en ai la respiration suspendue, puis comme María Esperanza ne s'interrompt pas, ce qui me laisse supposer que c'est elle qui a commencé, je reprends avec la même désinvolture apparente, mais sentant mon souffle s'accélérer. Et ainsi nous faisons l'amour, un peu à tâtons, sans que rien ne soit dit, comme deux amants habitués à cette façon de se dire bonjour pour commencer la journée.

— Oui, dit-elle vivement, oui.

Et ce sont ses premiers mots depuis qu'elle a observé qu'elle ne voulait pas de cette journée. Oui, et oui.

Les jours suivants, je me présente à son hôtel à l'heure dite avec mon cartable de représentant de commerce et mon enregistreur, jamais je ne suis en retard, mais nous ne travaillons pas, nous n'enregistrons plus rien, nous passons l'essentiel de la journée à faire l'amour puis à dormir.

C'est la première fois que je trompe Esther et je mets un peu de temps à en admettre l'évidence. Jamais je n'aurais imaginé qu'un tel événement pût survenir étant donné le plaisir extrême, proche de l'extase, voire de la syncope, que me procure l'amour avec Esther, la seule chose qui est encore bien vivante en moi, ai-je dit à Violetta. Et cependant, c'est en aimant María Esperanza que la conscience me vient petit à petit que faire l'amour avec Esther est devenu de plus en plus difficile, comme une sorte de défi monumental que je m'imposerais à moi-même. *Augustin, j'ai l'impression que tu joues chaque fois ta vie.* Cette phrase d'Esther, cette phrase terrifiante quand j'y pense. Où l'avait-elle prononcée, déjà ? À Tel-Aviv, me semble-t-il. Elle n'avait pas tort, j'avais oublié combien ça pouvait être tendre, ludique et sensuel, et María Esperanza me le rappelle. Pourquoi ce qui est si naturel et facile avec l'une ne l'est plus avec l'autre ? Que m'est-il arrivé ? En regagnant notre maison, après avoir passé la journée à l'hôtel, je m'entends prononcer pour la première fois les mots de possession et d'ensorcellement, me remémorant les cours de catéchisme de notre petite enfance, à Longchamp, où Mère Rivière ne cessait de nous prévenir contre Satan. Il était partout, il s'immisçait dans tout, il pervertissait tout, même les meilleurs sentiments.

Mais oui, me dis-je, on jurerait que je suis *possédé du démon*, qu'un esprit malin a décidé de ruiner ma vie sentimentale avec Esther, de faire de l'acte d'amour par excellence cette chose de plus en plus inquiétante et qui va finir par me détruire, je le pressens. Comment en serait-il autrement alors que je tremble de tout mon corps à l'instant d'approcher Esther ? Que j'entends mon cœur cogner à se rompre ? Comment en serait-il autrement ? La seule chose qui est encore bien vivante en moi... quelle bêtise ! Les dernière fois, je n'ai même pas pu lui faire l'amour oh mon Dieu, voilà qu'est arrivé ce que je redoutais, me suis-je dit, je suis devenu impuissant (les yeux grand ouverts dans la nuit, en nage mais le ventre glacé tandis qu'Esther s'était aussitôt endormie, je pouvais le deviner à sa respiration), oh mon Dieu, voilà qu'est arrivé ce que je redoutais, la seule chose qui est bien vivante en moi... impuissant ! Voilà que je suis devenu impuissant ! Oui, mais pas avec María Esperanza, par bonheur. Et soudain, je me fais la réflexion que María Esperanza me garde en elle, me laisse jouir en elle. Comme c'est curieux, cela m'a paru aussitôt aller de soi, alors qu'il y a plus de dix ans que je ne jouis plus en Esther, que je m'interromps... Aller de soi, oui, et réconfortant, délicieux, au point qu'ensuite nous ne bougeons plus, nous voudrions que ça dure encore.

Puis María Esperanza disparaît. Un lundi matin où je me présente à l'hôtel à l'heure habituelle, le jeune homme de la réception me hèle poliment :

— Excusez-moi, monsieur, mais Mme De C. a quitté l'hôtel.

— Vous êtes sûr ?

— Je suis formel, monsieur.

— Et elle n'a rien laissé ?

— À ma connaissance, non.

La disparition de María Esperanza me précipite dans un sentiment d'abandon et de solitude sans rapport avec la déconvenue qu'elle représente – la simple perte d'un contrat d'édition. J'y suis d'ailleurs à ce point indifférent que je ne songe même pas à prévenir M. Delerme à Genève. Non, ce qui m'apparaît aussitôt affolant c'est qu'en perdant María Esperanza, je perds le chemin ténu qu'elle m'avait ouvert et suis renvoyé à mon impuissance (mon impuissance à écrire le livre de ma vie comme à faire l'amour avec Esther). Je suis si troublé en sortant de l'hôtel que je n'envisage pas de rentrer chez moi et me mets à marcher. Pourquoi mes pas me conduisent-ils à la porte Charles que j'évite soigneusement d'habitude ? Je me surprends, en bas de l'avenue, à chercher le banc où nous nous installions avec Frédéric, mais je ne retrouve plus rien de cette époque, ni le banc ni l'arrêt de l'autocar qui nous ramenait le soir dans cette cité sordide où notre mère s'enfonçait lentement dans la folie. Il fallait lui laisser croire que nous continuions d'aller au collège, comme au temps où nous étions des gens normaux, alors que les prêtres nous en avaient chassés et que nous passions donc nos journées à errer autour de la porte Charles avec nos cartables vides en attendant l'heure de rentrer. C'était un automne pluvieux comme celui-ci, Frédéric avait quatorze ans et moi onze, jamais nous n'avions eu si peu de place sur la terre, mis à la porte de partout parce que Toto ne pouvait plus payer et indésirables chez nous parce que notre mère aurait tué Toto si elle avait su pour le collège, ou se serait enfin décidée à sauter par la fenêtre depuis le temps qu'elle nous en menaçait. Jamais nous n'avions eu si peu de place et, finalement, sombrant comme notre mère, j'avais fini par tomber malade et passer mes journées allongé sur le banc, mon cartable sous la tête, Frédéric me parlant très gentiment, lui qui avait été si méchant avec moi à l'époque où nous habitions Longchamp. Mais oui, Frédéric devenu gentil comme par miracle, et la chose me fait sourire parce que je songe aussitôt combien il est redevenu méchant dès que je me suis mis à écrire, comme s'il ne supportait pas que je puisse respirer, exister. On m'avait trouvé une hépatite, avec un début de cirrhose du foie, et j'avais terminé l'automne à l'hôpital. Tiens, est-ce que je ne vais pas de nouveau tomber malade, me dis-je, *fuir dans la maladie*, comme je l'ai tant de fois écrit à propos de notre mère ? *Cette conne qui ne s'est plus occupée de nous et s'est arrangée pour fuir dans la maladie*. La phrase me revient, mais je ne saurais pas dire dans quel livre je l'ai écrite. Je songe que je pourrais me l'appliquer, ou plutôt que mes enfants pourraient me l'appliquer si d'aventure mon cœur se mettait à battre de travers, ou mon foie à se cristalliser, *Ce con qui ne s'est plus occupé de nous et s'est arrangé pour fuir dans la maladie*. Là, tout de suite, debout sur le trottoir de l'avenue, j'avoue que je ne serais pas mécontent si une maladie volait à mon secours.

Puis je remonte vers la place et m'enfuis par le boulevard.

Cette femme est probablement folle, elle ne répond plus à aucun de mes messages, je suis désolé de vous avoir placé dans une telle situation, s'excuse M. Delerme. Nous rompons le contrat et je me remets à marcher dans Villedieu, mon carnet dans la poche de mon imperméable au cas où me viendrait une phrase susceptible de sauver mon livre de sous l'océan Atlantique où il repose.

Je suis incapable de dire combien de jours s'écoulent ainsi (et aussi de nuits sur ma moto), mais une fin d'après-midi, tandis qu'un crépuscule poisseux tombe sur le boulevard Aristide-Briand, mon téléphone sonne et je reconnais aussitôt la voix légèrement fêlée de María Esperanza.

— J'étais en train de vous écrire, Augustin, et brusquement j'ai eu envie de vous appeler.

— Où êtes-vous ? Je me suis demandé pourquoi vous étiez partie comme ça, sans me prévenir...

— Je ne veux plus faire ce livre, je ne savais pas comment vous l'annoncer.

— Il suffisait de me le dire. Delerme vous a cherchée partout, je crois.

— Oh, Delerme... Je suis à Husum, vous ne voulez pas venir ?

— Si.

— Vraiment ? Je pensais que vous alliez dire non.

— Je serai chez vous demain soir, donnez-moi votre adresse.

— Il faut aller au chantier naval, sur le port. Mon grand-père en était le directeur, la maison est blanche avec des volets gris, vous la reconnaîtrez facilement.

— Très bien. À demain alors.

Je préviens Esther que je pars en voyage et une heure plus tard je suis sur la route, en direction de l'Allemagne. Je prends une chambre d'hôtel à Verdun et atteint Husum, sur la mer du Nord, le lendemain à la nuit. Il fait trop sombre pour reconnaître la maison de María Esperanza et je dois l'appeler et lui donner le nom d'une brasserie sur le port devant laquelle elle vient me récupérer.

Elle ne sourit ni ne dit bonjour, mais se plante devant moi et nous nous dévisageons silencieusement. Je repense à ce matin à l'hôtel où elle avait commencé à déboutonner mes vêtements sans lever une seule fois les yeux sur moi, me laissant découvrir son visage de tout près, et le souvenir de cette scène m'inspire soudain un élan de tendresse :

— J'aime comme tu es, María Esperanza. Tout est si simple avec toi.

Elle ne semble pas avoir entendu et continue de m'observer de ses yeux gris, puis elle dit assez abruptement :

— Viens, c'est tout près.

C'est une maison imposante du début du siècle, curieusement construite sur le quai même, à quelques pas d'un bassin où l'on devine le château d'un chalutier, et d'une grue, sur la droite, dont la flèche se dresse dans la nuit. Des relents d'humidité et de moisissure flottent dans le grand vestibule. En grimpant à l'étage, je vois que les plafonds commencent à tomber. La chambre est en désordre, des vêtements partout, le lit défait. María Esperanza fait exactement comme si elle était seule, elle se déshabille et se met au lit, mais un moment plus tard elle est à califourchon sur moi, les yeux clos, occupée à guetter la montée du plaisir.

— Oui, dit-elle enfin, oui.

29

Dans l'avion qui me conduit au Mexique, où se sont réfugiés la plupart des collaborateurs de l'ex-dictateur, je repense à ce déjeuner extravagant avec Curtis.

Vous savez, Curtis, lui avais-je dit, très agité et le front moite, quand je songe à Esther, maintenant, j'ai l'impression qu'une espèce de pieuvre noire habite ma poitrine, cela me provoque des palpitations cardiaques effrayantes, au point que mon cœur ne va pas tenir, j'en suis certain, et que je vais finir par en mourir. Comment est-ce possible, alors que j'aime tellement Esther, que je donnerais ma vie pour elle ? Eh bien c'est ce qui va se passer, Augustin, aurait sûrement rétorqué Violetta, volontairement caustique, tu vas lui donner ta vie, tu es *déjà* en train de la lui donner, exactement comme Toto l'a fait avec ta mère – Toto est bien parti par le cœur, n'est-ce pas ? mais Curtis n'avait rien trouvé à répondre, lui qui d'habitude a toujours les mots justes, et j'avais lu une profonde inquiétude dans son regard, presque de la douleur – cette fois, Augustin est en train de basculer dans la folie, s'était-il dit.

Il avait dû se demander comment me sortir de là et c'était à mon avis pourquoi il avait accepté mon projet de livre. Je rentrais de Husum où j'avais passé une semaine au lit avec María Esperanza. Nous faisions l'amour puis nous dormions, puis nous refaisions l'amour et nous redormions, nous en avions tous les deux besoin, j'avais oublié combien ça pouvait être réconfortant, mais après deux ou trois jours, et tandis que nous mangions du poisson séché sur des tartines beurrées, l'un et l'autre nus devant un feu de cheminée dans sa cuisine, elle s'était soudain mise à me parler de son père. De cette idée qu'il avait eu, pour en finir avec la contestation, d'embarquer les détenus dans des hélicoptères et de les jeter vivants dans l'océan, pieds et poings liés, à une centaine de kilomètres des côtes. Puis, comme elle se taisait, absorbée dans ses pensées, je l'avais relancée doucement, sans cesser de mastiquer mon poisson séché et toi, María Esperanza, qu'as-tu pensé de cette idée ? – On était à table, tout le monde a ri, ma belle-mère et les autres officiers, alors j'ai ri aussi. – Quel âge avais-tu ? – Je ne sais pas, neuf ou dix ans peut-être. Veux-tu voir une photo de mon père ? – Avec plaisir. Elle avait quitté la pièce et était revenue avec une photo. Il a un beau regard, n'est-ce pas ? – Oui, le regard d'un homme intelligent et sensible. – Chaque année, nous allions ensemble sur la tombe de ma mère, et ensuite il m'emmenait au restaurant et me parlait d'elle. Il la refaisait vivre pour moi, je n'ai oublié aucun de ces repas. – Quel livre aurais-tu aimé écrire sur lui ? – J'aurais voulu que les gens l'aiment comme je l'ai aimé, mais en même temps il y avait cette histoire de prisonniers jetés des hélicoptères qui me préoccupait. Je pensais que ça devait être une blague puisque tout le monde avait ri, mais je n'en étais pas certaine, tu comprends ? – Je comprends, oui. – Un soir, quand j'étais à Villedieu avec toi à l'hôtel, je me suis décidée à appeler quelqu'un à Mexico, mon parrain, un autre général, et il m'a dit que ça n'était pas une plaisanterie. Comment ça, je me suis étonnée, vous avez vraiment jeté des gens vivants dans la mer ? Oh, des centaines, des centaines mon petit, c'était un ordre de ton père... María Esperanza avait été surprise par un sanglot, si bien qu'elle n'avait pas terminé de me rapporter la phrase de son parrain et s'était tue. Peu après, nous étions retournés nous mettre au lit, elle m'avait demandé de la prendre dans mes bras, prends-moi dans tes bras, Augustin, et elle s'était très vite endormie.

Voyez-vous, Curtis, lui avais-je dit au milieu de ce déjeuner, je vais établir la vérité sur cet homme, reconstituer toute sa vie de l'enfance à ce repas mémorable où il prend la décision de jeter les contestataires vivants à la mer, puis je retournerai voir María Esperanza et je lui ferai raconter comment elle s'est aveuglée pour parvenir à grandir dans l'estime de cet homme, et à l'aimer au point de vouloir écrire un livre à sa gloire. En fait, ce sera elle l'héroïne du livre, la fille du bourreau, bien plus que le bourreau lui-même. – J'entends bien votre projet, Augustin, c'est une belle idée, mais avez-vous pensé au choc que ça va être pour cette femme ? – D'apprendre la vérité, vous voulez dire ? Elle la connaît déjà. – Il y a une grande différence entre soupçonner une vérité et la voir écrite, établie. On peut vivre assez tranquillement dans le doute, idéaliser l'être dont on ne veut pas voir la face sombre – le mot est faible, en l'occurrence, puisqu'il s'agit d'assassinats programmés – mais une fois les choses écrites, il n'y a plus d'échappatoire. Est-ce que vous n'allez pas la tuer en lui révélant quel homme était son père ? – Pourquoi la tuer ? Je vais la sauver au contraire.

J'avais bien vu que Curtis n'était pas convaincu, mais je n'avais pas eu le cœur à lui expliquer dans quel état d'asthénie, presque d'apnée, survivait

María Esperanza. Je m'étais persuadé que la démonstration de la vérité, en la poussant à rompre avec l'image de son père, la remettrait dans la vie, mais je m'en étais persuadé d'autant plus facilement que l'écriture de ce livre allait me permettre, à moi aussi, d'échapper momentanément à mon impuissance et à l'angoisse grandissante qui en résultait. Quoi qu'il en soit, Curtis n'avait pas insisté et le lendemain j'avais reçu par coursier mon contrat d'édition et un billet d'avion pour le Mexique.

Je suis descendu dans un hôtel d'Oaxaca, car la plupart des ex-ministres du dictateur ont trouvé refuge dans cette ville, ou sur la côte pacifique, dans des résidences de luxe autour d'Acapulco. Ce sont des vieillards plus ou moins amers et méfiants, mais qui se détendent et se mettent volontiers à parler lorsqu'ils comprennent que je suis un proche de María Esperanza qu'ils ont tous connue petite. Il semble aller de soi pour eux qu'un livre encouragé par la fille du général aura pour objet de restaurer l'image du régime qu'ils ont servi, et je ne les démens pas. Durant ce premier séjour, je m'attache à gagner leur confiance et rassemble des anecdotes, parfois touchantes, sur le dictateur – son amour pour sa première femme, la mère de María Esperanza, sa tendresse pour sa fille et l'histoire du conseil des ministres interrompu le jour où la petite a déclaré une rougeole (celle-ci, tous me la racontent), sa correspondance privée avec le pape Paul VI au début de sa prise de pouvoir, son goût pour l'opéra, pour les promenades solitaires et la pêche à la crevette, etc. Lorsque j'aborde avec précaution la question des détenus et des hélicoptères, à l'issue d'un tête-à-tête avec le parrain de María Esperanza et que je le vois se lever pour mettre un terme à notre conversation, je devine cependant que je ne suis pas au bout de mes peines.

C'est un souci, mais peu de chose au regard de la frayeur qui me gagne à l'idée de rentrer en France et de retrouver Esther. Le soir, je marche dans la ville, j'oublie les raisons qui m'ont conduit au Mexique et je me demande sans cesse est-ce que je suis malade ? Est-ce qu'insensiblement je deviens fou ? Est-ce qu'on va devoir m'interner comme notre mère ? Je me remémore la gentillesse d'Esther dans les jours qui ont précédé mon départ et je me sens tout près de pleurer en songeant que je l'associe à cette pieuvre noire qui habite désormais ma poitrine et me ronge le cœur. Elle avait insisté pour m'accompagner choisir des chemises et ensuite nous avions pris un café ensemble.

— Ça va aller, mon chéri ?

— Oui, ne t'en fais pas.

— Pars tranquille en tout cas, pense à toi, essaie de te faire plaisir. Je vais bien m'occuper de nos filles et de notre maison.

— Merci d'être là, Esther.

— Promets-moi de prendre soin de toi, je te regardais tout à l'heure quand tu essayais les chemises, je ne t'ai jamais vu aussi maigre.

— Ce n'est rien, dès que j'irai mieux je me remplumerai.

Elle m'avait embrassé d'un regard inquiet, puis elle m'avait pris la main et nous étions restés silencieux un bon moment, observant les passants sans les voir, pensant avec soulagement que nous demeurions solidaires, plus que jamais attentifs l'un à l'autre dans ce malheur imprévisible qui nous tombait dessus (je crois que c'est bien ainsi que nous l'aurions qualifié – imprévisible).

Mon seul réconfort est d'avoir retrouvé le sommeil depuis que je suis à Oaxaca. Mon cœur ne s'affole plus au moment de me mettre au lit, je suis même étonnamment calme et détendu, heureux de m'allonger sur le drap frais après ma douche, de fermer les yeux et de me sentir glisser doucement dans le sommeil, la fenêtre grande ouverte, bercé par les bruits de la rue.

Cependant, plus la date de mon retour approche, plus je me sens redevenir fébrile. C'est toujours cette même peur irraisonnée qui s'attache à Esther, oui, et me rend fou. Comment puis-je avoir peur d'une femme que j'aime et qui ne laisse pas s'écouler un seul jour sans déposer un mot plein de tendresse sur mon téléphone ? Je pense à toi sans cesse, mon chéri. Comment t'aider, te soutenir, te faire aimer la vie, te faire t'aimer / Emma peint, Alice est à la piscine, je mets de l'ordre dans notre maison. Je te tiens au chaud dans mon cœur / Je t'aime plus que tout, Augustin, tu es ma vie et celle de nos enfants. Je ne me sépare plus du carnet où j'ai noté les centaines de textos d'Esther au fil des dernières années, et j'y ajoute ceux-ci que je peux ainsi relire tandis que je marche dans les rues d'Oaxaca, ou sous le soleil écrasant d'Acapulco, et me convaincre qu'il faut être malade, en effet, pour trembler en dépit de tant d'amour.

C'est cette nuit-là, la nuit de mon retour en France, que les choses nous échappent brusquement. J'ai tremblé dans l'avion durant tout le voyage et écrit une lettre à Esther que j'ai jetée à l'arrivée, mais dont je me rappelle la première phrase : Esther, ce que je vis est épouvantable, je suis en même temps heureux de te retrouver et paralysé d'effroi, comme si derrière la femme que j'aime j'en devinais une autre, désireuse de me faire du mal, de me tuer peut-être.

Aujourd'hui, je regrette d'avoir jeté cette lettre car il me semble que j'étais parvenu à exprimer avec justesse, et pour la première fois, la nature de ma peur, porté par une lucidité exceptionnelle, dans un moment exceptionnel (enfermé toute une nuit dans une carlingue d'avion, volant entre deux continents et me figurant que nous allions nous abîmer en mer d'un instant à l'autre, disparaître à jamais, comme l'idée m'en vient chaque fois que je suis en avion, de sorte que je m'étais vu en train d'écrire mon testament). Je me dis que si j'avais conservé cette lettre et l'avais donnée à Esther, notre effondrement en aurait été sûrement précipité car, comme le disait Curtis à propos du regard de María Esperanza sur son père, *une fois les choses écrites, il n'y a plus d'échappatoire*, et qu'ainsi nous aurions écourté notre longue agonie.

Mais je jette cette lettre et un quart d'heure peut-être après m'être couché à côté d'Esther, que je n'ai pas enlacée depuis trois semaines, je suis littéralement précipité hors de notre lit, comme si j'avais la conscience aiguë d'un danger terrible, et tout en cherchant à tâtons mon pantalon et ma chemise, je m'entends bredouiller :

— Pardonne-moi, Esther, je ne peux pas, je ne peux pas…

— Mon chéri ! Mais où vas-tu ? Qu'est-ce qui t'arrive ?

Il me semble qu'Esther m'appelle à trois ou quatre reprises, mais j'ai déjà refermé la porte sur elle, enfilé mes vêtements, glissé mes pieds nus dans mes souliers, attrapé mon vieil imperméable et dévalé l'escalier.

En dépit d'un chagrin haletant, confus, qui me fait continuer de bredouiller je ne peux pas, je ne peux pas, mon soulagement en débouchant dans la rue ! Mon stupéfiant soulagement, n'est-ce pas, alors qu'aujourd'hui, revisitant cette scène pour la mettre en mots, il me semble évident que j'aurais dû plutôt sangloter devant le spectacle horrifiant de ma propre folie et du chaos dans lequel elle nous précipitait. Mais non, mon soulagement en dépit du chagrin, mon incontestable soulagement – celui que doit ressentir le prisonnier qui se fait la belle à l'instant où se relevant entier d'un saut de plusieurs mètres il sent le vent frais de la nuit lui caresser le visage et peut croire que toute la ville endormie s'offre à lui, n'attend que lui. D'ailleurs, je me mets à courir stupidement, puis petit à petit je me résous à marcher, j'observe qu'il bruine légèrement, que personne ne me suit, que je suis absolument seul, et mon cœur qui cognait si violemment dix minutes plus tôt dans notre lit s'apaise lui aussi. Je ne sais pas où je vais, où me conduisent mes pas. Quarante-huit heures plus tôt, je marchais au hasard, de la même façon, dans les rues moites et poussiéreuses d'Oaxaca, frôlant dans la nuit des hommes dont je ne voyais pas le visage et imaginant avec des frissons de bien-être le moment où j'allais retrouver ma chambre d'hôtel. Et soudain, je sais ce qui me fait avancer et lever sans cesse le regard – le désir de me réfugier dans un hôtel, bien sûr, et d'en refermer la porte sur Esther. C'est l'enseigne d'un hôtel que mes yeux cherchent.

Comme c'est étrange de revenir au matin chez soi après avoir passé la nuit à l'hôtel sans même avoir pris la peine de se déshabiller, ni de se déchausser, hirsute, les dents sales, sans chaussettes, la peau moite, la chemise à moitié sortie du pantalon, fagoté comme un vagabond. Comme c'est étrange cette impression que toute sa vie est en train de se détraquer, de partir à vau-l'eau, et que cette nuit à l'hôtel en est la manifestation la plus criante. J'espère malgré tout qu'Esther ne sera pas partie, mais comment serait-ce possible puisqu'il est près de onze heures ? La porte de notre chambre est ouverte, elle a laissé le lit défait. Dans la grande pièce, les bols du petit déjeuner n'ont pas été desservis, la théière est à demi pleine encore mais le thé est froid. Elle n'a pas laissé de mot Mon chéri, appelle-moi quand tu reviens, je n'ai pas fermé l'œil de la nuit, ou Mon chéri je t'aime, je suis là, j'attends ton appel, je pourrais les écrire à sa place, ses mots, tant je connais sa façon de dire les choses, et je prends conscience de combien j'aurais aimé en trouver un.

Je vais et viens dans notre grande pièce, les mains dans les poches de mon imperméable. Expliquez-moi une chose, Curtis, pourquoi je me sens coupable si je n'écris pas chaque matin ? *De quoi* est-ce que je me sens coupable au juste ? J'aimerais tellement comprendre. Il m'avait donné de vagues explications auxquelles je n'avais rien pigé. Songer qu'à onze heures je peux traîner en imperméable dans notre grande pièce, hirsute et pieds nus dans mes souliers, au lieu d'être assis à mon bureau en train d'écrire comme je le fais depuis trente ans, me donne la mesure de mon état. Mais soudain la question se pose de la nuit prochaine – où vais-je dormir la nuit prochaine ? et la perspective de n'avoir aucun endroit où me réfugier me fait bondir le cœur et accélérer le pas. Oh mon Dieu, où vais-je dormir la nuit prochaine ? Ne m'abandonnez pas, Seigneur. Pour un peu, je me remettrais à prier comme quand j'étais petit. Ne m'abandonnez pas, Seigneur, je vous en supplie. Je suis un homme aux abois, à présent, et si je n'avais pas si peur pour la nuit prochaine, je rirais de mon petit problème de culpabilité autour de l'écriture. Expliquez-moi une chose, Curtis… Là, tout de suite, je me fiche bien de ne pas écrire, je me fiche bien de tout, d'ailleurs, je veux juste sauver ma peau, trouver quatre murs et un toit entre lesquels je pourrais me mettre à l'abri et laisser reposer mon cœur. J'ai si peur, mon Dieu, j'ai si peur. Je suis un homme aux abois, je suis un homme aux abois, je suis un homme...

À la troisième sonnerie, je décroche. Et c'est Esther qui m'appelle de son cabinet.

— Où es-tu, mon chéri ? Je n'ai pas osé t'appeler plus tôt...

— À la maison, je viens d'arriver. Esther, il faut que je trouve un endroit où habiter, je suis trop angoissé pour rester là.

— J'ai vu, je t'ai attendu toute la nuit, je crois que je n'ai fait que pleurer...

— Je suis désolé, ma chérie.

— Tu es capable de me dire ce qui te met dans cet état ?

— Non, c'est une angoisse noire qui me prend le cœur, je ne peux rien faire d'autre que de m'enfuir.

Je mens. Mais je ne me vois pas lui disant j'ai affreusement peur de toi, Esther, j'aime tes mots que je recopie dans mon carnet, j'aime ta voix dont la douceur et les modulations me touchent infiniment, mais dans ton ombre, ma chérie, j'aperçois une autre femme qui est aussi toi et qui veut me détruire, me couper les couilles et me réduire en bouillie, que je ne sois plus qu'une petite merde insignifiante et rampante que tu piétinerais en ricanant, que tu piétinerais, Esther, jusqu'à ce qu'il n'en reste plus rien qu'une tache de sang brunâtre sur le carrelage de la salle de bains.

Je l'écris là d'une traite, comme si tout cela était déjà bien établi dans mon esprit, mais en vérité je ne crois pas avoir pensé si clairement qu'Esther était en train de me couper les couilles, et encore moins que c'était déjà fait depuis longtemps, comme je le pense aujourd'hui. Non, je me suis souvenu combien j'avais été pitoyable la veille au soir, plein de désir pour elle mais tout à fait incapable d'en faire quoi que ce soit, demeurant là tremblant dans les minutes qui avaient précédé ma fuite tout en me demandant pour la énième fois pourquoi c'était si facile avec María Esperanza et désormais carrément impossible avec Esther, et si la vision m'est apparue d'une Esther meurtrière ce n'est que furtivement, et probablement encore dans le huis clos de mon inconscient. Cependant je mens, oui, parce que je ne lui dis pas la seule chose dont je sois certain : j'ai affreusement peur de toi, Esther, c'est pourquoi je me suis enfui, mais je suis incapable de te dire ce qui me fait si peur en toi.

Et elle, Esther, que sait-elle du danger que je pressens en elle ? Feint-elle de l'ignorer (après me l'avoir écrit dans son cahier – Arrive un moment où il faut que je détruise), ou est-ce encore également enfoui dans les méandres de son inconscient ? Je ne saurai jamais à quel moment de notre effondrement Esther a agi en pleine conscience, profitant de ma confusion mentale pour me pousser vers cet état de désespoir absolu où l'on attend la mort comme une délivrance. Je ne saurai jamais.

— Mais cette angoisse, reprend-elle, de quoi est-elle faite ? Essaie de me dire.

— Je ne sais pas, Esther. Je vois juste qu'elle me submerge et me jette à la rue. Pendant quelque temps je vais vivre à l'hôtel, je crois, à moins que tu connaisses quelqu'un qui pourrait me passer un appartement.

— Oui, je vais voir. En attendant, repose-toi. Je suis triste, tu sais, j'avais fait une belle maison pour ton retour et les filles étaient si contentes…

— Je sais, Esther, je sais.

— Prends un bain, repose-toi, je suis là et je t'aime.

— Merci, ma chérie.

Après quelques nuits à l'hôtel et de bizarres dîners familiaux où je suis là sans y être, nos filles m'observant à la dérobée mais n'osant rien demander et Esther me caressant subrepticement la main pour me manifester son soutien, voilà qu'enfin un de nos amis communs propose de me sous-louer un appartement dont il ne fait rien. L'accession à cet appartement me restitue aussitôt un peu de curiosité et d'appétit pour l'homme que je suis qui semblait presque éteint à mes yeux. Je dispose de trois pièces pour moi tout seul, et tandis que quelques jours plus tôt, errant d'un hôtel à l'autre, je perdais pied, je me surprends à prendre du plaisir à organiser mon appartement. J'installe mon bureau dans le grand salon, je passe une heure au Bonheur des Dames à choisir des draps pour mon lit, rêvant sans trop y croire que j'y ferai l'amour avec Esther, certains après-midi, comme à l'époque de nos premières rencontres clandestines dans son studio, enfin j'apporte mes deux vélos préférés, mon *Dangre* et mon *Follis*, leur attribuant la troisième pièce que je transforme en atelier.

Trois jours seulement après mon emménagement, je suis de nouveau au travail, occupé à mettre en forme les entretiens que j'ai eus au Mexique avec les vieux généraux. J'ai beaucoup maigri, je perds mes cheveux, lorsque j'entre dans la salle de bains, j'évite de me croiser dans la glace parce que j'ai repéré sur mon visage une pâleur anormale, éthérée, qui me fait songer à la mort. Et je n'entends pas mourir, je me projette déjà dans mon second voyage au Mexique, celui qui doit me permettre de dresser le portrait du bourreau. Comment faire avouer les généraux ? Comment les mettre dans la situation de me livrer leurs secrets ? J'y réfléchis intensément et cela me distrait, pour quelques heures au moins, du chagrin qui par moments me submerge de ne plus vivre sous le même toit qu'Esther et nos enfants. Esther, dont je guette à chaque instant les messages sur mon téléphone. Non, mon chéri, cet éloignement ne va pas nous séparer, il va nous rendre plus forts au contraire / Prends soin de toi, je m'occupe de nous / Tu as bien dormi ? Je suis avec toi / Tout va bien, on pense à toi. Je t'aime / Tu veux qu'on dîne ensemble, ce soir ? Dans notre brasserie habituelle ? Esther qui tient à moi et ne doute pas que l'on se retrouvera quand je serai guéri, chacun de ses mots m'en apporte la preuve.

Quand je serai guéri, car je suis malade, j'en ai la certitude. Le psychiatre avec lequel j'ai pris rendez-vous le pense aussi, visiblement. Je me rappelle la façon qu'il a d'enfoncer la tête dans les épaules et de plisser le front, comme s'il s'attendait que je lui saute à la gorge au moment où, emporté par l'émotion, je me mets à hurler et à sangloter pour décrire l'araignée géante qui habite ma poitrine et me mange le cœur, comme si la bête était là, sous mes yeux, en train de me dévorer vivant. J'exprime ma peur en pleurant sans retenue, et lorsque le médecin parvient à placer une phrase, c'est pour me demander à quoi me fait penser cette araignée. À ma mère, dis-je aussitôt. À ma mère lorsqu'elle s'est cassé la figure avec la friteuse pleine d'huile brûlante et s'est mise à battre l'air de ses quatre membres en hurlant comme une folle, on aurait dit une araignée géante ébouillantée et se débattant pour ne pas mourir, j'ai eu tellement peur ce jour-là, tellement peur tellement peur je ne veux pas que ça recommence docteur je voudrais mourir je ne veux pas que ça recommence, et d'un seul coup je m'étais levé en hurlant mais il m'avait dit rasseyez-vous s'il vous plaît, rasseyez-vous, je suis là pour vous écouter, rasseyez-vous et continuez, mais je n'avais plus su que répéter j'ai eu tellement peur je ne veux pas que ça recommence, j'ai eu tellement peur je voudrais mourir je ne veux pas que ça recommence, en sanglotant exactement comme le jour où c'était arrivé, notre mère se débattant dans l'huile bouillante comme une araignée géante et moi songeant que je ne la reverrais plus, qu'elle était devenue folle et qu'on allait désormais la garder enfermée.

Pourquoi suis-je passé de la pieuvre noire, dont j'avais dit un mot à Curtis, à une araignée ? Si j'avais parlé de la pieuvre, sans doute aurais-je répondu au psychiatre que la pieuvre m'évoquait l'autre Esther, celle qui se tient tapie dans l'ombre de celle que j'aime et dont je pressens le danger, la cruauté, mais parlant d'une araignée il était inévitable que je retombe sur notre mère dont l'image s'est gravée ce jour-là dans ma mémoire comme celle d'une araignée monstrueuse qu'on aurait plongée dans l'huile bouillante.

C'est l'unique raison que j'ai trouvée pour expliquer comment le psychiatre et moi sommes partis sur une fausse piste, celle de mon enfance, exonérant Esther (à mon grand soulagement, sans doute), l'évoquant à peine, pour faire porter tout le poids de ma « maladie » sur notre mère. Certes, notre mère est probablement responsable de mon absence absolue de discernement en amour, de ma bêtise, de mon aveuglement, mais je sais aujourd'hui que c'est Esther, et non notre mère, qui m'a petit à petit entraîné dans cet état de délitescence, d'impuissance, de confusion, dont je serais évidemment mort si je n'avais fini par m'en aller.

Pendant que je revisite inutilement mon enfance, espérant que ce long voyage va me permettre de renouer avec Esther, je continue de perdre pied et cela m'étonne. Rien de ce que j'élabore chez ce psychiatre n'entame en quoi que ce soit la peur que je ressens à l'idée d'enlacer Esther, de sorte que la pieuvre noire continue d'habiter ma poitrine. Mais puisque je vis seul, désormais, je la sens alanguie et somnolente la plupart du temps, et mon cœur se repose. À deux ou trois reprises, cependant, entêté et incapable de me résoudre à renoncer à Esther, je réveille brutalement la pieuvre et sors de ces moments exsangue et défait. Ce sont généralement des samedis après-midi puisque Esther ne travaille pas. Nous nous retrouvons pour déjeuner ensemble dans notre brasserie habituelle, et après ce bon moment, plein de mots doux et de tendresse, j'ai la conviction que je peux proposer à Esther de venir chez moi faire l'amour. J'en ressens le désir, et il me semble que j'ai retrouvé la sérénité et la confiance. Tu crois ? s'inquiète-t-elle. Tu ne veux pas qu'on attende encore un peu ? – Non, j'ai très envie, viens. Elle consent avec bienveillance, mais au moment où je la fais entrer chez moi je sens déjà l'affolement gagner mon cœur. Je la regarde se déshabiller et je peux voir combien je tremble, mon cœur attaqué par la pieuvre cherchant de toutes ses forces à s'échapper, à se sauver. Esther feint de ne s'apercevoir de rien, elle s'allonge avec un sourire indécis, l'air de se demander ce qu'elle fait là toute nue, avec ce type qui tremble, elle qui est si à l'aise avec son corps, et bien sûr je ne suis plus capable de rien, de sorte que nous restons au lit l'un à côté de l'autre à chercher des mots que nous ne trouvons pas, avant de nous rhabiller et de nous dire au revoir.

On dirait que María Esperanza le sent parce que chaque fois le téléphone sonne au milieu du week-end.

— Augustin, je pensais à vous. Vous n'êtes pas au Mexique, n'est-ce pas ?

— Non, à Villedieu. Pourquoi tu te remets à me vouvoyer ?

— Je ne sais pas, j'oublie. Quand vas-tu repartir pour le Mexique ?

Et soudain je sais, je viens de trouver la solution pour faire parler les généraux.

— Je voudrais que tu m'y accompagnes, María.

— Je ne veux plus retourner dans ces pays. Viens plutôt me voir à Husum, j'ai peint quelque chose pour toi.

— Vraiment ?

— Oui, pourquoi je te mentirais ?

— J'irai à Husum plus tard, là je voudrais que tu m'accompagnes au Mexique. J'ai besoin de toi pour faire parler les généraux, tu comprends ? Avec toi, je suis certain d'y parvenir.

— …

— Tu m'entends, María ?

— Je t'entends, oui. Tu vas m'utiliser pour recueillir des confidences qui te serviront pour expliquer comment mon père…

— Comment ton père, qui devait être aussi aimable que toi ou moi, est devenu un assassin, oui.

— Je voudrais que tu me prennes dans tes bras, Augustin.

— Moi, j'aimerais écrire dans ta maison d'Husum. Au retour du Mexique, j'y viendrai quelques semaines.

— Pourquoi tu ne me réponds pas ? Parce que tu as retrouvé ta femme ?

— Parce que j'aimerais la retrouver.

— Ah, je comprends !

Et un instant plus tard, comme je me tais :
— Je vais t'accompagner au Mexique si tu veux.

En raccrochant, je songe que María Esperanza me retient à la vie par un fil. Grâce à elle, je continue d'écrire et de faire l'amour, même si je n'écris pas le livre que je voudrais écrire et qu'elle n'est pas la femme avec laquelle je rêve de faire l'amour.

30

Je t'aime. Tu es le trésor et la grâce de ma vie. Tout ira bien.

Je me souviens du jour où je reçois ce message d'Esther. Je le juge si beau, si fort, si touchant, que je me mets à marcher en rond dans mon bureau, mon téléphone à la main pour le relire et me le répéter, me demandant que faire pour donner à cette déclaration une place à sa mesure. Si je suis *le trésor* et *la grâce* de la vie d'Esther, alors tout ira bien, en effet, bientôt je ne tremblerai plus et nous serons sauvés.

Après un moment, j'ai trouvé : je prends un feutre noir et j'écris à même le mur la phrase d'Esther – Je t'aime. Tu es le trésor et la grâce de ma vie. Tout ira bien. Puis je retourne m'asseoir à mon bureau. Il me suffit de lever le nez pour tomber dessus. Je pense qu'une telle phrase a l'autorité d'une prophétie (comme si je prêtais à Esther des pouvoirs surnaturels, n'est-ce pas) et je n'en reviens pas de la posséder – que la pieuvre s'agite dans ma poitrine et je n'aurai qu'à la relire à haute voix. Esther mesure-t-elle le poids que je donne à chacun de ses mots d'amour ?

Quelques jours plus tard, cependant, elle m'annonce au téléphone qu'elle a pris des billets d'avion pour partir au sud de l'Italie avec nos filles. J'entends bien que ce sont les vacances scolaires, mais tandis qu'elle parle je me sens dévisser à toute allure, sans parvenir à comprendre ce qui a provoqué ma chute.

— Tu voudras bien nous emmener à l'aéroport, mon chéri ?

— Oui, bien sûr.

— Les filles sont ravies, elles vont bien, tu sais. Hier soir, des copines du boulot sont venues dîner à la maison, c'était très joyeux.

— Ah, tant mieux !

En vérité, je suis abasourdi, et c'est seulement après avoir raccroché, allant et venant dans mon bureau, les jambes en coton, que je prends conscience qu'Esther a décidé de ce voyage avec nos filles sans me consulter. Non seulement elle ne m'a pas demandé mon avis, mais elle ne me propose pas de les accompagner. C'est la première fois qu'elle m'exclut ainsi de la vie familiale, comme si je n'y tenais plus qu'une place subalterne, celle du chauffeur, par exemple.

Augustin, me dira plus tard Violetta (mais bien trop tard), rappelle-toi qu'il n'y a pas de *mots* d'amour, il n'y a que des *actes* d'amour.

Je suis si confus et gauche le jour où je me présente au volant de notre voiture pour les conduire à l'aéroport, que je fais mal à Alice en l'embrassant sur le trottoir et que je m'entaille le petit doigt en chargeant leurs valises.

— Mon chéri, tu t'es fait mal, remarque Esther comme je roule doucement pour gagner l'avenue.

— Oui, c'est rien.

Je n'ai qu'un filet de voix et je suis en nage en dépit du froid, la chemise collée aux omoplates. Six ou sept mois plus tôt, nous partions pour la côte ouest des États-Unis, j'étais encore un mari et un père, je n'en suis plus que l'ombre bégayante et chétive.

— Attends, j'ai un pansement dans mon sac… Ça ne va pas, Augustin ? Tu es livide, tu as l'air épuisé.

— Si si, ça va.

— Donne-moi ton doigt une seconde.

Elle essuie le sang avec un Kleenex, colle le pansement, puis tout en gardant un instant ma main dans la sienne, et plus bas pour que nos filles ne l'entendent pas :

— J'ai confiance, tu sais.

Je souris, quelque chose qui doit ressembler à une grimace, car elle se méprend.

— C'est ta blessure qui te lance ?

— Mais non, pas du tout.

Et cette fois, je me détends. Comme elle est aimante et attentionnée, me dis-je, c'est moi qui me suis fait tout un cinéma, si ça se trouve elle m'avait parlé de ce voyage mais je suis si décalqué en ce moment que je n'ai pas entendu, et qu'aurais-je répondu, d'ailleurs, si elle m'avait proposé de les accompagner ? Évidemment non, Esther. Me retrouver dans une chambre d'hôtel avec toi, dans l'état où je suis, enfin tu sais bien… Évidemment non. Si bien que ce que j'ai pris pour du rejet est vraisemblablement de la délicatesse. Alors me revient à l'esprit le premier anniversaire de Laetitia qu'avait organisé Cécile après notre séparation. Essaie de passer, m'avait-elle lâché sans chaleur au téléphone, ça sera plus sympa pour Laetitia. J'étais passé, il y avait là, autour de la table, quelques parents dont je connaissais vaguement le visage, Cécile avait servi le thé à tout le monde sauf à moi auquel elle n'avait pas mis de tasse. J'avais craint que mes voisins le remarquent et que cela les mette mal à l'aise – c'était si ostensible, si insultant – puis finalement je m'étais levé et j'étais allé me chercher une tasse dans la cuisine. À ce moment-là seulement Cécile avait paru s'apercevoir de la chose et, comme je me servais moi-même de thé, je l'avais entendue me glisser un mot d'excuse. Mais oui, me dis-je, dans ces situations on devient facilement paranoïaque.

Je suis là de nouveau, à l'aéroport, quand elles reviennent. C'est une nuit d'hiver, l'avion est annoncé avec un retard de près de deux heures et je traîne dans l'aéroport quasi désert. J'avais soudain pris conscience que nous avions perdu toute fantaisie dans notre façon de faire l'amour. Mais oui, c'est comme ça que tout a commencé, me dis-je, mes tremblements, notre effondrement. C'est étonnant que ça me semble si évident, brusquement, alors que je cherche à comprendre depuis des mois comment les événements se sont enchaînés, mais je sais bien pourquoi, nous aurions été trop heureux, passant devant les toilettes des femmes comme je viens de le faire, de constater qu'il n'y avait personne et de nous y engouffrer, au comble de l'excitation. Ce sont les toilettes qui m'ont mis sur la voie. Dans les fêtes où m'entraînait Esther, c'était la même chose, il arrivait toujours un moment où nous allions nous enfermer dans la salle de bains. Pendant que nous dansions, Esther m'expliquait comment nous allions faire l'amour, et moi je renchérissais, et ça devenait de plus en plus intéressant. Nous avions une prédilection pour les salles de bains, et même dans les hôtels, nous expérimentions d'abord l'amour dans la salle de bains avant de recommencer éventuellement au lit. Sans toi, je disais à Esther, jamais je n'aurais découvert combien les salles de bains peuvent être érotiques. – Sans moi, mon chéri, tu serais passé à côté de pas mal de trucs, rétorquait-elle avec son rire de voyou, levant le nez de son journal. Tu étais très ingénu, comme garçon, quand je t'ai rencontré. C'est vrai qu'avec Cécile jamais nous n'aurions eu des idées pareilles. Et donc j'avais soudain pris conscience que nous avions perdu toute fantaisie, et c'est comme ça qu'avait dû s'engager notre effondrement. Parce qu'alors je m'étais souvenu de tout, combien nous étions inventifs, et j'avais commencé à me repasser silencieusement le film de nos débuts. C'était assez vertigineux, au regard surtout de la façon dont nous nous aimions à présent, Esther ne prenant même plus la peine d'enlever sa chemise de nuit. Et je le lui avais dit. Est-ce que si je n'avais rien dit nous dormirions encore tranquillement dans le même lit sans nous poser de questions ? Peut-être, je ne sais pas. Je le lui avais dit en tout cas Esther tu ne trouves pas que notre façon de faire l'amour est devenue très popote ? Tu n'enlèves même plus ta chemise de nuit, alors que j'adorerais… – Non, moi j'aime bien comme ça. – J'aime bien aussi, mais ça pourrait être mieux, non ? – Qu'est-ce que tu voudrais de plus ? Tu veux bien éteindre, mon chéri, je tombe de sommeil. Comme je me repassais silencieusement le film de nos débuts, j'avais entrepris, presque malgré moi, de faire l'inventaire de tout ce que nous ne faisions plus. *Tout ce qu'Esther m'avait retiré petit à petit*. C'est comme ça que je m'étais formulé la chose, et j'avais dû décider de repartir à la conquête de ces fantaisies, comme pour être bien sûr qu'Esther n'avait pas changé, qu'il suffisait de réveiller son appétit, sa curiosité, oui, voilà, c'était bien dans mon style ce genre de décisions, et c'est à ce moment-là qu'était intervenue la fameuse scène qui me revient intacte tandis que je traîne dans l'aéroport, la fameuse scène de la salle de bains que je m'efforce de chasser de mon esprit chaque fois qu'elle s'y présente parce qu'elle marque sans doute le véritable début de notre délitescence. Attends, avais-je dit à Esther comme nous nous brossions les dents, tous les deux nus devant le lavabo, je vais éteindre et on va faire l'amour comme avant, en laissant juste une ampoule allumée, tu veux bien ? J'étais complètement parti dans le film de nos débuts, dans mon entreprise de reconquête, je m'attendais qu'elle arrête de se brosser les dents, que son front se charge de fièvre, que son regard bascule, et qu'à l'instant où j'allais éteindre... mais elle avait eu cette expression soudaine de lassitude, presque de dégoût, qui m'avait arrêté net. Non, je n'ai pas envie (fronçant furtivement les sourcils puis recommençant à se brosser les dents). Ça n'avait duré qu'une ou deux secondes, mais cela m'avait ensuite occupé des mois, des années. Plus tard, lorsque j'étais tombé sur les quelques lignes très intimes qu'Esther écrivait à un autre homme et qui contenaient le mot *odeur*, j'aimerais être dans ton odeur, quelque chose comme ça (mon Dieu, mais quand était-ce ? Cinq ans ? Six ans ? C'est incroyable comme on ne voit pas passer le temps) j'avais immédiatement revu la scène de la salle de bains et l'expression de lassitude, presque de dégoût, qu'avait eue Esther à mon égard et je n'avais pas pu m'empêcher de penser que ce qu'elle m'avait retiré petit à petit, elle le donnait à cet autre homme. *J'aimerais être dans ton odeur*, c'était exactement le genre de phrases qu'elle m'écrivait, au début. Sans doute était-ce à partir de ce moment-là, me dis-je, continuant d'aller et venir dans l'aéroport, que je m'étais mis insensiblement à trembler en l'enlaçant, confusément conscient que j'allais la perdre, qu'elle était en train de s'éloigner, et cela depuis un certain temps déjà.

Mais soudain les voilà, j'ai dû rater l'annonce de l'atterrissage, Esther qui m'aperçoit et dont le sourire semble un peu contraint, les filles qui ne paraissent pas surprises de me retrouver là où elles m'ont laissé, comme si je n'avais pas quitté l'aéroport depuis dix jours.

— Ça va, mon chéri ? On t'a fait attendre... On a cru qu'on ne décollerait jamais...

— C'était horrible, papa. On a dû rester enfermés dans l'avion...

— Et même il y a une femme, une Italienne, qui a commencé à péter un câble...

— Ah oui, c'était trop drôle, elle insultait les hôtesses mais on ne comprenait rien, et finalement ils l'ont fait descendre.

— Bon, les filles, vous raconterez tout ça à votre père dans la voiture, on va se coucher maintenant.

Dans la voiture, elles ne reviennent pas sur l'incident de l'avion, elles parlent d'un endroit qui doit être un restaurant sur la plage, enfin je suppose, où elles mangeaient des crevettes, certains jours de la pizza, et buvaient des jus de fruits que leur pressait la dame. Et la dame avait un petit chat, et ce petit chat Emma aurait tellement voulu le ramener...

— Alors, c'était comment ? m'enquiers-je doucement auprès d'Esther.

— C'est un endroit incroyable, d'ailleurs elles veulent y retourner.

— Ah, tant mieux !

— Elles se sont bien entendues, tu sais, c'était tout le temps léger. J'avais peur que ce soit un peu difficile, comme en Amérique, mais pas du tout.

J'entends que lorsque je ne suis pas là nos filles sont plus détendues, puis je me reproche ma tendance à l'autoflagellation tout en convenant qu'en Amérique elles avaient dû forcément souffrir de la détresse dans laquelle m'avaient précipité la perte de mon livre, mon impuissance à écrire...

— Et toi, reprend Esther, comment tu te sens ?

— Ça va. Je repars pour le Mexique la semaine prochaine.

— Et tu es content ? Ça te fait plaisir ?

— Oui. Tant que je ne peux plus vivre avec vous, avec toi, dis-je plus bas, presque dans un souffle, je préfère être en voyage, le plus loin possible.

Elle fait chut avec son doigt, comme si nos filles pouvaient nous entendre, mais elles ne nous écoutent pas, elles parlent avec élan d'une Nina qu'elles ont rencontrée à l'hôtel, qui habite Grenoble, et à laquelle Alice compte écrire, bien sûr qu'on va se revoir, dit-elle à Emma, Nina elle est géniale.

— Ton psychiatre ne va pas te manquer ? s'inquiète doucement Esther.

— Je ne sais pas. Non.

— Qu'est-ce qu'il dit ?

— Il pense que je suis malade, et je le pense aussi.

Je me suis tourné vers Esther pour donner plus de force à ma phrase, la parer de solennité, nos regards se sont croisés et j'ai lu dans le sien un peu d'ennui, ou de fatigue, comme si elle regrettait d'être revenue sur le sujet à peine rentrée de vacances.

Je m'accroche à cette idée que je suis malade, car rien de ce que je découvre avec l'aide de ce médecin ne permet d'expliquer pourquoi j'ai si peur d'Esther et ne peux plus l'approcher, si ce n'est que je la confondrais avec ma mère, ce qui ne me convainc pas. C'est donc bien que je souffre d'un trouble psychique qui ne dépend pas de moi, contre lequel je ne peux rien, et cette évidence me réconforte. Je souhaite qu'Esther y adhère, c'est pourquoi j'ai pris ce ton solennel, comme si une déclaration officielle de maladie me protégeait d'une souffrance bien pire encore que celle que je traverse.

À quoi pense-t-elle ? Que les malades la rasent ? Que lorsqu'elle était elle-même malade je ne l'ai pas lâchée d'une semelle, oui, d'accord, mais c'était pas la même chose, moi je n'étais pas cinglée, je ne me mettais pas à trembler quand il approchait, je ne vais pas passer ma vie avec un malade mental qui ne bande plus. Pense-t-elle à l'homme dont elle voudrait retrouver l'odeur ? Dont elle va retrouver l'odeur dès le lendemain, peut-être, entre quatorze et seize heures, comme elle le faisait avec moi au début pendant que le garçon qui partageait sa vie, ce type dont j'ai complètement oublié le nom, la croyait au travail ? J'écris tout cela nerveusement, dans mon appartement du petit Trocadéro, parce que je viens de tomber par hasard, ouvrant son cahier, sur ces quelques phrases La seule limite à ce qu'on peut vivre ensemble, Augustin, c'est Pierre (Ah voilà ! me suis-je exclamé, ce mec s'appelait Pierre, depuis le temps que je cherche son prénom...). Je ne veux pas perdre Pierre ni le blesser. Alors tant pis, je vais lui mentir. À quelle allure elle avait réglé la question ! De sorte qu'écrivant cette scène où je les ramène de l'aéroport, je ne peux pas m'empêcher de transposer ses propos, de me les appliquer La seule limite à ce qu'on peut vivre ensemble, Machin (comment s'appelle-t-il ce type dont elle aime tellement l'odeur ? Laurent ? Benoît ? Franck ? Martin ?), c'est Augustin. Je ne veux pas perdre Augustin ni le blesser. Alors tant pis, je vais lui mentir. Mais en réalité je suis loin d'avoir cette lucidité tandis que je fais le taxi. Certes, Esther ne m'a pas proposé de les accompagner en Italie ; certes, il m'a bien semblé croiser dans son regard de l'ennui et de la fatigue quand j'ai invoqué ma « maladie » ; certes encore, l'image furtive de son amant m'a effleuré, mais tout cela n'a pas tenu quand elle m'a caressé tendrement le dos de la main :

— J'ai une confiance absolue en toi, Augustin. En ton courage. Ça va aller, je le sais. On se parle demain, tu veux ?

— Bien sûr.

— Je te dis si on peut dîner ensemble, à moins que tu aies autre chose de prévu…

— Mais non, tu sais bien… À demain, Esther. Au revoir mes chéries, dormez bien, reposez-vous bien.

Dans l'avion pour Mexico, j'éprouve un sentiment de libération et je sens mon cœur s'alanguir dans ma poitrine comme s'il ne craignait plus rien, comme si la bête en était enfin sortie. Je cherche depuis quand je n'ai pas été si bien, si détendu, mais alors je prends conscience du niveau extrêmement faible de mes exigences, désormais – je respire et suis ravi parce que je pars pour trois semaines, tout en sachant que dans trois semaines tout recommencera, et d'ailleurs mon cœur s'agite rien que d'y songer. Mais trois semaines, c'est immense, et je ferme les yeux de bien-être.

Quand je les rouvre, María Esperanza s'est endormie, son visage si près du mien que je sens son souffle sur mon cou. Nous nous sommes retrouvés à l'aéroport et quand je l'ai vue marcher vers moi, tirant sa valise, j'ai eu immédiatement envie de lui faire l'amour, une envie suffocante, irrépressible. Nous nous sommes embrassés, j'ai approché mes lèvres de son oreille tu ne veux pas qu'on aille faire l'amour avant de monter dans l'avion ? – Si (sans me regarder, avant même de me dire bonjour). – Viens vite, alors. Nous avions peu de temps, son vol avait eu du retard, l'enregistrement du nôtre avait déjà commencé, j'ai tout de suite vu que ça serait impossible dans les toilettes pour femmes, elles étaient bondées, je l'ai entraînée vers le parking au premier sous-sol, j'ai cherché une voiture dont les portières étaient restées ouvertes, j'en ai trouvé une assez rapidement, une vieille Land-Rover, nous avons balancé nos valises sur les sièges avant et avons fait l'amour sur la banquette arrière. María a joui presque aussitôt, moi avec un léger temps de retard. Ensuite, nous nous sommes rhabillés et nous avons couru jusqu'au guichet d'enregistrement, c'était parfait, nous étions les derniers, nous n'avons pas eu à attendre.

Je suis tenté de caresser les cheveux blonds de María, l'arête de son nez puis ses lèvres, mais je ne voudrais pas la réveiller. Elle ne m'a jamais dit qu'elle m'aimait, et moi non plus. Elle ne m'a jamais rien dit de ses sentiments en vérité. Tout au plus m'a-t-elle demandé à trois ou quatre reprises de la prendre dans mes bras, prends-moi dans tes bras, Augustin, depuis peut-être trois mois que nous nous connaissons. Après seulement un mois, Esther m'avait déjà écrit une trentaine de lettres et la moitié d'un cahier, quand je n'ai pas un mot manuscrit de María, seulement la preuve qu'elle est prête à me suivre où je veux pour faire l'amour. Et encore ne me l'a-t-elle pas dit explicitement, mais que j'en exprime le désir et aussitôt elle consent. Même à l'arrière d'une voiture où n'importe qui pourrait nous surprendre, à commencer par le propriétaire. Je souris en imaginant la scène, María encore à califourchon sur moi dévisageant le type de ses yeux gris, l'air de se demander pourquoi il se met dans cet état, menaçant d'appeler la police si nous n'avons pas libéré sa banquette dans les trente secondes, et insensiblement je sens naître de la tendresse pour elle. Je crois que c'est de l'imaginer dévisageant le type, à la fois indifférente et vaguement apeurée, comme le premier matin où elle m'avait fait entrer dans sa suite. Cette tendresse, cette émotion, ça ne serait pas le début de quelque chose ? Je me recule un peu pour mieux contempler son visage. Les pommettes roses à cause de la chaleur dans l'avion, mais sinon une pâleur d'enfant malade, les ailes du nez délicates et bien dessinées, les paupières si fines qu'on devine les petits vaisseaux. Et si je décidais de tomber amoureux de toi, María Esperanza ? Qu'est-ce que tu dirais ? Rien, j'en suis sûr, ni oui ni non. J'aime ton silence, c'est peut-être ce qui me touche le plus en toi. Je viendrais habiter Husum, je commencerais par restaurer ta maison, ta grande maison sur le port, et le soir tu viendrais te lover dans mes bras et tu t'endormirais aussitôt, c'est comme ça que je saurais que c'était oui, que toi aussi tu es sans doute amoureuse de moi. Je songerais en m'endormant à mon tour à la pelote de nœuds qu'était devenue ma vie avec Esther et je me féliciterais de m'être enfui sans chercher à dénouer les fils. Et je recommencerais une autre pelote avec toi. C'était exactement ce que j'avais fait avec Esther, construire en toute hâte une histoire pour échapper au dénouement de la précédente qui menaçait d'être de plus en plus meurtrier. J'avais fui Cécile pour Esther, et voilà où ça m'avait mené, dans ce nouveau séisme qui n'en finissait plus, auquel nous allions peut-être succomber, mais moi le premier s'il devait y avoir un mort. Non, je ne vais pas décider de t'aimer, María. Je vais peut-être mourir d'Esther, mais je vais m'entêter à découvrir pourquoi je suis devenu l'ombre de moi-même en l'aimant. Je vais m'entêter, et plus tard j'écrirai ce que j'ai compris de nous.

Je me rappelle notre premier dîner à l'hôtel d'Oaxaca.

— Tu ne m'as pas demandé comment nous allions procéder avec les généraux, María.

— On n'a pas vraiment eu le temps, m'avait-elle rétorqué.

Elle avait rougi, puis souri imperceptiblement.

— Tu veux dire parce que je t'ai emmenée dans le parking souterrain ?

— Ben oui (de nouveau confuse, mais me regardant fixement).

— Tu regrettes ?

Elle avait fait non de la tête, un non furtif.

J'avais failli lui lancer mais quel âge as-tu María ? Parfois, on dirait que tu es encore une enfant. Son âge, je le connaissais, quarante-deux ans, je l'avais trouvé dans les différentes nécrologies de son père.

— On aurait pu en parler dans l'avion, avais-je repris.

— Dans l'avion, tu n'as fait que dormir, Augustin.

— Bon, tu veux que je t'explique comment nous allons faire alors ?

— Non.

— Tu ne veux pas que je t'explique ?

— Non.

Elle avait soutenu mon regard et à ce moment-là seulement j'avais entrevu le danger. Si elle ne voulait rien savoir avant, c'est qu'elle avait refusé de se préparer à ces entretiens. Elle avait pris la décision de m'accompagner au Mexique sur un coup de tête, pour une raison qu'elle ne m'avait pas dite, et ensuite elle avait dû repousser indéfiniment le moment d'y réfléchir. Jusqu'à ce dîner, à la veille de nos premiers rendez-vous.

— Je peux quand même te dire qui nous rencontrons demain ?

— Si tu veux.

— Le matin, le général Ignacio…

J'avais lancé son patronyme et attendu. María n'avait pas cillé.

— Son nom te dit quelque chose ?

— Oui.

— Ça ira ?

Elle avait haussé les épaules.

— L'après-midi, avais-je repris après un silence, le général Jiménez. Tu l'as connu ?

— Je les ai tous connus. Jiménez dînait presque tous les soirs à la maison avec sa femme.

— Et ça te fait plaisir de le revoir ?

Elle n'avait rien répondu, continuant de me fixer comme si elle ne me voyait pas, puis ses yeux s'étaient embués.

— Essaie de m'expliquer, María, sinon ça va être très difficile.

— Non, Jiménez te dira. S'il est honnête, il te dira.

— C'est à toi qu'il parlera. Moi, je l'ai déjà rencontré et je n'en ai rien tiré.

— Il était avec mon père quand ils ont pris le pouvoir, ils ne se sont jamais quittés.

— Tu sauras le faire parler ? Je veux dire, lui faire raconter comment ton père en est venu à prendre des décisions de plus en plus effrayantes ?

— S'il est honnête, il te dira, avait-elle répété. Et pratiquement dans la même phrase : Tu voudras bien dormir avec moi, ce soir ?

J'avais réservé deux chambres, et cette nuit-là j'aurais préféré être seul pour relire ma documentation sur ce Jiménez qui était décrit partout comme l'éminence grise du dictateur, mais j'avais aussitôt dit oui, et j'en avais éprouvé un sentiment pénible de honte parce que c'était un oui intéressé, conscient que sans María je n'avais plus de livre, que toute l'entreprise tombait à l'eau si María me lâchait.

— Je dormirai avec toi, oui. Ne t'en fais pas, je suis là… As-tu réfléchi à la manière dont tu vas me présenter d'ailleurs ? Quand je les ai vus, il y a quelques semaines, j'ai dit que j'entreprenais ce travail à ta demande, dans le souci de comprendre quelle avait été l'ambition de ton père pour son pays.

— C'est sûr que tu ne peux pas leur dire que ton souci est de démontrer comment papa est devenu un boucher.

C'était la première fois qu'elle employait ce ton, à la fois cinglant et sarcastique. Ainsi que ce mot de boucher pour désigner son père. Des plaques rouges étaient apparues sur son visage, mais pas une larme.

— Je comprends que ça puisse te blesser, María, mais je suis obligé de leur dissimuler la vérité, sinon je ne vois pas pourquoi ils nous recevraient.

— Ce n'est pas toi qui me blesses, c'est ce qu'il a fait, lui, jeter des gens…

Elle n'avait pas fini sa phrase et avait bu d'une traite son verre de vin.

— Il faut que tu leur dises que nous sommes très proches, avais-je repris, pour qu'ils aient une confiance absolue en moi.

— Très proches ?

— Oui, plus qu'une simple relation de travail.

— Mon fiancé ? Tu veux que je dise que tu es mon fiancé ?

— Pourquoi pas ?

— Ils n'aimaient pas mon premier mari qui est sculpteur. Mon père aurait préféré que j'épouse un militaire. On va dire que tu es historien, ça leur plaira. Tous les militaires aiment l'Histoire, ils rêvent d'y tenir une place.

— Très bien, María.

Après ça, elle s'était tue et n'avait plus fait que boire, comme si cette conversation l'avait épuisée.

Sans mesurer la portée de ses propos, le général Ignacio, un vieillard trapu au faciès écrasé de bouledogue mais au regard encore vif, nous avait exposé avec quel souci du détail son administration et lui avaient organisé la disparition des opposants au régime. En préambule, il nous avait fait valoir combien il est vain d'essayer de convaincre certains individus de la justesse d'une politique, vain et coûteux, car tout le peuple pâtit de la mauvaise foi d'une minorité, n'est-ce pas, de sorte que c'est respecter la majorité et l'intérêt national que de se débarrasser de la minorité, mais constatant que nous étions d'accord, que nous ne faisions qu'acquiescer, il avait écourté son discours pour en venir à la logistique. Noyer chaque jour une centaine de contestataires en s'assurant que la mer ne va pas rejeter leurs corps sur les plages dans les mois suivants demande une organisation infaillible et de gros moyens. Chaque personne, si on peut qualifier de personne ce genre d'individu (il avait souri dans ma direction et je lui avais rendu son sourire), doit être lestée d'un cube de béton armé, et sérieusement lestée, le temps de décomposition de la corde devant être largement supérieur à celui des chairs. Par la suite, le squelette pouvait bien se détacher, on s'en fichait – si les os parvenaient sur le littoral, les baigneurs n'y prêtaient aucune attention, paraît-il, ou ils les lançaient à leur chien pour les faire jouer et tout le monde était content. Le général avait insisté sur le choix d'une haussière marine de qualité, puis sur le choix des hommes sélectionnés pour cette mission. On avait fait appel à l'élite de l'armée, des parachutistes et des fusiliers marins, car on ne pouvait pas se permettre de travailler avec des tièdes ou de mauvais esprits, comme on en trouve malheureusement dans les corps subalternes. Ainsi avait pu être mise en place une chaîne des *évacuations*, c'est le mot qui avait été retenu en conseil des ministres, les *évacués* étant cueillis à l'aube dans leurs cellules par les parachutistes, emmenés les yeux bandés pour qu'ils ne devinent rien de leur destination, puis embarqués par groupe de vingt dans des hélicoptères. En vol seulement, on leur liait les chevilles au cube de béton, mais ils ne soupçonnaient rien car ils ne voyaient rien, ce qui permettait aux militaires de les précipiter dans le vide au moment choisi sans avoir à essuyer de mouvements de panique. Ce n'était qu'une fois dans les airs qu'ils devaient comprendre, mais il n'y avait plus personne pour les entendre hurler, à part celui-ci, là-haut, avait souri le général Ignacio en désignant le ciel de son index jaune et charnu.

J'avais saisi cette opportunité pour en venir au père de María, et qu'Ignacio nous livre ce qu'il savait de lui.

— Le président était un fervent catholique, n'est-ce pas ? María me disait qu'il avait un temps correspondu avec le pape...

— Absolument. L'Église a compris que la morale avait un prix, que ce que nous entreprenions était une croisade de la dernière chance, et elle nous a soutenus. Dans les premières années en tout cas.

— De quelle façon a-t-elle soutenu le président ?

— Rome avait souhaité que nous ayons un cardinal. María Esperanza doit se souvenir que son père ne manquait jamais la grand-messe du dimanche célébrée par le cardinal Gutiérrez.

— Ah ! Tu te souviens de ces messes, María ?

Mais j'avais vu alors combien elle était pâle, et devinant qu'elle perdait ses forces et n'allait pas me répondre, j'avais écourté.

— María est un peu malade, ce matin, excusez-nous, mon général... Tout ce que vous nous avez expliqué est vraiment passionnant, et cela mériterait largement une seconde entrevue. Puis-je me permettre de vous rappeler dans trois ou quatre jours ?

— Naturellement !

Nous avions déjeuné à l'hôtel, dans le patio ombragé, mais María n'avait pratiquement pas touché à son assiette. Elle n'avait fait que boire, et au troisième verre de vin elle avait demandé au serveur de lui trouver une cigarette.

— Je ne t'avais jamais vue fumer, María.

Elle n'avait pas pris la peine de me répondre et je m'étais aperçu que ses mains tremblaient quand elle avait allumé sa cigarette.

— Tu n'as pas l'air bien, avais-je dit. Veux-tu que j'essaie de remettre à demain le rendez-vous avec Jiménez ?

— Non.

— Pourquoi non ?

— Je n'ai pas envie de traîner dans ce pays.

Jiménez, que j'avais rencontré la première fois dans un café du centre ville, nous avait reçus dans une villa fortifiée dont le mur d'enceinte était protégé par des caméras. Un homme de maison était venu nous ouvrir une porte métallique sur la rue, avant de nous conduire dans un salon au mobilier clinquant dont la baie vitrée donnait sur une piscine.

Le général avait de l'allure en dépit de son âge – il était manifeste qu'il devait consacrer une partie de ses journées à s'entretenir. Quand il était apparu, il était allé droit sur María et l'avait pressée sur son cœur. Puis en s'écartant, mais la retenant par les épaules :

— J'ai été déçu que tu ne sois pas venue pour la cérémonie religieuse en mémoire de ton père. Nous avions placé ton siège devant l'autel, au premier rang. Il est resté vide et nous l'avons tous regretté.

— Je n'ai pas voulu…

— Puis-je te demander pourquoi ?

— Non, ne me le demande pas.

Elle avait tutoyé Jiménez.

Ils étaient demeurés un instant à se fixer silencieusement.

— Je sais combien tu l'as aimé, avait repris le général.

— Si son corps avait été présent, je serais venue, avait dit doucement María.

— Très bien, avait conclu le général, cette réponse-là me convient, et alors il s'était tourné vers moi.

— L'homme que je vais épouser, avait dit María. Augustin est historien, nous allons écrire ensemble la biographie de papa.

Le général avait acquiescé.

— C'est un plaisir de vous revoir, avait-il dit en me serrant la main. Asseyez-vous, je vous en prie.

J'avais immédiatement orienté la conversation vers l'amitié qui unissait le dictateur à son éminence grise, et Jiménez nous avait raconté dans quelles conditions tous les deux s'étaient connus, à l'Académie militaire, en première année.

— Je regrette d'avoir à te dire que j'étais meilleur élève que ton père, avait-il observé malicieusement à l'adresse de María. Mais ton père avait plus de sens moral que nous tous réunis, si tu me comprends.

— Non, avait rétorqué María assez abruptement.

— Je veux parler de notre penchant pour le beau sexe, tu sais comment sont les jeunes militaires n'est-ce pas ? Ton père n'avait pas encore rencontré ta mère, et cependant jamais il n'aurait participé à nos soirées de célibataires.

Du portrait qu'en avait dressé Jiménez, on pouvait déduire que le futur dictateur était profondément imprégné de religiosité, qu'il n'hésitait pas à dire ce qu'il pensait aux uns et aux autres, et qu'une autorité naturelle, renforcée par l'amitié qui le liait à l'aumônier, l'avait toujours protégé d'éventuelles railleries de ses camarades.

— Ton père avait une vision religieuse du rôle de l'armée, il considérait que c'était à elle de faire respecter les commandements du Christ et de maintenir le peuple dans le droit chemin, coûte que coûte.

— En jetant à la mer ceux qui s'en écartaient, avait ajouté María d'une voix neutre, comme si elle se parlait à elle-même.

Il y avait eu un instant de flottement durant lequel le beau visage sculptural de Jiménez avait été traversé de sentiments tempétueux et paradoxaux, d'abord de la stupeur devant l'énormité de ce que venait de lâcher María, puis une violente irritation face à son esprit brouillon, m'avait-il semblé – comment pouvait-elle l'interrompre en plein récit de jeunesse pour lui balancer un truc qui s'était déroulé trente ans plus tard ? Les événements avaient une cohérence, merde ! il n'allait tout de même pas devoir lui expliquer comment se construit l'Histoire ? – une violente irritation, oui, et l'observant, j'avais eu l'impression qu'il se demandait par où commencer pour tout réapprendre à cette femme stupide, enfin du doute, et même peut-être de l'effroi : se serait-il trompé sur le véritable dessein de María Esperanza et de cet historien ? Seuls les ennemis du régime évoquaient ouvertement les *évacuations*, jamais les amis n'y faisaient allusion, ç'avait été un mal nécessaire, comme la torture adoptée par l'armée française en Algérie, voilà tout. Et comme pour la torture, l'Église avait donné sa bénédiction (par la voix du cardinal Gutiérrez, en l'occurrence).

— Tu peux me répéter ce que tu viens de dire ? avait finalement repris le général feignant un calme froid.

— Je me souviens d'un déjeuner où tout le monde a ri quand papa a dit qu'on allait jeter à la mer ceux qui n'étaient pas d'accord. Tu étais à ce déjeuner, n'est-ce pas ?

— Qu'est-ce que tu cherches, María Esperanza ?

— Je veux savoir si c'est toi ou papa qui a eu cette idée de noyer ceux qui n'étaient pas d'accord avec vous.

Jiménez s'était levé :

— Ça suffit, si c'est ça, je vais te faire raccompagner (il avait semblé oublier ma présence à ce moment-là).

Alors María, toujours assise :

— Dis-moi qui a eu l'idée ?

— Ton père n'a jamais regretté ce que nous avons fait, il a été remarquable tout au long de son procès, et toi tu attends qu'il ne soit plus là pour le salir.

— Le salir... Il tue des gens par centaines et c'est moi...

— Il avait ses raisons et je ne te laisserai pas piétiner sa mémoire.

— Bon, même si c'est toi qui as eu cette idée effrayante, avait-elle poursuivi pour elle-même, il l'a acceptée, il est devenu un assassin, je suis la fille d'un assassin. Je n'avais rien lu au moment de son procès, je ne voulais pas croire ce qu'on racontait sur lui, et maintenant je ne sais pas comment je vais faire pour vivre avec ça. Ce matin, Ignacio nous a tout bien expliqué, et maintenant je vois ces femmes et ces hommes qu'on pousse des hélicoptères et qui descendent vers la mer droits comme des bougies, entraînés à toute vitesse par le cube de béton, et qui vont mourir plantés comme des arbres au fond de la mer. Comment papa qui était si bon, si lumineux... Comme je regrette de m'être aveuglée, de ne pas l'avoir interrogé quand il était vivant.

Le général debout, habitué à être obéi, et María continuant de soliloquer sous son nez dans son fauteuil comme si elle avait même oublié sa présence, et lui désarçonné, stupide.

Finalement, elle s'était levée et nous étions sortis sans lui dire au revoir, sans lui laisser le loisir d'appeler son majordome pour qu'il nous jette à la rue, trouvant seuls notre chemin jusqu'à la porte d'entrée de la villa, puis jusqu'au mur d'enceinte dont nous avions laissé le portail blindé claquer derrière nous.

De retour à l'hôtel, elle avait commandé une bouteille de vin et en avait bu deux verres d'affilée. Puis elle m'avait réclamé une cigarette, j'étais redescendu en acheter un paquet et nous avions fumé ensemble, moi accoudé à la fenêtre, elle allant et venant dans la chambre. Cela faisait près de vingt ans que je n'avais pas touché une cigarette.

Je venais de perdre mon livre, je pouvais en éprouver furtivement le manque, déjà, mais l'instant d'après, encore sous le coup de notre rencontre avec Jiménez, je n'y pensais plus.

— Je vais tenter de changer les billets d'avion pour rentrer le plus vite possible, avais-je dit.

María ne m'avait pas répondu et quand je m'étais retourné, j'avais vu qu'elle rallumait une cigarette et que ses mains tremblaient.

— Dis-moi quelque chose, María.

Elle avait fait non de la tête, et un peu plus tard, tout bas :

— Je ne peux pas... je ne peux pas...

Alors elle s'était précipitée dans la salle de bains et je l'avais entendue vomir.

J'avais hésité à la suivre, puis je l'avais rejointe. Elle était affalée contre la baignoire dans laquelle elle avait vomi. Je l'avais aidée à se relever et conduite jusqu'au lit. Un moment plus tard elle s'était endormie.

Cette nuit-là, je n'avais pas cessé de revivre la même scène, sans parvenir à déterminer si j'étais réveillé ou endormi, dans la réalité ou dans un cauchemar – des hommes à bord de longues voitures américaines noires voulaient nous empêcher d'atteindre l'aéroport, cela commençait quand notre taxi déboîtait devant l'hôtel, une de ces limousines venait aussitôt le coincer, c'est un type envoyé par Jiménez, je disais à María, viens vite, je lui prenais la main, nous descendions par ma portière, nous courions héler un autre taxi, mais au premier carrefour ça recommençait et je criais au chauffeur reculez, prenez une rue transversale, foncez ! foncez ! ils veulent nous tuer ! nous parvenions à déjouer d'autres pièges, à nous enfuir, mais nous nous perdions, l'aéroport devenait introuvable, je répétais ça va aller, María, ça va aller, tendu et haletant, mais nous roulions bientôt sur des routes de campagne défoncées et poussiéreuses où nous ne croisions plus personne, et en dépit de ce silence, de cette solitude, je continuais d'espérer reconnaître d'un moment à l'autre les bâtiments de l'aéroport, mon Dieu, je répétais, faites qu'ils surgissent, faites qu'ils surgissent... Puis ça recommençait, de nouveau nous quittions l'hôtel, et de nouveau la voiture noire venait nous coincer. La scène me semblait si réelle que je souhaitais m'endormir pour ne plus avoir à la vivre, et je m'entendais dire dans un demi-sommeil je suis si fatigué, si fatigué...

Au petit déjeuner, je m'étais demandé pourquoi le visage défait de María éveillait en moi de la colère plutôt que de la compassion. Et j'avais compris à l'instant où elle avait dit, d'une voix presque éteinte :

— Je regrette de t'avoir accompagné, Augustin, j'aurais préféré ne rien savoir.

— Tu savais, María, avais-je rétorqué vivement. Tu sais tout depuis ce déjeuner où ton père a dit la chose et où tous ont éclaté de rire. Et depuis ce jour-là, tu te tiens prudemment en marge de ta vie. Tu tournes autour mais tu n'y entres pas, tu n'en veux pas. C'est cela qui m'a ému chez toi la première fois que je t'ai vue. Cette absence. Tu es là, mais tu n'es pas là. D'ailleurs, très vite, tu as disparu. Si tu ne m'avais pas rappelé d'Husum, je te chercherais encore. Tu ne vis pas, tu ne veux pas de ta vie, alors que ton destin est tout tracé.

— Mon destin... C'est quoi, mon *destin* ?

— D'être la fille de ce salaud, bien sûr ! De ce salaud de dévot à la Franco. Pour toi, il n'y a pas d'autre place sur la terre que d'être sa fille. C'est tellement énorme, ça devrait te demander tellement de travail, d'intelligence, d'énergie, quelle autre place pourrais-tu occuper ? Ton destin, c'est d'être sa fille et ç'aurait dû être de l'anéantir, de le réduire en bouillie, lui et ses idées de merde. J'ai cru que tu l'avais compris le jour où tu as décidé de m'accompagner. Ç'aurait dû être l'œuvre de toute ta vie ce père criminel, on aurait commencé par ce livre, et par la suite il aurait nourri ta réflexion, d'autres livres auraient suivi, bien plus intimes, sur toi et cet homme, sur toi obligée de porter le souvenir de cet homme en toi. Tu te serais édifiée *contre* lui, comme Niklas Frank, le plus jeune fils du gouverneur nazi de la Pologne, qui a consacré toute sa vie à démolir son père pendu à Nuremberg. Mais tu as pris le parti d'être effrayée, de t'enfuir, plutôt que de décider de le haïr, et maintenant tu n'as plus d'autre choix que d'être sa victime, de trembler comme une feuille en attendant que sa mémoire qui te ronge finisse par te tuer. Puisque tu ne l'as pas anéanti par ton œuvre, c'est lui qui va t'anéantir par la sienne.

Elle m'avait observé en cillant, se tassant sur sa chaise comme si je lui crachais des postillons acides en pleine figure.

— Je ne sais pas de quoi tu me parles, avait-elle bafouillé, très pâle, les cheveux dans les yeux. Et pourquoi tu es en colère…

— Je ne suis pas en colère… Enfin si… Il faut faire quelque chose de ce qui nous arrive, María, il faut s'en emparer et en faire quelque chose, c'est cela vivre, ça se résume à cela finalement, faire quelque chose de ce qui nous arrive, sinon on reste là au bord du chemin, comme une bête apeurée, et on n'a plus d'autre choix que de crever. Il n'y a rien de pire qu'endosser l'habit de victime. Les victimes me font chier.

Et soudain je m'étais tu. Qu'est-ce qui me prenait de lui faire la leçon ? J'avais fui Esther pour ne plus trembler, pour ne pas mourir du cœur, comme Toto, et je n'en faisais rien, je n'écrivais rien. Qu'est-ce que je faisais d'autre qu'attendre au bord du chemin, moi aussi, comme une bête apeurée ?

Nous avions pu regagner la France deux jours plus tard et je nous revois, arrivés à l'aéroport, cherchant le prochain vol pour Hambourg. Il était peut-être dix heures du matin, nous n'avions pratiquement pas dormi et tandis que nous étions plantés devant le tableau des départs, parmi une foule d'autres voyageurs, je n'étais pas parvenu à fixer mon attention car j'avais été saisi d'une frayeur sourde en songeant aux heures qui venaient.

— Il y a un vol à dix-neuf heures, avait dit María.

Alors je m'étais entendu rétorquer d'une voix fausse, comme si je me préoccupais d'elle, tandis qu'en vérité je ne songeais qu'à moi :

— Tu ne vas pas attendre toute la journée dans l'aéroport, viens, on va te prendre une chambre d'hôtel.

Elle avait haussé les épaules mais s'était laissé conduire et nous étions montés ensemble dans la navette.

J'avais demandé une chambre, sorti ma carte de crédit, tapé mon code, remercié, néanmoins conscient que le tremblement me gagnait, que je perdais pied. Oui, je me souviens de ce monsieur, dirait peut-être l'homme de la réception à la police, m'étais-je imaginé tout en rangeant ma carte dans mon portefeuille, il m'a paru tout à fait normal, rien n'aurait pu me laisser supposer qu'il allait commettre un tel acte. Quel acte allais-je donc commettre ? J'avais souri de ma bêtise. Puis devant la porte de l'ascenseur, j'avais saisi María par les épaules pour lui dire au revoir.

— Je ne sais pas quand nous nous reverrons..., m'étais-je encore entendu dire de la même voix fausse.

La porte de l'ascenseur s'était ouverte et un flot de gens en était sorti.

— María, lui avais-je soudain soufflé à l'oreille, tu ne veux pas qu'on aille faire l'amour ? J'en ai très envie.

La chose m'était apparue dans la seconde où je l'avais formulée.

Elle s'était reculée pour chercher mon regard, avait semblé ne pas comprendre, puis très vite avait consenti.

— Si tu veux.

Dans l'ascenseur, le désir avait commencé à m'enflammer et je m'étais senti sauvé. Pour les deux ou trois heures à venir, j'étais sauvé. María n'avait pas cessé de me considérer de ses yeux gris pendant que je la déshabillais au milieu de la pièce, m'efforçant de ne rien précipiter, de la découvrir petit à petit, puis quand elle avait été presque nue son visage s'était empourpré.

— Viens sur le lit, avait-elle dit, croisant les bras sur ses seins nus.

Dans l'avion pour Hambourg, j'avais éprouvé la sensation de ne plus rien maîtriser de ma vie. Puisque j'étais dans cet avion, alors qu'un peu plus tôt je comptais prendre un taxi et rentrer chez moi, c'est que n'importe quoi pouvait survenir désormais. Il m'avait semblé que jamais je n'avais vécu une telle chose, lâcher prise, tout laisser partir à vau-l'eau, et cependant j'avais eu une attitude exactement inverse tandis que j'étais au lit avec María. Pour un homme en train de se noyer, j'avais été curieusement avide de tout, haletant, passionné, me retenant pour faire durer le plaisir. Et là, de nouveau, assis à côté d'elle, j'avais ressenti combien la perspective de refaire l'amour bientôt, cette nuit peut-être, me réchauffait le cœur. Cette sensation d'être complètement perdu, de n'avoir même plus d'adresse, associée cependant à un plaisir intense, presque une ivresse, je l'avais déjà connue, si. Tout cela réveillait en moi une inexplicable nostalgie. Mais à quel moment de ma vie ? Et comment pouvais-je ressentir de la nostalgie pour une situation aussi désespérée ? J'avais vaguement cherché à retrouver quel souvenir ça pouvait être, envisagé d'en parler à María, tu sais, María, c'est étonnant... mais constatant qu'elle s'était endormie, j'en avais fait autant.

Avec quelle satisfaction j'avais retrouvé sa maison d'Husum ! Je l'avais assimilée à une sorte d'asile politique que m'aurait offert un pays neutre en pleine guerre, à de longues nuits réparatrices, à des après-midi à faire l'amour et à manger des tartines dans la cuisine, au battement régulier de mon cœur, comme si plus rien ne le menaçait. Je m'étais installé dans une chambre du bas dans laquelle María venait me rejoindre à la fin de la nuit, quand une pâle clarté commençait à baigner la pièce. Esther et mes enfants me croyaient au Mexique, tandis que j'étais en Allemagne du Nord, à une heure d'avion de Villedieu. Je songeais qu'un matin, sortant du sommeil, j'allais subitement décider de rentrer, mais en même temps je laissais filer les jours dans une insouciance qui ne me ressemblait pas. Tous les matins, nous marchions avec María sur la haute digue d'herbes rases qui protège Husum (et toute cette bande de terre entre la mer du Nord et la Baltique) d'un possible raz de marée. Nous parlions peu, et pas une fois elle ne m'avait demandé ce que je comptais faire, ça n'était pas dans sa nature d'élaborer des projets, de se projeter dans le temps, je l'avais bien compris, et je pense qu'elle évitait de se poser ce genre de questions – j'étais là, avec elle, et aussi longtemps que ça durerait elle en serait satisfaite. Je savais que, quand je m'en irais, elle n'aurait pas un mot pour me retenir.

J'avais entrepris de refaire le plafond de sa chambre qui lui tombait sur la tête et, tandis que je me tenais accoudé à sa fenêtre, observant distraitement l'activité du chantier naval, tout m'était revenu du moment auquel m'avait ramené la chambre d'hôtel de l'aéroport – l'hôtel Beauséjour, à deux ou trois rues de la gare de Villedieu. Mon Dieu, comme c'était lointain ! L'année de mes onze ans ? De mes douze ans ? En plein effondrement, Toto avait découvert ce refuge et nous y avait casés. C'était septembre, les lourdes pluies d'automne, il avait juré à notre mère qu'elle ne repasserait pas un second hiver à la bougie dans la cité ouvrière mon petit je t'en fais le serment et blablabla, et blablabla, et ç'avait été le Beauséjour au retour des vacances à la mer. Nous occupions trois ou quatre chambres au sixième étage, sous les combles, et soudain nous n'avions plus reçu aucun écho de la guerre dans laquelle nous avait précipités l'expulsion. On aurait dit que plus personne ne s'intéressait à nous, que nous avions disparu de la surface de la terre. Nous n'allions pas à l'école et nous n'avions même plus besoin de faire semblant d'y aller comme l'année précédente – notre mère ne se préoccupait plus du tout de nous, elle passait ses journées au lit dans la chambre voisine, enfermée avec les petits et notre grande sœur Christine pour la consoler, et quand nous l'entendions sangloter nous nous accoudions à la fenêtre, Nicolas et moi, dans le bruit de la rue, les embouteillages, les klaxons, et nous décidions d'un jeu, généralement de lancer nos petites voitures pour voir dans quel état nous les retrouverions sur le trottoir. L'un des deux descendait et quand la petite voiture s'écrasait sur le bitume, il se précipitait, observait les dégâts et criait quelques mots en direction du sixième étage tout en secouant la main pour traduire à quel point c'était incroyable oh là là tu verrais ça ! La lente destruction de nos voitures nous mettait dans un état d'excitation proche de l'hystérie, nous passions alors le reste de la journée à dévaler l'escalier et à le remonter à toute allure, bousculant au passage les prostituées qui travaillaient dans les étages. L'hôtel appartenait à la mère du meilleur ami de Toto, André Dufreigne, que notre mère avait mis à la porte de Longchamp, enfin Toto, peux-tu m'expliquer ce que tu fabriques avec cet énergumène ? Tu as vu sa tête ? On dirait un souteneur ! – Je ne te dis pas le contraire, mon petit, il n'empêche qu'André a le cœur sur la main. Notre mère l'avait jeté dehors et maintenant nous habitions chez lui. On le croisait parfois à la réception discutant avec Toto, blond, joufflu et frisé, jovial, la chemise rose ouverte sur une large poitrine, ça va les enfants ? tandis que notre père, amaigri et pâle, se forçait à sourire et semblait d'abord ne pas nous reconnaître, puis se demander ce que nous fichions là. Nous avions vaguement conscience que ce qui nous arrivait était effrayant, que ça n'allait pas pouvoir durer, et en même temps nous nous endormions tous les soirs en dissertant sur le petit déjeuner. Tout l'hiver passé nous avions ardemment soutenu Toto contre notre mère, mais là nous ne parlions plus d'eux, nous évitions même de penser à eux. Ce petit déjeuner était un événement considérable, passionnant, et tout à fait insolite dans notre situation. Nous avions compris que Toto ne payait pas les chambres, et cependant chaque matin une femme de service portant un petit tablier blanc sur une robe noire frappait à notre porte avant de déposer sur chacun de nos lits un plateau croulant sous le café, les confitures et les croissants. Le premier jour, nous avions pensé que la dame s'était trompée et que Toto allait devoir payer pour ce festin, en plus de tous ses ennuis, et nous n'avions pas osé toucher aux croissants, nous avions juste mangé le pain, mais Toto n'avait fait aucune remarque et la dame était revenue le lendemain, puis tous les matins. Nos discussions du soir portaient sur la question de savoir s'il était meilleur de commencer par les tartines de pain beurré en gardant les croissants pour la suite, ou l'inverse. Frédéric, qui partageait notre chambre, était pour les tartines en premier tandis que Nicolas et moi défendions le point de vue des croissants. Et nous argumentions aussi sur les différentes façons de les manger, en les dépiautant, en en faisant de la bouillie dans sa bouche puis en mâchouillant cette bouillie sans l'avaler pour faire durer le plaisir, etc. Ce petit déjeuner, c'était l'événement qui illuminait nos journées, il nous permettait de continuer de croire en quelque chose de vivant, et même de délicieux, m'étais-je dit, toujours accoudé à la fenêtre et suivant distraitement l'activité du chantier naval. Tout s'était effondré autour de nous, mais il restait cette assurance que la dame frapperait à notre porte et entrerait avec nos trois plateaux. Oui, voilà, et faire l'amour avec María, c'est exactement la même chose, María a la même absence dans le regard que la dame du Beauséjour, la même inanité, la même indifférence, mais en m'offrant ses seins, son corps, elle me permet de constater que je suis encore bien vivant, alors même que je flotte comme un bouchon sur un torrent furieux.

31

C'est de nouveau septembre, les lourdes pluies d'automne, les embouteillages, les klaxons, j'ai rendu mon appartement, l'été est venu qui m'a fait oublier mes tremblements – comme c'est étrange, dans notre maison du Cantal j'ai pu dormir avec Esther sans que mon cœur s'affole comme c'est étrange, et maintenant, de retour à Villedieu, nous pouvons croire que je suis guéri. Quand je me couche auprès d'Esther, j'essaie de ne pas penser que je pourrais de nouveau trembler, certains soirs je sens mon cœur au bord de la frayeur, mais je le masse, je lui parle tout bas, je parviens à le contrôler et j'attends patiemment que le sommeil m'emporte. Parfois, c'est assez long, mais je résiste à la tentation de m'enfuir et je dompte le peureux qui somnole en moi.

Un matin, après qu'Esther est partie, enchanteresse sur ses talons Vanessa Bruno, dans son imperméable Dries Van Noten, au revoir mon chéri passe une bonne journée, je m'assois à mon bureau alors que je n'ai rien à y faire, je me demande ce que je pourrais bien écrire j'ai tellement envie d'écrire, comme je peux avoir envie d'Esther ou de María, oui, exactement, comme je peux avoir envie de l'une ou l'autre, avec la même sensualité, et naturellement je songe à ce que nous nous disons souvent avec Curtis, se mettre à écrire c'est s'asseoir devant son ordinateur et poser une première phrase, il arrive que tout le livre soit contenu dans la première phrase, de sorte qu'on peut se ronger les sangs quelques jours avant de la découvrir mais qu'ensuite ce n'est plus qu'une affaire de tricot, ou de détricotage, c'est selon, chacun a sa théorie là-dessus, mais passons passons, ça ne m'intéresse pas, et soudain je l'entends ma première phrase, celle du livre de ma vie, le seul qui compte en vérité, *À l'origine de ma venue au monde, de notre venue au monde à tous les onze, il y a l'amour que se sont déclaré nos parents*. Et soudain je l'entends. Elle est donc toujours là, intacte et bien vivante, tapie dans un recoin de ma mémoire. Que je l'appelle et aussitôt elle accourt. *À l'origine de ma venue au monde*… comment ai-je pu me perdre après une telle phrase ? Et quelle autre inventer alors que je n'ai rien su tirer de celle-ci ? Quelle autre inventer qui contienne mieux tout un livre ? Oh mon Dieu ! comment ai-je pu me perdre après une telle phrase ? Tandis que je m'interroge, je sens l'émotion me gagner, une émotion invraisemblable, subitement, portée par le souvenir de cet été sur la côte ouest des États-Unis, cet été désastreux, n'est-ce pas, et en même temps si tendre, si lumineux, je veux dire désastreux de mon seul point de vue parce qu'Esther et nos filles… et moi aussi avec elles, si heureux tous les quatre ensemble, si heureux, mais moi perdant mon livre, putain de merde, moi me délitant au fil des jours sans que rien soit dit. Et soudain, je sais ce que je vais faire, je vais attraper le dossier jaune au-dessus de mon bureau, celui qui contient le manuscrit que j'ai rangé là il y a tout juste un an en défaisant mes bagages, que je n'ai pas rouvert, que je feins d'ignorer quand je promène mon regard sur l'étagère, et je vais oser l'ouvrir, et tant pis si je tremble, et tant pis si je cours vomir dans les toilettes, parce que maintenant je dois savoir – est-ce que j'ai vraiment tenu mon livre à un moment, avant de le perdre, ou est-ce qu'il n'y a jamais eu de livre après cette première phrase si prometteuse ?

Je vois tout de suite que le livre est là, Curtis, quand le livre est bien présent, il me semble vous l'avoir déjà dit, j'adhère aux phrases dans une telle tension que ce sont elles qui rythment ma respiration et non plus le besoin vital que nous avons tous de respirer pour ne pas tomber raides morts. Je m'entends respirer au rythme de mes phrases, voyez-vous, aspirant l'air par saccades puis le relâchant de la même façon, comme si c'était le texte qui respirait à travers moi, empruntant mes poumons pour se mettre soudain à vivre et moi d'accord pour m'effacer, pour lui faire don de mes organes en échange du plaisir intense d'entendre battre son cœur. Et je songe qu'il n'y a rien à changer, que chaque mot est à sa place exactement rendant la phrase *irréductible*, puis de phrase en phrase tout mon texte *irréductible*. Je suis ébloui par les premières pages, Curtis, je m'arrête même de lire parce que l'idée me traverse subitement de vous appeler pour vous le dire, c'est moi, Curtis, vous souvenez-vous que j'avais commencé un livre avant de partir pour la côte ouest des États-Unis ? – Absolument. Vous deviez me faire lire les cinquante premières pages puis vous vous êtes embarqué dans cette aventure mexicaine à laquelle je n'ai pas compris grand-chose, je vous l'avoue, et vous ne m'avez plus donné aucune nouvelle. – Oui, eh bien c'est excellent, vous savez, je le redécouvre à l'instant, je viens de lire les quinze premières pages... – Voilà une nouvelle qui illumine ma journée. Mais le poids de votre attente me fait peur brusquement, et je renonce à vous appeler, je préfère vous faire parler dans ma tête, voyez-vous, formuler moi-même les questions et les réponses, c'est moins dérangeant, d'autant que je n'ai aucune envie de vous raconter mon *aventure mexicaine*, comme vous dites (enfin, comme je vous le fais dire), qui s'est terminée en Allemagne dans la maison de María et n'a débouché sur aucun livre, et là-dessus je replonge le nez dans mon manuscrit. C'est encore très bien, mais je pressens que ça ne va pas durer, comme si la bête en moi se souvenait du moment précis de l'accident, du choc et de l'hébétude, et petit à petit je reprends mes poumons et je me mets à haleter, de panique, Curtis, de désespoir aussi, oui, le mot n'est pas trop fort, de désespoir, et je sais bien pourquoi, c'est que d'un seul coup le texte a cessé de me résister, je pourrais y entrer n'importe où, ici ou là, et le recomposer différemment, je ne l'entendrais pas protester, je pourrais en faire tout autre chose que ce qu'il est, comme s'il n'était rien de plus que de la boue séchée, ce texte, de la boue, de la merde, pour dire les choses comme elles sont – que je jette un seau d'eau dessus et il n'en restera rien. Je suis si blessé par ce que je découvre que je me surprends à sauter des phrases, et bientôt des paragraphes entiers pour m'épargner, épargner mon cœur, ma santé, m'entendant dire tout haut sans cesser de lire oh non, non, et puis par instants, la respiration sifflante, mais plus bas, comme si on m'écoutait derrière la porte, c'est une catastrophe ! c'est une catastrophe ! Je vais appeler Curtis et le lui dire, je ne vois plus que ça dans l'état de détresse où je me trouve, excusez-moi Curtis, j'ai absolument besoin de vous parler, là, tout de suite, je ne vous dérange pas j'espère ? – Jamais. – Je suis en train de relire mon manuscrit, c'est très mauvais, c'est même effrayant... effrayant... J'ai besoin de vous le dire parce que j'ai peur de perdre les pédales, jeter le livre et me jeter avec si vous voyez. Je n'avais pas mesuré combien j'espérais... – Combien vous espériez quoi, Augustin ? – Que ça serait bien. J'essayais de ne pas y penser, mais quand j'y pensais, j'espérais, je m'en rends compte maintenant. Et c'est abominable, je crois qu'il n'y a rien à garder, ça me donne envie de mourir, Curtis, vous entendez ? – J'entends, oui. Que voulez-vous que je vous dise ? La solitude d'un écrivain est absolue, immense, ce n'est pas moi qui vais vous l'apprendre... Merci, Curtis, j'étais au courant, si c'est pour entendre ce genre d'encouragements je préfère ne pas vous appeler. Pourquoi je l'appellerais, d'ailleurs ? Pour qu'il me prenne pour plus fêlé encore que je le suis ? *La solitude d'un écrivain est absolue*, c'est bien du Curtis, ça, vous l'appelez en laissant entendre que vous pourriez sauter par la fenêtre à cause d'un manuscrit complètement raté et il vous rétorque tranquillement que *votre solitude est absolue*.

J'ai quitté mon bureau, je vais et viens dans notre grande pièce et je sens mes forces revenir. Pas complètement raté, non, pourquoi est-ce que je prends plaisir à noircir le tableau ? Peut-être trente ou trente-cinq pages excellentes. Oui, vraiment excellentes. À ce moment-là je vois à quelle allure s'échafaude le plan qui va sauver mon livre, et me sauver. Je vais remonter calmement tout le texte jusqu'au moment de l'accident, entrer dans l'accident et trouver la phrase qui m'a précipité dans le fossé, il y en a forcément une, une phrase qui m'a jeté sur le bas-côté et à partir de laquelle je me suis mis à labourer stupidement comme un homme désemparé.

Je suis tendu comme un ressort quand je me réinstalle à mon bureau. Remonter tout le texte jusqu'au moment de l'accident, comme on remonterait le cours d'une rivière, c'est une image, bien entendu, car on ne peut pas lire à l'envers malheureusement, de sorte que je recommence ma lecture depuis ma première phrase si prometteuse *À l'origine de ma venue au monde*, et que je la poursuis dans un état de tension proche de l'infarctus, le livre se remettant aussitôt à respirer à travers moi, son cœur à battre dans le mien, et soudain j'y suis, je vois combien cette phrase est flottante, incertaine, tandis que celle qui la précède immédiatement d'une nécessité absolue. Comme j'aimerais me souvenir à quel moment je l'ai écrite, la flottante, je veux dire. Sûrement sur la côte ouest des États-Unis, le premier matin, après avoir erré dans cette maison ridicule en me demandant où je pourrais bien m'installer pour travailler. Oui, sûrement sur la côte ouest des États-Unis, mais aussi bien c'est à Villedieu, après avoir commis la bêtise de répondre au téléphone, m'imaginant que ça pouvait être Curtis, et être tombé sur le type de l'agence immobilière. Un moment d'inattention et vous perdez votre livre.

Comme ces deux dernières phrases sont justes *Cependant certains soirs, si parfaitement comblée dans les bras de Toto, elle s'en veut de ses reproches. Il n'est pas lieutenant de vaisseau, il n'a ni chauffeur ni décorations, mais il a le romantisme de Gérard Philipe*. Nous habitons Bizerte, parmi les officiers de marine de ce port militaire, notre mère si belle est courtisée par quelques jeunes commandants héroïques, mais elle aime néanmoins Toto qui s'est planqué durant toute la guerre et elle s'apprête à concevoir avec lui son quatrième enfant (c'est-à-dire moi) sans l'avoir plus désiré que les précédents. Je retrouve dans mon livre, aujourd'hui publié, ces deux dernières phrases intactes, mais j'ai jeté la suite, de sorte que j'ai perdu à jamais la phrase de l'accident. Quel dommage, j'aurais tellement aimé pouvoir conserver la photographie du moment où mon livre a failli mourir, inanimé dans le fossé, la faire encadrer et la suspendre au-dessus de mon bureau.

Mais je jette la suite, oui, et, sans y prendre garde, presque machinalement, je me remets au travail, j'écris la phrase suivante *La quatrième grossesse de maman, annoncée au printemps 1949, met un terme à la vie mondaine de nos parents* (chacun peut ainsi remarquer, et moi le premier, avec quelle habileté j'évite la scène de ma conception).

J'écris, je revis. Après une année d'errance où je n'aurai pratiquement fait que trembler, je reprends le livre de ma vie à l'endroit même où je l'avais perdu. Je me souviens seulement que c'est un matin pluvieux de septembre.

Alors on dirait que rien ne peut plus m'atteindre. À deux ou trois reprises, María Esperanza me téléphone d'Husum, mais je ne la rappelle pas, j'oublie. Vers quinze heures je m'arrête, et comme je grelotte je passe mon gros manteau d'hiver et je file au Monoprix faire les courses avec ce caddie crasseux qui fait honte à nos filles. Je suis de nouveau cet homme blême et souffreteux qui sursaute lorsqu'une amie d'Esther l'aborde joyeusement, ça va, Augustin ? Je te regardais venir, tu n'as pas l'air bien. Tu es malade ? – J'ai très froid, je crois que j'ai un peu de fièvre. – Forcément, avec toute cette pluie. – Voilà, oui, j'ai dû attraper la crève. – Soigne-toi bien. Embrasse Esther, dis-lui que je l'appelle un de ces jours. – D'accord. – Bon, je ne t'embrasse pas, avec le boulot que j'ai il ne manquerait plus que je tombe malade... Mais en rentrant du Monoprix je vais très bien, j'enfile ma tenue de vélo et je m'élance sur mon *Dangre*. Je souris en songeant que si je croisais l'amie d'Esther à ce moment-là, elle me prendrait pour un sale con de comédien.

Je vais mettre exactement douze mois à écrire ce gros livre, près de six cents pages, je le reprends en septembre et le finis à la fin du mois d'août de l'année suivante, et de cette année je n'ai pratiquement aucun souvenir autre que ceux qui s'attachent à la naissance de ce livre. Je me revois en train de pleurer au milieu d'un chapitre, le quinzième, celui où je raconte comment mon petit frère s'est fracassé le visage sur le bidet en basculant avec notre vieille chaise de bébé à boulier, le visage de Clément baignant dans le sang et notre mère tournant sur elle-même comme une toupie sans cesser de hurler, et moi qui me mets à trembler et à pleurer, et personne pour nous aider, et finalement notre mère ou moi, je ne sais plus lequel des deux, se décidant à ramasser Clément qui se noie, et ensuite toute cette journée d'automne, oh ! comme je déteste l'automne, où aucun hôpital ne veut de nous, notre mère qui ne fait plus maintenant que sangloter silencieusement au-dessus du visage complètement démoli de son dernier enfant, le onzième, et moi qui suis là comme son mari, n'est-ce pas, et le chauffeur de taxi qui avait peur pour ses sièges au début, avec tout ce sang, et qui ne veut plus qu'on le paye à la fin tellement ça coûterait cher, ne vous faites pas de souci, madame, je vais vous y conduire, voyez, ça ne vous coûtera rien, j'ai coupé le compteur, ne vous faites pas de souci. Je me revois certains après-midi me levant subitement de mon bureau pour filer dans cette cité ouvrière où nous avons vécu à la bougie et où notre mère est devenue folle petit à petit. Enfin folle, je ne sais pas, mais terrifiante, véritablement terrifiante, bondissant sur Toto pour lui lacérer le visage, menaçant de se trancher les veines ou de se balancer par la fenêtre… Je veux revoir la pièce où je l'ai vue se cacher sous l'armoire, une nuit. Je suis en train d'écrire la scène et soudain je veux revoir la pièce, je veux savoir si je vais encore avoir aussi peur, tant d'années après, cette nuit où j'ai pensé que mon cœur allait s'arrêter parce qu'elle était venue s'allonger là, tout près de moi, sous l'armoire, pour faire croire à Toto qu'elle avait bel et bien disparu cette fois et obtenir peut-être que le cœur de Toto finisse par se briser complètement, comme le mien, comme le mien. Je suis en train d'écrire la scène et soudain je veux savoir si je vais encore avoir aussi peur, tant d'années après, si bien que je retourne à vélo dans cette cité ouvrière où nous sommes tous morts, l'année de mes dix ans, avant de renaître différents, au point que les gens que nous fréquentions avant l'expulsion ne nous reconnaîtront plus quand nous les croiserons par hasard, et que d'autres détourneront le regard comme si nous leur faisions peur. Je m'assois près de mon vélo sous nos fenêtres et j'attends de voir la tête des gens qui habitent à notre place. Je ne veux pas sonner sans savoir qui va m'ouvrir.

Tandis que j'écris ce gros livre, je reviens à plusieurs reprises dans la cité ouvrière, mais aussi à Longchamp où je m'assois de la même façon sous nos fenêtres, songeant que j'aimerais sonner et que les gens qui habitent à notre place acceptent de me faire entrer. Je voudrais revoir la chambre que je partageais avec Frédéric et Nicolas, et surtout le bureau de Toto où certains dimanches après-midi pluvieux nous, les enfants, nous installions pour jouer sur le tapis tandis que notre mère feuilletait *Paris Match* dans le fauteuil et que notre père remplissait des papiers pour son travail. Ce sont des scènes que j'avais oubliées, notre mère feuilletant *Paris Match* comme une femme absolument normale et faisant de temps en temps une réflexion sur la guerre d'Algérie, mon Dieu ces Arabes ! Même les bêtes… Peux-tu m'expliquer, Toto, comment la France en arrive à se faire humilier par ces horribles bicots ? Tu as vu ce malheureux capitaine qu'ils retiennent prisonnier ? – Ne m'en parle pas, mon

Minou, j'en suis malade, des scènes qui me reviennent en écrivant et me précipitent soudain dans le désir intense de revoir les lieux qui les ont abritées, comme si les murs avaient pu conserver la mémoire des miens, notre mère en ce temps-là encore sous le charme de Toto, Toto encore libre de faire l'important à son bureau avant que tout s'effondre, Christine se tricotant une écharpe, Frédéric à plat ventre devant un puzzle et Nicolas faisant le bruit d'un moteur pour faire rouler son camion, Nicolas qui voulait être ferrailleur, ou garagiste, et notre mère qui feignait d'en rire.

Ni à Longchamp ni dans la cité ouvrière je ne sonne finalement. Quelque chose m'en retient, le désir de continuer d'imaginer peut-être, de sorte qu'inlassablement je reviens sous nos fenêtres. La seule porte à laquelle j'ose frapper est celle de Thérèse, Thérèse que Toto avait embauchée quelques jours avant l'expulsion pour remplacer Josépha que notre mère voulait foutre par la fenêtre, mon Dieu ce que cette pauvre fille peut être bête, Thérèse qui pensait que nous étions une vraie famille catholique de Longchamp et qui nous découvre dans la cité, notre mère hébétée errant au milieu des caisses du déménagement qui êtes-vous ? Qu'est-ce que vous fichez là ? – Je suis la nouvelle bonne, madame, les petits apprenant à ramper dans les flocons de poussière, à se débrouiller par eux-mêmes, désormais, et Toto sur tous les fronts, le visage gris et plein de tics, mon Minou je t'en conjure, tiens le coup, c'est l'affaire d'un ou deux mois et je t'installe allée de Bagatelle, j'ai visité l'appartement, le type de l'agence immobilière est épatant, il se met en quatre pour nous tirer de là, Thérèse qui est dupe comme notre mère, au début, qui croit sincèrement que dans deux mois nous habiterons allée de Bagatelle, puis qui n'est plus dupe du tout mais qui néanmoins reste avec nous trois années durant sans être payée, simplement parce qu'elle a pitié de nous, je crois, ou qu'elle aime secrètement Toto peut-être, elle qui a vingt ans et lui seulement quarante. Thérèse qui me reçoit comme si j'étais son petit frère dans sa maison de Bretagne. J'ai pris une chambre d'hôtel, chaque jour je passe la voir et nous parlons de notre mère, de Toto, des petits, de nous les grands. Tout cela l'a fait rire aujourd'hui est-ce que tu ne dramatises pas un peu, Augustin ? Certains jours on rigolait bien avec ton père, tu sais. – Avec maman aussi on rigolait ? – Non, mais ta mère il faut se mettre à sa place...

Puis je retourne à mon bureau et me remets à écrire. Je suppose qu'Esther ne m'inspire plus d'effroi puisque je n'ai pas conservé le souvenir, cet hiver-là, d'avoir dû m'enfuir au milieu de la nuit. Je suppose que je suis de nouveau capable de lui faire l'amour, bien que ma mémoire ne me restitue aucune image de notre vie sexuelle. Je me rappelle en revanche mon inépuisable curiosité pour ce que j'écris, ce qui me vient sans prévenir, et mon incrédulité au fil des mois devant l'ampleur de mon livre, sa force, sa beauté parfois, tandis que plus il me dépasse et s'élève, plus j'ai le sentiment de m'enfoncer dans la boue, de me noyer dans tous les liquides infects dont nous sommes faits – quatre-vingt pour cent d'humeurs nauséeuses pour vingt pour cent seulement de solide, n'est-ce pas ? Qui pourrait croire que l'homme enfermé dans les toilettes certains matins, pris de vomissements ou de diarrhées, de saignements de nez ou de sanglots, tout le corps secoué de tremblements, est celui qui écrit jour après jour ce gros livre ? Et voilà, ça me saute aux yeux subitement, ce que je trouve salvateur dans notre destinée commune si peu enviable c'est ce *jour après jour*, cet entêtement en somme, qui explique qu'en dépit de notre condition nous soyons capables d'édifier des monuments dont la puissance nous stupéfie – et nous supplante.

Au revoir mon chéri écris bien (tourbillonnante et ravissante, déjà attendue je ne sais où). Dans mon souvenir, elle ne me pose jamais aucune question sur ce que je fabrique, attablé devant mon ordinateur depuis des mois, entouré de dizaines de photos des miens, à Bizerte, à Luchon, à Bordeaux, à Longchamp, de trois ou quatre loupes, des lettres d'insultes de mon frère aîné, de photos de Cécile et d'elle, Esther. Tout le mur qui surplombe mon bureau recouvert d'autres photos d'elle encore. Il m'arrive de m'interrompre d'écrire pour scruter soudain son visage, de détacher une photo et de l'examiner à la loupe, puis au compte-fils, parce que j'ai cru repérer quelque chose que je n'avais pas vu qui me révélerait un peu de son secret, mais non, je suis toujours déçu, je connais tout de son visage, c'est peu dire que je l'aime, qu'il éveille en moi une émotion intense que les années n'ont pas entamée, et cependant je devine un autre visage dissimulé sous le sien que je n'arrive pas à saisir. Je pressens que celui-ci me considère froidement par moments, comme si je lui inspirais un peu d'ennui, ou de mépris, et alors je suis pris d'une sourde peur parce qu'aussitôt je repense à notre mère se cachant sous l'armoire pour briser le cœur de Toto, à cet autre visage de notre mère que j'ignorais jusqu'à cette nuit terrible, la nuit où je suis mort, en fait, rusé, mauvais, calculateur.

Au revoir mon chéri écris bien, mais jamais aucune question sur ce que j'écris ni sur ce que je fais tous les après-midi sur mon vélo. Parfois, le soir, je dis très vite en mettant la table, tu sais Esther je suis retourné voir la cité ouvrière où ma mère est devenue cinglée. – Ah oui ? rétorque-t-elle distraitement, absorbée dans son téléphone, mais elle ne me demande pas où se trouve la cité ni si elle pourrait m'y accompagner un jour. Je songe que ça ne l'intéresse pas, que *je* ne l'intéresse pas, mais je m'en arrange, comme je m'arrange qu'elle lise le journal quand nous prenons notre petit déjeuner ensemble. Je songe qu'elle me manque souvent de respect (tiens, comme notre mère manquait de respect à Toto, ça me frappe soudain), qu'elle n'a aucune éducation, mais que je l'aime comme elle est voilà tout.

Un matin, cependant, elle me montre brusquement son autre visage et j'en suis sidéré. Ça n'est arrivé qu'une ou deux fois en près de vingt années, mais si furtivement que j'ai douté par la suite l'avoir vu. Elle entre pour me dire au revoir, c'est bientôt l'été, je suis sur la fin de mon livre, et soudain quelque chose déborde en elle qu'elle ne parvient pas à contenir.

— Tu vas l'entretenir longtemps ton mausolée ?

Il me semble qu'elle ricane intérieurement et que là, dans la seconde, elle est si énervée qu'elle se fiche bien de se dévoiler. Sarcastique comme je ne l'avais jamais vue. Tu le cherches depuis des années mon autre visage, hein, avec toutes tes loupes de crétin, de maniaque ? Eh bien le voilà, regarde-le bien, semble-t-elle me dire.

— Mon *mausolée* ?

— Toutes ces photos de moi... c'est complètement ridicule à la fin.

— Mais Esther...

C'est moi qui suis ridicule, ne trouvant plus mes mots, sur le point de lui dire mais Esther, toutes ces photos, c'est la preuve que je t'aime, que tu n'as jamais cessé de m'occuper.

— Bon, enfin ça te regarde, à ce soir, je suis en retard.

32

À l'automne, l'effroi que m'inspire Esther resurgit intact. J'essaie de contenir l'affolement de mon cœur que je sens croître à la tombée du soir, mais je n'ai plus mon livre pour m'en distraire, je n'ai plus aucun endroit où me réfugier, de sorte qu'après le dîner je m'enfuis à vélo à travers Villedieu. Le spectacle des fenêtres illuminées sur les larges avenues silencieuses me réconforte. Dans le quartier bourgeois du Parc, il m'arrive de m'asseoir sur un banc et de suivre le coucher d'une famille, toujours la même, les quatre enfants en robes de chambre écossaises venant embrasser leurs parents installés au salon, les chambres qui s'éteignent l'une après l'autre, puis les parents qui songent eux aussi à se mettre au lit, la mère qui se lève la première et adresse quelques mots à son époux qui sort aussitôt le nez de son journal, *entendu ma chérie, je ne vais pas tarder non plus*, s'aiment-ils encore ? en tout cas ils s'y efforcent puisqu'elle vient immanquablement déposer un baiser sur le front de l'homme avant de disparaître, probablement en direction de la salle de bains, parfois le mari reste là et c'est moi qui finis par m'en aller, surpris par le froid ou la pluie, mais le plus souvent il file la rejoindre après un petit quart d'heure, et jamais il n'éteint, si bien que je peux apercevoir une dernière fois sa femme traversant le salon dans un déshabillé ivoire, les cheveux défaits, plutôt jolie, me semble-t-il. Je me demande comment ils s'y prennent pour faire l'amour, si l'un doit solliciter l'autre, s'ils se sont enfermés sans le vouloir dans une sorte de protocole qui petit à petit va éteindre le désir, ou s'ils sont encore suffisamment complices pour se dispenser de mots et se sauter dessus en haletant comme au début de leur Maríage. Je me demande. Puis invariablement je repense à nous, comment a-t-on pu passer de notre nuit de noces à Luc-sur-Mer à l'état de détresse où je me trouve au point de rouler la moitié de la nuit dans Villedieu endormi ?

À mon retour, la maison est silencieuse, et je m'endors sur le canapé dans notre grande pièce. Mais parfois je suis tenté de me glisser dans notre lit auprès d'Esther, j'y ai pensé en pédalant, me remémorant combien c'était facile les premières années, que l'un ait du désir et aussitôt on s'enlaçait, on se donnait du plaisir, ne comprenant pas ce qui a pu me précipiter dans cet état de peur, peur d'Esther, comment est-ce possible ? rêvant si fort que tout redevienne comme avant qu'il me semble que je vais y arriver si je n'y pense pas trop, si je me mets au lit comme autrefois, insouciant, le cœur léger, n'ayant rien prémédité, et c'est ce que j'essaie de faire, je me déshabille tranquillement dans la salle de bains et me brosse les dents, je feins d'être indifférent au tremblement qui me gagne et j'entre dans notre chambre, et je me glisse dans notre lit, oh mon chéri !, soupire-t-elle en se réveillant vaguement et en se collant contre moi, alors je l'enlace, j'enfouis mon visage dans ses cheveux, je songe qu'à ce moment-là c'est exactement comme autrefois quand nous faisions l'amour au milieu de la nuit dans un demi-sommeil, si ce n'est que quelque chose en moi, tout au fond de moi, pressent un danger terrible et que je ne peux pas, que cette chose m'interdit de prendre Esther, et qu'à présent la tenant dans mes bras je tremble tellement qu'elle doit évidemment s'en apercevoir, et aussi entendre cogner mon cœur puisque ses coups se répercutent jusque dans mes genoux, j'entends cogner ton cœur, Augustin, et tu trembles, jamais je ne t'ai vu trembler comme ça, on dirait que tu as peur, mais de quoi as-tu peur, mon chéri ? – Je ne sais pas, Esther, je ne sais pas... Oh, pardonne-moi, je ne peux pas rester... Et un moment plus tard je me lève d'un bond et m'enfuis, je sauve ma peau. C'est ce à quoi je pense, allongé à plat dos sur le canapé, me massant doucement le cœur, récupérant lentement, j'ai sauvé ma peau mais j'ai bien failli mourir, d'ailleurs je vais finir par en mourir, c'est inévitable, mon cœur ne va pas tenir, mon Dieu comment est-ce possible ? Esther que j'aime et que je ne peux plus toucher, comment est-ce possible ? Je suis sûrement malade, cinglé comme notre mère, je vais finir enfermé.

C'est au lendemain d'une telle nuit que nous nous retrouvons près du cabinet d'Esther pour manger une salade. Elle me semble étonnamment plus petite que d'habitude, le visage comme aiguisé. Elle m'observe en train de m'asseoir, et il se peut que je frissonne intérieurement car aussitôt je me souviens – un petit animal cruel aux dents acérées, au retour de Luc-sur-Mer la première fois *moi je détruis tout ce que je touche, tu me fais bien rire Augustin, tu me fais bien rire, tu fais l'homme, tu te donnes des airs, si tu savais tout ce qui me traverse tu ne dirais pas que c'est une chance de m'avoir rencontrée.*

— Tu sais, Augustin, ça commence à m'atteindre.

Penchée en avant au-dessus de son assiette, un masque douloureux sur le visage.

— À t'atteindre... Que je ne puisse plus dormir avec toi ?

— Oui.

— Ne me dis pas ça, Esther, je t'en supplie, c'est la seule chose que je ne peux pas entendre en ce moment. Tant que je te sens solide, je peux tenir, mais si tu perds confiance...

— C'est comme si tu avais une véritable phobie de moi.

— Ça ressemble à ça, oui, mais c'est autre chose, tu sais bien que c'est autre chose, tu sais bien combien je t'aime. Ne pense pas que c'est une phobie de toi, Esther, c'est trop affreux, je t'en supplie, ne le pense pas, sinon jamais je ne vais pouvoir guérir, jamais nous n'allons pouvoir nous retrouver.

— Mais on dirait que je te fais peur.

— Esther, comment pourrais-tu me faire peur ? Comment pourrais-tu...

Mais je n'avais pas pu finir, je m'étais levé et j'étais parti parce que j'allais me mettre à pleurer dans le restaurant. Avec quelle facilité je pleurais, désormais, comme si je n'étais plus qu'un sac de larmes.

Aujourd'hui, tandis que j'écris cette scène dans mon appartement du petit Trocadéro, je souris avec une forme d'apitoiement, presque de condescendance pour l'homme que j'étais devenu, l'ombre de lui-même, émasculé et tremblant, survivant dans la crainte de perdre Esther, alors qu'Esther était perdue depuis longtemps, bien sûr, probablement depuis cette nuit à Turin où pour la première fois elle avait pu constater que je tremblais en lui faisant l'amour.

Pour ne pas m'avouer l'inavouable, qu'Esther est bien l'objet de ma peur, de ma phobie, oui (le mot n'est pas trop fort), je continue de m'accrocher à une prétendue maladie mentale que m'aurait léguée notre mère, à moins, me dis-je, que ma peur d'Esther soit l'écho dévastateur de la terreur que m'a inspirée notre mère au lendemain de l'expulsion et jusqu'à sa mort, mais ça revient à peu près au même.

— Dites-moi, Augustin, ça vous dirait de travailler avec Elena Dobratchev ?

— La cantatrice ?

— Je n'en connais pas d'autres.

— Mais Curtis, Elena Dobratchev, j'ai fait le voyage jusqu'à Milan rien que pour l'écouter…

— Eh bien, vous voyez, la vie n'est pas si mal faite, finalement.

— C'est sérieux ? Je suis là sur mon vélo, sous la pluie, et vous m'annoncez que je vais rencontrer Elena Dobratchev.

— Dans mon esprit, vous n'allez pas seulement la rencontrer, vous allez l'aider à écrire ses Mémoires.

— J'avais compris, oui. C'est une nouvelle qui m'illumine, Curtis.

— Je l'espérais. Quand voulez-vous venir, qu'on organise un peu les choses ?

Curtis qui est le seul à savoir que je passe mes nuits sur mon vélo, que j'envisage de mourir assez rapidement d'un arrêt cardiaque (je le lui répète à chacun de nos déjeuners) et qui me propose néanmoins d'écrire les Mémoires d'Elena Dobratchev. Il publiera mon prochain roman au printemps, cette autobiographie de six cents pages qui a bien failli me tuer, et lors de notre dernière rencontre je m'étais demandé devant lui comment j'allais occuper l'hiver, j'étais épuisé, je n'avais provisoirement plus rien à écrire et je ne dormais plus, voulez-vous que j'essaie de vous trouver quelque chose, Augustin ? – Je veux bien, oui.

Elena Dobratchev ne chante plus. Elle a dû quitter Moscou deux ans plus tôt après qu'un homme a tenté de l'étrangler dans le hall de son immeuble et lui a endommagé les cordes vocales. À plusieurs reprises, elle avait accusé Vladimir Poutine d'être l'assassin de la journaliste Anna Politkovskaïa qui était son amie. Elle habite à présent Reykjavik à l'invitation de l'ancienne présidente de la République, Vigdis Finnbogadottir, qui lui a fait attribuer la nationalité islandaise.

Appuyé sur son aile droite, l'avion décrit de larges cercles au-dessus de Reykjavík comme s'il espérait un signe, qu'on lui indique où se poser peut-être, enfin c'est moi qui imagine ces choses idiotes, que le pilote est perdu, qu'il se peut que nous nous écrasions, et aussitôt j'en éprouve un soulagement furtif, oh oui, mon Dieu, faites que tout cela s'arrête enfin, faites que tout cela... il est à peine deux heures de l'après-midi et déjà les rues sont illuminées, vues du ciel on dirait des rivières de diamants, les voitures minuscules jetant des éclats rouge et or, déjà la ville s'apprête à replonger dans la nuit ah tiens voilà l'aéroport, il n'est pas si perdu que ça, le pilote, des flaques de lumière jaune sale sur la neige, un chasse-neige qui fonce sur le tarmac juste en dessous de nous, soulevant des gerbes de glace, et brusquement notre avion qui bascule sur l'autre aile, bien trop brusquement pour que ça soit normal, bien trop brusquement, le pilote a dû voir le chasse-neige au dernier moment et prendre peur, merde qu'est-ce qu'il fout là celui-ci ? et de nouveau je songe que nous pourrions nous écraser, et de nouveau j'en éprouve un soulagement furtif, oh oui mon Dieu... qu'est-ce que j'ai avec le bon Dieu ces temps-ci ? je régresse, je reviens à ma petite enfance, Dieu qui nous attend prétendument là-haut, je suis ravie de faire votre connaissance, Augustin, j'ai vu que vous aviez beaucoup écrit déjà, Elena Dobratchev dans un français parfait, au téléphone, la veille de mon départ, c'est-à-dire hier, mais oui, *hier*, c'est dingue comme on perd la notion du temps en avion, Elena Dobratchev dont j'ai tous les enregistrements dans mon bureau, Esther qui a fait un effort pour sourire quand elle a su, levant les yeux de son écran, c'est un beau projet mon chéri, pars l'esprit tranquille, je suis certaine qu'au retour tout ira mieux, j'aimerais tant que tu apprennes à aimer la vie, et d'un seul coup ça y est, trois ou quatre coffres à bagages qui s'ouvrent, une valise qui s'abat dans l'allée centrale, la carlingue qui va se rompre, c'est évident, l'hôtesse attachée devant moi qui ferme les yeux sous son petit calot et pince ses narines délicates, *j'aimerais tant que tu apprennes à aimer la vie*, le regard d'Esther absolument indifférent à ce moment-là, puis le nez de l'avion qui s'abaisse et non, la carlingue a tenu, et maintenant dans le vrombissement assourdissant des réacteurs inversés le pilote qui semble godiller maladroitement, comme s'il était ivre, toutes nos têtes qui ballottent ridiculement de droite à gauche, mais c'est la piste qui doit être recouverte d'une épaisse croûte de glace. Oui, voilà, tout va bien, il est 14 h 20 en heure locale et nous venons d'atterrir sur l'aéroport international de Reykjavík-Keflavík, merci d'avoir choisi notre compagnie pour effectuer ce vol. Tandis que l'avion cahote jusqu'à son aire de stationnement le pays entre déjà dans sa longue nuit.

Elle m'ouvre, et immédiatement je la reconnais. Son sourire, son regard silencieux et bienveillant en me découvrant. Je le lui dis aussitôt. Je lui dis que j'ai appris l'opéra à près de quarante ans en l'écoutant interpréter Violetta dans *La Traviata* (je n'ose pas lui avouer que je n'avais qu'une version tronquée de l'œuvre de Verdi offerte à Cécile par je ne sais qui, Cécile qui n'avait même jamais sorti le CD de sa boîte, et c'est moi, descendant un jour de mon bureau vers trois heures de l'après-midi et tombant dessus qui l'avais glissé dans le lecteur sans trop savoir), j'étais au milieu de mon premier roman, voyez-vous, rendu très nerveux par ce que je venais d'écrire, et soudain votre voix m'a précipité dans une émotion intense, comment vous expliquer, j'étais en train d'assassiner ma mère sans une larme, me surprenant même parfois à ricaner, et voilà que vous, Elena, me permettiez d'être ému. Le jour même, je suis allé m'acheter la version intégrale de *La Traviata* avec vous dans le rôle de Violetta, bien entendu, et constatant que vous chantiez aussi dans *Norma*, j'ai également pris cet opéra. Je vous dois beaucoup, Elena, parce qu'ensuite chaque jour après avoir écrit je me suis mis à écouter de l'opéra, et cela depuis près de vingt-cinq ans maintenant. À l'origine de cette émotion... non, ça je ne peux pas vous le dire, plus tard peut-être. Pardonnez-moi, j'arrive juste et je ne vous laisse pas placer un mot.

– Tout ce que vous me dites me touche beaucoup. Entrez, donnez-moi votre manteau. Voulez-vous une soupe chaude ? Dans ce pays il n'y a pas d'heure pour la soupe.

Elle m'entraîne dans sa cuisine et me prie de m'asseoir. Maintenant, je suis confus d'avoir parlé de moi, au temps où je n'étais pas malade jamais je n'aurais fait une chose pareille. Je l'observe de dos qui remue tranquillement la soupe sur le gaz. Elle est née à Leningrad pendant le siège, elle pourrait être ma grande sœur. Un air de Nastassja Kinski sur le coffret de ses disques, aujourd'hui rattrapée par les années, les cheveux devenus gris tirés dans un chignon, oui mais l'éclat du regard, tout à l'heure il m'a bien semblé... j'aimerais qu'elle se retourne, et voilà, elle le fait, elle se retourne.

— J'allais vous demander pourquoi vous vous intéressez à moi, Augustin, mais vous m'avez déjà répondu, n'est-ce pas ?

Elle sourit, j'acquiesce silencieusement. Je dirais que la lumière a presque complètement disparu de son visage mais qu'il n'est pas difficile pour quelqu'un comme moi qui l'a passionnément observée depuis vingt ans (avec ma loupe, certains jours) de retrouver la jeune femme ardente et lumineuse qu'elle fut.

— Comment est la vie ici ?

Elle prend le temps de nous servir la soupe, et encore debout au-dessus de moi :

— La vie ici est absolument sans intérêt, mais ici ou ailleurs la vie n'a plus beaucoup d'intérêt pour moi depuis que je ne peux plus chanter.

C'est exprimé si radicalement que je reste suspendu à son regard sans rien répondre.

— Continueriez-vous d'aimer la vie si vous ne pouviez plus écrire ?

— J'ai déjà bien du mal à l'aimer en écrivant, dis-je en riant.

Elle sourit, se décide à s'asseoir.

— J'ai vécu avec un écrivain, vous savez. Lui disait que l'écriture l'empêchait de tomber dans la dépression… Vous avez une femme ? des enfants ?

— J'ai tout cela, oui.

— Et vous aimez votre femme ?

— Je suis très amoureux.

— Alors de quoi vous plaignez-vous !

Elle n'attend pas de réponse, porte sa cuillère à la bouche.

— Vous aimez ? La soupe je veux dire…

— Ah oui, oui, merci. J'aime bien aussi cette pièce, votre cuisine. Nous pourrions travailler ici, non ?

— Si vous voulez.

J'installe mon petit magnétophone entre nos deux bols de soupe et je lui demande si elle se souvient de ses grands-parents.

Après trois ou quatre jours seulement nous éprouvons tant de plaisir à être ensemble que je reste dîner le soir, ne rejoignant mon hôtel qu'après onze heures. Elle me dit que personne ne l'a jamais écoutée avec autant de curiosité et que grâce à ma présence elle a le sentiment de se recomposer, de se *recoller*, c'est le mot qu'elle emploie, comme si elle était une porcelaine en morceaux. Si je l'écoute avec une telle avidité, c'est que pour la première fois une femme me fait entrer profondément dans les méandres de ses pensées, de ses désirs, évoquant toujours abruptement, et même assez crûment, les ambivalences de son cœur et de son sexe. Elle me raconte la première fois avec le seul homme qu'elle a épousé, à dix-neuf ans, et sa déception. Quelques jours après leur nuit de noces elle renoue avec une amie de l'Académie de musique et elles deviennent amantes.

— Je disais à mon mari que j'aurais aimé qu'il soit un peu plus féminin mais il ne comprenait pas. Je crois qu'il prenait cela pour une insulte. L'idéal serait d'avoir dans son lit un homme et une femme, vous n'êtes pas de mon avis, Augustin ?

— Je ne sais pas, je vous écoute.

— Puisque la plupart des hommes sont si bêtes. Les moments que je préférais c'est quand il était impuissant, qu'il n'y arrivait pas – tu vas me faire l'amour comme si tu étais une femme, je lui disais, ça va être délicieux, à la fois bien plus tendre et bien plus long... Mais jamais il n'a pu se laisser aller, il ne voulait pas du tout être une femme. Il se mettait en boule comme un animal blessé et ne bougeait plus. Pourquoi les hommes sont-ils si démunis quand ils n'ont pas d'érection ?

Elle n'a eu qu'un enfant avec son mari, elle est une jeune mère de vingt-cinq ans, peut-être, quand un soir à la sortie du théâtre elle est approchée par un homme qui lui glisse sa carte à l'instant où le chauffeur de taxi la fait monter.

Elle accepte l'invitation à déjeuner parce que l'homme est un écrivain dont le nom lui dit quelque chose.

— Il prétendait m'aimer éperdument, il me l'a dit tout de suite, dans les premiers moments où nous étions au restaurant, et pourtant il ne savait absolument rien de moi. Il n'avait fait que m'écouter chanter, tous les soirs il était au théâtre pour m'écouter – j'interprétais Gilda, la fille espiègle et aimante de *Rigoletto*.

— Il vous aimait à travers l'émotion que vous lui transmettiez.

— Oui, voilà, j'ai pensé qu'il aimait une émotion, qu'il ne m'aimait pas, moi, et je le lui ai dit, je me suis même un peu moquée. Je le regrette aujourd'hui.

— Vous incarniez cette émotion, donc il aimait bien quelque chose de vous…

Elle ne relève pas et boit silencieusement son thé.

— Au début de notre liaison, avant que je quitte mon mari, nous nous retrouvions chez lui l'après-midi. Il m'ouvrait et je devais aussitôt lui chanter quelque chose. Après, il se levait et me prenait dans ses bras.

Elle se tait.

— Il tremblait, ajoute-t-elle plus bas.

— Il tremblait ?

— Oui, comme si j'étais un trésor. Je crois que c'est ce tremblement qui a fait que je l'ai tellement aimé. Cette émotion qu'il ne pouvait pas contenir.

On s'allongeait, il me gardait dans ses bras et nous ne bougions plus. Puis c'est moi qui l'ai pris dans les miens, petit à petit, et parfois il s'endormait. Il était toujours fatigué parce qu'il écrivait depuis les premières heures du jour. C'était un moment délicieux.

L'espace d'un instant, la lumière d'autrefois illumine son visage.

— Il est l'homme que j'ai le plus aimé, poursuit-elle, celui avec lequel j'ai eu le plus de bonheur, de plaisir aussi, ça n'était jamais fini, nous pouvions passer des après-midi entiers à nous étreindre, à nous caresser. On ne s'habituait pas l'un à l'autre, tout continuait d'être bouleversant entre nous. Par la suite, je n'ai plus jamais connu ça.

— Et il n'a pas écrit sur vous ?

— Si. Je n'ai lu le livre qu'après sa mort, et ça n'était pas une bonne idée. Il remonte à son enfance pour découvrir la place qu'y a tenue le chant et pourquoi ma voix... ma voix précisément... j'aurais préféré ne pas le lire, ne pas savoir, continuer à me nourrir de ce mystère. Lui voulait comprendre, il disait qu'il était empêché de m'aimer *comme un homme doit aimer une femme* par cette émotion qui le paralysait. Je lui expliquais tout bas combien cette émotion me touchait, au contraire, qu'elle était sans doute ce qui me liait à lui le plus profondément, le plus sûrement, mais il ne m'a jamais complètement crue. Il a écrit ce livre et très peu de temps après sa publication il a été tué dans un accident de voiture.

— Vous auriez préféré qu'il emporte avec lui son secret.

— Oui, parce que je pouvais prêter à son tremblement les explications les plus belles, les plus troublantes. Toutes faisaient de lui un homme différent des autres, et toutes me grandissaient à mes propres yeux. J'étais ce trésor qui le faisait trembler, nous écrivions ensemble une histoire d'amour extraordinaire. Quand j'ai lu son livre et découvert l'origine de tout cela, combien c'était insignifiant, des choses minuscules de l'enfance, n'est-ce pas, j'ai pensé que nous avions construit une cathédrale sur du sable mouvant, que nous nous étions nourris mutuellement d'illusions et qu'il n'allait rien rester de cette chose que nous avions crue immense, seulement le sentiment d'un malentendu, de nous être enflammés pour des enfantillages.

Elle semble agacée maintenant.

— Il ne faut pas chercher à découvrir ce qui nous porte à nous enflammer, reprend-elle, je l'ai appris à ce moment-là de ma vie, nous sommes tous si petits, si perdus à l'intérieur de nous-mêmes. Si décevants en vérité.

Elle accroche mon regard et nous demeurons ainsi, elle irritée, contrariée, et moi sur le point de lui dire la chose, cette chose que je n'ai jamais dite à personne, si petite également. *Il ne faut pas chercher à découvrir ce qui nous porte à nous enflammer*. J'ai bien entendu, mais je pense qu'elle a tort, qu'il faut inlassablement chercher au contraire.

— Elena, la première fois que je vous ai entendue en Violetta... Vous vous souvenez, n'est-ce pas, je vous ai raconté comment j'ai découvert par hasard *La Traviata* tandis que j'étais en train d'assassiner ma mère dans mon premier roman.

— Je me souviens, oui. Je vous ai permis d'être ému, c'est le mot que vous avez employé.

— Eh bien, à l'origine de cette émotion, il y a votre voix qui s'élève et mon cœur qui se met à cogner, à cogner, parce que subitement vous me la rappelez, elle, notre mère. Je ne sais pas comment c'est possible, Elena, votre voix si bouleversante et elle dans sa blouse de ménage crasseuse, les cheveux défaits, le regard halluciné… je ne sais pas comment c'est possible, mais vous me la rappelez, oui, dans ces moments où elle se mettait à hurler parce qu'elle ne voyait plus d'autre solution pour échapper à son malheur que de devenir folle. Elle s'enfuyait dans la folie, elle se mettait à hurler pour ne plus rien entendre, pour ne plus rien voir de toute cette misère autour d'elle, les cartons pour remplacer les vitres cassées, les bougies parce qu'on nous avait coupé l'électricité, mes petits frères et sœurs qui rampaient par terre dans les flocons de poussière, toute cette misère, elle se mettait à hurler pour se détacher de la vie qui la retenait entre ses mâchoires et était en train de la tuer, pour s'envoler quelques heures dans la folie, n'est-ce pas, dans cette ivresse de la folie. Notre père accourait, il l'emportait quelque part chez les bonnes sœurs et pendant des semaines elle n'était plus là, on se reposait d'elle, on espérait qu'elle ne reviendrait plus. Les fous sont effrayants, ils font si peur, mais je crois que leur folie les sauve momentanément de la cruauté de la vie. Je suis certain que vous comprenez ce que je dis, Elena. Vous comprenez, n'est-ce pas ?

Elle me regarde curieusement, comme si j'étais moi-même un peu dérangé, puis elle acquiesce.

— Jamais, de toute ma vie, je n'ai eu aussi peur que devant le spectacle de notre mère devenant folle. Pendant des années, cette peur m'a interdit de songer à son malheur, d'éprouver pour elle la moindre compassion, la moindre humanité, comme si je continuais d'avoir dix ans alors que j'approchais de la quarantaine. Et soudain, vous entendant, je me suis mis à pleurer, voyez-vous. J'étais en train de l'assassiner dans mon livre en ricanant stupidement, et vous entendant je me suis mis à pleurer. Je ne pleurais pas sur vous, Elena, qui alliez mourir au dernier acte, mais sur notre mère. On aurait dit que parlant de votre chagrin vous me parliez d'elle, et cependant je ne comprends pas l'italien. Mais votre voix, Elena… comme si vous donniez une expression sublime et déchirante aux misérables hurlements de notre mère. Pardonnez-moi de vous associer à une folle. Jamais je n'aurais imaginé que la vie nous mettrait un jour en présence l'un de l'autre et que j'aurais ainsi l'occasion de vous confier cette chose. Je ne vous blesse pas, j'espère ?

33

C'est un soir où je m'efforce de m'endormir auprès d'Esther (pour ne pas trembler je me bourre de Lexomil). Dans mon souvenir, je me tiens allongé sur le dos, la main droite sur le cœur, m'appliquant à respirer calmement. Comme dans l'avion, je me surprends à parler au bon Dieu faites que je m'endorme, Seigneur, faites que je m'endorme. En pleine régression, n'est-ce pas. Trois ou quatre mois plus tôt, je lui demandais de faire que l'avion s'écrase sur Reykjavik avec tous les passagers à bord et sans prendre garde aux gens en dessous, heureusement que tout cela tombe dans l'oreille d'un sourd. Et soudain la voix d'Esther, étouffée par la proximité de l'oreiller, ou par sa main qu'elle tient peut-être contre sa bouche, je ne sais pas, notre chambre est plongée dans l'obscurité, je ne te désire plus, Augustin. Ça fait longtemps que j'aurais dû te le dire, mais je n'ai pas osé. De peur de te perdre, je crois. Je sais combien c'est important pour toi de faire l'amour, mais c'est devenu trop lourd, trop compliqué. Je n'ai plus envie. Je me souviens du temps où c'était encore léger… qu'est-ce que nous avons bien pu faire pour perdre cela ? Je ne supporte plus ton appréhension quand la nuit approche, je vois comme tu es pâle, comme tu deviens fébrile… En disant cela, j'ai l'air de te faire porter tout le poids de ce qui nous arrive, alors qu'au fond je pense que nous en sommes également responsables. Je ne t'aime sans doute pas comme tu le voudrais, ou comme je t'aimais les premières années, et au fil du temps ma façon d'être a dû induire cette peur qui ne te quitte plus désormais. J'ai bien vu que je t'avais vexé en te parlant de toutes ces photos de moi que tu avais suspendues au-dessus de ton bureau... – Mon *mausolée*. – Oui, ton mausolée... Ensuite, je m'en suis voulu, parce que ta façon de m'aimer me touche en même temps. Mais je ne sais pas qui tu aimes, Augustin, j'ai l'impression qu'à force de te pencher sur mes photos avec toutes tes loupes, à force de chercher à savoir qui je suis, tu as fini par inventer une Esther qui n'appartient qu'à toi, sans doute assez différente de celle que je suis. Enfin, je ne sais pas... Tu m'écoutes toujours ou tu t'es endormi ? – Non, je t'écoute. – Et qu'est-ce que tu penses ? – Merci de me parler, Esther. – Tu veux bien qu'on dorme maintenant ? Je me sens tellement fatiguée. – Oui, endors-toi.

Cet aveu d'Esther, Je ne te désire plus, Augustin, je le retranscris le lendemain matin dans mon carnet. Je pense qu'elle vient de me livrer l'explication de mon tremblement, et allant et venant dans notre grande pièce, mon carnet à la main, je peux croire durant quelques heures que je suis sauvé. Si j'ai si peur à l'idée d'enlacer Esther, c'est parce qu'elle ne me désire plus et que je l'ai sans doute pressenti depuis longtemps sans parvenir à me le formuler. Je suis devenu fou petit à petit parce que témoin de son attente (elle m'en donnait tous les signes), il était extravagant que je me mette à trembler comme une feuille à l'instant de pouvoir assouvir un désir que j'imaginais partagé. Mais si elle ne me désire plus, et qu'une partie enfouie de moi le sait, alors il devient naturel que je n'ose plus l'approcher, que tout mon corps se mette à trembler sachant qu'il n'est pas le bienvenu.

Maintenant je vais et viens dans mon appartement du petit Trocadéro, exactement comme j'allais et venais dans notre grande pièce, mon carnet à la main, au lendemain de cette nuit où Esther m'a révélé qu'elle ne me désirait plus. Voilà tout juste une année que j'écris ce livre dans cet appartement du petit Trocadéro que je n'ai pas voulu meubler, juste mon bureau et mon lit, que rien ne puisse me distraire de mon travail, ou m'agacer, oui, voilà, m'agacer, oh ! comme je déteste les canapés, les tables basses, les guéridons et les lampes potiches, les bibelots, les tapis et les rideaux, le souvenir de notre mère se rengorgeant devant l'ordonnance immuable de son salon de Longchamp qui nous était défendu de peur que nous abîmions quoi que ce soit, et certains matins notre mère à quatre pattes picorant les poussières sur ses précieux tapis de Tunisie, ne me dis pas Toto que tu as oublié que nous recevions ce soir les Montalembert et les Poniatowski ? notre mère inlassablement, inlassablement, jusqu'à ce matin de mars où notre vie a basculé, tous ses précieux meubles empilés sur le trottoir et les tapis roulés par-dessus, l'un des guéridons Louis XVI couché dans le caniveau le marbre fracassé tandis que là-haut les vitrines d'argenterie béantes, dévastées, les déménageurs allant et venant dans l'appartement comme s'ils étaient chez eux, partout des caisses et cette espèce de paille qui sert à emballer les objets fragiles, et le commissaire de police dans sa gabardine affichant le même regard embêté que l'huissier de justice, l'un et l'autre pressés d'en finir, l'un et l'autre tirant nerveusement sur leur cigarette, mais Toto hirsute et livide piétinant devant la porte close de leur chambre à coucher, le visage griffé par notre mère, mon petit je t'en conjure ouvre-moi, mon petit je t'en conjure... Alors le commissaire décidément embêté, pensez-vous qu'elle puisse faire une bêtise ? – Qui ça ? De qui me parlez-vous ? (Toto hagard, ne comprenant plus rien, se barbouillant le front du sang de ses griffures) – Votre femme. Pensez-vous qu'elle puisse attenter à ses jours ? Voulez-vous que je fasse ouvrir la porte ? Toto se mordant soudainement le gras du pouce, ma foi, je ne dis pas non monsieur le commissaire. Ma foi, oui, faites ouvrir la porte, au fond c'est ce qu'il y a de plus judicieux, vous avez parfaitement raison, mon vieux. Toto traitant subitement comme un ami le commissaire qui nous met à la rue, vous avez parfaitement raison, mon vieux, mais le commissaire ne relevant pas, prenant le temps de réfléchir, d'évaluer la situation, et brusquement se ruant sur la porte qui s'en va taper violemment contre le mur, l'huissier qui ne retient pas un petit oh ! admiratif, notre mère sanglotant en chien de fusil sur le lit défait, j'ai le temps de l'apercevoir, et le commissaire à Toto, dites à votre femme de bien vouloir se préparer, vous devez avoir libéré les lieux d'ici une heure.

Oui, maintenant je vais et viens dans mon appartement du petit Trocadéro, me remémorant chaque détail du jour où nous avons été expulsés de Longchamp, du jour où notre mère s'est mise à trembler, puis à devenir folle, et soudain tout s'éclaire de l'origine lointaine de mon propre tremblement, tout s'éclaire – n'est-il pas apparu insidieusement du jour où Esther m'a expulsé de son corps ? Mon Dieu, je suis si surpris que je me vois marquant le pas et me frottant le front à la façon de Toto le jour de l'expulsion justement. Elle avait une bonne raison pour cela, cette terrible et mystérieuse maladie survenue au lendemain de la naissance de nos filles et qui devait la condamner à terme à la paralysie. En quelques semaines, elle était devenue une autre, frileuse et pudique, elle qui l'avait été si peu, jouant de son charme et de son corps, ne se refusant rien. Comme le traitement était assez lourd, bien que les médecins soient incapables de mettre un nom sur cette maladie, elle n'avait pas voulu avaler une pilule de plus et nous avions décidé que nous ne ferions plus jamais l'amour complètement, que je me retirerais. Je songe qu'il m'a fallu toutes ces années, et notre séparation, pour prendre conscience qu'au prétexte de cette maladie Esther m'a expulsé de son corps (planté là au milieu de mon appartement vide, juste mon bureau et mon lit, tout à fait comme un expulsé, en effet). Puis je songe que si la maladie s'était vraiment déclarée je n'aurais sans doute pas vécu la chose comme une expulsion. Non, bien sûr, puisque j'aurais accompagné la dégradation du corps d'Esther, prenant soin d'elle jour après jour et notre sexualité s'éteignant d'elle-même petit à petit. Mais la maladie s'était estompée au fil des années, jusqu'à disparaître complètement, ne laissant pratiquement aucune séquelle. Et cependant, jamais Esther ne m'avait proposé de me garder en elle comme une femme aimante l'aurait fait, me dis-je, comme une femme aimante l'aurait *évidemment* fait.

Le tremblement était apparu au fur et à mesure que la maladie régressait, puis il s'était installé, comme si mon corps avait perçu ce que mon esprit ne parvenait pas à formuler – en dépit de ses mots d'amour, Esther ne m'aimait pas, elle ne voulait pas de moi, et elle me le manifestait en m'expulsant de son corps à l'instant justement où nous aurions pu nous étourdir l'un de l'autre dans cette illusion furtive de n'être plus qu'un. Puis mon corps avait entériné ce que mon esprit refusait d'entendre – constatant qu'Esther ne voulait décidément pas de lui, il avait renoncé et j'étais devenu impuissant. Cette fois, j'aurais dû entendre ce qu'il me disait, mais il n'y a pas pire sourd que celui qui ne veut pas entendre, n'est-ce pas, et au lieu de m'en aller j'étais demeuré auprès d'Esther, rempli de l'espoir que l'étrange mécanique se remettrait en route, jusqu'à cette nuit où une force mystérieuse m'avait jeté hors du lit, terrifié et hagard, fou de terreur, le cœur au bord de la rupture, et que me surprenant à courir sur le boulevard parmi les sans-abri et les poubelles renversées, comme si je fuyais ma propre mort, j'avais trouvé refuge dans une chambre d'hôtel où je m'étais endormi aussitôt en travers du lit sans même prendre la peine de me déchausser.

L'espace de quelques heures je m'étais cru sauvé quand Esther m'avait dit qu'elle ne me désirait plus, puisque je tenais l'explication. Mais le surlendemain, après une nouvelle nuit, je m'étais réveillé grelottant. Esther m'avait enjambé pour aller s'enfermer dans la salle de bains, comme elle le faisait chaque matin, et quand j'avais été seul je m'étais mis à sangloter, en chien de fusil sur le lit défait, exactement comme notre mère le jour de l'expulsion. Sur le moment, je n'avais pas fait le rapprochement, c'est seulement aujourd'hui, tandis que je finis ce livre, que la similitude me saute aux yeux. Exactement comme notre mère, oui, me dis-je tout bas, soudain saisi d'une immense compassion pour elle.

Au milieu de l'après-midi, Curtis m'avait appelé, il voulait savoir comment je me sentais à trois ou quatre heures de l'émission de télévision durant laquelle j'allais parler pour la première fois de mon dernier roman, cette autobiographie de six cents pages qui avait failli me tuer.

— Comme un homme qu'on s'apprête à pousser d'une falaise, Curtis.

Je l'avais entendu rire.

— Soyez naturel, vous êtes généralement très bon dans ce genre d'exercice.

J'avais été tenté de lui dire que mon naturel me portait plutôt à sangloter ces temps-ci. Que penserait-il d'un type en larmes sur un plateau de télévision ? Est-ce que le ridicule n'allait pas mettre en péril sa maison d'édition ?

Dans le taxi qui me conduisait au studio, la certitude que j'allais m'effondrer m'avait assailli et j'avais aussitôt appelé Esther. Je n'avais pas rappelé Curtis, non, il m'avait semblé que la seule personne susceptible de me rendre confiance était Esther, que pourtant je n'approchais plus sans trembler.

— Je te dérange, Esther ?

— Non, vas-y. Où es-tu ?

— Dans un taxi. J'ai peur de ne pas pouvoir parler tu sais.

— Mon chéri !

— Je me sens complètement perdu, complètement détruit, j'ai peur de me mettre à pleurer.

— Mais non, je suis certaine que ça va aller.

— Qu'est-ce qui nous arrive, Esther ? J'ai l'impression que tout s'effondre.

— Non, tout ne s'effondre pas, je suis là, j'ai confiance en nous.

— Regarde dans quel état je suis…

— C'est un moment, Augustin. Ton livre t'a épuisé, tu as enchaîné avec celui d'Elena Dobratchev, c'est normal. Aie confiance, tu vas trouver les mots. On m'appelle sur une autre ligne, je peux te laisser ?

— Oui, bien sûr.

Mon chéri. Avant elle, jamais personne ne m'avait appelé mon chéri (je l'ai déjà écrit cent fois, mais je dois encore le répéter), et elle avait en plus une façon de le dire qui faisait que d'un seul coup je n'avais plus aucun doute, j'étais *son* chéri. Son chéri tremblant et impuissant, désormais, mais son chéri.

Quelques jours plus tard, et il me semble que c'était un matin de mai, juste après le petit déjeuner et alors qu'elle était sur le point de s'en aller, son blouson de cuir enfilé déjà, son sac sur l'épaule, elle s'était soudain rassise.

— Augustin, je vais prendre un appartement, j'étouffe.

Il y avait eu un silence.

— J'ai refait du café, avais-je dit pour cacher mon émotion, je t'en sers une tasse ?

— Les filles sont grandes, avait-elle poursuivi, elles n'ont plus besoin que nous vivions sous le même toit, et moi j'ai besoin de me retrouver seule, de me retrouver tout court. Je n'en peux plus de cette maison, des repas, de la vie de famille…

Jamais je ne lui avais connu ce regard, m'avait-il semblé, comme tourné vers l'intérieur d'elle-même, n'offrant que l'envers minéral de l'œil, améthyste sombre et impénétrable, elle me parlait mais ne me voyait pas, c'était avec elle-même qu'elle s'entretenait, fiévreusement, le souffle court, croisant et décroisant ses jambes.

— J'ai toujours su que la vie de famille te pesait, Esther.

— Toutes ces années j'ai pris sur moi, mais là je ne peux plus, j'étouffe complètement.

J'avais cherché son regard sans le trouver.

— Si c'est ça, il faut que tu prennes un appartement, bien sûr.

— Bon, avait-elle dit, l'air de ne pas m'avoir entendu, j'ai une réunion, je suis en retard, à ce soir, écris bien.

Elle était partie sans m'embrasser. Elle avait oublié que je n'écrivais plus, que les Mémoires d'Elena

Dobratchev étaient terminés et que je passais l'essentiel de mes journées sur mon vélo à réfléchir au livre que j'allais démarrer. Sur notre effondrement, me disais-je, sur notre effondrement que je sens venir mais dont je vais savoir nous sauver, sans comprendre qu'il avait eu lieu depuis longtemps et que nous en vivions les derniers soubresauts, déjà enfouis jusqu'au cou sous les gravats.

Elle m'avait appelé en sortant de la dernière visite.

— J'ai vu plusieurs studios, mais il y en a deux qui m'intéressent, un dans un immeuble ancien plutôt romantique, donnant sur une cour pavée, l'autre moderne, très clair, impersonnel.

— Ah !

Je m'étais attendu à ce qu'elle m'associe aux visites, mais elle les avait donc entreprises sans m'en parler. Me demandait-elle mon avis à présent ?

— Je pense que je vais prendre le moderne.

— Oui ?

— Oui. J'ai envie d'un truc complètement désinvesti. Il est à l'étage le plus haut, il vient d'être repeint.

— Tu ne vas pas regretter la poésie de l'autre, la cour pavée...

— Non, je ne suis pas dans cet état d'esprit.

Elle s'était tue. J'espérais qu'elle allait me parler de son état d'esprit et j'avais laissé durer le silence.

— Tu voudras bien m'aider à emménager ?

— Enfin, Esther, ça va de soi.

— Le lit, je vais devoir en acheter un, on me le livrera. Pareil pour le frigo. C'est juste pour transporter mes vêtements, mon bureau, quelques affaires, et peut-être un ou deux fauteuils. J'aimerais bien prendre aussi la petite table de nuit blanche Art déco, tu sais ?

— Tu prendras tout ce que tu voudras, Esther.

— Merci. Tu n'as pas oublié que ce soir je suis à Nantes, hein ?

— Non, je n'ai pas oublié.

— Alors à demain, mon chéri.

Le lendemain matin, tandis qu'Esther devait être dans le train qui la ramenait de Nantes, j'avais écrit le premier paragraphe de mon nouveau livre.

« Comme c'est étonnant, me dis-je, qu'Esther, qui m'écrivait sans cesse lorsque nous nous sommes rencontrés, ne réponde plus à mes lettres aujourd'hui que notre famille se délite. Son silence me laisse si démuni, si tremblant, que je dois sortir marcher sur ce boulevard Aristide-Briand que je déteste. Au lieu d'aller me coucher près d'elle, puisqu'il est tard, déjà, puisque je suis tellement fatigué. Esther, qui me semblait si forte, ne sait plus, soudain. »

Puis j'étais allé arpenter notre grande pièce pour chercher la suite et j'avais pu constater combien je me sentais plus solide, déjà, adossé à ces quelques lignes.

Le dimanche suivant, Esther avait emménagé dans son studio. Nous avions chargé la voiture de tous ses vêtements, sanglé son bureau sur le toit, casé dans le coffre la petite table de nuit Art déco et entrepris un premier voyage.

— Tu vas voir, m'avait-elle dit en chemin, il est très lumineux. Et il y a un balcon suffisamment grand pour manger à deux.

— Ah, c'est bien.

— L'autre n'avait pas de balcon, ça a compté.

— Oui, je comprends.

— Tu voudras bien me conseiller pour disposer les meubles ?

— Naturellement.

— Parce qu'il y a au moins deux possibilités pour mettre le lit, c'est ce qu'on s'était dit avec la dame de l'agence. Enfin, tu vas voir...

Elle avait ouvert la porte, et comme l'odeur de peinture était irrespirable, elle m'avait précédé pour aller ouvrir rapidement la baie vitrée. Cuisine et salle de bains prenaient dans un vestibule confortable qui distribuait également une penderie et un placard, puis on débouchait sur une grande pièce carrée sans charme particulier.

— Qu'est-ce que tu en penses ?

— C'est vrai que le balcon change tout, surtout en cette saison.

— Ben oui, sinon ça serait un peu claustro... Alors tu vois, je pensais mettre mon bureau dans ce coin-là, orienté vers la fenêtre, et le lit au fond...

On s'était soudain fait face au milieu de cette pièce vide, elle en jean et baskets, un petit haut flottant, mais tiens, habillée exactement comme l'année où je l'ai rencontrée, m'étais-je dit, et je l'avais furtivement revue m'ouvrant la porte de son studio, le visage subitement grave comme si ma seule apparition la bouleversait, Augustin ! elle me laissait entrer, allait s'adosser au mur, et me considérant le regard de côté, légèrement essoufflée déjà, elle répétait Augustin ! C'était l'automne, il pleuvait sans arrêt, elle savait que j'allais venir l'embrasser après m'être débarrassé de ma veste trempée, et puis qu'ensuite nous nous déshabillerions. Comme tout était devenu compliqué depuis ce temps-là, comme nous avions changé, presque deux étrangers.

— Oui, avais-je repris, feignant d'avoir réfléchi, c'est parfait le bureau ici, tu seras très bien pour travailler. Et ton lit, tu l'auras quand ?

— On me le livre demain.

C'était le dernier week-end de mai, elle dormait depuis trois ou quatre nuits dans son studio. J'avais sonné sur le coup de dix heures, ma caisse à outils sur le paillasson, ma perceuse suspendue à l'épaule.

— Je ne te dérange pas ?

— Non, je t'attendais.

On s'était rapidement embrassés et j'étais allé déposer mon matériel au milieu de la pièce. J'avais été troublé de voir son lit défait, des draps froissés que je ne connaissais pas, sans pouvoir expliquer l'agitation qui m'avait gagné, et pour ne pas la lui montrer j'avais aussitôt fait l'homme.

— Bon, dis-moi tout de suite tout ce que tu veux que je fasse, comme ça je vais m'organiser.

Dans la salle de bains, il y avait un rideau de douche à installer, deux miroirs, une étagère et un porte-serviettes. Dans le vestibule, une grande glace pour qu'elle puisse se voir en pied. Enfin, dans la pièce, une tringle à rideaux, une étagère pour les livres et divers petits cadres à suspendre.

La question ne s'était pas posée de savoir si c'était à moi de faire les travaux dans son appartement. Elle quittait notre maison commune, mais elle ne me quittait pas, moi. En tout cas, rien n'avait été dit à cet égard. Et cependant, quand je me revois aujourd'hui avec mes tournevis et ma perceuse, tu peux venir regarder, Esther, si à cette hauteur ça te va l'étagère ? ou perché sur mon escabeau pendant qu'elle travaille à son bureau sur son ordinateur, il me semble que je fais une chose que je n'aurais pas dû faire. Elle m'avait dit qu'elle ne me désirait plus, elle avait décidé seule de prendre un appartement pour s'éloigner de nous, de moi, mais quand elle m'avait demandé si je voulais bien lui faire ses travaux, tu voudras bien venir avec tes outils m'installer mes trucs, Augustin ? après que j'avais déjà consacré une journée à son déménagement, j'avais aussitôt répondu bien sûr Esther, tu me diras quel jour t'arrange. L'idée de lui rétorquer tu es partie sans même te demander une seconde si cela m'affectait, pour te retrouver, m'as-tu dit, eh bien retrouve-toi donc et démerde-toi sans moi pour tes travaux, cette idée-là ne m'avait pas effleuré. Je n'aurais pas eu le courage de lui dire non, en vérité, car cela nous aurait entraînés dans une glaciation que je ne me sentais pas capable d'assumer, et je m'étais donc jugé *élégant* d'accepter une chose sans doute inacceptable, élégant, oui, comme vingt ans plus tôt le soir où j'avais accompagné Cécile en voiture rejoindre son amant à la gare, sous prétexte qu'il tombait des cordes et qu'en plus de son gros sac à dos elle avait une paire de skis. En fait d'élégance, dans les deux cas je me suis fait humilier, piétiner, me dis-je aujourd'hui, exactement comme Toto avec notre mère, moi qui n'ai pourtant jamais cessé de lui reprocher sa couardise. Je ne te désire plus, je m'en vais, je te le balance en pleine figure et tu es assez con, ou lâche, pour accepter de faire les travaux dans mon nouvel appartement. Tu ne veux pas venir me faire le ménage deux fois par semaine aussi ?

Quelques jours plus tard, j'étais revenu sur cette journée dans mon livre, encore loin de m'accuser de couardise, me découvrant même une bonne excuse.

« Quel est l'homme qui constatant que sa femme s'en va, qu'elle le quitte peut-être, rappliquerait aussitôt avec ses outils pour lui suspendre des rideaux, lui installer son porte-serviettes et ses miroirs ? Eh bien moi, justement. Un autre se mettrait en colère, tu veux t'en aller, eh bien pars, mais démerde-toi avec tes rideaux. Moi non, jamais je n'ai dit à Cécile un mot plus haut que l'autre, et je sais que je vais continuer d'aimer silencieusement Esther, comme je continue d'aimer Cécile tant d'années après. Je me fais l'effet de ne pas être un homme comme les autres, d'être à peine un homme, en vérité, mais en même temps je l'ai bien cherché puisque depuis toujours je déteste les hommes avec leur sacro-sainte virilité et cette suffisance qu'ils affichent partout. Je me souviens qu'enfant, suivant Toto dans ses tournées de représentant, je les méprisais déjà avec leurs chemises roses et leurs gourmettes. Des crétins prétentieux pour la plupart. »

Puis juillet était arrivé très vite et j'étais parti seul un matin pour notre maison du Mont-Pertus avec l'intention de poursuivre l'écriture de mon livre qui était mon unique réconfort. Les enfants m'y rejoindraient plus tard, pour Esther je ne savais pas, et il m'avait semblé qu'elle ne savait pas non plus ce qu'elle ferait de ses vacances.

Tandis que je roulais sur l'autoroute, je m'étais senti profondément désespéré à la pensée que j'étais peut-être en train de la perdre, me mettant alors à songer que si ce désespoir perdurait je risquais d'être incapable d'écrire, ce qui m'avait aussitôt précipité dans une terrible angoisse – si je n'arrive plus à écrire, alors je vais mourir, m'étais-je dit, je le sais, cette impuissance-là je ne la supporterai pas, et comme mon dos se couvrait de transpiration je m'étais arrêté au bord de l'autoroute pour expédier de toute urgence un message à Esther.

Esther, je me sens très mal, dis-moi quelque chose qui me permette de croire encore en nous, s'il te plaît.

J'escomptais qu'elle m'assurerait de son amour, qu'elle me répéterait ce qu'elle m'avait dit dans le taxi juste avant l'émission de télévision je suis là mon chéri, non, tout ne s'effondre pas, j'ai confiance en nous. Alors son départ, mon tremblement, tout aurait été effacé pour ainsi dire.

J'avais repris la route quand sa réponse était tombée.

Que je suis fière de nous, m'écrivait-elle, de nos enfants, de la vie que nous avons faite.

Le message ne laissait rien entrevoir, rien espérer, il pouvait être lu comme un testament. Et on aurait dit qu'Esther avait pris soin de n'y laisser filtrer aucun signe d'amour, ni même de tendresse. Elle ne me nommait pas, ne m'embrassait pas, ne me souhaitait rien.

Cependant, j'avais poursuivi ma route jusqu'à notre maison, m'appliquant à transformer petit à petit mon désarroi en une forme de colère, non pas contre Esther, je me l'interdisais encore, mais contre la vie qui me décevait sans cesse décidément. Je savais que c'était le seul moyen de me remettre en situation d'écrire, et donc de ne pas m'effondrer.

La colère contre Esther m'était venue trois jours plus tard, au milieu de la matinée, tandis que j'écrivais dans notre maison fraîche et silencieuse. Il m'était apparu soudain qu'elle me manquait de respect en prenant des décisions qui nous engageaient tous les deux sans les expliquer, sans en tirer les conséquences, comme si elle voulait conserver ce que nous avions construit ensemble tout en s'en affranchissant, me maintenir lié à elle tout en se déliant elle-même.

Je m'étais mis à arpenter la maison de plus en plus nerveusement, me surprenant à lui écrire dans ma tête je ne veux plus de notre vie Esther, prétendument avec toi mais définitivement castré, sans autre avenir que de t'attendre, et puisque tu ne sembles pas avoir le courage de rompre, c'est moi qui le fais, je te quitte. J'ai besoin d'être aimé, respecté, désiré. Je ne sais pas si tu m'aimes encore, ou si tu as simplement peur de me perdre, mais je trouve que tu me manques infiniment de respect. Je te quitte.

Puis j'avais rédigé un mail et le lui avais expédié.

Après ça, j'étais parti sur mon vélo sous le soleil de midi, encore porté par la colère, ivre de la décision que je venais de prendre, mais incapable de réfléchir plus loin et me répétant en boucle les termes de ma lettre je ne veux plus de notre vie, Esther, je te quitte.

Sa réponse était arrivée sous la forme d'un court texto tandis que je pédalais.

Je n'imagine pas ce que cela représente de se quitter en s'aimant. Quelle dose de colère il va te falloir quand même.

Elle avait raison, une fois la colère retombée, le chagrin m'avait submergé. Elle avait proposé de venir passer avec moi le week-end du 14 Juillet, et j'avais aussitôt accepté.

L'événement avait eu lieu à l'heure de la sieste. Le matin, nous nous étions promenés dans un village voisin qui organisait une brocante, nous prenant la main par moments mais évitant de parler de nous. J'avais trouvé réconfortant qu'Esther veuille acheter quelques objets pour la maison, comme elle l'avait fait durant des années dans les brocantes, c'était un indice qu'elle demeurait enracinée dans notre vie. Puis nous avions déjeuné et je me demande aujourd'hui quels mots ont pu être dits pour que nous nous retrouvions allongés l'un près de l'autre pour la sieste alors que nous avions dormi séparément la nuit précédente. Quels mots ont pu être dits, oui, pour que nous nous retrouvions allongés sur le même lit ?

J'avais demandé à Esther si elle n'avait pas envie de faire l'amour.

— Non, tu sais bien.

Elle se tenait en chien de fusil, me tournant le dos.

— Je sais bien, oui, mais ça ne m'empêche pas d'espérer qu'un jour ton désir pour moi reviendra.

— Tu en as vraiment envie ? Si tu en as vraiment envie on peut le faire...

Elle s'était soudain retournée vers moi, disant cela, et elle avait eu un regard si dur, si plein de défi, ou de mépris peut-être, que je m'étais aussitôt reculé.

— Comment peux-tu me proposer une chose pareille, Esther ?

— Je n'ai plus de désir pour toi, Augustin, je te l'ai déjà dit.

— On dirait que je te dégoûte, je ne comprends pas comment c'est possible après ces années où nous nous sommes tellement aimés. Je ne comprends pas...

Et subitement nous n'avions plus rien contrôlé de ce que nous nous disions, devinant que nous tombions, qu'il n'y avait sans doute aucune possibilité de nous sauver, comme happés par le vide, et c'est alors qu'au milieu de ces mots et de ces larmes elle avait lâché cette phrase effrayante :

— Je regrette de t'avoir rencontré, Augustin, je regrette tout ce que nous avons construit ensemble.

Il y avait eu un instant de sidération, de notre part à tous les deux je crois.

— Oh non, Esther, avais-je repris, non, je t'en supplie, ne dis pas ça !

Mais c'était dit, l'événement avait eu lieu.

Quand Esther était revenue au mois d'août pour partager une semaine de vacances avec les enfants, j'étais rentré à Villedieu. Je n'envisageais plus, même pour quelques heures, de vivre dans sa proximité.

J'avais emporté mon manuscrit, j'écrivais tous les matins, puis j'allais au cinéma, ou je marchais jusqu'au soir.

Entre-temps, Esther semblait avoir oublié le week-end du 14 Juillet. Elle m'adressait deux ou trois messages par jour, tous empreints de tendresse et de nostalgie.

Notre maison et pleine de toi, Augustin. Chaque objet me parle de toi, de nous.

J'essaie de vivre, d'être présente pour les enfants, de ne pas trop penser à ce qui nous arrive. Je suis fière de tout ce que nous avons construit ensemble.

Tu es bon et beau, Augustin. Je suis devenue une femme dans ton regard, je sais tout ce que je te dois.

Hier soir, je me suis endormie transie de tristesse. J'aurais voulu que tu sois là.

Je m'étais surpris malgré moi à attendre ses messages, à tenter d'en deviner le sens caché, à espérer de nouveau, et bientôt à les recopier dans mon carnet comme au temps de nos belles années.

L'effort pour rendre l'autre fou, me dirait plus tard Violetta lorsque je lui raconterai notre été et lui lirai certains messages d'Esther. L'effort pour rendre l'autre fou.

À l'automne, notre vie avait pris un tour insolite. Le plus souvent, Esther venait partager notre dîner, elle bavardait avec nos filles, puis elle se levait de table et rassemblait ses affaires.

— Bon, je vais rentrer.

— Je te raccompagne, ma chérie.

— Tu crois ? Ça m'ennuie de te faire ressortir.

— Mais si tu préfères marcher seule, je te laisse hein ?

— Non, j'aime bien qu'on fasse le chemin ensemble.

C'était à peine plus d'un kilomètre que nous parcourions Esther accrochée à mon bras, échangeant quelques mots à travers les rues silencieuses à cette heure de la soirée. Arrivés devant son immeuble, on se souhaitait bonne nuit sur le trottoir.

— Merci, mon chéri, disait-elle en m'embrassant. Dors bien, prends soin de toi.

— Toi aussi, Esther.

— Demain, je ne passerai pas, j'ai trop de boulot.

— D'accord, on ne t'attendra pas.

Jamais elle ne me proposait de monter. Je crois que tout en l'espérant secrètement je le redoutais, car je savais que le mal était irréparable – la seule femme avec laquelle j'aurais voulu faire l'amour, de toutes mes forces, animé d'une passion intacte, me semblait-il, était Esther, or elle était la seule auprès de laquelle mon corps ne fonctionnait plus.

Ainsi avions-nous découvert un équilibre précaire qui nous permettait d'être ensemble tout en ne l'étant plus, d'entretenir l'illusion d'un lendemain possible tout en évitant de l'imaginer.

Puis Esther avait décidé de rendre son appartement et de revenir vivre avec nous. Elle n'avait pratiquement rien expliqué de ce revirement, me laissant seulement entendre que l'expérience l'avait déçue. Elle n'avait manifestement pas envie d'en parler, s'absorbant de plus en plus dans son travail et prenant prétexte de ses nouvelles responsabilités pour réduire nos conversations à des échanges télégraphiques.

C'était novembre, mon livre était fini, trois semaines plus tard je m'étais envolé pour Oslo avec l'intention de reprendre le manuscrit commencé quelques années plus tôt sur Knut Hamsun. Avec

Faim, Hamsun m'avait convaincu que moi aussi je pouvais écrire, la découverte de ce livre, l'année de mes vingt ans, avait été un événement considérable dans ma vie, je m'étais identifié à cet homme jeune errant dans les rues d'Oslo, écrivant sur les bancs publics puis vendant quelques feuillets dans les journaux pour survivre et, devenu écrivain, j'avais entrepris une *Lettre à Knut Hamsun*.

Esther et moi n'avions échangé que peu de messages durant cet hiver passé dans une pension d'Oslo, et j'étais si peu pressé de rentrer que, ma *Lettre* terminée, j'avais prolongé mon séjour en Norvège par quelques jours sur la côte atlantique.

J'ai conservé le souvenir d'un week-end qui m'avait glacé le cœur, peu après mon retour en France. Esther était partie pour Nice, c'était de nouveau le printemps. Elle devait rentrer le dimanche dans la soirée, mais elle avait appelé au milieu de l'après-midi pour me prévenir qu'elle ne rentrerait pas. Elle m'avait annoncé cela sans explication, avec une désinvolture brutale que je ne lui connaissais pas. Comment pouvait-elle me parler sur ce ton ? J'avais commencé à tourner en rond dans mon bureau, puis j'étais sorti marcher pour éviter de me noyer dans l'espèce de tourbillon nauséeux du soupçon. Et l'explication m'était venue tandis que je marchais – ébranlée par notre délitescence, Esther était sans doute en train de redevenir la jeune femme destructrice et impitoyable qu'elle avait construite durant son adolescence.

Cependant, notre relation s'était installée par la suite dans une étonnante douceur. Après qu'un soir Esther m'eut demandé si je voulais bien venir la chercher à son cabinet parce qu'elle se sentait fatiguée et triste, j'avais pris le pli de venir l'y attendre presque tous les soirs. Elle était heureuse de me découvrir sur le trottoir, me le montrait, et nous dînions généralement en chemin.

— Tu vois, Augustin, disait-elle, être là à table avec toi, c'est le meilleur moment de la journée.

Je lui souriais, ses mots me remplissaient d'espoir, elle prenait ma main et la gardait un moment dans la sienne.

Elle parlait un peu de sa journée, moi rarement de la mienne, et c'était tout.

Ensuite, nous rentrions nous coucher. Je n'aurais pas su dire depuis combien de mois nous ne dormions plus ensemble.

Nous avions tant de bonheur à ces soirées, ces pauvres soirées, suis-je tenté d'écrire, qu'il nous avait paru aller de soi de passer les vacances d'été ensemble. Esther ne prendrait pas plus de dix jours, au début du mois d'août, m'avait-elle dit, tandis que j'escomptais passer deux mois dans notre maison du Cantal.

Elle était arrivée fatiguée, surtout soucieuse de se reposer, et le soir elle s'était couchée près de moi comme si la question ne s'était jamais posée. J'avais craint d'être pris de panique et de devoir m'enfuir, mais non, après un moment je m'étais endormi.

Elle pouvait me caresser furtivement la main dans la journée, mais de mon côté j'évitais soigneusement les gestes affectueux pour ne pas être tenté de nous réentraîner dans une discussion impossible sur notre avenir. De quoi parlions-nous d'ailleurs ? Des enfants, des petits travaux à faire dans la maison, des arbres, de la bonne santé des haies que nous avions plantées quinze ans plus tôt.

Elle avait proposé que le dernier soir nous dînions ensemble dans un restaurant gastronomique qui domine la vallée, comme nous le faisions avant quand elle repartait pour Villedieu. Je m'étais demandé ce qu'elle cherchait à retrouver. Voulait-elle pour un soir renouer avec la vie d'autrefois, tandis que la vie elle-même n'était plus là ? Espérait-elle quelque chose d'elle-même ? Ou de moi ?

Le dîner avait été empreint de nostalgie, nous nous étions rappelé nos premières années tout en nous interrompant mutuellement pour commenter la chute du soleil qui irisait d'or les villages accrochés à la pente.

En nous mettant au lit, j'avais su que j'allais enfreindre la règle que je m'étais imposée depuis l'arrivée d'Esther, et dès qu'elle avait éteint je lui avais demandé si je pouvais la prendre dans mes bras.

— Ça veut dire quoi, me prendre dans tes bras ?

— Te toucher, t'embrasser, te caresser, et que tu me caresses aussi, Esther. Ça fait si longtemps, j'en ai tellement envie.

— Augustin !

J'avais reconnu au son de sa voix, à son souffle également, qu'elle était à la fois découragée et exaspérée.

— J'en ai tellement envie, Esther, avais-je néanmoins répété.

Je l'avais entendue bouger et la lumière m'avait ébloui. Elle se tenait au-dessus de moi, adossée au mur.

— Moi pas, on en a déjà parlé. Je ne comprends pas…

— C'est trop dur ce que tu me demandes, Esther, dormir avec toi et ne jamais te toucher. Là, ce soir, je trouve ça vraiment trop dur.

— Alors dormons séparément.

— Même se prendre dans les bras un moment, c'est devenu complètement impossible pour toi ?

— Tu sais bien ce que ça veut dire, tu sais bien que ça ne sera pas juste se prendre dans les bras.

— Mais je te dégoûte à ce point ? Esther, c'est tellement effrayant cette scène, cette scène que nous vivons là, toi rencognée le plus loin possible de moi alors que nous venons de dîner ensemble sans presque nous lâcher la main, et moi comme un con, honteux de mon désir. C'est tellement effrayant.

— On dirait que tu cherches à me faire dire des choses qui vont te blesser.

— Non, je ne cherche plus rien, je ne te demande plus rien, je m'en vais, je vais dormir ailleurs.

Elle n'avait pas eu un mot pour me retenir, et à peine sorti de la pièce j'avais entendu le bruit du commutateur. Elle avait donc éteint et elle allait s'endormir.

Ce soir-là, j'avais écrit dans mon carnet cette phrase que je viens de retrouver : « Une femme qui laisse l'homme qu'elle prétend aimer aller se masturber dans la salle de bains ne le porte plus du tout dans son cœur. »

Le lendemain matin je l'avais accompagnée à la gare et nous n'avions échangé que des réflexions anodines.

Notre séparation s'était engagée par mails deux ou trois jours plus tard.

J'avais écrit à Esther qu'il me paraissait impossible de revivre un hiver comme le précédent, à Oslo ou ailleurs, attendant d'elle quelque chose qui n'existait plus, comme nous l'avions constaté le dernier soir, et que je devais avoir le courage de rompre avec cette espèce d'asservissement dans lequel elle me tenait, sans en avoir conscience peut-être.

Être courageux, cela veut dire nous séparer ? m'avait-elle demandé. Mais elle n'avait pas attendu ma réponse et avait ajouté que cela la soulagerait tant elle se sentait coupable de m'enfermer dans une vie sans désirs.

J'avais aussitôt fait marche arrière, non, je ne voulais pas parler de séparation. Mais de quoi voulais-je parler dans ce cas ? Je m'en étais sorti en prétendant réfléchir.

Alors Esther avait semblé précipiter la rupture. Je ne me résous pas à l'accepter, m'avait-elle écrit, mais je vois bien que nous sommes au bout de quelque chose. Nous n'avons plus de vie amoureuse, et nous n'en aurons plus. Je nous vois petit à petit nous résoudre à une vie grise et rance.

J'étais à vélo, presque au sommet d'un col, quand j'avais découvert son message – j'avais dû m'arrêter et m'asseoir. J'étais à la fois sonné et en colère. C'est la première fois, lui avais-je répondu, que tu exprimes aussi catégoriquement ton désamour pour moi. Il n'y aura jamais rien de rance entre nous, nous allons divorcer. Voilà, c'était dit.

Je t'aime mais ne suis plus amoureuse, avait-elle aussitôt corrigé. Il n'y a rien de catégorique, je voudrais être près de toi.

C'était cette injonction paradoxale, je t'aime mais ne suis plus amoureuse, qui me tenait asservi depuis tant d'années, je n'avais pas su la nommer, mais à cet instant je l'avais identifiée, reconnue. Je t'aime mais je ne t'aime pas, voilà l'injonction qui m'avait tant de fois jeté à la rue et précipité dans des épisodes de folie.

Nous allons divorcer le plus vite possible, avais-je rétorqué sèchement.

Ne précipitons pas tout, mon chéri, m'avait-elle écrit en retour, tu fais partie de moi et moi de toi, quoi qu'il advienne.

Sur le moment, je m'étais dit qu'elle cédait à la peur, comme j'y cédais moi-même sans cesse, la peur de me perdre, de souffrir, tandis qu'aujourd'hui, relisant sa phrase, tu fais partie de moi et moi de toi quoi qu'il advienne, je songe plutôt qu'elle a entrevu que j'allais lui échapper avant d'être tout à fait détruit et qu'elle a souhaité me rattraper, disposer d'un peu de temps encore pour achever ce long travail d'anéantissement très probablement inconscient.

Nous avions prévu de dîner ensemble, le soir de mon retour du Cantal, pour nous confirmer que nous allions nous séparer, mais en chemin j'étais revenu sur ma décision. Vivre sans Esther m'avait semblé insurmontable et j'avais préparé ce que j'allais lui dire, qu'on pouvait parfaitement demeurer ensemble sans plus rien partager sexuellement, que c'était un sacrifice mineur au regard de l'amour que je lui portais etc. Et bien sûr, m'étais-je dit, elle allait acquiescer puisqu'elle faisait partie de moi et moi d'elle, puisqu'elle m'aimait, même si elle n'était plus amoureuse.

Je l'avais retrouvée dans un petit restaurant de quartier derrière son cabinet.

— Ça me fait plaisir de te voir, avait-elle dit en m'embrassant.

— Moi aussi, Esther.

Elle m'avait conseillé la salade italienne, elle connaissait la maison, elle était d'humeur bavarde, plutôt joyeuse.

Quand les salades nous avaient été servies, j'avais commencé à parler.

— Je ne veux pas qu'on se sépare, Esther, c'est une bêtise, j'ai beaucoup réfléchi...

— Mais Augustin, c'est décidé ! On se l'est écrit... Tu sais bien qu'on ne peut pas continuer comme ça.

— Si, on peut. Tu l'as longtemps prétendu, je n'étais pas d'accord, mais maintenant je crois que c'est possible. Je ne veux pas qu'on se sépare, je ne vais pas pouvoir le supporter.

— Mon chéri !

Elle m'avait pris la main.

— C'est une décision que tu as prise, Augustin, je n'aurais sans doute pas eu le courage de la prendre moi-même, mais tu l'as prise et maintenant je l'ai acceptée. Moi aussi j'ai réfléchi tous ces derniers jours. Tu sais bien que nous n'avons pas d'autres choix...

— Je ne pourrai pas, Esther.

Et comme je sentais que j'allais m'effondrer, je m'étais levé précipitamment et j'étais sorti.

C'était un de ces longs soirs de la fin août, les lampadaires étaient allumés mais le jour tardait à mourir. Je m'étais assis sur un muret, je tremblais.

Esther m'avait très vite rejoint.

— Oh ! mon chéri, je suis tellement désolée... Attends, je vais demander une cigarette à quelqu'un.

Une dame nous avait offert une cigarette que nous avions fumée ensemble.

— Tu grelottes, Augustin. Viens, je vais marcher avec toi jusqu'à la maison. Cette nuit, c'est toi qui vas dormir dans notre chambre, tu as besoin de te reposer, moi j'irai chez une amie.

— Je ne pourrai pas, Esther, je ne pourrai pas... Qu'est-ce que j'ai fait pour être si peu aimable ?

— Mais Augustin, je t'ai aimé.

— Je ne peux pas envisager la vie sans toi, Esther. Essayons encore... Essayons encore, s'il te plaît.

Alors elle avait eu l'air déconcerté, comme si je lui parlais de quelque chose de risible, et je l'avais entendue prononcer cette phrase qui avait mis un temps infini à cheminer dans mon cerveau avant d'être audible :

— Mais je vais rencontrer quelqu'un !

Au milieu de la nuit, comme je ne dormais pas, j'avais enfin pris conscience de l'effet dévastateur d'une telle phrase. J'aurais tellement voulu qu'elle ne soit pas dite, mais elle l'avait été, et je savais qu'elle continuerait de creuser en moi jusqu'à ce que, petit à petit, le souvenir d'Esther s'estompe.

10945

Composition
NORD COMPO

Achevé d'imprimer en Espagne
par BLACKPRINT CPI IBERICA
7 décembre 2014.

Dépôt légal décembre 2014.
EAN 9782290092255
OTP L21EPLN001603N001

ÉDITIONS J'AI LU
87, quai Panhard-et-Levassor, 75013 Paris

Diffusion France et étranger : Flammarion